国家出版基金项目
NATIONAL PUBLICATION FOUNDATION

現代（1912-1949）話體文學批評文獻叢刊

詩話卷 二

張晴柔 編著

鳳凰出版社

目　録

凡　例

一、本編爲現代(1912—1949)詩話選集。所選以報刊連載詩話爲主,亦有單行本。初作於晚清,後於民國時重新編訂、改動較大者,亦有收録。共收録 57 部詩話作品。

二、本編所收詩話,指以傳統的話體形式所作的詩歌批評。部分現代變體之作,而名之以“詩話”者,亦予采録。

三、本編所收詩話,批評對象不拘新詩、舊詩,行文語體不拘文言、白話。儘量兼顧各種主題,有雅有俗,以管窺現代詩話之風貌。

四、本編編目大致以年代先後爲序。一種詩話而兼有單行本、報刊連載者,以單行本爲底本,報刊連載内容作爲補充,加以附帶説明。

五、本編所選篇章,若作者真實姓名可考,則署其真名;若真名不可考,則署作品發表時所署名號。

六、本編所選篇章,概不節録。若有原文明顯訛誤者,則予徑改,不作額外説明。原文漫漶不可校者,以“□”代之。

七、本編所録,原文多無標點,或僅有簡單標點。皆據現今新式標點重新整理。

八、每則詩話前列叙録。叙録包括詩話連載、出版信息,作者介紹,詩話内容提要,作者論點概括等。刊載詩話的重要報刊信息,首次出現亦作簡略介紹。

九、現代詩話文獻多逾千種,本編所選僅爲滄海一粟。編者抛磚引玉,望方家不吝斧正。

藤蘿古屋詩話

李錫光 撰

載於《中信文藝月刊》一九一一年第一期。

作者李錫光，湖北漢川人，生平不詳。

《中信文藝月刊》爲湖北地方性刊物，今僅存一期，卷首有李錫光題詞“楚辭楚音”，内容以湖北本地文人詩文、掌故爲主。本詩話主要點評清代湖北詩人作品。作者博聞廣記，所録詩多爲他處不可見者。所載如漢川李雪坪、傅垣（野園）、張清標，應城曾希天，天門胡子重，俱爲當地詩壇、書畫名士，其詩俊逸，頗有可取。亦多録已佚清詩，如吴興張志楓《古松齋詩抄》，今僅存目，而此詩話記其《咏影戲》詩一首。

作者認爲“詩人每多情，而其纏綿悱惻之意，必寄之于詩。故其詩亦纏綿悱惻，似其人。蓋其詩固自至性中流出也。非然者不可以語情，亦不可以語詩矣”；“作詩必須有寄托，有見地，有性情，有涵蓄，方可感人而傳世”。可見作者重視詩歌的真情實感，所選無論獨標高格，或穠纖綿麗，均爲發乎真情之作。

《中信文藝月刊》1911 年第 1 期

歷朝鼎革之際，一時豪俊莫不投袂而起，以圖建功立業。其凌烟繪像、史册垂名者，無論矣。其或戰死沙場、湮没無聞者，尤比比然也。言之可爲於邑。明季倫以錦衣將軍爲襄陽護衛，城破戰死，當時無表其事者，獎恤亦不及焉。甚且尸亦未得，可慘也。吾邑詩人李雪坪，爲作《襄陽陷》云："襄陽陷，將軍戰。秦賊楚賊爲烽煽，督撫招安賊仍叛。官兵日少賊日多，孤城危急可奈何。襄陽陷，將軍死。白骨亂堆冠蓋裏，真假何處辨人已。千載孤忠恨未伸，英魂夜夜飛青磷。"

吾鄉程靖侯先生，性和介，善飲，工詩。著有《小竹園詩鈔》行世。記其《登采芝山》一首云："峻嶺橫撑半壁天，懸崖峭石總鈎連。到來絶頂人誰偶，俯視塵寰我亦仙。遠水劈分千尺練，好風蕩出一湖烟。巫陽雲雨荒唐甚，宋玉才高賦枉然。"清腴秀健，置之孟鹿門、范石湖集中，幾亂楮葉。其他佳句如"雲飛出岫何妨懶，石到無言信是頑"，"岩懸舟每穿心過，岸轉山疑劈面來"，皆曾經幾番鍛鍊者也。又記其《咏墨龍》一首云："驚風拍岸勢漫漫，大地□成墨一團。直使乾坤覆混沌，故教雷雨助波瀾。爲霖天許昂頭近，出岫雲都住脚難。飛上禹門人不覺，依然壁上等閑看。"其胸襟氣概超出凡流。

吾川城西百里有地名同冢，亦名垌冢。土人有相傳爲明藩邸叢葬宫人處者，有傳爲曹操敗於烏林僞作爲疑冢者，有傳爲宋進士垌夫之冢者，其實皆非也。明末張獻忠過此，因俗傳其中有金壺銀杯及兵器之屬，乃發兵掘取，見碑記，皆楚王宫妃，其體灌水銀者，貌如生。曳出隨風而化。賊退，士人輿其尸，瘞兩大窑，因名其地爲同冢云。邑人張清標有詩云："王氣江東已式微，香魂不返舊宫闈。空山馬鬣無穹恨，秋雨秋風泣楚妃。""荒原秋草路層層，古迹蒼茫感廢興。腸斷楚宫金粉盡，何人錯認魏西陵。"蓋謂此也。至今雙阜竦然猶存。傅垣亦有詩云："玉佩珠襦事已空，如山雙冢遂名同。草荒螢繞王孫緑，樹冷鵑啼帝子紅。十載共藏陳死骨，一抔何异舊時宫。行人欲采衡茅薦，滿地飛花夕照中。"

前人梁山舟有句云："畢竟人間勝天上，不然劉阮不歸來。"沈歸愚《七夕悼亡》亦有句云："但有生離無死别，果然天上勝人間。"二詩意似相反，而俱足令人點首。

吾鄉胡月舫先生，性孤傲，終身不遇，竟迍邅以没。生平酷嗜吟咏，雖饔飧不濟，而嘯歌自如。記其《金陵寓中書懷》云："心似芭蕉捲未伸，飢驅又作遠游人。計程自覺家書到，失路誰憐客館貧。曉枕尚教殘淚濕，夜窗惟與一燈親。江南自古風光好，我却來時是暮春。"坎坷潦倒，覺滿腔有一愁字，嗚呼！此何減聞清歌，喚奈何也。其他佳句，五言如"雨晴山較近，風定樹猶摇"。七言如"溪船渡過人千萬，天水映成月一雙"，"學弈兒争棋對角，覓方人去竹求心"，俱不肯輕落一字，非淺學所能津逮也。其稿大半散佚，余未獲全，窺此特豹之一斑耳。

清人童二樹句云："風梅落紙畫猶濕，松雪扑弦琴一鳴。"宋人句云："鷺鶿小遣魚驚散，移脚惟愁水一聲。"吾鄉胡月舫先生句云："知是行人墻外語，暗驚宿鳥一聲啼。"三用"一"字俱妙。

傅垣，字野園，吾邑詩人也。居窮而好奇，常南走滇黔，西逾秦隴，足迹半天下。游益遠，窮益甚，而詩益工。晚歸甑山，遂有終焉之志。所爲詩遠祖晋魏，近宗三唐。其上灘、下灘，及飛雲岩、牟珠洞諸詩，皆奇險有逸致。《上灘行》云："南游買舟沅江口，蓬窗細酌武陵酒。一路看山漸出奇，天然圖畫落吾手。舟子飽餐云上灘，四十里路石巉峗。大灘小灘中無數，惟有青灘上尤難。我聞此語汗浹背，倉皇無計决進退。須臾拚死挽近灘，雷奔電掣心膽碎。但見舵後板急鳴，船頭健兒篙槊横。左避漩渦右石角，一差毫髮分死生。毫髮不差浪頭惡，水花噴雪人面落。百丈齊牽走猿猱，船頭高昂欲奮躍。嗚呼！人生坎坷原無常，此際性命知何鄉。不然中流倘一擲，天地物我齊茫茫。嗟余素犯垂堂戒，垂白飢驅事行邁。頻年險阻身備嘗，此行更覺多思怪。過灘已是月上時，停舟再拜伏波祠。夜闌驚魂渾未定，呼童酌酒盡餘巵。又云洪江以上山崎嶇，灘高水急多畏途。麻陽艇子號如鐵（麻陽船謡云'鐵船紙梢公'），檣折舟破無時無。我上惡灘（灘名）甫及半，仰攀危岩臨絶岸。觸石長篙曲如弓，千尋巨纜挽欲斷。俄來雲氣黑匝地，大雨如注劈空至。咫尺冥晦不見人，長年三老齊墮淚。蒼皇得繫懸岩根，顛摇擺撼飛驚魂。萬慮千籌絶生策，上征無風下無門。雷聲閩訇灘聲暴，衹疑山崩大海嘯。團伏篷底心死灰，瞥眼□礔驚電燒。漫漫長夜不肯明，時悔時怨時自悼。我生飢驅空營營，南朔東西無坦行。既非商賈趨大利，又非馳逐争功名。愛盡人間未受驚，嗟嗟命等鴻毛輕。"《下青灘》云："下灘飛舸如游龍，天矯出没洪波中。又若點額禹門鯉，掉尾騰躍風雪裏。青狼水落灘岩高，三叠三折歸石漕。水同建瓶舟同葉，失勢糜碎隨奔濤。我舟戒備穿石出，摇到急流勁弩疾。水花噴薄晴雪飛，白日無光寒凛栗。簸簸揚揚駭浪開，漩渦石角相激摧。近灘瞥近湯沸鼎，海潮響挾轟㕏雷。此時橈夫色灰死，獨有艄公精神起。捩舵大叫如發狂，半空一落千尋底。但見水壁懸四圍，墮井仰見天光微。須臾一涌中流出，上下驚掣看電飛。嗟我飢驅原無奈，兹役無乃行險大。性命直等鴻毛輕，驚魂早飛奇肱外。灘過痛酒窮途淚，長夜漫漫醒不寐。嗚呼，天壤何處尋樂地。"《游飛雲岩》云："崎嶇路磪碻，登高頗舒暢。流覽極縱横，儼升霄漢上。群巘滋緶盤，四維争背向。突兀擁危岩，矗空開屏障。亭亭若飛雲，凌風勢飄颺。中幻獅形象，還成飛鳥狀。因念造物奇，盡泄秘密藏。瀑布挂長虹，數道開叠嶂。曲折抱岩流，相與成幽曠。我來没蠻荒，所歷多烟瘴。緬兹迥怡情，頓覺心神王。行行首重回，去去深惆悵。"《游牟珠洞》云："入洞逕逾低，林深烟靄積。左右幾回旋，漸覺眼界窄。怪鳥數聲啼，慘洌懾人魄。古洞竅幽岩，靈境洪荒闢。燃炬肆冥搜，迥與塵凡隔。委者數十武，惝恍生虚白。仰睇頂中穿，天光露一隙。再進益離奇，穹盡千障脉。赤鑱猛虎牙，黑盤老龍脊。肖形有鬼神，造化工刻畫。入深殊怖惶，出洞復追惜。數里流泉鳴，濺濺送行客。是皆範山模，水鑿險搥幽。"惟妙惟肖，冶謝杜於一爐，而自出機杼者也。其他佳句五言，如《早秋風雨》云："雨聲欲沉陸，風力可移山。"《蕲州龍眼磯》云："波撼懸岩動，風生六月寒。"《峽中阻雨》云："雷響群峰動，雲垂匝地陰。"《泊玉屏縣》云："舟穿石窟上，纜逐雲根還。"《玉屏縣中》云："灘急奔如馬，奇峰幻似雲。"七言，如《舟次》云："驚濤奮起成山立，小艇輕颺作燕飛。"《函谷關》云："華岳三峰迎馬出，黄河一折抱關流。"《凌虚洞》云："一溪流水當關出，萬仞危岩到頂平。"亦皆奇趣横生，讀之令人蹲蹲欲舞。有《野園詩集》十二卷行世。

野園詩固獨標高格，而不作穠纖之體，然亦有綿麗者。如《戍婦詞》云:“乍啓簾櫳曙色新,芳園獨見可憐春。欄干遍倚情何限,桃李無言静對人。水榭涼生日影西,夢回凭檻翠眉低。含情欲共荷花語,下有鴛鴦并翅栖。目斷征鴻下遠天,紛飛黄葉畫樓前。無情最是長霄月,故向紗窗照獨眠。梅影横斜月轉廊,栖鳥何處暗啼霜。重籠火盡鴛衾冷,玉露沉沉夜正長。”《燈夕》云:“高橇年少大狂生,縑弱弓鞋處處行。不必貪看輕燕舞,芳塵一步已傾城。”《柳枝詞》云:“長短垂條映碧流,東風摇曳送行舟。誰家少婦憐春色,一樹斜陽倚畫樓。”香奩艷體,其風致不在玉溪生下也。又《采蓮曲》云:“蘭橈戲撥蓮花側,擢入花中辨不得,花光人面同一色,同一色,争鮮妍。儂解語,郎更憐。”亦是六朝小品。

野園尚有兄滋圃、弟南橋,俱以詩鳴。滋圃詩余未獲見,南橋幼而善病善愁,可吹而僵也。及與一二快友登山臨水,慷慨賦詩,有擊唾壺、舞鐵如意氣概。詩喜空峒,然其中平淡之作,意穆如也。間雜香奩體似昌谷、玉溪生,借事抒憤,都歸諷刺。顧其詩余亦未多睹,但於友人鈔本中見其《大水行》云:“黑雲壓天雨翻盆,三光不舒盡慘昏。鷲□啼叫馮夷泣,北風破浪浪如立。農家夜半起咷號,牽爺携子向東皋。房櫳瞬息已洪波,飄泊還問禾與苗。夜久水勢勢轉横,毒蒸怪霧夜不明。縣官閉户不敢出,哭聲水聲相喧争。憶昨春深力作時,布穀朝朝屋頭飛。曉星明滅飼牛去,夜月蒼涼荷鋤歸。甯知秋熟反絶食,嗟嗟天意實難測。”纏綿悱惻,藹然仁者言之也。南橋名均。

詩有隔句對者,名扇對。絶句如少陵“昔時花下曾連飲,暖日夭桃鶯亂飛。今日江邊容易别,淡烟荒草馬頻嘶”是也。律句首四句扇對,五六句以下如律,此近體之特异者。傅野園詩云:“去歲重陽節,曾爲赤壁游。今逢兩湖叟,沉醉黄花秋。歲月消閑事,江天動客愁。思君千里外,何日買輕舟。”運用無迹,斯爲上乘。亦有中聯扇對及首尾中聯俱扇對者。

爲國捐軀,志士每艷稱之。明劉雋《咏石灰》云:“千錘百鍊出名山,烈火光中走一還。碎骨粉身都不顧,獨留清白在人間。”其烈氣冲霄,堅不可撓之概,流露於字裏行間,有志者讀之當勃然興矣。

按劉爲洪武乙丑進士，累官兵部尚書。安南黎季犛叛，朝庭命成國公朱能討之。公贊軍事，能道卒。公與張輔合謀奏捷，既而餘孽簡定作亂，命黔國公沐晟率師，仍以公贊軍事。水戰遇颶風，遂被執。不屈死。此詩當其從軍時所作，後人有誤傳爲于忠肅句者，亦以其忠烈之氣相近也。同時有何忠者，亦忠烈士也，常語人曰："天下第一等事不可讓人作。"及聞劉之變，賦詩哭之，有"哲人先逝不勝愁"之句。玩一"先"字，即有不讓劉獨美於前之意。後交趾叛，正平被圍。將入朝乞師，縋城出，被執，不屈，支解死。聞者苦之，而不知身受者方謂其甘如飴也。常於友人抄本中見其《獄中寄藩鎮諸公》詩云："萬里遥城受困時，腹中懷奏請王師。紅塵失路關山遠，白日懸心天地知。死向南荒應有日，生還北闕定無期。英魂不逐西風散，願助天兵殄叛夷。"以九回之苦心，發清商之怨調。音節悲壯，詞意沉鬱，大有擊唾壺、舞鐵如意氣概。結句尤覺英氣渾淪，足以裂山石而立海水，千載而下，如聞太息之聲。劉謚愍節，何謚忠節，俱江陵人。

詩人每多情，而其纏綿悱惻之意，必寄之於詩，故其詩亦纏綿悱惻似乎其人，蓋其詞固自至性中流出也。非然者不可以語情，亦不可以言詩矣。吾卿段匯六先生，詩人也，亦情人也，眷一妓，愛之甚。妓亦傾心事之。若朝雲之於東坡居士也。然而好事多磨，不無拂忿之事。且有以先生溺於色而肆其譏評者。故先生特著《讀〈青樓夢〉感賦八絶》以見志云："小謫情場夢未醒，傷心弱絮盡漂萍。一編慘緑啼紅意，翻向游仙曲裏聽。""妙擅風流筆一枝，章臺竟作畫眉痴。殷勤識得名花意，十丈長幡好護持。""悵望鄉關日正斜，忽聞湓浦奏琵琶。書生緣薄頭難白，嫁得將軍怕姓沙。""聞道牽裾泣别時，織成錦字寄相思。書郵最是洪喬誤，未賦都門祖帳詩。""鐵板銅琶唱未終，秦淮夜色正朦朧。可憐一掬相思淚，洒到桃花扇影紅。""翩翩公子舊烏衣，未忍楊花滿路飛。一擲金錢輕巨萬，贈儂藥物是當歸。""陳留無力贖文姬，報道珠還喜又疑。魚雁分明消息到，懊儂江上轉歸遲。""風姿綽約藻繽紛，鶼鰈年來影不分。無限侯生家國恨，閑情却寄李香君。"

有署名天涯淪落人者，賦有《感遇》二章。其一云："芙蓉泣江秋，霜露奪其色。歲月已遲暮，太息情何極。不敢怨秋風，獨自悲搖落。"其二云："騏驥縶其足，《躓跛》路隅泣。低首向輿隸，往往遭鞭辱。黄金臺已空，何人市駿骨。"哀感頑艷，怨而不怒，是能不失忠厚之遺音者也。若彼無病而呻，又或一經淪落便作申申之詈者，自當飲此聖藥。既而又見其《感遇》一首云："我有枯桐琴，絲弦白玉軫。偶然一揮手，泠泠清風生。囊之不常鼓，鼓必猗蘭吟。風徽日已殁，誰其知此音。"通首唐音，膚淺者未能得此也。

女子爲詩，類必風光細膩，非有意爲之，蓋其所秉賦者然也。温倩華女士《春日四咏》，傳誦一時。《春風》云："垂楊拂拂傍簾牙，小倚回廊墮鬢鴉。愁裏光陰風蝶亂，畫中城郭紙鳶斜。欲憑小扇兜飛絮，故倩游絲網落花。每到晚來偏料峭，薄寒偷入碧窗紗。"《春雨》云："春雨春燈伴寂寥，小樓深夜聽瀟瀟。横烟不展山顰黛，壓力難禁柳折腰。芳草王孫迷去路，杏花消息問明朝。子規聲裏憑樓望，畫出江南十五橋。"《春陰》云："輕陰借得護群芳，不枉虔心上緑章。疑雨疑晴渾莫定，乍寒乍暖費商量。花籠薄霧生嬌暈，柳帶疏烟學舞忙。屈指韶華將九十，東皇着意釀春光。"《春晴》云："暖風撲面開新霽，啼鳥開心報嫩晴。一路遠山螺黛好，六橋春市馬蹄輕。畫船穩泛桃花水，綉陌閑聽柳浪鶯。多少踏青人似織，衣香花氣不分明。"讀之覺清婉絶塵，幾疑在霓裳隊中聽《羽衣曲》也。

作詩必須有寄托，有見地，有性情，有涵蓄，方可感人而傳世。否則織瑣摹擬，餖飣淺盡而已。雖赫然成帙，斷難名家，固不如不作之爲愈也。

近人多喜學隨園詩，然不學其老健之筆，而每摹其率易之章。畫虎不成乃類犬，亦爲不善學矣。

海寧張小華，才士也。天賦多情，而近遇不偶。於是放浪山川，詩酒以自晦。偶游吴門，有校書娟素者，知書識字，與小華遇，兩情愛悦，遂相繾綣，月餘乃别。别數年而張又至，乃訂白首之約。張有《吴門紀事》詩云："姹紫嫣紅門顔色，萬花園住衆香國。一枝梅蕊倚東風,壓倒群芳驕不得。天公抬舉劇多情,有客尋春仗玉成。兒女姻緣諧一笑,神仙眷屬訂三生。幾曲閑房人悄悄,殷勤芳訊通青鳥。工愁善病倩誰憐,解事檀郎心最小。頻番偎倚費纏綿,極意温存夜不眠。私語悄聞壁月下,濃妝替卸銀釭前。三五珍重韶年紀,休教惆悵樊籠裏。終收駿骨上金臺,肯令麝臍抱香死。爲卿留滯爲卿痴,小住吴門爾許時。紅到杏林誇及第,開殘芍藥惱將離。衫底愁看臨别淚,篋中怕檢回文字。酒樽話舊合歡難,紈扇逢秋生感易。懷人賦就會真詩,一卷當年本事詞。明月滿墻花拂面,微之衹許樂天知。艷説銀河渡天上,藍橋重爲雲英訪。公然平視任劉楨,不設謝家青步障。珠喉宛轉態嬌憨,勉道勝常謝未諳。樂府新翻花十八,眉痕纖認月初三。綽約風流難具述,纏頭十萬酬應值。胭脂北地本無雙,金粉南朝誇第一。怪他青眼解憐才,紅拂知投李靖來。惜别那堪龍出骨,牽絲或恐鶴爲媒。輾轉重將離恨説,綺筵静對增嗚咽。金輪咒與掛心丸,夢境無憑拚訣絶。雲泥相憶尚相猜,難得今朝笑口開。解釋卿卿無限意,相思莫道竟成灰。膠績鞋諧都有定,傾城名士况相稱。鏡臺已受太真投,條脱豈虚羊氏贈。西施他日綱將歸,得寶歌成願不違。梔子同心蓮并蒂,文禽比翼燕雙飛。絡秀賢名差足擬,美談并入比肩裏。金釵笑拔學夫人,半臂寒添事夫子。偶從下界乞瓊漿,我本司香侍玉皇。普願人天大歡喜,散花積習未曾忘。"詩成,士林傳誦焉。

凡叙兒女私情之詩,類多近於纖佻,必於清微綿麗之中,寓沉鬱頓挫之致,始爲上選,否則弱矣。曩見汪之順題《董小苑小像》云:"射雉城南秋草緑,水繪荒園濺寒瀑。羅裙已作彩雲飛,畫裏依然人似玉。玉人便是董雙成,倭墮雲鬟有盛名。雲魄月魂留小影,飄花寒葉怨前生。玉臺明鏡臨秋水,自惜芳華厭羅綺。但願世間有情郎,美人衹願爲情死。側帽參軍正妙年,未曾識面已心憐。銀灣空闊無梁渡,織女黄姑各一天。半塘春水流花片,畫梁殘夢隨春燕。眉語分明阿母知,花前記取初相見。相見無端又别離,尊前遲賦定情詩。瑶光奪婿人何在,崔護重來又一時。舉頭明月流光白,閑泛扁舟夜構□。如此簾櫳合有人,小樓紅出桐橋側。問姓居然姓氏真，銅環親扣木樨門。登樓目斷殘燈灺，意外相逢感夙因。相逢慘淡真疑夢，思母悲深先一慟。更訴三年苦憶情，芳心隱隱留餘痛。憔悴飛蓬掩髩蟬，香挑骨瘦更堪憐。披衣頓覺沉痾失，始信人天有夙緣。三盤梳掠青絲織，病後娥□倍傾國。來朝同上木蘭舟，願學鶼鶼長比翼。細雨孤帆一葦杭，初從陽羨下丹陽。江山勝處同携手，兩點金焦接混茫。秋期公子求名去，鈿釵密約丁寧絮。歸來綉佛閉閑門，舞腰肯學章臺樹。紅豆相思語緑鸚，妾身畢竟未分明。江湖歷盡風波惡，不惜尋君冒險行。是時白下方文戰，河亭高會開芳宴。比肩應勝顧横波，座中姊妹都欣羡。還恐蠶絲解脱難，債臺高揭碧雲端。押牙鹵莽黄衫誤，相對微聞永夜嘆。虞山蒙叟風流主，佳偶河東好眉嫵。信手千金點石成，惜花同護鴛央譜。從此雙飛永好逑，不勞西北望牽牛。玉梅萬樹横香雪，持向花間起畫樓。旋題艷月鴛鴦字，闌干宛轉相思地。食譜茶經次第修，樓中韵事仙郎記。讀偏宫詞又楚辭，手裁玉版寫烏絲。一編奩艷尤新异，千古紅閨絶妙詞。丹青隨意都娟妙，小樹寒叢人斜照。一家女伴盡聰明，女羅圓玉應同調。龍涎珍重水沉賒，親製宫香學内家。洗盞婢閑新戒酒，折枝様好自裁花。澆花寒汲銀瓶綆，愛花兼愛屏山影。人坐花中影亦香，枕函夢繞秋雲冷。扣扣紅箋楷法遒，承顔大婦更温柔。慣從畫苑書林坐，閑話黄山白嶽游。新宫豈料開東冶，黨魁北部難寛假。累人夫婿病愁多，恨煞中朝阮司馬。風聲鶴唳總無休，纔過風愁又水愁。鐵騎横江森玉帳，高家兵馬在揚州。旌旗遍地知誰某，潦草弓刀半游手。九死艱難幸一生，倉皇百口兵閑走。渡江桃葉總流離，小住鹽官又幾時。消渴文園原善病，中宵藥裏杖支持。經年烽火消亭堠，瓜州殘壘苔花綉。全家辛苦渡江歸，歸來荒圃還依舊。祇是蛾眉病已深，更番險阻總驚心。塵緣九載匆匆盡，海上神仙不可尋。曲闌空有明蟾照，妝臺無復低鬟笑。憶語哀詞總愴神，空床長簟安仁悼。粉素淋浪畫扇殘，湘蛾滴淚染琅玕。張侯小傳吴郎誄，都作當年本事看。月明殘雪新詞麗，梅村老眼憐明慧。曾見驚鴻小影來，裍紅衫子芙蓉髻。梨雲如夢冷江南，留得生綃玉一龕。蟋蟀聲中抔土在，披圖生憶梅影庵。”通觀全篇，多少關捩,而能不露痕迹,非具有絶大力量者,何能解此。

江[1]尚有《無題》四首,亦復清麗,兹并録之:“渡頭雙槳去匆匆,扇底丁寧細語通。珠箔暗遮三里霧,蠟燈低受五更風。薰籠换後檀心熱,歌板飛時笛眼空。成就一生惆悵事,新詞偷唱小桃紅。”“竹裏平安報幾回,洪厓曾許拍肩來。好風未展丁香結,細雨先含豆蔻胎。簾泊水紋長不捲,衣裳雲裏爲誰裁。傷心一點胭脂水,錯認温家玉鏡臺。”“去年花底哭調笙,銀漢紅墻隔半程。門巷無端天樣遠,房櫳依舊水般清。倩他鸚鵡朝傳語,誰打鴛鴦夜有聲。春老不開銅雀鎖,支磯孤負月娥情。”“蜺旌絳節遠相邀,姑射仙人隆紫霄。楊柳樓臺空拜月,芙蓉庭院不通潮。雙環未闢黄金鑰,半臂猶安白玉條。萬里天風駕鸞鶴,碧城歸去路迢迢。”

又張小華亦有《無題》四首云:“艷説名姝號莫愁,飛來雙槳板橋頭。三年不分窺臣久,一笑無緣把臂留。蝶夢偶通芳信杳,鴆媒已誤此生休。自憐不及顛狂絮,得逐東風上畫樓。”“緣深緣淺豈無因,擬托微波問洛神。實笑錢慳應惱我,閉門羹在太驕人。算來幻夢身難主,捉到迷藏影不親。甘受折磨甘放誕,女嬃争禁詈申申。”“胡麻飯噉骨原奇,不信仙家有别離。背癢偶教思鳥爪,臂痕忍復驗蛇醫。未應姊妹工相妬,得到天宫轉自疑。消渴只期漿可乞,淺嗔薄怒總憑伊。”“桃花門巷怕重過,此際真成訣絶歌。翻手爲雲覆手雨,南山有鳥北山羅。分明綽約珠簾底,可奈葳蕤金鑰何。萬唤千呼渾不答,惱他佯睡到鸚哥。”托事言懷,不失楚騷香草美人之遺意。視彼徒寫風情者,固自有别。小華又工六言,《陰平曉發》云:“三更四更残梦,十里五里晓程。雲墮偶隨烟合,月寒恰借星明。乞火居人未起,亂蟬野樹初鳴。高車駟馬誰是,空嘆勞勞此身。”尺寸長短,恰到好處,增一字不得,减一字不得也。其他佳句,如“事同孤注情難已,人到回頭意可憐”,“已識功名關福命,偶來燕趙例悲歌”,“鄉心稠疊和雲亂,朋酒流連入夢多”,“峭寒到枕水聲急,孤緒摇燈客夢殘”,“敢誇舌在争名易,多恐親衰念子深”,“入座雲憑

① 江,當爲汪,原文誤。

自來去，繞離山不費安排"，"家貧骨肉常輕别，身賤文章不值錢"，"豈以讀書希一第，不妨放膽有千秋"，"事同失馬愁何益，世有真龍好者稀"，"學非有意求温飽，秋易生愁况别離"，語語刻骨，字字生崚，非至性至情者，何足以解此。

每觀影戲，而嘆始发明者心思之精巧。因憶幼时在友人抄本中见有《咏影戲》者云："優孟衣冠已幻身，况兼幻影更無人。吾曹縱是忘形客，此輩難爲入幕賓。漫惜當場誰顧曲，試看往迹早成塵。憑教衍盡偃師巧，蜃室蛟樓總未真。"當時愛其刻畫之工，故至今猶能記憶。惜不知作者姓名，荏苒十餘年，忽於吴興張志楓《古松齋詩鈔》中見之。特不知所吟影戲之果爲西製，抑係中國茶肆中紙翦影戲也？

志楓詩初學王、孟，繼乃致力於香奩體，故古風非其所長。咏《水仙花》云："洛神賦裏見新妝，羅帶風吹細細香。今日江皋逢解珮，却教人憶白蘋香。水清石瘦伴仙根，合與梅花一例論。最是眼前增逸韵，案頭微露遠山痕。春風恰喜到蓬門，簇簇幽姿映緑尊。博得雲鬟同一醉，不須惆悵冷詩魂。"殊爲婉秀，又《簫樓本事詩》云："刻意傷春杜牧之，相逢未嫁不嫌遲。征車得得來今日，鬟鬟垂垂憶昔時。打槳豈愁王子緩，借車翻笑阮郎痴。芳情一點含苞久，豆蔻梢開任獨知。鶯燕尋盟億渺茫，春風惱亂使君腸。傳來錦瑟原多恨，寄與紅綃别有香。夙願已諧千里近，新詩漫作十分凉。目成眉語情何限，衹恐郎當似郭郎。柳陰濃罨悵蕭郎，别緒生憎玉笛凉。春滿緑池防打鴨，夜深紅袖唤添香。簪花敢學夫人體，織錦頻牽公子腸。多事競傳文九錫，犢車塵尾任奔忙。幽思綿邈竟誰知，此事真成兒女痴。萬斛閑愁聽雨夜，百端離緒送春時。妾心不怨來何暮，君意甯嫌去較遲。脉脉情懷釵鬢嚲，牧之自應愧微之。"纏綿悱惻，一往情深，或亦有所指耳。

曩於書肆中見有簽署大昆侖山人稿者，鼠嚙蟲蝕，殘缺幾半，作者姓名亦飽鼠腹。因翻閱之，見有《漢口》一律云："岷江不盡漢江開，江上秋風畫角哀。浪裏船從天半落，城頭山自雨中來。空憐鸚鵡連洲没，不見仙人化鶴回。落日蒼茫烟水闊，故鄉何處一登臺。"沉鬱蒼老,音節悲壯,直可以上凌七子,而下接黄門。又《送人入都》云:"懦夫重安居,壯士輕遠行。燭影幢幢拔劍舞,鳥啼月落空復情。燕山臘月三尺雪,河山車行河冰裂。去年送余在河干,乃復與君爲此别。天外何崔巍,云是黄金臺。策蹇過其下,感慨意徘徊。黄金馬之餌,馬骨爲士媒。山東少年特英妙,入關弃繻終子來。"緣情之作,而能以樸老疏硬之筆出之,不涉於綺靡,是蓋胎於漢魏而囊括唐宋者也。其他送别詩又有"淚盡一杯中"之句,五字可以抵人千百。惜殘缺未能全窺,爲之不快者累日。後閲《正雅集》乃知爲高密單烺作。烺舉乾隆己未進士,曾官貴州銅仁府,字曜靈,一字青核。

駱中渠者,吾邑諸生也,字心則。性詼諧,善清談,朋酒流連,無駱不歡也。書法遒勁,顧不輕易爲人作。有嬲之者,則頃刻數紙,尋復塗之,人亦無如之何,聽之而已。尤工詩。咏舊劍有"恩仇當酒後,關塞即燈前"之句,雖寥寥十字,具見魄力之厚。惜其遺稿散佚,不能多見耳。

前輩丁喬山先生,有《漫興》一絶云:"安得何曾一食錢,買花買酒買漁船。花邊酌酒溪邊釣,不是神仙也半仙。"其他佳句,七言云:"橋通港水連湖水,人上芝山望甑山。"五言云:"浣溪春釀酒,燃月夜談天。"刻意輕俊,類公安三袁一派。没後遺稿散佚矣。

王文鑑,才女也。六歲能讀,爲詩亦略成章。《秋暮》云:"鵲巢野烟碧,漁歌遠浦幽。夕陽疏柳外,一片斷腸秋。"人多贊賞之,惜少孤,不能卒讀,不然焉知不爲李易安一流人也。

詩以七絶爲最難,前人已言之詳矣,故佳者絶少。余庠詩云:"柳陰深處繫孤舟,釣罷歸來樂自由。爛醉不知明月上,何妨風浪打船頭。""鈍斧磨穿石上苔,山中寒盡又春來。采樵遇看燒丹客,借問碧桃開未開。""春暖春寒布穀啼,白雲深處好扶犁。閑來檢點南山事,豆子苗生麥又齊。""黄髪兒童着地眠,茸茸青草暖生烟。醒來不見陽陂犢,尋到落花流水邊。"

張清標《紀事詩》云:"渺渺群山一水圍,孤舟盡日泛清暉。夕陽浦月閑鷗鷺,愛爾經年入鏡飛。""浮宅心情寄此湖,蒼波渺渺夕陽孤。醉來一枕船山月，合署烟波老釣徒。”又《過赤壁街》云：“街南街北幾停車，無數垂陽綰暮鴉。惟有夕陽消不盡，又隨秋水上蘆花。”“摇落新湖欲上潮，西風吹浪打山椒。憑誰問取孫曹事，細聽漁歌出葦籥。”《采菱歌》云：“湖頭風細雁雙飛，湖上女兒紅紵衣。采得青菱秋正晚，白蘋香裏掉船歸。”“大姑船尾慣撑篙，小姑船頭慣把橈。穿過紅橋衣帶緩，西風背立整裙腰。”曾希天《過初没湖》云：“小憩晴川倦眼開，菱湖香裏雨聲催。湖光百里澄如鏡，惟見漁舟自往來。”馬清亮《過打雁湖》云：“孤蒲獵獵峭帆過，鎮日西風捲碧波。擊楫孤吟人不見，鷺鷀飛處夕陽多。”類皆意思深長，丰神幽秀，讀之夷然泠然，不覺矜平躁釋，蓋非東華軟香塵土中人所能企及也。

詩每窮而後工，故乞丐中亦往往有能詩者。雖其詩不必佳，而人以其乞丐也則群焉驚而詫之。其流傳亦遂較士大夫爲易。余所見有一律云：“形骸放浪寄乾坤，肝膽如今總莫論。寒至有誰憐范叔，飢來無嫗飲王孫。十年空索青門米，千載難招易水魂。搔首問天天不語，何如高卧月黄昏。”慷慨悲歌，殆不減阮步兵日暮途窮之感。此丐不欲以真姓名示人，故人亦無知之者。

余年將三旬，而膝下猶虚。去歲舉一子，舉室欣然，蓋望子得子，固人生之樂事也。不意未逾月而殤。家人恐余之悲也，遽呼力者草草瘞之。今則宿草離離，幾不辨葬處矣。因憶清人李屯庵《望亡兒墓》詩，惻怛酸辛，語語刻骨，誠能先得我心也。詩云：“蜉蝣亦有命，彭僊亦有死。道逢秦與越，不辨誰家子。天屬綴人心，死別無生理。百感生一望，相待盡於此。我欲地上哭，高天若無耳。天無骨肉情，看人自悲喜。”刊落淒瘦，意遠詞悲，洵此中老手也。

近有以《咏秋蝶》詩見示者，余閲畢，擱置案頭，而以他語與之相周旋。其人輒轉顧其詩，意似欲余加以品評者，乃以模棱語敷衍之而去。蓋其詩屬詞比事頗稱工緻，然竟忘却一“秋”字，故不欲妄貢腴辭以欺之也。因憶曩日見有《秋蝶詩》數首，頗能細切不浮，兹録之。詩云：“飄零物態驗秋叢，幻入南華想像中。花底一生愁晚照，籬根一日怨西風。綿綿綺思寒烟斷，冉冉香魂繞夢空。若與游蜂相慰籍，不堪重度畫樓東。”“曾聞金粉富南朝，瞥眼繁華咽暮潮。狎客練裙餘幾許，美人翠袖薄無聊。慵翻宫體三千牘，苦覓香蹤廿四橋。行到小園衰草遍，令人空憶鳳兒嬌。”“秋風秋雨病難勝，額上匀黄殘不凝。他日窺窗羞賈女，衹今遺篋泣韓憑。扇捐紈綺誰相撲，璽冷羅浮料自憎。栩栩笑伊無力舞，惟應伴我睡□騰。”“露穗烟蕪倦不支，纖蟲於汝感衰遲。鉛黄詎染滕王畫，艷句虚吟謝逸詩。似記馬蹄香逐處，忽逢蟬語碧殘時。已拚色□消除盡，獨對蕭晨理鬢絲。”讀之覺句句有秋光，句句如蝶舞也。

天門胡子重，詩人也。所爲詩上宗漢魏，而有磅礴之氣。以運之瑰瑋奇怪，不主故常。故人莫測其端倪。曾見其《雙刀歌》云：“郭生好武復好客，要我試一觀雙刀。磕然拔出卸□柙，滿屋掀翻生秋濤。黄金錯纏靶□文，水鍔涵影回光交。獵獵腥風慘血花，宵辟精魅聲嗷嗷。體埋凝重氣雄闊，百練不數阮帥高。小試已教肝膽裂，吹之可以斷鴻毛。爲言少年二十時，潛身行列備行師。學得雙刀好身手，手刀殺賊刀不知。軍中士卒皆健者，犀鞬腰刀箭滿把。百步伺人無虚發，聞雙刀名氣盡下。十蕩十决陣雲横，曾向雙刀覓死生。衹今髀肉生兩股，少壯幾時樹功名。嘆息爲我一揮手，起舞當年風雪吼。盤花蓋頭□浪潑，是雙刀時是兩肘。迴旋逼迫刀爲人，閴然人刀俱無有。龍雀一躍環雙合，猛氣猶團驚户牖。我觀嘆未已，爲語郭生前。當今天子重儒術，窮兵黷武何有焉。佩刀久化頑民奸，時清樂業年復年。此刀或不值一錢，請君爲我投諸淵。不然鑄作好鋤犁，歸耕吴王壟上田。”通首古音，蓋大氣之所鼓蕩也。

子重詩五古最爲擅長，近體非其所好。偶一作之，亦復風格遒上，不失漢魏之遺音。曾見其《咏銅雀妓》云：“鄴城一何古，漳水一何長。粉黛消霸氣，荒臺鬱空香。野孤學歌舞，疑冢失君王。獨有西陵柏，蒼然大道旁。”《送人之吴門》云：“大江流不盡，此去一孤舟。暮雨連溢口，西風下石頭。詩名吾輩重，俠骨幾人投。莫問秦淮水，烟花六代愁。”“中丞賢愛士，才子壯能文。劍舄春盈座，笙歌夜度雲。轉艘今重地，鎮海古雄軍。倘入奇章暮，音書慰遠聞。”

《送人之武昌》云："輕帆開遠樹，落日淡孤舟。别意隨春水，送君上鶴樓。江山餘霸氣，詞賦足清游。莫遣相思發，梅花笛裏愁。"《夜過對天洼》云："危泉分亂白，窄徑傃荒青。行地無乾土，窺天有濕星。鴞啼林月暗，虎過谷風腥。前路熒燈火，心旌得暫停。"《雲杜山行》云："暮色轉蒼蒼，松風送小凉。陂塘秋水净，籬落野花香。獨樹迎歸鳥，群峰亂夕陽。前途應有雨，山翠濕衣裳。"古意云："我有雙玉環，佩之好容顔。纏綿魚子結，宛轉蛾眉斑。寶級約風帶，春烟團翠鬟。隋珠焉能比，趙璧未可攀。"《贈歌者丁郎》云："我有紫雲曲，君能絶代歌。東風薰翠管，春日唱黄河。花氣當樓回，香光入户多。纏頭應買錦，透額不須羅。"通觀各篇，類皆淵然窅然，具有遠神，是蓋沉浸於陶謝諸家，而以浩氣行之，故能崚骨凌霜，高風拔俗，率爾操觚者未易窺此也。

子重五古美不勝收，兹録數首以存豹之一斑，非曰佳者盡於此也。《伯牙臺》云："我携枯桐來，獨上伯牙臺。一鼓水仙操，泠泠江濤哀。指澀不成調，推軫起徘徊。日暮清風吹，松花滿石苔。"《湖堤曲》云："我來當三月，春水泛桃花。停橈漢陽渡，沽酒莫愁家。莫愁何處住，湖堤□修路。朱扉雙銅環，青山對朝暮。暮暮復朝朝，游人堤上橋。垂楊三萬樹，樹樹隱鳴鑣。二月李花開，四月黄鸝語。東風江上來，吹緑門前水。水流落花香，低頭拜鴛央。鴛央自雙飛，莫愁自斷腸。"《蘼蕪篇》云："貴賤本無常，妍媸豈有殊。君子安且坐，聽我歌蘼蕪。蘼蕪生山中，采之逢故夫。且勿問故夫，新人在後車。威儀盛華飾，寵光赫路隅。行者但咨嗟，都言新人姝。摻摻出素手，指爪三寸餘。牽我舊衣裳，就我問故夫。汝當夙知之，夫君復何如。夫君復何如，含悲野踟躕。賤妾豈敢知，昔與新人俱。"《山莊》云："初月升東際，落日漾榛莽。送客掩柴荆，脱巾步閑敞。一静息萬營，高吟成孤賞。茆檐延素輝，却復苔階上。松影劃地鳴，老鶴踏枝響。"歷讀諸篇，類皆氣調蒼深，雖極哀感頑艷，而仍不失老健疏放之致。《山莊》一首猶覺夷然冷然，殆可直摩陶謝之壘，而自樹一幟矣。

馮詢字子良，嶺南才士也。於書無所不窺，尤工詩。而落拓不遇。故其《長沙懷古》云:"枉教經濟壓時英,宣室難回聖主情。兩漢文章千古重,三閭幽怨一身輕。從來志大才難用,畢竟年高氣易平。纔壯便衰卑濕地,傷心甯獨爲先生。"黄鐘毁弃,千古同悲,世有傷心人,當同聲一哭也。符雪樵、徐東松,其友也。符見美人圖無不愛者,徐有"多情妒到竹夫人"之句。故子良有《紙竹美人歌》云:"愛到紙美人,符君有真趣。妒到竹夫人,徐君有奇句。愛妒兩字回環生,二君异想仍同情。非愛何由妒能起,不妒應知愛尚輕。噫嘻,美人紙竹耳,二君愛妒亦如此。自謂鍾情與世殊,竊恐情終遜竹紙。漚竹為紙非即竹,粉身碎骨同生死。愛妒無形愛始真,此語莫問登徒子。"涉紙筆成趣,蓋非此詩不足以稱此題也。其客都中,時而故鄉有傳其已死者。其友人馳書問訊,因賦二律答之云:"一痛開緘百感增,爲聞飛語笑良朋。尚留子在吾何死,却畏人言鬼可憎。故里忽歸疑白鶴,舊游誰吊似青蠅。東波海外傳雖誤,磨蝎纏多恐不勝。""艱難閲盡豁煩襟,華屋山邱醉朗吟。已死更無生老病,是人都有去來今。戈揮落日何曾止,酒勸長星亦易沉。非是牢騷權作達,放懷聊慰故交心。"似是曠達,而實沉痛。又《望月》一絶云:"水驛山程處處圓,圓時便覺别愁牽。故鄉久已無明月,與我追隨二十年。"亦妙。

曾見古畫一軸,林木陰深,泉石幽邃。然鼠嚙蟲蝕,衹留雲林半角矣。上有題句,尚依稀可辨。詩云:"入谷聽幽泉,依稀隔雲注。欲觀泉出時,須向雲深處。"寥寥二十字,亦疏健,亦超隽,題畫者必如此方入化境,若但鋪叙景致,笨伯也。又吾邑鄒蓮舫先生亦有題畫一絶云:"古木槎枒屋角横,遠山翻暗近山明。有人久立夕陽下,只爲前途路不平。"此則有所感觸,借題發揮耳。詩人出筆,固無乎不可也。

游仙詩必有寄托,或感身世之飄零,或痛國事之板蕩,乃假游仙之詞以曲達一已之懷,非徒托荒唐便稱神妙也。曩見陳樂光有《反游仙詩》云:"葛令丹砂竟子虚,一官勾漏老荒隅。看人撒手朝金闕,猶抱真形五嶽圖。""何處胡麻一飯陪,落紅如雨隔天臺。好花滿地無人掃,未必劉郎肯再來。""已過瑶池白日春,枉憑圖畫唤真真。神仙小照分明在，未信丹青誤美人。”“芙蓉峰頂女蹁躚，一啖松枝便得仙。自笑爐前陶太白，金丹七返是何年。”“淮南鷄犬亦同昇，何事燒鉛術不靈。從此枕中鴻寶外，别邀劉向覓丹經。”五詩中所言何事，不與樂光同時，不能知其身世，未可遽加臆度。然五詩意似一貫，故知其必有寄托，非拉雜而成者也。又胡子重亦有《大游仙》七律一首云：“縹緲珠樓十二重，經星環拱壓天中。朱冠玉簡朝群帝，翠蓋金章駕六龍。穹島夜連鰲背黑，扶桑高并海雲紅。何如此去窮真宰，呼吸絪緼一氣通。”此則宦海浮沉，托之於詩，乃顯而易見者也。

退谷詩話

王退谷 撰

載於《公民急進黨叢報》一九一二年第一、二期，未完。作者王退谷。

《公民急進黨叢報》，是公民急進黨的黨報。該黨成立於一九一二年三月，由上海士紳沈定一等發起，以“養正鋤非、化私爲公、鞏固民權、發展民意，俾全國人民各盡公民天職，造成完全共和國家”爲宗旨。一九一三年十月三十一日解散。

王退谷，山東新城人，以字行。清初詩人王士禄後裔，公民急進黨黨員。

本篇詩話主要收録晚清著名詩人、學人之詩作、軼聞，涉及袁祖光、汪瑔、吴重熹、何兆瀛、孫雄、馬伯梁、許宗衡、羅復堪、吴彦復、吴趼人等名家。作者王退谷家學淵源，交游廣泛，詩話中有些記載有一定學術價值，如記吴重熹選刻《石蓮庵彙刻山左人詞》始末甚詳，記馬伯梁藏清人詩集事及其晚年境况等。選詩評詩，頗見好尚，如評汪瑔《珠江秋夜曲》云：“近賢七古當以此種爲極軌。”認爲何兆瀛詩遠勝許宗衡詩，推崇羅復堪詩，皆可備一觀。

《公民急進黨叢報》1912 年第 1 期

吾友太湖袁小偁有《珊瑚曲》，記滿清貝子載振與蘇妓謝姍姍事，旖旎風流，不減《賽娘曲》，直上與梅村、蒙叟諸絶爭輝映矣。《珊瑚曲》云：“五尺罘罳緑樹遮，小桃紅處是兒家。燕臺幾許閑釵釧，争及蘇門姊妹花。妝束鮮明韠翠翹，群花齊讓謝娘嬌。春風纔上靈和柳，便許輕盈舞細腰。三郎得意大羅天，一曲霓裳會衆仙。愛聽吴歌成痼癖，開場不召李龜年。封章竟許劾蛾眉，誰遣分司銜史知。第一維新稱盛事，樊樓先謫李師師。春殿從容笑語和，黑罡風惡捕嫦娥。賜銷賜餅尋常事，偏是兒家罪孽多。一霎飛英墮溷忙，梨花門閉月昏黄。司秋信有新編律，不試奸囚試教坊。更番劫運遇昆侖，冤重無由叩九閽。便有金鈴勞護惜，殘英只剩一絲魂。舊壁頽垣蠣粉明，馬纓花底亂啼鶯。不應重怨東風惡，老伴秦宫過一生。”分司銜史彈劾蛾眉事，似指張珍午在諫院時事。

山陰布衣汪瑔芙生以詩名，大江南北，無不知者。著有《隨山館猥稿》。余最愛其《珠江秋夜曲》，近賢七古當以此種爲極軌。曲云：“白鵝潭上凉波起，秋夢無痕墮烟水。錦帆夜側鯉魚風，來去花田纔十里。秋去秋來送畫船，月光如水水如烟。痕摇縠縐波無際，凉沁羅衣客未眠。年年不换繁華處，屈指秋期不知數。就中最是可憐宵，紙醉金迷惟兩度。鸞梭鳳駕事茫茫，乞巧筵開漏箭長。願把玉簫凌碧落，不知銀漢隔紅墻。更聞月滿清虚闕，仿佛霓裳歌未歇。漢女秋抛經寸珠，宓妃夜試凌波襪。襪塵衣露總銷魂，鵲渡蟾宫兩不分。此夜情如千丈水，有人夢惹一窩雲。狎邪人住迷香洞，倒推緑幺憐小鳳。一曲争傳子夜歌，十年不醒揚州夢。自謂青鸞總并栖，人閑空唱汝南鷄。驚鴻影轉回波住，顧免輪殘翠黛低。可惜西風來太早，鵾弦彈罷秋心老。他時芍藥合歡花，此日芙蓉斷腸草。斷腸重憶白蘋洲，瑟瑟微波易感秋。六曲闌干雙槳月，何人猶往木蘭舟。”

石蓮老人校刻《山左人詞》，先得新城先考功及文簡公與宋玉叔、曹實齋兩先生四家詞。續於《百家詩選》得楊聖期、唐濟武兩家。宋詞得李端叔、辛稼軒、周公謹、李清照四家。復得勝國之初趙飴山、田在田兩家。旋於《十六家詞》得柳耆卿、晁旡咎、王錫老、侯彦周四家。更於《典雅詞》得趙謂師一家。共十七家。刻既竟，綴小跋於目末云：“山左前人詩文，均有輯本，惟詞無聞。己亥歲，王廉生祭酒出所藏漁洋詞寫定本，爲倡屬刻山左人詞。歸而商之繆炎之太史,更出各藏本彙而刻之。得十七家。按朱氏《詞綜》,載和凝以下山左詞人共三十餘家。今專集多不可見,僅得此者若干種,匆輯將益散失。乃請太史代勘,以覆楮墨。而庚子之變,祭酒闔家殉難燕京,竟不及視此本之成矣。"云云,爲之淚下失聲。

石蓮老人好刻書,曾集金人文集孤本爲九全集,又刻先世遺著之《律例通考》,皆充棟版籍矣。老人性和藹,余幼托寄食,老人視如自家子弟,飲之食之,教之誨之,以迄成立,所學多受益焉。余於《山左十七家詞》外得淄川蒲柳泉先生《聊齋詞》,又於《九金人集外》得王寂之《遼東行部記》,皆鋟版矣。書此以志墨緑。

"紅墻曲處野雲多,舊迹金源一刹那。安得鷗波亭上客,玉簫重按打新荷。"江寧何青耜先生兆瀛咏萬柳堂句也。先生有《心盦集》,又有《十月十七日祀陸放翁生日》七律一章云:"第一才名丞相嗔,蹉跎從此有詩人。生同杜老飄零感,歸法嚴光寂寞鄰。馬首看殘河渭月,鵑聲啼冷建康春。事知异代江南客,團扇梅花拜喜神。"世於白下詞人近代群推許海秋,余以海秋去青耜遠甚。

《公民急進黨從報》1912 年第 2 期

昭文孫雄師鄭曾受業於先君子,精於詞章,着有《眉韵樓詩話》及《四朝詩史》,至十餘集之多。余因其纂修詩史始訂交。最愛其《閻忠烈祠歌》及《奉謝張蓬仙歲暮饋銀》一律,《謝張》詩有"腸熱多存湖海氣,交深念及稻粱謀。西風打屋棱棱紙,鏤腑雕肝萬斛愁"之句。《閻祠》詩尤佳,全録之:"典史一官九品耳,此中乃有奇男子。錚錚不屈甘效死,殷有三仁如鼎峙(馮公厚敦、陳公明遇,乙酉之役同殉於難者)。英風壯氣凌九州,孤城斗大江水流。將軍慷慨稱斷頭,南都降將怒顔羞。吁嗟乎有明養士三百年,立朝幾輩如公賢。武臣惜死文愛錢,蕞爾卑官道義肩。飲冰嚼鐵百鍊堅,城樓截指丹心懸。鯫生欣慕願執鞭。"

甘泉馬伯梁,秋藥先生後人也,名蔭泰,號大玲瓏山館主。其訂名也屢易始定,蓋自比於羲獻名之例也。工於詩,吴夢蘭爲之抄存數十首,名《大玲瓏館詩鈔》,復摘入《續詩人徵略》。有《重九所作》句云:"天末衣裳猶在笥,故人蘭芷約憑高。"又有句云:"衰年諸債集,瑣事隻身兼。孤憤寧忘耻,幽居不受憐。"又《咏敝裘》云:"富貴文多熨不開,蒙茸猶記稱身裁。常教補葺稍完整,每遇炎凉聽去來。風雪多情磨健骨,文章翻樣變初胎。金貂能贈皆無矣,一領綈袍尚費才。"其《游尤園紀事》云:"溪漲半篙菱葉碧,春陰三月落花遲。"皆可傳句也。

伯梁初擁鉅産,爲鹺商上户,以好客故家遂中落。所藏滿清一代詩人專集極富,雖斷炊不以易米也。晚年貧益甚,然耻受人憐。有以近況見詢者,輒答曰"好好"。與臧宜翁、吉住岑、陳孝起、蕭蔚之及吴夢蘭等結冶春後社於西湖上,詩宗漢魏,沿及六朝。騷選下迄盛唐,融會貫通,不規規於摹擬,而氣息沉厚,可誦可傳。

玉井山人以進士官舍人,天才俊逸,詩尤奇兀。近百年來論金陵詩人,當手屈一指。同時并峙者,唯何青耜一人而已。《玉井山館詩集》中當以《憶斜街》一首爲壓卷,詩云:"斜街春雨綻櫻桃,駿馬銜烟夜月高。誰按玉箏驚過燕,獨懸金帳獻烹羔。羈懷與夢隨雲遠,詩膽因歌對酒豪。板鼓聲銷人漸老,年時憔悴衹青袍。"山人姓許,名宗衡,字海秋,上元人。

余與仲兄漢輔,同受業於樊山先生之門。或以先考功及文簡公相期,惟余於兄弟行中才爲最鈍,轉多滋慚。兄論滿清一代詩人除崇拜帶經堂外,唯推尊鬱華閣,若趙秋谷亦所服膺,餘子殊少許可者。手輯所著詩曰《智雨集》,約千餘首,删去及不復記憶者尚不止是。神頗似定庵。有《感事》一律,爲時傳誦。其腹聯有"從來賁育能扛鼎,豈有尼由待問律"之句,蓋時有以苞苴致顯宦者,爲之慨也。後其人卒以鼎折餗覆,玉焚海飛,竄海隅而死。

吴縣曹元忠君直,以績學聞於都下。昨從其侄惕寅處得讀其《與冒鶴亭感事》詩云:"與子蕭寥各半生,傷時感事淚縱横。待投詩卷岷山去,流到長沙付屈平。茫茫天意孰憐才,懷舊凄凉付七哀。莫向西州門外過,痛吟我已折撾來。"信乎學人之語,無非近於挽之失。

平生所最心儀者惟茶人、敷庵二老。每以爲前無古人,後無來者。特不知論之者何如耳。敷庵先生以直聲震於宙合,嘗見其《春日園林》一律,則又於驚濤駭浪中,饒有一番光風霽月也。詩云:"芳菲時節信誰知,燕燕鶯鶯各護持。一水飲人分冷暖,衆花經雨有安危。冒寒翠袖憑欄暫,向晚疏鐘出樹遲。不是無端感春序,樊川多日鬢如絲。"

"把劍談烽火,逢花倒酒樽。有人探地脉,何處問河源。滄海魚龍舞,天關虎豹尊。高軒能幾過,相對夜温存。小閣孤燈迴,憂懷世事侵。亂蛙添夜語,啼鳥唤春心。極北長星耿,江南秋水深。吾廬容抱膝,大澤有哀吟。"此王饒生《戴五見過》詩也。饒生又有《辛丑九月將去海門》詩云:"冥鴻萬里想雲羅,苦竹黄蘆夢雨多。明月西園添客思,春潮南浦漾微波。花前心事憐鸚鵡,天外車書問駱駝。回首九年行樂地,一窗辜負對青螺。"饒生名潛剛,現爲東海關監督。

吴彦復著《北山樓集》,博雅工詩,翩翩濁世之佳公子也。集中佳什,美不勝收,七律尤工,如《夜夢故人朱曼君》,及《冬夜書懷》,又《爲冒鶴亭題菊飲詩卷》,皆上乘也。嘗與先長兄翼伯交游,先君子尤重之。《夜夢故人朱曼君》云:"青天碧海騎鯨去,小别千秋返夜臺。季重舊游成鬼録,青蓮詩賦失仙才。天荆地棘歸魂黯,月黑風高入夢來。欲挈隻鷄向何許,山陽笛裏不勝哀。"《冬夜書懷》云:"故人强半擁旌旄,蕭洒西風動敝袍。鏡裏年華鬚鬢改,枕中江海夢魂勞。登樓猶自悲王粲,鈎黨微聞捕孔褒。誰遣愁人眠不得,殘燈欲死曉鷄號。"《冒巢氏菊飲唱和詩卷爲鶴亭題用卷中前二首韵》云:"逃名淮海似投荒,惆悵東皋舊草堂。蟋蟀光陰閑裏過,屠沽風味客中嘗。沅蘭湘芷思公子,縱酒酣歌類古狂。人世宛然同一夢,獨驚栖泊在他鄉。""水繪靈鶼墨尚新,百年遺事了如塵。風流定爾推先輩,身世還堪感後人。見説揮金長結客,最難委巷老耽貧。甘陵黨部多才俊,鄰笛山陽迹未陳。"

江寧金楚青,名嗣芬,爲新聞記者。曾主《時報》,著有《蹇靈脩館詩文存》四卷、《蹇靈脩館隨筆》四卷、《金陵揮麈録》《東湖消夏録》等書,先後付梓行世,年未弱冠也。其警句有:"寂寞魚龍夜,江流尚不平。澄清那可待，迨遞此長征。”又：“蕭蕭短髮頻搔首，誰識江湖此日心。”“一雁孤飛聲寂寂，萬山如睡夜沉沉。”“到心哀樂知多少，過眼滄桑成古今。”“獨抱辛酸無可説，故應歧路淚沾襟。”

南海吴趼人，名沃堯，遺著以説部書爲最夥，抱逸才，工於詩，《過黄鶴故址》有“天地有靈留境界，江山無恙此登臨”之句。

蒼雲閣詩話

嚴天駿 撰

載於《震旦》一九一三年第一、二期。第一期題曰《蒼雲閣詩話》，第二期題曰《蒼雲樓詩話》，但兩篇爲連續之文。

嚴天駿（一八六八—一九二七），字仲良，號仲叟，雲南玉溪人。晚清舉人，後赴日本留學。歸國後致力於地方教育事業。宣統年間爲湖北長陽知縣。民國二年（一九一三）被選爲北京衆議院議員。議會解散，立志不與北洋軍閥合作。後病逝於北平。

《震旦》，一九一三年創刊於北平，政治月刊，由北京統一社會黨政務討論會發行。主要發表討論憲法和政治制度問題的論著，提倡民主立憲政治。

本篇詩話主要收録作者在湖北長陽做官期間所交詩人之詩。録長沙彭敦毅（任甫）集句詩、詩作甚多，又録善化張鴻藻詩，稱其在湖北"詩名與任甫埒"。又録友人安縣陳辛湄詩數首。稱贊孝感王篤成爲"鄂詩壇後起之秀"，謂其"詩純學杜"，多佳構。所選多爲仕宦羈旅、窮愁傷時之作。雖選詩多、評詩少，但對了解清末湖北詩壇亦有一定價值。

《震旦》1913 年第 1 期

集句詩，古人不重，以其無我在也。然亦有妙合自然，不可廢者。清初，秀水朱竹垞得之極多，刊成巨册。吾滇張月槎（漢）太史有《留硯集》，全册皆集句也。近猶有膾炙之者。余游鄂中，與長沙彭任甫(敦毅)善。彭工詩,尤工集句。集杜五律,前後可百首。每一詩出,傳抄殆遍。後歸長沙,以憶事懷人,集玉溪玉句六首見寄。其小引云:"僕浮沉幕府,落拓江湖。還鄉非衣錦之榮,奏技等吹竽之濫。眷言身世,略似樊南。爰取碧城錦瑟之篇,借抒香草美人之感。雨窗無事,襞績成章。鳧斷何憂,獺殘更拾。文人無行,令狐綯何足知公。詞客有靈,玉溪生也應笑我。"詩云:"五色玻璃白晝寒,碧城十二曲闌干。深知身在情長在,相見時難别亦難。垂手亂翻雕玉佩,慢妝嬌樹水晶盤。此情可待成追憶,卧枕芸窗春夜闌。""十二樓前再拜辭,回頭更望柳絲絲。枉教紫鳳無栖處,便是孤鸞罷舞時。浮世本來多聚散,良辰未必有佳期。楚天長短黄昏雨,羅薦春香暖不知。""仙家暫别亦千春,苦海迷途去未因。終日相思却相憶,可堪無酒更無人。不知腐鼠成滋味,羨煞烏龍卧錦茵。我是夢中傳彩筆,枉緣書札損文鱗。""安得好風吹汝來,柳綿相憶隔章臺。金鞍忽散銀壺滴,鸞扇斜分鳳幄開。海闊天寬迷處所,廊深閣回此徘徊。浣花牋紙桃花色,費盡陳王八斗才。""悵望銀河吹玉笙,望中頻遣客心驚。花須柳眼各無賴,湘瑟秦簫自有情。遠路應悲春畹晚,一生長共月虧盈。水亭暮雨寒猶在,留得枯荷聽雨聲。""本來銀漢是紅墻,要舞天花作道場。人世死前惟有别,小姑居處本無郎。莊生曉夢迷胡蝶,侍女吹簫引鳳皇。憶事懷人兼得句,盡知三十六鴛鴦。"此則雖竹垞老人不能不退避三舍也。

任甫性孤傲,舊以桂林吴肇邦觀察豫省招入幕爲記室,吴待之殊有禮遇。光緒季年,吴改官鄂,任甫從之,以洋務績叙知縣留鄂試用。腰靴手板,從事衙參,大非所樂。戲爲詩云:"無端幻念如泡起,墮入茫茫宦海中。風雪飄蕭斷行雁,衣冠唯諾應聲蟲。七年不見烏頭白,九轉遥看鶴頂紅。入座真成三語掾,何曾米價問江東。"余亦戲次其韵云:"年來此味粗咀嚼,酸澈胸中貫腦中。正有盈千不凡鳥(官廳之中嘈雜已甚,諺謂之鵲巢),曾無第二可憐蟲。命宫人貴眼多白,宦境春深花門紅。君是士龍應抹煞,隨園舊已感江東。"相與狂噱,復太息也。

任甫凡兩喪偶。繼室許生有子,九歲矣。而老母臘復高。余爲作合范氏女,闢館以迎之。任甫以迫於境,勉續娶中不適也。先是其繼室賢而才,伉儷尤篤。其卒也,悼亡之作,無慮百首。娶范之前數日,忽以一詩見示,情詞凄惻。時方對酒,抗喉誦之,襟淚浪浪也。詩云:“曲曲回腸繞墓門,春前紅豆長愁根。故園已負青山約,抔土猶留碧血痕。蠟炬成灰宵有淚,布衾如鐵曉無温。可憐背地懸遺掛,私爇名香祝返魂。”

任甫歸長沙,仍以吴遷官湘省故。將歸之前數日,余適有事,施南作詩送之云:“炎天烈日走夜郎,翻送故人歸故鄉。停杯不飲復大笑,竟取巨斗置君旁。不爲君歌將進酒,飲者留名行堪傷。吾曹固自有事業,區區棧豆何足説。病馬敲骨作銅聲,時來驤首鳴金闕。此行要須各珍重,前途安用惜離别。君山青青洞庭暮,沙棠之舟木蘭渡。夜月空明泝流光,清烟微茫認鄉樹。請君無爲長沙哭,余亦行訪李白去。”然歸無幾,而吴又陳臬吴中,聞任甫仍將從之,而未得確音。余有懷云:“武昌城内花堤館,閲五旬餘共酒尊。歸去長沙仍痛哭,朅來湘水且離魂。甯論文字相師友,直瀝心肝作弟昆。吴市簫聲最凄絶,未應穿眼望胥門。”南軍事起,聞爲黄留守秘書,去住彼此無消息矣。

張鴻藻,字芹蓀,善化人,亦旅鄂垣。詩名與任甫埒,而身世落拓,鬱鬱不得志。嘗爲《反杜同谷七歌》,哀艷動人,惜不能舉其詞。記余題其後云:“五噫未足四愁略,縱筆酣描同谷歌。苦境自然天界少,笑談争敵淚珠多。錦囊鬼氣咄長吉,香草騷魂招汨羅。寬大酒腸憂滌盡,慰愁無語奈君何。”又余在長陽有《懷芹蓀》云:“仲蔚蓬蒿真四圍,風流張緒已全非。屠龍奇技古無用,射虎殘年人未歸。落月當窗清夢入,閑雲出岫素心違。蹄涔曾是西江水,病鶴乘軒太不肥。”蓋芹蓀稿餓逆旅,又耻因人熱。余不時小接濟之,然官窮亦嘗呼負負也,故末聯云。

安縣陳辛湄(湋),以進士筮仕浙,故張南皮高足也。南皮督鄂,調補黄安令,尋改穀城。在黄安有惠政。瑞澂至,甫一面即以爲人地不宜,開缺另補。年既老矣,欲歸不得。生平著作等身,詩凡十二集,巨制也。與余善倡,和無虚夕。余出宰長陽,辛湄賦五古六十韵贈别,今録之:“西北有高樓,黄鵠一遠别。行行重行行,唧唧復唧唧。蟲聲動凄聽,使我心菀結。不能摩曾霄,随君雙飛翼。之子挺南中,英姿厲姱節。弱冠舉孝廉,五華勤負笈。鞭撻扶桑□,鳧飛王喬舄。萬里將圖南,三戰豈敗北。云何除一令,逾年始奉檄。驪駒歌在門,祖帳東門陌。賤子獨有言,君子愛以德。唐宋京朝官,赤緊膺此職。後世仕流雜,弃之不甚惜。訾説復鼓簧,公僕與民敵。豈知守道儒,不因萋斐惑。愛人與惠人,温故知新得。子賤拒揚鱎,子游牛刀設。治蒲詡三善,顔子師禹稷。富乃教之源,私必公已畢。聽訟在得情,先勞毋請益。煌煌天木鐸,口經賢人譯。得其精意存,無慮塗擿埴。何本占倒懸,使人心慘裂。犯法冥生螟,許書非郢説。至人固無慮,亦須民嵒愓。内持以堅剛,外飾以潤澤。雖畏勿畏休,惟辟可止辟。金柅誠能繫,鼎足自不折。六經玩微言,茂宰功卓越。憶我初見君,梅花老人室。沈默如揚子,蕭散似摩詰。因之盍吟朋,蓮社耆英集。我詩本意造,君有嗜痂癖。譽之不去口,謂與元龍匹。即以詩格論,傾心服魯直。枯槎吐芒角,湘妃立鮫脊。當其意想深,雪垂大海立。文章其餘事,伉爽無貳色。屢蒙説項斯,并且叱羅泌。君譽我不知,我謗君先惄。耐久神明交,肫誠貫金石。昨者施州道,忽讀殿最册。陽誠書下考,昌黎爲酸惻。暗風吹寒雨,殘燈耿後碧。披詩發長嘆,屋梁照落月。歸來浣塵裝,奚囊燦長吉。痛飲蟹螯杯,縱題鸜鵒筆。盛會竟不常,疾風掃秋葉。絢爛河陽花,斯折巴邱橘。豈不畏簡書,屏營衢路側。長陽古直城,史載風井穴。流惡阻大江,風氣自斗絶。歐公令彝陵,巴東蟄萊國。得君而爲三,吾黨增輝赫。贈君千萬言,不如君自决。送君三百里,不如心中血。天演説淘汰,地力日枯竭。四時皆有春,吹殘争一息。瞿瞿我何之,債帥日以迫。美酒南陵香,釣臺高屹嵲。”

《震旦》1913 年第 2 期

辛湄與余唱和詩極多,予在長陽,月必得其短札四五,每函必有詩。軍興後,遺失過半。近得兒子爾度鈔本,擇録數首。其和予

《赴都鎮灣》云:“吾愛柳子詩,南谷侵曉步。又愛孟浩然,月照魚梁渡。君詩淡無痕,豁我老眼霧。太原豈料民,須識負版數。勿受亭父恩,也免狙公怒。清風兩袖寒,境與詩相赴。萬仞睇熊館,一綫攖鳥路。葭蒼水溯洄,岩缺雲補助。絶妙徐熙圖,人烟曖遠樹。官吏與民親,草間竄狐兔。莘莘學子來,想定誤曲顧。不妨飲醇醪,酸味三斗醋。”《花朝喜得予書賦以待東三首》云:“斥鷃笑大鵬,鴟得腐鼠吓。彼其所見小,吹萬皆灰滅。仕宦如寄耳,六經猶糟粕。陶劉醉柴桑,元白誇州宅。文人殊嗜好,枯菀區坦戚。讀君長陽詩,鏘然韶鈞鳴。無意若有意,無情皆至情。超軼埃溘外,不與世俗争,抗首游泬穆,緤馬化人城。勞形精自固,馭外中乃平。春從田間來,百鳥變新聲。圜扉鞠茂草,閑花落訟庭。耕道兼獵藝,模範山水靈。恩愛相流湊,如誦道州行。豈伊矯虔吏,槃詞而貿名。”“老氏實慈儉,武侯志淡泊。治人與事天,從古莫如嗇。君能嗇於才,我乃嗇於遇。中夜起嘆息,讀書爲何事。思欲弄柔翰,覬幸豹皮留。蘇鶚作演義,闞駰記十洲。歲月不我與,駸駸已白頭。君年方壯仕,九流夙該貫。山深嵐氣青,卧治得小縣。曷不日排纂,方聞搜遐陬。下以藏石室,上以慰旁求。吾蜀李峨峰,草創南陵志。兵火逾百年,瓠史待編次。幕下有才人,佐以伯兮朅。風行貴洛陽,吾爲皇甫謐。”“輕颸拂柔荑,不能釋煩憂。四海正多事,一身如綴旒。狡哉烏洛侯,盟書歃血畔。巍巍旭日旗,横掃堯舜旦。爲馬衆藏衛,虜騎躪岩庵。滇固無家歸,蜀亦唇齒患。皇天毒萬物,白日匿崦嵫。徒守温室誡,還聞債臺嬉。厦焚燕雀煦,室毁鴟鴞啼。吾愧仙人言,種瓜不可期。烹魚益煩碎,炎炎將奈何。願以嚴樂筆,當此魯陽戈。昨者故人書,招我山之阿。此願終必償,安排老漁簑。蜀險尚可守,爲君留軸薖。君浮一大白,鴻飛超網羅。”《秋日得予長陽書效謝康樂酬從弟惠連體四首賦答》云:“秋風凄以戾,念我素心人。深山挾寒纊,小縣炊勞薪。受事倏逾紀,修鱗阻清塵。忽舉尺素書,剖得江魚鱗。”“魚鱗雲椒詭,變化黄金地。不圖仁恕椽,竟作撟虔吏。芳蘭必當鋤,勿以蜚蓬累。高吟弃婦篇,我當貽子佩。”“佩以五雜組,遺之千金裘。交情豈不厚,胡以含垢尤。

正方有鱗甲,憒王原沐猴。容容乃厚福,焉别涇渭流。”“流品日淆雜,青松耐歲寒。鷄鳴隔風雨,蛩泣摧心肝。送琴庾駢志,游嶽向禽緣。托心與明月,藉博不用天。”七律則《答予見懷》云:“狐老猶思正首邱,何如高卧隱神樓。最難私債鞭公僕,尚耐山居嚼水差。婦痺慘聞砧女詈,創深駭作酒星囚(衛元規曰:“自此囚酒星於獄,天僕手足生創,斷酒年餘矣。”)。成都尚有支機石,終望嚴灘拯急流。”《得柳篌書言仲良過訪相與游姜孝子嚴賦詩爲樂神躍躍往也即東柳篌》云:“仕游本出廣漢郡,此地亦疑無何鄉。忠孝精誠塞天地,山川流寓皆文章。二客同來兩新舊,一亭俯瞰城低昂。抛却簪纓换薜荔,前有作者惟歐陽。”《放虎》云:“放虎窮山方自衛,那知虎嘯緑林群。妜徒敢作宫中盗,兒戲非徒灞上軍。驪睡有珠魚服困,蛾眉喪斧鳥巢焚。府兵□騎成藩鎮,幾見鴉兒箭鎖雲。”《脂山晚眺》云:“左江右湖最形勝,東吴西蜀相灌輸。錢龍上蟠蜃氣霧,瓦獸横峙魚鱗圖。梅花不吹落更落,柳子所在愚其愚。美人娟娟渺何許,城隅荒葛空罥塗。”《雄楚樓》云:“危樓突兀無尋處,壞道巾車碾夕曛。壺裏九華金地藏,閣中萬佛玉晨君。微垣月瘦燈田冷,梵吹山深學社聞。霹靂炮聲人鲊瓮,澹灾西極覤慈雲。”《偕羅子文出郭晚眺》云:“不出郭門四十日,已看蚤稻鋪雲黄。官畦競作鼓吹長,佛豆密如瓔珞裝。軋軏手車自挽鹿,飄飄羽扇來襄羊。羅含蘭菊孰蔓蔽,且與荼肆評旗槍。”《送林仲文歸江寧即赴京師軍官學堂》云:“一水上泝白鷺洲,三朝來登黄鶴樓。入門驚見虹氣吐,話舊翻因雁行愁。蜀相祠堂思挾纊,秦風板屋快同仇。師團五萬邊烽急,誓掃遼陽烏洛侯。”《勸業場湖廳茗飲》云:“列隧開鄽枕水隅,依然歌笛此名湖。曾聞鶴禁通銀浦,欸見龍旗颭碧蕪。漁艇一竿雙蒻笠,鳥聲三啅百嬌壺。杯中福鹿群猪走,慚愧滕王蛺蝶圖。”《客去》云:“客去茶留舌本香,一帆山色指清凉。老看親戚情逾厚,貧典琴書夢不忘。上谷邊才新壁壘,孝陵鬼火故宫墻。幽燕古有悲歌士,披髮除凶訴大荒。”《正覺寺》云:“寶路金繩開正覺,比鄰長聽梵鐘聲。泉能種壽千人飲(寺有井,大旱不涸),書早祛魔萬本成(光緒初就寺,開書局,校刊秘籍甚夥)。佛頂問雲馴怖鴿,坊頭曉日碎新鶯。遠師不見東林社,一任淵明下潩畊。"《和芹蓀見贈韵》云:"子能知我如莊惠,且與緣虚善葆真。世有牛哀憑化虎,客嘲揚子自援鶉。虬鬚上客千鍾飲,猖局仙人五斛塵。貧不工詩難逐熱,帷天席地卧荒榛。"《不寐夜起望月》云:"今月何如古月明,今人非復古人情。五洲同此分光照,七寶誰曾合作成。球轉始知旋蟻磨,磐圓休蝕老□精。空中演遍飛行艇,只恐仙家苦送迎。"《同芹蓀江干晚眺》云:"晴霞散作千菱鏡,峽帳團來萬麴塵。小艇横催前後浪,暗潮已换往來人。營門落日嘶驕馬,魚網荒洲晒細鱗。莫羡船窗開閃電,燈毬焱焱白如銀。"《和曾梓樂見贈》云:"河山泱漭翻新樣,撥亂何如進大同。樹木十年成害馬,藕絲百結裹痴蟲。登科作記經非佛,耕禄無田硯亦窮。尚喜卯君分貢樹,瓣香仍是舊家風。"《叠韵和曾梓雲二首》云:"坡穎文名山斗垂,百川氾濫障東之。曾經怒馬遨游地,已是飛鴻縹渺姿。黑水青楓關塞路,白雲黄鶴晚來時。蓬科幾許悲摇落,怕問琴臺鍾子期。""艷曲休翻大小垂,身將隱矣豈文之。久銷湖海元龍氣,謬附雲霄老鳳姿。習静每甘劉獨坐,請賓誰是鄭當時。與君兄弟日携手,采藥青城預訂期。"《寄懷林渭如》云:"白牙古巷爲鄰近,黄耳傳書恨路窮。與可襟懷點秋月,宗之瀟灑挹仙風。平灘波浪收帆早,大滌烟雲著屐空。龍井可逢秦學士,碧螺春茗亂泉中。"五律則《驟雨》云:"驟雨連三日,如聞勝遇呼。鷄栖雙距縮,鼠壤一丸糊。破屋愁胥靡,祈壇嘅舞雩。沙洋十萬户,鄭俠不勝圖。"《熱甚》云:"蘋末無風起,炎歊逼冷齋。皴苔青晒瓦,炕葉緑焦槐。汗作湯泉沸,身如飯瓮埋。爬搔稽叔夜,清夢攪無懷。"《消暑用香山起句》云:"何以消煩暑,栖神古樹根。絲毛龜作席,翠鼻象爲樽。海雪琴三弄,天風扇八門。蒼龍銘撰就,吾欲頫崑崙。"《閒庭》云:"晚飯無餘事,□然獨立形。貓如嬰侍哺,鷄以喙梳翎。鬱熱逢天睍,高寒望客星。魚山隔墻是,梵唄不堪聽。"《偕友人游抱冰堂至夜方歸》、《同鄉鄢江如將還蜀即以送行》二首云:"蟬聲催暝色,鐵牡叩倉琅。營柳分張緑,野花隨意香。白雲崔顥渚,紅藥魏公堂。所惜南山豹,牢籠困楚鄉。""三蘇同肸蠁,十柱已刁騷。道喪文章賤,天清河漢高。枝官成□詬,棟國望時髦。將相稱巴蜀,鵬風九萬翱。"《花園山散步》二首云:"净緑不可唾,陰森石徑斜。粉墻垂薜荔,黄竹織籬笆。魚扣桐爲磬,鴉栖柳作衙。獨吟冰雪苦,是否似劉乂。""白雲深處望,無復舊仙家。雨氣收雌霓,溪銘憶少霞。血蘊戈甲碧,析警盜庚花。邈矣南飛鶴,精廬敞絳紗。"《咄咄》云:"咄咄行吾是,栖栖將奈何。楊惲秦婦曲,莊舄越人歌。莫鬥蚌□虎,徒傾鸚鵡螺。醉鄉有日月,何必問銅駝。"《南城怨》云:"解語花心苦,風旛護得無。如何三互法,深鎖十眉圖。子夜催歌歇,丁錢按藉誅。泉先多少淚,嗚咽不成珠。"《曲巷》云:"曲巷通城闕,污泥過客頻。疏星明市火,急雨走車塵。考籀摩熏鉥,吟詩乞鈞論。誰憐豪放吏,瓜蔓鬼輸薪。"皆無愧古作者。鄂詩人王仲潛、龔耕廬推崇之,謂可配騷奴杜也。然辛湄一官落拓,老妻中風,得偏枯疾。武漢軍起後,困頓尤甚。復喪一子。予弃官歸至漢皋,重復把晤,意致愴惻。亟謀歸計,而措資殊難。會其長公子貨産以金至,始買舟西上。久不得尺鱗,未稔弃榆景況何似矣。

鄂詩壇後起之秀,予最心折孝感王仲潛(篤成)。年甫而立,即挂冠歸隱。家世以宦顯富,有園林,仲潛歌嘯其間,非長者車到門不納也。詩純學杜,可録者極多。五言如《可園》云:"孤亭隱叢灌,翁碧亂然封。啄木聞微響,牽牛曳晚風。井湄蘊石卧,苔幹戴瘿空。幽邃辭人迹,爐□鍛此中。"又:"敗廊度松影,趺坐勝涼醒。病鶴意俱適,飛猱態若驚。溪花明雪羽,風磴帶雩聲。活水匏尊取,泉光洗眼生。"《溪亭急雨》云:"溪遠接風色,雲開邊際齊。雨聲息蟬外,日氣射蓮西。人事林亭隔,秋心鷗鷺携。南池空自憶,篁石幾留題。"《月夜》云:"畫屏隔風露,蛩語有寒温。辭睡驚年事,抽書憶夢痕。桐軒月如水,蘿帶影窺樽。鶴唳意何遠,五堂静客魂。"《溪居五咏》云:"陰柯亂鈎帶,哀碧晴堂坳。垂實瘴烟染,行梢苦竹交。溪漘蹦墜石,木末攫欹巢。雨外飄羅袂,高歌若可招。(蒼籐)""琅琅響空外,竟日爾何尋。叢灌隱巢影,堅牢叩妙音。微蟲安足盡,惡木亦多陰。嘴距真無賴,休栖鸞鳳林。(啄木)""兒童逐雙獺,陰類殛殊宜。蜷伏縶何忍,魚稀任所之。空聞捕蜮解,且誦病鴟詩。哀爾亦生物，溪喧愛雨時。（獺）""失喜野賓至，年多世態嫻。山中空月宿，身外羨雲間。馴桀狀無定，貪疑性總頑。無爲忤軒鶴，選爾列清班。（猢猻）""風淪任飛拍，寄眼一相娱。毛羽種微异，碣來名自呼。湖雲失林彈，霜位到塘蒲。爲問桓南郡，誇毗門爾無。（花鴨）"七言則《答予見懷》云："武落鍾離千里外，憶君清夢隔江湖。百詩不吝刀圭賜，三日真宜坐以俱。寶匣寒鐸玉龍影，琴堂逸客白鷴圖。瑶華遠道問東鄙，肯信冥鴻是越凫。"《寄贈家伯兄》云："磊落嶺崎可笑人，蛟龍手擥膽兼身。孱王色奪雄風合，司馬軍容敵國鄰。海水天吴忽奔赴，蘭苔翡翠自鮮新。人文强項聲牙慣，人世拘牽亦苦辛。"并傑構也。

蜕廬詩摭

霞 長撰

載於《讜報》一九一三年第一至四期及第七期“藝林”欄目。作者署名霞長,不可考。

《讜報》,創刊於一九一三年四月。原係共和黨留日支部的機關刊物,一九一三年五月共和黨與民主黨合并爲進步黨,該刊物也從第三期起改爲進步黨留日支部的機關刊物。黨報社編輯部編輯及發行,編輯部的成員有王寶經、王邦銓、王燦、方宗鰲、戴正城、彭憲等二三人;黎元洪、張謇、梁啓超、孫武、汪大燮爲名譽成員。該刊載文主要討論國家政治,翻譯國外綱要,記載國内外大事,發表社員作品等。設有論説、譯述、叢録、藝林、紀載、附録等。

《蜕廬詩摭》主要論述古今詩體之遞嬗,始於《詩經》之前的古詩,至北宋詩而止。作者討論了五言詩、七古、律詩、聯句、次韵等體的起源,認爲《離騷》“是誠我國文學之宗”,《古詩十九首》“漸見格律”,下啓魏晋六朝以至唐代五古,是“詩道之一大變遷”。六朝詩是唐詩之源,不可卑視。自初唐古體、今體大别,“詩學之遞嬗至是而臻其極”。作者具有清晰的文學史觀,顯然受到一九〇四年以來文學史書寫熱潮的影響。文中亦間或闡發作者之政治思想,如論伯夷、叔齊《采薇》歌,認爲“隱隱含有不必立君,而以民爲政之心。其命意之卓絶,直足壓倒白皙人所倡之共和論”。

此文第一期副標題爲“一、古今詩體之遞嬗”,然不見續文。作者或本擬續作而未完。

《讜報》1913年第1期

一、古今詩體之遞嬗

詩之由來古矣,欲窮其委而闡其微,非掛一漏萬,即削足就履。不學如余,奚敢記述其遞嬗之迹,以貽夫大雅之譏。然心竊好之,忘其嗜痂之固陋,遂致結舌而未能。年來飢驅靡定,行篋所庋殘稿,日就散佚。每一檢及,輒不覺其敝帚之自珍也。東游後,復不戒於火。疇昔所摭拾者,飣餖瑣屑,泰半亡焉。會吾黨有《讜報》之刊,爰拾其劫火之餘,録而存之。上自黄唐,下迄清季,略撮其凡。縱無裨詩學,而於其遞嬗之迹,不無相關。用特即以名其篇。太空一塵,滄海一粟,固不足與鱗爪等視。亦不敢與當世詩家上下其議論也。倘得資好事者之談助,則勝於以此燼餘,飽諸蠹腹萬萬矣。

蜕廬注於日京客舍

言詩者必首三百篇。然三百篇以前,固不可謂無詩。先乎三百篇者,早於咨嗟咏嘆之間發之,散見於諸子經傳者,不一而足。不過三百篇體制略爲完備,且又彙而纂之,猶後人之選本,易爲人所玩索而已。

古人曾言,詩創於《繫壤》、《康衢》二歌,是即三百篇前之詩也。《列子》所載唐堯時《繫壤之歌》,曰:"日出而作,日入而息,鑿井而飲,耕田而食,帝力於我何有哉。"堯嘗微服游於康衢之間,聞童謡云:"立我蒸民,莫匪爾極。不識不知,順帝之則。"讀此二歌,猶可想見堯以放任治天下,休養生民,而不煩擾,故咸樂其太平,優游以自適也。其作者姓名,書闕有間,固無由考見。而諷誦一過,覺其流露於嗟嘆之間者,純然天籟,人人得而解之,得而作之。非若魏晋以降之詞人,漸重翦裁鍛鍊也。古人率真之遺風,尚於此可得而見焉。

前乎唐堯者,固有伏羲氏之《網罟歌》,神農氏之《豐年咏》,然其辭已佚而不傳。至於少昊氏之父母，雖有《皇娥》、《白帝》二歌，則純係後人僞撰，先哲論之已詳。謂《康衢》《擊壤》二歌爲最古，夫何間然。

虞舜作《卿雲》之歌，皋陶賡之見於《虞書》，八伯和之，見於《尚書大傳》。雖謂後人唱和之風，即權輿於是，亦無不可。舜又有《南風》之歌，五弦既調，會抗聲以歌，其解愠阜財之辭，蓋觸於物而應於事，念念不離乎民，一發於至誠而已。去今三千餘年，一讀“南風之薰兮，可以解吾民之愠兮。南風之時兮，可以阜吾民之財兮”之二十六字，其仁民愛物之懷，猶躍然紙上，豈非劉勰所謂辭達者耶？

太康之弟五子，因太康耽於游畋，不恤民事，遂逐於羿。述大禹之戒，以作《五子之歌》，是乃有夏一代最著之文辭也。在商則有《桑林》禱辭，成湯因久旱，禱於桑林而作也。《桑林》純爲四言，《五子》則三言四言以至九言，句末咸殿以“與”字。含綿渺於不盡，是蓋啓楚些之風矣。

成周之初，箕子過殷之故墟，心焉傷之，作“麥秀漸漸，禾黍油油”之歌。吞聲飲泣，不勝其悲憤之情。一掬傷心淚，蓋不但含於辭意之中而已也。銅駝荆棘，華屋山邱，千古同慨，歷代之遺民，所以不忍卒讀是歌者，寧獨無故也哉。

“登彼西山兮，采其薇矣。以暴易暴兮，不知其非矣。神農虞夏忽焉没兮，余安適歸矣。吁嗟徂兮，命之衰矣。”人咸知其爲伯夷、叔齊之《采薇》歌也。《采薇》作於天下宗周以後，其意彌可哀，其心彌可敬矣。夫商紂之暴，人誰不知。夷齊亦不以其故君而諱之。而武王之伐紂，血流標杵，詎得謂之仁耶。此所以有以暴易之嗟也。盖夷齊，非持天王聖明之論，乃持無君之論者也。謂余不信，試尋繹“以暴易暴兮，不知其非矣”兩句，非特不以武王爲然，且并不以商紂爲然，隱隱含有不必立君，而以民爲政之心。其命意之卓絶，直足壓倒白皙人所倡之共和論。焉噫，彼之餓死於首陽也，既非殉君，亦非殉國，乃殉民耳。曷謂殉民，盖自憫其極生民於塗炭之志，不得實施而殉之也。後世當鼎革之時，每有委過於一死，而欲自附於夷之列者，豈不謬哉！

《讜報》1913 年第 2 期

姬周之盛,文物蔚然。詩之體裁,亦漸以具。雖多以四言爲主,而其章句篇幅,固視古爲勝。昌黎所謂詩正而葩者,具見於風雅頌。箋疏注釋,代有專家,無煩余之辭費爲矣。至如孔子之詩,散見於經傳者,有《去魯》歌、《蟪蛄》嘆、《臨河》歌、《楚聘》歌、《獲麟》歌、《龜山操》、《猗蘭操》等,猶一一可考見。先聖固亦善詩,流風所播,於兹尚未墜也。

降及東周雅頌侵歇,當世之士,不獲登於廟堂,其牢騷抑鬱之氣,一寄於詩歌。相傳寧戚以其道干齊桓而不得,乃攀牛角,歌歌三章。小白聞之,載與俱歸。其歌即世所傳之《飯牛歌》也。中篇云:"滄浪之水白石粲,中有鯉魚長尺半。弊布單衣裁至骭,清朝飯牛至夜半。黄犢上坂且休息,我將舍女相齊國。"歌共六句,前四句一韵,後二句亦一韵。殊似後世之七古。而玩其摛詞遣意,亦頗有肖近體處。其遞嬗之迹,苟連類以觀,蓋可得而徵之。即謂爲已啓七古之源,亦非好持穿鑿之論也。

戰國之末,干戈載道,亂離頻仍。燕趙之民,素以强悍聞。不平之極,乃流爲游俠,而演暗殺。觀於荆軻易水一歌,僅不過"蕭蕭兮易水寒,壯士一去兮不復還"之十五字,而决死入秦之光景,慷慨悲壯,凛凛猶可想見。後之論者,以爲輕借樊將軍之頭,終古不能償,要非持平之論也。不然,暴戾如吕政,舉六國莫如何,一擊不中,奚足以罪匹夫之荆軻哉!沈歸愚云:"千載下讀之,猶存變徵之聲。"是論蓋先得我心矣。

屈平之《離騷》,固由於遭讒被放,托香草美人以自諷,冀悟其君。而在荆社,忠悃誠慤,斯已足以動風雨而勵後世。即捨其寄托之意以論,百世之下誦其書者,猶嘆爲千古之至文。至其妙趣所在,衹可於能不能之間求之。崑崙玄圃,詭异譎怪,殆不能以尋常繩墨相律也。後之以詩名其家者,咸探源於此,是誠我國文學之宗哉。

秦漢之際,有若項籍之歌《垓下》,劉季之歌《大風》,節短首長,駭心怵目。縱不足云體制，然去《離騷》固不甚遠也。至若師屈平而宗《離騷》者，則有宋玉、景差、賈誼、東方朔、嚴忌、王褒、王逸、劉向之徒。而《楚辭》一書，即纂輯於向之手者。質言之，漢代作者雖多大抵不能脱三閭而獨創，然詩至《離騷》而一變，蓋甚顯然。騷選具在，可覆按也。

漢武英氣勃發，而雅擅文辭。及今讀其《秋風辭》、《瓠子歌》、《蒲梢天馬歌》、《李夫人歌》、《落葉哀蟬曲》等，不得不嘆爲絶唱也。迨柏梁臺成，詔群臣二千名，能爲七言詩者，置酒高會，每人賦詩一句，各言其志，號爲柏梁體。是蓋後世聯句之祖也。

上之所好，下斯應之。以故彼時作者迭興，如《古詩十九首》。今雖不詳出自何人手筆，然奇句險語，古香可浥，一讀一意，妙緒環生，自是傑作不可掩也。或云其中雜有梅乘之作，兹姑不論。所可言者，從來之詩，短者三四言，長者八九言，信口成章，純任天籟。斯則盡以五言出之，縱音調錯落，而漸見格律，一改從前零編斷詞之面目。蓋純然具詩之體裁矣。後此之魏晋六朝相沿成習，一如宋景輩之被範於騷也。及至唐代，乃盡易舊觀。然所稱五古者，亦不外此。是真詩道之一大變遷矣。

當時與梅乘後先輝映者，四言則有韋孟之《諷諫詩》，曼倩之《誡子詩》；五言則有卓文君之《白頭吟》，蘇武李陵唱和之作。武在匈奴十九年，始得歸漢。成詩四章，别其妻子。陵兵敗降胡，觀武之歸國，心焉傷心，頓生身世之感。贈詩三章送其行，悃悃款款，言澹而彌永，情深而彌哀。後人以爲一片化機，非關人力。且目爲唱和之始，五言之祖。不知文君之《白頭吟》固先乎此也。蓋詩之有五言，其體不自蘇李之唱和。創之一孔之論，無待斷斷矣。

又如楊惲之《南山歌》，斑婕妤之《團扇歌》，梁鴻之《五噫歌》，王昭君之《怨詩》，張衡之《四愁歌》，蘇伯玉妻之《盤中詩》，李延年之《北方佳人歌》等，皆其時名作。除《盤中詩》外，咸乃短篇。蓋一時或觸於懷舊之情，或感於悲憤之氣，或寄其所思，或傷其既往，遂不覺發爲韵語而成篇章。意盡即止，不計短長也。

炎漢文學之别開生面者，尚有樂府焉。樂府者，詩與樂合，得以其所作施諸金石，被諸管弦，猶虞帝之彈五弦，以歌“南方之薰”也。存於載籍者，指不勝僂，玆略舉其便概。大都用爲郊祀者，則有《練時日》、《青陽》、《朱明》、《西顥》、《玄冥》、《維泰元》、《天馬》等。用爲鐃吹者，則有《戰城南》、《臨高臺》、《有所思》等。又如《箜篌引》、《江南曲》、《薤露歌》、《蒿里曲》、《鷄鳴》、《陌上桑》等，則爲相和之曲。《長歌行》、《君子行》等，則爲平調曲。《相逢行》等，則爲清調曲。《善哉行》、《西門行》、《東門行》、《孤兒行》、《艷歌行》、《隴西行》等，則爲瑟調曲。至若《淮南》五篇等，則爲舞曲歌辭。《傷歌行》、《悲歌》、《枯魚過河泣》、《古歌》、《古八變歌》、《猛虎行》等，則爲雜曲歌辭。皆一一可得其辭而誦之，惜作者姓氏湮滅，無由施其評隲。第據史傳所載，武帝立樂府，以李延年爲協律都尉，舉司馬相如等數十人，造爲詩賦，略論律吕，以合八音之調。是可知其大抵出於當時官府知名之手矣。雖然，亦有發於閭巷士女之咏嘆者焉。彼始固不期其傳也，乃以流播之廣，感人之深，遂筆諸簡編，至於今而不磨。世固有大書深刻，辱及山靈，灾梨槧鉛，貽譏大雅者，聞此其亦可以返矣。

（未完）

《讜報》1913 年第 3 期

炎漢之詩，尚有《孔雀東南飛》一篇，都一千七百四十五字，在文苑中久推鉅製，蓋以篇之長短論，未有能奪其席者也。篇中摹寫廬江府小吏焦仲卿妻劉氏事，纖悉靡遺，可歌可泣之狀，躍然紙上。惟以奇聞軼事相尚，不免近於裨官説部者流，以點綴文飾動人耳。全篇頗占紙幅，姑擇要撮之，儻一爲瀏覽，當亦無异展卷吟誦也。漢末建安中，有劉氏者，年十七，適焦仲卿，意甚相得。會仲卿失歡於外姑，劉母不忍一時之忿，遽逼其女大歸。仲卿無如何，臨别以落花再上枝頭相期，堅約勿渝此盟。劉歸旬日，無何，有縣令某，耳艷名，欲娶爲子婦。劉執不可，其兄力迫之，始得委禽。一日薄暮，劉偶外出，遇仲卿於途。嗚咽相告，乞爲之計。仲卿猝不加察，責以反覆。劉既不得自白，憤甚。乃出下策，決以一死報之。是夕，投池水自盡。仲卿得耗，頓失常度。亦縊於庭樹而死。爰合葬之於華山之陽。時人憫其所遭，爲作斯篇。嗟夫，自婚姻之制陋，而夫婦之道苦矣。茫茫人世，得嘉耦者，能有幾人。而又每每以細故梗之，致中道分離。洵乎人之不能如鶼鰈也！雖然，仲卿猶得與劉氏埋骨一處。恐以彼之所遇爲幸者，未嘗無其人耳。

蔡邕雖生當漢末，而有一代詞宗之目。其所作殊不少，尤以《飲馬長城窟》一首流傳爲最廣。纏綿悱惻，神韵在骨。言外之意，尚醰醰耐人尋味。其女琰，在亂離之際，爲虜於胡。後孟德以金贖之，竟歸董祀。其《悲憤詩》云："斬截無孑遺，尸骸相撑拒。馬前懸男頭，馬後載婦女。長驅西入關，回路險且阻。還顧邈冥冥，肝脾爲爛腐。"叙述胡兵之凶暴如見。及今誦之，猶有餘怒焉。又云："處所多霜雪，胡風是夏起。翩翩吹我衣，肅肅入我耳。感時念父母，哀嘆無終已。有客從外來，聞之常歡喜。迎問其消息，輒復非鄉里。"此蓋記其在胡地舉目無親之况也。又云："兒前抱我頸，問母欲何之。人言母當去，豈復有還時。阿母常仁惻，今何更不慈。我尚未成人，奈何不顧思。"意或别其子而作也。又云："既至家人盡，又復無中外。城郭爲山林，庭宇生荆艾。白骨不知誰，縱横莫覆蓋。出門無人聲，豺狼嘷且吠。"斯乃既歸鄉里，頓生今昔之感，不覺發之於咏嘆耳。綜觀各詩，能以深刻之筆寫怵目之境、傷心之語，在千載下讀之，猶不免灑幾滴痛淚。詩之感人，有如是者。得之巾幗中，尤屬難能。當其居塞外時，倚笳聲作《胡笳十八拍》辭以見意，人盡知之。其詞可與此詩表裏互相發明者，頗不鮮云。

世傳武侯遁迹草廬，躬耕隴畝時，好爲《梁父吟》。今所存者，祗"步出齊東門，遥望蕩陰里。里中有三墳，纍纍正相似。問是誰家墓，田疆古冶子。力能排南山，文能絶地紀。一朝被讒言，二桃殺三士。誰能爲此謀，國相齊晏子"之十二句。玩其意，不過述平仲以權術殺三士，咏嘆其譎詐而已。以武侯之英捷忠愨，好吟此詩，殊未足信。後人多因是疑之。意者武侯所好之《梁父吟》，不必定指此章。或篇帙散落，惟此流傳耶？然則武侯之所思慕而感慨者，其亦在散落之中矣乎。如其否也，儻得而讀之，則身卧隴畝而志在天下之懷,未嘗不可以意逆志得之。惜乎其僅存此章,欲掇拾而無由,不禁使後之覽者,撫卷嘆息耳。

當三國之初,能壓倒一時、雄視千古者,實惟曹氏父子。操悲壯而激越,丕娟楚以婉約,植則華麗暢朗兼備。父子三人,有鼎峙之鉅觀。天下才一石,陳思獨得八斗,乃興到之論,非定評也。板橋亦云:"子建才華蓋世,畢竟還讓阿瞞蒼勁。"至其生平之言行,雖皆可訾議,而在詞苑中固推爲絶藝獨擅,無一人有异辭也。老瞞之《短歌行》,起首"對酒當歌,人生幾何。譬如朝露,去日苦多"四句,劈空而起,如奇峰自天外飛來。余謂即以"明明如月,何時可掇"八字贈之,殊爲適切。若第賞其語氣之沈雄,意想之博大,則當横槊高吟時所謂"慨當以慷"者,豈徒爾耶?此外如《龜雖壽》中"老驥伏櫪,志在千里。烈士暮年,壯心未已"之句,則誠老當益壯,其蓬勃之英氣,溢露眉宇間,猶可挹也。何物阿瞞,既善詭譎,又擅文辭,詎真如子瞻所云"固一世之雄也"哉!彼尋行數墨者欲夢見之,洵難矣夫。

陳思十歲,即善屬文。後又益以精進,所作無不駢青驪白,含英咀華,造詣之卓絶殆有未易企及者。得永爲詞章家之圭臬,洵非偶然。矧又不僅極摛詞遣意之能而已也。苟一開卷,則莊言名論,絡繹奔赴。如"八方各异氣,千里殊風雨","生存華屋處,零落歸山邱","利劍不在掌,結交何須多","在貴多忌賤,爲恩誰能博","權家雖愛勝,全國爲令名","丈夫志四海,萬里猶比鄰","孤獸走索群,銜草不遑食","重陰潤萬物,何思澤不周","龍欲昇天須浮雲,人之仕進在中人"等句,目迷五色,宛入山陰道上。姑不論其詩律之如何,即至理所在,亦足爲書紳之資也。至渠兄《短歌行》之"其物如故,其人不存",《善哉行》之"湯湯川流,中有行舟。隨波轉薄,有似客游"等句,一則言思親,一則記即景,言短意長,各極其致,蓋善體物意,幾將人人心目中之想像抉而出之。子建惟《七哀》、《美女》等篇,能疏剔思婦之情,無微不至。其爲二難宜若無間然矣。而昆季間猜嫌疑貳,實多難言之隱。此所以有"煮豆燃萁"《七步》之作也。又若《吁嗟篇》、《弃婦篇》、《聖皇篇》,亦皆托詞見意,不勝其哀傷怨誹焉。夫善處家庭，在賢哲固猶病諸。然無乃阿瞞之律躬不端，率教無方，有以致之也。誦漢“一尺布尚可縫，一斗粟尚可舂。兄弟二人不相容”之謠，及唐“種瓜黄臺下，瓜熟子離離。一摘使瓜好，再摘使瓜稀。三摘猶爲可，四摘抱蔓歸”之辭，令人友愛篤敬之心，油然以生。彼“煮豆”之詩固同出於至性，而卒以猜貳終者，豈竟不可化耶？蓋兩失其道耳，可以鑑矣。

（未完）

《讜報》1913 年第 4 期

當時與陳思先後輝映者，有王粲、陳琳、劉楨、徐幹、應璩之徒，咸才華俊逸，自成家數。後世詩家，以其多爲建安時人，故統稱之爲建安體云。又有以曹植、劉楨并舉，而稱爲曹劉者，是可知劉之聲譽頗不在餘子下也。魏晋之際，則若阮籍、張華輩，均名重一時。阮詩藻采斐然，聲華并茂，在六朝作家之林，洵無愧色。《咏懷詩》數章，抒寫高曠之思，哀怨之情，既自慰而復自懟，詞旨所在，莫得而窺，意者其寓言耶。余謂凡誦人之詩，各以一己之感觸，而探討其旨趣，斯可若泥而鑿之，徒斤斤於字句之間，抑亦末矣。是固不獨誦一人之詩爲然，即人人之詩，亦莫不然也。張詩大都咏兒女柔情，絶少悲壯渾雄之搆。惟《勵志詩》，信筆所之，無一淺語。至若二陸之詩，多好用排偶，機（雲之兄）爲尤甚。遂成律詩之濫觴。若其《短歌行》《猛虎行》等篇，杼軸朗暢，風華掩映，亦何嘗有多才之患哉？他若潘岳之《悼亡》、傅玄之《雜詩》，幾盡人所誦讀。左思之《咏史》、郭璞之《游仙》，作後人之典型，皆無待覼縷爲也。惟晋人之詩婀娜有餘，剛健不足。獨劉琨能以悲憤蒼凉之概自樹一幟。元遺山“可惜并州劉越石，不教横槊建安中”之句，推崇頗爲得當。蓋英杰生於亂離之世，不得以才自見，一寄其悲感於詩歌，誠人間最可痛心之事也。讀《重贈盧諶》之一章，其聞鷄起舞之意態，猶得想像見之，能無异代之慨哉！

陶淵明雖生當晋末，而風格遒上，甘自諂晦，迥出於徒騖清談而自畫禮節者之上。其人其品，洵足冠絶六朝。蓋遭逢易代，目擊傷心之象,悲感憤慨,來往胸臆,不能自勝,乃托之於筆墨,姑自慰藉,非真開軒面圃,壺觴自傾,樂田園以遺世也。其詩陶寫性情,不假雕琢,高淡閑適,純任自然,雖唐賢亦不能突過之。王(輞川)孟(襄陽)韋(蘇州)柳(柳州)嗜之尤篤,竭畢生之力,手擬心追,終不逮也。若《飲酒》、《移居》等篇,自子瞻以還,追和者殊不少。其中"結廬在人境,而無車馬喧"一詩,尤極沖放之致,逍遥物外,有如其人,服膺者至推爲千古獨唱。然苟一讀其《荆軻》詩,則雄邁絶倫。《擬挽歌》詩,則形神俱化。不拘拘於一格,而自不可及。詣之至者,誠無往而不善也。

逮夫五代,宋則有謝靈運,差足與淵明比肩。靈運好山水,嗜游覽,常放浪於山巔水涯,至有疑爲山賊者,其好游可知。故尤長於紀游之作,時時濡染於耳目,則藴之也多,知之也深,然後能言人所不能言,親切而有味,乃理之所固然也。其《石壁舍還湖中作》云:"昏旦變氣候,山水含清暉。清暉能娱人,游子澹忘歸。出谷日尚蚤,入舟陽已微。林壑斂暝色,雲霞收夕霏。芰荷迭映蔚,蒲稗相因依。披拂趨南逕,愉悦偃東扉。慮澹物自輕,意愜理無違。寄言攝生客,試用此道推。"清虚綿渺,亦自不凡。如與淵明相較,則陶之自然若天之風雲雨露,盡流露於不自覺,其不可及處在於真,在於厚。謝之自然,若地之園林花木,鮮艷而能灑脱,其不可及處,在於新,在於俊。至不用偶句,自是淵明之高處。而間用偶句,亦自是康樂之長處。儻强欲揚陶而抑謝,恐謝亦未肯多讓也。後世詩人,以此兩家并稱,號曰陶謝,斯固然矣。而以余論之,評隲古人,先存軒輊之見固不可,若各從所好而模擬之,則視乎其人性之所近,不必以主奴之説自限也。又若顔延之、謝惠連、鮑昭等,亦極一時之選。鮑之《代東門行》、《代出自薊北門行》、《行路難》諸篇,皆足爲古樂府中傑出之作,久爲藝林推重,無俟喋喋矣。

齊則有謝朓。以"澄江净如練"之句,群賞其心靈口慧,知名於時。詩家稱之曰小謝,蓋示别於康樂也。太白高視闊步,而一生獨低首謝宣城,其傾倒之摯,罕與倫比。今誦其"大江流日夜""江路西南水"諸作,不覺情爲之移。乃信青蓮之推服玄暉,出於至誠,非若今人之馳騖虚名,欲依草附木以自顯,而忘其盲從之耻也。

北周則有庾信。雖一字一句,必經爐錘,已背風人之旨,而孤憤幽怨之感,仍能流露於行間字裏,其意彌永,且一種秀腴天成之風致,絶不爲之稍掩,斯其所以難能也。若誦杜浣花"清新庾開府"之句,而第賞其善使故實,信手拈來,有天衣無縫之妙,抑亦淺視子山也矣。

梁則有沈約、任昉、江淹。陳則有徐陵、江總。皆以雕琢勝,聲律漸嚴,古趣爲之鋭減。惟其崇尚風情,乃流於綺靡而不返。詩道日卑,淳朴之風於焉以渺。遂導近體之源,而開初唐華贍之習。古體、今體,爰以大别。詩學之遞嬗至是而臻其極。後此縱代有作家,然咸默守其成,不過同源而异流耳。惟梁無名氏之《花木蘭詩》,事奇詩奇,警捷超拔,不染時習,尚有風雅之遺音,於紛華靡麗之時而得此,能不重視之耶?

自齊梁而降,下逮陳隋,去漢魏之遺軌愈遠。然由簡而繁,乃事理之常,無足怪也。雖然,詩之爲道,感之於心,而發之於言,本無規律之可云。三言四言,以至八言九言,或長短互見,意盡即止,不規規於音律而音律在其中矣。逮梁之沈約,立四聲之名而分之,推論聲病,爰有韵學。而音韵格調之説於以起,今古之體於以分。實則六朝之詩,已肖近體,去古體彌遠。試觀夫魏晋以降,漸多駢驪排偶,而講音調。逮及齊梁,殆純然成爲律詩之面目。雖蘇(武)李(陵)唱和之,作亦有"征夫懷遠路,游子戀故鄉"之偶句,然在彼則僅見,在此則漸成風習。觀微知隱,其來也漸,不可不辨也。矧風貌骨格迥然不侔,何得强漢魏齊陳而一之。獨是今之詩家者流,多卑視六朝,稱爲不屑學。下筆則自負唐音,啓口則侈談李杜。不知詩非創自有唐,溯流而忘其源,可乎?彼沈佺期、宋之問輩,不過將六朝之駢驪排偶律以法度,號爲律詩。學者以其易學也,競則效之,於是遂一往而不返。居今稽古,其慨嘆爲何如也。

漢文、唐詩、宋詞、元曲之言,已成爲定評,不可復易。誠哉,詩至李唐乃集其大成鎔爲一冶。欲馳驟,則可藉古體以展其才華。欲妍妙,則可搆近體以托其襟期。惟作近體必以一定之句,用一定之韵。長短有法,平仄有準。與從來之詩篇,句之長短各從其意,音韵之轉换不泥平仄者,全异其趨矣。至若絶句,古樂府中已多見之,六朝時漸漸盛行,唐人又繩以律詩之法,乃别爲一體,均以近體稱之。昔人云詩有四變,至沈宋之律詩,尤有改面革心之觀,誠碻論也。(無錫丁福保近刻之《漢魏六朝名家集》,搜羅幾近六十家,計年已越千載,計代則適十易,猶得聚古人於一編而尚論之,斯足寶矣,兹所列者,不及其十之一,全函具在,無勞余之辭費也。)

後人分全唐詩爲初、盛、中、晚之四時,兹特仍之。初唐承陳隋之後,華靡餘風,初未嘗除,漢魏以來古詩歌行,真有《廣陵散》調絶之嘆,故顯慶、龍朔間,殆無足觀。迨陳子昂出,始肆志五古,力追建安風骨。齊陳之習,爲之一掃。兹録其《感遇詩》云"(其一)深居觀玄化,悱然争朵頤。群動相啖食,利害紛嘊嘊。便便夸毗子,榮耀更相持。務光讓天下,商賈競刀錐。已矣行采芝,萬世同一時。(其二)吾愛鬼谷子,青溪無垢氛。囊括經世道,遺身在白雲。七雄方龍門,天下亂無君。浮榮不足貴,遵養晦時文。舒之彌宇宙,卷之不盈分。豈徒山水壽,空與麋鹿群。"讀之猶得想見漢魏之風。沈歸愚重其詩、偉其功,至與"文起八代之衰"之韓昌黎并稱。王(勃)楊(炯)盧(照鄰)駱(賓王)踵之,别成一格,七古長篇,叙事摛辭,均極絢爛之致。一誦盧之《長安古意》,駱之《帝京篇》,不難推測其全豹也。沈佺期、宋之問於是時亦别創一體,大都爲應制之七排七律,於莊麗之中能出新意,以運巧思,是其所長。前此論之已詳,不復贅及。同時又有杜審言、李嶠、張説、張九齡輩,風裁體制各不相襲,咸屬當時名手,壁壘高峻,未易遽摩也。

盛唐僅指開元、天寶之間而言。今來古往,享盛名之詩人,以此時爲夥,蓋時會使然也。天寶繼貞觀承平之後,驟丁漁陽鼙鼓,社稷幾覆,治亂之迹,有如指掌,善感之風人當,此其棖觸也何如。此其所以一哭一笑,盡成絶調也歟。彼大名昭垂宇宙之青蓮、浣花,一則以天才勝,超逸奇肆,高朗華瞻,兼而有之,又若風雲之變幻,天馬之騰空,殆莫可得而端倪。一則以學力勝,真摯沈痛,豪勁蒼古,憂國思君之忱溢於言表,開卷讀之,不自覺其襟之正也。所作涉於時事者十之八九,後世目爲詩史,良非偶然。昌黎云:"李杜文章在，光焰萬丈長。”誠屬篤論。自是而降，苟能握筆爲詩者，舉仰爲千古之詩宗，不敢存蜉蚍撼大樹之見也。於戲！天之有日月，地之有江河，詩之有李杜，同一悠久而光明。苟天地一日不滅，則斯詩亦一日不亡。夫注一瓢於滄海不加多，取一拳於泰岱不加低。欲評之則各家言已可彙而成帙，欲誦之則專集尚嶄然而如新，是則何爲一再反覆，甘蹈蛇足之誚哉！

李杜之外，自成一家者，則有王維。維詩刻意模陶，得其清腴，下筆以理趣勝，一段悟境，皆在文字之外，如禪家之三昧，非淺嘗者所得而參透也。與維同時者有孟浩然，其詩風格絶肖輞川，世以二人并稱，號曰王孟。儲光義之詩，亦悠然高出塵表，格調殆與王孟相若，惟流傳不如二人之廣，故名亦少殺。讀“等身著述亦如烟，身後何關傳不傳”之句，不禁悵惘若失也。與王孟相先後者，又有高適、岑參，均才思横溢，筆力蒼勁。誦其邊塞詩，無不雄壯悲慨，如秋風乍起，金鐵齊鳴，勞人思婦，讀未終篇而清泪已沾臆矣。他若崔曙、張謂、賈至、常建諸人，韵遠思深，品格超卓，詩之正聲也。又若李頎之七律，王昌齡之七絶，亦不愧雄視一代，範厥後進云爾。斯皆盛唐之作手，詞苑之名人，詩家奉爲圭臬，未之或替。至於網羅并世作者，無或遺漏，則識謭幅短，謝不敏焉。

《讜報》1913 年第 7 期

中唐之詩，多以穩秀清和勝。承初盛之後，絢爛既極，自歸平澹，抑亦氣運使然也。自劉長卿以下，如大曆十才子之詩，純以本色擅場，不務瑰奇，彌覺高遠。若韓吏部、白司馬，亦均厠乎其間，壁壘森嚴，互相對峙，後人推爲大家，絶少异辭。韓專尚奇傑，以學力運之，雄厚博大，有山輝川媚之觀。凡人所能言者不屑言之，幾有曲高和寡之感。兼之文名太盛，詩名遂不免因此稍掩。白一主平易，以才情出之，清空暢朗，備晴雪晚霞之妙。不好鍊字，鑄語不喜奇崛怪誕，惟擇人人所欲言而不能達者言之，所謂竈下老嫗亦能洞解者是。蓋韓之與白，猶超妙之謫仙與沉鬱之拾遺，性情旨趣本各殊途，所以能分道揚鑣，臻極其妙，不規規相襲，咸得享盛名以去也。後之刻舟求劍者流,自誇學韓學白,跬步踣踽隨,絶不自闢蹊徑,非特不能神似,究其貌亦尚有間。縱盗徵名於當時,誠能蓋棺論定,無齒冷者之議其後耶。

昌黎之《南山》與少陵之《北征》并稱爲五古長篇之最。峭奥典重,足備一格,而叙事尤妙,因字句太多,限於篇幅,姑從闕如。兹録其《汴州亂》二章,以誌向往。其一云:"汴州城門朝不開,天狗墮地聲如雷。健兒争誇殺留後,連屋累棟燒成灰。諸侯咫尺不能救,孤士何爲自興哀。"其二云:"母從子走者爲誰,大夫夫人留後兒。昨日乘車騎大馬,坐者起趨垂者下。廟堂不肯用干戈,嗚呼奈汝母子何。"不刻意摹擬漢魏,自然古韵鏗鏘,縱不得云集中壓卷之作,而其本色自不可掩。夫詩至李杜,不第爲一代之極,則生於其後者,不免有難乎爲繼之嘆。昌黎負奇兀傲,不屑由其逕路,乃崛然卓立,别樹一幟,殊非尋常所易企及也。

樂天亦生當少陵之後,心殷私淑而不襲其貌,所以終能出一頭地也歟。其詩看似平易,倘强欲擬之,亦殊未易工穩,蓋一代作家,誠有所謂得天獨厚者在也。其生平所作多至三千八百四十餘篇。五古長篇中之《游悟真寺》一詩,滚滚千三百餘字,在古今韵語中絶不多覯。彼嘗自分其詩爲諷諭、閑適、感傷三體。今開卷讀之,覺於諷諭尤爲獨擅。筆之所至,意即隨之發揮,無復餘藴,畢生心血殆在乎是。如新樂府及《秦中吟》等章,洵足當諷諭二字而無愧。所謂新樂府者,對於古樂府而名之。在樂府中别開生面,大足啓發後人,世所艷稱之《新豐折臂翁》一篇,即其中之一也。

聯句自六朝以還,爲者絶罕。而韓愈、孟郊集中,此體殊不少,往往鬥角鉤心,鑿竅穿骨,令讀者拍案叫絶,詫爲奇作,遂使此體絶而復續,功不可没。至若張籍、李賀輩皆出退之門下,能知名於時。張與王建以樂府名,李與盧仝以鬼體稱。乃一時絶特之才,未可等閑視之也。次韵由樂天與次山創之,其集中所刊諸作,無不争工鬥力,興趣横生。盖元稹、白居易本爲同調,其唱和之盛,冠絶當時,自在意中,後世號爲元白,良有以也。

嬗及晚唐,則當推李義山、杜樊川爲第一流。李學子美能得其神，空靈跌蕩，婉妙天然，艷而不纖，哀而不怨，清而不薄，兼擅其長。杜則才思横溢，不可羈靮，其恣意所至，如長虹亘空，高峰插天，極人世之奇觀，後人呼爲小杜，以示别於子美。所謂揚州狂杜牧者，雖詩家以外，不知其名者蓋鮮。其他若許仲誨渾，以格律勝，不善學之多汩没性靈，如傀儡登場，絶無生趣。温飛卿庭筠專尚新麗，其妍妙處苦奇花初胎，爽心豁目，效其體者，往往流爲纖弱。皮日休、陸龜蒙以尖削孤峭一派殿四唐之後，號爲皮陸。後代瓣香之者，遠不如他家之盛。此中消息，解人難索矣。斯時唐既就衰，文物亦遠損乎前此之隆盛，易代之際，往往而然，不足怪也。降而逮夫羅隱、韋莊，亘及五季，每下愈况，卑不足道。意者其筆力之薄弱，詞氣之蕭索使之然耶？曠觀有唐一代，其起也，詩亦起；其盛也，詩亦盛；其衰也，詩亦衰；其亡也，詩亦若强弩之末。噫！詩雖小道，而若與時代相終始，欲覘世變者，可以觀矣。仲尼之言豈欺我哉！

詩自唐末至於五季，纖佻漓薄，習與性成，殆不足觀。迨及宋初，西崑體盛行於世。如楊億、劉大年輩，專學義山。一以字句之輕倩鮮妍爲主，其病在徒事剪裁，風人遺韵掃地以盡。當此體風靡之時，其中不染時習者，有林逋、魏野二人。蓋林、魏性耽隱逸，不與時勢相角逐，故其詩亦不屑襲時下之崇尚，以獵虚名，不過朝吟暮咏，陶寫襟期以自適其志而已。魏嘗偕寇萊公游僧寺，偶見壁間舊題，塵埃蒙之，昏黑殆不可認。而萊公之詩獨掩以碧紗，珍護備至。從行之官妓，以袖拂之，魏爲口占云："但得時將紅袖拂，也應勝似碧紗籠。"一時傳爲趣談。夫達人貴官，當其微時，人何嘗不揶揄之。迨一朝尊顯，則貢諛獻媚，又無所不用其極。此乃炎凉世界中數見不鮮之事，不謂與世隔絶之古刹衲子，亦復染此趨炎症也。噫！以今證古，其相去果何如哉！

迨歐陽永叔出，以復古自期。浸淫於學業，鎔鑄爲篇章，誠不愧趙宋一代之大家。玩其得力處，全在昌黎，蓋其文其詩，均私淑之者也。不過文則遺貌而取神，所以能成一家言。詩則惟肖其貌，故終不能自立家數。文學如六一尚難求備，矧其他耶？其時與六一略足頡頏者,有梅聖俞、蘇舜卿。梅則運思精微,神韵不匱。雖椎魯如蠻,人尚以其《春雪》詩綉於弓衣,名之遠播可知。蘇則下筆豪雋,宛若春雷。後人慕其《滄浪亭》之作,至重建焉。遂令《寒山寺》一詩不足專美於前矣。

安石之論詩,如其施政,執拗性成,絶不苟合於人。雖然,其所作亦多以鍛錬出之。不漫然下筆,未可概訾之也。若"春風又緑江南岸"句之"又"字,曾十數易,不厭推敲,能得苦吟三昧。簡齋病其改"山中一夜雨"之句爲"山中半夜雨",連舉數則,極詆介甫,幾無完膚。耳食者遂一概抹煞之,非完評也。

慈竹居詩話

雷　瑨撰

載於《文藝雜誌》一九一四年第十二期。

作者署名均耀，即雷瑨。雷瑨（一八七一——一九四一），字君曜，一字均耀，别署娱萱室主，筆名雲間顛公、縮庵老人等，松江人。清光緒舉人。在光緒年間任《申報》編輯，民國後任掃葉山房編輯，主編《文藝雜誌》。著有《青樓詩話》、《閨秀詩話》、《閨秀詞話》等。編選有《清人説薈》、《近人詩録》、《近人詞録》、《古今詩論大觀》等。

《文藝雜誌》，創刊於民國三年（一九一四）夏，由掃葉山房發行。掃葉山房是江蘇席氏創辦的書坊，主要經營古籍的收藏、刻印、銷售。其歷史可追溯至明萬曆年間，清同治年間在上海開辦分店。《文藝雜誌》主要由主編雷瑨及其友人供稿，刊登文章詩詞、詩話筆記，其宗旨是“商榷文藝，網羅典籍、保存國粹”。

本篇詩話所選之詩，主要録自雷瑨所見明清抄本，頗有文獻價值。篇中有：明歸有光之子歸子慕《陶庵集》，歸氏後人歸曾祁家藏抄本；晚清畫家黄慎《蛟湖詩抄》，雷壽彭重印本；清楊亮（季子）詩稿，儀徵劉氏藏抄本；清張宗栻《雲麓山莊詩》，張氏后人家藏抄本；清梅植（蘊生）詩，其同鄉江子云抄録；清范冑庵詩，江子雲抄録；清經濟（韵麋）《半園詩鈔》，江子雲抄録。其中有些詩集極爲罕見，如梅植《稽庵詩文集》，“流傳絶少，世每以未讀其集爲憾”；范冑庵《湖東集》“刊本絶少流傳”，雷瑨選其佳作存於詩話，拾人文字而存之，善莫大焉。又如“揚州八怪”之一黄慎以畫聞名，而《慈竹居詩話》引雷鋐（翠庭)之言,稱其詩"必傳之不朽",有助於後人更全面地認識這位書畫家。

《文藝雜志(上海 1914)》1914 年第 12 期

歸陶庵詩

歸陶庵先生,蘇之崑山人,明震川先生諱有光之子。萬曆辛卯舉人,試春官不第,慨然南還。築陶庵於三江口,縛茅爲屋,插槿爲墻,屋後樹梅,廣藝杞菊,蕭然有野趣。室中琴一張,書數百卷,一爐、一藥裹、一瓶粟,他無長物也。先生鼓琴讀書,晏坐默識,窮天地之無垠,察品物之有自,陶然不知身之病也。時復行吟溪畔,覽物從容,作小詩自娱。客至,煮蔬沽醑而已。其詩清微淡遠,與陶靖節爲近。如《城北初夏》云:"三見草木榮,栖栖猶未旋。偶與城市遠,因耽此地偏。獨館背清池,一無俗事牽。晨興課書罷,日午蛙聲喧。出門見新秧,微緑映遠田。久晴初得雨,稚子亦欣然。田父説占歲,今兹定有年。物情既如此,予樂復何言。"《歸江上》云:"去年冬盡歸,室家尚完好。兒女曝檐隈,墻頭日杲杲。今年冬盡歸,離憂不可道。中饋□無人,虚堂塵不掃。一兒依外家,兩女歸兄嫂。奚獨天運乖,謀生亦草草。人世骨肉緣,尚爾不可保。而况一切榮,何足攖懷抱。久矣吾行迷,回車苦不早。"《江村》云:"一畝蓬蒿宅,三春花柳時。縱心游浩蕩,高枕卧希夷。草木欣交得,江山閑自如。閉門矜一介,長使達人嗤。"《春日過荻秋庵》云:"迥絶幽栖處,何當春日過。花開當户足,蜂過短墻多。清世羲皇夢,滄浪孺子歌。同心吾輩在,天壤樂如何。"《酌酒歌》云:"長安陌上桃李開,家家携酒上春臺。少年結客紛相逐,驄馬雕鞍去復來。一時意氣自傾倒,落花飛盡成塵埃。狂飆蓬蓬北海起,湖沙宛轉隨風徙。人情可變石可移,相許則易難相死。擊長劍兮淚沾襟,與君酌酒爲君吟。白日西逝不復返,管鮑已死誰同心。君不見泜水頭,離離白骨無人收。昔爲友,今爲仇。一爲鬼,一爲侯。躡足桑下何綢繆。世事翻飛那可問,千載茫茫江水流。”讀其詩可以知先生之身世,識先生之志趣矣。《陶庵集》共六卷,首二卷爲詩,餘爲文及札記。前五卷刊於明萬曆辛亥,續稿一卷刊於癸丑。至去歲第六癸丑,陶庵裔孫曾祁出家藏抄本,讎校重刊。在友人處借讀一過,録數首而歸之。

瘦瓢山人詩

瘦瓢山人姓黄名慎,字恭壽,福建寧化人,以畫名於前清雍乾間,尺紙零縑,世爭寶貴之,致其詩名爲畫所掩。顧雷翠庭先生鋐,獨謂畫可數百年物,而詩必傳之不朽,世以爲知言。山人集名《蛟湖詩抄》,板久散佚。去年翠庭裔孫肖籛先生壽彭,用聚珍板重行付印,以廣流傳。其介弟悵生郵贈一册,讀其詩,神味冲淡,憂患不形,誠無愧爲有道士也。七律如《旅懷》云:“丈夫何事老殊方,歲歲秋風明月床。兒女别時纔解語,髭鬚白盡始還鄉。蛾眉滿架家園足,馬齒堆盤野菜香。自笑少年江海客,酴醿斷送此生狂。”《歸里》云:“躬耕歸去遂吾初,生事年年計總疏。身似贅瘤憐病鶴,室同懸罄索枯魚。平原座上慚虚左,杜甫橋邊意自如。一抹斷橋楊柳外,好鋤明月種春蔬。”《書懷》云:“銅柱消磨海盡塵,九華峰頂掛綸巾。忍將白髮同秋草,欲采芙蓉寄遠人。天闕有懷生翼夢,丹經難復少年春。詩成却笑求仙客,梁武空祠太乙神。”《客懷》云:“蟋蟀聲中吊落暉,霜嚴客久嘆無衣。斷烟衰柳絲千縷,照水紅蓉玉一圍。江左空懷安石渚,富春又上子陵磯。那堪秋雨秋風裏,一劃南來數雁歸。”《庚申二月與李子美游朝斗岩》云:“春風谷口聽黄鸝,招隱何年話閣西。人事久知生好惡,鴻飛那管隔雲泥。難分苦竹青千个,細數浮花紅一溪。信宿烟蘿陪惆悵,壁間剩有舊留題。”五律如《書懷》云:“自憐抱璞泣,肯效宋人愚。雲冷茱萸佩,帆飛岱石湖。漫沽陶令酒,笑捋使君鬚。莫問飄零況,出門飢所驅。”《歸里》云:“苔壁草堂古,城南認故居。山花分户牖,雲氣染衣裾。老婦剥新笋,憨僮摘短蔬。呼鄰泥醉飲,豪氣未全除。”《晚歸》云:“江路生新月,橋邊野客歸。晚花飄不定,乳燕學斜飛。入市防疏放,居山無是非。牧童牛背穩,横笛送斜暉。"《寓留雲亭即事》云:"終年還作客,老病尚依人。果熟聽風拾,花繁藉雨匀。客盤僧圃菜,陶瓮市頭春。醉裏渾忘物,誰云葛氏民。"《懷李子明》云:"有客武昌去,三年尚不還。只今看夜月,獨自向溪山。秋色荒村裏,寒聲落葉間。無人知所處,寂寞掩松關。"《七絶如憶蛟湖草堂》云:"夜雨寒潮憶敝廬,人生只合老樵漁。五湖收拾看花眼,歸去青山好著書。"《江南雜咏》云:"三山門外望平蕪,春草春烟叫鷓鴣。撲面梨花寒食雨,蹇驢又過莫愁湖。""柳眼青青送客過,白門草色近如何。明朝猶有故園思,燕子來時風雨多。"《維揚竹枝詞》云:"簫聲吹澈月濛濛,羡殺歌兒愛比紅。水閣無人冰簟冷,鴛鴦深入藕花風。""人生只愛揚州住,夾岸垂楊春氣薰。自摘園花閑打扮,池邊緑映水紅裙。""院院笙歌送晚春,落紅如錦草如茵。畫船飛過衣香遠,多少風光屬酒人。""畫檐春暖唤晴鳩,曉起棠梨宿雨收。閑倚鏡奩臨水面,擬將時樣學蘇州。"《雜咏》云:"歸聽笙歌畫舫遲,愛君湖上賞花詩。吟哦今夜春燈雨,燕子梁閑睡熟時。""山僮寂寂掃荆扉,簾外苔痕緑已肥。每到花時常病酒,不防燕子語春歸。"山人之詩,情韵清遠,自足獨有千古。而肖籛昆仲能留意鄉邦文獻,收殘拾墜,重付刊行,尤足繼祖風而保國粹,誠吾宗之榮譽也。

楊季子詩

甘泉楊季子先生亮,清道咸時人。與梅植三、王句生同受業於安吴包君。梅、王有集傳世。季子殉節後,儀徵劉氏藏其詩文稿兩册。興化李審言先生於壬寅客揚州,乞劉氏本迻録,存諸篋衍。嗣爲丹徒陳君祺壽假去,致失一册,李君盛以爲憾。慮此册復失,特郵示賤子,屬爲登入本雜志中。來書且引古人"掩骼埋胔"之喻,亦可見表章先輩著述之苦心矣。惜限於篇幅,不能全登,特録詩數首,海内欲讀季子著述者,於此可見一斑。倘將來第二册能得延津劍合,尤願彙而刊之,以彰忠節而重文獻云。

《送何子貞還京師》云:"我自去京華,歡宴無良夕。栖皇岱宗道，奔走吴閶驛。苦被世網嬰，長此天涯役。眷言念朋儕，舊好貫肝膈。不圖千里外，飄然見三益。携酒登越山，維舟候潮汐。握别在須臾，契闊自疇昔。深感瑶華思，何以慰離析。"《悲歌行》云："浪游涉艱難，豈若隱居好。之子不歸來，長年思遠道。江湖多風霜，何處求芳草。千里絶音書，無由展懷抱。含毫感天末，抱憂以終老。"《咏懷》云："鴻鵠游南渚，鴛鴦泳北池。清秋屬佳節，燕婉正斯時。趙女彈新聲，弦歌一何哀。我能解此曲，未識作者誰。浮雲朝在天，暮不知所歸。奇士感此意，長與世人辭。飲我雙尊酒，惆悵不忍持。（其一）""昔人慕壯游，弃繻不復顧。修名涉世途，長年苦未遇。遂令百歲身，忽忽菁華誤。悲哉烈士心，慷慨傷遲暮。（其二）""高樹多悲風，層冰知淵寒。顧盼修途間，來日事大難。良時不可戀，憂戚凋朱顔。中夜起彷徨，側身獨長嘆。（其三）""束髮去故里，挺身適他方。投筆賦行役，意氣在疆埸。人不思祖德，曷可以自强。區區平生心，何肯滯家鄉。（其四）"《題徐星伯先生手拓敦煌太守裴岑碑》云："惟漢永和年，西征師奏愷。敦煌裴府君，書勛蒲類海。良史失其傳，遺蹤幸碑在。大夫遠行役，停車玩幽彩。拂拭去塵埃，手摹辨豕亥。始知贋鼎文，出自盲人改。昔既久淪湮，今復群訛紿。堅質喜長存，真賞欣有待。自從刻石來，此本足千載。"《題何子貞所藏顧南雅通政畫梅》云："南國有高賢，心感衆芳歇。慷慨托毫素，願祝當春發。胡爲其幽姿，獨受凝寒閼。名迹期慎藏，蕪詞愧輕跋。風塵困奔走，何處窺仙闕。載誦綿蠻詩，凄愴道旁碣。"《凉州曲》云："征人萬里唱凉州，催動琵琶一曲愁。勒馬龍堆回首問，舊時飛將果封侯。""西出陽關路八千，當年羌騎屢窺邊。漢家自闢山南後，無復烽烟到酒泉。"《楊花詞》云："幾樹垂楊拂衙溝，長條如許不關愁。無端一絮尊前落，日日催人上綺樓。""灞橋東畔玉關西，同作春塵踏似泥。誰道此時歸去好，江南花落有鶯啼。""水上盈盈望玉津，長安風起不勝春。幾回谷問靈和樹，飛向章臺不見人。""一去東風恨杳然，漫漫愁緒已無邊。天涯但解飛如雪，誰綰柔絲贈别筵。""吹入羅幃好夢殘，背人拾起淚闌干。如何一樣同棉薄，不解春衾此夜寒。""柳下輕塵柳外風，風來風去各西東。大堤有女如花艷,自惜韶年薄命同。"《北池子寓館夜坐》云:"葉薄庭梧露氣寒,風高天半斗闌干。望沉碧落三山隔,坐對銀河九曲盤。旅夢欲隨傳柝遠,鄉愁難仗舉杯寬。徒聞織女支機石,何處乘槎許借看。"《感舊》云:"清溪九曲蔣山前,細雨蕭蕭欲暮天。記得木蘭舟上坐,飄零絲竹已中年。"《贈别》云:"東風吹緑草參差,夢覺羅浮日影移。最是傷春兼惜别,江南江北落花時。"季子詩共數十首,兹所録未及其半,然嘗鼎一臠,亦足知味矣。又古文數十篇,均係商榷學問或記載時事之作,蓋極有關係文字,不徒筆意高潔,爲行文家奉爲圭臬也。篇狹不能全載,深爲悵然。

雲麓山莊詩

雲麓山莊古今體詩一百七十四首,爲婁縣張西銘先生宗栻所著。先生游沈文慤公之門,得其詩傳,故其名甚噪。著有《梅品新咏》、《燕京篇》、《罨畫軒倡和詩》等,均未刊行。是集於文慤所刻《停雲集》内曾附刊數首,今其後裔出抄本見示,録其尤佳者。如《謁岳武穆王墓》云:"北望戈鋋怒未平,中原恢復嘆無成。君王已縱金牌召,父老空勞香盒迎。二帝蒙塵千古恨,一身戰血十年兵。栖霞嶺上埋忠骨,魂向龍沙五穀城。"《寄懷俞古松客徐州》云:"一笛梅花動别情,故人遥已隔彭城。饑驅應惜年華改,卧病空嗟短鬢生。碧草三春懸客夢,黄河六月近秋聲。何時共翦西窗燭,不藉音書寄遠征。"《山塘吟眺》云:"望中侵曉散寒烟,七里波光映碧川。帘影橋通沽酒市,艫聲門泊載花船。堤邊畫檻延佳客,樓上珠簾集麗娟。自昔吴宫歌舞地,鵾弦鳳管一年年。"《客中聞笛》云:"十二紅樓吹晚風,玉横三尺夜相通。誰憐一片江南月,當照關山客夢中。"《寒食》云:"茶鐺藥竈寄生涯,鎮日詩吟李杜家。記得去年寒食候,春風一路間桃花。"《燕子樓》云:"紅粉芳名何處留,至今猶憶古徐州。尚書好色尋常事,腸斷春風燕子樓。"《鴻門行》云:"沐猴而冠真英雄,烏騅蹭蹬來江東。鴻門大排王宴會,如鼠如狗劉沛公。漢家功臣智謀盡,死且不避樊噲進。拔劍起舞佐酒卮,賴有護持脱鋒刃。老翁髮毿毿,寶玦示以三。禍機隱伏在几席,不勝杯杓醉易酣。霸王惟恃勇，帝王全在智。爲鬼爲蜮誰入厠，左股七十有二痣。竪子安足以成名，亭長天子間道行。嗚呼！間道走，碎玉斗。”《索花歌》云：“毵毵柳擘二月風，梅花已落杏花紅。一樽緑酒恣吟興，日夕坐對芝蘭叢。邑宰忽投刺，有令傳諄諄。爲植嘉卉多盤根，苔鬚石角堆磁盆。始聞埠頭張錦幄，欲與上司博歡樂。戒道清晨夜未休，何曾肯惜民鞭撲。又聞上馬水雲亭，扶蘭朱紫翠爲屏。細結綵絲霞片片，懸燈歷亂如春星。此中略綴紅與白，吐香放艷無人惜。官場何暇品珍奇，縱有名葩亦輕擲。瓮城門外田家村，草野齊知富貴尊。農民儉歲苦徭役，一木一花那足論。”

梅植之詩

揚州江子雲先生抄示其鄉人梅藴生先生植之詩數十首。梅先生爲道光己亥舉人，著有《稽庵詩文集》，然流傳絶少，世每以未讀其集爲憾。兹録其《秦淮雜咏》云：“風曳殘蟬暮雨收，幾行疏柳白門秋。何人更唱金陵曲，江北江南六代愁。”“鷄鳴埭遠□□荆，木末樓高切太清。一事女墻秋草碧，斷烟凉雨是臺城。”“群烏啾啾唤奈何，建陽關外起琱戈。美人不惜青溪别，更請君王玉樹歌。”“智井凄凉怨水流，景陽宫闕長梧楸。可憐張孔臨春閣，不及湖名尚莫愁。”“朝官風度最清華，江令新詩□大家。恨煞羽書三十六，教人腸斷後庭花。”“珠箔風簾掛夕曛，秦淮秋水碧於雲。月明長板橋頭過，誰唱吴儂白練裙。”“碧雲深樹影疏疏，一抹江樓水竹居。正是江南好秋色，天空木落雁飛初。”“蔣山如畫寫秋光，王氣消沉草木荒。多少南朝舊宫苑，銅駝石馬卧斜陽。”《雲外》云：“雲外瑶笙月下簫，好風吹去劇無聊。楚臣寶玦湘江渚，帝王明璫洛浦潮。無處再探紅芍藥，有心空捲緑芭蕉。蘼蕪百轉春山路，樹掩雙扉水隔橋。”《題唐故淮南節度討擊副使田誂墓誌石》云：“道光丙申二月吉，萬英灣前獲唐石。剜剔苔沙露文字，乃知下有田公宅。去年河夫聞治堤，傍岸穿沙得深窟。方平蓋覆四石聯，委置荆榛雜礓礫。題以淮南故節度，四州長史開國伯。兩篇刻字幸完好，書人撰者桑儲筆（右衛承俯騎曹参軍桑叔文撰，右金吾兵曹参軍儲彦琛書）。

累勛著績不一手,想見戎功甚輝赫。生榮没已本常理,不有斯文誰愛惜。距今上溯唐貞元,千一百年等朝夕。嗚呼發我思古情,捫石搜文長太息。伊昔李唐制節度,大都督府王領職。佐以長史副大使,司馬倉兵萬人力。當年設官得統馭,誰云强弱致顛躓。自從天寶百度隳,范陽變起西京失。咎謂兵權出重鎮,安史披猖亂難遏。豈知失守自畿輔,强牧何嘗不匡弼。此地淮南控楚吴,權衡設道分南北。建治揚州領十二,才非幹濟難修飭。考自唐德貞元間,守官杜亞當朝日。陳君少游既羞死,公備戎行從討擊。殊禮延公入幕時(誌云:故淮南節度使工部尚書潁川陳公殊禮相遇屈公入幕),上逮興元從大曆。舒捲風雲定淮海(誌文云云),二李憑陵氣先奪(《通鑑》載:大曆十一年,陳少游從討李靈曜於汴州。建中二年,遣兵擊海州李納巡官王涉。四年,從討李希烈,屯盱眙。以誌考之,田君皆與其事)。丈夫功成名既遂,信公卓犖真人傑。高才雄略武且文,比以關張亦宏闊(亦誌文云)。奈何五十正服官,鐵馬金戈去無迹。淮西兵阻葬臨灣,山寺南原卜窀穸(其夫人誌云:道路艱阻,未獲還鄉,權卜葬於江陽縣山光寺之南原)。人代茫茫千百春,封樹無存誰得識。史既闕文志莫載,不憑貞石從何質。乃知遺逸世恐多,簡册流傳萬之一。崔圓杜佑碑久磨,王播淳于冢俱没。考古徒從古帙稽,何如此刻堪徵實。頃見會昌米氏誌,斷泐今爲沈君獲(石方尺今藏沈君與九家)。短章堪匹萬夫人(此石汪孟慈員外載至京邸),似兩參軍恐非敵。翩翩詞翰照千秋,或者精光斗牛射。若教早出三十年,合載唐文貯天闕。如此至寶天貺我,哀我孤窮好古癖。今年既得天寶鏡,胡爲更遇非常物。金石文章富且壽,頓忘貧病無家室。□來輦載寄書齋,摩挲已療幽憂疾。嗟無尺宅與寸田,不似懷藏匹夫璧。人間所寶豈貴此,權作儒生萬金鎰。幾回撫玩復長嘆,後之愛者真難必。陳辭來□奠椒漿,□□河滑爲標碣。遺與他年續志人,未知載筆誰編入。感賦斯篇曠代心,仿佛天潯降靈魄。"《社日題新店壁》云:"年年社日江鄉度,忽復風塵逐兩輪。詩意漫隨人事改,情懷聊與物華新。梅花官閣車中夢,柳色黄河馬上春。憶著治聾家釀好,竭來莫厭酒尊頻。"

范賓庵詩

范凌霳字賓庵，甘泉人，廪貢生。咸豐元年，薦舉孝廉方正。著有《湖東集》，刊本絶少流傳。江子雲先生祖蔭抄示數首，亟録如左。《蚌中雙魚歆爲阮南畺恩海作》云："阮生示我盤中珍，相傳拾自滄海濱。鮫人含淚不敢剖，雙魚奮迅如有神。魚兮魚兮蚌中肉，片者王餘雙比目。縱横鬐尾列成行，戲波仿佛鴛鴦宿。想見龍宫初孕時，神女寄遠空相思。蓬萊可望不可即，腹中尺素誰能知。何人贈子交情厚，五色晶瑩恰盈手。十二瓊樓影動摇，夜飛不在文瑶後。我有故人在南國，褰裳從之未可得。幾度灘頭望錦鱗，鯉魚風冷秋江色。回思翡翠達岩廊，重譯西來有越裳。但使明珠歸合浦，兵銷日月自輝光。"《良鄉曉發有懷》云："朔吹無邊入塞長，帝城初發是良鄉。最難消瘦兼吟癖，故遣心情作酒狂。對影人同燕市月，侵晨寒結馬頭霜。琉璃河畔衰楊柳，不爲將離緑一行。"《送南樵之金山》云："君歸不出更如何，一别經春鬢已皤。老去詩篇驚海内，亂餘兒女寄山河。鱸魚味美休彈鋏，鴻鵠風遥且避羅。莫道朋簪偏寂寞，九峰三泖故人多。""河橋酒幔望中青，話别揚州夢昨醒。此去好修温嶠傳，頻年獨上謝公亭。曲高人自攀楊柳，病淺春猶采茯苓。明發扁舟又南下，漫憑身世感零丁。"

經韵麋詩

經濟字子通，又號韵麋，揚州甘泉人，監生。著有《半園詩鈔》、《合浦珠傳奇》等。江子雲先生録示其詩數十首，擇其尤佳者記之。《讀板橋雜記咏李香》云："南渡鶯花絶可憐，君王夢不醒歌筵。傷心一曲桃花扇，反惜侯生傳不全。"《咏董小宛》云："情絲一縷似春蠶，嫁得才人死亦甘。萼緑華歸何處所，不堪重問影梅庵。"《咏柳如是》云："白門楊柳曉啼烏，好把風流盡懺除。何事芳心偏鑄錯，鏡臺相伴老尚書。"《咏卞玉京》云："道家裝束稱飛瓊，畫出猗蘭倍有情。兒女肝腸名士淚，自應心折鹿蕉生。"《題謝夢漁給諫香南夢憶圓》云："人海難逢古押牙，塞鴻消息斷天涯。春風又緑江頭草，忍見櫻桃一樹花。""楚楚容華正妙齡,步摇花弹玉冬丁。無端驚破鴛鴦夢,柳樹何年唤阿青。""莫怪休文减帶圍,春來望斷犢車歸。可憐一樣章臺柳,誰遣風中作雪飛。"《邯鄲題壁》云:"洛河風雨晚蕭蕭,極目川原四望遥。百雉叢臺非昔日,一鴟村酒度寒宵。失身厮養才人痛,涉想公卿措大驕。夢境豈宜全道破,枕函生怕惹翁招。"

窮廬詩話

冠　吾撰

載於《消閑鐘》一九一四年第一卷第一期。

作者署名冠吾，真名、生平不詳，傳統小説作家。

《消閑鐘》，小説家李定夷創辦的雜誌。一九一四年五月創刊於上海，初由消閑鐘社發行，后改國華書局發行。一九一七年一二月停刊，共出三卷，每卷一二期。是一種娱樂性刊物，内容分説部、志林、諧乘、雜俎四類。刊有長短篇小説、詩話、小説評論、詩鐘、竹枝詞及新舊劇評等。

本則詩話主要是論述。作者認爲詩爲立言之末，然"詩可以興，和而不流"，亦足可取。可惜"演之既久，捨本逐末"，"而近世每況愈下，靡靡成風，不可道矣"，顯示出對當代詩風的不滿。作者詩歌觀多源自傳統，認同"窮而後工"、"詩以道性情"、"詩教"等觀念。最後收録逸園擬古樂府之詩數首，稱其"清雋不凡"。

《消閑鐘》1914 年第 1 卷第 1 期

古之君子，立德立功立言。立言之不能，乃鳴於詩，抑末矣。然而詩可以興，和而不流，溯自擊壤鼓腹，以迄國風雅頌，或歌吁吁，或抒耿耿，皆各得其情以感及當世。傳諸後人，君子於以占其民風之闢塞，王室之振靡。則詩固有足取也。惟是演之既久，舍本逐末，一變于楚詞，再變於兩漢，大變於南北朝，而唐而宋，而明而近世，每況愈下，靡靡成風，不可道矣。

《離騷》一書，多憂思苦語。如怨如慕，如泣如訴。如嗔如笑，如病如狂。如秋士悲，如春女怨。如嫠婦哭，如孤兒號。率皆淒愴之音。是以詩人多窮也。昌黎云："歡愉之語難工，而窮苦之言易好。"則詩人不窮，將吟不出好詩來。

閻臨晋曰："詩以道性情。彼誇富麗，矜格律，末也。太白狂歌，嗣宗痛哭，思致纏綿，天真爛漫，方是真詩。"

孔子善吟者也。河梁諸操，擬於古詩。蓋春秋去古未遠，孔子四教首文，則詩其所樂道矣。

逸園有古樂府之擬，雖摹似之體，而詩才清雋不凡。憶其數闋："北方有佳人，纖手工織素。紛紛機上絲，燦若披雲霧。在首製爲冠，在足製爲履。機杼豈不同，雲泥各有遇。貴賤何足論，毋爲世俗誤。""精金世所寶，熔冶名不祥。頑鉄曷足貴，百鍊乃爲剛。立志當及早，毋爲歧路傷。君子尚豹變，蔚然成文章。""良馬西極來，是爲汗血駒。駑駘怒而侮，躑躅悲長途。胡不獻闕下，用女爲前驅。策之不肯前，顧影野踟躕。驪黄重甄别，誰知神骨殊。凉秋八九月，雪暗陰山隅。夜深鳴篳篥，聞之血淚俱。功業不得建，市骨徒區區。""矯矯雲中龍，潜見各有時。大人貴自適，枯槁亦何爲。常變不失節，升沉隨所施。小儒自齷齪，時以繩墨規。榮名信足寶，千秋以爲期。""毁玉玉可碎，爍金金可裂。庸人幸瓦全，而自矜明哲。堂上設華筵，慷慨數聲烈。毋爲變徵聲，前席爲君説。俗尚心所非，古道時嫌拙。清議不可干，文網終難滅。平生欲何依，兩途從此决。遐哉北海濱，矯矯全高節。""南山有雙鳥，其名爲鳳皇。啄彼梧桐實，顧盼生文章。雄者慕高舉，上與浮雲翔。雌者遠相睇，哀鳴發清商。哀鳴亦何爲，戚戚中心悲。同心而异處，各在天一涯。天涯客信早，木落山容槁。鴟梟搏朔風，勁翮横蒼昊。緬彼非吾儔，安得同懷抱。胡不遄言歸，同巢以終老。""虚名不可處，處之甘如飴。務實亦自苦，縱舌美能辭。高堂秉雙燭，炎炎光華披。豈不矜明耀，膏焰漸已虧。百年駒隙過，努力少年時。""天道有代謝，四序若轉輪。人生各有遇，安得長苦貧。昔者吴與越，今乃骨月親。始知笑語密，都非肺腑真。子去適田野，尋彼耦耕人。春風勞斗酒，鷄黍前雜陳。野饌不足貴，可以娱嘉賓。風俗敦古處，愧彼輕薄倫。莫作絶交論，徒爲當老嗔。”“青青河畔柳，吹上城南樓。樓有高百尺，窈窕安可求。西鄰浣紗女，光彩生明眸。吴宫新得寵，迺作長夜游。歌舞不可歇，宜笑還宜愁。綿綿朝與暮，忽忽梧桐秋。姑蘇一朝破，遂泛五湖舟。感此坐長嘆，時恐珠暗投。豈無良媒聘，願得同心儔。同心以終老，白髮無愆尤。”“幽蘭生空谷，鬱鬱含其英。采之以爲佩，永無世俗情。美人隔江至，月下揚素旌。停驂忽有感，似與余目成。芳潔知所好，願得獻微誠。曰美必有合，何敢輕令名。”“淼淼澗底泉，淪漪往而復。覽之杳然深，中有蛟龍伏。在山源既清，出山安可濁。上以羞王公，穆穆昭虔肅。”“客從遠方至，遺我雲和琴。彈之不能竟，絶調難爲吟。座上聽已倦，嘖嘖稱雅音。虚言識曲意，安取德愔愔。泰山一莾高，滄海一何深。和者豈云寡，渺渺懷素心。”多寓言，有所刺也。

鴻爪詩話

石　渠撰

連載於《扶風月報》一九一四年第一、二期。作者署名石渠，生平不詳。

《扶風月報》，一九一四年於上海創刊，共兩期。由昌明禮教社主辦，其宗旨爲"注重維持世道人心"，宣揚尊孔，提倡舊禮教。

本詩話録作者所識時人如黄岡張晚溪、同鄉李鼎苓、蘭兄毛昧農等之詩，及湖南賢父母官曹拱辰、吴大澂詩，作者或爲楚人。篇幅較短，評論不多，於詩藝似無所闡發。大體以存故友鄉賢之零篇斷簡爲旨。篇中較有意義的是作者對晚清大臣吴大澂的評價。吴大澂於甲午戰争中自請率湘軍抗戰，戰敗被革職。石渠説："甲午之役，論者多咎先生紙上談兵，余謂未可以成敗論英雄也。"對吴大澂巡撫湖南的功績予以了高度評價，對其爲人頗爲敬仰。

《扶風月報》1914 年第 1 期

湖北黄岡張晚溪參戎，以蔭例得官，豪俠好義，善飲能詩。著有《晚溪集》二十卷。清宣統紀元，余落拓澄江，相依爲命。黨記其《登澄江君山》句云："松影欲邀山月上，天風吹送海潮來。"又《重到澄江》句云："十載重來兒女换，自曾相識有君山。"吐屬風流，不愧儒將。旋遷官潤州，臨行以《自題小影》絶句索和，余詩云："緩帶輕裘羊叔子，虎頭燕領馬文淵。鬚眉如此真奇絶，莽莽神州好著鞭。"

數年闊别，其原唱則余忘之矣。

同鄉李鼎苓兄，清宣統己酉，與余同館於澄江營次，朝夕唱酬，意甚相得。旋歲暮將改館，鼎苓因親老家貧，歸心甚切。余阻之不得，鼎苓以七律二首别余，余和云："南浦消魂雨雪霏，硯田同種不同歸。君思萱閣腸先斷，我有椿庭鬢已稀。歲暮那堪千里别，天涯其奈寸心違。故園咫尺頻傳語，游子年年典客衣。"鼎苓性情純篤，事親以孝聞，作詩好叠韵，常讀其《感舊》叠韵百首，才思縱横，别開生面。中雖有勉强處，然殊不易爲也。

湘鄉曹拱臣觀察，恤民愛士，所至多政聲。好讀書，無官場腐敗氣。公暇則與幕僚分韵吟哦。曾讀其《冬夜雜感》云："豈無客夢歸湘水，剩有詩魂憶灞橋。記得來時山上路，梅花數點雪飄摇。"按曹公之權老河口榷務時，余年纔十七。持世伯楊鏡峽大令函往謁。余恐以人衆見弃，先以書干之。曹公見書甚欣賞，許爲少年特出之才，邀余司文牘。嘗以"讀書養氣，不患無位"見勖。噫！商婦琵琶將悲老大，王孫琴劍猶感飄零。讀昔人"東道故人相問訊，青袍今已誤儒生"之句，不禁爲之黯然也。

杭州拱宸橋側有張大仙祠，余癸丑秋與蘭兄毛昧農君漫游西湖，僑寓祠之右側。暇往瞻仰，見其香火甚盛，聯額縱横，而佳者甚少。因共擬一聯云"外患恨鷹瞵，與汝偕亡，先覺保兹乾净土。周游留馬迹，來瞻何暮，無緣共話梓桑情。"按：張仙，楚北黄岡人，作道士裝，精歧黄術，能書符咒、驅邪祟，求者不索值。喜養鷹，寒暑必俱。未卒前一日，與其徒言將仙去，囑將遺骸葬於橋之塊。并云此地將爲外人有。越明日，果持鷹赴水死。土人感夙義，襄其徒遵遺命葬焉，并立廟祀之。清光緒中，朝議闢杭州爲商埠。西人某以有碍工程，謀徙而之他，將興工，而土工數人忽發狂疾，西人亦如之，遂罷議。

《扶風月報》1914 年第 2 期

吴愙齋先生大瀓，勤政愛民，撫湘時尤多善政。清光緒乙未，湘大旱。先生率官紳虔誠祈禱，步行赤日中，汗如雨下，旬日不倦。

旋甘霖大沛,轉凶爲豐。湘人咸謂乃先生一念之誠,上格天心。甲午之役,論者多咎先生紙上談兵,余謂未可以成敗論英雄也。先生爲詩多性情語,嘗讀其《新年口占》二律云:"静參物理卜豐亨,差喜新年案牘清。窗外蠟梅融雪點,枝頭翠鳥弄春聲。畫無定格供揮灑,詩不求工適性情。滿屋紅燈談興劇,起看星斗已三更。""昨夜湘帆泊渡津,故人書問報宜春。吴頭楚尾懷千里,酒緑橙黄味一新(湘帆輪船到,聶仲芳觀察由上海寄惠蘋蒲果、紹興酒,張孝達制軍由武昌寄惠新會橙等物)。列郡謳歌同望歲,長官心事在親民。乘陽布令非文具,寶善須求席上珍。"

清乾隆間,錫山有孝女唐素者,號素霞。鈎染花卉,得北宋人法。嘗寫百花圖卷,當代名公題咏不下百家,可稱鉅觀。孝女早歲失恃,兄弟繼之。矢志不嫁,垂簾鬻畫,養父終身。人爲請於朝,旌表其廬。年七十餘始卒。吴江邱後同題其荷花云:"一枝荷葉一枝花,花要飄零葉要斜。爲問人間開并蒂,那知花裏獨趺跏。"蓋孝女晚年且净修上乘云。

曩於友人扇頭讀懷古七律三首,議論縱横,氣勢雄厚,惜忘作者姓名。詩云:"穀城山曉黛蒼蒼,弦酌相尋拜憒王。百戰三年空地利,一身五體竟天亡。明分帝業資劉季,誤讀兵書笑項梁。留部瓠蘆全史在,英雄成敗太凄凉。""秦人天下楚人弓,枉把頭顱送馬童。上帝無心私竪子,大王失計走江東。早趨函谷收圖籍,何必鴻門殺沛公。明縱咸陽三月火,讓他婁敬説關中。""黄土心香一掬塵,英雄兒女各沾巾。生能白版爲天子,死剩烏江一美人。愁絶沙虫親子弟,烹來功狗舊君臣。戚姬脂粉虞姬淚,同是君恩不庇身。"

張南皮《咏賈誼》詩云:"承平王佐殊無用,少小寄材定不祥。"此感傷才子之詩也。夫少小有奇材即决爲不祥,則享庸庸之福者,必爲無才之人。以有才爲不祥,其悲痛何極。造物篤生有才者,而又必坎坷其遇,不知天心之果何屬也。余己酉元旦有句云:"痴獃難賣無須賣,過分聰明是弃才。"亦是傷心語。

澹慕軒詩話

時雄飛 撰

載於《博物學雜誌》一九一四年第一、二期。

作者時雄飛,曾任江蘇省立水産學校本科國文教員,餘事不詳。

《博物學雜誌》,季刊,由中華博物學研究會編輯,一九一四年創刊,一九二八年第二卷第四期停刊。第一期由上海文明書局發行,第二期起由中華書局發行,第四期起由上海商務印書館發行。

本則詩話立意新穎,是一種博物學詩話。作者述其主旨稱:"予屢欲輯古今人詩之關係於博物一科,遣辭雅馴而不背科學原則者,不論斷章剩句,裒爲一編,藉以鼓吹此學,且示詩可以多識草木蟲魚鳥獸之名。"篇中多考證古詩中提及之生物,如論古之"荼"即今之茶,"來禽"即蘋果等等。還闡述一些古詩中描述現象的科學原理。又提倡以生物學新名詞入詩,引自己用"複眼"、"吸盤"之詩爲例。將科學與文學相融合,饒有趣味,頗爲創新。

《博物學雜誌》1914 年第 1 期

予屢欲輯古今人詩之關係於博物一科,遣辭雅馴而不背科學原則者,不論斷章剩句,裒爲一編,藉以鼓吹此學,且示詩可以多識草木蟲魚鳥獸之名。卒卒鮮暇,每握管而輒罷。春深柳碧,長日幽居,特就平日所記憶者追録之,并參以蠡見焉。

杜子美《紅梅》詩(或作石曼卿詩,然杜集亦有此詩,不知孰是)云:"認桃無緑葉,辨杏有青枝。"後世譏之。夫狀物之形,須求其似。而一經入詩,必具風調,不可有刻畫之嫌。此則詩與科學根本上之异點也。

吴梅村詩誤以黄瓜爲王瓜,固少格物之功。然而摶摶大地,芸芸萬彙,古與今异名者豈少哉?正恐考證名物者瘁畢生之力難以釐正。此無他,蓋以古時圖畫少、書籍多,惝怳難憑,故耳。

詩人之靈思,遠推之渺寞之域,細入於無間。使顯者不能蔽其形,微者不能藴其幽。唯是古之人優於思而絀於驗,往往有不能名之物。經挽近科學衍進,遠鏡、顯鏡,補濟視官之具大備,始定專名。則擇其尤雅馴而正確者,用以入詩,未嘗不可。如"星球"、"細胞"之類是也。予嘗有《咏蠅詩》二句云:"豕羶伎倆明人我,複眼玲瓏佐吸盤。""複眼"、"吸盤",新名也。然古無顯鏡,實未之見,故闕其名。而二器又爲昆蟲所實有,詎謂肉眼不能見者,不應入詩耶。乃知古人花鬚柳眼之外不能名,斯避而不咏耳。又有《咏春雪》絶句云:"晨起霏霏壓畫檐,微風吹動略侵簾。捉來鏡底銷無迹,不許人窺六出尖。"如此咏春雪,覺未經人道也。

葡萄酒釀法,不用麴蘖爲媒,因果實上無數白小點即釀母菌也。元遺山驟聞之,矜爲創獲,爲賦以張大其事。賦序云:"貞祐中,鄰里一民家避寇自山中歸,見竹器所貯蒲桃(按即葡萄)在空盎上者,枝蒂已乾,而汁流盎中,薰然有酒氣。飲之,良酒也。蓋久而腐敗,自然成酒耳。"按遺山之所謂腐敗,即釀母菌分解砂糖而爲酒精與炭酸之作用也。(自注:酸酵别立專門學,分解砂糖後之産物,實不僅酒精炭酸二種。其經過階級,亦甚複雜。)賦長,且非詩話範圍,故不録。

蘇子瞻《問大冶長老乞桃花茶栽東坡》詩云:"周詩記荼苦,茗飲出近世。"注引《爾雅》云:"檟苦荼,注樹如梔子。今呼早采者爲荼,晚取者爲茗。一名荈,蜀人呼之爲苦荼。"由此則知今之茶即古之荼也。茶含單甯,性苦澀,稱苦者或即指此。

又《次韵答舒教授觀余所藏墨》詩中云:"作書寄君君莫笑,但覔來禽與青李。”又《次韵王晉卿送梅花詩》起句云:“東坡先生未歸時,自種來禽與青李。”按“來禽”與“林檎”音近,或即一物,俗又名蘋果。此物果實有紅色,易招禽來食而遠播其種,故來禽二字較爲確切。

今人每誤以女蘿爲游龍,《詩》云“隰有游龍”,《毛詩博物圖考》云:“傅龍,紅草也。《集傳》:一名馬蓼。葉大而色白。”此言游龍。圖中純一蓼科植物,非蔓性。又本書中蔦與女蘿注:“《傳》:女蘿,兔絲松蘿也。《集傳》:女蘿,兔絲也。蔓連草上,黄赤如金。”又注辨女蘿、兔絲爲二物。别頁注:“《傳》:蔦,寄生也。《集傳》:葉似當盧子,如覆盆子,赤黑甜美。”統觀二圖,皆纏繞松樹上,形態相似,惟一則有放射狀之針狀葉,爲不同耳。按此可知女蘿爲蔓性物明矣。查《植物分類學》,蔦蘿屬旋花科,有纏繞莖,常纏繞於籬邊。葉爲羽狀裂片。花細長,真紅色,開葉腋間。一梗生一葉。子房四室。然則俗所稱游龍草,實爲蔦蘿無疑。(惟與《集傳》“黄赤如金”一語不合,當俟續考。)又李長吉詩“渠水紅繁擁衙墻”,王琦(錢塘人,字琢崖)注“紅”是“水葓”。《爾雅・釋草》云:“紅,蘢古。其大者蘬。”郭璞注:“俗呼紅草爲蘢鼓,語轉耳。”《詩》稱“隰有游龍”,郭璞云:“即蘢古也。”“紅”爲“葒”之省書。蘇頌曰:“葒,即水葓也。似蓼而葉大,赤白色,高丈餘。”然則“游龍”俗又呼爲“水葓”也。(自注:此書時代倒置,如上述元遺山等詩,今述毛詩,實由編述時隨録隨寄,不及追改之故。一俟全書成,當逐條校訂,閲者諒之。冰按詩之游龍爲葒草,俗稱□□,爲蔦蘿。黄赤如金者,則菟絲也。)

古來咏物詩每有寄托,所謂詩中有我也。僅狀物態,斯落下乘。然一有寄托,狀物一邊,又每多牽强。邳州張文醇,字伯正,號雅齋,著《冷碧軒詩草》四卷,刊於光緒間,其工力在香山、劍南之間。予獨愛其《三藏館雜詩》句云:“瓜成藤半槁,榴裂子猶含。”狀物既工,寄托亦深,洵合乎風人之旨矣。

予有《秋海棠詩》十二首,其狀花之形態一絶云:“金蕊中央檠一柱,縱横四瓣兩相差。此花值得銷魂處,不近凡姿不絶奇。”實寫處覺尚不傷呆滯也。

予讀徐孝穆《咏織婦》句云:"振躡開交縷,停梭續斷絲。"乃知咏物貴切而不浮。若張翰咏菜花"青條若總翠,黄花如散金"二語,真可舉爲芸薹之概念也。竊又謂教授博物者能參以古詩歌一二語,既可以搆成概念,又可引起文學思想,誠一舉兩得者也。

《博物學雜志》1914 年第 2 期

古時物有專名,果能於載籍中,一一掇拾,則所闕者鮮。且保存吾國文字之定訓,亦莫先於此。韓昌黎《薦士》詩曰:"鶴翎不天生,變化在啄菢。"注:"鳥伏卵謂之菢。"又《南山》詩曰:"争銜彎環飛,投弃急哺鷇。"注:"鳥生須哺曰鷇,自食曰雛。"《爾雅》:"生哺鷇,生噣雛。""菢"、"鷇"二字,義確而文省,使定爲動物學術語,比之膚而複之和名,相去遠矣。其餘如鳥嘴之長者曰"喙",短曰"嘴",則人皆知之。就吾所憶,如昆蟲變態中之幼蟲時代,古時俱稱爲"蠶",今則僅指食桑吐絲之一種而言。讀書不明古訓,浸假而恃日本名詞爲依歸,漢文之不亡亦僅矣。

韋應物《咏琥珀》云:"曾爲老茯神,本是寒松液。蚊蚋落其中,千年猶可覩。"此詩可爲吾國發明化石學之祖。惟其《咏珊瑚》云:"絳樹無花葉,非石亦非瓊。世人何處得,蓬萊石上生。"則明其産地,而不知其爲一種動物骨骼也。(冰按琥珀爲有機礦物之一,係古代針葉樹之樹脂積壓地中而成,故往往含有木片昆蟲。)

"桑之未落,其葉沃若","沃"字狀葉之光澤。"東門之楊,其葉肺肺","肺"字狀葉之外形,兼合其内部之作用。前人體物之工,畢竟後人所不及。即如括森林之概形曰"長薄",曰"平楚",皆的而不移。曰"枝格",樹枝中一幹較長者名"格",其散而平者名"枝",然則名物之學,古人已有條不紊矣。

予嘗有《小園雜詩》三首,其一云:"曾經調藥醫花病,偶用分枝引樹生。最苦灌時池水熱,盆中龜坼又縱横。"庭中植一薔薇甚茂,未幾,葉含枯瘁之色。察之知爲銹菌病。其菌屬名 Phragwidmmi,種名未有。葉背中肋有黄色小點,夏胞子也。兩旁黑褐色小點,(當時似係白色,今閲植物書爲黑褐色,姑從書。)冬胞子也。檢《植物病理學》知濮爾冬液可治。乃以硫酸銅和水於杯中,别以一杯入石灰,和水二杯,容量相等。略貯片刻,既溶,則以二種液混合於一杯中。以試紙驗其不含酸性而爲中性,則以之塗於葉背患處,未幾即愈而開花矣。此液又可作催花羯鼓,以其含毒也。前在某女校講植物,適一女生以校中各植薔薇一盆,惟己所植者,葉繁茂而不開花,詢其病,因及療法,則對曰:"此爲肥拔病,乃淡素肥料過多,徒長莖葉,不思生殖之故。以此液加千倍之水,注射根之近旁,則因刺激而花即怒開。"如法行,之不幾日而含蕾矣。女生驚喜,以爲奇事。乃知實驗易徵信於人也。雖然,凡植物最忌酸性液,往往遇少許即死。不以石灰之亞爾加里性中和之,固屬危險。而製時一不慎,少帶酸性,植物亦必因而致死。故治花病頗不易也。又樹之不易分生者,在生長極盛時,往往可以分生。屢驗之,甚不謬。詩中所云蓋實事也。

劉禹錫《寄蘇州白使君》詩,"若共吴王鬥百草,不如應是欠西施"。又蘇東坡詩"曾把四弦娱白傅,敢將百草鬥吴王"。則知鬥草之舉信非虚語。是亦吾吴關於博物之故事也。

紫茉莉俗名夜繁花,花開紫色,甚艷,其子黑色,中貯白粉,可製爲化妝之用。予嘗有述五古一首云:"墻外紫茉莉,秋深結玄子。紅袖侵晴芬,擷之入懷裏。尋常顏色多,野行益清美。迤邐前致辭,調粉鉛可擬。謦欬回晚風,多聞謝吉士。解囊付婢携,去徑逐鳳履。"諷誦一過,覺此景猶歷歷在目也。

閨秀詩話

陳　栩等 撰

載於《女子世界(上海一九一四)》一九一四年第一期，一九一五年第二—六期。作者爲晨風閣主、嬾雲樓主、蕙雲、淑芳、橘農、紅樹、香草、蕉軒、翠翠樓主、栩園(陳栩)、含英、夢羅浮館(許瘦蝶)、雙吟樓主(潘普恩)。

《女子世界(上海一九一四)》與《女子世界(上海一九〇四)》爲兩種刊物。後者於一九〇七年停刊。前者於一九一四—一九一五年由中華圖書館發行，共六期。其主要欄目有：圖畫、文選、譯著、譚叢、筆記、詩話、詩詞曲選、説部、音樂、工藝、家庭、美術、雜俎。該刊由陳栩創辦。陳栩(一八七八—一九四〇)，原名壽嵩，字栩園，號蝶仙，别署天虚我生、太常仙蝶、惜紅生、國貨之隱者。浙江錢塘(今杭州)人。近代著名實業家，創辦無敵牌牙膏廠。同時活躍於文壇，光緒三十三年(一九〇七)在上海創辦著作林書社，出版《著作林》雜誌。民國二年(一九一三)起在上海先後主編《游戲雜誌》、《女子世界》、《申報》副刊《自由談》。民國十五年(一九二六)加入南社。

《女子世界》曾面向讀者徵集詩作，編爲《名媛集詩選》，於該刊一九一五年第五期刊載。而來稿較晚或“與《名媛集》選體有所不合”者，經編輯選擇，有部分采入本則詩話。所采當代女性詩作不脱舊時閨閣習氣，但亦有少量反映新時代思想的詩作，如山陰湘靈女士“自由花發滿江蘭”一詩。詩話中亦多録晚清閨秀詩，其作者多爲上海、浙江女詩人。部分内容抄自他書，如雷瑨《閨秀詩話》。提及詩集甚多，有今尚存者，如凌祉媛《翠螺閣詩詞稿》等；亦有今已佚者，或可補晚清閨秀詩目録之缺。詩話諸編者皆重視閨秀詩之性靈,爲才高而薄命的女詩人惋惜,選詩、論詩旨趣大致與清代閨秀詩話一脉相承。

《女子世界(1914)》1914 年第 1 期

華陽曾季碩夫人,名彦,爲張子馥先生之室。能詩,工隸篆,早卒。有《虔共室遺詩》一卷。予愛其《題殘春圖》七古一首云:"小樓夢破桃花雨,簾外流鶯嬌不語。春風一夜作秋聲,碧樹沈沈亂紅舞。麒麟公子氣如雲,傷春惜别同司勛。壺天暈碧光陰暖,芳沼流紅夕照曛。垂楊葉老燕雛飛,菖蒲花開蝴蝶稀。游絲百丈絮雲熱,萬里茸茸春正歸。門前草引春魂轉,借得并刀不能翦。芳樽緑蟻餞慇懃,玉柱金徽蕩凄怨。璇閨窈窕識音人,珠玉爲心蘭蕙身。鸞鳳錦織將成匹,鴛鴦弦理重翻新。園中餞春春去遲,人間久已悲空枝。幽亭客散松烟起,獨鶴徘徊聽咏詩。"外子謂此作絶類顧影憐女士,爲述影憐所製《懊憹曲》一首云:"茜窗環玉敲東丁,碧城畫掩桃花扃。春魂如烟隔花語,芙蓉鏡裹摇空青。螺山寸碧春愁重,悄倚花冠身不動。絳雪分飛鏡角鸞,緑雲壓折釵頭鳳。瘦盡垂楊一搦腰,紅閨酒醒麝香銷。珍珠簝中壓金綫,年年錦字回文挑。儂采蓮花比人面,蓮花易見人難見。淚滴紅珠濕翠衣,愁吟白苎題紈扇。雲房寂寞延孤嚬,鮫綃小罩凝脂塵。凍璧霜華隱濃黛,金魚瑣斷璇閨春。香肌冷襯錚錚珮,罡風吹墮青鸞背。漫訝蓬山隔萬重,屏山尚在蓬山外。雲翹側髀銀蟠螭,凄馨綉被啼痕乾。簾波無聲剪秋緑,櫻桃一樹紅闌干。銷魂陌上青絲騎,金屋無人碧天醉。鈿盒空勞郎定情,燭花似替儂垂淚。箏堂夜静燈影凉,銀蟾暗逗眉尖黄。錦羽文鱗斷消息,玉簫咽恨雲天長。閑情不斷如春水,目送飛花三萬里。一寸春心久化烟,無端又逐東風起。"讀此一首,自較曾夫人更勝一籌。置之李長吉集中,亦幾不可復辨。其造語綴字,悉具别裁,每讀一過,覺有一種凄馨滋味嵌人心裹。想見低鬟落筆時,不知顰皺黛眉多少,宜其不永年矣。

影憐女士一字媚香,江蘇吴縣人。爲予姑王太淑人第一得意女弟子。長予外子三歲,而小一輩,故不得爲婚姻,卒至抑鬱而死。遺有《小桃花館詩詞集》八卷,好句不可勝收。七絶如《消夏》云:"十里烟波鷗夢冷,藕花香裏月如潮。"《秋夜》云:"一樹哀蟬吟夜月,秋風先沁酒人心。忽被西風吹夢醒,月波凉透水晶簾。我替天孫惜離别,牽牛花下立多時。"《春暮》云:"東風不管愁深淺,又送飛花入畫簾。"七律如《春柳》云:"才子風流如此樹,美人心事奈何天。"《落花》云:"弱魂尚倚秋千月,怯膽難禁夜半風。"《春日偶成》云:"寒壓綉衾春病酒,懶燒銀燭夜尋詩。"《病起》云:"淚碧尚留襟上漬,唾紅猶認舊時床。"《題麗鬟集》云:"翠袖春愁偎燕子,紅橋秋色阻牛郎。生成蓮實心原苦,死傍桃花骨亦香。"《夜泊金山》云:"山圍古寺鐘沉水,浪打孤篷月到船。"七古尤爲細膩。如《惜春曲》中云:"烟魂如絲剪不斷,和愁寫入鴛鴦弦。"《春曉曲》中如:"一桁簾波蕩春夢",又"黛痕逗入芙蓉屏",又"春魂如烟鏡中語"。又《湖樓曲》中云"茜紗如烟護春夢,春愁擱上眉山重",又云"輕雯貼空緑膏膩,掩映一碧天如苔",又《蓮塘曲》云:"美人凌波泣秋影,一寸紅心抱秋冷。西風吹破芙蓉屏,七十鴛鴦夢驚醒。淚珠凝露敲銅槃,翠蓋壓雲雲背寒。零脂斷粉墮空緑,相思飛上紅闌干。秋魂如絲織成雨,鏡裏菱花隔烟語。銀蟾倒影窺晶簾,小殿雲房寂無主。"又《秋夜曲》云:"瘦蝶眠花抱秋夢,金蟾倒影簾波動。茶烟一榻扃珠門,滿院蟲聲出苔縫。鴨爐香多篆烟小,幽魂如絲月中裊。瑶階落葉積愁高,連夜西風未曾掃。"又《七夕詞》中,亦多警句,有云:"羅雲十幅拖秋碧,女蟲啼遍梧桐樹。凉螢小影墮瓊階,露泣庭花照幽夢。"《秋河篇》起句云:"碧波界破情天秋,織女欲渡河無舟。"《秋夕詞》云:"梧桐葉墮金井旁,闌干影裏啼寒螿。碧雲千里月如水,白雁一聲天欲霜。砧杵敲秋動遠思,花枝罩夢生微凉。誰家玉笛忽三弄,秋情一縷風吹長。"又《桃花行》起句云:"桃花十里東風香,紅樓倒吸晴波光。緗簾無聲壓衣重,爐烟風曳絲絲長。"中云:"桃花瘦損春無主,嫁與春風不如死。"又《月宫曲》云:"鴛幃夜冷璇宫霜,三十六天丹桂香。金蟾抱魄泣秋影，素娥倚樹嗔吴剛。白雲羅羅走如馬，一桁簾波隔烟瀉。冰輪碾盡碧空塵，珮玉玎璫自天下。瓊樓到處霓裳舞，頭白仙□守雙杵。星光蕩緑如淚珠，亂灑人間作秋雨。”凡此諸作，均於一字一句中寓千回百折之幽思。女士夙工駢體文，故其凝重婉媚有如此，閨閤中安得復有其人！

先大母汪氏，諱韵珊，有《花韵庵遺稿》一卷。《偶成》云：“淡烟微雨織春寒，睡起無端午夢闌。紅盡桃花青遍柳，東風人倚玉欄杆。”《暮春》云：“亂紅如雨下蒼苔，六扇文窗一扇開。鶯燕不來人已去，夕陽閑煞好樓臺。”《春夜》云：“碧天如水漾疏星，銀燭將殘倚畫屏。擬就緑章遲未上，捲簾唤起海棠聽。”《花朝》云：“流鶯啼到二分春，家有園林不算貧。及早典衣謀一醉，明朝應有看花人。”《題南宋雜事詩後》云：“殘山剩水感飄蓬，白雁歌傳宋運終。半壁江山搜筆底，西湖圖畫入詩中。狐狸拜月悲前古，蟋蟀吟秋吊故宫。展卷紙窗剛讀罷，荒烟蔓草已酸風。”《上元即事》云：“金蓮齊放百花場，簾捲東風細雨香。擊壤歌傳牛背遠，看燈人逐馬蹄忙。辛盤且造郎君食，芸閣應分太乙光。好好繁華閑不得，今宵春正滿華堂。”《采菱歌》云：“中流渺渺發吴歌，軟角紅香濕袖羅。纖手不知秋水冷，笑誇女伴阿誰多。”《送先大父之浦東》云：“鼕鼕臘鼓逼年華，無那征夫又别家。風雪漫天人獨去，隔窗香信冷梅花。”《湖上遇雨》云：“蓬背響瀟瀟，風聲雜雨驕。雲光團水脚，花氣滃山腰。隔樹鳥斜度，遥江魚亂跳。扁舟摇不得，堤畔暫停橈。”《同漱霞山人夜坐》云：“夜色蒼茫裏，凉蟾分外幽。霜嚴花氣瘦，風緊樹聲遒。各抱悲秋意，同删負米愁。蕭閑書不盡，一笑倚層樓。”《代人作竹間路》云：“竹間路，通何處，買舟莫向長干去。長干市裏落花多，家家皓齒發清哦。妾有羅衣君賣去，休教輕唱庡庨歌。”

婺源女士王韵珊（紉佩），歸江湘嵐觀察（峰青），年甫三十而歿。詩筆娟秀，以《和番禺許星臺中丞（應□）緑牡丹詩》得名，原作頗有佳句，如“碧朵乍開真絕俗，絳桃雖好總嫌驕”，“歐碧花争春富貴，踏青人與月徘徊”，“碧玉羞隨紅拂伍，絳仙新改緑珠妝”，“新陰不乞冬青樹，倩影如描萼緑華”，“羅領好辭傳幼婦，畫眉餘課和春陰”,皆脱口如生,不帶人間烟火氣。他如《咏桃花》云:“雨後仙葩茁,風來綉閣香。桃花如倩女,獨自立斜陽。”《咏古美人卓文君》云:“一念憐才禮教疏,須臾不忍玷璠璵。當壚尚有文人意,獨惜春風識面初。”《蔡文姬》云:“衰薄門庭荏弱身,朔風衰草起邊塵。中郎著作終歸漢,值得黄金贖美人。”《謝道韞》云:“雅人深致自平章,柳絮新詞壓錦囊。才本無多誰得似,漫疑天壤有王郎。”《江采蘋》云:“寂寂長門鎖緑苔,梅枝空説占春魁。掖庭莫怨君恩薄,免逐楊花落馬嵬。”《梁紅玉》云:“裙釵慧眼識元戎,鼉鼓三撾助戰功。今日黄天波浪蕩,雌風猶勝大王雄。”語具諷刺,不乖和平正則。歿後,湘嵐《悼亡詩》有云:“只憐從此别,再見永無期。何堪更叩無言表,悔不丁甯未死先。”番禺女士楊拜鴛題其遺橋云:“須曼花開忉利天,瓊漿終日滌塵緑。可憐慧業三生定,一曲清琴操水仙。才子佳人竟有之,何堪珠樹折連枝。鷄聲叫破江郎夢,恰憶明星戒旦時。”未幾拜鴛亦夭亡。豈女子有才例干天忌耶?漢上女子許翠荷有句云:“自傷咏絮才情薄,不及人間没字碑。”誠有慨乎其言之矣。

翠荷《咏白蓮》云:“凉深疑有雨,清極欲無香。”妙語也。江夫人《咏素心蘭》云:“得露清彌韵,因風遠送香。”亦妙在空際着想。夫人每得佳句,摘髻上髮綉成字,謂較綫爲良,亦閨中韵事也。有詩云:“日長仍有綉工夫,花鳥禽蟲手自摹。摘下螺鬟當金綫,黛痕深淺不模糊。”(嬾雲樓主)

梓潼縣旅店壁上書一小詩:“妾貌若桃花,郎心如柳絮。桃花艷有時,柳絮飛何處。”《序》云:“妾小字蛾眉,金淵人也。十三學綉,情長秋母之絲。二七能吟,詩咏冬郎之句。娥眉甫畫,馬足旋催。君思萬里之游,妾恨十年之别。一言珍重,兩意纏綿。南浦送而孤還,北風起兮半夜。冷然數語,用留鴻爪之蹤。和者萬人,請試鳳毛之筆。”味其詞意,殆生長薛濤之鄉,有才而多情者也。又題壁一絶云:“别鶴孤栖怨玉琴,愁多醉易酒停斟。傷心最是宵來夢,楊柳西風何處尋。”末署小秋二字,亦凄婉動人。

宣州女子朱小瑛有句云:“杏花消息分明在,燕子來時自不知。梧桐一院凄凉雨,滴到儂心盡是詩。”又吴蓮芳女子《咏月》云:“團圓本是尋常事，碧海青天恨獨多。深閨盡日無秋夢，剔碎燈花小豆紅。”皆性靈語，而有幽緻之意。卒不永年。休甯汪孟淑女士（德貞），餘園之女，亦工詩，早卒。記其二絶句云：“銀鏡飛光萬里明，白羅衫薄覺涼生。閑來呼婢烹新茗，徹夜無眠理玉笙。”“嚴陵灘畔畫橈停，閑咏新詩看客星。吟到夜深人欲倦，滿船明月一燈青。”末句殊有鬼氣。

津門旅邸壁上有留題一律，末署“荷娘秋暮三宿於此”。詩云：“雁飛已不到衡陽，欲寄音書黯自傷。千里共明關外月，五更獨宿塞前霜。夜垂蓉帳嫌衾薄，曉束榴裙訝帶長。眼底悠悠滄海夢，難將消息問沙場。”何悱惻乃爾。

休甯夏雪眉孝廉（文蕤）有二女，長寶姝，次秀姝。長尤明慧。咸豐庚申，粵寇擾徽州，二女匿山中，天大雪，不得食，遂餓死。先是中秋夕，雪眉舉“月中桂”三字命兒女屬對，長答以“冰裏梅”，若早爲之讖者。餘園作《冰雪吟》甚佳，備録此事。與明季杜冰梅相似。冰梅生甫周晬，其父以膽瓶插諸花，令其自取，以覘趨向，冰梅獨弄梅一枝，因以命名。幼聽慧知詩，《咏紅梅》云：“生來合在丹青裏，抹上燕支不稱君。”年十八，遭亂，冰梅手刃賊以死。事見《遁叟隨草》。張漱石作《梅花簪傳奇》，即寫其事。（晨風閣主）

《女子世界（1914）》1915 年第 2 期

嘉善陳世鈴女，名静宜，適桐鄉陸氏子。幼承家學，雅擅清才，著有《綺餘書室詩集》，有《咏王昭君》云：“紫塞長門一樣悲，何心終老向宫帷。不如絶域和親去，還得君王斬畫師。”又《咏楊太真》云：“一死能教國難平，馬前值得早捐生。紅顔若向昇平老，未必君王不負盟。”可謂脱盡鉛華之氣矣。

趙儀姞，吾邑樸函先生孫女也，適歸安汪氏。天性高朗，有丈夫風骨。博習經史，兼工吟咏，著有《瀘月軒詩集》。句如“殘紅盡落啼鶯老，衆緑新生好雨多”，“五夜懷親空有夢，十年遣日只憑詩”。又《春晚》云：“纔脱春衫换夾紗，東皇何事便思家。杜鵑聲裏斜陽暮，深閉幽窗避落花。”俱娟妙。

婦人悼亡詩絶少,嘉興戴蘭英女史,有悼亡詩一絶云:"一曲離鸞唱夕暉,輕塵短夢萬緣非。可憐稚子情痴甚,猶著麻衣待父歸。"極凄婉動人。

嘉興朱九三之母孔昭蕙女史,幼嫻文翰。年十三,其父客游山左,中秋玩月,賦詩一絶云:"今夜團欒月,清光萬里同。恐添慈母思,不敢説山東。"一時傳爲佳話。

餘杭陳煒卿女史,幼習經史,工吟咏。有《賦七夕詩》云:"梧桐金井露華秋,瓜果聊因節物酬。却怪中庭小兒女,人間何事可干求。"命意高古,絶不類巾幗中口氣。

錢塘丁松生之室凌茝浣女史,工詩詞,于歸一載遽卒。松生爲刊《翠螺閣詩詞稿》。詩如《裏湖櫂歌》云:"輞川莊外浪迢迢,携得青樽復碧簫。商略儂舟泊何處,嫩寒春曉段家橋。"詞如《菩薩鬘》云:"檐鈴驚破紅閨夢,曉妝人怯餘寒重。纖手捲簾衣,風前放燕飛。　落紅紛似雪,倦了尋香蜨。樓外易斜暉,春歸人未歸。"俱有逸致。

吾邑陸錫山先生女弟,名鳳池,適同里曹謌廷。幼稟家學,詩詞兼工,嗜讀《離騷》。于歸十日,從夫癹案上取而朗誦,侍婢私語曰:"主所誦何與在家時無异。"謌廷因贈一絶云:"幽意閑情不自知,碧窗吟遍楚人詞。添香侍女聽來慣,笑説書聲似舊時。"歸未數年即卒。謌廷爲輯《梯仙閣詩詞稿》。中有《咏西洋楊妃山茶調寄山花子》云:"异域移來絶世姿,一江春水淡臙脂。却較芙蓉更如面,上皇思。　微暈酒痕回舞處,梨花帶雨洗妝時。要與樓西梅鬥寵,肯開遲。"極挑脱之致。

李吏香女士,吾邑易園先生之女,竹蓀先生之姊也。嫻習經史,工詩文,性至孝,易園先生典粵西試,使旌將發,女士牽衣不忍别,願隨侍,時纔四齡耳。故先生《粵游草》有句云:"四齡女已知離别,何况高堂八十親。"長適桐城方氏子,蠢甚,弱冠不辨菽麥,視伉儷若仇讎。女士抑鬱一生,卒投吴門獅林池死,時年二十五歲。竹蓀先生爲輯《猶得住樓詩詞稿》。《自悼》六首,讀之令人酸鼻。其一云:"漫云三萬六千場,轉瞬青磷伴白楊。所愧襟懷非謝女,敢將天壤怨王郎。命如柳絮生何必,身似鴻毛死不妨。凄絶异鄉魂一縷,夜隨殘月到高堂。”其二云:“慵折花枝對鏡簪,可憐身不作奇男。早知翰墨今無益,深悔詩書昔細探。廿載劬勞非易報,半年食性未全諳。回思膝下承歡日,幾度人間淚强含。”其三云:“不合當初下俗埃,回頭今始憶蓬萊。誠知慧劍揮何礙,只恨塵緣斬未開。天上雲原無意聚,庭中花爲何誰栽。鐙前自問支離影,究竟渠因底事來。”其四云:“一瞥曇花現即休,塵寰偏是久淹留。誰能身不歸黄土,自料緣難到白頭。從古本無天補恨,斯鄉應有地埋憂。殘棋太覺糢糊甚,莫怪支頤局嬾收。”其五云:“夢境如斯莫當真,一番淪落亦前因。自憐水月些時影,還剩鶯花幾度春。入世偶然經幻境,問心久已厭紅塵。鏡臺笑向芙蓉語,珍重清光待後人。”其六云:“濃無踪迹澹無痕,入骨縈心自有根。一瓣格天盟海國,片帆催客過吴門。生成情種原非福,感煞知音已負恩。到死莫忘相印語,皖山端不着詩魂。”

錢定嫻女史,嘉興文端公玄孫女,適吾邑前輩李竹蓀先生。善繪事,蓋得文端公母南樓老人之餘緒者也,故自號曰又樓。工詩書,著有《月來軒詩稿》三卷。有《題紅樓夢》二絶云:“色空空色本無因,一念沈迷遂失真。修到仙家還歷劫,鍾情難怪夢中人。”“業緣塵海幾時休,幻境生前種此愁。細數古今多缺陷,痴心豈獨是紅樓。”是得大解脱者,不謂此等語調竟出巾幗中也。

南匯丁時水之室,姚吉仙女史,張肖山先生入室女弟子也。工吟咏,著有《吟紅館》、《雙聲閣》、《古井居詩稿》各一卷。有《題本來面目圖》云:“真吾誰識得,筆妙任良工。寄意形模外,傳神想像中。鏡花非有相,水月本來空。若問盈虚理,人人面目同。”又《詩癖》云:“笑我成詩癖,終年自唱酬。廢吟憐妹嬾,多病累親憂。永日書千卷,清宵月一樓。晨興貪録稿,忘却未梳頭。”(蕙雲女士)

丹徒陳女史,軼其名。年十四,《咏歌風臺》詩云:“擊築歌風韵最哀,白雲終古傍高臺。半生戎馬劍三尺,滿目河山酒半杯。父老渾忘天子貴,英雄猶戀故鄉來。弓藏鳥盡嗟何及,想到韓彭惜將才。”詩筆雄渾,出自閨媛猶難。然詢之邑人,鮮有知其名氏者。

(晨風閣主)

平泉女兒,談者失其姓字。才色俱麗,虔奉觀音。有南陽某生僑寓宅舍之左,多才,美丰標,女心慕之而未言。女父亦艷其才,將矚鄰某達意。適鄰某忌南陽生,且新喪耦,謀自聘,因謂女父曰:"是生狂且貧,非東床令選也。"女父惑之。後知自謀不可得,乃慫恿歸一尤姓子。尤子斜一目,性復粗陋。將婚,女兒自傷薄命,爲怨詞以見志云:"蓂舒九葉未成句,桂蕋東堂簇正新。苞綻臨風增悵惘,探花不是月中人。生成嬌怯亦堪悲,有口難言是女兒。叵耐能言親父母,也因謇納誤佳期。玉鏡臺留事有無,温郎形向鏡中摹。只今蔽面應須哭,不信王郎勝老奴。芙渠花發碧荷池,葉底鴛鴦動所思。慢道羡他交頸好,須知文彩兩相宜。青冢空留土一堆,生前心事永難灰。君王縱殺毛延壽,可奈明妃贖不回。成也蕭何敗也何,成成敗敗總由他。故教鴉雀梧栖老,那得喬松施蔦蘿。如渠豈合作冰人,顛倒姻緣信可嗔。多恐雪融冰解後,墮淵難免鮑江鱗。"南陽生有和章,今失其稿。女作詩罷,禱於觀音,願保此身潔白,終不爲尤氏子之辱。後成婚,雖同榻,尤每欲就女時,輒覺有柳枝一堆不得近云。(淑芳女士)

湘靈女士,山陰人。幼承家學,甫笄,恃通經史,雅擅吟咏,痛憤時變,乃脱簪珥晝學費,孑身走東瀛留學,數易寒暑始回國。遇社會慈善事業,竭盡心力以輔之。歸同邑留君汝玉,伉儷偶隨,極閨房之情好。結褵後以詩歌自遣,尤多感世之什。嘗以四絶贈同學云:"謝家嬌女擅才華,青障争偕紙貴誇。一自宋儒迂論起,中原女子井中帷。""蘭亭班史木蘭驂,巾國何嘗盡亞男。漸覺東風吹不盡,自由花發滿江蘭。"志趣高尚,一洗脂粉綺羅之羞。餘如《感懷》句云:"葵蕚有心終向日,執花無力苦隨風。"隆句清辭,頗有可采。惜隨手散佚,不得齊集一章,以廣流誦。(橘農)

湘潭劉選良駿,客青田,與余交最善。其夫人曾氏,才而賢。選良游浙久,會家庭有變,招之不歸。妻弟某送姊氏之浙,逾年,生女子子一,携歸故鄉,爲管别業。甫落成,選良旋復出游。余一日過選良,翻案頭書,得一紙,潛携之歸,則夫人新寄詩也。字體娟秀，不減簪花。題爲《春事乍闌，弄兒窗下，見梁燕雙雙，有飛鳴自得之樂，感賦短章，幸夫子教我云》："呢喃梁上燕，雙飛復雙宿。南來北去動經年，畫棟雕梁栖已足。負雛返故壘，故壘復一新。天寒稻粱少，萬里少行人。何時復雙飛，感此生遥情。"節短音長，駸駸古人。時余寓書選良，備言久客非計，遂復歸湘潭。

嘉興錢仲英，余與有戚誼。夫人汪氏，皖産，幼即工詩。隨其尊人游浙，遂歸仲英，伉儷綦篤，閨中倡和無虚日。余友鄭鼎庵主其家，與仲英相會。汪夫人歸寧杭州，以書至。鼎庵乘間攫視，獲一小詩，爲余述其二句云："世間縱有丹青手，難畫相思一寸心。"後夫人以産難卒於母家，仲英爲位而哭，不減黄門悼亡云。

某歲杭州歲試，有同寓諸少年游湖上，至平湖秋月，遇一女郎，獨行踽踽，同游者亦步亦趨，沿堤三里許，至花神廟止焉。女郎忽回顧諸少年曰："能詩乎？"出短筆，題詩於左公祠花園壁上云："園尋竹素暫徘徊，窈窕文窗六扇開。壓髻花香留不住，任從蜂蝶打頭來。"衆中無工詩者，俱佯佯散去。歸以語余，且曰惜汝未往也。余不禁失笑。（紅樹）

《女子世界(1914)》1915 年第 3 期

丹徒包蘭瑛夫人，字者香，一字佩棻，適如皋朱芙鏡司馬。辛亥秋，予從外子赴平昌，得與相識。近爲予鄰，時相過從。夫人工畫，尤長於詞。《風蝶令》云："楊柳青遮路，芭蕉緑滿廊。湘妃簾子卷斜陽，分付東風留住落花香。　　曲折荼蘼徑，彎環薜荔墻。一重羅幕一重窗，中有呢喃燕子語雙雙。"又《水晶簾一首自題錦霞閣》云："小樓窗檻太玲瓏，繞簾櫳，緑陰濃。曲録闌干，斜抹夕陽紅。柳外人家花外寺，聽不厭，晚來鐘。好山如畫隔墻東。兩三峰，暮烟籠。密竹疏林，遮得月朦朧。詩債尋常隨處有，都記在，曲屏風。"又《杏花天本意·送外》云："賣花深巷清明後。有幾處酒旗風皺。倚樓容易教人瘦，何况是、晚妝時候。　　胭脂雨偶沾衣袖。雕梁燕今年來否。料君匹馬長安走，好消息、雨中應有。"清麗綿邈，酷似漱玉。然所爲詩，亦多佳警。《咏秋月》云："桐影扶疏覆畫欄,平分秋色上簾端。雪中不見仙人手,誰捧玲瓏白玉盤。”又《山塘泛棹》云:“山塘春水碧於螺,處處簫聲笛韵和。茉莉花風香不斷,晚妝樓閣美人多。”《睡起》云:“楊柳陰陰日未西,落花如雨濺春泥。春風一枕瀟湘夢,時有流鶯窗外啼。”《秋夜》云:“月光如水浣簾櫳,疑是銀河瀉碧空。小立瑶階聽蟋蟀,袖羅籠滿桂花風。”《湖上》云:“流鶯百囀燕呢喃,芳草盈堤緑未芟。行盡小桃花下路,着來紅雨滿春衫。”《舟泊漁村》云:“夕陽茅屋兩三家,竹徑疏籬一道斜。時有漁娃臨水唤,刺船來賣緑沈瓜。”其餘好語如珠,美不勝收。惟予尤愛上録諸作,以其饒有畫景,讀之令人愉快。

嶺南王藴文女士,名翔,爲淮臨楊畹清夫人之女公子。近寓滬上,録其近作詩詞見示,適《名媛集詩選》已編竟付刊,爰爲録入詩話。《壺中天》詞一首題趙子昂學士畫馬云:“金鞍玉勒,裊珊鞭□出五花神駿。萬里踏殘青海鐵,不比尋常馳騁。雪鬣霜蹄,雲螭月駟,留得驊騮影。英雄老去,筆端饒有豪興。　　恰好粉本傳來,霜縑寫就,添個鷗波印。良驥騰驤逢伯樂,紫陌長楸堪證。一縷芸香,三分瀋墨,人在繁華境。披圖想見,寶臺多少清韵。”又《良馬歌小序》云:“寒夜與家大人茗話,偶言昔年在黔普安驛中,見一馬踠促頸長,神采駿逸。詢之圉人,云日行千里,履水如平地,洵名駒也。惜未遇識者,湮没驛中。感而賦此。”其詞云:“百金市駿骨,千里求驊騮。人生貴所遇,知己孰能酬。普安驛中有良驥,顧視騰驤神彩异。雪鬣霜蹄體五花,雄姿應利戰場沙。豈貪伏櫪青絲絡,願逐嘶風白鼻騧,報主可憐馳曉夜,不逢伯樂空自嗟。”造説絶無脂粉之氣,洵巾幗書生也。

臨淮楊畹清夫人秀藻,即藴文女士之太夫人。所著詩詞甚夥,嘗由藴文女士録示一二。如《落葉》云:“疏林摇落送秋歸,極目長空葉正飛。清曉霜酣開鳥路,黄昏風急擁漁磯。故山有夢烟鬟瘦,古道無人屐齒稀。幾度滿堦留不掃,夜深猶聽打雙扉。”《夜坐》云:“夜静湘簾捲,雲銷月皎圓。侍兒知我意,煮茗汲清泉。”均雅淡清真,有似劍南。填詞尤精細。如《祝英臺近·咏落花》云:“過雕闌,粘綉履,繞砌濺紅雨。百囀流鶯,嚦嚦轉凄楚。况當國士天涯,美人遲暮。更銷盡吟魂幾許。　　啓朱户，回憶羯鼓催開。宫妃笑相語。一霎光陰，浪逐晚風去。任他幽谷芳姿，凌波仙步，也只共軟塵飛舞。"又《霜天曉角·從竹屋體咏落葉》云："如此飄零，西風吹不停。緑蠟也知垂淚，蕭瑟盡，悶中聽。　　空庭聞雁聲，醉霜楓未醒。莫問榮枯細事，留石骨，露深青。"又《南歌子》云："細雨生春草，輕風落杏花。半溪流水小橋斜，知是誰家門柳正啼鴉。"又《漁歌子》云："霜滑征途緩玉驄，曉鷄驚夢夢初終。風料峭，月朦朧。一絲鞭影過橋東。"選聲鍊字，具見實學，宜其女公子有咏絮才也。

德清徐鬟仙女士畹蘭，一字夢漪，爲个影廬主人之女兄。歲戊子，歸吴興趙忠節公侄孫鼇侯。鴻案相莊，倡隨頗樂。庚寅二月，鼇侯奉母入川。夢漪以母夫人垂老，不克偕往，自此天各一方。矣越歲鼇侯旋里應試，薦而不第，相對鬱鬱。明年秋，舉一子，意各稍悦。次歲秋闈，鼇侯以風寒患白疹，僅十日竟不起。夢漪作《斷腸詞》十九首哀之云："記得當年乍結褵，芙蓉秋色正迷離。緑窗静好調琴瑟，清夜焚香共賭棋。""同調鸚鵡倚庭梧，共撫冰弦擁翠爐。花下教儂閑習畫，蘭閨拚却綉工夫。""月圓花好記敲詩，韵鬥尖叉擊鉢時。恐我苦吟身更弱，每拈湘管代摛詞。""性情真摯志清高，傲骨崚崚氣概豪。戒旦儂慚輸婦職，不會井臼自家操。""梁案相莊一載過，遠游遽聽唱驪歌。萊衣各遂烏私願，從此愁思兩地多。""目斷天涯蜀棧遥，暮雲春樹思迢迢。寄詩難寄愁千斛，勸我愁懷借酒澆。""萬里歸來喜若何，奚囊錦綉壓裝多。九華燈下重聯句，又向芸窗墨共磨。""青雲須趁少年登，有志思搏萬里鵬。不放韶華隨水逝，深宵猶擁讀書燈。""可憐四度踏槐黄，鏤肺嘔心苦倍嘗。底事劉蕡偏下第，豈真才命兩相妨。""二竪無端苦作仇，仲宣體弱况經秋。回春恨煞無和緩，十日沉疴竟不瘳。""喘絲經得幾昏黄，撒手妻兒去大荒。二十九年成一夢，返魂何處覓靈香。""不是修文少俊才，玉樓底事詔相催。芙蓉城主無情甚，不管人間離别哀。""何事天心忍若斯，偏多磨折到情痴。算來六載爲夫婦，除却分離有幾時。""幾番檢點舊詩囊，幾度哀吟幾斷腸。匝歲孤兒方學語，不知能否繼青箱。""只爲情多愛覓愁,補情空把畫圖留。本來不缺何須補,讖語如今自悔不。""自憐多病復多愁,常累君心鎮日憂。今日空幃重抱恙,不堪回憶舊綢繆。""鵑紅啼盡帕難乾,焚向金爐鼻更酸。知是淚痕知是血,請君泉下自家看。""萬種恩情比海深,會期世世結知音。而今孰與賡同調,一曲離鸞碎玉琴。""詩成贏得淚珠盈,缺陷千秋未易平。拚使此身憔悴死,遺孤在抱暫偷生。"情詞悱惻,哀而傷矣。所著《鬘華室吟鈔》一卷,好句多不勝收。除選入《名媛集》外,特録此以見其伉儷之情。

西湖孤山有小青墓,壁柱間題詩甚夥。庚子春莫,外子與何頌花、華痴石泛舟焉,以麥飯奠馮娘。行吟間,見墻根有苕谿倪緑華女史(雲貞)題詩四首并序云:"余生長申江,幼耽詩書。年十七,怙恃俱失,寄食外家。後歸甯郡胡氏,遇人不淑,脱輻頻占,離别三年,相依半載。最憐情天難補,苦海冤沈,江水空投,冰霜終潔。俄而一旦夭亡,大歸舅氏。幾番磨折,見惡妗姑。嗟嗟小青,自古薄命雖多,未有如我二人者也。若便祝髮空門,洗空粉黛。則有誠如卿言,蓮性雖胎,荷絲難殺,亦未易言此耳。嗚呼,卿求知己而不得,徒問水中之影。余亦求知己而不得,空呼泉下之魂。雖未卜葬身何地,竊願魂歸卿墓。想卿多情人也,應感斯言,定當首肯。泣賦四律,非敢言詩,願天下知音、有情閨秀見之,庶憐余之苦節,鑒余之薄命,則余死且不朽。詩云:自澆杯酒吊傾城,悵觸嬌痴萬種情。瘦影怕臨池畔照,愁心偏向雨中生。甘如霜裏幽蘭潔,豈逐風前弱絮輕。一樣凄凉同命薄,不禁憐我更憐卿。早爲嬋娟誤此生,鶬羹療妒浪傳名。拈花解説情難懺,蔓草埋香恨不平。病態含愁憐瘦菊,貞心耐冷比梅清。傾城高士同塵士,凄絶孤山杜宇聲。彩鳳隨鴉黯自傷,玉顔雖瘦尚新妝。罡風一霎摧蘭蕙,冷雨三春葬海棠。自古蛾眉忌好女,從來獅吼誤痴郎。哀呼負負誠何益,知否關雎雅化章。畫屏秋冷掩重門,金屋無人拭淚痕。病榻眠雲憐素質,幽窗聽雨怕黄昏。徘徊紈扇吟秋怨,小劫華鬘了宿根。最是名花偏易萎,夕陽芳草泣芳魂。"纏綿悱惻,讀之幾爲泣下。擬録之,苦無紙筆。外子與頌花、痴石分憶之歸,各製序,刊入《大觀報》。一時和作如林。吴門顧眉香女士(影憐)云:"不許心腸隨我硬,可憐福薄算郎輕。""燕子不來芳冢獨,鶯兒無語夕陽平。""浪迹卿如飄斷梗,讀詩人似拜甘棠。""有情杜宇連年泣,無主梅花對夕昏。"予亦有句和韵云:"情似蠶絲纏到死,愁如春草翦還生。""蔓草和烟埋粉黛,落花如雨泣梨棠。""怕因詩草生情節,悔揑愁苗種恨根。"昆明邵賦茗女士和云:"紅妝一樣歸荒土,碧血千秋染野棠。""梨汁詎醫貞骨瘦,紙灰空繞斷碑昏。"又其女弟吟梅和云:"此身那作沾泥絮,薄命同遭泣海棠。"蘭陵莊順宜女士和云:"絶無池館生春草,豈有梅花聘海棠。""白楊黄土終年冷,苦雨凄風又夕昏。"仁和何嬾鶴和云:"蕩子生涯憐紙薄,美人生世等烟輕。""此才閨閣應難繼,落款珍珠有小名。"仁和華痴石和云:"魂消趙北新來瘦,人妒河東舊有名。""諒汝孤心堅似竹,讓他睡足美如棠。"臨沅趙君闓和云:"負霜節著頹城柏,泣雨枝催濯錦棠。""題壁就看新墨滯,濕烟常護斷碑昏。"仁和何頌花和云:"還有鄉親羞小小,倘論同病算卿卿。""浪打秋墳無等咒,月明華屋苦吞聲。""女兒身世三弓土,爾我悲歡半面妝。""碧海有潮菱鏡破,青泥無語漆燈昏。"外子和云:"不叫子規山月暗,亂啼姑惡水烟昏。""消受青霜憐晚菊,自抛紅淚種秋棠。""放鶴人矜林處士,題詩我訪許宣平。""眼前大塊埋香冢,頭上虚銜薄倖名。""埋香車道悲王氏,賦鵩長沙痛賈生。""露井興波憐死妒,沙門遁蹟懺情痴。"其餘和作正多,不勝摘録。另刊專集,名《斷腸草》,久已行世。初未知緑華究爲何如人,及甲辰歲得見《瘦秋樓鵑血吟稾》趙宗齡序,乃知林浣香即倪緑華。所述梗概,與題墓詩小叙吻合,惟題墓四首,不載集中。别有寄甯之作,率多怨辭,其筆致正復相似。惜其時己不知浣香所之。未獲親與質疑,亦生平一大恨事。(嬾雲)

錢塘朱緑筠女史,聰慧能文,矢志不嫁,當代聞人,欲見一面不可得。家貧,售詩畫以自給。予會見其扇頭畫菊題詩云:"無花開爾後,風雨已重陽。醒却繁華夢,甘爲冷淡妝。有心難向日,無骨不凌霜。底事翩躚蝶,猶思挹晚馨。"是真能孤芳自賞者。

嘉興馮柳東之室李梅卿,幼嫻翰墨,尤工詞,自題倚梅圖。《西江月》詞中有云:"雪影壓殘烏夢,月痕冷靠花身。"《寒夜南柯子》云:"細點瓜虀譜,閑栽蕙草花。三年爲婦慣貧家,且喜蘆簾紙閣手同叉。獸大温簫扇,蛾燈罷紡車。戲爲小女綰雙丫,懶放鴛針今夜較寒些。"盛年殂謝,柳東深悼之。題《城頭月》詞於後云:"唐詩一卷曾親授,紅豆雙聲就。簫局偎寒,紡車絮雨,夢也休回首。蘆簾十載爲新婦,早早分離驟。寫韵樓空,橫琴月冷,總是斷腸候。"(香草)

《女子世界(1914)》1915 年第 4 期

自《女子世界》出版後,海内名媛,樂爲投稿,郵使踵接於門,殆無虚日,甚盛事也。惜多不具里爵姓字,與《名媛集》選體有所不合。然佳作固不可没,特爲采入詩話。如紅蘅女士寄示諸作,洵傑搆也。《初夏》云:"槐緑始成陰,朱櫻夾道生。荷錢浮沼碧,麥浪漾塍明。水近風偏峭,山深氣轉清。隔林鶯未老,猶自作春聲。"《何處堪消暑用王夢湘體》云:"何處堪消暑,江村泛小船。荷香蘇午困,水活長魚苗。傍柳垂綸釣,凌流弄玉簫。去留原未定,畫槳不須摇。何處堪消暑,蕉窗讀楚騷。心清神自遠,器擾静中逃。蟬噪隱如和,松風響勝濤。日斜人未倦,花影一簾高。何處堪消暑。追凉竹院深。翠濃衣欲染,陰密日難侵。鶴病眠支石,童頑戲拂琴。題詩頻拾葉,聊伴候虫吟。何處堪消暑,村居樂事賒。莊圍陶令柳,門種邵平瓜。坐月聽蛙鼓,凌風煮雀茶。時邀鄰叟過,把酒話桑麻。何處堪消暑,松陰坐聽泉。泠泠琴石韵,續續玉珠聯。塵净禪心足,懷清俗慮捐。擬披簑笠去,采藥太行巔。何處堪消暑,探幽入道房。半窗松影静,一徑野花香。風共檐鈴語,籐尋古木長。囂囂世間事,回首頓相忘。"又《把酒》云:"把酒成獨酌,對山時一笑。日暮寒烟生,月出猿自嘯。醉起倚雲看,玲玲流水處。萬壑響松濤,清風自來去。"又《早發張家港》云:"欸乃驚歸夢,更闌尚有聲。雲迷千樹合,水浸一星明。叱犢村童語,喧林宿鳥鳴。回看舟泊處,殘月帶烟横。"又《曉夏聞鐘》云:"市遠荒村静,林深古寺藏。鐘聲關不住,散作滿天霜。"又《羊子口夜泊》云:"寒流徹夜響淙淙,前度人來又仲冬。古戍蕭條餘敗壘,荒村寂寞剩長松。滿船明月歸人夢，數點栖鴉野寺鐘。最恨鄰舟小兒女，更深猶自語喁喁。”又《秋日晚眺》云：“征雁落前汀，寒林下夕暉。白雲共山暝，紅葉帶霞飛。古渡横漁艇，僧歸叩竹扉。寂寥烟浦月，斜照野薔薇。”類皆清逸可誦，頗近晚唐。

餘杭周拜花，好讀予詩，凡予舊作，悉能背誦，自謂十年於兹，未嘗忘一字也，可謂知音。其太夫人亦好吟咏，别署瘦紅，嘗以詩刊入《栩園詞選》。近又别有一瘦紅女士，不知何人，未詳姓氏。去年秋，嘗以函致吾子小蝶，略道傾慕，約赴競舞臺十六號厢樓觀劇，藉一相識。小蝶不往，内子以爲周太夫人之招，囑予往肅。予以病不果，托醉蝶代訪。則十六號厢樓中，皆鬚眉也。度爲同社作劇，然來詩，固極佳。無論真僞，就詩論詩，不可不録而存之。如《渡江雜感》云：“十年不踏京江路，鋒鏑餘生我又經。身已冷灰心已死，再無血淚泣新亭。”“茫茫天道竟無知，四顧蒼蒼欲問誰。多少英雄陶汰盡，此生幸不作男兒。”又《秋江漁父圖》云：“返照江頭石壁紅，扁舟摇曳荻花風。緑波雙槳蕩秋色，白鷺一行飛遠空。”又《秋江漁娘圖》云：“楓葉蘆花兩岸鳴，遠山如畫寫新晴。漁娘别識秋江味，穩泊輕舟聽水聲。”又《秋思》云：“百折紅欄繞碧流，垂垂蕉葉雨初收。銀河去雁憐遥夜，玉樹吟蟬怨早秋。冷燭送人歸别院，凉風吹月入西樓。殷勤製就焚香曲，不許珠簾半上鈎。”吐屬洵是不凡。

劉玉如女士，善綉畫，能詩，風流自賞，絶無巾幗氣，顧天姓藴藉，語次輒笑，非若其妹姍君之冷峭也，姍君嘗有趺坐小影，弟妹咏霞題句有云：“祇恐情魔高十丈，坐禪時節盛年華。”蓋以《紅樓》妙玉擬之。其豐貌神情，固極相似，惜不壽，死矣。玉如詩善寫性靈。如《春夜聽雨》云：“已覺病懷消不盡，隔簾還要替花愁。”《題畫》云：“胭脂容易消磨盡，日日芸窗畫牡丹。”《湖上》云：“柳絲不繫青驄住，一路垂楊總没情。”《綉倦》云：“自傷薄命真如絹，綉到鴛鴦總斷腸。”蓋玉如已失所天，賴壓綫以自娱。紅顔薄命，毋亦天妒其才使然歟。（栩園）

婁縣張孝泉女，名介，字筆芳，工詩，適南匯沈璧璉熙之，著有《萬花樓詩鈔》。《銀瓶怨》云：“金牌十二來軍中，黄龍不搗中原空。

上下相蒙和議定，穹廬那得歸兩宫。蘄王解柄鄂王死，百戰勛名付流水。長城失自小朝廷，偏安屈辱甘蒙耻。丸臘潜通搆陷成，銀瓶欲墜志難更。風波三字定冤獄，覆巢之下豈獨生。如花竟向井中没，冰心一片澄寒月。宋家半壁竟難支，閨中弱質餘芳烈。古甃深玩久不波，瓣香瞻禮今如何。”又《西湖十景》詩，兹録其四。《雙峰插雲》云：“空濛黛色映西湖，南北高峰影不孤。三十六梯敻絶處，遠天一角滿雲膚。”《柳浪聞鶯》云：“裊裊柔條軟浪生，栗留小部奏新鶯。耳根眼際詩情滿，消受東風第一聲。”《南屏晚鐘》云：“泠泠清梵出岩松，夕照遥明慧日峰。擬向雲林參妙諦，隔烟微逗一聲鐘。”《六橋烟柳》云：“白堤迤邐接蘇堤，弱態籠烟拂水低。一樣清波門外柳，銷魂惟有六橋西。”

曹錫珪字采蘩，吾邑前輩諤廷先生女也，從父學爲詩。《咏愁》云：“曲闌干外小樓頭，芳草青青逝水流。明月黄昏人乍别，落花簾幕雨初收。張衡詩就金刀暗，潘岳吟成玉鏡秋。最是好風吹不到，五侯亭館野人舟。”吾鄉黄素，有女，惜不著其名，工倚聲。予最愛其《咏秋海棠》一絶云：“淚痕化作此花枝，不似春風睡足時。千載斷腸人在否，秋香徑裏認殘脂。”

嚴文字淑暉，烏程人。幼聰慧，嫻吟咏，年十七，歸同邑温一齋，一齋謂之曰：“能畫而不能詩，畫即無韵。能詩而不能畫，詩必無神。”遂潜心學畫。不數月而能花果，嘗題石榴四絶云：“曉起紗紅處，剛逢放石榴。珊瑚未足比，明欲照梳頭。”“綵牋裁緑葉，麗日映清溪。渾似桃源裏，斑爛望欲迷。”“移來安石種，枝上子初成。不許風輕折，空傳嚼水精。”“紅綻流霞色，珠囊解滿枝。捲簾妝閣静，斜日好吟詩。”惜天不永年，僅十八而卒。(蕉軒)

《女子世界(1914)》1915年第5期

大興朱少襄繼室劉之萊女士，字再仙，詩才清逸，著有《啓秀軒詩鈔》。長古詩中有《夏日即景》云：“緑窗停綉苦中伏，少纖高張樹陰縮。置冰近榻不知寒，欲剪桃笙换新竹。披簾仰視無纖雲，流波誤蹙湘裙紋。呼童削瓜期解渴，碧空偶翳輕雷聞。須臾風聲周户牖,跳珠點向荷盤走。蜻蜓銜尾雙飛來,缸裏有花開素藕。檐霤漸稀宵復晴,熱惱散盡詩懷清。香鬟更簪香茉莉,晚凉坐到參斜横。"又絶句如《花陰》云:"雕文小兒坐花陰,閑譜冰弦試玉琴。彈到流泉聲繞指,纔知庭院已秋深。"《窨花》云:"凌寒翠竹剩墻隈,餘卉收教暖處培。爲想明年香更盛,千紅萬紫帶春開。"隨意寫景,亦覺風趣自然。

大興朱韞珍,名琓卿,爲山陰馮怡棠先生元配,雅負清才,惜結褵未久即去世。先生哭之痛,搜其《浣青吟稿》一卷行世。稿中如《望月》云:"昨宵一雨見精神,金粟飄香影更新。身似白瑶宫裏住,不知何處有紅塵。"又《題緑萼梅横幀》云:"繪得名香出,拈毫句喜題。澹標仙子品,高稱雅人妻。艶色卑桃李,清風飽藿藜。豈因花令婦,忘却白雲栖。"俱清順可誦。

歙縣吴星門之元配林蘭女士,有《遺作》八首,述圍城中艱窘之狀,歷歷如繪。詩云:"探親黄珏計期還,詎料烽烟頃刻間。儂是孱軀行不得,隔江争化望夫山。(青門次妹適徐氏,避亂移家于黄珏橋。)""紅巾白刃恣誅求,一任狂徒到處搜。自毁容顔膚似漆,蓬鬆十月不梳頭。""歷盡辛酸不忍言,拚將一死護家門。糠皮榆麵充飢腹,十指如耙握草根。""懔懔霜華夜氣清,弟兄姑婿可憐生。那堪先後同罹劫,不敢人前哭一聲。(賊惡泣聞哭聲,即入宅查出殺之。吾家兄弟二人暨六姑婿均先後病殁。)""籌思無計理殘妝,更結鄰家姊妹行。幸得兒夫揹杖入,一齊扶病到甘棠。(星門歸,遂合室遷至召伯埭,鄰婦羅、殷二姓同行。)""客途寄迹亦無聊,爲感深情赴北郊。説到圍城凄慘事,旁人猶自淚鮫綃。(茗兄畇華弟諸人病殁,均沐浴加絮,以櫝代棺,鄰人有奮烈而暴露者,余亦收其骸而親殮之。)""逆騎紛紛竟夜行,將軍整隊入空城。禦强無策偏欺弱,儂願捐軀不損名。""白頭相向互評量,不識鄉關在那方。和靖有妻梅共隱,莫教人世閲滄桑。"女士即揚州林錦江先生之女,歲癸丑,粤賊寇徽甯,揚州警報日逼。星門適往省其妹,越兩日賊至,以城守嚴不得入。冬十月賊退,鄰人入城,探知女士無恙,走告星門。星門歸,見其膚裂面黧,幾不相識。詩中所述,皆實事也。(翠翠樓主)

潘素春女史有《感懷詩》三十首，深情蘊結，發爲心聲，其造句尤極工緻，世未有刊行本，亟録之。“簾外輕寒逗曉風，柳枝無力颺晴空。墜樓魂返珠還緑，記曲人遥豆不紅。夜半胭脂收塞北，春深銅雀鎖江東。自知不是鴛鴦侶，漫訴離愁托遠鴻。”“曾聞海上訪仙踪，何事荆州未識儂。涇水有書傳柳毅，江皋無佩寄雲容。碧梧老去難栖鳳，翠竹枯來豈化龍。草木盡沾新雨露，最憐寂寞是芙蓉。”“窺簾紫燕影雙雙，寂寂春居思不降。瑶島魂歸原是許，鹿門人去已非龎。閑薰金鴨消長晝，嬾書纖娥對瑣窗。如此韶華真可惜，又看飛絮滿晴江。”“半生狼藉似花枝，懺悔人間一味痴。梅影含香招月姊，梨花引夢妒風姨。千金未買相如賦，七步難酬子建詩。獨慨尋春無伴侣，强携斗酒聽黄鸝。”“一灣流水繞柴扉，無限深愁立翠微。長信宫中人易老，昭陽殿裏燕空飛。閑聞鳳律吹空瀨，静聽鶯聲數落暉。楚館秦樓總莫問，自慚腰瘦不堪圍。”“落花驚醒夢回初，鬢觶雲痕嬾去梳。百和香消人未遠，六班茶冷客常疏。郵亭豈易逢陶穀，紈扇徒然嘆婕妤。不信朝來芳徑軟，試將底印立庭除。”“自窺瘦臉太清癯，我出鬚眉即丈夫。伍相祠前吹玉笛，徐君墓裏掛銀鋙。揮毫喜著三都賦，添綫慵拈五岳圖。爲問漢宫花共柳，等閑春色滿平蕪。”“一望平皋萬緑齊，陌頭愁見玉驄嘶。藍橋縱有瓊槳乞，洛浦會無寶瑟携。執拂佳人歸别院，浣紗仙子住前溪。情緣不獨凡間少，常笑天台路亦迷。”“記得兒時事事諧，而今老大轉傷懷。乍驚曉夢回鴛枕，又報新晴睹鳳釵。對影每吟離别句，背人常檢合歡鞋。那知蟻穴尋芳好，招得淳于老自偕。”“欄杆十二强徘徊，懶托纖纖襯粉腮。短札待尋黄耳寄，素絲先惹雪衣猜。可憐命薄終如紙，豈待心思未肯灰。一曲琵琶數行淚，何須更上楚陽臺。”“閑從幽谷悟前因，馥馥蘭香是後身。錦字才高偏寄竇，玉簫聲斷每懷秦。海棠着雨先承寵，芍藥迎風已殿春。自幼内家妝束慣，憐他小婢學夫人。”“半生事業托朝雲，篆冷金猊嬾去薰。倚鏡愁縈螺子黛，開箱淚染石榴裙。妝成墜馬羞孫壽，草就籠鵝想右軍。不是會真詩句好，情痴甯復有雙文。”“蓮香楚楚懶憑軒，閑看雙雙喜水鴦。一局棋聲消永晝，數枝花影掩重門。雲和細展湘靈瑟，霧縠輕回洛浦轅。隅向開元間遺事,珍珠百琲强承恩。""茉莉偷緘寄所歡,好函幽夢報平安。瘦來漸覺腰同沈,愁絶應知鬢己潘。花蕊可憐終去蜀,柳枝偏惜未歸韓。窗間漫灑梧桐雨,疑是離人淚暗彈。""兒家門户喜常關,鸚鵡前頭唤玉環。絳雪每歌羞覓拍,緑灰欲畫偶窺班。玉姬何必懷桃葉,白妾還須憶小蠻。不信朝來愁萬叠,試看眉黛蹙如山。""雨絲風片小春天,空結巫山好夢緣。凝絶花前霍小玉,情深月下步霏烟。漫歌芩隰西方美,擬贈明璫洛浦仙。最是意中人不見,三更枝上聽啼鵑。""芳原晴野薄雲霄,一望遥山黛欲描。流盡銜溝佳句少,滴殘宫漏午烟消。花飛紫陌飄紅雨,夢醒瑶臺想緑蕉。堪笑裴郎空有約,未邀玉杵證藍橋。""金錢暗裏卜心交,否極還須蓍泰爻。每對名花倍惆悵,但吟芳草費推敲。幾番好夢難拚醒,一種痴情未忍抛。此去蓬萊原不遠,臨風猶有鶴歸巢。""芊芊芳草暗東臯,小立風前散鬱陶。瘦劇怕談五蘊使,愁深懶奏八琅璈。花緘鈿盒香偏細,詩咏梧桐價必高。不信痴情輸到妾,徵歌猶是怨紅桃。""人遠天涯奈若何,閑從紫陌聽鳴珂。腰圍弱柳頻移帶,眉鎖春山未點螺。天上有槎容博望,人間無藥問嫦娥。深宫不是慵題葉,愁絶難成子夜歌。""深情一縷浣溪紗,誰料村西住妾家。盟約豈能忘少伯,歡娱甯忍誤夫差。館娃宫冷迷芳草,響屧廊空集晚鴉。寄語鄰姬顰莫效,反將傾國怨名花。""碧梧垂處喜新凉,細爇金猊百和香。粉瘦可憐迷蛺蝶,針遲何忍刺鴛鴦。琴偏嗜吾懷中散,詩不驚人愧伯梁。却笑風情無奈老,只今猶自説徐娘。""貧家妝束衹釵荆,何必珠圍足此生。滿徑薔薇紅作陣,一村楊柳緑堪耕。久知换馬郎情薄,那惜當熊妾命輕。便裏魚腸終夜吼,卿卿常自惜卿卿。""六六巫山幾點青,東鄰誰爲賦娉婷。好圖一夕雲和雨,那問千秋夢與醒。想到情痴惟有淚,話多酸處已難聽。花陰踏遍良宵杳,數盡凄凉衹四星。""纖腰窄窄不勝綾,喜聽相靈幾鼓能。寂寞每邀花作伴,牢騷惟藉酒爲朋。豈無幽怨焚祆廟,别有相思老茂陵。看遍陌頭楊柳色,畫樓春滿肯先登。""烟鎖荒江帶霧浮,夢歸惟有舊西樓。但看新月如弓樣,却惜芳年逐水流。詩酒不消鄉土恨,黛眉頻蹙意中愁。空傳卓女臨邛去,曾與相如賦白頭。"

“花貌從來總棘心,貯嬌那得屋皆金。緘愁不是無枯管,寫怨何妨有素琴。燕子樓中詩莫問,牡丹亭畔夢難尋。凄凉滋味誰如我,幾度臨風覓好音。”“妝成如畫品晴嵐,柳樣腰肢映碧潭。竊盒可憐非魏博,弃符誰謂是淮南。异香只許貽韓壽,清影何須訴蔚藍。漫道從征皆燕頷,木蘭原不是奇男。”“春衫籠袖玉纖纖,曉夢抛來半日簾。綉佛但祈超艷劫,游仙原不讓香奩。驚聞宫漏催晨箭,怕聽瑶階報午籤。蝴蝶未知人意懶,强拖脂粉上眉尖。”“幼守香閨自不凡,偏看俗子荷長鑱。讒言任汝傾雙耳,澳艇何人曳一帆。無數烟霞供客玩,許多霧縠當春衫。吟成幽恨猿腸斷,只好牢藏寄碧巖。”選聲鍊韵,俱頗穩適,寫情處尤復細緻,不易得也。(栩園)

張窈窕,蜀人,善詩賦,揮灑而出,絶無脂粉氣。《上成都即事》云:“昨日賣衣裳,今日賣衣裳。衣裳渾賣盡,羞見嫁時箱。有賣愁仍緩,無時心轉傷。故園有虜隔,何處事蠶桑。”《春思》云:“門前桃柳爛春輝,閉妾深閨綉舞衣。梁燕不知腸欲斷,銜泥故故傍人飛。”

天韵閣主李蘋香詩,外間流傳頗廣,嘗爲外子書紈扇,即録其《近事》二首云:“漸覺腰支瘦,羅衣襯體難。妝成無個事,倚遍玉欄干。”“宿鳥驚空樹,寒蟲語玉階。月明秋不管,菊影自横斜。”詩境清逸,適如其人。(栩按:李蘋香女士本姓黄,字鬘,因廉南湖嘗以其近作録示干予,入詩選中。)

興國女士雛鶯,佚其姓氏,髮逆之亂,爲聽王所擄,王不戢,所過交暴行,然得鶯一言,則怒立解。會湘淮軍起,髮逆不修内政,復自相仇殺,聽王知事不可爲,一夕酣飲,命鶯歌以侑觴,歌曰:“阿儂十之五,來作君家婦。蓮花儂貌紅,蓮子儂心苦。郎但愛儂貌,不知愛儂心。儂貌今雖好,歲晚終飄零。儂心似金石,堅貞無古今。送郎大堤上,别郎長干頭。大堤女如玉,眉黛鬥風流。郎愛風流好,儂命如秋草。十載鏡中顔,郎老儂亦老。郎老有歸期,到底還雙栖。雙栖一回首,辜負少年時。”歌爲鶯所作,哀艷處令人酸鼻。後金陵城破,鶯爲近村翟姓所得。村居三年,鬱鬱恨殁。

夷陵女子有《夷陵歌》二首,其一云:“明月清風,良宵會同。星河易翩,歡娛不終。緑樽翠杓,爲君斟酌。今夕不飲,何時歡樂。”

其二云:"楊柳楊柳,裊裊隨風急。西樓美人春夢中,翟簾斜捲千條人。"節高韵促,起落飄忽,頗奇,惜不知其始末。(含英)

《女子世界(1914)》1915 年第 6 期

會稽徐學衛,字漪娟,小樓胡茂才之元室也。小樓越人而寓於吴,困於諸生。漪娟能安其貧,縫紉烹爨,皆躬視之。幼讀書,工吟咏,嘗名其齋曰蘊玉。迨卒後,小樓輯其遺詩一卷,即署曰《蘊玉齋吟草》。所著以清婉勝,如《白菊》云:"生來高品格,籬畔影婆娑。傲骨清如此,秋容淡若何。非關霜氣重,衹覺月明多。爲問凡花卉,濃妝洗得麽。"《即景》云:"千林嫩緑間新紅,正是風光二月中。孤負濃春好烟景,畫難相似綉難工。"《夜坐》云:"寒雨瀟瀟夜更增,窗前把卷對孤燈。柝聲四起香銷篆,小婢垂頭唤不譍。"《題畫》云:"湖光瀲灧一堤横,幾樹垂楊兩個鶯,看久不知原是畫,却疑身在此中行。"《對鏡》云:"日日雙蛾鎖不開,小姑相勸强持杯。曉窗獨對妝臺坐,依舊愁容滿面來。"《和小樓吴江曉發却寄》云:"寶篆香縈一縷烟,爽生枕簟已凉天。鐙前欲作平安字,却恨嬌兒未熟眠。"《咏描花筆》云:"見説毛錐子,凌雲意氣驕。可憐閨閣裏,花樣一生描。"幽情清景,言下宛然。洵可傳之作也。(夢羅浮館)

葛秀英字玉貞,句曲人,父賈於吴門,因居吴。秦澹園鏊之侍姬也。初,其母夢吞梅花而生,玉貞稍長,敏悟過人,工詩善弈。既歸秦,勤儉持家,暇則坐小樓,焚香讀書,吟咏不輟。題其樓曰澹香,即以名其詩。愛梅若出天性。惜歸秦未久即卒,時年僅十九。無錫竇燕侯寄示玉貞所著殘稿,清逸澹遠,洵是閨人手筆。除選登本期《名媛集》外,更采入詩話中,以廣其傳。如《咏飛花》云:"欲别還期更小留,無端零落使人愁。晴烟蝶散空園裏,曉色鶯啼古渡頭。一片彩雲天外去,半簾疏夢雨中休。春魂未識歸何處,曾否飛回十二樓。"又《咏花》二首云:"老去鶯歌蝶夢間,亂紅無數點苔斑。芳菲原自來天上,艷治寧容久世間。風雨漂摇非嫉妒,色香榮悴悟循環。惜花我獨添惆悵,直待春來再展顔。""酷把名花取次芟,可憐弱質异松杉。飄零幸不隨黄葉,飛舞曾來點碧衫。魚唼青波游圞圞，燕銜香砌話喃喃。荼蘼開後休言了，桂子秋風尚滿岩。”又《咏珍珠蘭》云：“庭階珠樹不聞香，珠綴蘭叢體自芳。欲綰同心心萬點，宛霽屑玉玉千行。自然釵朵連鬟插，多謝花師結綫裝。珍重品題誇十斛，也傳幽韵寄三湘。”又《立秋》云：“久苦炎威逼，欣逢夏令終。秋來梧葉裏，人醉藕花中。玉露溥清曉，羅雲淡碧空。甘霖仰望切，坐得滿秋風。”又《藕絲》云：“繞指閑情縷縷長，風前脉脉淡生香。寸心不斷思千轉，只認蓮房作故鄉。”又《荻花》云：“烟凝鴻雁沙邊路，月映藤蘿石上洲。兩岸荻花寒瑟瑟，夕陽帆影一江秋。”又《四時閨詞和澹園原韵》云：“碧桃含露暈朝霞，小立閑階印淺沙。珠箔高搴招舊燕，金鈴低綴護新花。調琴欲罷香重换，鬥草將輸袖半遮。寂寞翠樓人意懶，東風偏惹柳絲斜。”“戲拈紅豆笑相投，試問腰支似舊不。午浴冰綃嫌涴粉，晚妝雲髻怕沾油。生憎碧藕花雙朵，最愛紅簾月半鈎。今夜差凉清簟滑，枕函斜墮玉搔頭。”“清砧玉腕不辭勞，也解悲秋讀楚騷。低蹴鳳翹盤綵綫，薄梳蟬翼膩蘭膏。金徽天上星光小，紈扇樓頭月影高。乞巧試邀諸女伴，漫陳瓜果切鑾刀。”“殘雪初消暖氣臨，芙蓉花簇合歡衾。重垂綉幕留香麝，淺泛流霞醉鬱金。冰凍蟾池吟未穩，霜凝鴛瓦冷難禁。窗前一片玲瓏月，轉到根梢夜已深。”《折梅》云：“一枝堪折取，玉骨冠群芳。淡月無疏影，春寒有暗香。”《咏竹》云：“竹性本堅貞，霜威寒不怕。勁節豈受憐，虚心肯自下。”《村居即景》云：“芳草池塘外，垂陽夾岸齊。雨餘山樹碧，水漲小橋低。幾處飛新燕，一村啼晚鷄。誰憐畫樓上，幽怨夕陽西。”《題畫梅》云：“潑墨圖成淡更宜，宛然索笑放疏枝。寒霜急雪原非愛，除此生平無故知。”《題明妃出塞圖》云：“絶塞揚兵賦大風，旌旗依舊過雲中。他年重畫麒麟閣，應讓蛾眉第一功。”又《村夜》云：“村居宜静夜，好景足幽栖。雲樹攢星小，茅檐帶月低。寒鐘林外度，輕靄竹邊迷。最愛無人至，紫門繞碧溪。”(含英)

山陰俞鏡秋女士，爲陜藩李薌垣先生之繼室。工吟咏，有《倚雲閣遺詩》數十首。其令倩唐温齋君庚爲之梓行，惜石印本未必壽世，亟爲摘録佳句，以廣其傳。《春日雜咏》云：“枝頭一鳥忽飛起，驚落夭桃數點花。"《消夏》云:"分付緑楊陰密護,莫教日影上窗來。""一曲瑶琴人静後,芰荷中有水禽聽。"《送别四姊》云:"從今不把湘簾捲,怕看庭前姊妹花。"《在沅州寄懷八妹》云:"閑看階前芳草緑,不知簾外有春寒。"《送春》云:"十二闌干閑倚遍,杜鵑啼斷緑楊烟。"均細膩熨貼,柔婉可喜。

其女公子李纕蘅恒即唐温齋君之德配,秉承家學,與其令妹沅芷及慧仙均以詩名。著有《浣薇軒夢餘吟草》一卷。如《中秋賞月》云:"欲共姮娥話通夕,小樓深夜尚焚香。"《春日偶作》云:"閑抛綉事立花底,芳草一叢來异香。理罷素琴天欲暮,倚窗閑數未開花。料得鄰家花事好,一雙蝴蝶過鄰家。"《送春》云:"愁倚闌干還自解,明年依舊有春來。"《游園》云:"行盡曲堤聞笑語,小鬟花外戲流鶯。"均出自性靈之筆,洵是閨閣清才。

新安戴紅貞女士烜姒爲吴縣王君少蓉德配,有《絮春樹詩存》一卷,乙巳歲曾石印行世,近無多存。友人江若原手此一卷,乞入詩語,以永其傳。《春夜》云:"筠管碧粘湘竹淚,藥欄紅瘦海棠魂。"《至廣陵行即景》云:"鳥影斜衝京口樹,潮聲倒捲海門濤。"《春陰》云:"煮酒暖蒸茅屋小,濕烟濃暈杏花肥。"《春寒》云:"蓮檠焰澀紅生豆,茶鼎香温碧泛瀾。"《悶坐》云:"欲寫雲烟多種竹,怕聽風雨悔移蕉。"《航海》云:"人烟地遠篝燈市,海嶽雲沉釀雨天。"《咏蕉》云:"翠色入簾濃勝草,紅心窺牖艷羞花。"《春草》云:"簾捲蝦鬚青入户,鋤携雅嘴碧粘泥。"《海棠》云:"深院夜凉花睡醒,水晶簾捲月如霜。"《咏風字硯》云:"謝草艷嘘雙管碧,江花香落一時紅。"《隨筆》云:"瘦骨不禁花氣重,呼鬟更下一重簾。"均濃花厚葉,絢染得宜。

張子馥室人曾季碩女士彦,能詩,早卒。有《虔共室遺集》一卷,集中多五律詩,嚴整有法,絶不類閨人手筆。如《喜雪》云:"庭昏將日夕,飛鳥急如弦。風撼辭根葉,雲低欲曙天。樓臺摇暮影,梅竹鎖寒烟。莫嘆繁華盡,瓊花遍地妍。"《舟中即景》二首云:"帆影入蒼翠,霞光散碧霄。平沙人唤渡,高樹鳥争條。古堠消殘雪,寒風生暮潮。客情容易倦,莫負月明宵。""春風吹客思,高咏滿山川。落日疏森木,孤帆貼暮天。潮平鷗夢穩,江静月華圓。慢説征途舊，深宵未忍眠。"《立秋登樓觀雨》云："旅夜漫愁思，何堪節候催。暑從林際散，秋自雨中來。遠樹輕烟合，遥山夕瘴開。野鴉歸已盡，一鶴獨徘徊。"頗得晚唐氣息，殊不多靚。(栩園)

馮小青詩散見各集，吾浙閨秀多能背誦，墓在孤山巢居閣下，題詩滿壁，但佳句頗寥寥耳。會見海上倚雲女史一絶云："卿憐蘇小我憐卿，兩樣愁懷一樣情。如此才華如此命，哭卿三萬六千聲。"言出由衷，似亦傷心人也。余和之云："天涯何處訪卿卿，孰是多情孰薄情。獨怪不曾留姓去，怎知門第與家聲。"越二載，遇於鄒霞仙譜妹宅中，始知倚雲姓陳，字杏英，頗具姿色，先世多達人，爲吴門林寶芳女士得意弟子。出示《留雲仙館吟稿》，詩俱可采。轉瞬數年，祇記其《新柳》七律四句云："蘇小門前緑未勻，豈容攀折贈行人。浮萍逐水懷前夢，飛絮隨雲感後身。"無何，痛失怙恃，遇人不淑，家漸中落，容貌略遜。離婚後，得寵專房，佐理内政，井井有條。惜性驕傲，不甘久屈人下，遂入空門，前詩竟成讖語。寄余《斷腸吟》四律，中如"迄今心等沾泥絮，憶昔身同墮溷花"，"援妾始知憐妾少，報君終覺累君多"，"畫眉舊説張京兆，刎頸新交聶隱娘"，"檢出綺羅歸質庫，受來衣鉢守空門"，又用墨稼村農韵云："孰悟拈花一笑因，長齋繡佛度秋春。夜依蓮座參三昧，日拜華嚴遠六親。绛帳苦縈千里夢，黄齏甘耐片時貧。蒲團懺悔前生孽，掐損牟尼不憚辛。"對仗工穩，洵是可傳之作。

蝶仙名倩，姓袁，江南長洲人。工繪事，尤諳音律。顧益齋慕其才，出重資納爲小星。惟詩罕見，耶溪朱韵香得其遺稿，殘缺不全。見有《病中》一律云："小閣朱扉不下關，一春銷盡舊時顔。夢中簫鼓人歸越，病裹鶯花語學蠻。細檢詩筒雙匣滿，亂堆藥裹半床閑。劉安鷄犬原仙種，好駕雲游碧落間。"《曉起遣興》云："半床初睡足，抱日倚簾斜。鵲占巢争樹，蜂馱蕊鬧衙。山光分野墅，春色到鄰家。心事憑誰語，銜杯細啜茶。"予嘗笑曰五律第三句，鵲字不如易爲鳩字，覺有意味。韵香謂余調侃，直欲轉訴内子，竟爲所窘。(栩按：《回波詞》有云：怕婦也，是大好。殆可移贈足下。)

曩年泉唐許婉香，道及仁和汪芍坡方伯寫作俱佳，育二女，皆工詩，長纘祖，字嗣徽，適同邑湯別駕燧，著有《侍萱吟》四卷，詩中有畫，允推作手。僅記其《風雨過廣信和夫子韵》一聯云："酒旗風影亂，蘭槳雨絲輕。"次畹姝，名曉，宅心純孝，精於刺綉。《春曉即事》云："紙帳筠床絶點埃，夢回初日上窗來。熏衣侍女頻催起，笑説園桃已盡開。"《樓眺憶父》云："厭聞塵事擾，凝眺倚高樓。雲擁千山暗，風傳萬樹秋。雁行斜復整，笳韵咽還流。滴淚思嚴父，寒邊獨宦游。"金山王郎爲刻《轂音集》分贈親友，詩皆可誦。

仁和汪逸仙女士咏霞，别署鵜影樓主，前南匯令蘅舫先生之女公子，余友陳蓉仙茂才之淑配也。博覽群書，性耽吟咏。昔在惜紅精舍，得讀唱和詩集，搓酥滴粉，描摹盡致，然猶以未窺全豹爲憾。明年，内子《倚翠樓吟草》付梓，寄題二律云："心花口實兩争春，小字珍珠寫洛神。怯嫁年華容倚翠，苦吟詩節料舍鞶。麗詞如摘千葩艷，朗語能消十斛塵。我讀琅函欽佩甚，淵源家學曝書人。""巾幗叢中有此才，前身定是住瑶臺。吟成柳絮花應妒，綉出鴛鴦蝶見猜。風月滿樓皆入畫，琴書一榻共銜杯。他時倘識荆州面，擬把新詩作贄來。"《近視自嘲》一律，中有兩句云："愁裏病加葠爲減，鏡中人瘦菊花肥。"對仗工致，造語幽邈，益令人贊嘆不置。（雙吟樓主）

香艷詩話

王漢章 撰

載於《香艷雜誌》一九一四年第五期。

作者王漢章(? —一九五一),原名崇焕,筆名漢章,晚號小敷翁,山東福山人。南社詩人。民初於《小説月報》發表《陽秋筆剩》。

《香艷雜誌》,月刊,一九一四年冬創刊於上海,共出十二期。由中華圖書館發行。主編爲新舊廢物,即南社詩人王鈞卿。是一種婦女刊物,内容分圖畫、論説、新彤史、名閨片羽、談藪、譯林、詩文詞選等欄。所刊文藝作品多典麗古雅、文韵十足。

本詩話篇幅較短,主要收録四名詩人艷體詩。其一爲明末遺民屈大均咏二侍女墨西、香東之詩。認爲屈大均遺民詩口吻悲凉,而其寄情之作往往纏綿有深致,“得美人香草之正髓”。其二録江南詩人孫谷紉《題荼花女遺事詞》及《古意》四首。其三録惜花盦主無題集李商隱句詩,稱其“錦簇花團,神工鬼斧”。其四録休寧程慶餘《冶春詞》一首。選詩皆艷而不俗,清妍綿麗,爲香奩正格。

《香艷雜誌》1914 年第 5 期

騷餘先生,嶺南三布衣之一也。嘗補縣學生,繼遭國變,遂去儒而僧,名一靈,未久又返初服。先生者誰,番禺屈大均翁山也。以翁山之耿介不群,宜心鐵而腸石也。今觀其贈墨西、香東兩詩,則又感均頑艷，得左徒香草美人之正髓矣。

贈墨西詩《自序》云："姬人姓陸，生高要之布水村，與端溪密邇。予得之，使朝夕在研之西，磨墨供予揮灑，故字之曰墨西。"詩云："香溪一片即端溪，采得姬人字墨西。水玉朝朝磨削笋，松烟日日染柔荑。教成小楷書難就，催作新詞唱未齊。善品水岩諸甲乙，青花白葉滿中閨（其一）。少小長齋繡佛前，前身應是散花天。昆邪一見全無日，居士相依祇爲禪。每乞研金書梵唄，時交潑墨作雲烟。爪痕多在曹娥帖，紅染鑾花半鳳仙（其二）。布水村連墨研沙，真岩得自女兒家。蟾蜍滴滿三春露，翡翠床開六代花。弄粉沾書成垢膩，分硃點易出精華。還將劍氣成飛動，草聖從今益自誇（其三）。"

贈香東詩《自序》云："予得姬人陸女，字曰墨西。越數日復得東莞石氏女，使司香，而字之曰香東。爲詩贈之。"詩云："宣爐東畔暮還朝，一氣窗間拂絳綃。生熟水沈憐血格，陰陽火活恐烟焦。莞中雖是香農女，江畔難將玉珮要。得侍維摩真大幸，一生心字佛前燒（其一）。絲籐五色作熏籠，日焙春衣廢女工。熟結浣將茶小煖，香魂煎取火微紅。花開莫使雙烟近，鶴降須教一縷通。收拾餘芬歸兩翅，檐間么鳳與卿同（其二）。鎮日盈盈棐儿邊，裙裾出入有餘烟。含辭已似黄馨吐，取氣還將墨潤煎。作配文人非艷福，托胎香國本真仙。心花意蕋開須早，證取圓通鼻觀禪（其三）。"先生遺集遭文字獄禁燬已久，然嶺南舊家藏弆者亦甚夥。清季禁網漸絶，而《詩外》、《文外》、《廣東新語》諸書亦稍稍出。始知先生以遺民見忌，其悲凉口吻可想見也。至其寄情之作，又往往纏綿有深致。此外如《華陰妓大小憐歌》："大小芙蓉總可憐，青蓮今夕在誰邊。東西南北皆蓮葉，明月中當玉井懸。素手相將入暮林，上方樓閣月華深。笑他楚調金陵子，不解秦簫弄玉吟。"又《湖口舟中口號贈内子華姜》云："相憐一片鴛鴦水，白浪如山亦不愁。"其旖旎風光正不減冬郎匳體。

江寧孫家樹轂任，一字谷紉，工諸體詩，晚近之翹楚也。最近江寧詩客，除鄭鍾琪外，無逾孫者。即以江南詩人論，自夢華老人

(金□□中丞□)外,亦僅亞於葉玉森中泠耳。昨見其《茶花女遺事題詞》云:"柳風織愁入簾櫳,妾淚曉落胭脂紅。梨雲捲夢墮碧空,妾魂夜繞巴黎東。淚耶魂耶渺何處,拚與郎絶不忍訴。生離即是死别時,一抔黄土埋香霧。可憐邯鄲大道斜,彈破錦瑟損年華。慧業未修同命鳥,情根已種斷腸花。玉璫緘札字不滅,意中之人眼中血。他年宛轉達所私,是妾三生願了時。妾願巳平精衛海,郎情不共爛石改。鮫稍掩面哭墓門,地下唤活茶花魂。"字字珠玉,有不可改竄之觀。

谷紉近作又有《古意》四首云:"含情凝睇譜箜篌,修到蛾眉字莫愁。誰遣東南飛孔雀,未忘西北有高樓。輕綿半臂難偎夢,團扇三生易感秋。欲檢衙溝題句讀,奈他鸚鵡伺前頭(其一)。凉秋九月露爲霜,目斷横塘路渺茫。瑟瑟緑波難織恨,纖纖素手只縫裳。量才誰結珊瑚網,顧影宜栖玳瑁梁。輪與漏聲三十六,尚傳消息到王昌(其二)。一幅文鴛畫不成,零風斷雨過平生。緑珠有笛摹新調,碧玉何人妒小名。朗意無因通繾綣,妾身未算判分明。薰籠坐久渾忘郤,烏柏門前曙色横(其三)。本來骰子太玲瓏,紅豆嵌情總未工。襪綫才羞名士鲫,江山氣吐美人虹。碧沈海國冤精衛,硃擣花房膩守宫。聽説汝南王問訊,無言相憶桂堂東(其四)。"古香今艷,躍躍筆端,呼之直欲出也。

"來是空言去絶踪,玉臺傳點咽銅龍。風波不信菱枝弱,清露偏知桂葉濃。珠樹重行憐翡翠,麝熏微度綉芙蓉。蓬山此去無多路,更隔蓬山一萬重。""雨打湘靈五十弦,一弦一柱思華年。玉璫緘札何由達,綉被薰香獨自眠。賈氏窺簾韓掾少,謝家飛絮沈郎錢。宓妃漫結無窮恨,驟和陳王白玉篇。"此惜花盦主《無題》集玉谿生句也。盦主家世貴盛,富有藏書,以餘事吟咏,無不孏孏盡致,尤工集句。有《甲寅集》一帙,皆集句詩也。古體近體,無不該備。又工詞,亦善爲集句詞。錦簇花團,神工鬼斧,誠吾道中之奎碩矣。

程慶餘字善之,休寧人,篁墩先生裔也,善之爲尚齋都轉桓生季子。幼擅文譽,辛壬之交,鬻文滬上,余從桂人鄧君處識面。嘗見其《歇浦冶春詞》云："春魂半睇鴛鴦紅，美人一笑花玲瓏。鵶鬟欹側玉釵溜，星眸冷送玻璃風。揉粉搓酥作春蕊，燕暱鶯嬌不成語。絳液時飄蠟鳳香，彩雲自擁山鷄舞。舞罷歌闌笑語多，家家兒女鬥雙蛾。紅塵十里東風晚，寶馬香車奈若何。"

香艷詩話

莊紉秋 撰

載於《香艷雜誌》一九一五年第七、八、九、一〇、一一、一二期。

作者莊紉秋，原名綸儀，前清進士，號秋水。與繆荃孫、徐枕亞等名人往來，善草稗史。

本詩話内容主要分爲兩方面，一是收録作者自己所作香艷詩，兼叙其本事。二是對古今香奩名家詩作之評。莊紉秋少年登科，意氣風發。然民國建立，遂不得志，客居上海，寄情花叢。其詩多咏伶人、贈情人、懷姬妾，感慨今昔，多身世之嘆。好樊樊山、吴梅村、王次回等明清詩人之作，似深受清末晚唐詩派影響。推重樊增祥，謂“今之善作綺語者，厥推樊樊山先生”。又云“余於吴梅村先生之詞酷好之，以爲頗合美人芳草之本旨。近以暑夜無聊，得王次回《疑雲集》，擇其芬芳悱惻者一諷咏之，覺如側生果之香艷適口也。”另叙刊行《疑雲集》始末，謂坊間本只有《疑雨集》，《疑雲集》爲作者好友國學維持社主人發現，整理重刊。王次回詩在民國頗爲流行，此可作一則版本考證之史料。

篇中之詩，多關風流韵事，然不流於俗艷。作者以男性視角欣賞女性之美，或憐其薄命，或借以興寄，格調與傳統香奩詩相仿，并無甚新見。

《香艷雜誌》1915 年第 7 期

海上繁華,甲於天下,而歌臺舞榭尤爲鉅麗。余以選客避難春江,月夕花晨,每與姬人賓卿爲觀劇之舉。衣香鬢影,心焉意移。話勝迹於屧廊,城開不夜。聽箏琵於曲苑,天亦多情。偶有艷詞,寫記於後。其詩曰:"電炬光明月子新,廣場葦箔喚真真。斜拖雉尾周郎顧,悄倚貂裘謝傅親。媚眼流波香贈賈(謂賈碧雲),嬌容含笑賦憐甄。車聲踏碎天街曉,鬢影衣衫逐綺塵。""銀壺璀璨玉人來,第一雛鬟笑口開。瓜果紛陳疑七夕,衣冠綷縩憶千回。偶看金鏡敷脂澤(大家閨秀出懷中金鏡,對人理妝掠鬢),似瑣珠囊結綺胎(女眷均以珠寶飾衣,光采奪目)。華縟風光誰得似,粉香花霧費疑猜。""手携寶扇口含烟(閨人均吃香烟),消受風流淡蕩天。不唱回波歌懊惱,且嘗番菜試新鮮(有在包厢吃大菜者)。冶裝妙擷鴛鴦錦,絮語同翻燕子箋。一曲昇平歌未了,春申江上月初圓。"

余好作無題詩,極之於九天九淵,蓋忠厚悱惻之思,以婦人女子寄之,而不必專泥香奩體也。其詩曰:"綺思幽閑入九天,羌無人處耐孤眠。風華姚冶鈎魂魄,月露高寒忒媚妍。淡影摇空緘口誓,慧心刻玉妒蟬娟。衹餘摇落鞭蕖彩,不受人憐孰敢憐。""似有雲屏瞥眼鴻,銀河耿耿在江東。湘妃乍擷靈鶼錦,姹女誰憐天姥峰。剛欲忘情疑太上,欲追前事忽空濛。萬千顛倒無窮思,愁煞南華秋水中。""寒食清明事已非,故宫禾黍幾回稀。舊人環佩鏘雲漢,遷客衣裳度翠微。密約三生猶繾綣,柔情十日亦紛飛。天涯芳草知何處,太息柴桑我獨歸。"

余旅寓申江,眴經三載。每遇春秋佳日,必從事賽馬之游。魯人獵較,孔子亦有童心。陸地行仙,此事未能免俗。衣香鬢影,忽忽送迎。悦目賞心,無逾於此。知我罪我,所不計也。曾作《海上冬日賽馬》詩曰:"汽車百輛賽如雲,珍重佳期憶鄂君。小結珠囊馳翠縷,別鎸鴛佩儭香氛。花妓孃艷空惆悵,柳絮因風或解紛。省識倡條太妖冶,依稀眉樣似傳聞。""絹帕迎人是也非,静安寺畔不曾歸。車聲轆轆馳初遠,鬢影匆匆過已稀。半面窺人韓掾少,内家裝束太真肥。分明鴻影當前認，珠箔飄燈雨雪霏。”“似聞蘭麝逼人來，姊妹雙紅慘緑回(指金艷紅、陳緑雲姊妹)。無可奈何風信速，最難留處雨聲催(賽馬最忌下雨)。湘妃有約緘金鎖(指湘妃閣)，茶女無花悵玉臺(海上名姬多以茶花女爲名者)。我亦天涯淪落客，臨岐惆悵摘玫瑰。”“薄雪簾櫳酒後天，薰籠斜倚不成眠。悄寒微覺添詩料，小醉還疑結夢緣。淡抹輕顰敷翠黛，冶妝慵睇更嬋嫣。自從車響轔轔過，碾破琉璃街月圓。”

余以開閣放姬，事過境遷，不免惆悵，乃爲小詩八首以記之。詩曰：“天半罡風爾許馳，相逢猶在未髫時。一聲珍重歌河滿，苦雨驚魂細若絲。”“汽車明發夜初昏，一樹梨花欲斷魂。萬事不堪回首説，天涯芳草正當門。”“倦眼朦朧首漫抬，披衣端整下床來。分明鴻影前番過，笑指檀郎别緒催。”“陰舛陽乖事可能，愛河枯竭佛無燈。家書正抵黄金重，拆到紅箋唤不膺。”“記曾小築香車過，棐幾明窗日影重。萬朵梅花香似雪，一枝猶傍水仙紅。”“費盡心機總不知，寶釵已嫁復何之。瀟湘先死怡紅去，鎮日簾櫳讀楚詞。”“今生緣盡從誰記，怕唤真真可若何。落盡殘紅慨春雨，芳心綿渺隔銀河。”“泥城橋畔雨如塵，往蹟依稀説太真。怪事一聲真懊惱，開簾不見李夫人。”是耶非耶，一片至情當隨風飛去。回想泥城橋畔，畫閣香薰，細雨簾櫳，車聲來暮。鏡奩瞥影，眉有黛而輕描。珠翠留痕，心捧顰而作態。此時此境，忽忽過之，而不知已爲陳蹟也。學冒辟疆《影梅庵憶語》，飄渺欲仙。追《紅樓夢》賈寶玉奇緣，聲容如在。

余曾作“三光”詩。“三光”者，一曰釵光鬢影，二曰粉光脂膩，三曰珠光劍氣。其《釵光》云：“十二金釵色可知，祥光璀璨總相宜。上頭連理還簪玉，貼鬢開奩好賦詩。自有魯靈巋殿倚，昵他宋玉隔墻窺。羅帷響戛剛斜拔，一閃驚鴻人影欹。”《粉光》云：“靈芸紅唾意生春，細膩風華最可人。不却鉛華輝素面，自饒脂澤助輕顰。華燈對影秋流月，倭鏡描容夜有津。聞説檀郎好游戲，强敷何靨恐生嗔。”《珠光》云：“一簾寶氣迓春來，信有明珠作禍胎。緑號美人樓未墜，赤逾罔兩海成灰。精晶奪目花猶潔，顆粒驚魂雪自皚。蛇髻

如盤靈試乞，媚猪冶色亦堪哀。”（聞海上倌人珠飾均以巨值賃而戴之，失落即須賠償）

《香艷雜誌》1915 年第 8 期

樊樊山先生工於綺語，時袁漸西先生昶卜妾秦淮，樊山作詞調之。調倚《高陽臺》其詞曰：“雀桁閑花，雉場秋草，渠儂不解傷春。墮策閑坊，一株紅柏遮門。十三樓下秦淮碧，側烏紗親訪桃根。謾銷魂。三十年來此度纔真。蕭郎四九頭先白，要藍羅小袖，早暮看承。玉女維摩，相逢總是禪人。短轅長柄知何用，料春風不煮倉庚。問香名不唤朝華，定唤朝雲。”《再寄爽翁二解調倚鵲橋仙》：“明眸翦水，仙肌勝雪，相遇莫愁湖畔。山房蒲褐冷於冰，怎奈得摩登低唤。仙風道骨，餐芝服散，百歲纔過一半。再過三十五春秋，更買取鶯鶯燕燕。”（張子野八十五歲買妾，見坡詩。）

吴梅村先生詞最耐人尋味。其《春思詞》曰：“門外青驄騎，山外斜陽樹。蕭郎何事苦思歸，去去去。燕子無情，落花多恨，一天憔悴。私語牽衣淚，醉眼偎人覷。今宵微雨怯春愁，住住住。笑整鸞衾，重添香獸，别離還未。”此詞有語必妍，無垂不縮。余生耽綺語，每自懺悔，顧美人香草，悱惻纏綿。雖未必果有所懷，而眼底空花，夢中沈痼，躊躇往復，殆不勝情。

梅村先生又有《春思詞》曰：“眼底桃花媚，羅襪鈎人處。四肢紅玉軟無言，醉醉醉。小閣回廊，玉壺茶暖，水沈香細。重整蘭膏膩，偷解羅襦繫。知心侍女下簾鈎，睡睡睡。皓腕頻移，雲鬟低擁，羞眸斜睇。”此調更耐人尋味。殆洪北江所謂“生疏樓閣生疏意，恰耐渠儂百日思”者矣。

余又有《寄甄翹雲》詩曰：“漏斷燈昏月又斜，深深樓閣雨如麻。悄捫屈戍緘愁思，低蹙金蓮憶綺霞。寶帳高垂天影曙，衣香暗襲水沈差。夢餘綉被回身讓，未許挑櫱賦落花。”“一事思量最惱人，五更未曉夢生嗔。臣冠草草牽釵玉，絮語綿綿鎖翠茵。後約何期懸七夕，他生未卜記殘春。自嫺宋玉高唐賦，雲雨凄迷夢未伸。”

余有《本事詩》曰：“萬花如霧亦如烟，百囀千啼色黯然。未必鄉親憐蘇小,最難逝水逐吴船。衣冠優孟今何在,綦履蕭條昔未捐。咫尺烽烟江上望,蘭陵城畔月初圓。""此行真個欲銷魂,媚語嬌慵意莫論。鬢影支離驚倩女,衣香綷縩憶王孫。幾多恨事成因果,最惜佳期阻石源。酒未薰殘衣未涴,傷心天壤説寒暄。""青衫落拓猶憐我,白首牢騷尚有人。同是天涯貧病客,已多一去不回春。河山無恙花先發,雲雨荒唐淚未伸。聞説景陽宫漏水,朝回依舊染香巾。""同心人尚在藍洲,説與微波托蹇脩。色子評逾緋二級(是夕觀《雙搖會》戲劇),周郎名尚赫千秋(并觀周永棠媚香樓雙齣)。迢迢金鯉緘遺恨,渺渺銀河感逸愁。誰向宫人談天寶,蕭疏幕府白盈頭。""廣場葦箔憶秋娘,涕泣當年□笛墻。泡幻空花警蝶影,冶容弱柳□千行。叢殘紅粉增哀怨,妝點青衫誌國殤(梅蘭芳最擅長青衫)。盈丈氍毹歌一串,珠喉瀝瀝和鶯簧。"

樊樊山先生工爲綺語,嘗作《山江紅》詞,序云:"李越縵師詞寫有《美人抹胸》一闋,定稿時乙去。余近得淇泉書(即沈學使衛),述同治間三山學使試郎州,其閨人手書促歸,媵以紅袜。學使遽以試事屬州刺史,移病還閩偕老焉。因和此解,以寓本事,并附越縵詞於後。"樊山詞曰:"探香手懷,無奈是、紅墻遮隔。還偷覷,嬌兒吮乳,緋霞界雪。腰襟密圍金縷帶,領巾連綴魚文纈。罩淡羅衫子越分明,桃花色。花露灑,香珠綦。芳汗透,冰肌貼。話三山舊事,佩□親結。書字一針蘇蕙錦,淡痕雙寄鄜州月。願展鶯綉被覆鴛鴦,通身熱。"李越縵先生慈銘原作云:"窄窄纖袿,恰掩映蘭襟深處。還惹得,絲絲香細,綉檀微炷。粉葉薄粘金鳳翼,紅椒對吐銀鶯味。認一痕珠絡領巾斜,春心露。襯背衩,侵腰素。欣慰貼,都如許。望紅墻一抹,閑情能賦。香汗暖蒸重錦角,玉酥隱起纖羅縷。問檀郎,可解護温□,痴情訴。"

樊山又和越縵先生《美人鞋尖》詞曰:"一捻輕紅,恁纖細不禁捉搦。還憶得倒提金縷,珍珠欲滴。碧笋侵莎剛露穎,紅蓮出水纔勝筆。認中間一道蹙金梁,朱絲直。瞞不過,芳苔迹。遮不住,湘裙隙。任桂榴雙綉,纖於黍粒。窺客蹴開珠箔綫,聽歌點落雕欄漆(二句的是鞋尖之尖字)。似藕花風颭小蜻蜓,依人立。"綺旎温磨,讀之令人意餳神遠。

余嘗有《無題》詩曰："手把菱花仔細看，佩環隱約見雲端。似聞天上羊車過，不信人間燕語殘。斟酌素波研錦盒，遲回紅燭鏤銀盤。義山已老香山逝，愁煞南華秋水觀。""信有傳神阿堵姿，春宵瞥眼欲何之。綢繆已證千秋業，款洽難忘十日思。强説塵緣拋玉影，苦無形迹托瑶枝。樓臺重叠明釭燼，望斷垂楊誌别離。""一笑纔逢璧玉人，悄無言處亦生嗔。河山破碎荒唐夢，花絮迷離困頓身。争説朝雲歸海表，别携絡秀賽芳春。湘波咫尺寒馨寂，太息傳箋語未伸。"是耶非耶，此中有人呼之欲出。

余又有《無題》詩曰："西江潮水煎愁急，北苑筝琵帶醉聽。幕府井梧太蕭瑟，回頭不見曲江青。""頓老琵琶事有無，搔頭細想玉蟾蜍。花風廿四從今數，暮雨徐娘夜入吴。""出水紅菱舊典型，挑檠夜雨一燈青。逢人便説蕭郎逝，凄絶人間曲可聽。""大家丰範憶前朝，十索香奩着意挑。只恐夜深風露急，春心日日逐江潮。""倚枕香鬟悄影眠，圍爐長夜五更天。銅龍滴盡更香燼，不見寒鴉色黯然。"酒罷更殘，每一諷咏及之，不禁如白傅之青衫淚下矣。噫！時非天寶，地异板橋，而芬芳悱惻之思，如抽繭之絲，愈推愈摯。古之傷心人别有懷抱，夫豈無所爲而發耶。

余又有《本事詩》曰："依稀猶見掌中身，仿佛雲英未嫁人。前度劉郎耽綺孽，再來崔護鏤芳塵。紅綃待覓三生約，白紵空傳一寸春。省識佳期逢小至(時爲長至前一夕)，疑雲誕雨亦生嗔。""國變時危汰逸詞，南樓隱約繫人思。空纏香霧研因果，自懺柔情識苦悲(余好爲佛教悟澈語)。歷劫紅羊烽火幻，重臺青鳥汽車馳。殘奩剩粉猶收拾，望斷斜陽何所之。""憶别城西忽四年，殷憂長説杞人天。肺肝無計傾花蝶，口血還疑托杜鵑。拚擲金錢諧夢卜，肯拋玉玦昧幾先。成名我尚輸卿早，蠟炬無灰淚亦然。"僕本恨人，忽罹綺障，躊躇往復，殆不勝情。

余好爲味蒓園之游，嘗有詩曰："驅車叢薄間，隱隱見修竹。香霧悄不明，佩環在空谷。長廊亘十丈，饗羼雜酒肉。修眉復齲齒，冶容誰膏沐。中有一佳人，蔚然秀芳菊。鉛華非所銜，横波澄雙目。解佩漢江滸,磨騁亦蹙蹙。徽詞誰與通,賞心結幽獨。世界莽風雲,軒然起大陸。汽機蒸以蕩,干戈日馳逐。嗟我世外人,長此爲雌伏。不下憂時淚,亦少秦庭哭。塗抹惹香艷,縱心慕清淑。芳草美人思,畀彼珠一斛。夕陽已在山,歸途戒僮僕。紅燭對書幌,摛詞散清馥。"昔林畯谷有《游張園》詩曰:"思先清曉車輪轉,意共黄昏燭本闌。世界愁風復愁雨,肝脾爲苦亦爲酸。"以余詩視之,直如小巫見大巫矣。

近人所作花叢艷史,每多任意褒貶。此等伎倆,於古亦有徵焉。唐崔涯與張祐齊名,每題詩於倡肆,無不誦之於衢路,譽之則車馬繼來,毁之則杯盤失措。嘗嘲李端端曰:"黄昏不語不知行,鼻似烟囱耳似鐺。獨把象牙梳插鬢,崑崙山上月初生。"端端得詩,憂心如病。使院影回,遥見二子躡屐而行,道旁再拜,兢惕曰:"端端祇候三郎、六郎,伏望哀之。"乃重贈一絶句以飾之云:"覓得黄騮鞁綉鞍,善和坊裏見端端。揚州近日渾成錯,一朵能行白牡丹。"於是豪富之士復臻其門。或戲之曰:"李家娘子纔出墨池,便登雪嶺,何爲一日黑白不均。"紅樓以爲倡樂,無不畏其嘲謔也(見范攄《雲溪友議》)。噫,以視今之洋場才子,評花弄月,假小報爲恩怨之報酬者,何遽不相及耶。

《香艷雜誌》1915 年第 9 期

余嘗有《寄甄翘雲詞史》詩曰:"冶游好趁晚凉天,杏子衫於别樣妍。偶啄鸚哥唤紅豆,不勞雀角簸青錢。鏡屏徙倚聞弓屧,藥裹商量典玉鈿。本免昵人增媚語,五更花落在風前。""百種嬌憨萬種愁,背人無語下簾鈎。手携白袷悲遥夜,口吐紅絨作蹇修。風露高寒清瘦夕,樓臺掩映月華秋。頎長倩影頹鴉鬢,獨倚欄杆蓮并頭。""生小輕盈號李香,苗條人似水葱長(《紅樓夢》云:"誰叫他調理得人似水葱兒一般")。無言溫瀧相思淚,薄怒新成時勢妝(時世妝奉作時勢妝,誤得時世字様)。故觸靈機猜燈謎,强勞謔語識荒莊。祇嫌小婢嬌痴甚,不捉貍奴伴海索。""綉花裙樣綺羅圖,十幅容光西子湖。瘦削金蓮鈎綺思,温柔玉笋灌醍醐。黑迷鬒髪梳靈髻,紅醮胭脂點潤膚。儀態萬方人第一,唤卿卿不惱檀奴。”

余有《題甄翹雲小照》二首云:“含眸一笑月華生,瘦影支頤對短檠。無可奈何將老大,幾回相見亦傾城。淡如瘦菊妝猶媚,馨若芳蘭意不情。供奉香龕虔頂禮,嫣然下蔡淚縱横。”“説與丹青不自持,莊嚴色相更生姿。偶無人處常凝睇,但有香時學畫眉。綺語纏綿悲杜牧,多生緣業懺袁絲。柔荑入手猶疑夢,悄剔蘭釭絮語時。”况夔笙舍人云:“不爲無益之事,何以遣有涯之生。”余之題此,非作無益以害有益,亦解以遣此有涯之生而已。噫。

京師有望園,爲游人消夏之所。余曾有詩曰:“姊妹珊珊結隊來,望圓圓子暫徘徊。幼芬(朱幼芬)已老叫天(伶界大王)去,誰向尊前酌玉醅。”“韓家潭畔夕陽殘,敗粉零脂不耐寒。試説前朝天寶事,相公堂子目盤桓。”“得得香車款款過,一行一步亦婆娑。旂裝未改華風古,此是當年玉鏡磨。”“水木清華太瘦生,横塘鴻影亦伶俜,北京絶少間舟揖,説着西湖眼暫明(望圓有小舟可乘)。”“張家園子青楊老,頭白徐娘尚浣紗。説與鴛鴦太多事,捕風捉影是非耶。”“内家裝束綺羅饒,舞罷霓裳逐暮潮。競説上方頒貢緞,阿娘猶認念奴嬌。”“鷺蹄燕語忒生憐,拂柳穿花蛺蝶妍。誰識龍陽易才子,潘蓮熊掌更新鮮(‘潘蓮熊掌’四字,别有注脚。問之當日旅京士大夫,當無不知其事者)。”“酷暑中宵延酷月,冰其淋與玉蟬蜎。衹嫌未改中華俗,刀匕西餐一例捐。”“假山石笋連竿竹,别院筝琵一曲聽。高唱大江東海去,南華游戲夏山青。”“粉膩河流香帶霧,燕脂憔悴不勝春。北班未散南班瘁,同是天涯淚落人。”此詩於北京情狀頗復詳悉,可當攬勝尋芳記讀也。

海上名伶,男多而女少。客串中有媚香樓女士者,演劇頗爲流動輕盈,引人入勝。余曾在歌舞臺觀其所演劇,紀以詩曰:“桃花扇裏傳遺逸,王謝堂前識故侯。一串清音歌子夜,三生緣業付悲秋。似聞顧媚饒顔色(以顧媚娘相况),别有周郎作蹇修(伊與夫婿周永棠甚相得)。强半悲啼强半笑,生成倜儻亦嬌羞。”“一雙挂掉蕩湖船,絶代姿容色更鮮。故作莊諧傾國笑,偶爲啼楚背人妍。淡將無語驚花蝶,艷竟傷春托杜鵑。記否媚波嬌盼處,念奴眼俏月初圓

(唐人云念奴眼色媚人)。"女士善演《蕩湖船》劇。"齒音清脆認蘇州,放誕風流第一流。微露瓠犀矜倩盻,斜拖鳳舄試温柔。不施脂粉朝天素,故拍銀箏獨夜愁。四座無言卿亦倦,個中情韵托箜篌。(女士喜着拖鞋。)"

余以訪梅至白堤,忽晤甄翹雲於逆旅。舊人瞥見,殆不勝情。剪燭夜闌,絮語如訴。游仙一枕,蝶夢蘧蘧。賦詩曰:"一瞥驚鴻是也非,秋間零落雁初歸。在山小草曾相憶,出水芙蓉倘見稀。世態炎凉成大覺,塵襟摇曳亦知幾。夢回銀燭光初燼,雲雨荒唐願未違。""握手柔荑爾許遲,風光細膩冶秋時。别無人見難相憶,□有心知學畫眉。萬事蒼茫悲白髮,一生駘蕩繫青絲。横塘夜静芙蕖冷,愁煞蕭娘淚暗垂。""綺席瑶觴話勝游,相逢已隔四年秋(自我不見於今四年)。抱烟唾月魂驚顫,軟語嬌啼態更愁。似覺丁東簾響柙,更難鄭重帳垂鈎(玉鈎微響,羅帳低垂,此中有人,呼之欲出)。徐娘半老猶風致,幕府蕭蕭又白頭。""惜别臨歧語未能,夢回已斷佛前燈。香餘韓掾偷猶早,眉鎖張郎畫不曾。伴以卿泥人可塑(用趙松雪語管夫人事),憐兹聖水雨還澄。嬌憨情事纏綿語,盡付蕭郎筆有棱。"

《香艷雜誌》1915 年第 10 期

"沈沈樓閣雨如絲,黛鎖雙蛾倦不支。敲碎玉釵紅袖冷,者回空賦畫眉詞。""月影横窗夜未闌,夢魂凄惻水沈寒。萬千禮祝春思漾,鏡裹芙蓉那許看。""惜别雲屏太瘦生,横塘鴻影亦傾城。簪花細格從頭寫,傳遍天涯識姓名。""似水情芽逐日長,如花美眷亦相羊。神交不盡纏綿語,别有風懷説斷腸。"此余題《斷腸日記》之詞也,每一吟哦,輒爲神往不置。

余有《味蒓園修禊拈得峻字韵》詩曰:"永和風已歇,春光有餘閏。微雨洗亭皋,林木俯千仞。裙屐何翩翩,韶華只一瞬。清談思江左,蘭亭企前晋。博帶復峨冠,詞源瀉玉潤。遥尊傾佳釀,畫燭飄金燼。婪尾開荼蘼,絢霞燦雲鬢。離亂越多年,鋒烟恣鋒刃。海濱乾净土,咨嗟來田畯。桑者亦閑閑,詩書懷美瑾。抱璞久不渝,守此尾生信。擊楫在中流，揖讓婢先進。何以保令聞，名巍德亦峻。”不意張園繁縟之區，有此瀟灑出塵之想。冶游之詩，古人傳者絶少。全紹衣先生有《江浦訪柳屯田冶游巷》詩曰：“屯田不羈人，冶春恣游屧。妙寫鳥絲詞，雜以薄金葉。女兒百輩隨，如花環以蝶。畏凉添半臂，迎風揮團箑。興來輒畫眉，醉後或傷靨。當時有清議，頗共訝褻媟。顧聞鹽場課，會計罔不協。乃知雖放浪，亦自克整攝。曉峰何峨峨，江樓何諜諜。留客唱驪駒，花柳紛稠叠。有情天亦醉，伊川爲心慴。”柳耆卿之冶游巷，不讓王謝烏衣專美於前。惜《板橋雜記》中無此風華掩映之作。

河東君柳如是《和牧齋尚書》詩云：“秋水春衫旦暮愁，船窗笑語近紅樓。多情落日依蘭棹，無藉輕雲傍綵舟。月幌歌闌尋麈尾，風床書亂覓搔頭。五湖烟水長如此，願逐鴟夷泛急流。”又有句云“燭下烏龍看拂枕，風前鸚鵡唤梳頭”，旖旎風華，得未曾有。今之女校書亦多矣，其有能識字者已不可得，况責之以吟咏之事乎。

對鏡修容，秉燭畫眉，爲海上婦女之習俗。每值下午時計鳴二三下，方披衣挈履，端整下床，亂頭粗服，雲髻蓬鬆，迨櫛工綰就新式髻，而暮霞絢晚，明釭欲燃矣。古人畫眉，朝露未晞，芙蓉甫綻，晟妝鮮艷，明爐生姿。今則易曉妝爲晚妝。曜靈匿景，樺燭流光。徙倚妝樓，電炬如晝。茉莉香薰，夜合花艷。鴉鬟雛婢，圍侍如織。美人對鏡端相，笑言宴宴，具旖旎之風光，有令人百看不厭者。吾欲作眉史以事珥筆，竊謙讓而未遑也。

美人背影必頎長瘦削方可入畫。若籧篨戚施，則謄誚香閨，貽譏擁腫矣。《百美圖》中美人背影，秀削頎長，風流姚冶，頗多可采。其背影之苗條，香韵之流溢，得未曾有。吾曾有詩曰：“苗條人似水葱長，”七字未足以盡之也。

滬上裙式不一。有百裥裙，有套裙。施之美人，要以腰身長而瘦者爲宜。西俗女子尚細腰，而必飾兩乳以佐其艷。蓋兩乳含苞豐滿，則腰身瘦削，一豐一瘦，倍增風韵。中國女子不尚乳裝(二字甚新)，則瘦腰之下必有大裥裙以飾之，而後風度翩翩，自饒色澤。

余於吴梅村先生之詞酷好之，以爲頗合美人芳草之本旨。近以暑夜無聊,得王次回《疑雲集》詞,擇其芬芳悱惻者一諷咏之,覺如側生果之香艷適口也。噫,團扇弃捐,知音已遠,回環往復,殆不勝情。次回有句曰:"日西初見下妝樓,簾底丰神眼一偷。半級雲梯聲點點,最銷魂處是雙鈎。""日西初見下妝樓,紛黛匀成半點愁。未許劉禎作平視,玲瓏扇底不勝羞。"今海上華縟甲於天下,歌臺舞榭,必有美人香屧經過,翩若驚鴻,横塘顧影,味次回之詩,其亦可以對鏡矣。

次回又有《冬閨》詩曰:"朱户半扃垂翠幕,碧窗深掩襲紅衫。"又曰:"蘭畹凍銷呼侍女,榴房罅綻祝多男。"(此句意新穎。)又曰:"紫姑堪卜應逢喜,素女爲師諒不慚。"(此句有寓意。)抑何其嬌艷之傷人耶。

次回又有《青玉案》詞曰:"東風吹得花無主。便拋却、繁華去。燕燕鶯鶯愁不語。畫蘭干外,海棠一樹。亂落紅如雨。碧雲縹緲天涯路。宛轉犀、心向誰訴。綉閣重來春又暮。帳前鏡匣,燈前箏柱,都是銷魂處。"又《金縷曲》云:"幽絶荼蘼徑。怯春宵凉蟾似水,五銖衣冷。轉過小紅橋北去,珠箔銀屏輝映。恍身到紫虚仙鏡。恰好微風鳴屈戍,叩瑶扃鸚鵡嬌能應。珊枕夢,乍驚醒。綉燈挑起扶花影。倚薰籠雲鬟低嚲,殘妝慵整。軟語向人蘭氣馥,舊日盟綃重証。更約指雙環分贈。笑試玉龍膏一匕,仗靈方醫可鴛鴦病。羅帳煖,漏聲静。"此詞細膩風華,耐人尋味,非深於情者不能解其隻字。

家君自陝回築秦園於里門,秋月閑游,感而有作。詩云:"夕照在木末,桂香發幽妙。砌蟲唧唧鳴,伸感一長嘯。灑掃潔庭除,於焉永色笑。曲折步圜廊,垂竿托漁釣。客自京華來,云曾游圓嶠。西掖遜兹清,香霧姿繚繞。我言紅塵勞,茫茫絢庭燎。苦少山澤氣,亦復違理□。不如小邱壑,市遠絶囂叫。修竹何青葱,危嵐亦險陗。斷橋水中横,寄生托蘿蔦。綺寮開明窗,晶瑩延日曜。雅潔無纖塵,鳴琴發古調。難與俗人言,後生懲不肖。"

次回有《疑雲》、《疑雨》兩集,向來坊間所刊,衹有《疑雨》一種。老友國學維持社主人以事至豫章,偶見易氏書架上亂紙堆中《疑雲集》一帙,爲之狂喜,懇其讓與。易氏索價二百金,主人慨然與之。携回後,即行付梓,現由埽葉山房、文明書局等分售。黄華雙牘,絳樹雙聲,合之《疑雨》,已成全璧。幽光必發,劍氣無終埋之理。吾爲次回幸,吾又爲讀次回詩者幸矣。

《香艷雜誌》1915 年第 11 期

余訂姻常州趙氏,内人小余一歲,皆係九月内生,余生日九月初三,内人九月二十六。余於十七歲入泮,是年曾有詩曰:"二八佳辰笑語盈,中堂慶燭寶光瑩。先庚添算逢瑶女,紀甲韶齡識玉卿。盞把黄花憑致敬,詩題紅葉爲傳情。明年倘許開秋宴,纔賦鸞凰又鹿鳴。"迨余年十八,光緒辛卯科登鄉薦。報録到日,適九月廿一,爲余成婚之夕。一時畫堂簫鼓,盈座賓朋,佳話喧傳,遍於閭巷。誠有如昔人所謂"明知過眼原如夢,争奈當時欲上天"者。忽忽廿年,思之一笑。同年沈友卿太史同芳會有語曰:"君之洞房燭與余之玉堂歸娶,皆爲流俗人所艷羡。顧吾輩當求其大者遠者。"誠不誣也。

沈友卿太史與余同登甲午會榜,沈以乙未年朝考入館選,給假歸娶,一時作詩爲賀者積卷成帙。沈有《鸞簫集》之刻,才子佳人,一時無兩。當時館閣碩彦類能言之。倉山才子不得專美於前矣。余曾以詩催妝曰:"京兆街前紫玉墀,錦袍鵠立已多時。未曾樺燭修宫史,先賦鴛鴦織綺詩。""流蘇帳靄酒醒時,十樣明妝賽玉姿。如此燈花如此月,銷魂未許淡修眉。翡翠雙翹畫似工,玳梁栖燕背人同。最憐却扇喁喁語,昨夜星辰昨夜風。"同時如吴太史絅齋、江太史建霞、葉太史鞠裳皆有催妝詞之作。余與友卿同登鄉薦,同貢春官,同作縣令,友卿嘗謂我性近高明,而伊性近沈潛。我行似肅括,而伊行似閎深。誠爲篤論。兹綴《香艷詩話》,聊即洞房花燭、玉堂歸娶二事,以爲余與友卿二人相似之證。科舉已廢,此詩他日亦可作一則掌故讀矣。

王次回《疑雲集》詩曰:"蓮步漫摇珠鳳窄,花鈿斜觶鬢鴉鬣。斜墮玉釵憐髮滑,纖調銀甲悔弦龘。指甲暗憐春後長,腰圍私喜夢回鸁。媚眼横波秋水活,芳踪貼地瓣蓮鸁。"押韵固新穎,而句句有本事在,尤爲可貴。又有句曰:"雲髀鬢絲雙影緑,花分釵股兩邊紅。""天半玉簫吹短夢,江南紅豆種相思。""淺逗芳心融粉麝,低撩春色露瓠犀。""踏殘新月雙弓窄,覆住香雲一剪齊。""一點蘭心偏宛轉,十分軟語付叮嚀。""畫舫烟波來日路,紅樓燈火意中人。"亦佳。非深於綺障者不能解,亦不能讀。

婦人月事,入記傳者少。楊妃人月痕見於華清池石上,已爲鮮艷新奇。宋陶尚書穀奉使江南,韓熙載遣家妓以奉盥匜。及旦,以書謝,有云:"巫山之麗質初臨,霞侵鳥道。洛浦之妖姿自至,月滿鴻溝。"舉朝不能會其辭。熙載因召家妓詢之,云是夕忽當浣濯。此等措詞典贍,事猥褻而殊不傷雅。

衮龍《江南録》云:江南周后隨後主歸朝,封鄭國夫人。例隨命婦入宫,每入輒數日而出,必大泣罵後主,聲聞於外。後主多宛轉避之。易代之際,前朝妃后卒少保全。如前明之妃后(天啓后),清帝保全備至,且極隆禮敬,是亦覘國者所懔懔於載筆也。

冬寒晷短,獸炭欲融。積雪在窗,明月映户。綉簾香煖,奇花初胎。女伴招邀,彈棋煮茗。固《紅樓夢》中一幅冬閨集艷圖也。近日雀戲盛行,而大家閨秀、綉閣嬌娃,皆爲五雀六燕之戲。流連長夜,竟夕無休。紛膩花團,錦添香簇,綉屧之遲來曲徑,笑語輕盈。貂裘之夜走胭脂,風光細膩。迨評量勝負,青蚨欲飛。點綴唱籌,紅袖送盼。而車聲轔轔,馬鳴蕭蕭。驚鴻翩然,玉人已不知何往矣。游罷意闌,歸鞭甫卸。支頤倦睞,嬌羞莫名。羅帳低垂,黑甜遽夢。美人尚馳情於中風白板之場。夢中囈語,驚唤檀郎。謂往事如塵,一一印諸腦髓。猶覺雙碰嵌擋之樂,流露在眼簾也。

游園盛會,每在夏秋。萬縷垂楊,鞭絲照影。臨流淺水,裊裊婷婷。彼美人兮,方高居遠視,心閑意怡。神游於寥廓之墟,意想入太虛之境。佩環鏘楚,珊珊來遲。一笑一嚬,靡不極其冶蕩。香風遠襲,儀態萬方。馬首欲東,其疾如駛。遇有熟諗者,或以手帕招邀之,則其榮不啻膺九錫。迨馳入九逵,菜館劇場,任便蒞止。

鶯聲燕語,觸處生嬌。我見猶憐,人言爲信。一回溯之,神形俱王矣。

余嘗有《古别離詩》曰:"佳人難再得,信誓不復踐。啼痕猶在衣,流光瞬一眄。嚙齒付要盟,故宫不回輦。夕陽倏已莫,空庭印屐蘚。謦欬若或聞,露零淚仍泫。遺恨終無極,良士思謇謇。剩粉漬餘光,密約宜慎辨。日昃何所之,幽期甯自慰。垂髫十五餘,藉甚芝蘭氣。修潔懲浮夸,婀娜少怨誹。太璞終不完,人言洵可畏。繾綣益躊躇,空房鳴絡緯。畢生無見期,難分涇與渭。古歡杳難尋,笙歌正鼎沸。郎少不識愁,搴裳摘芳艷。東鄰有浣女,明霞粲可念。雜佩私以將,容光泛瀲灧。一旦勉結褵,信誓有左驗。郎心匪石轉,妾顔飽可饜。胡爲不久長,空梁月落店。郎去長戚戚,妾病苦呻唸。頹此好景光,濃愁深天塹。日月疾以逝,山川悄弗曙。此恨永無盡,薰籠倚伸欠。"古歡新愁,雜沓紙上。沈鬱綿邈,情見乎詞矣。

余嘗雪夜訪艷。銅壺漏沈,佩環韵寂。深巷犬吠,其聲如豹。彼美一人,斜倚薰籠。電燈不明,幽思如訴。忽聞樓梯屐響,回眸側視,如不勝情。相見之下,轉無所語。斯時自鳴鐘戛戛然,咳吐聲若有若無。其境至寂,其地至幽。升九天而沈九淵,難喻此蕭疏間適之狀態。屋内陳設精緻,芙蓉褥艷,豆蔻香含,銀燈未融,洞簫欲泣。以一刹那之幻狀,而收納我兩人之情態,有非絶妙畫工所能繪狀者。余因得詩曰:"曼緑蛾眉描淺樣,淡紅銀蠟幻明蟾。九天閶闔開宫錦,獨夜孤寒捲畫簾。敲碎鬱金堂有迹,唾餘茗玉刻無鹽。人天雙絶華鬘笑,似此顛狂太側纖。""隔一重城不解愁,愁深無奈是前修。輕顰山遠人逾瘦,冷翠屏開天已秋。薄詬懺將蟬翼妒,要盟訂許楚腰羞。荒唐雪夜留泥爪,訪戴何從話勝游。""來是空言去渺茫,斷雲零雨亦神傷。馬頭月色空嗚咽,繭足霜痕費較量。霧重花迷歌子夜,情深葉落記王昌。最憐乳燕雙飛去,檀板金尊莫便忘。"(以上詩係寄五兒。)

《香艷雜誌》1915 年第 12 期

白樂天有《簡簡吟》,其詞曰:"蘇家小女名簡簡,芙蓉花腮柳葉眼。十一把鏡學點妝,十二抽針能綉裳。十三行坐事調品,不肯迷頭白地藏。"簡簡之名甚雅。古人有紅紅、舉舉、惜惜、師師、小小、圓圓、盈盈、盼盼,均以叠字雙聲,益增艷冶。以視今之曲院中人,擇名不雅,無病呻吟,爲較勝矣。

《琵琶行》序言:"元和十年,樂天左遷九江郡司馬。明年秋,送客湓浦口。聞舟中夜彈琵琶者,聽其音,錚錚然有京都聲。問其人,本長安倡女。嘗學琵琶於穆、曹二善才。年長色衰,委身爲賈人婦。遂命酒使快彈數曲。曲罷憫然,自叙少小時歡樂事。今漂淪憔悴,轉徙於江湖間"云云。噫。倡女既已從良爲商人婦,則樂天於彼不能無嫌疑之迹。乃荒江月落,移船相見。人闌夜静,絮語喁喁。以樂天之疏狂,商婦之脱略,方可爲才子佳人留此一段情話,否則以傖父出之,鮮不疑有踰閑之累。余嘗獨宿旅邸,危樓矗霄,電炬如晝。忽聞隔墻弦管,其聲凄切。起而問之,則一半老之徐娘,亦羅敷有夫者,以候江上潮汛,沈滯旅寓。寒夜月凄,勉而作歌,邀余相晤,追述身世,悢然淚下,殆不勝情。僕本恨人,偶逢韵事,長談至曉。女鬟隨侍,藉作監視之人,不假坐懷之懼。其脱略爲可喜,而疏放則不敢也。

上年除夕,余閲《董小宛考》。小宛於乙酉歲撰《奩艷》,後爲顧夫人媚借閲,與龔奉常極贊其妙。又《吴詩集覽》引辟疆《蘭言》云:"辛丑夏,余滯邗上。時閨中有小姬扣扣寄小箋云'見蘭之受露,感人之離思。'余歸戲詢曰:'那得此好句?'答曰:'《選》賦"見紅蘭之受露",我僅翦却一紅字耳。'"慧語巧思,名雋無兩。

余以恨人,閑居申浦。沈愁積痼,索處寡歡。念紫玉之飄烟,惜落紅之成陣。夜闌更斷,憂從中來。因取王次回《疑雲集》中雋語録之,以自排遣。今之善作綺語者,厥推樊樊山先生。樊山身無姬侍,蕭然物外,而體物之工,言情之婉,并世少雙。余則歡少離多,情痴意瘠。眼前之空花泡影,既無解於生初。過來之綺障愁絲，復沈綿於未了。既念身世，并自傷也。永夕無眠，書此遺恨。筆枯墨凍，所不敢辭。

次回先生詞曰："記泛木蘭舟，紅板橋頭。玉簫聲裏認妝樓。道怯新寒慵未起，猶倚香篝。梁燕語啁啾，漫上簾鈎。楊花撩亂似春愁。花是東風吹得去，吹得愁不。"（調寄《浪淘沙》）又詞曰："一自衾鴛分後，笑問孤眠慣否。不奈汗珠何，濕金訶。今夜蕉窗風雨，贏得秋涼如許。難道不關心，尚沈吟。"（調寄《昭君怨》）"窗前偷覷，帳前低唤，燈前私語。東風響檐鐵，莫驚他鸚鵡。沈水香濃花欲舞，依依畫屏深處。千金此良夜，悔從前辜負。"（調寄《憶少年》）又詞曰："邂逅花前見玉人，嫣然一笑斂紅巾。兜鞋欲去又回身。閑理管弦防姊覺，倦拈針綫怕娘嗔。近來消瘦太無因。"（調寄《浣溪沙》）又詞曰："窗曲花迷，簾深香裊，瑶階月静無聲。鸚鵡低呼，鈿車迎到傾城。搴衣一笑勝常罷，酌金尊纖手盈盈。遞芬芳扇蝶雙飛，院本簽名。分明艷竹哀絲外，有腰欹舞燕，喉轉啼鶯。木石吴兒，者番陡惹閑情。春風紅豆開還落，只相思拚了今生。盻譙樓鼓角休催，長是三更。"（調寄《高陽臺》）又詞曰："碧暈羞眉，紅回笑靨，姓名早注鴛鴦牒。相逢約在牡丹時，看看又到天中節。縹緲巫雲，迷離湖月，何時打槳迎桃葉。東風吹徹護花鈴，幾回錯認弓弓屧。"（調寄《踏莎行》）又詞曰："去時節海棠開後，來時節也海棠開後。小别經年，何曾展雙眉皺。猜不到今夜重携手。嬌模樣還似舊。只梨渦略似前番瘦。喁喁細語家常事，街鼓動已將曉時候。睡猶未忍，坐也難久。且盡燈前餘酒。笑挽鴛鴦袖。"（調寄《婆羅門令》）殆非深於情者不能道其隻字。

古人之譽美人者，曰"烟視媚行"，又曰"霧鬢風鬟"，須玩烟字媚字之雅致及霧字風字之體態。（古人亦有句曰"念奴眼色媚人"，可以類推。）

王澤山孝廉有《撰花品》四十八首。其《尖利》一首曰："姑惡聲聲，黄昏獨自。眼中之丁，肉中之刺。寸寸蓮花，紅纖翠仄。訴盡閑愁，春風百舌。鳳子釵頭，收香倒掛。碧玉小家，短狐影射。"《嬌婉》一首曰："香喘微微，午慵花睡。風漾晴絲，裊空仍墜。半晌抬身,腰支無主。釵溜枕邊,阿侯索乳。綉被一堆,柔荑難舉。約伴踏青,商量晴雨。"《秀媚》一首曰:"短髮齊眉,黛鬟低髀。小立憑肩,香蘭一朵。嬌波流盼,半額鵶黄。喁喁花底,故故偎郎。豆蔻枝頭,春風十五。乳燕雛鶯,有人憐汝。"《姚冶》一首曰:"綉榻横陳,破瓜年紀。情思昏昏,奈何滋味。顧影生憐,韶顔穉齒。提金縷鞋,低鬟嚙指。飄烟抱月,頰暈紅潮。歡來十索,客過三挑。"《豐美》一首曰:"頞膩鵝黄,膚凝態白。滿口紅霞,玉魚肉熱。銀屏金屋,灩灩蘭湯。藕彎難褪,條脱一雙。棠重垂烟,梅肥壓雪。簧煖笙清,竹不如肉。"《瘦削》一首曰:"種斷腸花,摘相思子。兀坐燈前,影薄於紙。病榻苔青,淚痕瀉竹。殘雨瀟瀟,春寒到骨。杜鵑花下,緑慘紅愁。濃歡艷福,他生再修。"《温柔》一首曰:"獸炭香銷,薰籠夜半。緑毫卷舒,花酥欲旋。蜃窗日影,絳雪春融。畫鸞衫子,烟草茸茸。棠睡春酣,瞢騰未起。斜枕紅蕤,半衾粉雨。"非深於情者,不能道其隻字。

余年十五六時,得徐琴仙校書小影,視爲拱璧。曾有題詞:"綺昵風華,不堪偪視。"琴仙雙趺峭如菱角,爲其姑所虐,恒淚涔涔滿面。暇嘗説書於郡城之鳳來儀茶館,乃姑房老年華,一裙一衫,如老樹著花,簡鍊名貴。琴仙髮初覆額,丰致殊佳。每當棗花陰下,置酒評書,犬吠聲聲,客來不速,殊覺清談亹亹,終日無倦容也。余曾有詩曰:"内家裝束太真嬌,一樣丰姿别樣饒。鳳鳥不來人獨去,傷心往事説前朝。""房老風裁舊典型,寒山日落慕雲青。開天舊恨無須記,垂白秋娘酒乍醒。"

余年十九歲,赴禮闈春宫試,道出中江。時有王珊寶校書者,稚齒韶齡,丰姿絶代,住南肇貴里。余偕王同年蕴齋往訪之。時余年甫及冠,於花叢之游頗覺忸怩。王君固强之。珊寶以余係公車舉子,年齡未壯,極垂青眼。余當時殊無以慰其一眄,至今引爲憾事。曾有詩曰:"絶代佳人窈窕姿,春寒欲雨夢醒時。重簾不捲花魂顫,愁煞蕭郎筆一枝。""樓閣沈沈綺障殘,春心日夜沸潮湍。驚鴻一顧横塘影,如此年華不耐看。"

常州有石富寶校書者,艷名噪甚。當光緒壬辰癸巳之交,石富寶在廟沿河設待合所，同人咸往訪之。置酒流連，琴尊瀟灑。時天水部郎贈以楹聯曰："疑是富金來白下，偶隨寶玉住紅樓。"(富金亦一名妓，事見周畇叔筆記。富寶同居有吴寶玉校書，肥腴而美，故及之。)

同時有范静蘭、朱小素兩校書。范居孫府弄，圓姿替月，媚臉羞花，儼若大家閨秀。朱則嫁一富商。其母朱素卿工酬應，嫻酒政。余嘗咏以詩曰："蘭味氤氲一室聞，雩天檀麝氣如春。朱娘憔悴秋風老，幕府蕭條譜曲新。"

又一日者，余過旅店已晚。詰旦拂蛛塵網，見有一詞曰："盈盈紅粉搴簾入，身是驚鴻，名是輕紅。笑問蕭郎可見容。珊珊玉骨嬌能舉，坐上薰籠，立上屏風。飛燕今宵在掌中。"此係指北伎之闖店者而言。非身經北道中人不能道其隻字。細審之，亦係樊山手筆也。

余有别墅在白克路，望衡對宇，悉爲巨商富室之眷。每一出外，珠光寶氣，耀人眼簾。余偕某姬寓此者二年，於兹以赴京事迫，乃改卜居址。回想燕泥零落，人面已非。獸鐶雙鎖，春光不再。泥城橋之風花絮雨猶昔也。一曲横塘，驚鴻絶影。過此門者，不免生崔護重來之感。噫嘻。

某姬大去已三閲月矣。雨中無事，追念昔游，不能去懷。因記以詩曰："恐是姮娥識小名，背人偷喚許飛瓊(姬姓許)。無端聽鼓應官去，謫下蓬萊第幾星。""逝水韶華逐暮春，傷心不獨息夫人。蕭郎若問前生事，破鏡重圓或有因。""落花飛絮晚凉天，杏子衫輕别様妍。太息泥城橋畔望，露華霜訊更纏綿。""藥裹茶鐺好護持，三更樓畔夜眠遲。似聞車響轔轔過，應識伊人獨往時。"蓋紀實也。

余友姚古鳳同年，工爲綺語。曾有詩曰："鄉音枕畔倍温存，片語能蘇欲絶魂。紅燭未銷更漏永，高高秋月正當門。"又曰："纔散瓊筵隔畫簾，五更樓上見明蟾。莫羞蜥蜴銷紅印，且向槐檀趁黑甜。被底笑看驚蝶艷，枕邊疑有卧龍潜。上元玉液尋常事，那抵華池一寸尖。"此詩鮮艷已極，而詞意典雅，樂而不淫，誠姚君極得意之作也。

鬘華室詩話

徐畹蘭 撰

載於《香艷雜誌》一九一四年第二—四期，一九一五年六—八期。

作者徐畹蘭（一八六〇—一九一〇），字曼仙，德清人。晚清女畫家，畫工花卉。亦工詩，詩出入唐宋。著有《紅樓葉戲譜》、《鬘華陀室詩草》等。

本詩話内容廣博。收録許多清代詩人，如曹逸亭、楊惕巷、柴伯廉、徐廣文、蔣炯、葉古軒之詩。亦録女性詩歌，但非主要，所選有新女性詩，如武林女史題壁詩；前南京女師範學校校長周墨亭女士之詞，作者稱贊其爲"巾幗中之熱心教育人也"；作者亦與秋瑾往來，稱其詩"悲壯淋漓"，"頗似老杜哀時之作"。也選晚清閨秀詩，如汪瑶西、陳慕青詩。作者既受新思想影響，亦有傳統節烈觀。如詩話中叙烈女高貞娥、吴絳雪，會稽王孝子事；且力辯《元夜》一詞并非朱淑真所作，李清照不曾再嫁，陳雲伯題兩絶爲兩夫人辯護，"直是有功名教之作，詩之有關係如是"。

詩話中對香奩詩選評較多。主要稱述明代王次回、清代陳雲伯。認爲香奩詩"不難於細膩熨帖，而難於渾融"。選明忠臣于謙悼亡詩，認爲"有至性者，必有至情矣"。此外，還評論歷代詩人。對杜詩、曹操詩、陳後主詩皆有見解。

文中頗涉時事。有對風物之記録，如寫湖州美景、甬東蚶子、麻將之流行。亦有對時局之關注，如録作者自己作詩諷勸某與日本民黨親近之人，云"同種同文東亞國，相提相携外交壇。驚心白禍滔天勢，寄語黄人莫自殘"，足見對日本野心之警惕。又叙前清遺老多出任民國官員，有人作詩嘲之。作者爲之辯護，“清乃讓國非亡國，民國共和，官爲公僕，彈冠諸君，似不得以夷齊例之”。對政治頗有識見。

《香艷雜誌》1914 年第 2 期

宋處士陳烈素行謹嚴，一日與盱江李覯同赴蔡君謨飲。君謨召妓侑觴，烈已不樂。酒數行，衆妓方歌，烈踰墻而遁。覯爲詩以嘲之云：“小鳥不知紅粉樂，一聲檀板忽驚飛。”烈憤其詩，至投牒以訟之。又君謨守福州日，值上元節，令民間一家點燈七盞。陳烈作大燈，長丈餘，大書其上云：“富家一盞燈，太倉一粒粟。貧家一盞燈，父子相對哭。風流太守知不知，猶恨笙歌無妙曲。”使人持行街市。君謨爲之罷燈。陳敢規太守之過，蔡能納處士之諫，皆可風也。

曹逸亭詩筆雄健，咏史詩尤爲擅場。嘗記其《西楚霸王墓》云：“勇却除秦禍，仁能釋漢王。如何憑霸術，終乃怨天亡。死葬留孤冢，生還愧故鄉。田横獨高義，埋血在南荒。”又《邳州吊陳孔璋》詩云：“兖冀干戈擾建安，霸才何事戀微官。輩中應阮齊名久，眼底袁曹定論難。草檄但因弦太急，報箋誰惜劉空彈。軍謀祭酒題前魏，碧艸凄凉暮碣殘。”逸亭名士俊，字省餘，昭文人，有《醉經軒詩鈔》。

海寧楊思敬惕巷，清嘉慶進士，曾官福建安溪縣，有《群雅集》詩集行世。中有《讀陸機傳》七律二章，其一云：“司馬家聲迹未陳，素衣又染洛陽塵。驕王本意難同事，名士何心漫托身。蕨滿山中懷故友，蓴香江上羡歸人。五茸風景應無恙，不少林泉着隱淪。”其二云：“揀得南金盡擅名，弟兄年少冠群英。最憐將種稱才子，誰遣書生典重兵。交到紀瞻纔不負，冤逢孟玖竟難明。招魂剩有華亭鶴，唳斷秋空月滿城。”又《洪忠宣祠》云：“四月草生八月雪，聚落千家盡居穴。誰歟留此十五年，冷山鍊就心如鐵。尚書大節何嶙峋，嗚呼南朝大有人。一官肯受宇文薦，九死不爲劉豫臣。絮書一紙斷消息,景靈宫已事華飾。虎口生還倍黯然,岳少保亡張相出。慷慨數言忤權門,饒州命下席未温。倚閭有母不遑養,平生幾日霑君恩。葛仙嶺畔荒烟裹,故宅當年剩遺址。生前賜第身後祠,羈魂想像終歸此。魂歸滿目增蒼凉,南渡江山已夕陽。往事空嗟格天閣,誰家又起半間堂。"一則婉而多諷,一則慨當以慷,皆可誦也。

婁江柴伯廉孝廉,熟於有明一代故實,嘗取野史雜家之説,成古今體詩,名曰《悔初廬詩稿》,上下兩卷,詩數百首。其《咏福世子》云:"南渡江山又一家,深宫重見玉鈎斜。可憐故劍悲人彘,曾否分羹念帝羓。狎客春詞鈐寶璽,孤臣諫疏瘗梅花。六朝一樣風流夢,尚有胭脂殉麗華。"《咏史閣部》云:"那堪帝子竟無愁,殘局支撑誓雪讎。四鎮有兵文信國,三分無地武鄉侯。侍中衣血梅花冢,相府秋聲蟋蟀籌。嘆息當年開府日,靖南未得駐揚州。"馮景亭太史評爲可驚可喜、不可磨滅之作,信然。

秀水徐小栩廣文,天才逸放,喜作滑稽詩。嘗任歸安教諭,之任日,自嘲云:"一閣兩斗好排場,盛服居然生大堂。自問原非新嫁婦,臨時猶帶幾分慌。"

方正學《題嚴陵釣臺》云:"糟糠之妻尚如此,貧賤之交可知矣。羊裘老子早知幾,故向槅江釣秋水。"寥寥二十八字,頗能道出子陵心事。

唐武后於冬月將游上苑,作詩云:"明朝游上苑,火急報春知。花須連夜發,莫待曉風吹。"次日至苑,百花盡開,獨木槿無花,後世號爲忠臣花。一説作牡丹。洛陽之貶,職此之故。按春爲百花開放之時,木槿或以不善培植故無花。傳其事者因武后之詩故神其事,附會以成此説耳。盡信書則不如無書,吾於此事亦云。

汝州劉希夷,宋之問之甥也,少有才華,善爲宫體詩。嘗《咏白頭翁》云:"今年花落顔色改,明年花開復誰在。"既而自悔曰:"我此詩讖,與石崇白首同所歸何异。"乃更作一聯云:"年年歲歲花相似,歲歲年年人不同。"既而又嘆曰:"此句復如前讖,然死生由命,因兩存之。"之問愛其"花落"兩句,儗剌取入己集,希夷許而不與,之問大怒,以土囊壓殺之,殘忍如此。史傳其爲張昌宗持溺器以傳寵幸者，誠小人之尤者矣。

海上虹口有某某旅館，日本民黨某某所設也。某女士寓其間，予往候之，主人延問姓氏，款待殷勤。入其客座，題額楹聯，半係我國著名民黨手筆。寒暄方畢，主人命僕持一簿至，倩予留墨，以作紀念。予展視之，我國偉人題識殆遍，大率爲"還我共和"、"英勢造時勢"、"不自由毋甯死"、"有大破壞然後有大建設"等語，主人又申言我輩宗旨如此。予素不入黨會，因書一絶於上云："同種同文東亞國，相提相挈外交壇。驚心白禍滔天勢，寄語黄人莫自殘。"主人嘆曰："先生識見，畢竟高我輩一等。"

第一流内閣倒後，政局爲之一變。前清遺老，向之誇箕潁風流者，盡出而任皋夔事業。有人嘲之以詩云："濁世難尋薇蕨香，由來餓死最難當。終南捷徑推青島，無數夷齊下首陽。"掉弄筆舌，固由文人輕薄。予謂清乃讓國非亡國，民國共和，官爲公僕，彈冠諸君，似不得以夷齊例之。

文徵明行山，吴人，與唐寅、祝允明齊名，有《甫田集》三十五卷行世。中有《春曉曲》云："翠塵沃日烟霏霏，彤光飛上千罘罳。誰家高樓鎖春色，金鋪約户蟠雙螭。東風掠幌鸞綃動，瑶鴨蘭温睡初重。起來臨鏡悄無言，含情自理雙鶯夢。夢回生怕守宫殘，捲袖移鞲獨自看。燕子銜春欲飛去，海棠猶自勒輕寒。簾幕垂寒朝不捲，綺疏結香春較淺。欲裁羅段作春衫，自爇薰爐熨金剪。"描摹女兒心性，頗覺體會入微。

吴興城四面臨水，有水晶宫裹之目。記得孫蕡有《湖州樂》云："湖州溪水穿城郭，傍水人家起樓閣。春風垂柳緑軒窗，細雨飛花濕簾幕。四月五月南風來，當門處處芰荷開。吴姬畫舫小於斛，蕩槳出城沿月回。菰蒲浪深迷白紵，有時隔花聞笑語。鯉魚風起燕飛斜，菱歌聲入鴛鴦渚。"確是湖州風景，不能移置他處。

俞姊佳鈿自尉氏歸，爲言道經洛陽，旅壁有詩兩絶，末注武林女史。居停主人籠以碧紗。就詢女史姓氏，則今外交總長之女公子也。乃知主人之寶護恐後者，非愛其文字而眩其勢利也。其詩云："蘭閨不耐涉風塵，纔過山村又水濱。對鏡自憐還自訝，敢矜儂貌不猶人。""儂猶作客到天涯,何怪征人遠泛槎。但願世無車與馬,家庭團敘度年華。"質而不俚,老嫗都解,頗近香山一派。

香奩詩首推明代王次回《疑雨》一集,膾炙人口。《疑雲集》近始發見,爲國學維持社主刊行。中如"日西初見下妝樓"二十絶、《踏燈詞》、《冬閨詞》、《觀物四首》、《悼紅吟》、《選佛詞》、《春秋列國宫詞》等,余最愛誦之。

香奩詩清代以陳雲伯大令爲集其大成,《碧城仙館》一集,細膩熨貼處不讓次回。驅遣故實,如數家珍,風華點染,次回應望而却步。吴門江劍霞太史曾刻其八卷,入《靈鶼閣叢書》中,近日國學扶輪社所刊行,則又增九、十兩卷矣。

余謂香奩詩不難於細膩熨貼,而難於渾融。憶洪北江有句云"天半忽聞金釧響,最高樓閣振衣裳",又某句云"如此紅樓合有人",若虚若實,不即不離,亦於艷體中别立一幟者。

《荆門道上》云"烽火夷陵道,冰霜息壤城",《銅雀臺故址》云"無情漳水清何極,垂死姦雄意可憐",《金山晚眺》云"烟霞滅没三山外,江海蒼茫一氣中",《寓樓》云"九秋雁帶斜陽雨,一路鴉啼濁浪河"。此明遺民朱國漢作也。國漢,字爲章,晚號獨醒居士。少孤,事母以孝。國變後,弃其素業,落拓江湖,托於賈人以終。

近見明人集中有《義俠歌》長篇,效樂天體。何人所作,不及憶也。其辭云:"德興董國度,其字爲元卿。宣和舉進士,藉藉多文聲。初調膠水簿,其地近東溟。筮日别母妻,匹馬赴驛程。居官未一載,金人忽渝盟。中原相繼陷,無由遂歸耕。沖天乏羽翼,俯首走伶俜。流寓逆旅中,更變姓與名。逆旅恤畸孤,買姬奉使令。姬娃多黠慧,姿色更娉婷。惻然憐卿貧,孳孳學經營。鎸石作巨磑,市驢使旋縈。粉麥白如玉,貿易入南城。從此日優裕,寒谷化春坰。新居巧締搆,高樓聳朱甍。陌阡接東西,秋風熟香秔。開尊醉花月,弦管雜匏笙。卿終不自懌,嘆息或涕零。長跪敬問之,豈妾無异能。家事不牢落,胡爲日怦怦。卿曰爾不知,我實爲南氓。家有鶴髮親,無從問死生。念此心欲折,夢魂亦煢煢。姬言我伯氏,義俠天下稱。卿胡不早言,俾卿得歸寧。未幾有奇客,軒然過門庭。虬髯頳玉面，九尺長身形。高騎紫騮馬，好似漢灌嬰。下馬入門坐，氣象猶生獰。揖卿使卿拜，此乃妾之兄。呼童刺羊豕，開燕羅兕觥。酣飲直至夜，月影移前楹。姬起屬前事，鄭重語加精。是時金人令，南官不自鳴。便差縣官縛，藁街受極刑。卿因諱其説，踧踖弗能勝。客乃奮髯怒，責卿何不誠。我以女弟故，冒禁挾子征。卿胡反致疑，視我爲凶傖。急取告身來，庶幾足依憑，不然擒赴官，命與鬼録爭。卿懼不敢喘，有言一一聽。客去甫一日，控馬來相迎。命姬欲共往，姬謂幸少停。卿先隨兄去，不必懷戰兢。妾有自製袍，贈卿意盈盈。兄或持金贈，示之辭弗承。倉黄别就道，有涕如懸纓。疾馳至大海，海舟在水横。客令卿前登，迅速類建瓴。舟人敬且畏，一如事神明。未渴奉馬湩，未飢具羊羹。財方達南岸，客已在旗亭。勺酒對卿飲，論言極崇□。歷陳太夫人，年已近耄齡。赤手得返國，何以娱其情。黄金二伯兩，卿當實諸□。卿謝不敢受，客竟委之行。卿追至門外，舉袍若懸旌。客駭且大笑，吾妹實豪英。吾事未能了，有懷當再傾。卿歸拜慈母，慈母惕然驚。意謂從天降，穩駕仙人軿。南北望已絶，音耗無由偵。今晨得再見，死草再發榮。喜極繼以泣，露雲爲冥冥。妻兒亦亡恙，一一列前庭。更闌共軟語，秋花上青燈。取袍當户着，袍縫爛然頳。箔金滿中貯，碎若翦風翎。踰年客果至，携姬重合并。鄉人競聚觀，皆日見未曾。朝廷録卿官，派差尉宜興。卿妻曰余氏，悍妒仍驕矜。遇姬多亡狀，禁攝如凍蠅。甚或加箠掠，人諫了不懲。卿力弗能制，白晝若沉暝。姬因不告去，飄若風火升。吾聞古義俠，史册每足徵。受恩能盡死，義重身則輕。未必識書傳，文華耀晶熒。卿爲名進士，豈不讀聖經。奈何負恩義，犬豕羞爲朋。追述義俠傳，讀者當服膺。”其人其事，均可傳也。

近於金韻華女士處見無名氏《百美詩》，五言排律，工整可喜，特録之：“聲價昆明紙（上官婉兒），恩波太液泉（楊太真）。緑珠空墜粉（緑珠），紫玉已成烟（紫玉）。塞外三千里（王昭君），樓中十二年（關盼盼）。蛾眉偏淡掃（虢國夫人），獺髓喜新煎（鄧夫人）。句落風前絮（謝道韞），才抽錦上璇（蘇若蘭）。唾壺凝血淚（薛靈芸），茗椀睹芸編(李易安)。曾侍司空席(杜韋娘),叨陪學士筵(秦若蘭)。紅芙雙寶帳(飛鸞、輕鳳),白玉兩于闐(甘夫人)。買得長門賦(陳后),裁成小樣牋(薛濤)。楚宫羞楚語(息夫人),秦國媚秦川(秦國夫人)。鬥麗妝梅額(壽陽公主),承恩啓玉拳(鈎弋夫人)。菱花懷内合(樂昌公主),桃葉渡頭嫣(王獻之妾)。膽落吹篪婢(朝雲),魂消入塞轔(蔡文姬)。梅精賜姓好(江采蘋),花女傍輿妍(袁寶兒)。巧樣稱三絶(吴夫人),芳名按四弦(鮑四弦)。釵頭羞賣玉(霍小玉),裙褶號留仙(趙飛燕)。蘭蕙樓中鑠(蘭英、蕙英),蘅蕪夢裏牽(李夫人)。西明私識李(紅拂),北魏夜窺田(紅綫)。松柏同心結(蘇小小),梧桐一葉翩(任氏)。笑情齲齒媚(孫壽),詩思斷腸煎(朱淑真)。隔世環疑見(姜玉簫),雙文韵自聯(崔鶯鶯)。美人甘死項(虞姬),侍妾願隨遷(隋清娱)。緑綺琴消恨(卓文君),藍橋驛有緣(雲英)。長條應剪矣(章臺柳),寸履似弓然(窅娘)。彩鳳輕飛玉(秦弄玉),靈蛇巧助甄(甄后)。歌聲雙淚落(孟才人),舞態百花旋(秦麗娟)。姐妹東吴勝(二喬),男兒西蜀賢(黄崇嘏)。亂流愁躑躅(飛玉),五馬怪遷延(羅敷)。城築夫人塞韓氏(朱序母),軍操娘子權(平陽公主)。玉香鞋襯煖(徐月英),寶髻髮垂卷(張麗華)。春日曲江酒(黄四娘),秋風團扇篇(班婕妤)。一絲牽舊燕(姚玉京),兩鬢貼新蟬(莫瓊樹)。囊貯留情石(□□□),裙盛撒帳錢(荆山公主)。念奴歌婉轉(念奴),子夜曲纏綿(子夜)。舞出腰間柳(小蠻),行來襪底蓮(潘妃)。偷飛三苑月(紅綃),潛放五湖船(西施)。字字簪花美(衛夫人),山山螺子娟(合德)。卿呼多屬愛(王戎婦),我見亦知憐(李勢女)。柳葉雙眉嫵(瑩娘),桃花半朵鮮(姚月華)。隔簾能記拍(張紅紅、羅黑黑),并坐可參禪(琴操)。酒爲從郎索(試鸞),衣緣愛客穿(蘇紫瓊)。香分情不散(賈午),魂返魄仍圓(張倩娘)。詩思空門老(魚玄機),仙胎楚澤還(杜蘭香)。鏡臺羞自納(温嶠妻),人面恨相搴(崔護妻)。春入湖中鑑(劉采春),聲停江口舷(潯陽妓)。梅花香調發(莊暗香),蓮子苦心纏(舒禁)。插鬢迷蜂蝶(李連香),敲詩怨杜鵑(花蕊夫人)。吟成能割愛(鏡兒),粲處欲驚眠(紫雲)。曲度愁多却(莫愁),花藏忿亦斶(杜羔妻)。緣因紅葉結(韓夫人),名并牡丹傳(李□)。"

明裘萬頃持身清峻,隱居自得,朝廷震其名,徵爲司直,有司敦逼入京。在朝賦詩云:"新築書堂壁未乾,馬蹄催我上長安。兒時只道爲官好,老去方知行路難。千里關山千里念,一番風雨一番寒。何如静坐茅簷下,翠竹蒼梧盡日看。"未幾即挂冠,賦《遂初》。今之熱心仕宦,營求運助者,爲誦此詩,亦一服清凉散矣。

于肅愍公有悼夫人董氏詩十一首,其一云:"世緣情愛總成空,二十餘年一夢中。疏廣未能辭漢主,孟光先已弃梁鴻。燈昏簾幕通宵雨,花謝雕闌驀地風。欲覓音容在何處,九原無路辨西東。"公爲明代忠臣,始信有至性者必有至情矣。

1914 年第 3 期

杜老云"讀書破萬卷,下筆如有神,"信乎善爲文者,即善讀書者也。拈出一"破"字,方見得融會貫通之妙。否則囫圇讀過,雖萬卷何益,適如前人所謂"兩脚書厨"耳。今之略諳韵語,掉弄虚機,自矜性靈,以文淺薄者,其亦可以悟矣。

虞山絳雲老人有《讀杜小箋》二箋,上下各二卷。其言曰:"自宋以來,學杜詩者,莫不善於黄魯直。評杜詩者,莫不善於劉辰翁。魯直學杜,不知杜之真脉絡,所謂前輩飛騰餘波綺麗者,而擬議其横空排奡,奇句硬語,以爲得杜衣鉢,此所謂旁門小徑也。辰翁評杜,不識杜之大家數,所謂鋪陳終始排比聲韵者,而點綴其尖新雋冷,單詞隻句,以爲得杜骨髓,此所謂一知半解也。"又云"弘正之學杜者,生吞活剥,以挦撦爲家當,此魯直之隔日瘧也。近日之評杜者,鉤深抉异,以鬼窟爲活計,此辰翁之牙後慧也"。此非深於杜者,不能爲此言。

先君九試京兆,屢薦不售。壬癸之間,髮匪擾東南,勢甚熾。諸將帥多作河上逍遥,先君憤而從戎,一再上書,見賞於湘鄉相國,以引河灌賊功,保舉太平同知兼池州府篆,内撫瘡痍,外剪餘孽,戎馬倥傯之中,咏歌不輟。其詩不矜才,不使氣,温厚和平,合乎風人之旨,當時論者,比之元、白,有《安雅堂詩集》行世。

池署海棠最盛,花時,先君柬邀同寮爲賞花之會,各賦一詩,以先君詩爲擅場。詩云:"小園紅到海棠絲,幾度春陰乞護持。依舊捲簾通暗訊,是誰燒燭照芳姿。香輪富貴花開日,福艷神仙劫過時。寄語東風休作虐,欲留佳景賦新詩。"

吾鄉有一種魚,似滬上靠子魚,而身較長。四五月間有之,味頗鮮美,名曰"逆魚"。南潯震澤人則呼以"土魚"。魚類多逆水以行,此則叢集於逆水漩渦中。先君曾有詩曰:"梅黄水漲逆魚肥,美勝春鱸是也非。見説熏籠傳食譜,恰當賦罷遂初歸。"

銅山高作霖女,名貞娥,字婉姬。事親孝。年十七,歸郝湘之子鴻興,能盡婦道。夫之生母某氏,素有所私。一日爲女撞見,氏因謂女曰:"汝能同心,我必厚待汝,且使翁若夫待汝逾曩日。"女默然不應。歸省父母,夢寐中恒自語曰:"我不幸至此,有死而已。"父母詰其媪,始知之。厥後夫不入其室,其媪又爲氏所遣。一燈熒然,女徹夜縫内衣,不敢寐。自此日加榜毒,死而復甦者數次。一夕竟死。父控於官,鴻興堅不吐實。忽一蝶大如掌,撲鴻興面,又至作霖前,飛翔不去。官悟,嚴鞫始服。蝶在公庭回旋久之,乃去。先君有詩咏之云:"合昏交枝柯,鴛鴦雙飛宿。化蝶事尤奇,韓憑千古獨。賢哉高氏女,秉性貞且淑。如何命不猶,嫁此豺狼族。不聞凱風歌,但嘆終風讀。慘遭横逆來,塵埃委珠玉。含冤恐莫伸,蜕作春駒逐。栩栩公庭前,似訴妾心曲。愧輸烏反哺,恨雪蜂蠆毒。懲惡豈稽誅,維風恃當軸。貞烈允宜旌,景彼銅山麓。行客薦渚蘋,闌揚心肅穆。"

先君集中七律如《咏盆蘭》云:"光風一室留香久,淡月三更入夢沈。"《歲暮感事》云:"才疏難望孫陽顧,命舛誰爲伯道憐。"《游縱江白鶴峰》云:"雙龍右袍青來閣,一鶴中横白際雲。"《獨山道中》云:"夢遍青山貪早發,吟殘緑野望春耕。"《七十述懷》云:"樗以不才全本性,竹因多節葆修名。"五律,如《獨山曉行》云:"松樹碧千嶺,杏花紅半村。"《豫讓橋》云:"肝膽酬三尺,胸懷壯一皏。"《鄭州》云:"東里懷先哲,中原望落暉。"七絶,如《宣州雜興》云:"高樓憑眺忽傷春,軍士争喧搶米頻。破屋幾家烟起處,流離猶有未歸人。"《秋海棠》云:"嫣然出俗彈墻陰,似整新妝待賞音。絶世風神無限恨,一簾疏雨證秋心。"予幼時最喜誦之。

會稽王孝子名纔繼穀,邑庠生。母病,祈以身代,蹈水死。先君咏之云:"孝爲百行先,奇孝尤可憐。孝子有父病纏綿,願以身代惟祈天。天不慭遺心皇然,欲代未能兮,涕泗漣漣(一解)。乾蔭傾,悲風樹。禹穴歸,思廬墓。有母尸饔兮,奈之何弃不顧(二解)。陟彼岵兮,瞻望父兮。我身不得殉父兮,瘞我髮兮依抔土。天寬鑒此苦心兮,雙芝挺生心益苦(三解)。春暉寸草心,圖報愈殷殷。鵩鳥何來兮,噩夢紛紜。待兄歸而母不豫兮,醫藥躬親。衣不解帶聲暗吞(四解)。母病危如此,我非身代,忍視母死。我死母有仲兄事,從容題柱月湖水。漱六道人奇孝子(五解)。(孝子自題字於湖亭之柱曰"漱六道人歸真處"。)孝子有伯兄,兄死嫂殉夫。同牢同穴兩不孤,我今步亦步趨亦趨。孝烈一門,乃在會稽之鑑湖(六解)。孝子死處,人聞鼓吹聲,喧傳往主芙蓉城。兄夢金牌孝弟二字書分明,青天碧海身騎鯨。桑梓今知孝子名(七解)。四明太守亦豪雄,作銘勒石聲摩空。我思王臣謇謇侍衛有吴公,倡議建儲一疏光熊熊。以死報國傳奇忠。嗚呼。事君事親心從同(八解)。"先君又有《雁門童子行》:"雁門童子真奇絶,以計殺賊稱智烈。狂瀾既傾雖莫回,亦足銘勛歌擊節。時當粵逆擾蘇杭,父兮携篆事戎行。留童衛母匿岩竇,事急被脅走踉蹡。狙賊懷刃難下手,巧投藥肆□和糗。殪賊十餘當勢戈,餘藥自仰殉陽九。委弃僧寮遇救蘇,寄函訣親淚眼枯。一朝毒發尋畢命,旌恤維風愧丈夫。嗚呼童子生秉不凡姿,疾風勁草成人期。踐形報國忠兼孝,勿殤直欲追汪踦。當年若得皇天佑,定作名臣立朝右。奈何玉折與蘭摧,徒使令名光宇宙。爲卜佳城栗子原,立石表异垂坤垠。即今聲譽滿行路,渚蘋欲薦賦招魂。"童子馮姓,父名焯,字笠尉,官巡政,以詩名。

某女士詩有奇氣,喜作翻案詩,有人咏其《題蓮花》云:"誰謂蓮花是君子,也曾風露惹行人。"一時相傳以爲佳句。予則曰:"此君居心不净,何爲唐突名花。"

《蔣村草堂集》爲錢塘人蔣炯字葆存者所著,中有《得勝橋懷古》一律,頗得蘄王心事。其辭云:"駐蹕臨安未定居,變生宫衛欲何如。流離禪位須明詔，涕泗勤王奉誓書。社稷有靈終殺賊，湖山無恙但騎驢。衹今橋外悲風起，想見揮戈勝敵初。”按得勝橋，即蘄王敗苗劉處。

曹霽岑《落梅詩》有“三更庭榭月空明”句，妙得空靈之致。惜上句爲“十里林塘流盡馥”，殊嫌著迹。

泰州葉古軒有《西河草堂詩集》中有《秋塞》云：“戰後陣雲平，沙寒草不生。一雕盤雨上，萬馬逆風行。戍險邊笳急，山空獵火明。夜來尋虎迹，已遍受降城。”頓能寫出秋塞光景。

上元余秋農明經有《贈名兒》詩：“十六葛名兒，天生國色奇。向人能嫵媚，不自解流離。白紵一回舞，星眸四座馳。衆中能識我，感激爲生悲。”“曲終一相叩，與我話依依。亦有父猶在，已無家可歸。斛珠誰爲致，籠鳥儻能飛。萬里丹山路，茫茫惟落暉。”置之樂天集中，幾不能辨。

衡山聶蓉峰有《寄嶽雲齋詩稿》行世，曾從友某借觀，集中美不勝收。猶記其《王孝子》一詩，其序云：“孝子王名希曾，汝墳西人。力田爲業。東村衍劇，曾暇隨父涉川往觀焉。晚歸争渡，先渡數十人得無恙。曾隨父後渡，人衆舟力不任，覆水，同舟五十人不復出焉。曾忽躍出得登岸，見父未出，復下水，竟不得出。朝來人共撈取，尸紛如蟻。獨曾與其父尸兩相固抱，不可開。旁觀皆驚且泣。知曾之孝不可没也。因合爲一棺葬之。葉縣令楊名元凱嘉其事，刻石以紀碑，題‘曹江日朗’四字，嘯亭祁有仁作詩於其後。予停車觀之，得悉其顛末，遂作詩吊焉。”“我行汝墳道，忽見道旁碑。約略誌孝行，下馬觀其詞。孝子王希曾，耕稼托東菑。村落事歌舞，觀者紛奔馳。暇日偶涉川，父子相追隨。劇散群歸來，争渡黄昏時。先渡數十人，無恙江之湄。曾與父後渡，人衆舟忽欹。翻舟入波底，出没形參差。孝子得登岸，唤父聲嚶咿。挺身復入水，渺不知所之。日暮空江中，人鬼交迷離。詰朝天未明，江上滿浮尸。野渡争撈取，堆積何纍纍。各各認形貌，老小涕漣洏。中有兩尸連，手足相交持。知曾與其父，固結亦何奇。觀者約萬人，一見胸爲椎。因合爲一棺，并葬山之陂。縣令嘉奇節，刻石綴以詩。嗟哉王孝子,芳名可永垂。我思古大孝,臨深戒蹈危。平日尚宜擇,况乃事娱嬉。一朝偶失足,百歲悔難追。衍劇及競渡,樂極反生悲。是在牧民者,先事常防維。雖曰有天意,抑亦因人爲。孝子安料此,此事誠非痴。向使獨自全,雖生亦多虧。唯救而不得,雖死豈無裨。當其出天性,詎冀後人知。人心不可没,没世有榮施。山高與水深,遺恨杳無涯。宜繼曹娥江,更著孝子詞。"其人其詩,均可傳也。

蓉峰有《游西湖》詩六首,今録其三:"尋幽結伴到西湖,不是逋仙寄興孤。却望菜畦青斷處,遠山一碧接平蕪。""黌宫梵刹亘重重,三教何如聖教宗。落日樓臺紅一抹,碧波斜纔壞墻松。""山平水遠草萋萋,雁岫春歸望欲迷。記得童年游釣處,緑陰斜日斷橋西。"按此西湖在衡山縣西郭外,非杭之西湖也。天下西湖三十有六,而杭之西湖最著名。

《香艷雜誌》1914 年第 4 期

咏文君詩夥矣,過作貶語,便覺有頭巾氣。頃見嘉定王元振女士詩云:"千秋名節誤瑶琴,一曲求鳳訂賞音。留得當壚佳話在,憐才終是美人心。"貶中有褒,褒中有貶,持論恰得其平。

某女塾試畢業生,一教習評斷未能公允。某生題詩於壁云:"未必文章真有價,漫云僥倖必無人。門墻一樣桃和李,同坐春風各自春。"怨而不怒,妙得詩人之旨。

我鄉俞夢池先生,爲余同學平等閣主人佳鈿女史之尊人。政績卓卓,循聲遍江右。所著《甦庵唧唧集》,天人兼到,頗有奇氣。《古樂府咏蠶》云:"繭絲作保障,黼黻燦文章。經綸彌六合,衣被及萬方。雖無纂組才,具曲植筥筐。粉蛾蝴蝶夢,香火馬頭娘。欲知前世因,青青陌上桑。欲知後世果,縑縑機上霜。機上霜,慈母刀尺,游子衣裳。幼婦黄娟,天孫七襄。身之將隱焉用文,蠹食神仙且善藏。胡不忘夫纏綿之吐屬,尚自炫耀錦綉之心腸。"《感懷》云:"周輪十萬八千年,揉鐵捶銅鑄一我。我亦何心與古衡,我捫我心難許可。靈鳳尚且困樊籠,神龍有時羈金鎖。我有我性情,不隨花鳥作婀娜。我有我機神,不假鴻濛作包裹。有時天半起罡風,薜苫墮我於輕舸。旋轉簸簸渤澥中,我只緊抱中流舵。但期我所安,不計與人左。何處盡坦途,誰能避撼軻。不耽自鴆之嫪媒,不縱自焚之昧火。我亦無大正法藏,但覓人間一個妥。"

我國醫學極爲深邃。昔人云非讀破萬卷書者,不能爲醫。不經名師之指授,及數十年之經驗,亦不得爲醫。生死操之其手,信乎其非小道矣。今人略讀湯頭歌訣,便爾懸壺問世。陰陽不知審,虛實不知辨。日殺人於冥冥中者,不知凡幾。故諺以不服藥爲中醫,誠哉是言也。夢池先生曾有詩咏之云:"讀書不厭多,積金不厭厚。惟有醫生方,莫輕入之口。藥多病亦多,戕賊等杞柳。試呼市健兒,幽閉鍵窗牖。置諸藥罏旁,晨夕相厮守。今日服黄芩,明日飲黑丑。參术既亂投,薑桂互配偶。藥假方不真,病在藥之後。無藥不成病,病因藥而有。不過旬日間,腸胃必腐朽。斯時欲求生,扁鵲望而走。古無治藥藥,岐伯爲束手。一朝身殉藥,伊誰執其咎。冥王稽鬼籙,鬼籙不收受。我願世上人,慎勿自尋柳。抱病偶二三,枉死常八九。既無還魂丹,安有長生酒。試看羲皇前,其人皆古壽。"

先生七律如《贈江彂叔》云:"留將有用還天地,肯以無情賺古今。"《食荔支有感》云"蜂蠟何年凝舊淚,紅綃有夢認前身",又"色香味可稱三絶,詩畫書宜譜一編",《贈友》云"名山各有千秋在,我輩何容一代無",皆落落不猶人之作。

咏史詩須獨出心裁,不作人云亦云語。趙甌北《咏明妃》云:"遠嫁呼韓豈素期,請行似怨不逢時。出宫始覺君恩重,臨去猶爲斬畫師。"《咏楊妃》云:"鼙鼓漁陽爲翠娥,美人若在肯休戈。馬嵬一死追兵緩,妾爲君王拒賊多。"

昔人詩云:"春色滿園關不住,一枝紅杏出墻來。"甌北亦有句云:"一樹桂花風過處,聽他香到别人家。"一指色,一指香,風調正復相似。

風景佳處,清福之享受,庸夫俗子,往往當其境而不知。甌北有句云"一天明月秋江上,可惜漁翁不作詩",可謂先得我心。

甌北咏史詩云:"食椒能幾粒,八百斛猶貧。"指和珅也。珅籍没時,有胡椒八百斛,其他寶物窮極四海所有,輦入大内,後即移置圓明園。咸豐時,英法聯軍入京,園被焚,寶物亦掠取殆盡。

達官貴人,莵裘所築,往往極園林之勝。而王事賢勞,抽身不得,致未獲一日之居者,此正甌北所云"惹他僮僕私相笑,既愛山林又愛官"也。

魏武帝如幽燕老將,氣韵沈雄。曹子建如三河少年,風流自賞。鮑明遠如飢鷹獨出,奇矯無前。謝康樂如東海揚帆,風日流麗。陶彭澤如絳雲在霄,舒卷自如。王右丞如秋水芙蓉,倚風自笑。韋蘇州如園客獨□,暗合音徽。孟浩然如洞庭始波,木葉微脱。杜牧之如銅丸走坂,駿馬注坡。白樂天如山東父老課農桑,言言皆實。元微之如李龜年説天寶遺事,貌悴而神不傷。劉夢得如鏤冰雕瓊,流光自照。李太白如劉安鷄犬,遺響白雲,覈其歸存,恍無定處。韓退之如囊沙背水,出奇制勝,惟信獨能。李長吉如武帝食露盤,無補於多慾。孟東野如埋泉斷劍,卧壑寒松。張籍如優工行鄉飲禮,酬獻秩如,時有詼氣。柳子厚如高秋獨眺,霽晚孤吹。李義山如百寶流蘇,千絲鐵網,綺密瓌研,要非適用。蘇東坡如屈注天潢,倒連滄海,變眩百怪,終歸雄渾。歐陽永叔如四瑚八璉,止可施諸清廟。王荆公如鄧艾縋兵入蜀,要以嶮絶爲功。黄山谷如陶弘景衹詔入宫,析理談玄,而松風之夢故在。梅聖俞如關河放溜,瞬息無聲。秦少游如時女步春,終傷婉弱。陳後山如九皋獨唳,深林孤芳,沖寂自妍,不求識賞。韓子蒼如梨園按樂,排比得倫。吕居仁如散聖安禪,自能奇逸。獨唐杜工部如周公制作,後世莫可擬議。此臞翁評詩語也,予最服其切當。

《十九首》中,"青青河畔草","鬱鬱園中柳","盈盈樓上女","皎皎當窗牖","娥娥紅粉妝","纖纖出素手",六句連用叠字在首,讀之不厭其重複者,一句一意,非叠字無以形容之,正見古人用字之妙。

許渾《泊松江渡》詩云:"鷄聲荒戍曉,雁過古城秋。"温庭筠《早行》詩云:"鷄聲茅店月,人迹板橋霜。"劉禹錫《途中早發》詩云:"寒樹鳥初動,霜橋人未行。"三詩意境相同,句調亦復相似。

詩人思想有愈痴騃愈佳妙者。如杜少陵"斫却月中桂,清光應更多",白樂天"摇憐天上桂華孤,爲問姮娥更要無","月中幸有閑田地,何不中央種兩株"。韓子蒼《衡嶽圖》"故人來自天柱峰,手提石廪與祝融。南山坡陀幾百里,安得置諸行李中"。李賀"女媧鍊石補天處,石破天驚逗秋雨"等是也。

蚶有兩種,大者來自東瀛,不甚適口。小者出自甬東,味最鮮美,洵爲下酒之尤物。甬東有蚶田,夏時下種,至秋市之。頃從故紙堆中得袁君振蟾、羊君復禮詩二首,頗覺工切,録之如左。袁君詩云:"仲秋八月中,汲水燃楚竹。觸蘆魚媵移,啣稻蟹筐熟。鱸鄉富食單,鷗國品水族。江豚鬱吹浪,河鯉森破腹。螺房擁寶髻,蛤像羅金粟。有蟲狀稱□,可啖味抗鰒。行行碧瓦紋,縷縷牡蠣肉。閉口驚雷號,戴殼欣雨沐。金沙列鱗皴,銀礫聚瑟縮。紫暉殊恩加,黄雀化形速。郭璞賦專車,爾疋誌魁陸。海月拾豈殊,石華采非獨。蠔巒蹙百叠,蚌甲減半屋。飡供玉箸餥,倏爾銅盤簇。緑蔬佐佳羹,紫薑蘸餘□。紋斜外離奇,理正中胐朒。橙香鼻同嗅,螯巨手并掬。鑿髓綉圍□,剖腔霜列鏃。脱□瓊凝脂,含貝珠吐目。微黄暈難狀,淡白肌堪漉。宜隨蛤蜊澆,未許鸂鶒啄。雖云蜆之倫,宛若幽以菽。白鹽助其和,紅友及時畜。臛蠵旨難較,炰鮭賤當恧。瓦盆辨椒馨,列筵劑麥麴。君看咏蚶篇,强韵有可讀。"羊君詩云:"甬東貢名産,淮南腴石田。與蟶質稍异,同蛤形屢遷。俊味景純賦,魁材埤雅箋。秋成白流液,冬獻紅吐涎。百叠螄塔厚,千重螺臺堅。瓦屋戴蝸角,珠胎回蟻旋。紋暈逐潮長,虧盈隨月圓。碨砠似攢貝,嵌岩疑列錢。莎阪竪殼附,苔崖栖身縣。風驟雀沈水,霜高蟾麗天。嚴戈倒漁子,密綱施海船。捕來錦囊絢,撈出車轂專。魚鹽早喧市,鰕菜同佐筵。泥沙圍室穩,鼎俎充味鮮。色新透瑪瑙,性寒增腥羶。椒薑雜辛辣,麴麴豪聖賢。蠔山用刀剖,蠣户引錐穿。玉膏溢匕箸,瓊液盛豆籩。脣紫類□蚌,襴青同蜃蠙。糟邱或注籍,米汁曾參禪。峻賞合凍蟹,傳觴登縮鯿。堆盤尚環甲,破腹如弃鈿。香好緑橙配,候交黄菊妍。回首菰米外,舊夢池塘邊。"

張蒼水先生墓在西湖之南屏山。光復以後，祠宇一新。王君麟書有謁墓七古一首，詩云："鳳凰山色青如故，苔花緑蝕孤臣墓。仙鹿無靈老猿死，行人愁説南屏路。思宗自昔淪明鼎，烟花又報南都燼。蕺山一角小朝廷，瑣尾流離宋帝昺。一旅孤軍海隅起，入海騰淵輔龍子。慷慨田横五百人，縱横句踐三千士。登壇旗鼓誓三軍，慟哭金山祭孝陵。豪傑輸心江口寨，英雄犄角石頭城。一夕滎陽違契箭，天心又厭銅陵戰。白刃無光赤旗仆，脱身險搆空阬變。一柱搘撑十九年，傷心隆凖絶南天。中原正朔千秋定，窮島浮生一髪懸。不死終當存故國，空山寂寂心於悒。别部無端訴晋饑，妖髡不合逢秦諜。武林城郭西風怒，柴市凄凉塞烟霧。生前富貴笑平西，死後英靈追閣部。曠代遭逢聖祖恩，褒忠天語錫絲綸。至今華表千尋立，白鶴歸來月夜魂。"音節蒼凉，逼近老杜，叙述當年情事，令人可歌可泣，誠不愧爲詩史也。

魏武帝《觀滄海》詩："水何澹澹，山島竦峙。草木叢生，洪波涌起。"看似淡淡着筆，而雄壯之氣概，却於深遠含蓄中微微透露。老鳳勝於雛鳳，丕、植二子所以不及也。

魏武帝《善哉行》七解，文帝《煌煌京洛行》五解，全用古人事實，似不得以詩家常法論之。

"留人不留人，不留人也去。此處不留人，自有留人處。"此後主戲贈沈后詞也，頗似釋氏偈語。

後主《烏栖曲》、《采蓮曲》、《長相思》、《東飛伯勞歌》，以及"自君之出矣"六首、《三婦艷詞》十一首，皆能獨出機杼，自成馨逸。驚才絶艷，爲温、李之先導。苟生盛世，得爲文學侍從之臣，何嘗不可成一家言。何不幸而爲亡國之君主，騰笑青史，并留此文字以爲荒淫之口實也。

唐傳奇無名氏《春詞》云："楊柳裊裊隨風急，西樓美人春夢中，綉簾斜捲千條入。"宋謝皋羽《寄鄧悠》云："杜鵑花開桑葉齊，戴勝芋生藥草肥，九鎖山人歸未歸。"此古人三句之詩也，詞贍意足，以少許勝人多許。求諸古人中，似亦不可多得。

假象太過，則與類相遠。命辭過壯，則與事相違。辨言過理，則與義相失。麗靡過美,則與情相悖。此摯虞"四過"之論也,即詩之大家亦往往蹈之。

"七哀"者,一事而七哀具。所謂病而哀,義而哀,感而哀,悲而哀,耳目聞見而哀,口嘆而哀,鼻酸而哀也。作此詩者,濫觴於子建,繼之者爲王仲宣、張孟陽也。

《香艷雜誌》1915 年第 6 期

我鄉朱蘭題先生處藏有柳如是小影。予家娣姒織雲妹爲蘭題先生之幼女,少時猶及見之。花容月貌,奕奕如生。聞以三百金購得之,今已不知流落何所。曾記錢唐陳雲伯大令有《題柳如是初訪半野堂小像》詩云:"嫱婭小影雙蛾緑,尺五皂紗裹紅玉。尚書大婦河東君,艷名早冠章臺曲。憶昔初尋半野堂,玉顔烏帽學男裝。扁舟夜泛琴川水,萬樹梅花接影香。尚書養望才名大,黨魁北部曾稱最。一席雄談抵目成,流連文宴紛佳話。名士傾城願不虚,紅牙小印署蘼蕪。唱酬詩訂東山集,花月緣留西子湖。定情已作經年别,本事詩成前七夕。便欲佳期傲女牛,紅窗斜對銀河白。絳雲樓閣倚高寒,金屋藏嬌賦合歡。問到芳年悵遲暮,春風重倚玉闌干。金石千秋書萬卷,琳琊都置妝臺畔。流水親調緑綺琴,墨香小試紅絲硯。湘簾不捲水沈熏,一縷爐烟裊篆雲。金氎十行翻貝葉,烏絲百幅寫羅裙。玉鏡涵秋艷眉嫵,肯把芳華付歌舞。天下風流獨有君,鼎足王楊妒茅許。漆室當年早抱憂,南都事業亦全休。尋來舊院無人在,話到新亭有淚流。園池不貯清流水,尚書强爲蒼生起。可憐白髮似紅顔,千古傷心艱一死。悔煞鸞篦絶頂争,願從魚腹學湘靈。當年沈約曾親見,裙縐留仙去不成。後來北寺讒成獄,不惜艱難視饘粥。西臺自和大蘇詩,悲凉衹爲賢妻哭。屈指茸城賦雉媒,花枝紅豆幾番開。靈簫墨會評仙卷,翠羽蘭膏識异才。尚書手定詩人集,月照香嬰助編輯。千秋閨閣幾傳人,讀到遺編倍嗚咽。無端怪鳥叫嘻嘻,修曲辰樓舊夢非。絶似澄心悲一炬,羅幮灰作暮雲飛。左家嬌女芳姿好,向平願畢凡心了。生平家國恨無窮,披緇甘向空門老。流離六尺泣遺孤,族子陰謀肆鬼狐。國變纔經家難起,拚將一死報尚書。兒女英雄心激烈，肯學尚書甘負國。可惜黄門拒太深，丹心却被明眸識。小幅桃花暈酒痕，眉樓亦有受恩身。嬋娟都被須麋誤，不作忠臣傳裏人。”

咏春草詩夥矣，《碧城仙館詩》中亦有四律，予最愛誦之。詩云：“幾回山雨沃靈根，一片萋萋直到門。紅豆空迷游子夢，玉鈎誰吊美人魂。踏來屐齒春無迹，望裹裙腰緑有痕。曾過當時送行處，衹應愁煞舊王孫。”“似此新愁不可删，一簾春雨六朝山。人歸南浦輕陰後，夢在西州夕照間。芳徑印來羅襪軟，落英襯去舞茵閑。板橋香艷消沈盡，空對蘼蕪憶玉顔。”“緑遍山程與水涯，黄宜鵝子翠宜鴉。南朝烟雨重三節，北里鶯花第五家。小院空階迷蛺蝶，荒陵古道問蝦蟆。銷魂最是横塘曲，回首春風冷琵琶。”“家在江南水一方，空憐小謝賦池塘。采將芳杜情誰寄，佩到柔蘅影亦香。客路有人愁細雨，天涯何處不斜陽。玉關消息知何似，緑遍前朝舊戰場。”似此不脱不粘，所謂初寫黄庭，恰到好處。

雲伯大令《咏七夕》云：“乞取銀河洗兵馬，征人十萬早還家。”不爲兒女情話，却作感事傷時語，亦前人所未有者。

越中有名“女兒酒”者，俗以女兒生時釀酒，至嫁時始啓瓮餉客。以家之有無，爲釀之多寡，與粵中之“女兒葛”相等。有友貽以三小瓶，據云乃二十年前所釀者，飲之醇美無比。因憶雲伯大令曾咏此云：“女兒酒如女兒嬌，鵝黄一片春欲消。女兒酒如女兒艷，紅暈燕支波瀲灎。越中生女顔如花，越中釀酒紅如霞。嫁衣未裁酒先熟，應識嫁時香更足。酒爲女兒釀，名亦呼女兒。二八芳年作新婦，三五圓月應佳期。雙龍玉瓶瀉春碧，絶似女兒好顔色。鬱金之味蘇合香，更與女兒同芬芳。酒人一見開口笑，如見女兒正年少。花前一飲三百杯，更呼女兒來謝媒。”

灤河有樹曰“明開夜合”，花時晝開暮閉，色如秋海棠。中含紅珠，結實纍纍，苦澀不可食。木色甚白。土人嘗用之飾器。雲伯大令有詩咏之云：“垂垂緗纈艷晨華，瓔珞香龕一樹斜。地産靈株迎鳳輦，天留情種在龍沙。結成珠串相思果，開作金輪稱意花。自有駢枝解銷恨，春風不信玉關遮。”“絳珠粒粒裹紅綃，不識繁華况寂寥。顏色花花兼葉葉，雨雲暮暮復朝朝。瑶華似寫人雙影，瓊樹何須怨六朝。綉入九華雲帳上，游仙一夢總魂銷。”“始知草木有因緣，似此花開佛亦憐。連理好依三昧地，托根須傍四禪天。文章妙合丹青樹，晝夜平分赤白蓮。那得大家説如願，星辰長會月長圓。”“不須觸忿植青棠，開到同心别有香。豈蔻梢頭春二月，櫻桃花下日三商。一雙生怕紅鴛瘦，十八休誇紫鶴長。乞與江南小兒女，家家種向合歡堂。”（原注□十八，一名紫鶴，出塞外。）

宋人筆記，往往以恩怨爲褒貶。錢氏私志之誣蠛歐公，《四朝聞見録》之詆毁考亭，皆其證也。至以才女而横加汙語者，“元夜”一詞，歐公所作，不知何以入諸《斷腸集》中，遂疑淑真有蕩佚之行。尤冤者，易安以五十餘歲之老婦，而誣其再嫁，且僞作《與綦處厚啓》以實之，有“失身傖父”云云。雲伯大令有《題查伯葵撰李易安論後》兩絶云：“談娘善訴語何誣，卓女琴心事本無。賴有琵琶查十八，清商一曲慰羅敷。”“宛陵新序寫烏絲，微雨輕寒本事詩。一樣沈冤誰解雪，斷腸集裏上元詞。”爲兩夫人作辨護，直是有功名教之作。詩之有關係如是。

麻雀之戲，不知始於何時。邇來此風大行，幾於家有其具，上下社會，有一日不能離此君之勢。勝負之博，以京師爲最巨。雖以袁總統之諄諄告戒，而大吏要人，洞房密室，禁令有所不行。滬上則視此爲消遣雅品，總會林立，出入甚大，外人絶不加禁。近有易以撲克者，則又西人賭學之東漸也。會稽陶稷山先生有《叉麻雀》樂府，典雅可誦，頗堪警世。其詞云：“罡風吹鳥名鵂鶹，無晝無夜號啾啾。飛向人間啄大屋，賓客歡笑妻孥愁。一啄再啄金屋破，啾啾唧唧號未休。初翔江之右，倏忽騰九州。問制何時始，易竹乃廢紙。非簺亦非蒲，無盧亦無雉。索長矩方規以圓，自一至九環無端。馬融六簙賦所遺，李翺五木經久删。呼龍喝雉揣梅竹，四人嗚對聲鬬鬬。鵂鶹來，歡顏開。蒲萄美酒夜光杯，犀筯厭飫鸞刀催。金璫翠鈿名姝陪，簫管哀吟雜喧豗。賓極歡，主大醉。華燈四照開博臺。鵂鶹去，鷄號曙。勝者歡笑負皇遽，面色如土不敢怒。脱下鷫鸘裘，低首長生庫。到門躊躇慚婦孺，誓絶安陽舊博侣，明朝見獵眉色舞。梟化爲狼復爲蝎,破人黄金吮人血。枯魚過河泣何及,自言我本不祥物。方將取汝子,弗僅毁汝室。吾聞東晋凌遲銅駝没,大地五胡亂羌羯。士夫飲博供清談,牧猪奴輩亡人國。桓桓我祖長沙公,取投篿簺江流中。地天譽沸人逍遥,千年時局將毋同。沈沈大夢真竹醉,白晝黄昏爲易位。咨余往射豈得已(用韓句),梟驚墮梁魂破碎。血其爪肉貫翎翅,焚滅轂卵斷噍類。君不見萬國人人習體操,强身强國五禽戲。"

前南京女師範學校校長周墨亭女士與學生感情極洽,嗣爲擴充該校起見,財政支絀,請款爲難,不得已向當道辭職。其病中填詞一闋,留贈諸生,以爲紀念。調寄《金縷曲》:"遥夜西風裏,望天涯沈酣萬户,人心都死。衹有精禽魂未斷,欲唤世人睡起。任瘏口嘵音未已。茅屋飄摇風雨夕,忍天津橋畔三更止。看喉舌,血痕紫。聲聲欲警當途耳,想黄鐘無人能應。空嗟拊髀。一息猶存精氣在,甯惜唇焦舌敝。天賦熱腸如此。巫峽猿啼今斷絶,算關山羌笛哀音比。有蜀帝,魂歸矣。"語語沈痛,傳誦一時,不得謂非巾幗中之熱心教育人也。

今本唐詩,謬誤不可勝舉。如韋應物詩云"高髻雲鬟宫様妝,春風一曲杜韋娘",按《本事詩》載此詩爲劉長卿在杜司空席上贈妓之作。原本"高髻雲鬟"四字作"浮渲梳頭","渲"音"眩",畫家本有渲染法,以淡墨飾美人鬟髮上。其誤劉爲韋者,因兩人先後爲蘇州刺史也。

白樂天《長恨歌》云"蛾眉山下少人行",又云"七日七夜長生殿"。范元實以爲明皇幸蜀,不經蛾眉。長生乃齋戒之殿,非私語之地。當改爲"劍門山"、"飛霜殿"。不知行吟遣興,本不必事事盡實,此而易以"劍門"、"飛霜",詞意便覺減色。况蛾眉爲著名之山,私語安必擇地。范言失之泥矣。

《香艷雜誌》1915 年第 7 期

汪瑶西女士,浙西人。其母夢人授桃花一枝而生女士。年二九,適同里陸姓子。陸喜博,傾其家。女士規之,乃弃之如秋扇。

女士以遇人不淑,居恒鬱鬱不樂。曾有《咏燕詩》云:"雙飛羨爾花間去,銜得春泥壘築成。比翼玳梁香夢穩,任他風雨不相驚。憐儂薄命比桃花,虛擲韶光負歲華。清淚滿巾誰可訴,懶臨明鏡整盤鴉。"亦可見其懷抱矣。憂能傷人,二十歲即卒。莫渠軒孝廉撰聯唁之,聯云:"二十載風光,香夢剛完,回憶問字幃中,曾幾何時,忽道一聲歸去也。五百年浩刧,俗緣偶繫,猶記贈花帳底,有如此日,欲詢千古再來否。"

大雷山人吴興俞勁叔先生,詩才清雋,吾湖才人也。著有《西冷吟稿》,其中美不勝收。如《過小曲園寄懷俞蔭甫師》云:"解組歸來鬢未皤,偶然托迹隱岩阿。等身著作傳人少,名世文章歷劫多。自有湖山供嘯傲,早從宦海閱風波。瓣香我亦韓門士,悵望音書幾度過。"《滕王閣》云:"訪古南經彭蠡湖,崔嵬傑閣俯洪都。文章秋水才人筆,蛺蝶春風帝子圖。南浦依然雲靉靆,西山猶見雨模糊。我來不及逢高會,尚有閻公棨戟無。"《寶應舟中聽雨》云:"去歲秋江雁正飛,畫船争泊釣魚磯。而今梅熟蕭蕭雨,只送詩人一舸歸。新荷出水大於盤,驟雨跳珠不定看。今夕安宜城下宿,却禁三十六陂寒。"《雨後重游金山憩江天寺》云:"重來登古刹,雲霧晝冥冥。塔彰凌霄漢,江聲走怒霆。堂深龍護法,人静鴿聽經。更上高臺望,遥山入座青。"《宿丹陽江口賦示友人》云:"潦倒休嗟歲月窮,雲陽城外泊孤篷。時平驛路通商客,亂後沙場吊鬼雄。北固鐘聲來枕上,南徐山色落杯中。憑君莫話興衰事,江水茫茫月墮空。"《秦淮留别雜咏》云:"十里波光照眼明,絲絲楊柳綰離情。殷勤只有秦淮水,送我扁舟過石城。""落魄真成汗漫游,烟花此去醉揚州。他年載酒江湖上,桃葉桃根坐兩頭。""青溪渺渺欲通詞,棖觸風懷更賦詩。一片淡雲微雨裏,消魂最是小姑祠。""一曲清歌酒一卮,風流無復見微之。興酣高據胡床上,不向桓伊借笛吹。"《觀音門登眺》云:"奇山似與江濤搏,江欲吞山山勢惡。陡然壁立向西躍,行人過之駭且愕。我來捩舵磯頭泊,挈伴尋幽雙屐著。峰回路轉凌岝崿,滿空蒼翠向人落。不知巨斧何年鑿,開出芙蓉面面削。松杉倒挂藤蘿絡,攀緣上下愁猱玃。頗疑上有飛仙閣,欲往恨無長緪縛。回身仰見雙扉廓,據高臨下疇始作。或云明祖增外郭,首重北門嚴鎖鑰。一夫當關萬夫却,終古無人攖鋩鍔。我聞此言笑大錯,金川門啓彼何托。當年築城詡恢拓,曾幾何時燕飛掠。我今探奇搜洞壑,那復匆匆論兵略。西行欲跨揚舟鶴,兹游先傲謝康樂。”諸詩讀之,如食哀家梨,爽脆可喜。

蓉江陳慕青女士蘊蓮,擅詩、書、畫三絶。生有夙慧,年十二,曾咏月中梅云:“鉛華不染任天真,雪壓霜欺倍有神。莫道幾生修得到,此身原是月中人。”其自許如此。後歸左向庭參軍爲室,倡隨極樂,曾自寫合歡圖,題者甚夥。著有《信芳閣詩稿》。如《秋宵即事寄外》云:“輕羅衣薄怯黄昏,瑟瑟凉風月一痕。蟲咽草根如有恨,扇藏篋笥尚餘恩。皋禽警露眠難穩,野鷺栖香夢正温。幽寂偏教饒逸興,畫屏無睡笑天孫。”《自題翰墨和鳴圖》云:“良宵小立畫檐前,皎皎冰輪净碧天。連理枝頭栖比翼,合歡花下并吟肩。簫吹玉管倚歌和,詩滿雲箋叠韵聯。細語喁喁人寂寂,百年長此共嬋娟。”《月夜彈琴》云:“攬衣步前楹,翩翻立花影。金波瀉滿身,溥露發深省。不知風露深,青琴松下弄。萬籟寂無聲,花間雅音動。形影長依倚,何堪一旦分。豈惟勞寤寐,無刻不思君。怕啓團欒鏡,有人相對愁。無知憎小婢,幾度請梳頭。無意施膏沐,窗前日已斜。生憎痴婢子,爲插并頭花。觸目皆愁緒,無非憶遠人。有時眉暫解,爲省白頭親。”《君子之出矣》云:“自君之出矣,無心沐與櫛。愁比秋葉多,掃去復堆積。自君之出矣,不飲如中酒。豈惟兒女情,詩畫琴棋友。自君之出矣,難覓掃愁帚。妾居深院中,君在風塵走。”《夢中作》云:“月斜燈淡五更鷄,水複山重路轉迷。馬足不方車少角,教人何處認輪蹄。”《丁酉仲秋送外北上》云:“君子將啓行,無心理紅妝。階前蘭蕙花,顔色黯不芳。豈不願君留,相視愁空囊。先人撫偏沅,廉行貽青箱。裹糧少旨蓄,逋負難遽償。典我篋中衣,文彩雙鴛鴦。質我奩中飾,珊瑚與明璫。聊充客中笥,用爲公子裳。纁染間青紫,雜采同元黄。枕用伏態綉,綿以同工裝。肥馬與輕裘,炫燿自生光。非欲市童憐,世態恐炎凉。居貧豈不佳,翰墨鳴閨房。窗前樵徐陸,燈下臨鍾王。詩成遞唱和,賦就同平章。館名繼鷗波，繞屋千篔簹。好鳥相和鳴，關關似笙簧。坐卧必以耦，形影隨君傍。近希管與趙，遠勝孟與梁。君本瑚璉器，立身期廟堂。霜蹄屢顛躓，雲路難翱翔。今兹爲微禄，奔走名禄場。低眉素不屑，折腰豈慣常。毋忝爾所生，毋負爾行藏。不忮亦不求，云何用不臧。君子和弗同，俾免意外防。行舟慎波濤，驅車避風霜。童僕以恩待，御下固有方。我言有盡時，我愁不可量。瀕行載相勖，慎旃願勿忘。”參軍亦有《擬古長相思寄内》云：“長相思，在長安。辭家月已三團欒。羈遲京國歸路難。北風凛冽歲云暮，黑貂裘敝衣裳單。美人誰爲勸加餐，望穿秋水愁春山。牽蘿補屋翠袖寒。置書懷袖字不滅，何時淚痕雙照乾。長相思，摧心肝。長相思，望長安。海棠紅冷楓葉丹。君何留滯違刀環。京華一去數千里，錦箋頻寄人未還。塵生明鏡鴛衾寒。愁如回飈亂白雪，首如飛蓬減紅顔。高堂問子歸何時，强顔歡答淚暗彈。君念妾兮早歸來，妾念君兮憂心殫。長相思，空長嘆。”伉儷情深，亦可見一班矣。

楹聯有絶佳者，如“放鶴去尋三島客，約梅同醉一壺春”，“未知明年在何處，不可一日無此君”，“野烟千叠石在水，漁唱一聲人過橋”，“雲白山青萬餘里，江深竹静兩三家”。近有楚人挽縣令舒姓聯，令爲皖人，前清進士也。聯云：“春風風人，夏雨雨人，舉三湘之名人才人，半屬門人，平昔血性待人，不秦越視人，富貴驕人，人模人範人共仰。解衣衣我，推食食我，計兩載之教我養我，如同生我，一旦撒手弃我，且幽明隔我，音信斷我，我趨我步我難忘。”又長聯之佳者，則雲南昆明池大觀樓之聯，幾及二百字，筆意超脱奔放，後難爲繼。聯云：“五百里滇池，奔來眼底，披襟岸幘，喜茫茫空闊無邊，望東驤神駿，西翥靈夷，北走蜿蜒，南翔縞素，高人韵士，何防選勝登臨，趁蟹嶼螺洲，梳櫛就風鬟霧鬢，更蘋天葦地，點綴些翠羽丹霞，莫辜負，四圍香稻，萬頃晴沙，九夏芙蓉，三春楊柳。數千年往事，注到心頭，把酒凌虚，嘆滚滚英雄誰在，想漢習樓船，唐標鐵柱，宋揮玉斧，元跨革囊，偉烈豐功，費盡移山精力，儘珠簾畫棟，轉不如暮雨朝雲，便斷碣殘碑，都付與荒烟落照，只赢得，幾杵疏鐘，半江漁火，兩行冷雁，一葉扁舟。”

《香艷雜誌》1915 年第 8 期

吾浙永嘉徐烈婦吴絳雪殉節事，名人傳記甚夥。事實經費韵甫先生譜爲《桃溪雪傳奇》，久已膾炙人口。節婦清才絶艷，著有《六宜樓詩稿》。其《題昭君像紙鳶》云："琵琶斜抱態珊珊，縹緲雲端响佩環。應是芳魂思故國，年年春度玉門關。意態難描是麗姝，丹青當日恨模糊。緣何緑草芳郊外，又逐東風入畫圖。佳麗千秋得最難，高飄偏許萬人看。碧空深處東風冷，可似西宫獨處寒。自悔無金與畫工，紫臺一去永翩鴻。人情大抵多翻覆，只合高寒傍月宫。"《秋夜》云："香緣漏永薰還冷，錦爲愁多織未成。"《元宵》云："笙歌地覺春如海，燈火人忘月在天。"《春日偶成》云："過墻細竹參差見，上架柔花次第開。流水不爲將恨去，東風空解入幃來。"讀之如嚼冷梅花，芬留齒頰，作三日馨也。

無錫錢訥蘧先生，少負俊才，隨宦嶺表，讀書日夜不輟。於歷代史事尤熟，曾輯李易安遺事，力辨其晚年失節之誣。引證明覈，於千百載下護人名節如此，真不愧君子人也。其《金陵懷古》云："幕府山前鼓角哀，石頭城上鬱崔嵬。但憑粉黛銷王氣，畢竟郎君少帝才。轍迹總因青蓋誤，潮聲曾閲紫髯來。如何虎踞龍蟠地，一任降帆次第開。"頗有中唐氣息。又《書三國志後》云："迭興班馬孰爲儔，江漢英靈第二流。世事競誇知舜禹，史臣初未薄孫劉。志分三國原無統，傳少雙丁豈有仇。辛苦後賢争帝蜀，當年鍾鄧已封侯。"帝魏帝蜀，千古辨之不已，讀此令俗儒爽然。《羽扇》云："雲錦編排組織工，等閑便覺羽毛豐。一麾事業開江左，六出旌旗滿蜀中。海上軍書飛子夜，人間名士盻秋風。指揮若定須豪傑，未許君恩篋裏濃。"《蕉扇》云："五萬蒲葵解脱遲，雅宜王謝把持之。緑窗明月思前度，青箬微風稱此時。舉手炎凉情乃見，文心宛轉用方知。東山捉彼增聲價，江左風流劇可思。"《摺扇》云："聚頭新樣學高麗，烏竹泥金製作奇。開門文章才子手，卷舒心事美人眉。披襟合許雄風露，出袖先褫酷吏威。要使揚仁遍中外，阿誰離合感差池。"《團扇》云："弃置經年方再銜，如珠出匣月停空。比來郎面團團似，畫出詩翁處處同。莫把草書輕内史，自將紈素咏深宫。美人名士都無俚，白綺分明類轉蓬。"可謂大雅不群。《舟中望金陵》云："報道風帆利，郵程近石頭。艱難千佛選，前後幾番秋。紫氣餘龍虎，青山走馬牛。巍峨安敢望，僕僕厭西州。""千古偏安局，明明有眼前。英雄不可作，城郭固依然。戰伐多新壘，江流似昔年。扣舷足吟嘯，秋色滿平川。"亦感慨蒼凉。

吾湖山水頗佳，道場、何、弁、昇、峴諸山，環列如屏障。春秋佳日，放一葉舟，容與於碧波瀲灔間，山光水色，侵人衣袂皆緑。浮玉、道場二塔遥遥相對，一峙水中，一峙山頂。白鷗點點，掠舟而飛。每游倦歸來，夕陽紅墜，四山作紫翠色，真一幅絶妙畫圖也。明張羽《碧浪湖》詩云："整棹出崇墉，平郊眺清迥。山表四圍明，湖明落天鏡。蒼茫沙鳥逝，蕩漾漁舟競。洲渚渺回復，蒲荷交掩映。中有浮玉山，坡陀泛清瑩。已無鮫鯨患，自悦魚鳥性。芳春士女繁，落日簫鼓盛。蓮棹曉同游，蘭舟晚相并。何慚稽山秀，未數鑑湖净。欲蒙一曲賜，將老愜幽興。"又查慎行《雨中放舟》詩云："過盡回溪十里長，孤城回首漸微茫。風腥曉氣魚蝦筯，水減秋痕雁鶩鄉。菱蔓欲牽絲已脆，荷花雖敗葉猶香。船頭忽指前游處，白塔紅亭認道場。""野色天光入望奇，融成一片緑琉璃。展開手卷王蒙畫，收拾才情杜牧詩。畢竟清游宜寂寞，尤難好景是迷離。桃花莫被漁翁誤，秋在斜風細雨時。"蘇東坡《游道場山何山》詩云："道場山頂何山麓，上徹雲峰下幽谷。我從山水窟中來，尚愛此山看不足。陂湖行盡白漫漫，青山忽作龍蛇盤。山高無風松自響，誤認石齒號驚湍。山僧不放小泉出，屋底清池照瑶席。階前合抱香入雲，月裏仙人親手植。出山回望翠雲鬟，碧瓦朱甍縹緲間。白水田頭問行路，小溪深處是何山。高人讀書夜達旦，至今山鶚鳴夜半。我今廢學不歸山，山中對酒空三嘆。"蘇舜欽《游何山》詩云："今古何山是勝游，亂峰縈轉繞滄洲。雲含老樹明還滅，石碍飛泉咽復流。遍嶺烟霞迷俗客，一溪風雨送歸舟。自嗟塵士先衰老，底事孤僧亦白頭。"孫一元《晚晴眺昇山絶頂》詩云："石磴天風笑語清，捫蘿直上思猶輕。斷虹收雨青山出，白鳥弄波斜日晴。迹學漁樵成久業，身隨麋鹿長高情。兵戈滿眼真何意,只漫蓬蒿過一生。”劉伯温《峴山晚眺》詩云:“湖上清溪溪上山,小亭結構俯人寰。窗中樹色宜晴雨,門外灘聲自往還。吸月樽深浮玉近,采蓮舟去碧波閑。春蘭秋桂年年好,憔悴風塵滿厚顔。”趙子昂《游弁山》詩云:“出郭聞鶯語,穿林散馬蹄。澗松何鬱鬱,春草自萋萋。白石那堪煮,丹厓倘可梯。平生愛高興,只合此幽栖。竹色迷行徑,松聲洶座隅。水清花自照,風煖鳥相呼。飲罷思棋局,歌殘缺唾壺。重來瀟洒地,聊足慰須臾。”讀之恍如身臨其境矣。

方外能詩者頗夥。廬山修梅上人,工詩,善畫梅,常往來羅浮峨眉間。所咏古梅詩,人争誦之。先夫子以《補情圖》令題,詩云:“天生至情人,善把情天補。志願了三生,缺憾彌千古。笑我參情禪,參得蒲國破。情話喜逢君,補衲燈前坐。”亦流利可喜。

秀水朱琴香女士,歸蕭山陳伯輔爲室,余表嫂也。工詩畫,美容色,《柏舟》早賦,丸熊課子,有歐母風。爲先夫子題《補情圖》詩云:“南北東西四望愁,青天碧海思悠悠。水流仍合刀難斷,月缺重圓斧借修。餘味要從詩外覓,色身同現畫中留。英雄兒女兼仙佛,此願如何竟得酬。”“偶然感觸便纏綿,生死難償未了緣。鬼哭曾傳倉頡制,神功分奪女媧權。樂除名教原無地,恨到長離别有天。從此人間留缺陷,憐他銜石海空填。”“塵世茫茫總可哀,憑空感慨自中來。誰教一往深無極,其奈千絲解不開。夢戀奇温姜被卧,詩吟飛絮謝庭才。紅閨臭味芝蘭契,斑管生花續玉臺。”“久厭繁華謝綺羅,長齋綉佛病消磨。從頭結習三生儀,彈指流光一夢過。夜雨寒燈愁壓綫,秋風茅屋感牽蘿。此身留憾無窮在,惆悵披圖鬢欲皤。”悲凉藴藉,想見其人。

席佩蘭女士,爲隨園女弟子中傑出者。其《柳絮》詩云:“不如點入桃花水,化作浮萍轉得圓。”《寄衣曲》云:“去時寬窄難憑准,夢裏尋君作樣看。”《楊花》云:“迎風欲舞佳人態,到處爲家蕩子心。”《古鏡》云:“對君原是我,知爾閲多人。”《十五夜月》云:“萬古不磨惟此鏡,百年幾度是今宵。”風華綺麗,的是可人。

鑑湖女俠秋瑾,女界之偉人也。喜作男子裝。晤予於海上天足會女校,出其《黄海舟中感懷》詩見示,悲壯淋漓,令人擊節不置。詩云:"片帆破浪跡滄溟,回首河山一髪青。四壁波濤旋大地,一天星斗拱中庭。千年刧燼灰全死,十載淘餘水尚腥。海外神仙渺何處,天涯涕淚一身零。""聞道當年鏖戰地,至今猶帶血痕流。馳驅戎馬中原夢,破碎河山故國羞。領海無權悲索寞,磨刀有日快恩仇。天風吹面冷然過,十萬雲烟眼底收。""《感憤》云:"莽莽神州嘆陸沉,救時無計愧偷生。摶沙有感興亡楚,博浪無椎擊暴秦。國破方知人種賤,義高不碍客衰貧。經營恨未酬同志,把劍悲歌涕淚横。"頗似老杜哀時之作。

永嘉曾小石先生,家松臺山上,有林亭池沼之勝,所謂怡園也。暇與友飲酒賦詩,摹抄金石,頗得天趣。《春夜》云:"夜静天無雲,清氣襲人骨。露華漸以滋,洗出松間月。宿鳥鳴高枝,藤花墮微雪。翹念素心人,彈琴候林樾。"《秋日晚眺》云:"平原落日牛羊下,古木西風獨雁飛。"《睡起》云:"樹色過新雨,蟬聲滿夕陽。"《夜感》云:"三月春從花外盡,一燈愁向雨中生。"《菊花枕》云:"鬢香入夜花同夢,虫語驚秋月半床。卧游栗里皆仙境,冷抱秋心入醉鄉。榻上看山支午倦,琴邊待月倚秋凉。"皆輕倩可愛。

檇李金婉雲,女中不櫛士也。詩學長慶體。其作《劉節婦行》云:"君不見南山松柏鬱嶙峋,不同桃李鬥芳春。藎臣丰骨千鈞石,慷慨捐軀有幾人。揮毫獨愛闡名教,奇節傳來玉關道。漫嗤輕薄是烟花,烟花苦抱冰霜操。將軍家世溯汾陽,座列金釵十二行。緩帶輕裘羊叔子,奉恩持節鎮邊疆。中興飛將驚回紇,願瀝丹誠勤報國。東山絲竹未忘情,後庭檢點鴛鴦牒。衆中誰最艷情深,姽纏嬌姬數卯金。錦幛雙重藏麗質,濤箋十幅獻清吟。軍書帝午勞纖手,虎帳談兵隨左右。方期壯志靖邊塵,封侯金印懸於肘。鵩鳥俄飛細柳營,將星墮地三軍驚。旌旗掩映愁雲黯,角聲夜挾悲風鳴。魂飛白草黄沙月,握手叮嚀難訣絶。沅芷湘蘭命不辰,一曲離鸞淚凝血。血洒麻衣卸綉襦,三年恩寵與人殊。身親桴鼓憐紅玉,志傲冰霜仿緑珠。志决身殲無所惡,芙蓉膏濺芙蓉面。明璫翠羽出靈帷,貞心割與賓朋見。毅然一死尚嫣然,笙鶴遥空玉化烟。應有英魂下箕尾,同驂鸞翮翔霞天。吁嗟乎,將軍盡瘁終王事,烈婦完貞殉夫死。芳徽咏遍萃瑶琳,忠烈千秋照彤史。”

鷗波亭前有二石,一曰沁雪,一曰垂雲。垂雲流落人間,沁雪爲海虞錢氏所得。白石翁作圖,系之以詩云:“亭前崎奇石,尤可當一障。沁此萬古雪,亘地氣魄壯。蒸雲勢欲斬,得月神更王。妙擬軼仇池,潤未下雪浪。刓鑿天借巧,胸次見洞宕。孤立宜有鄰,雅許修竹傍。風雨不敢動,刻名久無恙。寶此一夔足,磥砢不多尚。貞德允配主,白衣又呼丈。我見便欲拜,良信米非誑。聊與貌高古,敢有愚公妄。”古樸有味,堪與沁雪共千古矣。

吾鄉德清吴羌山,縣中最高峰也。登臨四眺,全縣在望。山頂一寺,又號乾元,故俗又呼爲乾元山。曲徑縈回,松竹交翠,境頗清寂。每值春秋觀音誕日,紅男緑女頂禮者甚衆。余懷有《登吴羌山》詩,一氣呵成,足傳千古。詩云:“萬叠青山一縣秋,乾坤寥落放孤舟。我來何處風吹帽,僧住高峰雪滿樓。紅樹幾村迷路遠,黄花無語向人幽。豈知太守揮毫後,更有題詩在上頭。”

近人有五禽言詩,新穎可喜,詩云:“泥滑滑,泥滑滑,舉步先宜子細察。道途近日更崎嶇,一朝失足終難拔。泥滑滑,行不得也哥哥。行不得也哥哥,可知平地有風波。好向穩中尋活計,莫從險處逞干戈。行不得也哥哥,不如歸去。不如歸去,蓬飄梗斷終堪慮。三椽草屋一床書,團聚天倫笑和語。不如歸去,得過且過。得過且過,但願不寒兼不餓。三餐蔬食莫嫌麤,一領布衣休道破。得過且過,提壺盧。提壺盧,休管旁人笑酒徒。興至不妨邀月伴,醉時何必倩花扶。提壺盧,春去了。春去了,駒光過隙尋偏杳。食奔衣走古今人,回頭可惜韶光老。春去了。”

明季陳卧子以節義著,其詩才亦自不可及。集中警句云“禁苑起山名萬歲,複宫新戲號千秋”,“九龍移帳春無草,萬馬窺邊夜有霜”,“左徒舊宅猶蘭圃,中散荒園當竹林”,“禹陵風雨思王會,越國山川出霸才”,“七月星河人出塞,一城砧杵客登樓”,“四塞山河歸漢闕,二陵風雨送秦師”。感慨蒼凉,神似老杜。

至人無夢,庸人多夢。余常有夢,然夢境迷離,醒即易忘。憶惟廿年前客武林,寓於湖上俞樓。時值孟夏,風和日煖,緑暗紅稀。日棹瓜皮艇,與二三女友作探幽之舉,洗盡塵俗,襟懷一清。一日薄暮游孤山歸,共飲於樓外樓,醉歸即寢。夢中惝恍,似此身仍在孤山深處,有一老叟以詩索和,余即步其韵。詩成方欲有言,忽鶴唳一聲,心悸而醒,則天已明矣。夢中詩仍歷歷在心,亟録之不少一字。詩云:"青捲松濤雲萬壑,藥苗采罷閑調鶴。月明樹底撫清琴,風過刺桐花亂落。"惟原作衹記次句"老梅壓雪冷侵鶴"七字而已。噫,亦奇夢也。

烏韭在屋者曰昔耶,即瓦松也。梁文帝詩云"依檐映昔耶",近人詩云"昔耶經鳥啄,點階落輕翠"。昔耶之名頗奇。

我友詩話

王　易撰

載於《小説叢報》一九一四年第五期、第六期，一九一五年第七期、第八期。署南昌王朝琮筆述，彭澤汪國垣評點。王朝琮即王易原名，汪國垣即汪辟疆。該詩話正文前有汪辟疆題詩、王易弁言、《小説叢報》主編徐枕亞題詩。從弁言所署"辛亥冬月"，可知該詩話作於一九一一年冬。

王易（一八八九—一九五六），字曉湘，號簡庵，江西南昌人。語言學家。曾就讀京師大學堂，畢業後歷任北京師範、南昌心遠大學、南京中央大學教授。與吴梅、黄侃、汪辟疆、胡小石、汪東、王瀣等著名學者唱和。著有《詞曲史》、《樂府通論》等。

《小説叢報》，月刊，一九一四年五月創刊於上海，由徐枕亞等主編，是傳統小説派小説家的中心刊物之一。其中小説占主要部分，也有詩詞、彈詞、劇本等。

在本則詩話中，王易詳細記録了自己自一九〇五年至一九一一年間學詩的歷程，以及與汪辟疆等朋友之間的酬唱往來。收詩八十余首，主要作者爲王易、汪辟疆、林庚白、程鳳笙、周維華、姚鵷雛、袁霖慶等。當時王易及其友人尚爲學生，其詩雖屬少作，但對這些詩人的作品輯佚及生平考探，當具有較大意義。

詩話體現了王易早年詩論，主要集中於對"艷體"的分析。他認爲"艷體本於《國風》。厥後《楚辭》承其源，以哀時嫉俗之志，托之香草美人。《十九首》復暢其流，言近旨遠，開後世艷體之宗。"認爲艷體古而有之，宗旨在於"以香艷綿麗之詞，寓悲憤諷刺之意”,并舉自己和友人之作爲例。其詩風格華麗浮艷、清妍綿麗,可能受到樊增祥、易順鼎爲代表的晚唐詩派影響。在宗唐、宗宋的問題上,王易偏於宗唐,認爲“唐賢之所以勝者,以其醇也”。這與他在一九一六年之後以宗宋爲主,兼採唐人的詩學傾向不同。

《小説叢報》1914 年第 5 期

題　詞

笠　雲

簿書顛倒無閑暇,幽草寒瓊意未厭。辨學何妨家一喙,論文應值字三縑。蟹黄熊白齊升俎,竹箭琨瑶盡入奩。鹿散風驚成底事,詩壇空憶鬪精嚴。

弁　言

曉　湘

余素不善交接,雖歷年以來,奔馳南河北薊間,而心契者僅數人耳。之數人者,與余交數年,未嘗以形迹拘,故余亦可處之而無間。余好爲韵語,諸人亦雅與余若。平居剪燭共話,詼諧談笑,無不率真。人咸目爲雅人,而余則以弃材自呼也。余歷數校,得友如汪、袁、周、林、程、姚諸子,皆以文詞爲媒介者。雖性情各别,要皆軌於正道,不可以凡俗觀。邇年居太學,日夕相聚,聚必有言,言必有旨。因恐日久而或忘也,爰筆述其略,而名以《我友詩話》。拉雜俚鄙,所不計也。辛亥冬月。

讀我友詩話竟率題一律

海虞徐枕亞

一編珍重付長郵,讀罷臨風思不休。風雨鷄聲三載夢(余聞諸子名已數年），江湖秋水十分愁。梨花柳絮長相憶，修竹孤桐未易酬。地北天南無限感，可堪身世獨悠悠。

余學詩甚晚，丙午歲始涉獵之。先我而能之者，余惟知袁子琅軒而已。若汪、周諸子，則余尚未識其人也。余見袁子詩，自其《送春》諸絶及《朱仙鎮》二律始。爾時袁子命意遣詞，尚未臻乎上乘。然《送春》諸作，已造晚唐佳境矣。其詞曰："春風十里馬蹄香，姹紫嫣紅競艷妝。誰遣東皇控金勒，不教花鳥媚池塘。""無奈東風又畫樓，海棠不語燕鶯愁。落紅滿地無人管，簾幕沈沈未上鈎。""水光瀲灎板橋西，草色萋萋緑一谿。楊柳輕風三月暮，落花聲裏杜鵑啼。"

袁子名霖慶，字琅軒，又號練湖，江寧人。乙巳年，與余同肄業於豫省高等校。性沈静簡易，與交處者終歲不見有厲色，不知者以懦夫目之，實則束身寡過之君子也。余於同輩中未見有第二人及袁子者。時家君主講是校，袁子與弟子列。家君一見，即目爲端士。而余等訂交自是始。

袁子與余訂交，初非以詩也。蓋彼時余尚不能詩。雖亦嘗誦漢魏六朝及唐賢諸作，胸中稍具規模，而終未敢一操筆。迨交袁子，心焉竊慕。袁子又慫恿之，遂靦然爲之。即仿左太冲《咏史》八章也。家君見之笑曰："孺子可教。"

袁子工七絶，偶一爲之，節短音長，余自顧殊不逮焉。其《梅妃》云："一斛明珠萬斛愁，君王情重妾難酬。太真一入深宫裏，從此長門夜夜秋。"《陳後主》云："長江飛渡石城秋，虎踞龍蟠王氣收。不識景陽宫井裏，可能天子號無愁。"《楊玉環》云："花摧誰舞霓裳曲，佛寺凄凉夜月寒。南海荔支遲一騎，齒酸未得轉心酸。"深情逸韵，杜司勛何多讓耶。

丙午之冬，余遷入豫河旅校，因是得識汪子笠雲。笠雲名國垣，一字辟疆，彭澤人。性倜儻，有卓犖不群之概。余與初交時，默察其爲人英爽中時露沉毅，能急人急，非世俗泛泛者可比。舉動言語間，無文人恃才結習。與余更一見若舊識者。風塵得此，又豈易哉。

汪子與余交歲餘,不言其能詩。然每觀評論前人諸家之作,洞中窾會,心竊疑之。一日,汪子以一律見示,即《沙河店曉發》也。詞曰:"凉秋風露濕中庭,茅店鷄聲不忍聽。遠樹隔烟銜曉日,殘螢映水亂疏星。豐年隨處俱堪樂,歸夢連朝未解醒。書劍飄零何所似,年來身世楚江萍。"余詢作者,以他人對,余亦置之。未幾,聞袁子言,前詩即其自作,并謂曾見其《二十初度述懷》五古一章。余致詰,汪不獲已,遂吐實。自是余始以詩人目之。

丁未臘月,汪子赴泌陽省親,蓋是時適其尊甫權泌篆也。汪子行時,有不復返汴之意。余乃作詩贈行云:"聚首梁園日已深,灞橋風雪灑離襟。可堪此夕談風月,莫忘平時喟古今。顧我尚留真面在,羨君不被俗塵侵。何須徵逐聯杯榼,管鮑當年此一心。"詎次歲春汪子以嚴命復來汴就學,吾二人乃復聚焉。

余與汪、袁二子日夕聚談,時有所作輒互商榷。時余詩甚拙,袁之清麗實過於我,然不常作,汪子亦然。惟余不知淺陋,時一操觚。嘗作《白燕》詩,自謂不讓海叟。詩曰:"玉堂幾度舞婆娑,迢遞晶簾意若何。柳絮狂飛憐日淡,梨雲斜拂受風多。潔身怕入烏衣隊,顧影誰徵白紵歌。奮翼海天銀浪涌,莫教駒隙任蹉跎。"以示二子,亦謂余然。

袁子不作古體,余恒勸其試爲之。袁子乃作《蓬萊曲》,頗濃艷而意别有所指。其末云:"何時腰纏十萬貫,身騎彩鶴凌宵漢。得傍瑶池玉女身,朝朝醉卧鴛鴦幔。"美人香草,可以知所托矣。

余自戊申五月後,心緒紛亂,無意詞章,擱筆幾及年餘。是歲冬畢業於旅校。明年春偕汪、袁諸子肄業太學,離家千里,不無怊悵。時一秉筆,動多愁怨,故有《憶家吟》之作。汪袁亦然,但不形於言耳。

太學校舍,密邇禁城。煤山故蹟,日日在目。暇時偶翻明史,知含悲殉國之地,乃即巍然在望。不禁感而成一律云:"白雲山半翳斜暉,幾處亭臺擁翠微。帝子不歸鵑血盡,美人何處雁聲稀。空聞閹寺攀龍尾,豈有皋夔補衮衣(風骨在浣花、玉谿之間)。遺迹空留頻悵望,垂楊萬樹暮鴉飛。"

松筠庵祀有明楊忠愍公,其地即公故居也。己酉夏偶過謁之,肅然起敬。廡下有公手書"鐵肩擔道義,辣手著文章"刻石在焉。因賦一律云:"瞻公祠宇涕沾裾,何必蚺蛇膽有餘。碧血竟成千古恨,丹心留得數行書。江山异代猶餘痛,俎豆於今尚故居。一疏批鱗風已杳,如生廟貌想當初。"頗有盛唐風味。

汪子論詩,每與余忤。余每好分唐宋派别,汪子則謂無分唐宋。以是爲尚,常齟齬焉。平心論之,唐人有劣處,宋人亦有佳處。但以唐之李杜韓白,與宋之蘇黄王陸較,則終覺彼善於此耳。蓋唐賢之所以勝者,以其醇也。

一日與汪子共論吾鄉王闓園、歐陽浩山二氏之詩。汪謂王之排宕爲勝,余謂歐之凝鍊爲勝。汪謂歐之才氣不及王,余謂王之工力遜於歐。相争不已。其實工力才氣,相輔而行,不過一以工力出之,一以才氣出之耳。(此論確不可易,可謂善作調人。)

汪子久不爲詩。己酉冬居都門,與同輩偶論及少陵《秋興》爲不可及。汪子投袂起曰:"豈其然歟!"乃捉筆爲《秋興》八章云:"驚霜一葉墮空林,獵獵西風氣倍森。薜荔門墻籠夕靄,梧桐庭院落秋陰。客中書劍離人淚,夢裹關河壯士心。家國拊膺愁不寐,那堪伏枕聽寒碪。""車塵十丈漢宫斜,兵火滄桑歷歲華。一夜城中喧藥市,幾人海上泛仙槎。白山月冷三聲角,黑水霜殘半夜笳。剩有楓林憔悴甚,枝枝紅遍杜鵑花。""危樓一角澹斜暉,坐擁層巒失翠微。扶荔宫中聞葉落,宜春苑裹有螢飛。幾回薪膽思猶痛,半着楸枰算豈違。補職誰勤山甫衮,秋高敢道鱖鱸肥。""世事輸赢類奕棋,楚歌聲裹有餘悲。秦關百二思今日,漢塞三千憶舊時。别浦柳彫雙杵急,吴江楓冷片帆遲。芙蓉破萼池塘寂,物候驚心繫我思。""蓬萊海上説仙山,貝闕珠宫縹緲間。念載昆明連巨艦,一朝遼左弛重關。顧瞻國步餘殘淚,枉檢神方笑駐顔。粉堞悲笳餘落日,群公何以慰僚班。""金飈蕭瑟屋西頭,并作弦聲夜夜秋。萬里風烟餘舊夢,一囊詩卷貯新愁。仙橋未許成靈鵲,世事終難托海鷗。寄語新亭垂淚客,要憑雙手挽神州。""年年玉斧竟無功,萬里清光月正中。仙使頻移銀漢影,江豚時拜白蘋風。數聲羌笛關山黑,幾點秋螢水岸紅。蘆渚菰鄉人隱約，烟波安穩羡漁翁。”“曲欄重檻路逶迤，吟透秋心月上陂。山罅雨舒千嶂色，石根雲護萬年枝。人間塵夢殊哀樂，天上星河幾换移。飯顆山頭聊學步，敢誇詩史汗青垂。”余讀之笑曰：“君不慮浣花翁地下增妒耶。”

余與汪子擬作《壯士行》，汪子先成詩云：“數聲觱篥墨烟起，一身突兀千人裹。觀者辟易當者死，寒光白練生秋水。驚雷掣電奔如虹，螺筋猿臂聲爲聾。河朔健兒將毋同，青驄玉勒東復東。”其味頗近昌谷。余詩意指韓義士安重根，故有“健兒自古生河朔，胡爲劍氣今東躍”之語。

庚戌春，笠雲自都來函，言去臘念三日晚間，方酣睡時，恍惚偕余登吹臺。其時落月未下，初月已升。縱目危樓，萬感交集。笠雲當即成詩一首，俄頃便覺。僅記上四句云：“達夫老去少陵死，懷古高臺空復存。皓月平沙自今古，黄河落日相吐吞。……”下聯似咏鄒枚事，結聯則述余兩人懷古意。醒時急思，已不記憶。起立時，僅爲胡君步曾一誦，他人未嘗道也。久欲賡續，竟未得佳句與之匹敵。乃知夢中與醒時所爲仙凡迥别云。

《小説叢報》1914 年第 6 期

艷體本於國風，厥後楚辭承其源，以哀時嫉俗之志托之香草美人。十九首復暢其流，言近旨遠，開後世艷體之宗。有唐一代爲艷體者頗不乏人。八叉、昌如其尤者也。而玉溪之律，尤爲唐代二百年之冠。蓋玉溪學杜者也。學杜而不泥於杜，以香艷綿麗之詞，寓悲憤諷刺之意，恢恢乎有風騷遺響焉。以視致先、微之之流，其相去詎可以道里計耶？余素不作艷體，然有動於中，無由抒發，庚戌春乃傚玉溪體作《無題》三十首，用上下平全韵。閲一來復而成，以示相識，多莫解其意。余亦不欲人知，然恐人或以風月綺語見目，乃於小序中渾言之曰“美人香草，屈靈均寄恨無窮。銅柱扶桑，杜子美悲懷莫喻”云云。

庚戌春三月，閩縣林浚南入太學肄業，因汪子而知余。一席談畢，四座風生。浚南名學衡，原名泉。年十九，擅詞章，性磊落不可以常俗拘。譚論時旁若無人。所交游者多當世碩彦,而不知者咸以爲狂。嗚呼!斯世而有斯人,其獲狂名也宜哉。

浚南初見余時,與余論各家派别,頗相吻合。索觀余稿,最賞《煤山》一首。及見《無題》則又曰:"玉溪之筆落君手矣。"余自愧不文,不敢以玉溪自居,惟曰:"君幸不以韓致先視我。"

林子長於填詞,儷體文亦頗擅勝,詩則以絶句爲佳,律亦奇氣盤鬱,吾輩中不多覯也。其《贈汪子》詩云:"日下相逢拂袖來,雄心莫便委蒿萊。時艱無補難爲用,年少能狂亦可哀。傖父何人譏我拙,知交幾輩讓君才。會當走馬平胡虜,大漠塵區取次開。"《文相國祠題壁》云:"經過憑吊酬芳樽,丞相祠堂終古存。北地有人哀故土,南朝無處哭忠魂。八千里外孤兒涙,三百年來養士恩。社稷夭亡臣死節,可憐承旨舊王孫。"《感懷》云:"酒酣拔劍氣縱横,不學窮途阮步兵。萬里關河雙鬢短,十年湖海一身輕。哀時涕涙狂猶昔,亂世文章負此生。怪底中原豪傑少,紛紛豎子盡成名。"絶句如《聞箏》云:"春風又是杏花天,何處銀箏擾客眠。腸斷江南今夜月,指尖彈冷十三弦。"《舟中作》云:"漲添畫舫流紅葉,水繞清溪似碧潭。兩岸鷓鴣雙槳雨,落花如雪過江南。"(似此風韵,何減漁洋。)皆非深造者不辦。

林子性疏狂,常易開罪於人,淺薄者鮮不側目,以是遭遇頗潦倒。余嘗謂之曰:"使君生當明時,指地畫天,可任君也。奈何值此直道不行之世,其稍斂戢何如?"林子唯唯,而其概如故。其贈梁君衆异云:"狂狷之間置我身。"然則林子亦隱於狂者也。

同時得休甯程家桐。程字鳳笙,甘園先生嗣也。先生工七古歌行,常與王壬父相倡和。鳳笙得家學,亦頗擅七古。而七律尤鏜鈜嘹亮。其《贈程韵孫》云:"聞道長安不易居,斯人憔悴獨何如。千金李白當壚酒,一卷虞卿去國書。天地新秋驚日月,江湖冥想入樵漁。(余最喜鳳笙"江湖"句,夢中常大叫以爲妙絶。上句則遜矣。)東游且作扶桑客,燕市無從問狗屠。"《春懷》四首云:"茫茫愁思不成眠,宜暖宜寒四月天。狂裏心情蘇玉局,春來意緒柳屯田。偶邀紅葉原非夢,解語桃花即是禪。燕子未歸人欲老,東風消息倩誰傳。""禁得東風料峭吹,杜鵑聲裏雨如絲。天涯芳草人千里,江上梅花笛一枝。蕭寺尚題懷舊句,津亭已唱冶春詞。五陵年少輕狂甚,笑我飄零似牧之。"(情韵兼美,有三河少年跌宕自喜之致。真欲使十八女郎低唱"江南岸曉風殘月"也。)"行過長堤更短堤,小樓東畔畫橋西。情人碧玉家何在,郎馬青驄路欲迷。漫把金刀思遠道,莫憑錦字寄深閨。殘陽流水春無迹,愁聽花間鶯亂啼。""落花無語奈春何,腸斷雙魚舊恨多。萬里枇杷才子句,三更楊柳懊儂歌。緑窗紅粉朝朝淚,碧水青溪夜夜波。馬上黄昏樓上月,别離滋味幾經過。"(四詩有松園遺意,真不愧喬孫也。)凝鍊流麗,兼而有之。

周公阜,名維華,廣西臨桂人。與余同學於豫省高等校,然爲時甚淺。己酉歲同入太學,始熟識焉。公阜性沈摯,於學鮮不通。國學外治佉盧文亦佳。詩詞俱蔚然大觀,詩尤精湛。古風如《出塞曲》云:"從戎聊投筆,丈夫志四方。何當躍馬去,彎弧射天狼。君恩不易報,起舞空徬徨。朔風吹觱篥,日落烟蒼蒼。"《静夜思》云:"浮雲慘淡北斗横,銀河耿耿懸中庭。美人不來碧烟暮,明月遠照君山青。惆悵音塵千里隔,側身恨少雙飛翮。羅幃不捲玉鈎寒,清露暖空天欲白。"近體如《霜曉》云:"霜曉亂烏啼,寒城聽鼓鼙。(起二句聲情激越,頗類王右丞《觀獵》之作。)秋風榆塞北,殘月板橋西。故國傳鴻信,晴郊送馬蹄。楓林初日上,烟草望中迷。"又七律如《卿是》《無題》《偶見》諸艷體,皆可追步唐人。公阜人謙謹,從無驕人氣,亦吾輩中之翹楚也。(余嘗評公阜詩以五律爲勝,細膩熨貼,真能得唐人之遺。儕輩中少與頡頏者也。)

林子以其艷體七律,都爲一卷,名曰《珊樹集》,取"珊瑚碧樹交枝柯"意。向衆索題,余題五律四首云:"珊瑚高七尺,豪絶季倫家。玉樹歌聲歇,金蓮步影斜。文章餘淚血,筆墨化烟霞。湖海飄零久,閑庭吊落花。""九歌權寫恨,流芷與湘蘭。白雪音猶昔,青燈夢已殘。在塵清濁异,知己古今難。何處堪容足,茫茫宇宙寬。""海内方多事,樊川有罪言。啼猿三峽苦,雄虺九天昏。脂粉美人淚,山川俠士魂。迷陽今滿地,高隱羡衡門。""同是天涯客,琴書共寂寥。燕臺漸離筑，吴市子胥簫。越鍔鋒長斂，隃麋迹未消。巢由如可作，投筆事漁樵。”程鳳笙題七律四首云：“美人香草空千載，檀板金樽話六朝。庾信鄉關歸未得，元龍湖海氣能消。身憐柳絮東西水，詩賦花魂大小招。何事江南舊游地，二分明月一枝簫。”“珊瑚玉樹兩風流，萬古烟霞散不收。滿地落花添作恨，一池春水皺生愁。漫歌郎馬青驄曲，且唱君家白燕樓。底事干卿抛未得，美人刀剪故人鈎。”“寥落津亭酒一樽，那堪重憶苧蘿村。桃花流水春人夢，芳草天涯旅客魂。容我輕狂空北海，與君酬唱續西崑。玉卿不作飛卿死，此意茫茫未可論。”“詩人敦厚温柔教，才子虚無縹緲辭。胡帝胡天渾不似，疑雲疑雨總堪思。瓊樓玉宇三千里，冰簟銀床十二時。吟遍春花與秋月，爲誰憔悴爲誰痴。”此外袁子一律、汪子四律、周子古風，余皆忘之矣。

林子與程子一日聯《春柳》四律，用漁洋韵，極工麗之至。“臨風揺曳欲消魂，最憶江南白板門。人去隋堤花有淚，春歸漢苑夢無痕。曉星殘月湖邊樹，疏雨輕烟陌上村。愁倚斜陽腸易斷，當年情緒怕重論。”“開到楊花白似霜，相將桃葉渡横塘。緑皮蕩漾翻新曲，紅袖飄零檢舊箱。掌上細腰憐楚女，眉梢淺黛戀陳王。六朝金粉空如夢，閲盡興亡幾教坊。”“沈醉東風白袷衣，聲聲玉笛已全非。燕來庭院簾初捲，雁去關山信轉稀。攀折偏增游子恨，别離欲傍故人飛。風流張緒應猶在，回首靈和願豈違。”“娉娉嫋嫋最堪憐，往事尋思總化烟。廿四橋頭潮上下，三千里外意纏綿。好將青眼看知己，不惜黄金買少年。如此江山如此樹，教儂涕淚落誰邊。”清妍綿麗，聯綴無痕。（四章以末首爲勝。）

艷體之宗國風，已如前説矣。然僅綺羅脂粉，言中無物，言外無意，則亦無足重輕。譬之畫洛神，清婉迴翔中，仍不可不有凝重之氣。肌豐肉研，自是美觀，然可無骨乎？世之學義山者夥，然每流於淺薄而失其深厚。甚者竟以香奩視之，是猶婢學夫人，適形其醜耳。蘇長公曰：“天下幾人學杜甫，誰得其皮與其骨。”吾於義山亦云。

世多以王次回《疑雨集》爲香奩，此不善讀《疑雨》者也。次回蓋亦學義山而稍變其格調耳。集中如"個儂"諸作,未嘗不似香奩,但細味其詞,决不僅男女悦慕而已。如"讒脣激浪稽千尺,妒眼成城繞一周"之句,必别有所指。蓋次回誠篤人也,夫人之歿,悼之再四。重於内者,必不務於外也。袁簡齋竟謂嗣次回者惟香亭。噫!香亭何人,而足與次回頡頏乎?使次回地下聞此言,亦必頷首微笑曰:"王子知我。"

《小説叢報》1915 年第 7 期

庚戌冬,余手録丙午以後稿,將以付梓。乞叙於諸子。汪子序頗簡健,文曰:"始吾識筱香於梁園,因得讀所爲詩。比來都門,爲詩益富。而樹骨遣詞,視前益進。筱香蓋真能自樹立者也。嗟乎!聲音一道,昔賢固嘗用以覘世變。治平之詩其音和,而模山範水之作往往極其工麗,至幽傷沈痛之旨或尠焉。世變稍劇,道固反是。此蓋由藴於中而觸於外所不能自已也。今筱香所處之時,未知視古詩人何如。然每讀《丁未雜感》、《感時》、《聞復海軍》、《無題咏史》、《游仙》諸什,諷刺之餘,幽而能出。是固所謂'開寶文章以涕淚勝'者。則筱香所處之時,又可知已。讀《虚明室詩録》,竟書數語以歸之。"林子序爲駢體,有句云:"紅豆相思,不數右丞之句。青衫淪落,最憐司馬之詩。寫金迷紙醉,則鴛鴦之夢全消。憶扇影鬢絲,則蝴蝶之魂尚在。"余謂之曰:"君序非不佳,奈何誣我太甚。君見誰有鴛鴦之夢耶?"林子笑曰:"閑情不玷高風,梅花未損相業。君不妨無此事,我不妨有此文。"

程子有題辭云:"江湖滿地文章老,誰識王郎七字哀。磊落高情懸日月,琳琅妙語帶風雷。窮年載筆真成隱,客裏看花獨肯來。且自高歌且青眼,茫茫天壤此奇才。"(此章與鳳笙詩迥异,清真健舉,不似前作之纖華也。)袁子亦題詞云:"漫説新詞記彩鸞,楚騷自古托幽蘭。分明一副長沙淚,莫當春花秋月看。"并柎余曰:"君莫更呼冤也。"

婁縣姚雲伯亦有題詞云:"誰吟湘草繼冬郎,展卷頻驚楮墨芳。天下於今無雅頌,故人到眼盡琳琅。解耽佳句原難餍,儘有名山莫便藏。我亦心肝渾嘔出，爲君珍重惜奚囊。”姚名錫鈞，亦號鵷雛，雄於才。下筆千言，略無澀滯。人亦頗落落，如裼裘公子。記其《曉起》一絶云：“雲天荒荒静欲枯，烟巒疊疊淡欲無。曉風乍動不知處，驚起一林青鷓鴣。”

庚戌冬，奉余家電，赴固畢婚。蓋是時適家君權篆固始，歲寒風雪，踽踽獨行。在京登汽車時，惟馬君又波親送耳。余感而賦三絶，有云：“文章詩酒交多少，道義惟君似故人。”又波性沈潛篤學，束身寡過，待人以誠，處己以道，世俗中不多覯者。尊翁亦善詩。又波好之，而終不作。殆亦知者不言歟。君名朝棟，安徽太湖人。辛亥春，余與諸子思立詩課。適汪子有擬題百餘，余乃倡議衆各拈題分咏。余拈得六題。余拈得六題即《春草》、《古意》、《題自然好學齋集》、《法源寺》、《社墳曲》、《楊花》是也。汪、林、程、姚、周亦各拈得數題。林子秋《夜琴聲曲》頗清艷。姚子《王郎曲》亦工麗。又《梅花嶺》二律亦排宕，首章云：“山到江淮不斷青，此間吾獨一駿停。雲連平野風塵色，花帶孤城戰血腥。四鎮局殘無故土，百年客過有新亭。欲尋舊事誰堪語，牧笛殘陽不忍聽。”袁子亦有《梅花嶺》七古一章，頗似長慶。程子《采菱曲》亦有古致。衆成後擬共刊太學題襟集，既而未果。

林子作《登陶然亭》詩曰：“二月不見花，青山在城北。獨有傷心人，陶然亭上立。”自謂冷峭無對。余乃作《法源寺》詩云：“千年法源寺，臺殿落空寒。不被刧灰没，於今有牡丹。”持示林子曰：“君不當却步耶?”林子笑曰：“皆一時瑜亮。”

余與袁子擬人物八咏，各拈其四。余得《邊城老將》、《林泉遁士》、《蓬門貧女》、《繐帳孤孀》四題。袁子得《空閨思婦》、《天涯游子》、《亡國孤臣》、《永巷宮人》四題。余詩載集中。袁子詩云：“誰教銀漢隔牽牛，脂粉慵調伴翠樓。楊柳池塘春鎖恨，芙蓉庭院月牽愁。漫勞寸簡傳殷羡，莫遣歸舟阻石尤。鸞帳香消鴛枕冷，誤人畢竟是封侯。”“朔風夜警憶香蓴，留滯江關一葉身。蝴蝶夢隨遼海月，杜鵑啼遍薊門春。年來解悶憑杯酒，客裏傳書有錦鱗。萬叠雲山天外擁，斜陽碧草易迷人。”“故國河山付莽榛，凄凉不見昔時春。

銅駝荆棘人垂淚,神廟烟煤鬼作鄰。梅嶺衣冠埋碧草,吴江風雨灑青磷。春花滿眼滄桑憾,零落昆明刼後身。""盈盈秋水濯芙蕖,自入深宫夢總虚。吴苑誰人知鄭旦,長門無處覓相如。雲屏月暗珠何惜,寶鼎香消髻懶梳。三十六宫歌舞遍,可憐妾未識羊車。"

《小説叢報》1915 年第 8 期

汪子善效唐人,自《清明》而後大變。《清明》詩者,汪子尊宋之始也。先是姚子學宋,林子亦然,汪雖慕之而未爲也。迨《清明》詩出,林、姚二子亟賞之,汪子遂力摹擬之,隨作《過神武門》、《枕上》諸詩。次日林子有《清明後一日》之作,姚子有《暮春即事》之作,紛相唱和,風靡一時。汪子益自得,數日間積十餘章,并舉曩日傚唐人者率行删去。余爲深惜之。

汪子正稿,斷自《清明》之作。既又惜其舊稿,乃裒爲《笠雲弃稿》一卷。實則弃猶不弃也。蓋人之學問文字,隨年俱變。少作即不及老作之佳,亦應兩存之以覘進境。余丙丁間所爲詩,本不必存。既思登高自卑,何用深諱。况汪子弃稿多傑搆耶。

汪子酷嗜山谷,謂其真能學唐,故恒以《山谷集》自隨。余則於唐人深信不疑,嘗謂文字之運。與時代爲更易,漢魏之文、六朝之賦、唐之詩、宋之詞、元之曲,皆臻極盛。擇其盛者學之,則便於取材矣。

汪子弃稿,余最愛其《夢游廬山頂放歌》一首。辭曰:"江月當我襟,江水洗我心。興甜落筆酒微醺,狂歌醉倒廬山雲。廬山鬱鬱何嵯峨,奇峰倒影摇江波。峰頭五老向我笑,舉手招我山之阿。我因乘飇風,振衣青雲中。海日如可探,天鷄遥相通。屏風九叠張雲錦,千尋倒掛金芙蓉。須臾回頭語五老,五老千年聾不曉。既不仙游金臺紫館中,又不身住蓬萊島。胡爲抉此十目坐看五千年,古往今來一任供饞飽。聲隆隆兮雲輪,風飄飄兮紫巾。倏然下兮花繽紛,飄然來兮雲中君。雲軒鳳駟乍停歇,眼前突兀何紛紜。示我以三千里之幻形,詔我以五千言之玄經。萬籟都寂天不靈,香爐爆布空蒼冥。有時雲氣來脚底,仙之人兮列齒齒。有時青鸞翔修桐,王母來自東海東。有時奇虬巨鰲紛沓至,諸天曼衍魚龍戲。更有峰底李之白鹿洪之牛,一齊掉首奔山邱。巍巍五老似笑還非笑,雲中拍手頻點頭。我乃左拍洪崖,右挹浮邱。登高一嘯,銀漢倒流。星娥月姊爲之愁,吴剛斧柯爛不收。回看下界十萬八千里,惟見大江之水滔滔東去無時休。長歌痛飲足快意,人生得此復何求。嗚呼!人生得此復何求,歌來雲我空悠悠。”汪洋姿肆,在太白、玉川之間。

同學淮陽司君也園,以疾卒於都。同人多爲挽辭。余作七古一章,自謂立意得體。蓋余與司君向無半面,止以同校之誼,不得不爲耳。通篇大率曠達語,而頗見哀痛。林子謂余是詩恰是挽司君,而最賞其中“吾生從未識劉蕡,今日寢門同一哭”之句,謂其婉而能達云。

汪子有《太學十君咏》,首即余也。其辭曰:“不見四照堂,百年有困默。篋中冰雪句,奚數蘭成策。嘯傲凌滄洲,高懷自凌轢。王生著作才,毋爲歌逼仄。”蓋汪子誤以余爲王猷定之後,但余家於明末時尚爲奥人,清乾隆中始入南昌籍。有四照堂時,南昌尚未有吾族也。雖然,諺有之:“五百年前是一家。”則又奚不可謂之同族耶。

袁子素不作詞,自去冬以來,日有所作,積得三四十闋,居然成帙矣。其詞多香奩,頗似花間。但多寓意感事,則又較有骨力。余因題一絶云:“摇落江關有所思,綺懷春怨納吟卮。工愁莫笑文人苦,一卷凄凉絶妙詞。”

袁子旅居都門,頗多别恨,因作《别恨詩》十首以寓感。詩曰:“回首三千里,天涯又一年。不知庭畔月,歲歲爲誰圓。”(月)“匹馬榆關道,蒼茫瀚海沙。寒雲遮故里,凄絶聽胡笳。”(寒)“獨處三更夜,啼鵑遍錦城。不如歸去好,空作斷腸聲。”(鵑)“風雨春三月,春花處處紅。銷魂南浦别,豈獨一文通。”(春暮)“鬱鬱長亭柳,焉知旅客心。柔條攀不盡,又見緑成陰。”(柳)“漫説雙星恨,年年渡絳河。可憐離别苦,惟有世間多。”(七夕)“處處催刀尺,江關動客情。由來驚蝶夢,半是擣衣聲。”(碪)“一穗秋燈暗,蒼凉黑水西。夜寒應不寢,曉聽汝南鷄。”(旅館)“秋風吹落葉,秋雨碎寒鐘。觸起思鄉念,家山隔萬重。”(秋夜)“三更人静後,誰識此私衷。惟有多情燭,

臨風墮淚紅。”(燭)

余作《西施詩》云:“客館荒凉未忍言,人間亦有苧蘿村。十年嘗膽心猶苦,一笑傾城夢易昏。終古胥濤空徹耳,衹今漁唱更銷魂。可憐烟水忘機處,不感君王雨露恩。”蓋以感事也。林子亟賞之,謂可凌駕玉谿,且曰:“君艷體可以開宗矣!”余愧是言,然欲勉力以副其譽。

吾友趙綉川名愚,河南魯山人,庚戌冬以疾卒於里。余於辛亥夏始聞耗,心殊傷感。權賦二律,以當一哭,殊不減長慶也。詩云:“白楊秋草已經年,噩耗方聞欲問天。愧我頑靈猶墮溷,憐君俠魄竟歸泉。久知生命如朝露,誰向清明泣暮烟。十載南柯渾一夢,不堪重讀大招篇。”“梁園抵掌竟無期,故舊凋傷衹自悲。化鶴定知人寂寞,聞鷄誰慮世安危。空山落月魂歸處,碧火青磷夢醒時。何日東芻能哭子,京華三載恨羈遲。”綉川人誠篤嗜學,患咯血猶爲學不倦,以是竟夭其天年,悲乎!

辛亥六月,余家居與諸昆弟擬作《黄天蕩懷古》,予作七古一章,三弟亦作七古,頗有神致。回京後以其稿示復南,復南書其尾云:“阿龍固自超也。”三弟詩多得自樂府,學盧仝温李,亦得其神似。五古似東野、文昌。生平不作七律,而致力於七古爲多。亦奇性也。

客有以某妓小照倩題者。余爲題二律云:“弱態盈盈未易描,冰膚姑射稱輕綃。依稀月下三分影,阿娜風前一握腰。弦管清歌仍昔昔,綺羅香夢總迢迢。羊膏玉帳非吾分,何事黄金貯阿嬌。”“碧玉年華絶世姿,姗姗立望覺來遲。名高冀北空群馬,身是江南第一枝。芳草幽香留蝶夢,美人清韵繫蛾眉。春風秋月須珍惜,莫待紅顔老去時。”客曰:“司馬亦有淚耶?”曰:“司馬淚爲己流,不爲若輩流也。”

同學吴君步曾,以其高祖母熊太夫人事略索題。夫人新建人,適吴氏。夫病,刲臂進湯不愈,夫人乃禱天,請以身代,投池以死,夫乃尋愈。其子家玉公爲表而旌之。余爲賦七古一章,於其始末,頗能曲曲傳出。

八月武昌師起，僑居都門者，咸皇皇不自綏，出京者踵趾相接。太學亦暫輟課，同學多返里者。余亦隨汪、袁、周諸子連袂返汴。於九月六日出發，初八抵汴寓，次日即重九也。袁子乃作《重陽有感》四律云："登高漫上仲宣樓，風景河山觸眼愁。巫峽月明猿泣夜，漢江波涌鳥驚秋。題詩憂國悲徐艷，起舞聞鷄執祖劉。世事茫茫天欲醉，滿城風雨黯神州。""八公草木遍天涯，霜染秋風日易斜。烽火咸陽迷故道，干戈湘水阻歸途。去官彭澤憐陶令，落帽龍山有孟嘉。簾捲西風人獨倚，可憐憔悴似黄花。""持螯賞菊總蒼凉，妖彗横空敵勢張。猝遇亂時惟獨醉，愁逢佳節説重陽。湘南雲暗花無色，嶺外霜寒草不香。頑鐵九州真鑄錯，諸公衮衮費平章。""烽燧連朝逼九閽，倉皇匹馬出都門。少陵詞賦江湖恨，庾信文章涕淚痕。上國無端成棘地，中原何處覓桃源。荔裘自覓茱萸酒，醉卧江南黄葉村。"録之以紀歲月。

余居汴垣，寓驛館街，汪子寓袁宅街。適汪子隔鄰有空宅，乃邀余徙居，余從之，自是遂成密鄰矣。汪子喜而賦一律，有"且喜桓譚托比鄰"之句。不數日其尊甫奉檄權篆商城，汪子隨侍。定冬月十二日啓行，相聚未幾，遽爾遠别，萍蹤絮迹，亦可憐哉。

十月廿八晚，天雨雪。余與家人方圍爐促坐，忽拈筆書五古一章，柬汪子云："今我殊不樂，寂然伏牖下。陳雪入窗來，使我魂驚詫。嗟余愧和璞，砆碱賤無價。學書計不成，學劍豈容假。何事足擾心，偏覓乏閑暇。日食不知愁，肯負此穲稏。所幸得解人，汪倫相比舍。疏狂不恃氣，稽阮非其亞。有時捉寸管，三峽源怒瀉。有時縱談鋒，儀舌不足借。與我久周旋，習性與俱化。泥爐熱尊酒，况值歲寒夜。安得隔鄰人，欣然旋命駕。"汪子次晨始來次韵答余云："詩壘各自營，相持未肯下。雪中詩清絶，韵惡任誇詫。明珠落唾咳，千金難媲價。念余處寂寞，得醉及休假。我方眩璀璨，歷亂眼未暇。作態自横斜，百頃翻穲稏。寺鐘動忽□，潭潭静官舍。摳衣出門望，崖巃無高亞。涷雲聚忽散，星影當窗瀉。清奇至難狀，好景豈容借。王侯歲寒交，心形與共化。隔鄰命樽酒，其此連床夜。清興余亦頗，詩成發晨駕。"余得詩，遂倒叠前韵柬之云："逸興偶然動,兹世一稅駕。蹉跎年復月,倏忽書還夜。吟詩作玄語,自謂奪造化。文通筆五色,恨不即相借。昨宵興忽來,海水杯中瀉。酒闌援兔毫,成詩投墻亞。邀將西鄰汪,踏雪過我舍。詩中寡聊賴,韵險叶䆉稏。丁此世多艱,楮墨烏容暇。下馬作露布,男兒事非假。咄咄汝王生,自視俱無價。胡爲悲失志,書空徒自詫。前途匪云遥,慎莫甘居下。”是夜汪子又倒叠前韵投余云:“讀書良不惡,古人許方駕。同氣有王生,款語忘昏夜。微言得真諦,萬氣欲通化。有時適已事,風月不待借。逢雪足詩興,詞源欲倒瀉。韵險心益壯,肥鈍笑通亞。今晨示我詩,嚄唶避三舍。君詩如盤粒,我詩猶䆉稏。及兹爲檢手,得酒更偷暇。語妙豈易得,好景不常假。殘雪低壓屋,坡老嘆無價。秉燭作夜游,涷羽共争詫。昨宵君記取,意醒猶猛下。”汪子謂余曰:“君詩素宗唐,今何忽欲與魯直接鄰耶?”曰:“吾與魯直弟子接鄰,安得不爾。”遂相與歡呼暢飲,燭見跋,汪子乃歸。

未幾,汪子行期至矣。余弟皆有詩送之。惟是日余無興,故亦無語。一鞭殘照,人在天涯。文字因緣,遂爾暫止。而是録亦暫輟矣。

香奩詩話

陳小蝶 等撰

載於《女子世界(上海一九一四)》一九一四年第一期，一九一五年第二—六期。與《閨秀詩話》、《曲欄閑話》共同組成“詩話”欄目。

作者爲醉靈軒主、蕉軒、笛舫、亞廬、香草。主要作者爲醉靈軒主，即陳小蝶(一八九七—一九八九)。他原名祖光，字琪；又名陳蘧，字小蝶，后改名定山，别署蝶野、蕭齋、醉靈、醉靈生、醉靈軒主、定公、定山居士。浙江錢塘(今杭州)人，陳栩長子。早年隨其父從事實業，創辦家庭工業社。抗日戰争初期任上海市商會執行委員兼抗敵後援會副主任。抗戰中被日軍逮捕。獲釋後前往臺灣，歷任中興大學、淡江文理學院、静宜女子文理學院教授。逝世於臺北。工詩文、詞曲、小説、繪畫。著有《醉靈軒詩存》十卷、《醉靈軒文存》三卷、《定山草堂外集》、《春申舊聞》等。

本詩話主要收録近現代江浙詩人之香奩詩。陳小蝶對香奩詩有較高評價，一反常論，認爲晚唐纖麗之作勝於前人古樸之詩。他説：“唐人詩詞，類多而簡淨不蕪，至温李始漸靡曼。後人效之，乃極其變。蓋上古文字，悉取單簡，故樸實無華，往往有詞不達意之病，實非完善。猶之草木，猶在萌芽，僅初具枝葉耳。殆後始有扶疏之枝，掩映之花，倘必以萌芽爲可觀，毋亦矯情之甚。”詩話中所選詩格調較高，不落俗套，香艷而不輕浮，可見作者才識。

《女子世界(1914)》1914 年第 1 期

宫詞始於唐人，語多摹寫情景。其後作者漸多，雜取史事，以付吟咏，然所咏亦皆秦漢以後事也。獨吾杭胡書農先生有《春秋宫詞》二十四旨，妙義環生，語皆卓然可誦。其辭云："蛾眉螓首畫難工，况解傳神倩盼中。如此玉顔消不得，緑衣纔賦又終風。""一娶車煩百輛迎，媵兼九女禮分明。銀環進銜金環退，底暇匆匆割臂盟。""嘉偶君能備禮求，迎來車羨銜三周。野帷不敵輜軿閟，駭絶瑯琊共遠游。""肯作章臺宫裹身，賦傳同穴息夫人。卯金舊傳天留在，兩字桃花恨萬春。""蕩舟遭黜復遭侵，姬寵能窺霸主心。争立自傳公子五，如夫人害到而今。""居狄居齊壯志消，酒醒人遠恨無寥。白頭又載懷嬴去，漫借黄炎作解嘲。""能駐韶顔服食諳，君卿朝罷共停驂。株林側畔離宫啓，小隊旌旂過夏南。""流傳貍乳事堪驚，藉藉蕭同叔子名。垂老登臺窺客跛，尚然一笑解傾城。""笑更袍袴解明璫，撲簌迷離學女郎。報道君王今好内，一時齊脱健兒裝。""滅燭牽衣事可猜，滿堂纓絶見雄才。美人十二懸間列，都是樊姬進銜來。""棘闈何幸二申從，回首層臺砌遠空。翠被復陶零落盡，雪花猶舞細腰宫。""姑慈能似定姜無，送婦心還痛藐孤。雪涕風前雙燕子，誨琴君正寵宫奴。""繒餘唐突恨無涯，埋玉深深隧道開。舞鶴市中人一閧，魚膏留餤在泉臺。""利擅三江又五湖，越王臺可勝姑蘇。怕他烏喙重傾國，還載蛾眉入舊吴。""力拔山兮惱五丁，枉開蜀道葬娉婷。凄凉望帝聲啼血，飛過函關不忍聽。""莫道金牛事果非，陰謀中早伏危機。李園女弟邯鄲妾，秦楚同時兩后妃。""更何餘忿化鳴蟬，獻玉曾看碎玉還。贏得六宫添韵事，閑邀姊妹解連環。""惱恨巫山十二峰，峰峰如髻繞王宫。妝成不讓朝雲色，要伴君游到夢中。""盧令令偶效齊風，狗盗乘時也自雄。輕暖愛他狐白好，葳蕤無奈鎖深宫。""軒光爲寵八成湯，吹耳無形弟子忙。報道青宫人復醒，盡抛鬉髻理明妝。""退房其奈愛移何，妒煞娃嬴擅寵多。一樣苕華顔色麗，鼓琴輸與夢中歌。""得救君王弟可能，奪師聞有虎符憑。後宫從此絲争買，不綉平原綉信陵。""羅縠衣單力不在，殿頭揮軫悟王心。將軍頭與夫人匕，不及屏風一曲琴。”“同輦隨君侍玉扉，墜臺誰料腐羅衣。輸他身化相思木，長引鴛鴦一處飛。”裔皇典麗，言皆有骨，洵不同於凡搆。

予髫齡時，嘗從保姆聞嚴憐春事，絶哀艷。胡書農先生以詩記之，且繫以序曰：“西泠憐春女，姓嚴氏。少失母，父貧無行，鬻女爲何氏婢。氏本孀居，憐女之孤露也，使視己女若姊妹行，并共針黹。時氏兄子檀，方以弱冠喪偶，氏遂以憐春字之，許而尚未嫁也。會里中賽社，何氏姊妹行，乃强飾女出。女故明艷，爲富家某所窺，涎之。以金貨其父，令贖女，復轉購之作妾。女至富家，悲啼不食，三日，逕自經死。其戚家爲予道其事甚詳。予嘉其志，乃作《憐春曲》，辭曰：“憐春春作亂花飛，彩鳳羞隨雅共栖。絶代紅顔委黄土，傷心薄命一青衣。青衣家住臨安里，生小何曾識羅綺。失母堪憐十歲餘，憑耶賣向深閨去。深閨嫠婦惜雛年，嬌女平陽一例憐。絶勝明珠擎掌上，幾曾團扇泣花前。相憐命作閨中伴，銀鴨添香夜來慣。日高慵起捲簾遲，小字琵琶鸚鵡唤。鬥茗圍棋樂事多，嬌痴渾未解牽蘿。櫻桃花底葳蕤鎖，楊柳風前懊惱歌。風前戌削腰如束，十五盈盈還十六。碧玉韶華正破瓜，青琴有客操孤鵠。孤鵠飛來阿母家，母因含笑指如花。擬將交甫懷中佩，繫作雙成臂上紗。交甫丰姿原玉映，曉妝舊識雙成靚。聞把鮮卑續斷弦，願同温嶠輸明鏡。偕行女伴暗評量，鸂鶒今朝化鳳凰。同在瑶池掌書記，妒佗如願逐蕭郎。相逢從此還相避，肯使猜嫌惹瓜李。烏鵲雙星會有期，波瀾古井翻空起。惱殺笙歌動地來，等閑吹使綉幃開。裝爲七寶移花檻，扶向三條走馬街。銅街十里遥相盼，玳瑁裁簾花作幔。玉樹風前嬌不勝，金錢市上輸争看。争看游人忘却歸，就中有個暗涎垂。可憐乳燕雛鶯態，盡被游蜂浪蝶窺。蜂蝶餘香争戀戀，重門歸去無由見。濫從鳩鳥訴相思，求與春風作方便。便來家下委文禽，轉羽移宫用意深。十斛願償金谷價，百緡先買阿耶心。阿耶縱博家蕭瑟，欲鑄黄金苦無術。甘心嫁與甯馨兒，入手貪他阿堵物。不惜傾貲贖汝還，還將巧語賺雙鬟。儘誇琪樹真連理，諱説枯楊訂合歡。巧偷不遂思豪奪，孤立欺他女貞木。得勢秋胡袖裏金，無輝雍伯懷中玉。女聞耶計暗聲吞,催促朝朝耶在門。刼取竟同沙叱利,訪來何處墨崑崙。情知欲住無由住,郤顧空閨非死處。强飾妝辭舊主前,誓拚生向佗家去。一死他家去不難,祇愁身去主孤單。玉釵銀釧都留在,主好他時當妾看。别有深情苦難剖,筭與扶上匆匆走。瞥見難禁陸展狂,一聲早聽河東吼。河東莫漫妒羅敷,傳語羅敷自有夫。已分樂昌成破鏡,料難合浦得還珠。防閑忍死留三日,覷便纖羅挂東壁。蛇醫驗取舊砂封,一點猩紅可憐色。仍是蓮花不染身,拈花笑果証前因。傳來倩女離魂信,拭盡何郎傳粉痕。粉痕拭盡終何益,從此玉簫聲斷絶。决絶裁成薄倖詞,來生願化雙飛翼。見説長眉昔未描,有人曾見早魂消。重來杜牧傷春晚,一去秦樓夢竟遥。尊前聞語低徊久,幸未名花落君手。甘爲韓憑了一生,即逢蕭史甯回首。西子湖頭桃李春,一番風雨總成塵。不堪鳳折釵分怨,多在花嬌雪艷人。”

董雙成,《酉陽雜記》載爲西王母侍女。相傳其故宅即杭州臨湖妙庭觀。雙成煉丹宅中,丹成得道,自吹白玉笙駕鶴昇仙。邑人立橋上望之,遂名其橋曰望仙橋,至今尚在,特已爲一熱鬧市矣。宋紹興初,道士董行元掘土得銅牌,有文云:“我有蟠桃樹,千年一度生。是誰來竊去,須問董雙成。”字盡精楷,其陰有王母乘鳳,旁有雲氣云。此牌舊藏藩司署,光復後乃不之見。若使猶在人間,必當更出現也。管蘭滋先生嘗以詩咏其事,詞句芬芳悱惻,惜篇長,不及録矣。

咏物詩貴有寄托,而尤妙在不即不粘。若徒事刻畫,即類匠人作劃,一目了然,更無餘味矣。管蘭滋先生《咏牽牛花》云:“豆棚瓜架映參差,破瓦頹垣蔓幾枝。碧玉何妨小家住,黄姑原是有情痴。露濃風緊秋凉候,斗轉星横月落時。倒展明河作明鏡,五更梳洗少人知。”以香奩體作咏物詩,佳絶。胡書農先生和云:“生涯朝槿可相同,夜色愁連日色紅。仙子肌膚宜熨貼,牧兒頭腦太冬烘。潤霑沆瀣三更後,開比曇花一霎中。染茜拖藍都不似,山家秋色代屏風。”“艷吐嬌含瞥影纔,避佗蜂蝶舞徘徊。星辰漸覺當窗落,鼓角原宜向曉催。瀉玉傾瓶香泛處,天青雲破色描來。果然織女妝堪助,移傍支機石畔栽。”造意深邃,不同凡俗,似又勝蘭滋一籌矣。

鄒蓉閣先生,好爲文章,才情横溢,下筆輒千言。然好爲香奩詩。《梳頭曲》云:“昨宵好夢醒來緩,紅日曈曈上窗短。美人臨鏡試新妝,入握春雲摻手滿。任他轉側宛挑鬟,明鏡團圞照玉顔。白獺未須施額角,黛螺隨分畫眉灣。自來懶學靈蛇髻,誰家墮馬誇娟麗。香絲宛轉繫絨根,七寸文犀綰通替。開奩重點桂紅膏,慢把金簪左右挑。盤就戲龍形宛肖,幾番穩貼插珠翹。檐前百遍催啼鳥,花氣迷茫緑窗繞。妝成忽報海棠開,此意唯應玉郎曉。”《凌波曲》云:“被池綉浴雙鴛鴦,鮫綃帳帶飄飄長。美人睡起擁衾坐,行纏寬盡頻羞郎。吴綾白似春雲捲,約束尖尖笋芽短。花蕊含苞剖不開,入手先憐玉生暖。昵人羅襪見凌波,折叠金蓮二寸多。笑説唐宫新様月,羞聞漢苑夜舒荷。紅蠶縛繭花真旖,兩瓣蓮分嬌莫比。象床行下倩鬟扶,春入雙弓慵不起。鳳頭密密寶珠排,香合絪緼襯錦鞋。待到曉妝衣换罷,回身無力墜郎懷。帳紋保護流蘇繞,夢合玉樓初縹緲。郎憐更比嫁時纖,儂情只説兒時小。”詞情雙麗,得力於《雁門集》者深矣。又《春波曲》云:“江南二三月,春水長春痕。妾住横塘下,春波直到門。門前春水緑,一簇鴛鴦浴。妝罷自臨流,照見雙蛾蹙。底事蹙雙蛾,含情對緑波。緑波流不斷,争似淚痕多。淚痕朝復暮,郎去桃花渡。不見鯉魚來,春雲蔽江樹。江上緑波新,春風長白蘋。淚隨春水去,流向遠游人。”婉轉生情,低徊無限,每讀一過,恍對十三女兒,喁喁情話,是誠具有大魔力者。(醉靈軒主)

《女子世界(1914)》1915 年第 2 期

周伯存先生,一號范湖居士,所爲詩魄力沉雄。直造杜陵之室。然纖麗處,亦復逼真温、李。海内人士,得其寸楮,輒珍爲至寶。歿後,遺稿散佚殆盡。猶憶其《席散曲》云:“蔗枝舞罷纓冠絶,酒闌樂闋人催别。醉扶紅袖跨香驄,樓閣燈疏半明滅。西園夜静獨歸遲,花霧溟濛吹面熱。袍笏滿堂轉眼空,繁華夢醒盈頭雪。惟留樺燭照遺簪,罩地簾波漾殘月。”《春草》云:“胭脂蕪没前朝井,綉鏃消沉古戰場。"《古鏡》云:"猶存舞鳳盤龍紐,閲盡肥環瘦燕人。"蓋先生生平際遇至澀,故所爲詩,輒多感慨系之,蓋傷心人語也。又《蘇臺柳枝詞》云:"赤欄橋下緑波新,領略鶯聲細雨春。一樣腰肢同婀娜,溪邊立着浣紗人。""緑傍紅樓便有情,十家眉樣鬥春城。吴儂生小無離别,不解攀條贈遠行。""低拂青帘繫畫船,鵝黄蘸水弄芳妍。檐前幾點清明雨,緑上雲鬟又一年。""南浦年年送遠游,陌頭春色入妝樓。麗娃鄉裏深閨女,婿未封侯不惹愁。"咏物寫情,妙在雙關,洵推傑作。

偶檢舊笥,得七古一篇,紙已黄敝,而字迹殊韶秀,有類女郎所書。其詞曰:"八月秋高夜氣清,碧天如洗纖雲輕。重城深鎖人聲寂,一綫銀河碧落横。倬彼昨回垂□練,千門萬户遥相見。相見迢遥不可攀,長在虚無縹緲間。微茫莫辨乘槎路,情波只許雙星渡。泛濫徐來翡翠幃,逶迤斜掛珊瑚樹。誰家庭院夜焚香,笑立花陰試晚妝。紈扇招凉書錦字,玉笙吹月弄新凉。長安思婦中宵起,獨擣寒衣深巷裏。蕩子從征去不歸,寒螿泣露啼還止。此時河影正悠悠,按户無聲萬古流。穿針兒女乘凉坐,畫屏掩燭望牽牛。商飈忽起烟難鎖,照入瓊樓轉瀯沲。捲幔渾疑瀑布飛,開簾却訝銀虹墮。蟾輝落盡鷄初鳴,猶有餘光滅復明。方今城内平如砥,不用傾來洗甲兵。"詞意哀艷,當必有所指托,匪漫爲吟咏也。因題其眉曰《明河篇》,擬録之寄刊日報而未果也,亟記之於此。

鄒蓉閣先生好作香奩體詩,嘗和温棣花太史《無題》八章,尤頽艷獨絶,人或以纖麗爲病,然予獨愛之。如"十分名貴非矜□,一種纖長最可人。""避母情懷防母覺,恣郎憐惜背郎啼。""鏡因膽怯常遮幔,瓶爲憐花少插枝。""燕子簾前人久别,櫻桃花下夢重尋。""當年思婦樓中粉,此日仙人嶺上雲。"皆名句也,予尤愛誦之。

元微之《悼亡詩》三章,詞不頽艷,而自成一片哀音,乃知詩爲心聲,凡有所鬱斷抑,乃自泄發於不覺,正不必過事雕琢也。悼紅室主痛其淑配之逝,作《悼亡詩》百餘韵,一日而成,惜今已散佚無存。予但記其佳句曰"盖棺不改生前貌,懺佛空酬殁後情","但使兒成能少待,便先我死未應遲","未敢過哀增母戚,轉因孤處祝身康”,“瀕死更添亡女恨,斂身猶着嫁時衣”,“中年多故情難已,有女因貧嫁獨遲”。以口頭語作至情之交,讀之令人泣數行下。

山陰周子炎先生,因感薛鳳兒之别,而作桐花牋,題詩索海内詩人和。一時應者如響,亦騷壇一韵事也。予嘗集其稾□然成帙,惜今已散佚無存。但憶陶巽人七絶十二首,中如“已是成陰葉落時,如何翻恨我來遲”,“梧葉滿階明月夜,不堪砧杵再添愁”。李可亭七律四首,如“重來阿閣栖無定,别去琴川夢也難”。谿西漁隱云:“劇憐囑咐金鈿事,一樣相思離别難。”“不與薛濤看一例,多情終古屬周郎。”瀏江醉蝶云:“我是吹簫卿弄玉,何堪同作别離人。”皆佳句也。而予獨愛金爐室篆詞人五絶一首云:“美貌咏如花,薄命嗟如紙。鳳去臺巳空,桐枯心未死。”節短韵長,詢《子夜》讀曲之遺。

唐人詩詞類多簡净不蕪,至温、李始漸靡曼。後人效之,乃極其變。蓋上古文字,悉取單簡,故樸實無華,往往有詞不達意之病,實非完善。猶之草木,猶在萌芽,僅粗具枝葉耳。殆後始有扶疏之枝,掩映之花,倘必以萌芽爲可觀,毋亦矯情之甚。

牡丹詩最難工,非失之笨滯,即失之纖巧不稱。予嘗見顧滌香先生《咏緑牡丹》七律八章,獨能翻陳出新,不落尋常窠臼。因摘其佳句如:“紅顔命薄難爲色,白面郎多太覺酸。”“生非有恨遍紉芰,落本無聲欲化苔。”“小家碧玉千金笑,末座黄裳一品衣。”“王者佩宜蒼水玉,美人妝稱翠雲鈿。”“天章夜奏靈能乞,池水春生讀欲迷。”切定“緑”字,不可移易。

咏史詩貴有把握,一語中的,不可稍有拖沓,不但僅以哀艷勝也。袁思永先生《讀南北史雜咏》十二首云:“琵琶中有霍光才,龍子風翔銜史臺。姊姊不來明月去,巷門深鎖夜鐘哀。”“紫羅令節大明光,草帽無端唱白羊。説與阿姑留不得,一聲酒令捉秦王。”“花字文書没姓名,修文臺上緑雲横。刀光夜入金珠帳,驚起雙尼夢不成。”“諸劉不盡諸元盡,玉鉢人間自此稀。二十五家餘爪甲,不堪長曳婦人衣。”“逍遥特賜郡君緋,月合天池夜合圍。銅雀小歸宫露冷,小憐頭上鳥西飛。”“笑看檀越門龍蛇,禹步新辭絡網車。白羽一揮江海去,少姬春醉碧桃花。""青衣萬弩被蠻雲,得水蛟龍自不群。明月滿輪開怒眼,綉幡中隱女將軍。""北邙蕭瑟野磷多,龍虎當年夜渡河。玉儿金床眠不得,凄凉紅粉一聲歌。""葡萄新送酒如泉,唤起阿尼作伴仙。貓女夜歷香粥冷,錦囊偷載紫金錢。""鳳莊門外蔣王游,胡騎横吹鼓角秋。玳瑁弩牙金薄帽,夜深騎馬過青樓。""自得貂蟬自品題,鸞旂威震壽春西。宫嬪夜賜金釵鑷,阿杜春嬌拜紫泥。""哭殺銅人淚未清,海東殘日照孤明。金蠶死後無消息,不敢逢人説再生。"鐵板銅琶,高唱入雲,不復更作凡響。(醉靈軒主)

《女子世界(1914)》1915 年第 3 期

瘦秋樓主林浣香,名素君,工畫能詩,女校書中,際李蘋香、簫鳳書外,惟兹一人。海内名士投贈之作,積如束笋。嘗以其《春江投贈集》見示,中如《梅花侍者》云:"素鏡不堪臨瘦影,青衫欲爲拭啼痕。"《上元郭吉甫》云:"等是有家也未得,五更殘夢過楓橋。"《楊采丞》云:"心經百折終難改,石證三生各有因。"《陶小賓》云:"似此多才偏落拓,算來折福是聰明"等句,均經女史親識丹鉛,回誦不置,顧亦賞識得宜。

女史嘗爲平梁李可亭繪山水扇頁,自題詩二絶,即和可亭見贈原韵云:"簫管喧聞臘鼓兼,閉門獨自拂霜縑。吴頭楚尾山千叠,幾個奇峰到筆尖。""療貧歲盡賣田園,徵逐猶從車馬喧。儂亦寫將山水賣,畫中仿佛武陵源。"原作改而又改,終自嫌未能達意。余爲易末句作"最難割捨武陵源",不禁抵掌稱快。又《感作和梅姊韵》云:"寥碧有天難補恨,軟紅無地可埋愁。"一聯尤推集中壓卷。番禺潘蘭史(飛聲)耳浣香名,嘗致書以《江湖載酒圖》索題。書中有云:"昔隨園《雅集圖》,以周月尊、曹墨琴兩夫人擅長,固知三吴英秀,代有傳人。"此語洵非謬獎。

胡蘊山録《示熊伯耻孝廉新聲古怨詞》一首云:"花風掃雲紅芳歇,冰弦彈落相思月。美人宴起顰蛾眉,蘭心不展丁香結。羅幬半捲鴛被斜,昨宵好夢留些些。氤氳香縷任來往,銀屏珠箔愁天涯。

銀屏咫尺天如夢，隔林鸚語勞深貢。羨爾隻栖碧沼禽，何繇一跨丹霄鳳。東鄰刀尺西鄰翦，機上黄鶯驗深淺。寂坐翻憐春夜長，星河明滅波聲遠。”借美人香草以寫時事，置諸温、李集中，幾不可辨。劉幼雲携之京師，傳誦一時。孝廉名光，柴桑望族，詩名冠江西。曾主虎林騷壇牛耳，人皆仰之如泰山北斗。不矜才，不恃貴，有一技之長，雖屠沽亦締爲知己。陶情詩酒，賤視黄金，大有古名士風範。

都中著涒社第十一課《閨情》七律四首，不限韵。第一王佺孫（曙笙）云：“偶牽綺思傷花落，絶少歡情對月圓。”第二袁士鑑（潤民）云：“金釵偶拔挑花蝨，玉盒齊開飼錦蠶。小牖鈎簾迎白燕，圓盆添水養紅魚。”第三李國瑜（紹堂）云：“鳳紙相思羞付鶴，鵲橋佳話羨牽牛。”第四沈緒詒（燕孫）云：“當風未慣冰肌薄，夢雨初回粉汗消。”第五裴祖椿（絢臣）云：“忍笑故將眉半鎖，含春不覺臉微潮。”第六汪應焜（蘭浦）云：“閑裁貝嶠冰蠶錦，愛綉天吴紫鳳圖。翠幕斜搴窺落絮，紅絨笑嚼唾真珠。”皆佳句也。餘如宋傳曾云：“對鏡尚看雲鬢亂，開簾曾見月眉彎。”龔英園云：“心依陌上垂絲柳，腸斷機中織錦詩。”奚生白云：“調成螺子拈新句，唤起鸚哥背舊詩。”錢質臣云：“千家碪杵心俱碎，一榻風花夢不成。”葛園云：“閑挑蒜絡匀還細，戲製瓜燈巧更精。”蓬島散人云：“長安賣賦才人筆，南國相思少婦情。”袁士鐔云：“一雙方勝尋無着，九節連環解不開。薄束螺鬟妝半面，輕兜鳳舄扣雙鈎。”卓啓堂（玉齋）云：“曉開菱鏡憐容瘦，夕解榴裙覺帶鬆。”王學衡（伯陽）云：“嬌憨婢子惟貪睡，落拓王孫尚遠行。”韓寶忠（劍芝）云：“匀面淡施花露粉，對襟鬆扣藕絲囊。”等句，亦旖旎風流，娓娓可誦。（栩園）

同里趙璞幽先生，詩才清俊，爲吴中七子之一。著有《媕雅堂集》，惜失傳已久。清同治中，桐鄉嚴某嘗以重價購求是集，終不可得。予家藏有全集，行爲重刊，以廣其傳。集中《遼宫詞》十六首，哀感頑艷，不同凡構，亟録之。其一云：“采殿花深日影微，佛裝初卸試單衣。晚來幾陣天街雨，知是君王射柳歸。”其二云：“戎裝扈蹕盡紅顔，嶺樹汀花影翠鬟。記得頭魚開宴處，仙游小輦玉盆灣。”

其三云:“延芳淀裏水清泠,鵝雁飛飛唼翠萍。齊向上風檛畫鼓,官家親放海東青。”其四云:“綉褓紅珠一色妍,生男初報笑喧闐。芳筵臺琖休辭醉,覆誕迢迢十二年。”其五云:“石郎曾賜白貂輕,握手尊前别淚盈。應念寢園春薦重,年年馬上進朱櫻。”其六云:“條風拂拂掩瓊窗,團坐方裀倒碧釭。散樂初停交戊夜,粉丸拋處盡成雙。”其七云:“藏鬮小宴歲相仍,海淀樓臺朔氣凝。幾曲雙溪冰似岸,夜深齊點萬魚燈。”其八云:“田園樂事夢依稀,望海堂空客未歸。古寺獨來看畫壁,蓮花影裏露沾衣。”其九云:“草花如綉萬山春,果下輕馳不動塵。新製九龍雙輅隱,從今不羨黑車人。”其十云:“金蓮賞罷晚凉深,牙帳初移黑水陰。夜半獵人吹斷角,䑛鹻鹿子滿秋林。”其十一云:“書傳諫獵擅才華,空笑殘裝誤漢家。獨對回心深院月,含情愁更訴琵琶。”其十二云:“神器何當屢借籌,屬珊帳外陣雲秋。麝香河水聲聲咽,猶繞當年斷腕樓。”其十三云:“宫雲移扇映簾犀,重午筵開玉殿西。看盡尊前回鶻舞,歸纏一色綵絲齊。”其十四云:“飛放年年過杏堝,春山傳敕宴頭鵝。景雲四部聽來慣,偏愛尊前小隊歌。”其十五云:“茋頭殿裏捧瓊卮,同志同風絶妙辭。一自詞臣工頌禱,退朝不誦黍離詩。”其十六云:“祭東禮數漢家同,鹿□新傳别様工。拋琖晏成歸路遠,青囊處處舞春風。”

桐鄉程筠軒倡《梅魂詩》索和於人,時烏程徐鶴舟客居是邑,獨賞徐作,以女字之,未及娶,徐得痿疾。病三十載忽起,程方將送女畢姻,而徐竟以傷暑暴卒。其《梅魂詩》云:“仙姿縹緲總無形,歸去羅浮與洞庭。玉笛吹殘空自怨,瑶琴撫罷遺誰聽。雪寒孤月村邊白,烟冷數峰江上青。欲覓芳蹤何處所,滿林香霧夜冥冥。”山陰朱瓣香嘗戲作《竹夫人傳》,稱竹夫人爲倚玉山房鮑玲瓏夫人。傳云:“夫人撰有《抱青集》,其《子夜歌》云:‘感郎綢繆意,許儂情久長。郎意雖云熱,儂心衹自凉。肯以雨露濃,而忘抱冰雪。郎自竭郎歡,儂自盡儂節。蘭蕙有幽香,桃李多艷姿。阿儂無他好,虚心足郎師。’”寓意深婉,得風人旨。(蕉軒)

《女子世界(1914)》1915 年第 4 期

才人不壽,恒讖于詩。如歸安趙鼇候世昌《自題小像詩》云:“廬山真面果如斯,取認吟肩瘦不支。幾輩胸懷秋月冷,半生心事落花知。依人骨相終嫌傲,顧我頭顱自笑痴。寄語天涯諸弟妹,最難開展是雙眉。”又《别意》云:“朝落江頭送客船,一聲雁斷月明天。不知楓葉蘆花裏,彈冷潯陽第幾弦。”《即事次内子曼仙韵》云:“凉情吹上海棠絲,簾捲西風夢醒時。一事憐卿遍類我,肯拚消瘦愛吟詩。”句多幽冷,宜其不永年也。

常州歌伎陸興寶,能以片紙覆聚頭扇吹之作簫聲,亦口技中之僅見者也。文登于漢卿贈詩云:“江上秋風壓怒潮,少年身世盛飄摇。郤從十萬軍聲裏,來聽興娘扇子簫。”(喋喋)

會稽陶方琦先生,博學士也。常作香奩《無題》詩八章,詩云:“赢得嬌吟一串清,海棠花底背詩聲。洗裙怕婢多私問,題扇嗔郎寫小名。柳眼青如初着地,桃腮紅得可憐生。眉兒畫就君休孏,還要胭脂點得輕。”“十三嫋嫋五盈盈,最是風流最不勝。君意莫如秋後扇,儂心好比夜中燈。妝眉蹙翠遮簾影,睡臉生紅印枕棱。還有一般痴極處,闌干靠遍唤難譍。”“甜言軟語怕人兜,一半嬌憨一半羞。病態看花如水淡,莊容被酒也風流。慧心學母裁衣樣,纖腕容郎作枕頭。不耐并肩相倚坐,怕他雙影漾蓮鈎。”“只許風流不許狂,暗中偷卸藕絲裳。帳垂愛作深宵語,衾暖先燒隔夜香。鏡裏含羞如對客,燈前調笑慣容郎。叮嚀密約多休問,待到人前要替防。”“生增春恨露眉彎,一點愁侵二點山。醉後笑窩微透臉,影中愁態只垂鬟。鸞箋小注卿儂字,鴛步輕排姊妹班。只恐海棠嬌不訴,爲憐花淚拭成斑。”“慧眼嬌容翻作生,到無人處語猶輕。垂簾暗自描鞋樣,捉袖先驚動釧聲。耳熱猜人呼小字,臉花防姊笑多情。夜來星月樓前拜,尚自瞞郎不使行。”“别有詩情别有腸,愛郎偏是善堤防。宵深怕冷持衣勸,春嫩宜酸揀味嘗。爲恐性情迷放誕,反將行止倍端莊。濃薰蘭麝傷人肺,赢得鴛衾不軟香。”“爲有深情一萬重,眉稍眼尾慧傳通。看郎習字親磨墨,怕婢鍾情戲點紅。歡喜鴛

鴦同拜月,遮瞞鸚鵡怕通風。細思夫婿生辰近,忙煞抄經綉佛功。”有語皆香,無字不艷,的是高手。(笛舫)

《女子世界(1914)》1915 年第 5 期

嘉定錢蕉雨鏞,胸懷率直,中年所如不偶,著《紀游神詩稿》一册。中有《别内》二首,頗藴藉,此老亦風情不薄者,然鬱鬱不自得意,悉露毫端。詩云:“三生石上舊狂痴,慚愧尋芳杜牧之。中酒情懷殘夢斷,憐春心事落花知。已驚子夜悲寥寂,又觸丁年感别離。緑暗江南風瑟瑟,種成紅豆總相思。”“遮莫聲聲唤奈何,一年底事付清歌。開殘豈蔻春風少,吟到芭蕉夜雨多。閑把幽期商燕子,細將新恨訴鸚哥。他時得遂看花約,還恐東風掃緑莎。”又《秦淮泛舟書贈女郎趙順兒扇頭》云:“船泊柳陰邊,微風送柳烟。柳絲吹不斷,閑抱落花眠。”亦佳。

上海唐咏茗尊□前輩,生平不作綺語。而所著《難齋雜鈔》中小令,則又絶不類其人。如《唐多令・津門憶舊》云:“多少别離衷,相思兩地同。魚沉雁杳信難通,回憶去年今夜事,明月下,正情濃。今日嘆飄蓬,孤帷四壁空。緑窗無語泣東風,欲把此身化蝴蝶,飛不到,夢魂中。”《金縷曲・題陳冠梅女士所繪筱寶峰梨圖守志圖》云:“雙淚緘情至。任凭他,海枯石爛,難移儂志。一縷情絲容易斷,除却東風難繫。憐痴絶、小家妮子。碎却柔腸戀透骨,寄相思遥隔梁溪水。香誓重,問寒沚。生來膠漆原宜此,記當時,憑欄私語,郎心無二。綉閣送行淒草草,别後賴鈎閨思。漫算計,將身何置。玉貌仙才偏不偶,枉裝成七室樓臺住。鴛夢穩,且相伺。”

雲間李梅仙逋,寄來《贈蘭詩》二十絶,活艷生香,定有所指。詩云:“仙根舊傍蕊珠宫,小謫塵寰恨不窮。羅帳輕籠明月暖,一枝九畹銜香風。”“明眸皓齒柳眉揚,時樣新翻墮馬妝。楚客已沈汨羅去,阿誰更解佩秋香。”“殷勤移植水雲邊,錫得佳名唤阿憐。金屋藏姣成底事,東風無力任纏綿。”“美人芳草兩情長,乞得春陰上緑章。十萬金鈴勤護惜,囑他仙尉好司香。”“風拂銀屏溜月光,玉肩久倚不聞香。蓮花粉貌頻消受,是否前生武媚娘。”“鬱金堂北畫樓東，仙種争誇燕尾紅。珠淚未乾情默默，月明無語雁聲中。”“輞川綺石擅栽培，智水頻教沃一杯。最是銷魂神黯處，會稽舊事已成灰。”“紫叢颯颯獵風聲，願把靈根托謝庭。同臭不妨心兩印，夕陽亭畔草青青。”“水仙格調玉梅香，綺旎丰神淺淡裝。昨夜秋風太無賴，夢魂飛不到瀟湘。”“玉肌潔白擬魚鮀，香汗淋漓漬紫羅。雲雨襄王千古夢，高陽臺上月光多。”“誰解披榛采异香，鴛鴦小髻髮生光。一枝記贈前宵夢，夢到江湄冶恨長。”“羞將富貴賽東皇，花國群推王者香。金谷園荒人不見，素裳無那立斜陽。”“麗質平分澧水香，風吹羅帶響明璫。琵琶新學求鳳曲，楊柳多情莫漫狂。”“芳言乍吐不勝情，舊日因緣證幾生。春滿紗窗人不覺，子規頻送斷腸聲。”“銀階冷拍鳳皇琴，相對無言鑒素心。忽地風吹紅雨過，雲篩月影夜沉沉。”“護芳只合倩仙鋤，鄭女通神异夢餘。日日古香吹不盡，幽光誰説讓芙蕖。”“插帽當年羨霍生，金錢遥擲怎波横。郎官已散憑誰握，乞得靈根海上生。”“承恩九陛沐香湯，燒燭揚芬照玉妝。魚子低音呼小字，櫻唇微綻露丁香。”“珊珊窄步太遲遲，宋玉高堂賦罷時。春到江南愁更甚，好將紅豆種相思。”“孃孃章臺柳一枝，三生石畔舊相知。玉谷已老冬郎死，誰更多情解贈詩。”栩園云：“咏物詩貴有所托，方耐尋味。”讀此信然。（亞盧）

杭州梁德繩之女，名楚生，歸德清許周生。性耽吟咏，著有《古春軒詩鈔》。《即景呈夫子》云：“薄雲漏日明孤塔，新水涵秋淡遠天。”《送接山四兄之粤西任》云：“江山勝處詩尤健，兒女多時宦亦愁。”皆集中佳句也。

桐鄉陸敬安之妹，名瑀華，貞静而慧，八歲讀《詩經》、唐詩俱成誦，十歲學爲詩，出筆韶華。其伯父彡石先生見之曰：“此吾家女學士也。”性不喜華飾，屏弃粉黛，有諷以髫年非所宜者，則曰：“自有本來面目，安用俗艷爲。”許氏同里嚴氏子，未及婚而瑀華卒，年纔十六。著有《栽香室詩鈔》。《漫興和定圃兄》云：“佳境可行樂，莫愁生有涯。杯邀千古月，庭種四時花。山色當門近，泉流繞屋斜。揮毫成一笑，得句漫籠紗。”《舟中即事》云：“春光已滿畫橋西，野岸同遭望欲迷。流水聲中孤棹遠，夕陽影裏遠山低。沿堤柳葉藏鶯語,夾路花香襯馬蹄。載酒歸來天正晚,一鈎新月挂前溪。"《枕上》云:"欹枕當寒夜,殘更隔院催。新詩吟未穩,迸入夢中來。"

吾邑女詩人李吏香《猶得住樓詩稿》中頗多佳作。《吊婁妃》八首,極哀艷之致。其一云:"負煞忠貞女丈夫,良言唤不醒狂奴。風吹影蠡濤如雪,猶抱當年隱恨無。"其二云:"鎮日深宫鎖翠蛾,未能奔月竟凌波。可知有個萍踪客,至此維舟感慨多。"其三云:"可憐家國竟全非,力莫回天願已違。數尺殘碑今在否,最傷心者庶人妃。"其四云:"江山如故事何存,留個悲風泣月魂。成祖九京應嘿默,凛然大義出閨門。"其五云:"薰蕕蘭蕙迥然分,肉眼何曾識細君。生不同心難共穴,雙飛蝶莫上孤墳。"其六云:"不守桐圭一味貪,紅閨有婦是奇男。世間枉着衣冠者,過此遺邱亦自慚。"其七云:"葵心一點付東流,不及樵人尚轉頭。量力能承家法否,空教賢耦怨千秋。"其八云:"誰家亡國乏蛾眉,獨有章江一片碑。魂近孝陵應不愧,漫言夫倡婦應隨。"(香艸)

《女子世界(1914)》1915 年第 6 期

近人小品文字,往往僅署别號,不獲知其姓氏,頗以爲憾。嘗見署名野航者咏秦淮泛舟云:"幾樹垂楊噪晚鴉,行人莫問故侯家。當年江令今何在,一曲青溪胡蝶花。""細艸含烟送早秋,秦准潮落水如油。銅駝斜卧青樓冷,一夜西風滿莫愁。""水流桃葉太無情,門捲秋風夕照明。畫舫不摇波似縠,兩株衰柳帶烟横。""長板橋頭月未圓,零星燈火撲簾前。景陽鐘斷無消息,愁聽征鴻落遠天。"詩思綿逸,有不勝今昔之感。又白下瘦腰生《觀女劇》二律亦佳。詩云:"一闋新聲奏六幺,龍笙鳳管雜鸞簫。歌殘玉樹聲聲慢,足踏蓮花步步嬌。秋水芙蓉仙子佩,春風楊柳女兒腰。天魔舞罷香雲散,知否相如渴未消。""亦是歡場亦戲場,登場歌舞盡紅妝。從來粉黛多豪傑,竟有蛾眉作帝王。一代興亡婦女樂,衆仙蹌蹐咏霓裳。問誰管領鴛鴦譜,錯把裙釵配鳳凰。"

黟縣程竹溪錫光,寄《緑窗瑣事》詩三十絶,句多香艷,當是懷人之作。選其二十六首云:"欲招青鳥五雲東,爲我傳書到月宫。

細問爾來緣底事，一毫關節不通風。”“丈夫薄命亦如斯，莫怪閑游步每遲。遠水盈盈山淡淡，教儂何處不相思。”“給伴城中去賣絲，我來恰值出門時。匆匆挽個抛家髻，白玉簪花插一枝。”“長書短信兩模糊，寫得心情一半無。名利誤儂儂誤汝，隔江同看月輪孤。”“舊時庭院舊紗厨，怕癢花開第四株。悵觸心中無限事，月明風細獨踟躕。”“綵紗窗一外鳩啼，梅雨霏霏夜氣凄。有約不來天欲暝，嬾雲扶夢過西溪。”“梅溪遺址古書齋，齋畔香泥試鳳鞋。第一莫栽楊柳樹，送人夫婦到天涯。”“午飯忘餐日又隤，笑卿真合號書獃。一盂蓮子休嫌淡，粒粒儂家手摘來。”“賢明令尹廣求才，鎖院森嚴漏點催。怪底玉郎推不起，已聞鷄叫第三回。”“去年今日峭帆開，燕底鶯邊春又來。惱煞風姨太無賴，吹郎舟去不吹回。”“亂敲窗紙葉聲乾，颯颯西風釀曉寒。斜倚綉床思底事，半醒半睡任郎看。”“罪袂宵來可耐寒，寸箋親筆問平安。却愁嬌婢開封看，嵌入蓮苞當蠟丸。”“冷落房櫳不耐閑，思量往事淚潸潸。纔經假寐旋如晤，依舊環肥燕瘦間。”“合歡床上月娟娟，正是春餘夏始天。剩粉在衾香在枕，一燈如豆乍孤眠。”“紅日初升塔影偏，雙雙蛺蝶戲風顛。桐陰一經苔三尺，坐看方塘放白蓮。”“解人意最動人憐，午課慵時悵獨眠。揀得兩觔蘆笋嫩，輕輕抛與十文錢。”“小吹低唱睡魔逃，親剪紅燈壓緑醪。貪看玉人微醉後，更無言語嚼櫻桃。”“橘緑橙黄手又搓，意中人定淚痕多。去年今夜回廊下，悄影雙雙拜月娥。”“立遍桐陰日欲斜，春風不送客還家。何心料理閑花艸，舊種文蕪又發芽。”“讀書聲好莫喧嘩，低唤了鬟抱小娃。古樣磁瓶新汲水，替郎親養蠟梅花。”“烏篷小艇趁宵凉，月亦精神水亦香。囑付雙鬟輕打槳，怕驚花底睡鴛鴦。”“别時衫鬢兩青青，病骨今成瘦鶴形。重展香羅看錦字，緑窗人静夢初醒。”“面面横風遇石尤，愛蓮難放采蓮舟。柳眉不展蕉心卷，替我横成一段愁。”“獨抱纏綿一片心，水晶簾外短長吟。薰風薰得儂如醉，竟體珊珊軟不禁。”“花底門臨大道南，看花年少喜停驂。小姑未識羞生客，高卷簾穿茉莉籃。”“花落花開春易殘，幾多幽怨寫毫端。青衫憔悴紅顔老，兩處愁腸迸一團。”細膩熨貼，雅近次回。

美人空閨自憐,每多遲暮之感。鴉江王鶚士《美人嘆》云:"美人偶臨鏡,自惜容顔麗。素面不加飾,荆釵横插髻。寂莫空谷中,年華流水逝。顧無同心人,此心何處繫。形影常相憐,鬱鬱自侘傺。花落看年年,容顔日已替。掩鏡起傍徨,一雁空中唳。"着字不多,已將美人愁容怨態,悉現紙上。(亞盧)

先大父心天台主人,善爲文,尤工詩,手定《時還讀我書屋詩稿》待梓。稿中有《聞蛩》、《聞笛》、《聞砧》、《聞笳》四詩,《聞蛩》云:"嬾婦剛停織,蛩鳴四壁清。半堆黄葉老,一枕黑甜驚。岸側蘋風緊,窗前桂月明。沿籬聽唧唧,來助讀書聲。"《聞笛》云:"羌笛吹何處,征人盡望鄉。落梅情自適,折柳意偏長。叫雁餘音咽,飛鴻逸韵揚。有誰清濁辨,一聽一回腸。"《聞砧》云:"寒砧秋夜起,千里未歸家。刀尺聲相應,裘裳信敢差。月敲驚夢蝭,霜擣怯啼鴉。愁思分明訴,凄然感物華。"《聞笳》云:"邊笳諧節奏,十八拍調和。響自軍中澈,音還塞上多。鐃歌朱鷺曲,閨夢白狼河。思漢文姬苦,離情唤奈何。"

嘉定王鳳喈先生,詩名藉甚,著有《耕卷齋集》,中多香奩之作。《采菱曲》云:"妾家五湖口,采菱五湖側。自言生小慣風波,越女紅妝舊相識。相識恰相逢,蕩舟明鏡中。木蘭爲櫂青絲絆,桂浦椒潭極望通。極望重重烟樹合,菱花菱葉何稠叠。緑浪開時搴紫莖,白蘋香處摇輕檝。停檝憩清潭,遥山歇夕嵐。清歌來渚北,雜弄相江南。江南此際堪腸斷,玉殿凉風歇弦管。千金翠羽空相向,一片春芳盡衰晚。衰晚漫多愁,相邀返渡頭。羅衣已覺薄,白露暗驚秋。秋江日暮寒潮涌,菱舟女伴誰相送。横塘獨打兩槳歸,惟見鱗鱗水雲動。"(蕉軒)

寸樓詩話

羲　皇撰

載於《游藝雜誌》一九一五年第一期。作者署名羲皇，浙江黄岩人，生平不可考。

《游藝雜誌》，月刊，一九一五年一月創刊於台州，由游藝雜誌社編輯發行。以"游於藝而志於道"爲宗旨，發表時人所作新舊體詩詞、詩話及小説、戲劇、雜談、幽默小品和筆記。羲皇爲其主要供稿人之一。

作者主張詩是"天籟"，即"天然流露於性情之中，而不容營心鏤刻，所謂無意爲詩，而詩自工也"。又稱自己獨愛《隨園詩話》，顯然受袁枚性靈説影響頗深。針對晚清提倡須窮經讀注疏，爲"學人之詩"的風氣，作者反對盲目崇古、以時代論詩，認爲只要是"胸中之天籟性情所流而不覺，終不失風雅之旨"。詩話中多選清人自然新巧之作，及黄岩鄉賢前輩之詩，注重其才情。如稱贊友人解易卿不經意之作，因有感而發，即爲佳構。選詩格調較高，才識可見。

《游藝雜誌》1915 年第 1 期

詩，人籟也。而人之天籟也。發于情而出諸口，而筆之詞初非所謂詩也，小兒田夫之隨意歌謡而已，至有文字而後有所謂詩之名。是故詩者，天然流露於性情之中，而不容營心鏤刻，所謂無意爲詩，而詩自工也。彼營心鏤刻者，乃所謂有意爲詩，而詩自陋耳。教化日進，文明日開，世運之變，唯詩亦然。康衢擊壤之作，三百篇之始也。其詩之雅樸,亦可見上古朴質之風,而發於天籟者矣。三百篇而後,變而爲騷。又變爲漢魏之五言及樂府。至唐初而後有七言五言近體,至中唐而盛,至盛唐而極盛。故後人莫不以盛唐爲宗。其晚唐宋元以下,則又莫不以爲其别徑,不合風人大雅之旨,而失盛唐之風。愚以爲不然。夫詩之沿革,隨文明而進化也。康衢擊壤以下,三百篇、漢魏五言樂府、至唐而近體,蓋隨世運而遞變,乃文章之進化,勢所必然。此三百篇之作所以至今鮮倣之也。夫以三百篇之佶屈聱牙,誠以其詩出於天籟性情,未嘗營心鏤刻爲不可及耳,其實則非文章進化時代也。彼傖父沾沾于古者,弃其本而取其末,以爲我奚爲捨古而取今,失風雅之旨。乃鋭意學古,營心鏤刻,而欲肖三百篇之作,如東施效顰者,誠可笑也。殊不知詩之風雅者即天籟也。詩之體必變,而其中風雅天籟之旨,如三百篇者,雖易百世而不可變也。蓋詩者,出於天籟。其營心鏤刻,非天籟者,即失風雅之旨,值謂非詩可也。是以詩雖百世百變,其天籟自然之性百世而不可變也。晚唐宋元以下之作,或譏其滯駁、餖飣、漏逗、枯燥、硬澁、散漫、綺麗、香奩者,皆不知詩者也。夫其滯駁、餖飣、漏逗、枯燥、硬澁、散漫、綺麗、香奩者,其文章之各有不同耳,亦其胸中之天籟性情所流而不覺,終不失風雅之旨,豈營心鏤刻者哉?然則詩者,天籟性情,此作詩風雅之旨也。至於即其詩而論其人,品行、性情、禍福、優劣固判然,然此乃論人非論詩,蓋非所及。

余獨愛《隨園詩話》,其中論詩多名言,發前人之所未發,深得詩人風雅之旨。如曰"近日巨公教人作詩,必須窮經讀注疏然後落筆,詩乃可傳。余笑曰:'且勿論建安、大歷,開府、參軍其經學何如,只問"關關雎鳩""采采卷耳"是窮何經、何注疏,得此不朽'"云云,此誠千古作詩之名言也。鄉曲小儒,安知詩乃天籟之旨。

《清暇録》載黄巢下第,有《菊花詩》曰:"待到秋來九月八,我花開後百花殺。衝天香陣透長安,滿城盡帶黄金甲。"明太祖亦有咏云:"百花發,我不發。我若發,都駭殺。要與西風戰一場,遍身穿就黄金甲。"彼此一意,然各朕一生事業。"香氣滿城"二句,特一時竊據而已，自是盜賊口氣。而太祖之敗士誠、友諒，及得大都之日，皆在七八月之間，適合"西風"一句，其詩自是帝王口氣。及余又觀清車林雲表《菊花詩》云："凡卉媚春日，念君寒始芳。披將金鎖甲，獨力戰風霜。"則又確爲逸士口吻矣。

車林，字雲表，上虞人，咸豐布衣。少負逸才，爲文俊美有風骨。王躔六、劉蕙蘭皆以國士器之。而卒不遇，可慨矣。其門人宋，梁宋棠爲其刻《梅隱詩鈔》三卷、咏史詩三卷行世。其詩清麗幽絕。佳句如"鬼燈紅出墓，村樹黑疑山"，"秋生臨水樹，月吐隔村山"，"曉星帶楊柳，春水没蝦蟆"，"夢殘燈影裏，秋碎雨聲中"，"雨敲蓬背如蕉葉，僮指村頭有杏花"，皆佳句也。又其《吊韵琴樓主人》四首，有"從此丹楓是紅淚，征帆不敢上吴江"之句，讀之沈痛。又其《秣陵七夕》一絶云："銀潢清淺不生波，一歲惟傳一度過。牛女有情應亦老，那堪經得别離多。"頗新穎未曾道。

《漁洋詩話》："閩清林初文名章，有《送人詩》云：'不待東風不待潮，渡江十里九停橈。不知今夜秦淮月，送到楊州第幾橋。'梅禹金激賞之。"予觀《明詩綜》，至郭奎子章《開歲卧病》詩云："多病文園渴未消，自從人日遇花朝。不知楊柳將春色，送到淮南第幾橋。"則知前詩本此，特巧於脱胎，故兩得其妙耳。

宋人題嚴子陵詩曰："一著羊裘便有心，羊裘豈是釣魚人。當時只著蓑衣去，江水茫茫何處尋。"余猶嫌其太率露。不如清李西雲先生之"志不在得魚，聊以寄情耳"及"何必著羊裘，驚動漢天子"之含蓄，深得風人之旨。

"地下若逢陳後主，豈宜重問後庭花"，此唐人咏隋宫詩也。"地下若逢于少保，南朝天子竟生還"，此明人咏岳武穆詩人也。句法同妙，明人之作，可謂青出於藍矣。

趙雲松《過蘇小墳》云："蘇小墳鄰岳王墓，英雄兒女各千秋。"白見麟《莫愁湖》詩云："添個莫愁湖上坐，美人長此伴英雄。"宋世犖《西湖絶句》云："湖山盡被蘇家占，一個髯翁一美人。"句法相似。近友人管子舟吟其父德輿先生《咏西湖》絶句云："蘇子堤鄰蘇小墓，美人名士一家風。"句法脱胎亦妙。子舟又言其弟仲隨亦能詩，咏其《送春》句云:“畢竟春從何處去,小園鎮日未開門。”巧有新思。

范文正公《咏雁宕卓筆峰》曰:“笠澤硯池小,穹窿架石峨。仰憑天作紙,寫出太平歌。”高季迪咏曰:“雲來却似墨,雁過還成字。千載只書空,山靈恨何事。”奇巧無比矣。及觀前清時李石震之作,則奇巧更過之。詩曰:“六經既删定,大筆無人杠。屹然卓筆頭,萬古凌崆峣。録録漢唐宋,箋注後紛尨。誰能運指擘,隻手持修橦。醮海一勺乾,倚天三山降。星斗作文字,先覺開愚惷。小儒言詹詹,對此神爲㥄。至文乃無文,白露横烟江。”其起處以六經删定,更匪夷所思,前未曾道也。

吾黄王嘯林先生,以駢體名。其詩亦重一時。著有《彝經堂詩集》六卷,其集中有押“樓”字甚佳,皆五律,又其“樓”字適皆在頸聯。《落日》句云:“古今一長嘯,天地幾高樓。”《題仰山樓詩草》句云:“一聲吹鉄笛,之子倚高樓。”《晚步》云:“野樹緣平野,夕陽紅半樓。”《題秋籟閣畫册》云:“月明千里共,有客倚高樓。”句皆沉壯,有盛唐音。而其古今句更奇雄未曾道。予因竊嘗稱之曰“王四樓”先生。按《兩浙輶軒續録》中,先生詩亦在其末。蓋先生適是時卒,故得選入約二十餘首云。

吾黄蔡濤少海,其詩才一世之豪也。曾記其《寄别王玉貞》有“歸來寶劍無青眼,誤入圜扉竟白頭”之句,才人不得志語也,讀之令人嗚咽。又其《九日》云:“尊酒重陽散客愁,東南雲物望中收。美人紅袖親簪菊,名士青衫獨上樓。牛斗之間生劍氣,江山如此少英流。尋常燕幅還相嬲,醉入華胥任謬悠。”觀其才情才氣,若不能一世者。然身死于窮,名不震于宇内,何遇之奇也。著有《天香樓詩存》、《燃藜閣詩草》行世。

許蓉垣先生自言寓北京時,先生太孺人患其羸弱多病,數寄函勸其服補藥,壯身體。先生不答函,僅以一詩寄云:“柴米油鹽日日愁,又愁夫婿不封侯。藁砧天末原無様,只恐籬娘已白頭。”亦可知先生之風趣雅人。從此藝林又添一段佳話矣。

吴存義《榴實山莊詩鈔》,其詩頗平渾無甚出色者。予獨愛其《雨後聞溪聲》一絶,警策可誦。詩云:“飛泉百道赴溪行,雷轉空岩草木驚。流去自然能到海，在山休作不平鳴。”怨而不怒，寓意深遠。

《梅墅詩集》，前清光緒臨海李宣揚撰。其詩頗平淡，獨其《咏買書》一絶翹有風致。詩云：“百般增價較錙銖，最得便宜是買書。費只百金家萬卷，古今風雨共吾廬。”

蕭山高柳州《笑花軒彙編》，其中撰有會稽王衍梅律芳詩，其咏始皇云：“地上長城天上月，是真千萬世無窮。”又咏後漢帝一聯曰：“一戰南陽龍有子，再亡北地漢無孫。”蒼勁不可及。又其題金纖纖女史《瘦吟樓詩草》四首，其注有曰：“卷中如蝴蝶，秋來化瘦人”，及“夜凉彈醒水仙花”等句，蓋女史詩也。余嘆嘗稱絶，及觀其咏彼詩亦佳。如“我意量他小蝴蝶，那能瘦過美人來。”可惜一彈人換世，水仙到底不曾醒。

會稽李悉伯慈銘，一字蓴客，前清同治庚午舉人。爲人落拓不羈，類古之屈原、賈長沙，而才情亦復近之。其文章推當時，而駢文猶傾倒一世。其詩蒼鬱似老杜放翁，如《讀離騷》一律云：“何物文章力，能令萬古嗟。悲歌栩窮士，風雅擅詩家。世事長流涕，吾生亦有涯。須知淪落感，不獨賈長沙。”蒼凉沉鬱，隱然以賈長沙自况，悲矣。又其《青田湖競渡詞》，閑情旖旎，又復似杜枚之。詩云：“今年風景勝前年，半月先期約畫船。湖水湖風三百頃，家家備笛夜樓前。”“虹橋三里小紅樓，樓下人家早艤舟。釧影隔窗燈未滅，嘻星簾幕各梳頭。”“誰家雀舫擅玲瓏，翠管銀瑠别樣工。獨揀緑楊處泊，午陰低颭玉釵風。”“星大高城上漏遲，游人漸散夜闌時。一鈎新月鍾山寺，過甚燈船總不知。”“舞臺對起五雲高，永東橋連芙市橋。風露漸深歌漸細，夜凉分占兩枝簫。”“堰南堰北逐行雲，陌上衣香勝草薰。難得夕陽偏解事，盡烘湖翠上羅裙。”嗚呼！才人鬱鬱不遇，齎志以没，如李蓴客者，悲已。

吾友雪生，天才穎逸，詩頗多佳句。如其《暮春》句云：“檐外鶯兒争鬥舌，聲聲欲唤暮春回。”《游九峰》云：“疏林静看雲山遠，落日斜揮峰影回。”皆有情景。又嘗謂予偶得句，有云“樹老驚秋落葉忙”，一時未就。余爲之擊節嘆賞。

余友解君易卿,詩不經意作,然作必佳。一日余過君家,見案頭有詩,有"鏡裏好花溪底月,不能入手只能看"之句,予爲之嘆賞。蓋君有所感而作也。

日本亦多詩人佳作。往者與俄之戰勝後,其帥某賦詩曰:"王師百萬征强虜,野戰功成尸積山。愧我何顔見父老,凱歌聲裏几人還。"嗚咽涕泣,真仁者之言,庶深得風人之旨矣。將帥如此,安見國之不興哉。

吾黄王六潭先生咏霓,當代名人也。年七十餘,猶手不釋卷。已著有《函雅堂集》行世。其詩博雅大方,有古人風。其集中如《羽山謁大禹廟》詩,限四支韵,至三百八十四韵之長。典博澳瀚,非常人所能窺也。吾師於菊生先生,於其集中尤愛其《西山探桃》三絶句,及《亡室蔣恭人忌日感賦》之作。《西山探桃》云:"如此溪山好問津,不須更訪武陵春。游人却被桃花笑,幾個閑來學避秦。""自成標格洗鉛華,羞向東風鬥暮霞。莫誤天台入山客,重來劉阮已無家。"(原注:山中有白桃數本。)"小麥青青野雉飛,連天紅雨欲霑衣。却從正法寺中坐,滿地竹陰横翠微。"《亡室蔣恭人感賦》云:"隔絶音容已十年,死生契闊語空傳。殯宫夜冷紅梨月,遺篋香銷紫玉烟。開眼莫酬他日淚,有情應結再來緣。荒江薄宦君知否,那得營齋十萬錢。"余嘗過菊生先生,見案頭紙上題此三絶句,予驟見此詩風格,以爲唐人詩,詢之乃知,不禁嘆絶。其亡室之作,猶纏綿悲惻,視元微之所作不亞也。

譚廷獻《合肥三家詩録》者,徐懿甫子苓、戴子瑞家麟、王謙齋尚辰所作也。詩多慷慨沉鬱,感時之語。徐《夜飲大醉登元叔墓上作》云:"只此一棺隔,醉來呼不譍。悲風吹熱淚,墮地盡成冰。狐嘯月全黑,飛霜夜有棱。酸吟叩枯冢,泉下可曾聽。"奇語雄語,可歌可泣,直欲拔劍吹地,搔首問天。戴《臨淮軍次對月》云:"晚林生朔氣,圓月耀寒光。天地白于水,關河嚴有霜。鴉聲殘角外,人影大旗旁。此夜旄頭落,飛書走曲陽。"風格遒鍊老勁,盛唐法律也。又其"行藏鬱鬱雙蓬鬢,天地悠悠一草廬","天共寒山遠,鴉隨落葉多",亦沉著幽澹可誦。王《聞錢東平布衣江談林公舊事》云:"憤來倚劍唱烏烏，伏櫪誰憐壯士孤。天下河山歸指掌，半生心事負頭顱。盈庭自把長城壞，失著全教此局輸。舊是衛公老賓客，醉談往事獨嘻吁。”嗚咽叱咤，不勝感慨，淋漓之致。又其《臨淮題壁》云：“一曲驪歌踏軟塵，故園小別已兼旬。宵來欲作還鄉夢，淮水無情又送人。”清雋有神，皆可傳之作也。

樂顏樓詩話

心　雲撰

載於《游藝雜誌》一九一五年第一期。原題《樂顏樓詩話卷一》,實際僅此一卷。作者署名心雲,不可考。

本詩話多議論。作者在開篇即提出:"詩之妙,神能通,口不能道,筆不能述。口津津而道之,筆縷縷而述之,便落下乘矣。故古今一切詩話,不問優劣,不分美惡,俱是畫蛇添足,盡可付之丙丁。"自己之所以作詩話,只因諸友亟請。又認爲詩話未有不偏者,"或諸家辯論,互相駁詰,如聚訟公庭,各争意見,真可笑也",實際上,詩之取捨,"一因心理而异,二隨境遇而變,三因學術而遷,一家有一家之取捨,不能强使之同。即同是一人,少年與老年之取捨又不同"。作者重視"情",認爲"世界惟情字之力最大"。還引入新的心理學觀念來論詩。如録李仁卿論"七哀"之義,以之爲哀戚太甚,喜怒樂愛惡慾等六情皆被一哀所掩,作者稱其説"與今之心理學暗相符合"。對歷代詩不分唐宋古今,多有點評。

《游藝雜誌》1915 年第 1 期

余向不能詩,嘗與諸友閑談時,偶及幼年所誦諸作,諸友以余間有道着語,强余記之,不獲辭。姑就井蛙之見,筆之於紙。説多荒謬,自知不免。閲者諸君,正其謬而告之,余所願也。

昔老子云:"道可道,非常道;名可名,非常名。"詩道亦然。詩之妙,神能通,口不能道,筆不能述。口津津而道之,筆縷縷而述之,便落下乘矣。故古今一切詩話,不問優劣,不分美惡,俱是畫蛇添足,盡可付之丙丁。余既知其非而故作之,豈言不由衷歟?因諸友之請,爲情所役,乃入阿鼻地獄,而説不入耳之言耳。

余幼年時,頗有精神病。曾編《韵語要訣》一書,詳論詩調、詩格、詩意、詩味、詩氣、詩德,以及若何着字,若何使事,若何造句,若何立局諸法。自爲得意,欲灾梨棗。後始悟其非,遂付祝融收藏。不知作詩之道,全賴心之妙用,非有法度可以範之。有軌範,即落窠臼,不成詩矣。"劉項原來不讀書",盡人知之。觀其"大風起兮雲飛揚"及"力拔山兮氣蓋世"等語,何等雄壯。而日夕埋頭窗下者,焉能望其項背?要而言之,吟咏先須善根性,出言方得泣蛟龍。苟本質不美,磨磚作鏡,終無是處。但此可與上智言,不能與中材道。昔老杜云:"讀書破萬卷,下筆如有神,"學而知之也。余閲詩話多矣,未有不偏。取其持論平穩,可爲後學軌範者,殊不多覯。或諸家辯論,互相駁詰,如聚訟公庭,各争意見,真可笑也。昔元遺山云:"先儒骨已腐,百罵不汝酬。胡爲文字間,刮垢搜瘢疣。吾道非由韓,哀哉涉其流。"余亦最然是説。不知詩之取舍,一因心理而异,二隨境遇而變,三因學術而遷。一家有一家之取舍,不能强之使同。即同是一人,少年與老年之取舍又不同。余幼時所選諸詩,今日見之,不覺發笑。前以爲極妙者,今以爲平。前以爲平者,今以爲極妙。無他,因余之心理、境遇、學術俱有遷移故耳。

詩中所記之地位,以無界限爲妙。如《出關》詩"馬後桃花馬前雪,出關争得不回頭"已成名句,若改爲"關内桃花關外雪",便庸劣矣。即改爲"後是桃花前是雪",亦不妙。馬本動物,烏能爲地位之中心點?今偏於桃花雪中間用一"馬"字,真成异様妙景。詩又有與地相合而佳。如趙子昂《題揚州明月樓》云"春風閬苑三千客,明月揚州第一樓",一時稱絶。若改"揚州"爲"杭州,"不覺發笑。"揚州"與"杭州"同是地名,何以如此之别?因地合於詩也。又有詩合於地者。如"立馬吴山第一峰,兩三星火是瓜州"等詩,是詩佳而地亦因之而佳也。使改爲"立馬終南第一山,兩三星火是江州",未必倒絶。詩合於地者,可以易地。地合於詩者,不可易地也。

詩利用狀字(形容詞)爲修飾語。如“燭光低映珠簾麗,酒暈徐添玉頰紅”,“低”字、“徐”字爲“映”字、“添”字之修飾。“低映”、“徐添”,動字加狀字,形容其動法也。“麗”字、“紅”字,爲珠簾玉頰之修飾。一句用二修飾語,欲其不成麗句,不可得矣。余幼誦《離騷》,見茳蘺、薛芷皆列入篇中,獨梅花不與焉,心甚疑,何徒重香草而不重香花乎?今觀吾鄉女史趙梅仙《咏梅花》云:“不入離騷十九章,澧蘭沅芷共芬芳。句中冰雪天心見,笛裏關山驛路忙。尋夢孤衾寒料峭,巡檐獨夜月昏黄。吟身贏得臞如此,卻笑人間點額妝。”第二首云:“雪作精神冰作姿,水村山郭一枝枝。風清月照吟詩候,月冷羅浮入夢時。瘦幹疏花含遠韵,清香幽艷絶塵緇。等閒折得和冰嚼,頓覺寒芳沁入脾。”咏梅寄托有言外意。且首句與余極表同情,便不覺拍案叫絶。嗟乎!梅花之品,如此之高。梅花之香,如此之清。梅花之艷,如此之冷。竟不見賞於靈均,抑花顯晦亦有命乎?設不遇林處士,豈不同凡香俗艷,終古烟没而無聞哉?夫山川秀氣,偶然發泄,而生此奇樹妙花,已戛戛乎其難。又要生胸中一副别才,眉下一雙别眼之人,始能識此奇樹妙花,豈不戛戛乎更難。今之稍有才華者,不見知於世,遂托蘭蓀而寫怨,何不知諒之甚耶。

昔觀《隨園詩話》所采曼興詩:“鬟雲撩亂不曾梳,先向池邊飼碧魚。露滴翠荷擎不定,戲分小妹當珍珠。”已羡其無限清疲。女史趙梅仙《咏夏閨》云:“含情欲采沼中蓮,恐攪鴛鴦水底眠。纖手自拈萍一點,戲妝雲鬟作花鈿。”而風趣爲前詩所不及矣。

又有《春閨雜咏》:“鴨爐香熱透窗紗,遍倚闌干日未斜。閒看一雙新燕子,緑陰叢裏學裁花。”“春風吹暖入紅樓,緩步閒階數綉毬。猛聽小旛聲簌簌,爲花擔悶爲花愁。”“鶯聲逗引日初長,寶鴨新添雀舌香。門掩春風無個事,海棠花底讀西厢。”“卐字闌干路几叉,裁紅暈緑興偏加。瞞親私卸龍吞鐲,换作金鈴護萬花。”“小園一夜雨廉纖,摧折繁花滿徑粘。曉起呼鬟携箒掃,掃來識作落花簾。”“日長人倦篆烟消,獨步尋詩上畫橋。照影自憐消瘦甚,緑楊還舞小蠻腰。”俱清瘦可誦。閨閣之詩,至於此境,令人嘆絶。又有

《春閨》一絶，空中搆想，靈慧非常，録之於下："春閨曉起日遲遲，樓外誰家唱柳枝。數拍不將紅豆記，祇因此物最相思。"其他如《鬥茶》云："旗槍小隊當春戰，雲霧家山入畫看。"《咏梨花》云："幾處曉雲藏翠夢，一簾細雨認啼痕。"《剖榴》云："金屋春深藏紫玉，瑶臺秋冷住飛瓊。"真是冰雪聰明，飄飄欲仙矣。

李冶仁卿，著有《古今黈》一書。内論子建、仲宣、孟陽《七哀》，駁去吕向"痛而哀、義而哀、感而哀、怨而哀、耳目見聞而哀、口嘆而哀、鼻酸而哀"之陋説，謂人之七情，有喜怒哀樂愛惡欲之殊。今而哀戚太甚，喜怒愛惡等悉皆無有，情之所繫惟有一哀而已，故謂之"七哀"也。其説與今心理學暗相符合，巨眼獨到，爲先儒所不及。且論詩謂東坡用事下字未安穩，俱極有見解。

有一僕新婚，其主命之隨往武林。僕在舟中，日夜思妻，吟云："相思却是船頭水，兩槳平分劈不開。"主惻然，命之歸。又閨秀咏新月詩，"天邊怕看如鈎月，鈎起新愁與舊愁。"一自情融景，一自景融情，俱可謂善寫情矣。

陳無已《小放歌行》云："春風永巷閉娉婷，長使青樓誤得名。不惜卷簾通一顧，怕君着眼未分明。""當年不嫁惜娉婷，傅粉施朱作後生。説與旁人須早記，隨宜梳洗莫傾城。"山谷云："無已平日詩極高古，此則顧影徘徊，衒耀太甚。"此詩人盡誦之，以其風韵之美，而不知用意之高。獨山陽潘彦輔謂無已兩詩，亦顔延年《五君咏》之流也，豈自衒哉。第一首惡倖得名位之人，必欲知我者，真第一著眼。第二首獨居自愛之懷，品甚超，詞甚激，正是好高志古，不浪結納者口吻。無已安貧守道，窮厄以死，豈肯爲顧影賣弄之辭。吾恨山谷久與之交，而不能因其辭而察其心也。又有《芍藥》詩云："九十風光次第分，天憐獨得殿殘春。一枝剩欲簪雙鬢，未有人間第一人。"此真抱目空一世之氣概者也。而彦輔能放大光明，照其用心之所在，亦無已後世之知己也。

余閲《歸愚詩話》，載有東山詩讖一事。常熟汪東山繹，康熙庚辰年狀元。臚唱日，馬上得句云："歸計未謀千畝竹，浮生只辦十年官。"癸未假歸，未十年卒。知詩讖已早成矣。余友某家本小康，除夕得句云:“家計漸如望後月,治生空逐隴頭烟。”此後家道漸落,至今一貧如洗。而二句亦成詩讖矣。

咏物詩有兩層難處:若不刻意,便不切題。若太刻意,又不自然。得此失彼,勢難兼顧。昔隨園咏竹夾桃詩:“名士襟懷原爛熳,美人消息總平安。”尚算兩得。

咏物題遇枯窘者,每用點染之法,可得風雅語。如咏桐樹云:“游戲功名憐介弟,風塵賞識憶中郎”等是也。詩有寫景佳者,如“三山半落青天外,二水中分白鷺洲”,“三春白雪歸青冢,萬里黄河繞黑山”等是也。夫天地山川之景,本在目前,心静者看之,便覺有情。如“萬山無語看焦山”等句,山爲不動物,今用以“無語看”三字,其景更真而有趣。但粗心人不能得此語也。

詩題甚多,約分之,不外四種。一曰咏情,二曰咏景,三曰咏史,四曰咏物。咏情詩貴幻而能通,咏景詩貴真而不汛,咏史詩貴宏而有度,咏物詩貴切而不粘。要而言之,詩貴含蓄,有言外意,且有寄托。不然,雖纖巧可誦,一讀而盡,即無餘味矣。

唐人詩善於寫情,體貼入微。如“長貧惟要健,漸老不禁愁”,“乍見翻疑夢,相逢各問年”,“少孤爲客早,多難識君遲”,“長因送人處,憶得別家時”,“問姓驚初見,稱名憶舊容”,“客淚題書落,鄉愁對酒寬”,“旅望因高盡,鄉心遇物悲”,“道直身還在,恩深命轉輕”,“乍見翻無語,別來長獨愁”等句,皆寫情名句。後之淺率者,焉能一字道得到乎?又老杜七律如“海内風塵諸弟隔,天涯涕淚一身遥”,“我已無家尋弟妹,君今何處訪庭闈”,“幸不折來傷歲暮,若爲看去亂鄉愁”,“悵望千秋一洒淚,蕭條异代不同時”,“江上形容吾獨老,天涯風俗自相親”,“衰年肺病惟高枕,絶塞愁時早閉門”,“萬里悲秋常作客,百年多病獨登臺”等句,以疏淡之筆,寫極哀之情,字字是淚,點點是血,令人痛不卒讀。

閲《詩體明辯》,所論樂府命題一節,爲後人辯樂府者之一助。謂樂府名稱不一,蓋自琴曲之外,其放情長言,雜而無方,曰“歌”。步驟馳騁,疏而不滯曰“行”。兼之曰“歌行”。述事本末,先後有序,以抽其意者曰“引”。高下長短,委曲盡情,以道其微者曰“曲”。

吁嗟慨嘆，悲憂深思以伸其鬱者曰“吟”。因其措辭之意曰“詞”。本其命篇之意曰“篇”。發歌曰“唱”。條理曰“調”。憤而不怒曰“怨”。感而發言曰“嘆”。皆詩之變體，而總謂之樂府。此論樂府命題之道，辯論詳析，絲毫不爽，非大具眼識，不能臻此。又論樂府三變之道，謂歌行有有聲有詞者，樂府所載諸歌是也。有有詞無聲者，後人所作諸歌是也。其名多與樂府同。而曰咏、曰謡、曰哀、曰别，則樂府所未有。蓋即事命篇，既不沿襲古題，而聲調亦復相遠，乃詩之三變也。

張文定《題漢高廟》云：“縱酒疏狂不治生，中陽有土不歸耕。偶因世亂成功業，更向翁前與仲争。”潘彦輔以其議論極有關係，但“治”字誤讀去聲，博引諸書，以證其誤。余以爲“治”字，《説文》本水名也，出東萊縣曲城陽邱山南入海，從水台聲，直之切，是名詞本平聲。今作動詞，亦可作去聲讀。名作動用，動作名用，是用字之善變也。唐以前有變字，無變音。唐以後以其無别，特平仄其音，可以有别。如“解衣衣我，推食食我”，下“衣”字讀去聲，下“食”字讀上聲，以其名變於動也。諸如此類，不勝枚舉，彦輔豈不知之，而獨苛責其誤讀乎。

《閲詩法要標》言詩之意義不一，要其歸不外情與景而已。情兼景者上也，偏到者次之。情景兼者，如“露從今夜白，月是故鄉明”是也。情到者，如“長擬即見面，反致久無書”是也。景到者如“日華川上動，風光艸際浮”是也。又如“水流心不競，雲在意俱遲”，景中寓情也。“卷簾惟白水，隱几亦青山”，情中寓景也。“感時花濺淚，恨别鳥驚心”，情景相融而不分也。“白首惟多病，秋天昨夜凉”，一句情，一句景也。若一聯景一聯情亦是。或四句六句皆景，俱以情結之，變格也。惟情可以全篇言。然苟無法以注之，易入流俗。故曰融情於景物之中，托思於風雲之表者，難之。吴默之論，亦持之有故，言之成理。以余論之，情景相倚，决不能偏及也。情非景不深，景非情不妙，若稍偏及，即不成名句。推而言之，世界惟情字之力最大。大地河山，俱是死物，以情貫乎其中，皆成無限活物，無限生趣。余有詩云：“多情便是詩中訣，得意莫如世外人。”

李夢陽曰:"叠景者意必二,闊大者筆必細。"此最是律詩三昧。如"浮雲連海岱,平野入青徐","孤嶂秦碑在,荒城魯殿餘",前景寓目,後景感懷也。如"詔從三殿去,碑到百蠻開","野館穠花發,春帆細雨來",前半闊大,後半工細也。李謂初學者,焉得不云是乎。不知大家之作,善於寫情而已,有情以流動之,不論叠景單景,不問闊大工細,各臻其妙。無情以流動之,雖纖巧之字,闊大之題,皆嚼蠟無味矣。昔人以詩爲言志,余變其名曰"寫情"。要之作詩變化無窮,如天地風雲,片時莫測。若一板滯,豈作詩之道乎?

清初遺民閻古一《咏歌臺》云:"英雄原不羞貧賤,歌舞奚曾損帝王。笑嫚亦看何等客,腐儒原是使人輕。"其胸次何等浩大,其出言無限牢騷。

寫美人春睡詩詞,古今無名句。白樂天《長恨歌》云:"雲髻半偏新睡覺,花冠不整下堂來。"是寫睡起之狀,非睡態也。又《西厢記》云"揭起海紅羅,軟簾偷看下"几語,亦非睡態也。令狐楚《衙覽詩集》梁鍠《美人春怨》詩:"妾家巫峽陽,羅帳寢銀床。曉日臨窗久,春風引夢長。落釵猶挂鬢,微汗欲消黄。縱使朦朧覺,魂猶逐楚王。"《國秀集》改其題曰《觀美人卧》。彦輔斥其四字命題似不雅馴,而詩亦萎靡不振,信然。

昔宋仁宗問張景曰:"鄉江陵有何勝?"對曰:"兩岸緑陽遮虎渡,一灣芳草護龍洲。"又問所食何物,對曰:"新粟米炊魚子飯,嫩冬瓜煮鼈裙羹。"又嘗問管師復曰:"卿山中何所得?"對曰:"滿塢白雲耕不盡,一潭明月釣無痕。"應對靈敏,率爾成詩,俱是佳句。亦作詩之所難也。

咏詩以性情不同,而氣象殊别。昔范文正與高季迪同賦卓筆詩,兩人感慨迥异,皆不失名句。范云:"笠澤硯池小,穹窿架石峨。仰憑天作紙,寫出太平歌。"高云:"雲來初似墨,雁過還成字。千載只書空,山靈恨何事。"一則積極主義,一則消極主義,而各臻其妙。

唐張象文幼時登單于臺,有"白日地中出,黄河天外來"之句,寫景雄壯,與宋之問《題靈隱寺》詩"樓觀滄海日,門對浙江潮"二句,同一妙也。

吾鄉有吴壽民者,少年從軍,不得志而歸。畫一肖像,束裝騎馬,勒鞍顧盻,名曰《征南圖》,遍請詩人題咏。時同里黄君穀丞方少年,有才名,吴往求跋。黄爲題曰:"先生訪我空山裏,手携一圖求跋尾。自云壯歲去從軍,封侯無分歸故里。歸來何太早,無乃非本意。君不見當日曾彭與羅李,章句書生而已矣。一朝騰躍起風雲,千秋功業巍如彼。有爲亦若是,我將投筆翻然起。問先生老來意氣,尚肯相從未?"盖諷之也。

咏物大約多用古體,乃源本古代賦物之變體,如荀子《蠶賦》、《箴賦》之類是也。明人咏物詩雖用近體,亦纖巧可人,《七修類稿》中已摘出,玆再録之,以供茶前酒後之用。如蘇平《綉鞋》云:"幾日深閨綉得成,着來便覺可人情。半灣羅襪凌波小,兩瓣金蓮落地輕。南陌踏青春有迹,西厢立月秋無聲。掃花偶濕蒼苔露,晒向窗前趁晚晴。"《豆腐》云:"傳得淮南術最佳,皮膚褪盡見精華。一輪磨上流瓊液,百沸湯中滚雪花。瓦缶浸來蟾有影,金刀剖破玉無瑕。個中滋味誰知得,多在僧家與道家。"胡斗《南雙孔笛》云:"混沌難分濁與清,鑿開空翠太分明。有聲本自無聲出,二氣還從一氣生。碧海夜寒龍并語,瑶臺月白鳳諧鳴。依稀黄鶴樓中聽,吹落梅花雪滿城。"《萍》云:"重重叠叠砌魚鱗,根蒂渾無半寸深。偏爲太陽遮水面,可容明月印波心。千層浪打依然聚,幾陣風吹不肯沉。多小錦鱗藏葉底,教人無計下鈎尋。"楊基《新柳》云:"濃如烟草淡如金,濯濯姿容褭褭陰。漸軟已無憔悴色,未長先有别離心。風來東面知春淺,月到梢頭覺夜深。惆悵隨宫千萬樹,淡烟疏雨正沉沉。"《春水》云:"溶溶漾漾欲平橋,知是巴山雪盡消。紅雨落花來滚滚,緑烟芳草去迢迢。沅湘已没鷗邊渡,溢浦新添鶩外潮。向晚漁郎走相報,大家齊上木蘭橈。"戴幾靈《插秧婦》云:"青袱蒙頭作野妝,輕移蓮步水雲鄉。裙翻蛺蝶隨風舞,手學蜻蜓點水忙。緊束暖烟青滿地,細分春雨緑成行。村歌欲和聲難調,羞殺揚鞭馬上郎。"夏元吉《人影》云:"不言不語過平生,步步相隨似有情。長向燈前同静坐,每於月下共間行。昨朝離去天將暝,今日歸來雨又晴。最是行藏堪愛處,顯身須要待時明。"沈彦博《纖手》云:"曾見花梢揀俏枝,宛如春笋露参差。金釵欲溜輕扶鬢,寶鑑重臨淡掃眉。雙送千秋扶索處,半揎羅袖賭關時。香腮細托聞嘶馬,忙揭未簾認阿誰。”

縫衣詩古今名作雖多,謝幼睿有一聯情景溶和,深入骨髓,可稱絶句。詩云:“金針入處心俱痛,素綫牽時恨共長。”余誦其詩,不覺心如針穿,盡有疼痛。噫! 情之穿心,比有形之針更盡也。

臨邑女史王清閨,年十一,虞奠哭母云:“當窗織,長嘆息,母恩未報母何適。難將哀怨訴西風,對爺强笑背爺泣。含情含恨在中天,淚滴蘐堂已七七。閨中教女更無人,案頭空插畫灰荻。暖日鶵雛傍母眠,哺乳慈燕銜簾入。嗟余無母竟何依,痛裂肝腸空抱膝。抱膝歡吟十一年,中途割愛傷心碧。傷心碧,母不識。欲寄寒衣向誰泣。”其一片痛母哀腸,造一段至情歌詞,讀之令人淚下。在心爲志,發言爲詩,信乎! 不然,十一歲女孩,何能至此。

又有《得我亭即事》二聯最佳:“柏子因風落,松陰逐日斜”。“看書常引睡,撲蝶誤傷花。”寫景精切清淡,皆從王摩詰集中得來,粗心人决不能有此作。

又有《咏雪》詩:“萬里乾坤净,田疇一望平。過橋人有迹,啄玉鳥無聲。江冷蓑衣白,詩吟柳絮輕。昨朝梅放處,素影不分明。”雖拘題刻意,尚不露斧痕,亦咏物詩中之佳句也。

緑野亭邊一草廬詩話

江　瑔撰

載於《小説新報》一九一五年第二、五、八、九、一一期，一九一六年第一期。

作者江瑔，署名玉泉、山淵。江瑔（？—一九二九前），字玉泉，號山淵，别署山淵閣、仇庵等，“緑野亭邊一草廬”爲其室名。廣東廉江人。南社成員。一九一七年任衆議院議員。著作豐富，有《山淵閣詩草》、《山淵閣經説》、《仇庵文談》、《史學史》、《詩學史》、《文學史》、《諸子通論》等書。

《小説新報》，月刊，創刊于一九一五年三月，休刊于一九二三年八月。由上海國華書局發行。由《小説叢報》蜕化而來，爲“五四”運動前後傳統小説派的重要刊物之一。刊登各種體裁的文學作品，以小説爲主。分設説林、短篇小説、長篇小説、談眉、談薈、説匯等專欄。主要撰稿人有李定夷、許指嚴、姚民哀、周瘦鵑、胡寄塵等。

本詩話主要收録江瑔本人與其親友、廣東鄉梓賢達之詩。作者强調作詩“本於學問”，“未有無學而可以爲詩者”，激烈批評袁枚空疏淺陋之詩説。同時認爲“凡詩最忌率直，率直則意薄而氣益滯”。提倡煉字，提出詩之“優劣工拙之分，不在於長篇巨製，僅在於一二字而已”。詩話中所選詩人，多稱其好學刻苦。如贊揚茂名、朱振基“劬學不輟，尤長於深湛之思”，“凡遇一事一物，必苦心而焦思之”；張度“每一援筆，必千錘百煉而後出之，一字不肯苟”；作者之兄昆孺先生，“博讀群書，無所不學”。似爲晚清學人之詩餘續。作者還認爲詩文需“詞與意兼到”，意到，指陳言務去，言之有物，發前人所未發；詞到，指表述清晰，不以辭害意。反對“女子無才便是德”之説，認爲女子應讀書作文，但女子爲詩需端莊，不可佻野。總之，文中多寫自己觀點，頗有見解。

詩話大部分内容爲作者與親友酬唱之詩，評論詳細。録議會解散前後廣東議員詩作較多，可作這一歷史事件之注脚。亦可用以考證廣東鄉賢生平、著述。

《小説新報》1915 年第 2 期

詩雖詞章中之一技，而實原本於學問。千載宏於詩者，必邃於學。未有無學而可以爲詩者。杜陵之詩，無一字無來歷，故足以絶響千載。白香山雖以淺語爲詩，然學足以舉之，故句句是淺語，句句有深意，尤不易學。自嚴滄浪謂詩關性靈，不關學問，後世詩家，往往宗之。王漁洋執清代之牛耳，亦暗師其意，以神韵見長。然漁洋之詩，亦綱羅衆典，融而入詩，學者猝不易解。以惠棟之精博，始敢爲《漁洋精華録》訓纂。則漁洋亦非舍學問也。自袁枚輩出，空疏淺陋，謬長壇坫。欲學樂天之性靈，適爲老嫗所嗤笑。（袁氏一生學問，駢文爲最長，古文次之，詩又次之，其餘均等於自檜。李祖陶選清三十六家古文，未必盡善。其自序云：“如袁子才者尤不足道。”以李氏且知譏之，可以知袁之無學矣。）淺學之士，喜其易學，相率效之。天下風靡，詩人愈多，詩學愈不可問。此詩之一大阨也。先君子夙憎袁氏之詩，嘗題其集一絶，曰：“語本天真見性靈，樂天平易近人情。一言寄與倉山叟，勿以空疏誤後生。”然則學詩者，當勿爲袁氏不學之所惑，而知所適從矣。

許景劭，字杏莊，茂名人，余幼時同學友也。其祖爲揚階先生，長於詩，夙精於琴，又喜啖犬肉，自署爲琴狗道人。與先君交最契。某年時疫流行，先生以弟病，不肯遷避，故一家老幼盡罹於禍。杏莊以別支入繼之。杏莊之詩，沈雄哀艷，足繩其祖武。易實甫爲高雷觀察，每喜與之酬唱。其詩佳者絶多，不可勝舉。如律句云：“幽犬一聲山月白，美人初夢閣燈凉。”絶句云：“此心莫擲江中去，化作狂濤更不平。”又佳句如“風捲寒沙作海聲”，均聲格高亮，深得唐人三昧。余去歲出都，杏莊賦詩送行。且車站握别，離緒凄然。至今猶拳拳不敢忘也。

友人林繩武，字韵宫。姿儀韶美，卓犖不群。易實甫贈之詩，有“年少留侯似婦人”之句。韵宫少年蜚聲，仍爲有司所阨，不能吐氣。壯歲復學詩，亦能戛戛獨造，不肯拾人牙慧。其佳句如“游興露荷秋後敗，旅魂風燭夜來摇”，又如“詩句唱酬哀怨慕，風雲幻變昨今前”，均可謂奇警絶倫。余去歲出都，韵宫亦赴秘魯。余贈韵宫詩曰：“筆鋒欲撼落機嶺，詩海將通尼馬河。”韵宫亦贈余詩，有云：“業喜三冬富，言多亦籍醇。”余今讀之，猶有餘愧。

姚鵉，字步鵉，湖南長沙人。善爲詩古文辭，有奇氣，有《鴛影樓詩文集》。辛亥客於廣州，與余結文字交，酬唱甚富。武漢起義，遄返故鄉，不復通音問者數載矣。今猶記其送余返里一律云：“消夏無灣識夏長，南來歲月幾滄桑。沿江月送君帆遠，瀕海風吹我馬黄。兩世淵源傳獨學，（自注：江君尊甫蟬盦先生博通群經，尤精穀梁。著述甚富，爲當代儒宗。君亦湛深經學，克承厥緒。）一門兄弟有三方。（自注：君兄弟五人。二季尚稚。君兄崙孺，弟魯珍，與君三人，皆能讀父書，傳其家學。）來時莫向東門望，一片黄花泣夕陽。”沈鬱頓挫，晞蹤古人，允稱傑作。惟對於余譽過其實，彌增愧怍耳。

叔鵉送余返里，既賦一律，更爲五言古風一篇，亦琅琅可誦。今猶憶之。其詩云：“絲竹無清音，舉世作俗響。江君如焦桐，入耳何孤朗。旅食羈天干，客情每悒怏。江君時叩門，入室芝蘭爽。心神啓胸襟，曠然别懷想。學道方妙年，波濤起千丈。以兹期將來，程途豈想像。南炎仲夏間，酷暑愁俯仰。蒼莽一室中，獨慮紛萬象。每喜見君來，情懷照室幌。論文何必同，亦以破孤往。山淵富籤軸，坐汲風月賞。何用避暑宫，仿佛驪山上。長吟賦歸歟，從此徒惘惘。”一氣呵成，情文兼至，洵詩才也。余亦邯鄲學步，次韵答之。起語云：“蟄雷起震方，霹靂作奇響。雲破九天開，萬方皆清朗。”又云:“君從湘中來,眉宇軒以爽。贈我芝蘭言,塵襟滌俗想。掉舌妙瀾翻,光芒騰千丈。我欲買黄金,鑄成顔淵像。昕夕勤拜瞻,聊誌景山仰。”云云。雖頗免庸俗之病,然方之原作,相去遠矣。

《小説新報》1915年第5期

吾友張孝廉度,字仲衡,番禺人也。與吾兄崙孺先生同學數年,吾識之於吾兄許。美風儀,亭亭玉立,瘦若癯鶴。生平刻苦讀書,善書畫,尤長於詩文。每一援筆,必千錘百鍊而後出之,一字不肯苟。詩尤奇譎險巇,每出一篇,人多不能解。殆所謂李長吉嘔出心血者也。余讀其詩,每不喜其艱險難讀者。而其中間有一二略平易之句,已足追蹤占人。吾猶憶其一聯云:“中夜忽流天性淚,十年學到石頭頑。”寥寥十四字,真情至性,皆流露於字裏行間,而尤必十年讀書而後能之,非淺學者所能道其隻字。得不嘆爲觀止?惜乎天奪其年,未壯而歿。豈精英之氣,發泄殆盡耶。

余兄崙孺先生,博讀群書,無所不學,著書數十卷。經史之餘,尤得詩之三昧。格律風神,兩造其極。年十八,以《馬嵬坡》詩受知於張文達百熙,擢第一。其中一聯云:“生聞私語盟牛女,死有游魂到馬嵬。”至今人猶傳誦。既登鄉榜,益肆力於詩,佳句甚多,未可屈指數。如“石氣清詩思,荷香净客魂”,如“清明時節風兼雨,近水人家夏亦秋”。又光緒末年,隨先君同赴河南會試,有感懷詩。如“三百年中多事日,七千里外未歸人”,均清氣盤旋,秀色可餐。又《廣州夜感》詩:“今夜五羊城下客,斷腸端不爲悲秋。”尤寄意深遠。余昔旅於廣州,歲暮未歸。余兄憶余,曾寄以詩曰:“爲客憐吾弟,頻年别故鄉。池塘定有夢,風雨不聯床。書札因雙鯉,殷勤寄五羊。天涯又霜雪,何日買歸航。”詞旨纏綿,言淺意深。天性之親,露於言表。直可上追岑嘉州、陶彭澤,不能以一字一句求之也。

余昔在家無事,恒與吾兄聯句。家庭之樂,莫與倫比。某歲余兄弟方由省垣歸,到家剛爲除夕。甫卸客裝,即拈毫聯句。余猶憶其詩曰:“旅行猶昨日(崙),辛苦兩歸人。游子家如客(泉),明朝歲又春。一年終此夕(崙),百感集吾身(泉)。且聚天倫樂,椒盤祝老親(崙)。”又《春日即事》聯句,余猶憶一聯。余兄句云:“水聲春色裏,”余續之云:“烟影夕陽時。”論者謂二句均寫景如繪。工力悉敵,難分軒輊。余終愧余詩力棉薄,不及余兄之渾厚也。

爲詩以章法爲先,句法爲後。若區區於屬對之工整、造句之新穎,便落下乘。如王荆公以“武丘”對“文鷁,”“殺青”對“生白,”“苦吟”對“甘飲,”“庚桑”對“五柳,”“黄耇日”對“白難年,”均不免於斧鑿痕。甚若荆公自詡其“庚桑”對“五柳,”不特“柳”與“桑”對,而“庚”亦數目,正與“五”對,則可笑孰甚。蘇東坡詩“豈意青州六從事,化爲烏有一先生”,借“烏”以對“青”,亦屬牽合。至於禁臠所謂假對,謂“根非生下土,葉不墜秋風”,借“下”如“夏”音以對“秋”,則更荒謬絶倫之談矣。然屬對造句,爲學詩人手要着。能工而且穩,亦未容易得。如老杜之詩,亦嚴於屬對,不特律體然,而古風亦然,終不失其爲佳。惟不可過泥耳。余昔日曾有詩云:“爲情辛苦有餘甘,病骨蕭條淚牛含。劍氣星河天尺五,書聲斗室地弓三。秋聲萬馬風生樹,春水孤舟月滿潭。聞道梅花已開徹,何時攀折贈江南。”此詩屬對頗工,亦未至於牽强,未審有貽譏大雅否。

吟咏之道,不外情景兼至。偏於景者固非,偏於情者亦未爲得。善於詩者,必寓情於景,即景以生情。是以於淡雅幽静之中,而含沈咏不盡之趣。此陶淵明“采菊東籬下,悠然見南山”,王摩詰“行到水窮處,坐看雲起時”,皆淡雅而有深致,興味無窮,所以超以象外,成爲絶響也。余初學詩,先君子即教以此道。沈繹既久,稍會於心。雖邯鄲學步,不足以追蹤古人,然未嘗無片聯數句,嫋然含弦外之音,足爲朋輩所稱道者。如“離愁同落葉,一樣散紛紛”,如“一鳥空啼緑,兩峰相對青”,如“片帆隨石轉,一水傍山流”,如“野花飛不落,晚色起蒼蘋”,如“斜陽含雨意,落葉帶秋聲”,如“春風不相識,歲歲到儂家”,均頗有深致。惟恐僅得古人之皮而遺其骨耳。

咏牡丹詩,古今甚多,佳者亦不尠。然能切牡丹之身分,而寓以深意者,則罕觀。余昔有《咏牡丹》律詩一章,中有句云:“香國已銷天子氣，漢宫初罷美人妝。”銖兩恰稱，施於今日則尤合。然自愧語意平庸，終不能謂之佳也。民國二年，余滯京都。崇孝寺牡丹盛開，一花而有紅緑二色。當時騷人畢集，吟咏殆遍。當推余友馬君小進爲壓卷。余猶憶其末韵一語云：“紅是花魂緑是魄”，寥寥七字，包羅無窮，即此一語，足以壓倒千萬言矣。

“女子無才便是德”一語，爲中國儒生所常談。吾國女子中斯言之禍，亘千萬年而未已。故有史以來，若班姑之修史，宋母之窮經，千萬中無一人。極其能事，亦不過僅嫻詩文，然佳者亦不數覯。吁！可惘也！然女子學爲詩文，究須吐屬端莊，不可稍涉於佻野。否則流幣無窮，反爲“無才便是德”之説所戰勝。其機甚微，不可不謹也。吾嘗聞某女子自題之詩曰：“妝竟倚東風，群花不敢紅。衹憎明鏡裏，尚與妾顔同。”其顧盼自豪之態，溢於言表。然自揚其顔之美，究不宜大言不慚若此。又聞某女子善填詞，其詞曰：“錦衾金壓鳳，好夢同郎共。含笑語檀郎，替儂卸晚妝。”亦似非女子口吻也。

《小説新報》1915 年第 8 期

吾鄉楊英生先生，名彦深，清侍郎楊公蓉浦（名頤）之哲嗣也。賦性敏詰，氣宇軒昂。善吐屬，每於稠人廣座間，發一言，弈弈動人，望之若鶴立鷄群中。生平最善詩古文辭，詩尤戛戛獨造。與先君子交情頗篤，往往以詩句相酬唱。其和友人之作尤多。每於扇頭自書其舊作，得者必寶重之。其遒警之句極多，余苦不記憶，兹猶憶其一二聯，如“黄雲照水魚鱗薄，白草連天馬足枯”，又如“烏鴉争樹日色薄，黄葉打門秋氣深”，皆必傳之作也。先生又和茂名朱覺斯五言古一章，多至數十韵，氣息雄厚，寄意深微，而無步和之迹。余因其過長，今已無從記憶矣。余於先生詩，皆散見於友人許。恨未得窺全豹，暇當借先生集一讀之也。

英生先生昆弟四人，先生居長，次爲荔生，次爲蕖生，最幼爲若舟。獨荔生爲庶出，故以荔爲號。蓋英蕖皆正出，荔支則側生故也。四人皆善詩，若舟詩尤有雄氣。惜民國元年死於化州官署。

蕖生先生爲人和平樂易,有儒者氣象,尤篤於友誼。余於民國前五年留學羊城,時與之相過從,往往相與論古人詩。每言必驚人發前人所未發。且得讀其篋中近作,皆骨力沈雄,力透紙背有,幽燕豪士氣。余猶憶其一聯云:“壯人肝膽惟雙劍,老我頭顱有一檠。”激昂慷慨,情見乎詞,惜余所憶者僅此而已耳。

余爲貧而仕,籤分黔中。出都時,良友故人,咸以酒餞行,且餞以詩,以壯遠道之行色。余譾陋不文,愧無以答諸公之盛意也。許君杏莊,號劍釀,爲余少時同學友。好學深思,詩學尤有淵源。余已略述其家世,并節録其佳句於前篇矣。今其送行詩,爲五言律二章。其一云:“有客臨黔水,高歌出薊中。人言吾黨秀,山看此邦雄。論世應知我,談經竟遇公。十年文酒地,雲樹望玲瓏。”其二云:“没世推宏著(自注:君湛深學術,著述極富,曾著有《毛詩釋例》、《古音存》、《古人書名异文釋》、《地名异文釋》、《説文古籀訂訛》、《諸子通論》、《史學史》、《詩學史》、《文學史》、《山淵閣經説》、《札記》、《詩文集》、《詩文話》諸書,待梓),華年樹重名(自注:君年未滿三十,而學術文章,其爲吾粵士夫所推重。昔曾連任粵省臨時省會議員及國會議員)。學儲秦漢富(自注:君於書無所不讀,而尤專精秦漢以前書),思奪雪冰清(自注:君爲詩古文辭,皆古雅淵懿,深得古人之三昧)。雲幻傷交道,潭深感别情。送君心似月,長照貴陽城。”前章大氣盤旋,一氣卷舒而成,寥寥四十言,有“黄河之水天上來犇流到海不復回”之勢,此體惟唐人有之。次章亦典重凝厚,隻字不肯苟下,一結尤有餘味。惟獎譽太過,不稱其實,余愧不克當耳。許君幼即善詩,與生俱來,年未弱冠,已裒然成集。前曾刊有《琴研堂詩鈔》,行於世。惟其昔年之詩,以秀雅勝。自入都以來,更進入雄邁一境。蓋詩境無定,可以隨時隨地而變。燕都首善之區,氣象雄敞。尤足以一拓詩人之心胸。余昔有詩云:“文章觀海波瀾闊,詩句入燕慷慨多。”信不誣也。余近又見許君題朱覺斯相片詩,中有一聯云:“已無天壤容聲淚,自有文章鏤膽肝。”又《游十刹海》詩云:“緑陰如水浸衣濃。”又送其兄思穎之官湖南詩云:“洞庭春色入詩無。”斯又風骨神韵,兩造其極者矣。羅君賡嵩送余詩云:“兩載京華意惘然,不堪回首舊山川。虹橋别後餘三徑,海上歸來盡一廛。潘岳有才偏作令,江郎有恨去鳴弦。蕭條烏水西頭驛,碧草如烟上客船。”(按:羅君送行詩原有二章,今行篋衹存其一。)清氣撲人,秀色可餐,聲調亦琅琅可誦,結語意味尤深遠。羅君字宿曼,粤之南海人,昔與余同肄於廣雅書院,今爲北京大學校生。少年英俊,聰穎天生。今復沈毅好學,成就未可量也。昔日同學羊城時,曾共寓於西門外彩虹橋側,故其詩人有第三語。

《小説新報》1915 年第 9 期

友人朱覺斯先生送余之官黔中詩,爲七言古風一章,其詞曰:“吾生諸友多工詩,夢得皇甫元微之。若有長才不相掩,聖言立誠崇修詞。許渾佳句沈而透,初涉華腴後清瘦。文通乃喜横槊雄,短衣匹馬弓當風。君家中原有文獻,前年策杖走赤縣。罷歸湖海氣益横,九峰復理尚書傳。檢點囊中易水行,黄河再過濤無聲。金門三寸舌尚在,一官掉取驚人鳴。相見驚看髮已短,故人萬事如燭轉。昔居年少今壯成,幾回刮眼能無青。各求五斗爲親在,喜君吐氣更成彩。此去黔中山水清,吟詩震起猺獞駭。”筆曲而能達,力堅而能舉,意態雄傑,大氣盤旋,隨手寫來。似不甚着力,而其實非有萬夫之勇不能舉。中間叙事曲折,一筆一轉,一句一意,尺幅之中,包羅萬千之態。他人非有百十韵不能盡者,竟以十餘韵檃之,而不覺其短。轉若身入萬山重叠中,而不能尋其出路。此洵不可多覯之傑作也。凡爲詩最忌率直,率直則意薄而氣益滯。詩雖佳,已爲識者所唾弃。此理不論古體近體,莫不皆然。而古體爲尤要。此詩初起,即以許渾陪起文通,此爲以賓襯主之法。文通自指余言,許渾則指許君杏莊而言之。許君與余交最密,論詩之宗旨,亦大略相同。又俱爲先生引爲詩壇之諍友,故借之以爲比。詩中所謂“許渾佳句沈而透,初涉華腴後清瘦”,蓋論許君之詩也。所謂“文通乃喜横槊雄,短衣匹馬弓當風”,蓋論余之詩也。余家世業詩書,以經學繼世。先君手置書亦十餘萬卷,四部悉備,築樓藏之,顔其樓曰“涵萬”。余十餘年寢饋於是中,樂而不倦,更從事於撰述,稿將盈尺,每爲學士大夫所謬推。前者國會選舉,忝列第一。振衣入都,寄身於政海浩瀚中,學殖荒落者將及一年。議席解職,買舟南歸。喜獲以復理故事,專從事於經史詞章之學。一切世事,概從屏絶。而所作詩,於是稍有幽并豪士氣。此先生詩所以謂"君家中原有文獻,前年策杖走赤縣。罷歸湖海氣益横,九峰復理尚書傳"也。余前此入都,曾賦《易水行》七言長古一篇。有云"壯哉荆卿真豪士,踽踽不受濁世污。平生慷慨無可遣,讀書擊劍酒人俱。黄金之臺傾且圮,望諸墓畔宿草枯。英雄恨無用武地,隱身寄迹屠與沽。酒酣耳熱歌且泣,歌耶泣耶旁若無。"又云:"吁嗟乎! 千百年來世道日淪胥,豺狼當道遑問狐。悲歌慷慨無一人,燕趙壯氣銷無餘。屠狗市上氣蕭索,古人不見今人盱。易水聲聲有餘怨,我過其旁淚沾襦。"余入都時,又賦七言律一章。詩云:"一劍隨身踏雪過,西風落日渡滹沱。文章觀海波瀾闊,詩句入燕慷慨多。雲影孤鴻沈紫塞,濤聲萬馬走黄河。愧無三寸驚人舌,排議金門氣不磨。"二詩頗沈雄豪邁,均爲先生所擊節嘆賞。而於"濤聲萬馬走黄河"一語,尤爲可傳千古。今先生送余詩,所謂"檢點囊中易水行,黄河再過濤無聲。金門三寸舌尚在,一官掉取驚人鳴"者,蓋引取余前詩之意,轉以贈余也。先生於人佳句,不特贊揚不置,且耿耿不忘,尤可見先生之虚衷爲不可及矣。先生爲吾郡宿儒,名振基,一號介弓,茂名縣人。前清癸卯科,與吾兄同舉於鄉。而先生廬中副車,時人惜之。清末詔建學校,吾郡亦從事籌辦。時先君爲中學校監督,聘先生爲史學文學教員。先生遂專任教育事宜。自彼時至今,任教席者將踰十稔。學者翕然無間言。今復以縣知事籤分閩省。然先生純然學者,名利之念,澹然於胸。優於學未必優於仕,究爲學業中人,而非官吏中人也。先生家甚貧,而劬學不輟,尤長於深湛之思。家中藏書極尠,往往向友人許借讀之。每得一未見之書,必喜而不寐,如獲拱璧。一書讀畢,必伏案作深長思,沈吟竟日,或三數日而不已。不獨讀書爲爾,凡遇一事一物,必苦心而焦思之。有時寄其心於天地以外,或於世間理所必無,而事所或有之事,亦牽引而鎔鑄於腦中。閉目凝神,默策而冥索之,以求其真理。因是遂至於蓬首垢面，邊幅不修，人咸以書痴目之。然因是而先生遂以思著於時。厥心細於髮，鋭於錐，若水銀之瀉地，無孔不入。若燃犀之燭怪，罔遁厥形。故其爲詩文，亦妙想天開，不肯拾人牙慧。往往言人之所不敢言，而發前人之未發。先生之所以特异於人者在此。而其所以語必驚人，詞必動衆者，亦在此也。然詩文之道，貴於詞與意兼到，而後可稱完璧無瑕。詞勝於意，則華而不實。意勝於詞，則豐而不澤。是故詞佳矣，而陳言不去，言之無物，終爲識者所譏。意精矣，而佶屈敖牙，筆不足以達之，則亦有意若無意。二者其失均。而詩與文之比較，詩爲尤要。蓋古文家往往專以筆調風神相尚，屏絶詞藻。而詩則萬萬不能也。先生之詩，意思深入，超絶凡倫，而詞間有不能副其意之精。余每舉與先生言，先生亦以爲然。然先生嘗與余論詩曰："詩道雖大，詞與意盡之。而學詩之法，有從意入手者，有從詞入手者，兩途不可以强同。從意入手者，意必勝人，後再從事於詞，詞安適則詩佳矣。從詞入手者，詞必勝人，後再從事於意，意入細則詩佳矣。殊塗而同歸，一致而百慮。二者程序雖相背而馳，而成功則一也。"先生之論詩如此，其識甚精。余極韙之。世人學詩往往循兹二途而不自知。又往往行廑半涂，遽自中止者，亦不知凡幾。正可以先生之論藥之也。特舉之以告天下之學詩者。

爲詩之道，往往同一詞句，竄易一二字，即迥有天淵之别。智者點鐵成金，愚者點金成鐵。其優劣工拙之分，不在於長篇巨製，廑在於一二字而已。江爲詩"竹影横斜水清淺，桂香浮動月黄昏"，林逋以之爲梅花詩，易"竹影"爲"疏影"，"桂香"爲"暗香"，遂爲千古名句。王維詩"漠漠水田飛白鷺，陰陰夏木囀黄鸝"，或謂亦前人五言詩，每句無首二字。王維取之，加"漠漠"、"陰陰"數字，則畫龍點睛，欲破壁飛去矣。洪北江《詩話》録某君詩云："一路晴光團作雨，四圍花影下如潮。"詩本極佳。然吾友許君楚喬嘗有句云："四圍花影怒於潮"，自是與某君之詩無意暗合，未必如林逋、王維竄改前人之句。然不同者廑二字，二字之中握要者實廑一字，便覺遠勝某君。蓋不特花影未可言下，即潮有下時，亦有上時，何以獨舉下而言之。若"怒"字則可兼上下而言,意且更深一層。讀者可一細味之也。許君名思穎,即杏莊之兄,且爲孿生。狀貌極相肖昆弟二人,皆以詩擅場,可謂二難并矣。

《小説新報》1915 年第 11 期

余友黄鈞選先生,名錫銓,粤之嘉應州人。年已六十餘,吾粤宿儒也。生平足迹遍天下,又遍歷南洋各島。前清時,爲廣西候補知府,又曾爲檀香山領事。民國成立後,充廣東臨時省會議長。余是時亦忝列議席,獲與先生相切磋。時先生適爲六十壽辰,衆同人醵資祝賀,而壽文則公推余撰焉。正式國會開幕,余與先生又俱被選爲國會議員。(按余爲衆議院議員,先生爲参議院議員。先生本爲候補第一,旋以唐君紹儀不願應選,以先生補充。)入都又同寓於潘家河沿高州會館。時以議員同寓者,余與先生外,更有何子士果(潮州人,名壽朋,今爲崑山縣知事);周子廷勱,字嚮晨;林子繩武,字韵宫;許子峭嵩,字棠生(皆與余同郡人),共六人。日出席於議院,夜則相與談學問經濟之事。更有李鏡衡、李仲翔、郭嘯雲諸人,亦時相過從。先生夙善詩、古文辭,林子亦喜談詩,往往晨夕相酬唱,致足樂也。無何,國會解散,諸人皆困乏。長安不易居,不能久留滯。於是往日之會,風流雲散。余與何子、周子先相繼出都。林子之美洲,許子赴日本。李、郭諸子亦聯翩南返。惟先生獨留。諸人未行時,各爲詩以互相贈送。先生亦爲詩以送余儕之行。先生之詩,沈鬱高古,余每諷誦之,常置行篋中,今猶存也。亟録之以實余詩話,且以餉學者焉。其詩之題爲《尋春詞》,蓋七古長篇也。其詞曰:"良會忽不樂,坐嘆樊籠鶴。東風昨夜解層冰,奮起尋春健腰脚。春從何處來,琪花瑶草森蓬萊。春從何處去,自由人共花開處。春來春去春應住,珠海紅棉千萬樹。玉樓金闕列仙姬,花田蒲澗迷香霧。大羅仙侣與天游,目營心海囊五洲。白日肯教駒過隙,青絲怕見雪盈頭。周郎洞神悟(自注:周嚮晨回茂名),任爾曲終不之顧。何郎飄然行(自注:何士果赴上海),寧復傅粉工逢迎。江郎更挾生花筆(自注:江玉泉旋廉江),擁護名花調錦瑟。同舟李郭態翩翩(自注:鏡衡、嘯雲歸英德,仲翔返新寧),眷屬神仙人第一。由來南國多佳人,况復陽和天氣新。戎馬縱餘秦火劫,鶯花猶作漢宫春。柳眼青青柳絲碧,回春憑仗東風力。牽情驛路怕聞歌,驤首長安常見日。許侯飛逸興(自注:許棠生留學日本),海上尋師琴入聽。林侯事長征(自注:林韵宫隨使秘魯),閣龍舊蹟窮探勝。太平洋接大西洋,蕩舟大陸新通航。笑指天邊拂牛斗,更從海外著文章。飇輪日日迎東渡,生怕春來太遲暮。解語花從旅夢尋,合歡草托閑情賦。花飛草長可憐春,沈思往事漫傷神。去年春比今年早,今年人勝去年人。去年處處香塵擣,花未開殘春已老。今年愛惜好春光,天涯海角同懷抱。天樞轉轉東復東,神州漸淪冰雪中。相逢莫問誰徒黨,共挽羲輪終古烘。"全詩數十韵,而力足以舉之。意態雄傑,大氣扶輿。曲折變化,一氣呵成。以六十餘老翁爲之,誠哉,其矍鑠也。余每欲和以報之,久而不能成。真愧無以對我老友矣。

《小説新報》1916 年第 2 卷第 1 期

和詩難,和古人之詩尤難。《文選》所録之詩,别立"擬古"一類,蓋魏晋以後之樂府,多擬古歌行爲之。故後人亦多有擬古之作。東坡尤多。東坡謂古無和古人之詩,實自己始。殊非也。然和人之詩,不特須和其體,尤須肖其詞。故昌黎與孟郊聯句,則肖孟郊。東坡擬淵明之作,則肖淵明。不能肖古人,而貿貿然和之,適足爲古人所笑。斯其所以爲難也。韋蘇州"澗底束荆薪,歸來煮白石"之詩,爲千古絶唱。東坡亦步其韵而和之。其詞雖工,終遜於古人甚遠。是以後世學者,有絶唱不可和之論,而譏東坡爲妄作。以東坡爲詩壇健將,且不免受妄作之譏,則和古人之難尤可知矣。余友沈毅,字伯灝,番禺人。少年英俊,且喜詩詞。余昔在羊城,與之同寓者將一載。彼曾出其昔日所作以示余。其中有《和陶靖節桃花源詩》一章,即步其原韵,雖未敢追步古人,然頗肖之,或可以免妄作之譏歟。兹録其詩於後。詩曰:"秦代昔變亂,遷流及二世。避地聯山栖,日月已徂逝。詎知漢魏間,瞬息兩興廢。物外開田園，阡陌作留憩。男耕與婦織，農桑是良蓺。求古作息時，無人索租税。鷄鳴茅屋中，竹林郇龐吠。人家尚儉樸，衣服沿古製。聞有塵客來，酒食競遐詣。扼腕欣致辭，聲色温不厲。悠悠春復秋，草木紀時歲。韋稚候荆扉，言笑殊聰慧。父老怡然樂，汝我無疆界。誤入神仙游，祛宜物欲蔽。寄語修真士，洞隱白雲外。靈源杳誰尋，伊人合誰契。"淵明之詩，淡處傳神，不着痕迹，最爲難學。此詩亦有淡雅之妙。所謂"求古作息時，無人索租税"，所謂"鷄鳴茅屋中，竹林郇龐吠"，所謂"悠悠春復秋，草木紀時歲"，皆能言淵明所欲言。而一結四語，尤音在弦外，悠然不盡。造詣若此，可以言詩矣。

游山之詩，古來佳者甚多。惟所貴者，宜即景而合於情。若故作奇語，而於情理未合，雖足以驚人於一時，終不能名曰佳構。吾粵羅君程褒，隱君子也。生平以授徒爲業，不問世事。而善於詩，尤長於山水之作。余嚮未識其人。壬子之歲，羅君竟以詩賜余。余喜而讀之，其中有《舟中望七星岩》七言古風一章，尤琅琅可誦。其詩曰："七星岩峙瀝湖中，劃天拔地森青葱。嶕嶢飛磴亘天半，舟中翹首紛蒙茸。七宿光芒成象緯，七峰排列分西東。崢嶸儼等六鼇戴，烟鬟滿目何玲瓏。若連若斷碧環抱，罔臺山勢青摩空(自注：《粤東筆記》：七星岩在罔臺山)。上應西方白虎宿(自注：《筆記》：岩上應西方白虎七宿)，熒熒光徹斗牛宫。一帆飽望發幽興，恨不策蹇披葱蘢。仰觀天地俯萬彙，抗懷身世寄游蹤。方舟并向粤西去，七星洞陟栖霞峰(自注：《赤雅》：廣西有七星栖霞洞)。兩岩好景平章罷，欲捫星斗窺蒼穹。"此確爲舟中望七星岩詩，而非游七星岩詩，不能移易他題。筆亦若連若斷，夭矯不群。讀之若恍見其葱蘢蓊鬱之氣突起於目前也。惟原詩首句本爲"七星岩在瀝湖中"，余竊以"在"字力頗弱，不能振起通體，妄改爲"峙"字。其"熒熒光徹斗牛宫"句，原詩非"宫"字，亦余妄改(原爲何字，則不能憶之矣)。未審羅君以爲然否。

京洛浪游客詩話

徐吁公 撰

載於《小説新報》一九一五年第三、四、五、六、七、九、一一期，一九一六年第一、三、九、一二期，共十一期。

作者署名吁公，即徐吁公，别號小素、東海詞人。崇明人，執筆《民權報》、《順天時報》、《小説新報》、《半月》等報刊。曾加入上海詞社"東社"。著有小説《雙城女子》，另與蔣箸超合著《蝶花劫》，在當時頗有影響，被鄭逸梅稱爲"近代小説名家"。餘事無考。

本篇詩話主要收録作者客居北京時與詩友的唱和，或朋友的佳作。作者稱"古來詩話之作，汗牛充棟，以余之陋，妄事采輯，誠爲費事。然余有與人不同者，以所輯者多朋輩篇什，借兹以留鴻爪，亦爲達者所許"。篇中提到的文人有蟄公、許學源、曾福謙、孫谷紉、沈宗畸等。很多唱和是圍繞刊登在《順天時報》上的詩作而展開的。尤其是作者所著《二十感懷》四律，"和者如雲"，所選入詩話者甚多。作者自述"京都爲政治之漩渦，人心齷齪，於斯爲甚。惟一事差强人意者，即詩文酬酢，朋輩唱和，於萬惡叢中，獨得此一劑清凉散也。"與朋輩組織詩社"燕社"，"關心文運，扶持國粹"。吁公此時二十餘歲，但鍾情於傳統，不滿於民國建立之後"弃詩文如土壤"的風氣，對"邇來復古聲浪漸震人耳"感到欣慰。他對詩的未來充滿信心，認爲詩道不會衰歇，"如果天地一日不傾側，人種一日不消滅，詩道即一日不絶響。要其體格風調與時丕變耳。"文中還提出一些觀點，如不必囿於門户之見，進行唐宋之争；晚近作者，南人勝於北人等等。總體而言，因本詩話目的在於夸顯友人，選詩格調不高，并無獨到創見。

《小説新報》1915 年第 3 期

燕趙古稱多慷慨悲歌之士，其爲文章，淵淵如出金石。余走京師，得與若輩交。詩文酬唱，殆無虚日。縱半生潦倒，顧影自慚；而壇坫追隨，此福幾生修到。人生到此，差足自豪。然諸君子類皆一時之雋，不以事業功勛誇耀一世，而以此筆渣墨滓眩爍一時。蒼蒼者天，厄吾太甚。隨園詩云："可惜匡時好才調，被天强派作詩人。"普天下錦綉才人，同聲一哭，豈吾幾個末路騷人已哉。

余讀李賀詩"吾當二十不稱意，一心愁謝如枯蘭"之句，輒爲泫然。深痛余之身世，已爲千載以上者道着。乃本其意作《二十感懷》詩四律，以誌余弱冠牢愁。乃披諸報端，和者如雲。其最先爲莊君蟄公，有"正平剌滅三年字，子建才高七步詩"之句，其上句實補吾原作之不足。

蟄公山東莒縣人，倜儻誠摯，士林之傑。所爲詩，亦清圓流利，不滯不粘。《集本事詩句贈坤伶杜雲紅》云："才子乘春玩物華，飄零瘦沈客天涯。詩文月旦歸彤管，好護豐臺第一花。""鶯囀當筵滑欲流，黄金莫惜爲纏頭。人生作合逢場戲，大地何人不是優。""紅紅好好又真真，姹女新妝更絶綸。并笑并憐不可果，果然燕趙有佳人。""櫻桃宛轉度歌新，紅粉誰人省識真。一自龜年零落後，舞裙歌板正青春。""由來誰不爲情痴，我見猶憐更莫疑。忽聽霓裳歌一曲，不知人意已迷離。""對汝堪移萬古情，春風紅袖太輕盈。筵前鳳曲紅牙按，不愛伊凉隊裹聲。""回眸斂笑太憨生，片片雲鬟别樣輕。一曲紅顔數行淚，江州司馬不勝情。""一串珠喉壓酒腸，不將巧語憶新娘。銷魂最是三更後，忘却飄零是异鄉。"

仲夏，余與蟄公同游望園，感念關山，慨然淚下。蟄公即題一律贈吾："古懷落落影伶俜，邂逅風塵共忘形。江總從軍頭尚黑，阮公傲世眼終青。才名已分空南北，輿論仍須辨渭涇。悵觸樽前百感集,只今過客有新亭。"此詩之作,爲余與蟄公相識後第二日也,而交誼已深肺腑。

春雨廉纖,簷溜助泣。凌晨獨坐,棖觸彌深。翻閱報紙,見有太洪山人許學源贈余七律兩首,并媵以序曰:"余非狂士也,時人有目余爲楚狂中之狂者,余亦不之解。十五好劍術,與豪俠伍。今年已三十矣,文章苦未成就,然亦時愛與名士游,以消此胸中塊壘。舉凡高車駟馬,藤杖革履者,俱不敢近。蓋舊者惡其太舊,新者惡其太新,過猶不及,殊堪浩嘆。恒欲與新舊融洽之高人洗滌筆硯。旅京三載,得數人焉。其一曰吁公。吁公余不詳其姓氏,每於《順天時報》讀其詩文,慷慨激昂,鎔經鑄史。余初疑其爲舊學家也,及見其《二十感懷》詩與《徵詩小啓》均言二十歲,則一新學中之巨子也。何其融洽新舊學術之至於此哉!幾令人食不下咽矣。因成二律,聊當嚶求:廿年書劍走天涯,三十功名逐浪花,願在隆中供耕織,却從江上聽琵琶。爲雲爲雨多翻覆,呼馬呼牛少怨嗟。君是古今奇特士,可容郭解友朱家。湖海相逢一俊英,騷壇歃血訂同盟。鸛鵝軍斂蘇公軾,鸚鵡才超禰正平。歙浦有聲延過驥,燕臺無價購長騂。天涯涕淚頻揮手,慚愧當年老步兵。"嗟乎!名人僚倒,騷士情懷,末路無聊,正是一樣。洄溯伊人,曷勝秋水之念。是晚蟄公來,始知大洪山人爲鄂中名士,民國元年來京辦中央新聞,迨文網開後,遂淪落長安,作日下之寓公矣。現寓上斜街,離吾所居不過一里。乃相約秉燭往訪。時雨滴初收,春泥滑屐。至伊寓次,甚形狼狽。而復天慳其緣,山人已徙居别處矣。乃相率悵悵歸。後日《順天時報》復有大洪山人詩,其題爲《吁公蟄公過訪詩以謝之》,詩云:"訪得桃源路又迷,門前凡鳥任公題。戴顒無計同家隱,巢父仍爲借樹栖。檻外流鶯勞過輦,天涯芳草送歸蹄。先生若問飄萍處,更在長安西復西。"自注云:"山人現居地安門外。"則離吾所居相隔幾及二十里。訪戴有心,瞻韓無暇,徒呼負負。夏間山人移住椿樹頭條,則緑楊鄰蔭,時相往還矣。

京中某報登無題八章,借玉輭香温之句諷刺時人。惜作者姓名已忘。其諷黎黄陂云:"漢皋神女影伶俜,仿佛姻緣夢乍醒。一一鵷鶵歸管領,雙雙鶯燕費調停。楊花未肯隨流水,桃葉生甘托小星。誰識檀郎心自苦,玉璫緘札倍叮嚀。”諷隆裕云:“漢家詞賦女平章,悔未群才細較量。覆水空教憐弃婦,斫花底事惱狂郎。深宫猧子聞聲吠,密語鸚哥着意防。頃刻香車門外散,可堪寸寸斷柔腸。”餘則不復記憶。萬君谷僧爲余述之。

谷僧,楚人。其讀余《二十感懷》詩書後有“十載幽燕客,群兒眼底空。風流儘衰歇,天地一吁公”之句。

閩縣曾福謙伯厚先生,文章道德,冠絶一時。初以名進士觀政秋曹,旋任夔門唐昌諸邑宰。改政後,閑處都中,流連詩酒。每讀拙著,輒蒙嘉奬。時兩不相識,先生愛才若渴,逢人輒探吾踪迹,雅願一謀會晤。後竟惠然光臨,則七十餘清癯之詩翁也。其謙恭和藹,足愧當今士夫。示吾三十年前著作,則温純鏗鏘,自高庸俗。猶記其《留别夔門紳商士民》句云“那有餘閑親翰墨,絶無薄潤染膏脂。但求事事心如秤,敢説人人口盡碑。”則又是仁厚長官吐屬。

《小説新報》1915 年第 4 期

覺莽《采蓮曲》:“采蓮復采蓮,采取花與葉。葉是妾羅襦,花是妾羅襪。紅膩朱華顔,翠蓋青絲髮。留將遺所天,遠寄向絶越。妾心蓮心苦,妾身蓮身潔。香風飄香巾,打槳待明月。”清新旖旎,淵淵入古。

謝沖字素聲,浙江餘姚人,别署曰蘇生。性情爽直,與余一見如舊相識。詩格蒼勁,文筆雜馴。其《寒夜不寐挑燈漫占》云:“石馬凄凉蔓草鄰,鼎湖龍影萬千春。蕭王空具心純赤,肯殉昭陽有幾人。”“長城不惜作家邦,嘔盡心肝廣武場。功狗何如屠狗逸,淮陰終古水湯湯。”“日影昭陽鴉背忙,羊車望斷六宫妝。玉環以外無他幸,千古情人一漢皇。”“清濁分流指顧間,罡風誤引有神仙。殿前已作俳優蓄,賓戲何爲苦學班。”“鉄聚九州莫可移,鑄來大錯每相隨。荆王枉自巫山夢,知否侍臣宋玉悲。”“眈眈虎視遍從旁,一鼎争思染指嘗。墨翟有絲和淚洒,那堪歧路又亡羊。”“絳雲樓畔夕陽斜,一代繁華眼底賒。贏得秦宫生活在,可憐含笑遍桃花。”“燕子箋成錦織鱗,靈山香火證前因。閑情一自閑居賦,絲竹東山誤盡人。”“得意東風趁馬蹄,是非身後管人提。休言毛羽山鷄惜,枳棘而今鳳鳥栖。”“百斛桃花自在春,相逢莫望再來身。胡麻飯熟天台後,仙子原來貌取人。”“野史亭高百和焚,身拚醉倒石榴裙。堪憐一代如椽筆,付與高唐幾片雲。”“斑騶衹自繫垂楊,相謔風吹十里香。欲就寒鴉顔色乞,夕陽紅自向宫墻。”嗟乎!一囊琴劍,千里關河。驚歲月之易過,恨炎涼之多變。燈紅如豆,半場綺夢之迷離。案冷疑冰,九曲柔腸之宛轉。聽石馬之嘶風,説不盡興亡舊感。寓長安而自笑,拭不乾涕淚新痕。江南雲樹,塞北征騎。棖觸閑愁,凄凉客况。曾不知其言之怨且慟也。

余之《二十感懷》詩四律(曾刊本報第一期文苑),和者如雲。而孫谷紉之《都門秋思》,和者尤盛。常樾喬君嘗曰:“古人以吴江楓冷名傳千古。《二十感懷》、《都門秋思》,而公可以傳矣。”《都門秋思》原作四章,録下:“落木縱横徑不開,余情棖觸古金臺。河山莽莽三秋去,人海茫茫一士來。豈有變聲彈雁柱,更無佳氣鬱龍媒。青衫零落青琴老,愁見梁園侍從才。”“飄泊無端感此身,南花北雪幾征塵。酒醒今夜難爲客,臣壯當年不若人。樂府黄河容獨唱,空山翠袖不宜顰。看天忽悟浮雲理,擬辦滄江一釣綸。”“形勝依然説薊門,一城秋水撼黄昏。欲從燕趙佳人地,來吊幽井俠士魂。肝膽三生歌當哭,江關萬里劍無言。平時蕩氣回腸事,要托登樓賦仲宣。”“瑶音渺渺向靈修,擊筑聲中不可留。片石有人置懷袖,夕陽無地照恩仇。誰憐遲暮紅顔感,早種飄零皂帽愁,忽憶故人還破涕,買詩心事足千秋。”自注云:“清乾隆朝黄仲則《都門秋思》四律,人争傳誦,畢秋帆稱其當值千金。”蓋谷紉作客燕京,長門賣賦,金臺日落,長鋏聲低。想當年仲則落魄風塵中,尚有畢侍郎其人。而斯世茫茫,伯樂難遇。宜其秋心縈迂,滿紙牢愁。至其詩調清遒,竊謂不弱仲則。其“酒醒今夜”一聯置諸《兩當軒集》,幾不能辨。

谷紉平日頗喜讀黄仲則、龔定庵詩,謂定庵回腸蕩氣,才子之詩。而仲則温柔芊鬱,詩人之旨。其集定庵句柬余云:“小别湖山劫外天，東南幽恨滿詞箋。青松心事成無賴，枉負才名三十年。”“座客蒼涼酒半醺，回腸蕩氣感精靈。剗除風雪關山句，不似蒼茫杜少陵。”“長吟未免心肝苦，遠志真堪小草同。一事平生無齮齕，美人如玉劍如虹。”“悔極堂堂歲月違，胸中海嶽夢中飛。百年心事歸平淡，城曲深藏此布衣。”復集仲則句柬余云：“元瑜筆札仲宣詩，浪説文章擅色絲。小草經時成遠志，窮猿投木擇深枝。江山慘淡羞騷客，裘馬輕肥讓市兒。除是白雲知此意，肯容疏放即吾師。”“浪游京洛困塵緇，懊惱心情薄醉宜。割席管甯休罷讀，諸生何武漫稱詩。風塵久已輕詞客，涕淚何曾滿漏卮。吾自欲歌歌不得，一星如月看多時。”均如天衣無縫。

《小説新報》1915 年第 5 期

五溪破帽僧，幾經郵札，終未覿面。余讀其詩，慷慨淋漓，知其是有心人也。曾于《順天時報》一再請渠駕臨一敘，伊報余“相見何如不相識，同是天涯淪落人”之句。余亦衹有秋水伊人，時深回溯耳。迨後得伊長沙來函，則情穠文茂，又如悔未當初一謀會晤。披讀陳遵尺牘，如飲公瑾醇醪，令人心醉。其《和二十感懷》詩，淋漓熱血，眼淚縱横。如“萬事未平留劍在，十年深恨讀書遲”，“澆他塊壘三升酒，壓吾行囊一擔詩”，及“逐鹿河山悲楚漢，離騷風雨哭文章”，“孤情遠寄王孫草，碧血翻開帝子花”，一如唱鐵綽銅琵，大江東去，不得不令人淚涔涔下矣。或告余曰：“是軍界中人物。”余曰：“信然，中國庶有豸乎。”

“君負才名四海知，於今飄泊惜龍姿。陸生人幕年行大，杜老傷秋感遇遲。吴市吹簫霜染鬢，屠門縱酒壁留詩。男兒得意非今日，會待春雷震蟄時。”“艷色名花取次過，長播無力奈愁何。江南紅豆消魂種，冀北名駒伏櫪多。舊怨翻成金縷曲，嫩嬌憶唱采蓮歌。還君十斛明珠淚，但願此心不負他。”“江湖摇落亦堪傷，裙屐風流事渺茫。補綴河山真事業，縱横南北有文章。桃花香著人間韵（君著有《桃花浪》小説），絳帳名題袖角忙（君有女弟子俱能詩，藝人以隨園呼之）。白下隨園海左社，東南相映後先光。”“北胡南越路途賒，仗劍長征不憶家。塞下干戈悲畫角，江東歌舞泣琵琶。幾時洒遍蒼生雨，一夜吹開上苑花。耿弇從軍在明歲(耿弇從軍年廿一歲)，功成歸種故侯瓜。”此老友湯綺霞和余《二十感懷》詩也。清新婉轉，無一句虛泛。其第二章尤能與原作針鋒相對。嗟乎！一肚皮説不出事，知吾者其綺霞乎。

和《二十感懷》者頗多，沉痛句，素聲云：“文字無靈窮鬼送，英雄末路暮愁多。”“翻新歲月從頭記，歷劫烟雲過眼忙。”督庵云：“末劫文章貂狗續，窮途涕淚飯牛歌。”异端云：“匹夫憂國空餘淚，詞客謀生只有詩。”“蕭瑟江關留吾輩，一腔心事爲傷時。”“請纓南越路終賒，劫後梅村尚有家。東望故園歸未得，天涯長繫若匏瓜。”浣雲云：“一生事業文章早，兩鬢蕭疏感遇遲。”“澒洞風塵人亦鬼，艱難家國雨中花。”俱是血淚釀成者。

余好作雋語，常流入纖巧，知之而不之改，實自暴弃。余作《謝和二十感懷詩諸公》七絶二首云：“貧女年年弄織梭，梭弱綫費張羅。君家莫是湖州住，奢贈紅綾十疋多。”“也逐東風閦柳腰，翩翩裘馬枉魂銷。只因老大龐眉婢，辜負張郎綵筆描。”輕巧纖弱，終是詩中下品，余録出以誌懺悔。

小素，余之别字。人若問吾此二字之來歷，及自署小素之歷史，深恐燭跋不完。余以刻無暇晷，從未向人嘵嘵道此中旨趣。乃北里有姝亦名小素，朋輩中多以此相嘲。乃作《解嘲》一絶云：“臨波幻出百蘇公，大小冠差子夏同。慚愧儂非柳子厚，卿名不值署河東。”(名妓柳如是，錢蒙叟侍姬也。工書能文，慕柳子厚爲人，自署曰河東君。)

《小説新報》1915 年第 6 期

番禺沈宗畸太侔先生，詩壇泰斗也。當年與易實甫(順鼎)、袁小僩(祖光)諸前輩俱蜚聲海内。今易、袁諸公已裘馬長安，而太侔獨京華潦倒。除一姬一甥外，與破書萬卷伴朝夕。寓居番禺新館，貧病無聊。去年，余曾趨聆謦欬。背圓如弓，耳充若塞，一副頹唐老景，令人生處士暮年之感。時余輯《紅雲集》，先生以“嚴加選擇，甯少毋濫”相戒。惜余不肯破友朋面子，致珠礫兼收，有負盛囑。先生曾遺書附杜老句云：“愧吾老非題柱客，知君才是濟川功。”嘉獎後生，感愧感愧。先生少時作《落花詩》十章，一時傳誦。其詩云：“殘月昏黄冷翠髫，離魂都向個中銷。枝頭富貴渾如夢，水面文章不解嘲。墮白溶溶迷屐齒，飄紅故故膩廊腰。多情燕子呢喃語，煩吾花前唱大招。”“甘心淪落竟何之，問訊芳蹤有所思。着地似儂沈醉日，退房苦汝半開時。劇憐解語嬌如許，淡到無言怨可知。再世小青仍薄命，緑章擬上告哀詩。”“看來卿亦可憐蟲，飛入愁城不敢紅。滑滑新泥三徑雨，沈沈春酌一絲風。魂銷曲檻疏簾外，人在香塵色界中。老我步兵狂勝昔，爲花請命哭途窮。”“三春花事似浮鷗，埋玉埋香貉一邱。未若化萍隨浪去，偶然依草亦風流。身非杜牧偏惆悵，客是邱遲定乞留。獨立蒼茫發遥想，會當迎汝碧池頭。”“半隨逝水半輕埃，倚向樓頭極目哀。悔不思量偷折去，恐難解脱笑拈來。魂歸倩女無消息，愁絶風姨自妒才。縱使明年春更好，似曾相識費疑猜。”“寂寂柴門閉落暉，一春心事惜芳菲。游絲消受終嫌蕩，弱絮生來似較肥。豈獨高枝無結果，即今平地有危機。重臺回首仙凡判，應悔當初造次飛。”“華雨繽粉好是晴，蝶來相送燕歡迎。重煩白傳歌長恨，贖得文姬字再生。一桁湘簾三月雨，數聲風笛六時更。飄茵墮溷知多少，消息還須問緑鶯。”“九秋恩怨漲心波，願鎖天牢不擇窠。悵别杜鵑空泣血，團飛蝴蝶易成魔。負他雨細鍾情甚，媚此風光作態多。屈指芳時已云晚，煮茶烟裏話蹉跎。”“出門西笑枉歡尋，未肯移根到上林。不分初胎終墮劫，得留半面倍傷心。三生香海飄零慣，十種楞嚴譴謫深。同是天涯正愁絶，那堪風雨夜沈沈。”“銅壺清淺短檠寒，檢點閑愁睡未安。春去有聲啼杜宇，月來無影負欄干。早知紫玉成烟易，再遣雲英出世難。莫訝沈郎腰瘦損，落花憔悴不堪餐。”

太侔一號南雅，所爲詩多不經意，由於境遇之窮厄也。著涒社課，題爲《春日田園雜興》太侔詩有“即今餘淚涕，無夢到田園”之句，論者謂爲感懷詩，非雜興體。不知言爲心聲，詩爲人籟，太侔當日滿肚牢騷，盡情一寫，固未打量題字也。

自古詩人多半情種,仕宦則寄情於生民,清閑則寄情於風月,潦倒則寄情於脂粉,不入於此必入於彼。其爲用各别,發乎心坎則一也。太侔既失意名場,不能建策廟堂,復相如壁立,不能歸卧郭門。乃冠蓋京華,斯人憔悴。不得已而放浪花叢,所謂借胭脂窟爲痛哭場耳。太侔二十年前自號曰甘溪瘦腰生,暱名妓蕊芳。芳惑於流言,視之至落寞。甘溪或引罪自撾,或剖心相視,蕊芳終不顧。而甘溪終不怨。嘔盡心血,爲之作詩叠韵至再至至四。猶記其“在腰爲帶忍相離,棖觸閑情馬欲馳。如此痴魂銷亦好,不知真個在何時。”“未必窮愁句便工,吟成草草付霜鴻。他時邂逅如相問,詩在茶鐺藥裹中”之句。窮措大痴情忐忑,概可想見。湯頗公曰:“北里中人,率惟利是視。諸公拚命作詩寫字,欲博其歡心,皆所謂至楚而北其轅也。”别有見解。

都門爲文人會萃之地,類皆飽食終日,無所用心,所以一見妓女之稍有姿首者,即詩文投贈。一見伶人之稍具色藝者,即投贈詩文。讀《帝城花樣》及《燕臺花訊》諸書,始信此種習尚由來久矣。去年旅京無事,余輯《雲紅集》成,題一絶云:“詞人慣説傷心話,兒女生來如艷花。只怕落花沾泥絮,假他秃筆作輕紗。”詩文之投贈女伶自此始。當時余亦不過借以消遣,不道始則濫觴,終至汪洋。雲紅既以之成名,迨後女伶劉喜奎入都,易哭庵先生贈以長歌,使長安市上無人不以喜奎爲談話之資料。當時有“國事興亡誰管得,滿城争説喜奎兒”之謡。誰謂文人之魔力不能操縱人生之榮辱耶!

京都爲政治之旋渦,人心齷齪,於斯爲甚。惟一事差强人意者,即詩文酬酢,朋輩唱和,於萬惡叢中,獨得此一劑清凉散也。前清乾嘉時代,宇内承平。士大夫結合詩社,相互敲推。賡歌唱和,推盛一時。民國初建,目不識丁之議員,連翩入都。争門奪户,叫囂東西。弃詩文若土壤,金箋玉版,幾如廣陵散絶。邇來復古聲浪漸震人耳,末世名流如樊山輩相將重來。當年修禊聯吟,如陶然亭、龍泉寺各處,詩鉢重整,不可謂非劫灰重燃。今看易哭庵組織蓮社,余輩亦有燕社之結合,吟壇對峙,旗幟各别。一則是勝朝遺老,大多秋風離黍之辭。一則是新進少年,不少鉄綽銅琶之語。一時輿論,有"老名士"、"小名流"之別,實在俱是關心文運,扶持國粹也。余作《都門雜咏》云:"贏得河山涕淚陪,中華文獻儘低徊。清流競唱蓮花落,燕子空梁話劫灰。"嗟乎！白馬東來,南風不競。臥薪嘗膽之不遑,而復相與咬文嚼字。使神州陸沉,王夷甫恐不得辭其咎也。

《小説新報》1915 年第 7 期

自黨會解散,而詩社林立。藝社沈太侔主之,蓮社易實甫領袖。餘如燕社、超社,俱嶄然頭角。樊山組織詩鐘大會於十刹海,蒞會者幾及二百人,大多糾糾武夫,拳大字未許識斗許。可知文運日替,竊取儒冠之多也。余撰《燕社啓》云"人讀藍皮之書,未著等身之作。吾愧覆瓿之品,敢希壽世之篇。祇以文章未死,委蛇留豹之皮。書劍無依,棖觸登樓之賦。寫傷心於開府,托孤憤於樊川"云云,蓋竊幸同人之墨汁淋漓,未必碑稱没字。然而潦倒詩人,實不敢與廟堂彦佐相比擬。

揚州葛廉夫(蔭春)自號緑蘿庵主峒道人,燕社健者也。録其《咏賣花聲》云:"高低驀地送輕柔,花賣聲聲韵倍悠。幾夕東風初過雨,一竿紅日正梳頭。擔來春影居奇價,引是閨人下畫樓。大塊文章錢買盡,紅腔清脆耳邊稠。"通篇無一個閑字,清切有韵,真是難能可貴。

慈溪時曼陀(秩),東社詩友。固未嘗一晤者,來都門歡然道故,彼此心期既重,自然握手更殷。春初以事出關,馳驅於黄沙赤磧中,貽我《塞上春思》四首,迴腸蕩氣,絶如仲則,亟録之實吾詩話。"華年愧着祖生鞭,橐筆生涯剩一肩。不信才名真如水,可憐綺夢易成烟。江山慘淡吾戎馬,身世悲凉感愛憐。我已風塵蹉跎久,思家又到萬峰前。""往事飛揚入夢多,懷人中酒竟如何。一聲河滿傷心曲,三叠陽關掩淚歌。塞上塵沙春寂寞,橋邊楊柳碧婆娑。愁端半爲閑情累,對此茫茫愁逝波。""四月邊城尚未温,東風細雨客銷魂。汍瀾襟袖新時涕,瘦損腰圍舊日痕。落拓已成名士習,疏狂猶念美人恩。年年到此怱怱去,如此春光不可論。""携步芳洲吊夕曛,落英如雨下紛紛。幾年京洛愁中過,一曲伊涼客裏聞。去國雖憐黄仲子,傷春我似杜司勛。千紅萬紫無顔色,惆悵關城望燕雲。"凄清幽怨,桓子野聞之,徒唤奈何。顧曼陀年事正殷,何必發此牢愁。其殆栗六風塵,感懷宗國,懷人夢短,絶塞風悲,鬱於中而發於外耶。

余旅居無俚,偶有感懷,近成憶得六絶,其一曰:"憶得垂楊緑似烟,江南二月杏花天。東風不記當年約,吹撤人間未了緣。"其二曰:"憶得平泉一笑難,背人揮涕倚闌干。只今梅子枝頭綻,又惹儂心一點酸。"其三曰:"憶得夭桃紅又肥,龍華道上采花歸。不堪重過桃花塢,依舊桃花人面非。"其四曰:"憶得花陰午夢初,落英點點貼香裾。傷心芍藥酣眠處,無復嬌憨及得渠。"其五曰:"憶得棠花滿眼紅,雙雙蛺蝶過墻東。自從一樹棠花落,蝶化可憐不死蟲。"其六曰:"憶得傷春小病喘,藥烟半爐勸加餐。留儂未死形骸在,無復人來問煖寒。"

《小説新報》1915 年第 9 期

今之士夫俱戚戚懼詩道之不傳,後世將不知韵語爲何物者,余竊謂詩天籟,亦人籟也。如果天地一日不傾側,人種一日不消滅,詩道即一日不絶響。要其體格風調與時丕變耳。

近世憂詩道衰歇者既不乏人,而後起之研求詩學者亦不乏人。弄韵敲題,句堆字砌,拈來信手,暢所欲言。虎賁遠遜中郎,廣陵恐成絶散。惟近世作詩者之多,其去詩道也益遠。此君子所以有吾道其窮之嘆。生斯世而談詩,其迂也甚矣。生斯世而本不知詩,强欲爲詩者,其愚也亦甚矣。顧意氣凌雲之士,舍治世經邦之道,而伊哦於七字五言。甚矣,詩之移人也。

詩可以興,以其聲韵也。學詩而不求聲韵,猶彈無弦之琴,非聾者不之聽焉。聲韵基於格調,學詩者安可不講求耶。

格調之説起,而門户之見分。尊李者未必善杜,談宋者或且毁唐。其實西京河梁不必謂之建安七子,永明顔謝不必謂之盛唐李杜。吾所善者,師之可也。吾性之不善者,存之而已。不必如左道旁門,定欲投之有北。

咏史之作,古人不拘一時一事,然非才學識三者俱備,不易着筆。尤以翻陳推新爲上品。吾鄉袁保香《咏史》三首,其一云:“挑燈讀腐史,大欲勃然生。梁紇與徵在,婚姻誰主盟。男女自擇配,不言可分明。東聖列西聖,符節合等形。痛哉陋儒陋,向俗詆同聲。”其二云:“齊姜醉重耳,隗囂未同群。紀信救高帝,封謚未酬勛。古來大疑案,議者日紛紛。我道報德事,時或失傳聞。左班兩良史,不知付闕文。”其三云:“烈烈黨人禍,漢唐至宋明。一言以蔽之,意氣激而成。彼惟攻鼓急,此更對壘争。不鑒前車覆,又聞新舊名。”此蓋作於己亥年間。匠心獨出,孤衷具在。宜當時目伊爲文場革命黨也。惜乎長吉短命,我鄉少一騷壇健將。

咏物之作難工,須貼切而不刻劃,有寄托而不浮泛。佟蔑禪《咏蛛網》云:“組織容身地,潛藏害物心。殺機生屋角,罟擭伏花陰。”《蜂房》云:“柳絲簾翡翠,花片瓦鴛鴦。地占繁華界,衙開熱鬧場。可憐成蜜後,辛苦爲人忙。”何嘯痴《咏墨》云:“四十年來空守墨,算來終是爾磨人。”《咏紙》云:“莫笑此君輕薄甚,人情還比薄三分。”王雨香《咏榆錢》云:“造化爲爐鼓鑄先,垂垂萬貫色天然。因風偶向書齋落,似解文人不愛錢。”“天然貨幣自然銅,真假由來付化工。笑煞揚州騎鶴輩,腰纏似此總歸空。”俱得個中三昧,蓋三君俱燕社健者也。

作詩最難白描,曼陀《春思》有句云:“柳絮桃花春若夢,斜風細雨客消魂。離懷似醉非關酒,舊事成塵不記痕。”將一“思”字曲曲描出。

詩題絶無典實可采,而所作求其工穩,至不容易。福建甯魯岩《蓄鬚戲占》云:“甲子從頭計,原來二十秋。少年民國弃,聊换老人頭。老朽人争駡,於今恐及吾。吾非頑固黨,雖老不糊塗。”可謂妙語解頤,然而傷心有我,玩世何心。其詞意間别有不得意也,豈徒作詩人之妃黄儷白哉。

古今詩什以落花落葉諸作最易動人,以哀感沉痛,纏綿悱惻,均關得到焉。孫君谷紉既作下第之劉蕡,賦《落花詩》十二首,其中有句如"擁篲竟無迎别館,捲簾誰與護啼妝","此恨未忘垂老别,將身枉傍最高枝","有情雨露承恩少,失意文章覆瓿多","扶持豈有神明力,喜怒難窺造化心",皆哀感動人。他如"血黛藏成終化碧,骨從换後已無因","此去空銷埋玉恨,再來莫作墜樓身","穠華未合争桃李,綺劫何從判溷茵","一身啼鴂無家别,萬里明駝出塞行","亂頭粗服無人惜,墜粉零香有恨俱",皆沉痛欲絶。其纏綿者如"往日珮環俱碎地,悄寒簾幕不開門","消磨慧業瑶臺下,收拾雄心畫檻中","平填古井翻波少,塢作香塵滅迹難"諸句。其悱惻者如"玉容苦被封姨妒,紅影誰招倩女魂","容易谷風弃中道,最難后土鑒前盟","彈指浮雲空富貴,回頭溝水各西東",及結句云"天涯無盡來時路,輸與飛鴻踏雪痕"。

臨湖方蒹村《落葉》詩云:"瑟瑟西風捲麯塵,商聲容易感騷人。争憐此刻飄零態,曾是當年雨露身。落地不教粘似絮,烹茶猶可拾爲薪。須知造物循環理,一霎淒凉便到春。""蕭蕭瑟瑟亂林中,一片飛西一片東。何事階前頻掃徑,有人江上獨吟楓。枝柯畢竟含生理,裁剪依然見化工。莫笑人情判榮瘁,停車也愛夕陽紅。""寒風吹長洞庭波,詞客淒淒唤奈何。潑緑成林來歲事,零紅布地此時多。佳人溝水懷春怨,帝子哀蟬望遠歌。回首陰濃三月暮,一年好景又蹉跎。""斜陽疏影斷魂時,零落墻陰莫漫悲。一葉報秋知數定,三年刻楮笑人痴。窗間煮茗閑燒鼎,石上裁箋坐賦詩。且喜晴窠全露出,飛來易認最高枝。"此詩亦係下第時所作,故多怨刺語。嗟乎,文章憎命,潦倒窮愁,子野聞之,當奈何徒唤也。

戴君雪盦,與余雖未謀面,然文字因緣,固已深結不解。其《和谷紉落花》十二首,哀感頑艷,與原作時推瑜亮。如"未必居心甘墜溷,可堪回首别繁枝","樓頭玉碎相思骨,塞上琴操去國詞","春痕浪印詩人屐,艷迹偷粘村女裾","昭陽春盡承恩少,離恨天高補石難","遭際一生輪舞絮,家鄉萬里問啼鵑","踏枝有鳥空窺影,委地無聲静閉門"等句,同人已擊節嘆賞。及讀其末後兩首:"休怨東風太寡情,祇緣他自誤平生。早知清白遭時忌,錯露鋒芒冒險行。化碧終難藏舊迹,灰心容易背前盟。英雄同此飄零恨,苦雨淒風滿洛城。”“絳紗窗黯漢王宫,羞煞金鈴百萬功。忍淚不辭關塞遠,傍萍偷渡衙溝東。未能擬絮千雲上,只好隨塵辱土中。最是章臺西畔路,亂紅無數蹴花驄。”不覺淚漬之濕透青衫,懷念彼此身世,正可剪紙招魂,借墜溷落花爲吾人慟哭之資料。

余在童年,恒喜誦錢唐陳栩園《落花》詩“同是有家歸不得,落花何必笑儂痴”之句。余既不合於江南,乃長安乞食,浪迹京塵。亦曾借落花以自嘲云:“莫嫌輕薄莫春花,流水東西不戀家。只爲故枝留不得,任風飄泊到天涯。”

陳君病堯,余之總角交也,幼同學,壯同事。前在海上,日以詩文相硺磨,許爲益友。其爲人富於涵養性,研求老莊之學,頗多得到處。詩宗放翁,多其醇樸。世變以還,息影故園,所學益進。昨郵示我以《物物室詩稿》。物物室者,其讀書處也。其《叠和佛慈感懷》詩云:“紅杏惱人春意透,青衫作客淚痕多。强將病體支深夜,不爲秋風脱短簑。曾以鷄鳴嘆夜短,爲愁金盡枉情多。”《生日書感》有句云:“今吾勝昔蹉跎感,舊夢難尋偃蹇謀。可有丹砂療嬾病,欲牽白駒定無謀。”

佛慈張姓,崇明北沙人。與余交誼類於病堯。顧其人激昂慷慨,視一世事無可當意,而流轉淪落,與余相等。去歲余輯《雲紅集》,佛慈郵贈雲紅有句云“裝成屠狗將軍樣,演出爛羊太尉頭”。余笑曰:“佛慈太駡人矣。人家女孩子冰雪聰明,受之得弗冤乎?”(以雲紅專演老生青衣各劇。)

曩者余客海上,闢寓斜橋,裙屐風流,自極一時之盛。湯君綺霞嘗雪夜來訪,有詩賦贈。近余獨處無聊,於行篋中偶檢得之,展誦一過,似温舊夢。爲録其辭云:“恍擬身是住瑶臺,十二銀樓次第開。緑酒紅燈消塊壘,簫心劍氣共徘徊。窗前雪映簪花字,簾底香浮虬樹梅。爲問馬融紗障後,幾人不櫛最多才。”

綺霞旅寓滬上,詩筒寄京,有《斜橋感舊》寄余云:“我來重到畫橋西,花落花開事已迷。杜宇當年曾識我,對人拚作斷腸啼。”“裙屐風流迹已非,幾人遠客幾人歸。紅樓莫説仍無恙,三月桃花滿院飛。”“莫言桃李盡公門,桃葉桃根無一存。豈是金鈴牽不住,罡風力大簸春魂。”嗟乎，桃花依舊，人面已非，旁觀者猶觸景生悲，當局者其何以爲情。往事重題，正恨綺霞之多事耳。

《小説新報》1915 年第 11 期

綺霞復工於詞。癸甲之年，愴懷世變，發語每多哀感。録其秋詞兩首。調寄《菩薩蠻》其一云：“無邊衰草連天宇，甘泉夜夜飛軍羽。厚愛謝君恩，血花染草根。傷心聞野哭，不敢逃誅戮。明歲燕歸時，徘徊失所之。”其二云：“吞聲杜宇江頭哭，悲歌無復秦中筑。世事嘆縱横，人生一羽輕。夕陽連古道，禾黍催人老。十載劍空磨，屠龍未遂何。”銅琶鐵板之聲歟？落葉哀蟬之曲耶？

詩家未必工詞，亦未必愛詞，以其按譜填辭，太覺呆板。研華摛藻，又傷纖巧。然而詞亦有非詩能及者。如“平林漠漠烟如織，暮山一帶傷心碧”，“暝色入高樓，有人樓上愁”之句，非詩所能道。要之二者各有所長，吾輩亦不宜偏廢耳。

袁隨園以文比弈，謂散文如圍棋，易會而難精。駢文如象棋，易精而難會。余將移喻詩詞，如相吻合。學詩如學圍棋，易會而難精。學詞如學象棋，易精而難會。

填詞須先熟讀老譜一二百套，默記胸中，領會其起承轉合。然後審定四聲，辨明五音，絲毫不能錯誤。其詞句命意，反在第三層也。

北人少能詞。余結燕社，極力提倡。賴君波民亦表得意，社刊中波民之作，所以獨多於詞也。録其《滿江紅》一調云：“十載江湖，題遍了，春花秋月。儘檢點，案頭吟草，緬懷疇昔。茅店燈灺簾影瘦，畫堂酒罷歌聲寂。最難熬，夙夜打寒窗，風和雪。衣襟上，征人血。堪辨認，殷紅色。怕重提寶劍，自誇豪傑。競逐無端甘守拙，功名有分何消説。只天涯，落魄受人欺，冤難白。”吾知普天下落拓人才，讀到末兩句，當同聲一慟也。

余既録病堯之詩於詩話矣，近復郵寄《綺羅香》一調示余。縱不離蒹葭白露之思，而情摯文樸，亦足多也。其詞云：“迢遞河山，浮沉魚雁，辛苦懷人天末。舊字相思藏袖底，三年未滅。記當初、刻燭分題，最難忘、落花時節。怎回首、舊夢成塵，吴蕭聲斷聞啼鴂。一時豪俊都散，剩有離愁萬縷，纏綿如纈。艷迹消除，粉痕散作瓊瑶屑。算海内、詞客騷人，竟輸與、青籐獨絶。况横走、齊魯燕趙，胸中奇氣活。”其上半闋“舊字相思”十一字尤見推陳出新。

江左公羊石年（壽），與余同研於龍門，識其爲樸學之士。今春邂逅都門，風雨聯床，舊情同叙，察其辭意多脱書生氣習。蓋深知三寸毛錐，至足誤人。嘗語余曰：“世事昏茫，衆人皆醉。頑廉懦立，仔肩在吾。窮措大筆墨生涯非男兒得意事。”石年之意氣豪邁，與當年埋首芸窗，鑽營故紙時大相逕庭。而間亦作爲詩文，又斐然可觀。記其《南歌子》一闋題畫竹云：“故國青春遠，佳人翠袖寒。亭亭倩影碧檀欒，移得蓬萊三島竹雙竿。紙短情何限，書成墨未乾。憑君傳語報平安，亂寫個人兩字與他看。”尤覺清新流麗。

綺霞有友英年早夭，爲之追悼立傳，克盡後死之責。復作《風雨梨花圖》以慰孀姝，亦可爲情至誼盡。徵辭於余，譜《江城梅花引》，題之云：“蕭蕭風雨奈何天。倚欄干。罵杜鵑。助着東風，啼徹五更寒。春又欲歸花又謝，只剩得，縞袂仙，似這般這般這般。不忍看。妾可憐，淚不乾。風雨風雨，汝何苦，欺我紅顔。薄命生成，零落自年年。滿地胭脂滿地血，殘忍的，十八姨，没遮欄。”

吾人一囊琴劍，千里飄零。落日秋風，儘惹征夫之眼淚。白雲親舍，每牽游子之情思。於旅邸無聊中，發爲文章，哀惋當爲何似。余曾譜《浪淘沙》一闋，有“黄葉飛飛歸去也，何處鄉關”之句。初亦無意得之，迨爲朋輩所見，俱代我陪涕，謂此聲足斷衡陽秋浦也。

朱竹垞詞曰：“往年磨劍，五陵結客，把平生涕淚都飄盡。老去填詞，一半是空中傳恨。幾曾圍燕釵蟬鬢。不師秦七，不師黄九，倚新聲玉田差近。落拓江湖，且分付歌筵紅粉。料封侯，白頭無分。倜儻風流，自是斗方名士。”讀之胸襟爲之爽朗許多。以吾人既到處不能得意，原有的幾分豪氣、幾許柔情，必須有所發泄。則歌筵紅粉中，當有吾人足迹矣。余曾記有贈某歌者云：“着個江南客，檀板一聲聲。輕敲低歇，緑酒紅燈，風雨何年别。筵前兒女床前笛，休把愁腸結。待王孫解贈珊瑚佩玦。”當初下筆時，自覺無限感慨奔來腕底。不自知其出言沉痛,然亦竹垞所謂"封侯無分,只得分付歌筵紅粉"之意也。

余撰詩話,采録者多朋輩所作,不識其人,不入吾話,是余本旨。乃去春余主某報文苑時,有自署"燕臺寓公"者貺詩十首。既刊諸報端,久欲選入詩話,以有違初衷,遲未采録。秋夜無聊,重讀一過,覺泡影曇花,所説者半多陳迹矣。爲録其八首,聊志滄桑容易也:"乘興來充觀國賓,馬蹄新踏鳳城春。分無科第歸風漢,轉嘆鑽營是可人。筆底兩京班掾賦,扇頭三丈庾公塵。酒闌百感槎牙起,龍性由來不易馴。""東海鰻魚踏浪來,翻身直上鳳凰臺。民權熄後朝儀定,殺運窮時黨禁開。魯國兩生休兀奡,商山四皓早趨陪。荐書忙煞程文海,搜遍江南舊日才。""天龍各部領京曹,尚侍頭銜例插貂。但取冗員鈐紙尾,何妨清俸竭民膏。散如秋葉紛難掃,長如冬瓜逐漸高。寶馬香車游蕩子,楊梅斜畔更櫻桃。""史館宏開庇士寒,伏生九十尚彈冠。乍嘗東觀修書樂,應爲南軒下筆難。晚節頗疑龍尾見,典型原作虎賁看。門人莫唱驪駒曲,王式初心本不安。""東鄰逋客灰全死,南國遺黎氣乍蘇。百戰那堪摩髀肉,千金猶可賣頭顱。黄公厭虎灾難救,孫邈醫龍術本疏。輸與白郎梟悍甚,官軍尚號黑雲都。""寂寞銅駝守故宫,宫花宫草晚烟籠。寢園哭罷鷺頭白,輦道朝回鶴頂紅。豈有田横存片土,郤留余闕表孤忠。飢寒迫墜胡兒淚,金粟堆南草木風。""閑從舊廠訪琉璃,宣武城南日又西。質庫朝衫銜子着,市門塵榜狀元題。鉄刀易涸人枯槁,書畫無靈氣慘凄。别有菁華儲八埠,珠簾十里媚樓迷。""不信長安果易居,金臺遺迹久荒蕪。盧龍北走邊風慘,烏鵲南飛夜月孤。往事燕雲供涕淚,他年鴻雪恐模糊。賣漿屠狗人何限,也識狂生到處無。"讀之覺嬉笑怒駡,别有文章。

尹昌衡曾督四川,授征西將軍。去年羈押來京,拘憲兵營中,輒有所作流傳於外。其《大覺悟》云:"昔時有我原非我,以後之今不是今。一世計今無一刻,何勞問我是何人。惟將死趣存生趣,落得虚心養實心。人道守真爲妙諦,我言非守亦非真。"《咏白骨》云:"戰骨經風化不完,穩依秋草作長眠。愁看日月抛雙眼,卸下乾坤息一肩。杜老酸辛莊老笑，生人憔悴死人安。早知白骨閑如許，何故秦皇欲上天。"再有《征西時絶食六日寄母》六首，惜不復記憶矣。

尹公功罪自有定論，非吾輩書生所能置喙。惟讀其所作，忠勇之氣，畢露紙上。其《題平西橋》云："鐵索横江水，金戈出塞門。天心驕將帥，人力鎖乾坤。入穴虎可得，卧波龍欲奔。臨橋叱飛馭，此去百蠻吞。"余曾擬古四首以調之，兹録其一曰："西北望高樓，盈盈一少女。與夫常相違，置諸水之滸。回念結褵初，合訂鴛鴦譜。君爲妾畫眉，妾爲君守户。十指縫君裳，辛勤到夜午。爲儆君之恩，不顧妾之苦。奈何弃中道，不念蓬葆姥。君非薄倖人，薄倖乃如許。"

《小説新報》1916 年第 1 期

秋吟籟，鑑湖女俠秋瑾之弟也。性亢爽，有乃姊風。同客京師，出《秋感》四律示吾，秦筑之遺音也。"琴臺廿載任蹉跎，燕市誰賡易水歌。葉落忽驚凉節序，雁歸仍是舊山河。便無風雨催人急，已覺乾坤殺氣多(時歐戰方劇，東方之青島問題又起)。夜静平心叩上帝，此生結局竟如何。""吊古憂今不勝情，亂笳和雨發秋聲。百年歲月一生夢，七尺身軀兩字名。禪榻鬢絲心寂寂，鱸魚莼菜意程程。愁來把酒樓頭去，獨倚危欄看太清。""南轅北轍苦奔疲，友盡天涯游俠兒。眼底衆生懸未解，胸中妄念放難維。寒潭照影魂俱瘦，古劍盟心誓不欺。此日低徊籬畔路，黄花無語笑吾痴。""年來吾道漸孤窮，慚愧疆如百足蟲。故笈衣留雙袖血，新墳鬼哭萬山風。文章埋没行間蠹，身世焦殘爨下桐。我亦猖狂稽叔夜，訴將幽憤七言中。"

古來詩話之作汗牛充棟，以余之陋，妄事采輯，誠爲費事。然余有與人不同者，以所輯多朋輩篇什，借兹以留鴻爪，亦爲違者所許。第所作不無博采之嫌，未能悉中詩律。名流佳句，往往又憾遺珠。或者又謂《京洛浪游客詩話》中無達官貴人之作，至不能增光篇幅。此則余所自知，而深自引咎者。不過鄙意以文以人重，人則以道義而見重。若羊頭太尉、蝦蟆相公，何得濫溷士林，以污筆墨。

苟士君子心存邦國,感物哀時,聲淵淵如出金石,足以維繫人心,感興末俗,何敢以詩律相限哉！非然者,雖言之成理,毋甯割愛焉。平等閣主人有言曰:“欲因人以見道,即不得不有時以人而廢言。”深得余心所欲云。

近來作者,每多慷慨悲吭,所謂開寶文章,純以眼淚勝人。欲求温柔敦厚,純合風人之旨,竟如廣陵絶散。亦時習所趨,至難挽救。昔人以文章有關世運,所以采風問俗,多半取資乎詩。吾讀近人辭,輒嘆天下未可以言無事也。

南人之詩多豪氣,北人之作多毅力,此分南北派之簡法。然豪鄰於粗暴,毅易於木呆,此學者所不可不知。余與病堯君論詩曰:“近來南中作者,好習靡靡之音。否亦桀傲不馴,咄咄逼人。在作者自謂豪氣縱横,萬夫辟易。不知烏江之重瞳,聲嘶力竭,已成銀樣蠟槍頭也。北方學者,於初學握管時已分唐别宋,法杜宗韓。不知學力不逮,食古不化,終至呆若木鷄,拙如刻鳩,不齒著作之林。且夫南人性靈,每含豪放,所以才氣稍足者,下筆即有可觀。北人木訥,殊不足以語此。所以晚近作者,南盛於北。”

五十年來古文絶響,識者固已傷世運之衰也。改政以還,駢儷浸興,然妃黄偶白,無當宏恉,不過文章中之玩好品耳。近世詩人好作律詩,古風之佳者殊不多見,亦多不之講求。覘世運者,惄焉憂之。

七言絶句,作者多而佳者少。以容易下筆,而難於討好也。雖然,以七絶爲易於下筆,猶未曾經此中酸鹹。七絶當求温厚醰醇,條暢樸美。先練心,後練句,落筆乃斐然成章。兹讀衆异君《過東華門史館》兩首,頗得三昧,因録之云:“預爲死後求佳傳,不惜生前説舊恩。當日遺山真失計,但營亭子不臣元。”“報國文章自不侔,早登台省晚方州。荆駝别有金鑾記,仿佛先皇淚暗流。”此寥寥五十六字中,無限感慨,不盡低徊,冷嘲熱諷,幾費躊躇。讀者當味其下筆時,幾度商量之苦心。

去年有客自中州來訪。雪深夜寒,圍爐共話,至快也。客於談吐間,極願一謁余友雅亭,以雅亭亦騷壇健者。是時余興亦豪,同客冒雪往訪。其侍者誤以主人未歸告,客乃悵悵偕余返。半途,雅亭追蹤至。邀余輩重顧伊家,三人幘鬈俱皚皚若銀矣。雅亭年已不惑,顧復老健。愛客若此,極爲欽佩。客以此亦一段佳話,當紀以詩。余曾作七絶一首以紀之云:"興乘來尋李謫仙,童言采藥到山邊。枉公怪煞奚奴舌,雪裏勞追訪戴船。"覺於當日情況未經脱落一字,深蒙雅亭輩嘆服,以事雜而言少。

《小説新報》1916 年第 3 期

小病逾旬,杜門自養,户以外紛嘈争執不聞焉。三秋倏去,强步起視,木脱葉飛,風物大异。夜漏浸長,轉側難寐,窗外蕭蕭,有似鬼哭。披衣潛聽,則風掃敗葉,凄惻萬狀。一若置身於青林黑塞間,愀愀無生人氣,更不知有危樓短檠也。嗟乎! 勞人千里,心如寒潮,乃如錢塘八月,怒沫潑天。然而十丈秋心,鬱勃萬象者,亦不外家國兩字耳。棖觸閑情,立成十首。擲楮就寢,秋聲益大。乃以《落葉》名其篇。明早讀之,殊覺哀婉。因録之云:"西風一夜木蕭蕭,宿醉沉沉覺未消。璈管微聲歌白纻,鮫人多淚識紅綃。因思帝子魂何渺,欲叩天閽路太迢。我亦無端添棖觸,幾番心事鬱寒潮。""九月新寒露有痕,飄零瘦沈客消魂。東南孔雀無栖處,西北高樓獨閉門。容易商量今夕酒,再難遭遇舊時恩。欲將往事重提起,滄海桑田不可論。""天地層陰鬱不開,余情棖觸强登臺。千金市骨昭王去,一笑傾城鄰女來。紅袖峨眉偏善妒,白龍魚服已堪哀。西風十里秋萍老,碣石荒凉葬古苔。""夕陽影下泣銅駝,輦路秋蒿長膝過。玄廟殘磚還有幾,神州壯士已無多。可憐落葉哀蟬曲,誰唱銅琶鉄板歌。回首春明門外路,荒烟蔓草欲如何。""衔河橋畔水湯湯,謝女瓊娥送陸郎。繾綣柔情留碧玉,参差寒影照紅墻。劇憐舊院春光寂,難遣吴宫秋夜長。爲念蘆溝來去客,還思明月照華堂。""記否當初踏軟塵,嬌花寵柳不勝情。六宫妃子無顔色,一代君王誤美人。秋燕歸來識盼盼,春婆夢醒負真真。玉鈎斜畔蕭蕭路,里塞青楓證夙因。""大道迷離官柳斜,欄干十二是誰家。背人玉珮羞頻弄,對面朱樓望不遮。""下蔡城南迷國色,上陽門外逐香車。三河年少風流客,挾彈歸來吊落花。""乾清門外月光寒,夜半霜霏白玉欄。好夢正酣迎玉輦,有人垂老泣宫紈。北朝笑把金杯擲,南内重將寶鼎安。上苑緑蕪悲夕照,侍臣强半已休官。""誰言命薄屬香奩,却誤郎官如戟髯。寒夜裁縫金孔雀,長年圓缺玉蜍蟾。鼎湖去日難爲涙,駿馬無端作挽鹽。記得殷勤頻慰妾,回文字莫寫緗縑。""聲斷衡陽雁不飛,金臺落日剩斜暉。文章歌哭年年似,城郭人民處處非。車馬長安原是夢,王孫末路已無衣。中原莽蕩誰栖息,咫尺關河尚未歸。"右爲四觥詞人去秋感時而作,哀感纏綿,不忍卒讀。詞人身經世變,憂患餘年,重丁兹變亂絶續之交,滿腔鬱憤,乃不能效賈長沙痛哭陳言,致遭忌諱。僅借義山錦瑟之詞,寫其牢愁,其心亦大可憐矣。至其辭意所指,想讀者會心不遠矣。

尊聞閣主人倜儻豪邁,與余爲舊相識。同客都門,彼此往還,研經講藝,甚相得也。著有《尊聞閣詩草》,爲録若干首如下。《憶菊》云:"余懷渺渺有所思,零落樊川苦憶之。伴月影斜疑徑曲,捲人簾瘦覺秋遲。幾番風雨頻驚夢,獨倚闌干不諱痴。何日重逢彭澤令,疏籬曲檻互酬卮。"《探菊》云:"何曾消息負痴心,漫向籬邊着意尋。日暮祇憐秋色老,夜深渾忘月華陰。晚香不是人間品,處士偏求弦外音。縱愧當年陶靖節,伴卿尚有廣陵琴。"《對菊》云:"憔悴西風獨閉門,對卿無語倍消魂。一年秋色添新供,九月繁霜認舊痕。俗世清標誰領略,爾吾心事細評論。可憐一樣同飄泊,只爲生來傲骨存。"或曰尊聞此作有所寄托,然乎否耶?

我人每思三百年前毛西河、朱竹垞輩執掌文壇,詩酒争逐,輒艷羡不置。年前入京,與都人士交游,長篇短什,彼此唱和,所謂過屠門而大嚼,雖不得肉,亦且快意。余與孫君谷紉(弃疾)、許君覺園(學源,一字游仙)、王君病夫(受福)、郭君稚亭(文瀾)往還最深,唱酬亦獨富。許公密齋(一字抱梅),文壇耆宿也,讀余輩詩善之,乃作《四傑吟》以嘉獎也(稚亭出公門下,所以獨未提及)。其辭云:"河山再造賽雄伏,燦爛文華争晋祝。大開史館集英髦,仰睇靈光尊耆宿。兹事體大着手難,紛紛班馬空争逐。間中騷客足清娱,特闢詞壇高矗矗。王城海大才人多,齊吐風雲吞岳瀆。就中四傑最知名,詞采英英紛驌目。孫君古老出天然,字句蒼堅摹五鹿。嬌艷誰如城北公,日映芙蕖風洗竹。吾宗仙老倍謹嚴,筆仿春秋開左穀。及今天壤有王郎,更出雄才横大陸。貌出群賢合影圖,點綴幽蘭雜叢鞠。挈余衰朽蛩其間,大似秕糠隨米蓄(指余與谷紉、覺園、病夫、稚亭合攝之影而言,以公亦圖中人也)。待君唱和每成編,便付手民裝錦軸。敢希惠我示周行,詎比綈袍憐范叔。從兹轉益多師是我師,爲君敬設春醪三百斛。”

孫谷紉,江甯籍。爲人藴藉謙抑。曩年橐筆海上,彼此借文字爲生涯,互相推重,然迄未謀面。走京師,一見傾心,相得恨晚。擅駢文,浸浸入古。詩如其人,蒼勁中有逸致。其七言律絶句多采入詩話,兹復録其《題杜鵑花》七古一首云:“晴雲低亞又窗東,香魂栖活苔之蘗。三生古恨不能蝕,化身猶作可憐紅。紅愁緑慘不成色,望帝春心古蜀國。搴芳之人遲不來,身世飄零怨風力。托根無定蓬山阿,寒鴉掩色奈情何。隔鄰山茶不解事,笑靨翻成朱顔酡。如此芳馨不自保,娟娟含睇爲誰好。海天薄暮拭鮫綃,啼痕成血濕龍腦。”

《小説新報》第2卷第9期

谷紉復次余《二十感懷》詩原韵,并序云:“吁公華年才調,橐筆燕京。奇氣□蟠,并世無兩。讀《二十感懷》原作,回腸蕩氣,歌也有思。因憶谷紉賣文海上,磁芥契深。忽風萍之合離,竟聚首於都下。前塵影事,能弗悵然。倣嚶鳴之締驪,叠原韵以爲和。詩曰:‘琨玉秋霜未有知,風塵同此歲寒姿。天涯芳草君懷遠,江上芙蓉我怨遲。來日長安宜醉酒,故人京國托吟詩。相逢説盡平生事,猶勝青琴獨抱時。’‘往事如潮□怒過,哀絲豪竹奈情何。應劉才調飄零共,燕趙交游感慨多。蠟淚明明花底墮,霓裳叠叠客中歌。可能風雪旗亭裏,解唱黄河笑擇他。’‘問年如我更憂傷,負笈心情去渺茫。彈指鬢邊新歲月,論交海外古文章。浮名已識如雲幻,貧女長嬴壓綫忙。今日輸君奇氣在,太阿出匣淬神光。’‘天南回首滬江賒,夜雨深窗久别家。喜見徐陵搴蕙茝,肯隨摩詰奏琵琶。壽君只借腰間笛,作客同看眼底花。一笑請收淪落淚,良時合種故侯瓜。'"

谷紉生平最愛讀黄仲則詩。滴粉搓酥,纖不傷雅。故所作艷詞,遠祧風人。似"腥屏未隔芙蓉夢,螘酒長澆芍藥魂","淺描眉黛初三月,瘦抱腰圍尺一烟","别離永日歌黄竹,團聚他生托白蘋",俱足嗣響西崑。其《古意四首重次二十感懷原韵》云:"蓬山消息鳳鸞知,顧影依然絶世姿。秋水雙瞳臨去媚,春愁十幅恨來遲。故人織素蘼蕪曲,中婦流黄玳瑁詩。何處月明何處笛,赤欄橋上立多時。""鸚鵡前頭昨夜過,聞聲對影奈儂何。三年紅豆春前少,一曲青琴爨下多。南浦魂消如此别,西洲人唱合歡歌。年來省識回文字,解透相思總是他。""零風斷雨爲花傷,十丈朱旛事渺茫。叫破杜鵑閑院落,對成孔雀惜文章。理弦豈有銀箏托,壓綫空聞素手忙。一點靈犀誰與寄,人間佳俠降含光。""將情賸與漏聲賒,碧玉何曾定小家。未合嬌啼長擁髻,可堪郤手又爲琶。當筵憶唱黄曇子,對鏡慵簪白柰花。偷擲金錢私筮卜,夜闌占得杞包瓜。"俱吐屬清婉,筆腕虚靈。惜今夏染疫卒於都門。遺棺七尺,枕書滿篋。竟無一人爲之料量身後。展覽遺什,豈獨增鄰笛山陽之感而已哉!

大洪山人許覺園,余既録其詩入詩話矣。再記其七律如《夢游》云:"艱難蜀道我重來,三峽雲深啼雁哀。玉壘古今銷鶴鬢,金臺風雨躍龍媒。人言何武皆王佐,誰信楊雄只賦才。知到巫山真幻境,那堪明月夢初回。""心似瞿塘水倒流,乾坤識破幾浮漚。荒唐雲雨千秋夢,憔悴河山萬古愁。只有猿聲聞杜甫,恨無蝶意化莊周。年年望到中秋月,照遍揚州十二樓。"五言律如《王子都山感懷》云:"洪山涓山遠,好夢一春歸。作客偏憐瘦,爲官怕帶肥。楚江停戰鼓,燕市典征衣。愛聽家園信,横眸睨雁飛。"

佟弢禪,曼殊人。先世以天潢裔胄,胙土分茅。兄某猶襲將軍銜,顧弢禪布袷不完,骯髒市肆,好酒及游,往往與屠狗伍。長白之王氣既熄,益頽然自放。筆頭所入,輒交歡伯,飲輒醉。醉則據坐作灌夫駡。人皆畏其狂而惜其才,余且憫其遇也。嘗與余評隲人物,輒如禰正平指曹家座客爲守墳盛酒。爲詩恣肆縱横,寄其欝勃牢愁之意。其《崇效寺五色牡丹歌》曰:"補天賸有靈媧石,化作芳魂分五色。不戀人間富貴春,願生净土辟支宅。粉蝶黄蜂莫浪疑,精采傾到九華芝。含芬暗倩慈雲護,帶雨渾如瑞露滋。君不見淡鵝黄襯腰金帶,九蕊玲珠明赤貝。墨葵香襲佛頭青,鳳尾鶴翎攢玉蓋。俗子觸目驚奇瑰,豈知都是凡塵才。河之榮光日之采,此花相與融胚胎。三月正當三十日,薰風引入維摩室。與花結此佛因緣,前生夢借江郎筆。不寫花色寫花魂,霞綺雉暈何足論。拈花一笑有真諦,色空空色原無痕。君不見一蓮花座一尊佛,此象不虚亦不實。沈香亭子洛陽城,旖旎風光彈指寂。無量歷劫恒河沙,死生蠶蛹蜕龍蛇。一朝撒手委塵殼,我非是我花非花。"

法源寺之丁香、崇效寺之芍藥,盛冠京華。每值三月莫春,九城士女,聯袂來賞。吟壇詩侣,亦都携榼往游。拈題鬥韵,竟日不倦。所以禪房紺壁,每留鴻雪。弢禪有《咏崇效寺五色牡丹詩》,其咏青者云:"鸜哥夢醒魂俱化,燕尾泥香迹尚留。"黄者云:"澹品宜名石公履,天香更襲老僧衣。"赤者云:"臨風縱异鵑魂泣,捧日休疑鶴頂新。"白者云:"富貴場中甘澹泊,胭脂隊裏莫評量。"黑者云:"臨池倒影魚吞誤,背月飄烟蝶宿疑。"俱典切有致。

地安門内十刹海,爲都人士消夏之地。荷塘廣畝,周圍茶肆。憑欄小坐,則風送荷香,襟塵爲滌。塘中産菱耦,采以供客,色鮮而味甘,市中不多購也。惟横塘以南,雜戲喧括。村姑俗客,攢集如麢,爲殺風景耳。近復頹風大張,土妓私娼,群來餌客。淫風傖氣,刻不可耐。自好者遂裹足不至焉。弢禪有《竹枝詞》四首:"楊柳輕風送管弦,游人如鲫晚凉天。此生自是多痴氣,不看紅妝只看蓮。""脉脉芳心柳岸行,新妝照水若爲情。阿儂不是傾城色,何事魚兒個個驚。""一水盈盈奈若何,相離咫尺渺天河。勸君莫買蓮蓬去,剥出心兒苦更多。""七孔玲瓏藕賣時,憐他生節不生枝。買來素手殷勤獻,綰住秋心只爲絲。"

余僦居鄉館時,長日多暇,灌花莳卉,以消此客裏光陰。精舍三椽,糞除净盡。客之好談者,多就余屋,謂此間静僻也。鄉前輩施實齋,日必過余三四次,談輒移晷。研考詩文,亦頗吻合,所以不知其冗而倦也。實齋述鄉有李偉卿先生,才氣縱横,不可一世。顧數奇,不遇於時。所作詩文,多奇險兀突。曾記其《題墨龍》一絶云:"吾爲大盗數十年,盗盡人間雲與烟。誰知大造還爲盗,盗我雲烟飛上天。"亦可謂盡奇僻曠誕之能事矣。

《小説新報》1916 年第 12 期

浮雲京國,變幻萬象。余録寓公《燕臺雜咏》入詩話,低徊諷誦,已不勝今昔之悲。桐讀湘潭陳阜孫(沅)《燕臺雜詩》,次漁洋《秦淮雜感》原韵云:"三年歸夢五湖舟,望斷層城十二樓。一種黄金難養士,燕郊無主隗宫秋。(粤歲己酉,余始游京師,三年於兹矣。)""螻蟻王侯盡已墟,遺文猶識馬相如。君看原上離離草,可信長安不易居。""鸚鵡空傷千載情,凄凉香冢不知名。年來花落江亭晚,欲奏神弦無處迎。(江藻遺宅陶然亭,爲都人游宴之所。亭迤北花神祠,屋宇三楹,蕪穢不治。旁有香冢一,嬰武冢一,碑辭凄艷無姓氏。)""芍藥欄邊花信遲,賣花天氣雨如絲。衹今别有西河痛,不是豐臺選艷時。(毛西河妾曼殊,豐臺賣花翁女。)""故宅滄州春復秋,詩魂空作虎坵游。堂堂帝室猶如此,家國興亡我欲愁。(清康熙年,吾宗先人恪勤公游虎邱詩爲權奸所中,幾死。故宅在東門外,草廠胡同,庚子亂圮廢。)""彎彎黄月逗藜床,遼海悲風萬里長。莫嘆焦桐音賞絶,朝衣誰哭蔡中郎。(余少時有高世之志,自比管幼安。是時瀏陽譚壯飛才學閎肆,心儀其人,戊戌政變死。)""明珠當代擅豪華,留部紅凄士女誇。莫問大觀□舊事,五侯烟散已無家。(世傳《石頭記》叙納蘭容若遺事。容若者,權相明珠之子。父明珠,子實玉,從同耳。)"頤園水木最清新,南苑風光幾度春。夕照西山眉一抹,玉兒和月夢横陳。(友人易宗夔述頤園風景并宫奴言甚詳)。""供奉伶官數寵光,衹今難問舊君王。何如花外流鶯囀,一曲崔徽定教坊。(清后那拉氏耽絲竹,内廷供奉至十數人。余入都來,菊部飄零,所見歌者崔靈芝音吭至悲,不厠當時供奉之例。)""清歌小扇製齊紈,不與西林集例看。惆悵津橋楊柳晚,青袍銜史早休官。(龔定庵居京師,爲某貝勒知,賞其側福晋顧太清。以所著《西林春詩集》請益於定庵。銜史謂趙啓霖。)”“春日章台怨折楊,枇杷花下淚沾裳。青箱紅粉飄零久,不遇英雄杜十娘。(明萬歷間燕妓杜十娘嫁浙東李生,李中新安人計,竟爽前約。十娘恨李生非英雄,赴水死。)”“鉛筑哀聲亢玉簫,城南挾彈故相邀。無端轟得將軍死,未敢嗚騶豫讓橋。(北都光復首汪精衛,終彭家珍,皆一時義烈之士。)西郊農事試場分,蜂蝶多忙趁草薰。一向水光風色裹,酒旗斜曳映紅裙。(西郊農事試驗場爲北都公園,那拉后駐蹕一夕,費七十萬。比年涣珍美异,物植益多,裾屐翩蹮,出西直門,極冶游之樂。余寓宣南坊,亦時造焉長安風日,慣見鴻驚。世無杜拾遺,誰賦《麗人行》者。)”“摇落秋風團扇郎,溜雲詞句斷人腸。春衫杏子難尋淚,夜雨梨花易損香。(隴西祁□雲,甲辰進士,爲詩多幽眇哀怨之音。余就教子胡同訪之,徵得其本事。)”“輕妝蝴蝶鬥時新,日午花枝晒粉勻。誰謂風流滬都督,等閑争逐七香塵。(南軍光復後,滬上女士多爲蝴蝶髻。陳其美入京任工商總長,爲都人所惑,謂之風流都督。)”“莽蕩神京帝覺羅,當年遺老祗悲歌。彈棋直到中心局,海子揚塵陸起波。(前清多文字獄,末造顛覆,乃有《洞庭波》、《浙江潮》等書。)”杜宇横塘那可聞,文園消渴始憐君。空知孽海花如錦,流落人間傅彩雲。)(修撰洪鈞取蘇妓傅彩雲,得句云:“四月横塘聞杜宇,五湖曉夢荐西施。”樊增祥《彩雲曲》著其本事甚悉。《孽海花》載庚子聯軍入京,瓦德西用彩雲言,護惜落花。似雲亦當代女豪。余徵之《北都舊游》,詞有异同,故知孽緣未已,尚在人間也。)”“燕京花事最堪憐,歌舞城南月影娟。舊院塔西西畔路,更無人整内家鈿。(城南樂户七十八家,分南北班。舊院在西城磚塔胡同,妓强半旗籍,作内家妝。事詳萍迹子《塔西隨記》。)”“五色旂翻天蔚藍,春來長共柳毿毿。共和此日翻新樣,猶説承恩二等男。”“原野嗷嗷鴻雁聲,清宫禾黍可憐生。如何專使南來日,一夜傳烽遍九城。(此二首自注不備録。)”余往讀新城《秦淮舊感》詩,輒咨嗟太息,若不勝悲。兹讀阜蓀之作,亦幾度衹徊,自不知其何心也。阜蓀尚寓京師鄉館中,貧病無聊,又聞比得狂疾,傷哉。

燕社於重九日雅集於京師城南望園，一時名流，聯袂偕來。余於是日識陳君漢存(士雯)於座次，神交有素，被此傾心。兹録其《遠眺》詩云："嶺高紅日近，馬踏峻崖松(古詩"崖高馬踏松")。流水二三里，亂山千萬重。鳴蟬傍枝弱，飛鳥覺陰濃。待飯濃驂駕，時聞起午鐘。(放翁詩云："待飯不來聞午鐘。")"《醉後游抱沐堂》(自注云：堂乃故鄂統制張彪爲香濤相國所建之祠)："清氣透疏櫺，山光繞户庭。遠含三畝緑，收盡一城青。春到寒方减，詩成酒自醒。眷懷張相國，人傑地應靈。"其斷句有云："絲亂海棠疑着雨，節推松柏慣經風。飄忽塵埃隨野馬，蕭疏蘆荻走沙鷗。"俱臻神韵。

漢存刊其先君子翔甫先生遺稿，索序於余。既應其命矣，復録先生詩以實詩話。《感遇》三章，其一云："春風三月來，桃李顔如玉。夭夭接朝霞，濯濯迎紅旭。其下自成蹊，幾輩頻眺矚。艷質冠群芳，奇芬駭流俗。斯際冰雪姿，甘受泥塗辱。庸知歲寒時，惟有長松緑。"其二云："十五好擊劍，二十始讀書。兩學無一成，髮短心有餘。北窗偶閑卧，酣夢來華胥。九重丹詔下，辟我升軒車。閥閲勿珍重，光彩生門閭。何來鐘鼓聲，驚起如其初。"其三云："東鄰送美酒，開樽聊獨酌。忽聞緑槐間，切切聲蕭索。搔首見鳴蟬，方爲螳螂搏。張吻氣可吞，振翼飛且躍。啖食始甘心，恃强竟凌弱。得意休盡歡，其後有黄雀。"《采蓮》云："十里銀塘瑟瑟秋，香生菡萏萬花稠。東鄰女伴來相約，報道芙蓉艷欲流。"又："芳蹤藕榭又蓮塘，采得新枝孰寄將。知否玉環須仔細，花叢濃睡有鴛鴦。"又："楊柳堤邊看采蓮，玉驄金勒錦花韉。可憐花面如人面，却向今年憶去年。"又："摘滿銀瓶返翠樓，芙蓉池畔晚風柔。扁舟歸去疾如鳥，剩有斜陽照渡頭。"餘如七律中有"高風應惜文章力，浩劫猶將水月留"，言婉而哀，寄慨深遠。《春去》七絶末句云："谷口黄鶯最相惜，一聲啼起一林烟。"如畫裏真真，呼之欲出。其《咏黄葉》云："匝地荒凉秋有色，滿林葱茂碧無痕。"描寫如繪。"籬菊晚開花恰似，園橙初熟顆新稀。荒村古寺參差積，白露蒹葭款緩飛。"足與阮亭《秋柳》异曲同工。

一虱室詩話

張麟年 撰

光緒三十三年(一九〇七)自刊本,共三卷,現藏南通圖書館。清末曾連載於杭州《游戲世界》雜誌。一九一五年重新連載於《雙星》第三、四期,《文星雜誌》一九一五年第一至三期,一九一六年第四期,與清末初版相比,内容多有補充、改動,文段順序不同。

本編以影印本爲底本,後録報刊連載内容。作者署名南通州峰石張麟年。張麟年(一八八一—?),字峰石,爲南通詩社"大鏞社"成員,生平事迹不詳。

《雙星》,月刊,一九一五年三月創刊於上海,共四期。主要刊載詩文、小説、筆記等。撰稿人主要爲南社中人,一些近代著名文人如吴梅、繆荃孫亦曾爲其"文苑"欄目供稿。《文星雜誌》,月刊,一九一五年八月創刊於上海,由國學昌明社出版,倪義抱主編。刊載時論、小説、新劇等。

本書以申論己見爲主。作者在卷一解釋詩話之義,云:"何爲詩話? 人以詩,吾以話;以吾之話,解人之詩,所重在話,詩次焉。近人好作詩話,往往詩多多許,話少少許。取長篇大簡,堆叠其中,首尾加幾句詩話套語,而詩話能事畢矣。果詩話耶? 乃詩録也,話何有焉! 是故作詩話者,詩宜居少數,話宜居多數。"此言頗能切中晚清詩話之弊。作者主張兼容并蓄,認爲:"詩話第一義,在捨己從人。我學此派,人學彼派。我不能因我學此派,而驅世間無萬數詩人盡弃其所學而學我焉。門户之見,極宜袪除,然後可與論詩話。"針對時人認爲"詩將廢"的想法,作者反對道:"今所云廢者,廢科舉、廢帖括、廢俗學、廢弊政,詩何有焉?”認爲詩能感人,可引起國民愛國觀念。其語多涉時政感喟,抨擊傳統舊習俗,如批評婦女纏足陋習,認爲“外國人最重自愛,中國人最重自殘”等等。選詩豐富,有對歷代名家的評論,亦有對己作與親朋酬唱之作的收録。作者本人富有創作經驗,對詩歌寫作技巧頗有見解。如云讀古人詩可每讀出句,即掩卷自想其對句若何;提出作詩需有忍耐工夫;作詩不易,不可詆爲小技;和韵詩爲最難,等等,皆爲其切身之談。

卷　一

居今日而談詩話,亦太愚矣。古今詩話,汗牛充棟。豈待我作哉!不待我作,而我正不能不作也。彼詩話也,我詩話也,吾何畏彼哉。

何謂詩話,人以詩[①],吾以話[②],以吾之話,解人之詩,所重在話,詩次焉。近人好作詩話,往往詩多多許,話少少許。[③] 取長篇大簡,堆叠其中。首尾加幾句詩話套語,而詩話能事畢矣。果詩話耶?乃詩録也。話何有焉!是故作詩話者,詩宜居少數,話宜居多數。

詩話第一義,在舍己從人。我學李杜,人學温李。[④] 我不能因我學此派,而驅世間無萬數詩人盡弃其所學而學我焉。門户之見,極宜祛除。然后可與論詩話。

余有詩話之作,有客呵之曰:“詩將廢矣,君胡爲作失晨鷄之喈喈耶?”余曰:唯唯,否否。不然,詩者,聲音之道也。聲音者,入於

① 《雙星》1915年第3期作“人以詩來”。

② 《雙星》1915年第3期作“吾以話去”。

③ 《雙星》1915年第3期作“往往詩多話少”。

④ 《雙星》1915年第3期作“我學此派,人學彼派”。

耳而使人生無限之感覺者也。人可以無耳乎？吾國四萬萬人，其從此刳去其耳，終其身於無聲無臭域乎？耳之不能廢，則聲之不能廢，則詩之不能廢矣。且今所謂廢云廢云者，廢科舉，廢帖括，廢俗學，廢弊政。詩何有焉？東西各國，常藉詩歌，爲引起國民一種愛國之觀念。日本人士，一聞軍歌，而城而郭，而市而村，家家洗馬，户户磨刀。各奮然向往，争埋骨沙場爲男兒第一快事。聲之感人如此。詩其可廢乎？其不廢乎！

咏韓信詩多矣，萬口千聲，如蟬噪暑。獨丁篁村先生句云："怪殺使君恩怨事，一身生死婦人中。"此意頗未經人道。又《咏銅雀臺》云："七十二墳今在否，可能重爲美人來。"十四字語含冷雋，令人生無限悲涼。阿瞞有知，得不潸潸淚下。先生少年時即仗劍從軍，從李忠武率師討賊，屢樹奇功。後失敗，自揪秃髮，誓於軍前，曰："馬革裹尸足矣！我老丁何生還爲哉？"其侄孫蓉初與余神交，自瓮城寄先生詩一卷，因選録之。告諸蓉初先生，詩集名《磨盾詩餘》，蓋軍中作也。

天下有樂死者乎？無有也。有之，吾鄉前輩王潛叟先生是也。先生有句云："早死安知非幸事，來生誓不作詩人。"讀此可知先生一腔熱血真無處可揮矣。世人皆欲殺，吾意獨憐才。當爲先生唤幾聲奈何奈何。先生名瓊澤，號拾珊，潛叟其别字也。先生爲菽園方伯令嗣。著詩一卷，延某公題辭。某不甚經意，偶見先生集中有"風林能碎月"五字，遂草草題詩以應其首句云"得意風林五字吟"。先生見之怒曰："吾全詩菁華，其僅在區區五字中乎！"立取詩板劈而火之，自此以往不賦一詩。

韓國金滄江老友言於余曰：絶代美女，未必兼有長才。如薛濤輩又豈必有姿色乎。吾所居開城，三百年前有一倡名黄真者，有絶色殊藝，兼工詩書。琴歌爲吾國數千年第一。咏初月曰："誰斫崑山玉，裁成織女梳。牽牛一别後，愁擲碧空虚。"以梳喻初月，真乃惟妙惟肖。此詩一出，四方傳誦。於是墜鞭公子，買笑王孫，争擲纏頭，願一見黄真顔色爲幸。而黄真亦未幾死矣。紅袖青衫，何多薄命。掬一抔黄土，安得招斯魂而證其前身。

滄江先生名澤榮,號于霖,以古文自豪。年六十餘,髯長尺許,貌癯而古。不妄贊人一字,詞甚嚴,色甚峻也。是故年少子弟,見先生顔色若見虎然,多趨避之恐不及。豈知老滄江亦道學亦風流哉？一日先生及朋輩置燕吾家,入夜携妓勸酒增歡。緑酒紅燈,萬花似海,一時管弦聲、釵環聲、高談雄辨聲、鶯啼燕語聲,釵飛釧動,四座都驚。先生撚鬚看花,微笑不語。品其色藝,默誌於心中。有金仙爲家兄所狎者,先生口占一絶,咏諸家兄前曰:"金沙鎖骨是前身,仙訣飄摇别有春。借問鍾情誰第一,張家楊柳可憐人。"蓋調家兄也。酒闌更盡,一笑而散。厥後先生每見余面,必握余手,依依問金仙消息不置云。

中國詩家有一種惡習,慣未老而言老,未病而言病,未貧而言貧。然果老矣、病矣、貧矣,畢竟有何樂趣。而吟哦者往往借"老"、"病"、"貧"三字爲絶妙好詞之詩料。咏老詩如白香山云"老大嫁作商人婦",勝倪云"誤攻文字身將老",蘇東坡云"此身正似蠶将老",老至此慘矣。而最慘者則賀季真之"少小離家老大回"也,想其離家之時,少年意氣,顧盼自豪。鞍馬一鞭,志在萬里。一旦歸來,"兒童相見不相識,笑問客從何處來",回憶少時,宛如春婆一夢。試爲設身處地,閉目一想,其滄桑悲愴何如。咏病詩如孟浩然云"多病故人疏",白香山云"惟歌生民病",劉希夷云"一朝卧病無人識",病至此慘矣。而最慘者則杜工部之"身欲奮飛病在床"也。人之有病,凡四支五官之屬,都非我有。日進苦口之藥,夜作呻吟之聲,奄奄待死,萬念都空矣。咏貧詩如錢仲文云"知子憶貧交",蘇東坡云"先生依舊廣文貧",王元之云:"兄弟書來只説貧",貧至此慘矣。而最慘者則杜工部之"不爨井晨凍,無衣床夜寒"也,朝不得食,夜不得眠,人生到此,真無復天日矣。余咏貧詩甚多,咏病、咏老則未也。余本貧士,斯貧斯咏可矣。若老云病云者,則吾明明未老也,明明無病也,又何必未雨綢繆耶。

合肥李可亭公子名靖國,李相國其叔祖也。工詩,而和韵尤工。和友人無題詩上下平三十首,工力悉敵,不露斧鑿痕迹。惜篇長不能備録。姑舉一二,則全豹自見。押十三覃韵云:"灞陵烟柳碧毵毵,幾折柔荑送玉驂。冷淡容成秋後燕,纏綿絲老箔間蠶。蕉當剥盡心方死,蔗到枯時味轉甘。且向鴨爐焚寶篆,試尋禪句静相參。”又和腔韵云:“宴開藍尾愁中洒,曲譜紅牙笛裏腔。”僧韵云:“身如梧井枯餘木,心似蒲團定後僧。”和韵至此神矣。而尤神者,如和初韵云:“未必生離同死别,早知今日悔當初。”難韵云:“去日苦多來日少,别時容易見時難。”噫!和韵至此,觀止矣。以常見常聞之語,不矜才、不使氣,化合煅鍊,鎔鑄一爐,真非易事,真非易事。

纏足之毒,等於殺人。以二千年未定之冤案,一經明眼人窺破,一旦而改革之,是何异拔苦海而升青天。乃昔賢咏纏足詩,描摹盡致,不遺餘力,抑何見之狹也。而暴君污吏猶從而附和之,曰“步步生蓮花”。咏之者如吴均云“羅窄裏春雲”,杜牧之云“鈿尺裁量减四分,纖纖玉笋裹輕雲”,唐鎬云“蓮中花更好,雲裏月長新”。六朝樂府云:“新羅綉行纏,足趺如春妍。他人不言好,獨我知可憐。”刻劃纏足至於此極,可謂鬼斧神工,窮工極巧矣。但兩瓣金蓮,臨風欲倒,囚人耶?土偶耶?試問個中人,畢竟有甚樂趣。今一變雙雙白足,五十年後當無人解纏足詩矣。吾亦但願四萬萬人無一解者,若解矣,吾恐二萬萬相親相愛之姊妹,娉娉嫋嫋,又無噍類矣。

生平讀古人詩有一怪癖,每讀出句,輒掩卷輟覽,必想其對句若何然。求能勝古人者,百不得一二。於是益堅信古作者之所以傳萬萬歲不朽也。白香山有“朝露貪名利”句,輒代對之無足比者。閲者至此,請掩卷勿看,請自居香山地位,爲香山一思索之。思索之不得,再觀之未晏也。觀之維何,則“夕陽憂子孫”五字也。“憂子孫”三字本尋常語,而上加“夕陽”二字,則非尋常普通腦筋所能測矣。若易“馬牛憂子孫”或“鷄豚憂子孫”不獨對仗之不工,抑亦俗熟之句厭,此鷄林賈人所以争購之。故歟王荆山《鍾山語録》云:“杜工部‘暝色赴春愁’,下得‘赴’字最好。若下一‘起’字,便小兒語矣。”足見吟詩工夫在一字兩字間,失之毫釐,差之千里。

歐陽文忠公《詩話》云,陳舍人從易得《杜工部集》,文多脱誤。

至《送蔡都尉詩》云“身輕一鳥”，下脱一字，陳公乃與數客各用一字補之。或云“疾”，或云“落”，或云“起”，或云“下”，莫能定其從。得一善本，乃是“身輕一鳥過”。陳公大嘆服。以爲雖一字，諸君亦莫能到也。

改人詩有改一字而生，有改一字而死者。雖然，生者頗難，死者頗易。某友好改古人詩，每至其室，見案頭詩卷朱墨交加。噫，古人豈易改者！吾屢諫之，彼終不聽。余謂之曰：“改詩之道如改過，然有則改之，無則加勉。若改之不善，依舊渾身是過。黄犬之皮，欲補狐裘也，難矣哉！”昌黎云：“李杜文章在，光焰萬丈長。不知群兒愚，那用故謗傷。蚍蜉撼大樹，可笑不自量。”

尹文端好和韵，而尤好叠韵，每與人賭詩，往往至再至三，無有倦容。兩家送詩人以至足繭神疲，而文端猶撚髭不已。袁簡齋除夕呈詩云：“知公得句便傳箋，倚馬才高不讓先。今日教公輸一著，新詩和到是明年。”余謂“是”字不如易一“已”字之神足，且不如“已”字之聲亮。一字之改，生耶，死耶？知我罪友，定不乏人。

禮曰：“毋剿説，毋雷同。”言誠然也。然亦有出自無心而與古不期偶合者，不知者以爲有意剿襲，此一重不白冤，直不知從何處喊起。夏日雨後，納凉閒坐，得“坐看青天飛白雲”七字，自以爲晚晴妙句。後讀蘇舜欽詩，則有“卧看青天行白雲”之句，無意雷同，立即删之。然雷同詩雖古作者亦不能免。如方叔淵《曉行》云“遠山如故人”，而王介夫《金山寺》云“江山如故人”。陸放翁《幽居》云“家爲買山貧”，而許用晦《寄殷堯藩》云“家爲買書貧”。岑參《題廳壁》云“青山當縣門”，而劉文房《留題李明府》云“青山在縣門”。張宗瑞《春懷》云“無風花自落”，而蘇東坡《招隱》云“風輕花自落”。又孫逖《鴛鴦樓應制》云“更闢四門聰”，而王摩詰《勤政樓侍宴》云“更達四門聰”。杜牧之《贈張好好》云“凉風生座隅”，而顔延之《秋胡》云“凉風起座隅”。趙明翁《游廖園》云“墻高蝶度遲”，而温飛卿《春日》云“墻高蝶過遲”。杜工部云“春風草又生”，而白香山《送别》云“春風吹又生”。曹豳《暮春》云“青草池塘獨聽蛙”，而趙師秀《約客》云“青草池塘處處蛙”。周静真《送人歸吴》云“馬上吟詩無紙筆”,而岑參《逢入京使》云“馬上相逢無紙筆”。杜牧之《經行古宮》云“臺閣參差倚夕陽”,而白香山《西湖晚歸》云“樓閣參差倚夕陽”。李商隱云“木棉花暖鷓鴣飛”,而韓守益云“木棉風暖鷓鴣飛。”温飛卿《醉歌》云“明月入懷君自知”,而錢翊《客舍》云“明月襟懷祇自知”。蘇東坡《和子由》云“日長惟有睡相宜”,而歐陽修《暮春》云“日長偏與睡相宜”,又陸放翁《幽居》云“晝長惟與睡相宜”。白香山《閑夕》云“涼風滿高樹”,而貢師泰《秋夜》云“涼風起高樹”,又劉敞《夏夜》云“涼風響高樹”。

有道學先生曰:“我一生無一事可表,惟忍耐兩字差可自信。”余笑詰之曰:“君卧於床,火起於梁,則將忍耐乎?”道學曰:“吾視火若無火。”余又曰:“君行於野,山崩於前,則將忍耐乎?”道學曰:“吾視山若無山。”余曰:“假使君夜獨寢,忽有絶色美人,裸體自薦。肌若冰雪,顔若桃李,赤條條自去自來,身不着一絲一縷,手奉鴛鴦枕,朱唇一啓,吐麝噴蘭,敬求先生同赴巫山一會。當是時也,則將忍耐乎?”道學曰:“天下萬無此事。”余足之曰:“竟有此事奈何?”道學奮然作色,拍案大叫曰:“竟有此事,竟有此事,吾將拔長虹劍殺之!”余笑而止之曰:“且請忍耐,且請忍耐。君視色不動,誠忍耐也。笑而郤之可也,閉目不答可也。若拔劍而殺,則寸心已動,尚得謂能忍耐乎?”某道學恚而去。余思忍耐兩字,匪獨處世持躬不易爾爾,惟詩亦然。詩有一字半句,苦吟哀哦,至于數日、數十日、數月、數十月而不能定者,若無忍耐工夫,則必無好詩。詩曰吟,曰哦,曰推敲,曰鍛錬,皆忍耐之代名詞。賈浪仙之“僧敲月下門”作百般推敲之勢,其全身精力皆注在“推敲”兩字之中央,幾不知天地中有我,但覺明月下有門耳。若不忍耐片刻,則韓昌黎怱怱而過,千百年後誰復定推敲一案哉? 盧延遜云“吟成一個字,撚斷數莖鬚”,其忍耐性質,蓋有歷風霜兵燹,千磨百折而不挫者。裴説云:“苦吟僧入定,得句將成功。”此一“苦”字,一“將”字中含有無限忍耐。或難余曰:“曹子建之七步一首,王子良之刻燭一寸,何也?”余曰:“正二子之能忍耐也。若子建不忍耐,則三步四步或五六步詩,何必不成,又何須乎七步? 若子良不忍耐,則刻燭五分六分或七八分詩,何必不就,又何須乎一寸?”或曰:“若足下處子建、子良地位,七步一詩,刻燭四韵,能乎,否乎?”余曰:“余匪惟不能,且亦不爲。余成一詩,豈獨七步,當百千萬步而始已。更豈獨一寸,當百千萬寸而方休。何也?吾爲吾詩,吾忍耐也,吾吟也,哦也,推敲也,鍛鍊也。先王有不忍人之詩,天下無不忍人之詩。”

戚飯牛名牧,餘姚人。寓居姑蘇桃花塢。有言曰:“李鴻章拚命做官,吾則拚命做詩,同一拚命也。做官則嘔人之血,做詩則嘔己之血,借問世間人願做官乎,願做詩乎?”飯牛有私印曰“餘姚戚牧,别號飯牛。身無二色,胸有千秋。”

貢湖許鐵漢,以熱心交友,以餘事作詩。贈我小影一背,横寶劍,身着戎衣,背題二十字云“此是軍國民,莫作書生看。所願果云何,黑鐵鑄黄漢。”余讀其詩,覽其像,喟然嘆曰:“當使豪奪吏自此無顔色。必若救瘡痍,先當去蝥賊。其在斯人與?其在斯人與?”

咏老吏詩甚多,不如吾先曾蓉舫公二十字之趣也。詩曰:“老吏如老虎,不見民間苦。一朝獵夫至,老虎歸何處。”讀此爲之一嘆。吾觀地方紳士,營營然送德政牌、萬民衣者,不過博老虎一笑,盍以此詩送之,或可使老虎生畏心、避獵夫焉。然大千世界,老虎日多,荒山雪凍,一嘯風生。久不見獵火光矣。噫!

有姑蘇友人作詩,常用“豈不”及“可以”等字,某見而嘲之曰:“此種字樣,不宜播之於詩。”友無以答,訴冤於余。曰:“君何不答:‘豈不爾思’,詩乎,否乎?‘可以樂飢’,詩乎,否乎?”

讀《趙貞固集》、《書懷》云“年來厭酸鹹,淡愛陶潛詩。”可見詩中五味皆有,但愛酸鹹者食酸鹹,愛恬淡者食恬淡耳。昔有人持詩索評,余曰:“君自嘗之。”其人不解,即酸鹹之謂也。

詩不易言也。仲尼問伯魚曰:“學《詩》乎?不學《詩》,無以言。”陸放翁《示子遹》曰:“汝欲學爲詩,工夫在詩外。”杜工部逢禄山之亂,流離隴蜀,畢陳於詩,當時號爲詩史。詩之不易如此。俗儒未學,不解詩爲何物,往往詆爲小技一言,蔽之曰詩家奴隸。

卷　二

余有轆轤體五首，一時和者遍海内。余原作并序云："春日與友人黄根石、徐耐庵及家兄峽亭踏青西郊，但見四郊荒冢，白骨纍纍。同游者各悲從中來，'縱有千年鐵門檻，難逃一箇土饅頭'，咸欷歔感喟，不自知其涕之何從也。根石咏'催人行樂冢高低'之句，如聽晨鐘一擊，萬念都空。因以斯句，用轆轤體爲賦五詩，藉消煩悶。三生恨事，既能自遣自歌。一曲盲詞，更可唤人唤世。行吟既已，夕陽銜山。忽見萬緑叢中露紅墻一角，即之，乃千年破刹。刹外烟水蒼茫，千百頭鷗鷺泛泛於水中央，乃各小憩於此。向農家借一筆一硯，題詩刹壁，浩然而歸。吾不知後之過此者，讀此詩歷此境，又更若何悲凉而呻吟也。詩曰："催人行樂冢高低，忍見縱横白骨凄。一霎光陰過去鳥，百年事業失晨鷄。學人求富無奇術，偕我安貧有老妻。破屋數間田數頃，仰天大笑盍歸兮（其一）。説甚男兒氣似霓，催人行樂冢高低。菜花插鬢村姑笑，蕪草盈眸故鬼啼。紅灼灼桃三五里，碧芃芃麥萬千畦。與君小坐心都冷，枯骨蓬蒿滿野蹊（其二）。飄然走到板橋西，酒榼詩囊付小奚。約客尋幽山遠近，催人行樂冢高低。江河破碎烏啼屋，世味酸鹹蚋聚醯。地棘天荆何處好，灑將熱淚哭群黎（其三）。忍看群黎菜色凄，買舟且覓武陵谿。無心媚俗由人媚，有手題詩到處題。與世浮沈波上下，催人行樂冢高低。催人行樂須行樂，利鎖名韁莫久迷（其四）。豺狼當道莫萋萋，兩大茫茫盡窖笢。同死同生今管鮑（謂根石、耐庵愛友如命），難兄難弟古夷齊（家兄峽亭與余有買山偕隱之約）。鳳藏深谷全雙翼（峽亭名鳳年），麟伏荒山養四蹄（余名麟年）。何處逍遥何處去，催人行樂冢高低（其五）。"此余原作如此，和作如楊瘦人和"妻"韵云："慚無桃葉堪爲妾，幸有梅花可當妻。""醯"韵云："英雄傲骨斟醇酒，兒女酸心飲敗醯。""低"韵云："爲我補愁天缺陷，催人行樂冢高低。"吴眉孫和"妻"韵云："寶刀肝膽酬知己，棋局河山問老妻。""畦"韵云："紅粉年華桃葉渡，黄金世界菜花畦。""醯"韵云："飄零湖海游仙枕，歌哭文章獨嫗醯。"王藻廷"醯"韵云："生愁國有瓜分慘,死怕家無菜鹵醯。”薛小鳳“醯”韻云:“求名碌碌蛾投焰,逐利紛紛蚋聚醯。”覎生“醯”韻云:“去官陶令能辭粟,直道微生肯乞醯。”織雲女士“醯”韻云:“家書遽廢機中錦,世味深嘗瓮裏醯。”“齊”韻云:“未雨蘿先將屋補,驚雷笋已與檐齊。”萬筱圃“妻”韻云:“黄金散盡方知友,白首相期幸有妻。”許仲瑚“妻”韻云:“嘔完詞客心頭血,累煞英雄室内妻。”鄭寄伯“妻”韻云:“肩輿醉唤淵明子,手饁炊忙翼缺妻。”“低”韻云:“與我聯交山大小,催人行樂冢高低。”“蹄”韻云:“琵琶嬌脆彈纖指,筆墨疏狂聘赫蹄。”賈石僧“蹄”韻云:“灞橋風雪一驢背,驛路星霜幾馬蹄。”王祖輝“蹄”韻云:“三十里地拓蠶食,五百年文理獸蹄。”楊少仙“蹄”韻云:“籠鸚空學玲瓏舌,櫪驥空悲蹀躞蹄。”蔡笠雲“畦”韻云:“工愁慣説悲秋客,諂笑徒聞病夏畦。”“低”韻云:“與我消愁月今古,催人行樂冢高低。”吕子珊“低”韻云:“任爾鼾眠床上下,催人行樂冢高低。”鍾八銘“畦”韻云:“衆口雌黄淆品格,寸衷坦白化町畦。”“醯”韻云:“宦情久淡千鍾粟,世味深嘗百瓮醯。”翟楚材“畦”韻云:“焦尾每憐桐入爨,甘心學種稼盈畦。”惜花居士“畦”韻云:“名士鬢眉花滿座,蒼生顔色菜盈畦。”丁蓉初“畦”韻云:“萬里龍蛇□兔窟,百年荆棘野棠畦。”張伯英“啼”韻云:“黄塵壓塞馬行疾,黑月滿山烏亂啼。”汪鏡潭“啼”韻云:“東鄰索賦西鄰逼,新鬼含冤故鬼啼。”潘少文“啼”韻云:“野空冀北馬誰相,花落江南鶯亂啼。”宋筱園“啼”韻云:“黄人一夢獅酣睡,白骨千年鵑夜啼。”章黑甜“題”韻云:“孑遺民族憐黄種,窺伺兵威有白題。”李可亭“題”韻云:“片帆塵海知何極,浩劫滄桑正破題。”沈醉陶“題”韻云:“心因畏俗常推病,詩爲逃名不敢題。”張仲英“鷄”韻云:“幾架圖書都飽蠹,十年燈火慣聞鷄。”劉伯薇“蹊”韻云:“年來一種相思處,月滿前川花滿蹊。”楚江戊子生“黎”韻云:“一瓣心香一萬里,執鞭早欲侍昌黎。”慶虞廷“黎”韻云:“淚血滿天紅似雨,諸君何以慰羣黎。”青溪漁隱“黎”韻云:“占得一灣淮水碧,釣游容我老蒼黎。”

世上第一件難事,莫如和韻詩。其難在未成之局就已成之局。和詩若不拘體韻,則和一二首雖千百首倚馬可俟。若和韻者則有一定之體，有一定之韵。譬諸射然，數群飛鳥，彎弓射之，必有一墜。若指某群某鳥，則非養由基之才不能也。譬諸戰然，數隊敵兵拔刀殺之，必有一死。若指某隊某兵，則非飛將軍之才不能也。和詩不拘體韵，豈無警句。若指某體某韵，則非歐蘇李杜之才不能也。和韵之難如此，而世之好談和韵者如彼。

桃花門巷中小家碧玉，多有倚門而立，偷盼行路少年郎者。及人行近時，則又急轉入内，門轟然扃矣。女兒心腸，殊不可解。爲畏羞計耶，則何必倚門？爲賣嬌計耶，則何心扃户？安得破其扉，入其室，一握伊人纖纖素手，而問其原因也。峽亭《巷口即事》云："轉過街頭轉巷灣，倚門有個小雲鬟。怕儂瞧見嬌模樣，撲的一聲門忽關。"此二十八字，直寫死小家女兒倚門現象矣。"怕儂"兩字如見其人，"撲的"兩字如聞其聲。

黄山白嶽間有佳友焉，曰黄根石者，名開基，休甯人。根石有一佳兒名祖堯，聰穎异常，根石愛之如拱璧。誤於庸醫一藥而死。根石痛悼不已，埋兒骨於狼山南麓。墓前建一碑曰："休甯黄根石埋鶴處。"余曾作《埋鶴銘》哀之。後根石惑於俗人之説，弃"埋鶴"字而易爲"黄童墓"三字云。其實"鶴子"之典雅，彼俗人烏知之哉。根石有《哭兒詩》一百韵，哀吟苦咏，積一載始成。一百韵中不同一字，可以爲難矣。中有警句云："對汝常浮白，逢人説姓黄。"余爲拍案叫絶，謂"黄"韵五字，恰是小兒口吻，恰是小兒尋常口頭禪語。一經運用，便是佳詩。如此好句，不汲汲選入詩話中，吾將羈首縶頸，終身爲詩話罪人矣。

無題詩有纏綿者，有解脱者。李鏡庵云："顔色是花眉是月，恨無妙筆畫卿卿。"又云："臨行幾點珍珠淚，流到家山尚未乾。"可謂纏綿欲死矣。而潘蘭史云："不老容華千日醉，消魂時候萬金來。"則解脱矣。可見消魂時候非萬金來不爲功也。李可亭云："玉京一别無消息，拚把千金買淚痕。"又云："兩字相思紅豆子，一條心路玉鈎斜。"是纏綿語。而孫瘦鶴云"也知海燕能傳語，只恐杯蛇慣誤人"，則解脱矣。情天情海，作蛇蝎觀，自不誤人，人亦不自誤也。

平梁郭少甫，余嘗爲立傳。徐淡廬題其影片云："玲瓏一鏡高懸空,回光四射玻璃紅。寸土脚跟立不住,掉頭跳入壺天中。幻耶真耶不復辨,望而知爲人中龍。紫裘腰笛世誰識,秋陰勒馬芙蓉峰。壯游不屑戀家國,羲輪觀浴東海東。三山樓閣插天起,蓬蓬雲氣生心胸。有時陶寫借絲竹,櫻雲梨雨飛簾櫳。評花一卷金荃筆,能兼兒女真英雄。能兼兒女真英雄,吾進一言君其從。薇戰未决天夢夢,男兒甯作可憐蟲。呼君仗劍出門去,誓清墨雨回歐風。軀殼不壞志不朽,巍然留鑄天山銅。"淡廬名鍌,號貫恂。

詩不論古體近體,有宜長宜短者。宜於長者,千萬語猶覺不足。宜於短者,一兩字猶覺太多。穆王之駿能日行三萬里,而亦有息蹄伏櫪之時。若不息,則其足力必損,反不及一駑駘矣。

外國人最重自愛,中國人最重自殘。一國同胞自相踐踏,强吞弱,尊凌卑,狼官虎吏,上而賣國,下而殺民。試一撫懷,吾賣國者,賣誰氏之國耶?吾殺民者,殺誰氏之民耶?一見外人顔色,雖執箕帚、供鞭撲,恬然也。《後邨詩話》云唐失河湟未久,司空圖詩云:"漢兒盡作胡兒語,争向城頭駡漢人。"此亦中國自殘之一證。今則漢兒盡作西兒語,争向城頭駡漢人矣。含血噴人,適足自污其口而已吁。

"西施菊",雙關題也。既咏菊,又欲刻劃西施。先嚴小軒公諱坤福有詩一律,僅記中二句云"三徑香無蒙我鼻,一生傲不效人顰"。既咏菊矣,後咏西施,復自喻其身分。又某友咏"僧鞋菊"云:"勘破色空餘傲骨,一生誓不踏紅塵",與先嚴詩异曲同工。

詩有正言之而不覺其美,反言之而反覺其佳。婦女而無交謫①,此快心事。兒孫不能讀書,此痛心事。而王潜叟先生則反其意云:"痛心婦女無交謫②,快事兒孫不讀書"此十四字頗耐吟咏。

① 《雙星》1915 第 3 期作"驕氣"。

② "交謫"或作"驕氣",同上。

若易“快心婦女無交謫,痛事兒孫不讀書”,便爲尋常乳臭語。[①] 雖然,先生之心傷矣。先生詩抑塞居半。下筆一字,長虹萬丈,悉如其人。又五絶云:“輕身試風濤,失意渺群盜。出入干戈間,平安亦可吊。”此亦反言之句。若易“可吊”爲“可慶”,則便一文不值。《仙女廟舟中》云:“身閑去岸忙,腹飢風帆飽。”《答人》云:“入山患不深,入林患不密。那知山林中,又有豺虎迹。”《悼亡》云:“淚枯國難還家難,心碎愁中更病中。”[②]《楊村即事》云:“古樹過窗揹瘦馬,小船傍槳賣生魚。”《題小影》云:“能支病骨身猶健,未去名心膽已粗。”《挽馬勿庵翰苑》云:“久有狂名留俗耳,從無庸福到奇才。”[③]

詩有流水之説,以其一氣呵成,如流水之一脉也。然絶詩及古體甚易,若律詩則難,難於偶對也。陳蘧蝶有《感懷》句云“不信三生狂杜牧,竟成一箇病維摩”,真妙句矣,真如流水矣。對仗之工,猶其末也。又《七夕》律句云:“萬種纏綿當此夕,再求歡會是明年。”《和人落花韵》云:“薄命可憐人絶代,相思空記里長千。”以“長千里”對“絶代人”,亦一無形妙對。和韵到此,亦復想入非非。《遣懷》云:“事如春水心猶蕩,瘦比秋山骨可捫。”《無題》云:“百代光陰真過客,一江烟水便浮家。”是殆蘧蝶不壽之兆與。蘧蝶名錫周,年三十而殁。好咏詩,多蕭颯氣。與余殊無半面交。所録之詩及其

① 《雙星》1915 第 3 期此句下有:“又有《感懷》律句云‘早死安知非幸事,來生誓不作詩人’,亦一反言之句。若易‘不死安知非幸事’,便覺塵羹土飯,人云亦云。”

② 同上,引全詩:“《悼亡》兩律云:‘結發於今十四年,中間憂患兩潸然。偶因不睡同看月,每到無聊各問天。死後可還成眷屬,生前不當是姻緣。破巢畢竟難完卵,形影虚存轉自憐。’其二云:‘滄海桑田境不同,守成創業法俱窮。泪枯國難還家難,心碎愁中更病中。縱到神仙猶有劫,既無盧扁又何功。苦言且慰泉臺恨,天道而今曲似弓。’”

③ 《雙星》1915 年第 3 期引全聯:“從無庸福到奇才。君競死,我猶生。踽踽凉凉,負從前一諾初心,相期成白首。縱有狂名留俗耳。天不憐,人又妒。蒼蒼莽莽,問此後幾莖傲骨,何處覓青山。”

生平皆得諸友人傳聞者。噫！蘧蘧耶莊周耶，蝴蝶耶？夢耶，醒耶？果何往耶？彼蒼蒼者，獨留一我，爲存幾句殘詩於紅塵中，豈亦有定數在耶？

和尚與妓女能詩，世人多傳誦之。雖然，和尚亦人也，妓女亦人也，作詩者亦人也，何必嘖嘖於詩僧詩妓哉？吾有以知其然矣。蓋世間和尚無所事事，惟有敲暮鼓、打晨鐘、念阿彌陀佛而已。世間妓女無所事事，惟有習歌舞、薦枕衾、博他人歡樂而已。安知所謂詩乎？故和尚妓女略解音聲，遂足名播十方，聲施萬口。其殆物希之爲貴與？生平所遇詩妓，有名錢素秋者，家住錢塘，詩哦唐宋。本宦家女，因家落流落平康。春風秋月，年年送舊迎新。痴雨憨雲，夜夜偷寒乞暖。黄金换笑，人盡可夫。青眼掄才，誰能遣此。過崇川，得見顔色。出詩集贈我。《自遣》云："女兒何苦作書痴，欲上青天一問之。畢竟工詩纔薄命，還因薄命始工詩。"《游春》云："偶儷姊妹看春耕，斗酒雙柑聽曉鶯。萬片桃花萬絲柳，和烟和雨不分明。"《雨夜口占》云："窗外蕭蕭細雨過，愁人竟夕意如何。黄梅雨滴酸心淚，淚比黄梅雨更多。"《咏柳》云："簾外東風漾碧絲，流鶯啼上最高枝。年年偷漏春消息，不綰歡愉綰别離。"纏綿宛轉，情生於文。求之大家閨秀中且不可得，况復歌樓舞榭間乎？一日諸吟友邀素秋談詩花笑庵，諸友欲聯句以試之。素秋不假思索，信口而哦。諸友各舌撟手顫，撚斷吟髭，不著一字。而素秋娓娓生風，笑談自若也。余口占一絶以嘲諸友曰："抽盡枯腸打盡油，江郎才盡笑休休。可憐多少騷壇將，戰敗人間錢素秋。"素秋一見大笑，謂峰石逼人太甚。須臾月上東窗，素秋辭去。臨行時顧座上周君曰："周老爺，儂去也。"余笑謂曰："老爺二字，未能免俗。"素秋曰："聊復爾爾。"環珮珊珊，飄然而去。素秋吟詩聲如鶯囀谷，嫋嫋可聽。此吾遇詩妓如此。至於詩僧，則推諸世燈庵之老虚舟矣。虚舟詩多，散佚無從覓處。老僧多病，懶於鈔胥。虚舟死已經年矣，獨念數十年方外交，不可不存一二聊，盡後死人之區區微心耳。雖然，存之將奈何，不存將奈何！夫虚舟既已脱離苦海，神歸太空。臭皮囊中幾句殘詩，當不復罣念矣。《咏棋盤石》云："王質未必知，南山此一局。縱横十九行,在心不在目。"《半千石》云:"名之曰半千,頑石不自悟。天台五百尊,妙行本無住。"此詩頗具禪意。其二十世紀之貫休齊已與？虚舟生前每見余面,必苦口勸我讀《金剛經》。余曰:"口中讀不如心中讀。"虚舟笑曰:"此兩語勝讀《金剛經》一萬部。"①

卷 三

詩中有畫,方是好詩。《金滄江月夜步河岸懷江易園》詩云:"東林素月高,林影渡河水。中有如玉人,攤書深竹裏。直欲因風呼,扣舷同咏史。忽復迷近遠,濛濛白烟起。"此詩大有畫意。

徐淡廬題郭少甫影片詩已選入詩話久矣。淡廬復携詩一卷命選録之。余於酒餘燈下,忙後間中偶一閲之,得佳句如下。《塞外》云:"百戰山城改,人民有是非。荒田和骨墾,健卒戴頭歸。夜雨笳三拍,秋風柳十圍。鄉書何處寄,心逐雁南飛。"《題李可亭詩集》云:"倚劍氣縱横,孤懷激不平。一官淪宦海,萬口妒才名。莽莽死生界,沈沈歌哭聲。百篇詩斗酒,拜倒李長庚。"《游琅山》七律第五、六云:"僧未忘緣應識我,佛雖有眼不看人。"《送李軍川》云:"君家代有將才出,第一功名十萬兵。戰血在袍瘢在臂,承平歸老李西平。"挽虚舟和尚《如夢令》詞云:"參透八關禪戒,跳出十方世界。來去赤條條,没一絲兒牽挂。奇怪、奇怪,到死不留詩債。"《題素秋詩妓集》云:"歌臺高并講經臺,八部天龍色慧開。一朵素雲無定住,秋風吹過大江來。""瑶鏡珠衣寶相奇,玉泉百斛洗燕支。群花歡喜春如海,釀出秋聲一卷詩。"素秋詩集名《吟秋小草》,故云。

劉禹錫云:爲詩用僻字須有來處。常訝杜員外"巨顙折老拳",疑"老拳"無據。及覽《石勒傳》"卿既遭孤老拳,孤亦飽卿毒手",豈虚言哉!友人某君有六言詩中有"欺人孤兒寡婦"一語,或哂其俗。余力辨之曰:"此石勒言也。其言曰:丈夫當礌礌落落,如日月皎

① 《雙星》1915 年第三期此則後附:"虚舟又有律句云:'夜雨滴干蕉葉夢,秋風吹醒菊花魂。'不記何題,姑并存之。"

然。斷不學曹孟德、司馬仲達欺人孤兒寡婦。”

衣不必吴綾蜀錦,雖布衣葛巾,適於體者,斯佳服焉。詩不必清廟明堂,雖漁歌牧唱,適於耳者,斯佳句焉。故“滄浪水清,濯足濯纓”,大哉！孔子聞而善焉。余游白下時耳鍾山之勝,策馬往游。出朝陽門,過明孝陵。銅駝荆棘,滿眼蒼凉。路旁有采桑女,破瓜年紀,口唱山歌。駐馬聽之,其辭曰:“痴痴痴,你相思,我相思,兩下相思知不知？我采新桑飼我蠶,我蠶爲我抽新絲。三眠後,一繅時。説甚麽長情短情,抽甚麽長絲短絲。到頭來爲他人作嫁衣裳,一般的心灰繭老時。你相思,我相思,兩下裏相思。痴也未痴。”余聞是曲,神往情移,探懷中曰記簿筆而録之。問諸村人,村人曰:“此《采桑歌》也。”余嘆曰:“美中歌乎,何冷然善也。可悟人才一道不必於通衢大市中求之,雖窮鄉僻壤,深山絶谷,間豈無一二信今傳後者在乎！”

父母恩同天地深。然嚴父之嚴,不如慈母之慈。慈母愛子,自乳哺期而成人期而耄耋期,一日十二時,竟無日無時可忘。兒之一字,天不足比其高,地不足比其厚,冰洋不足比其深,火山不足比其熱,西比利亞之鐵路不足比其堅。固婦人於一切事務可以略無深謀遠慮,獨其愛兒之心,則雖平時如紅蜻蜓弱不禁風者,而因兒之一念,可以歷千艱萬險,隻身孤影,獨走冰天雪窖中。虎吼狼啉,風號雪虐,雖足繭皮裂所不辭者。余有《哭母詩》兩律,第一律第三、四云:“萬家富貴貧窮子,一樣飢寒飽煖心。”第二律第五、六云:“愁暖愁寒愁飽餓,費心費力費精神。”又六言絶句兩首,其一云:“種禾須種良田,養兒須養聖賢。養兒如我不肖,一生辛苦徒然。”其二云:“一年三百六日,親心未安片刻。十年爲兒婚娶,十年爲兒衣食。”又七古一章歇尾詞云:“但願生生世世勿落塵綱間,省却人間千萬親爺娘。”亦痛定思痛之語。質諸世之有父母者及時奉養,毋貽悔於將來也。祭之豐不如養之薄。三復斯語,淚血交下。

詩猶身也。一身之部分,居於外部者則有眼耳口鼻手足等,居於内部者則有肺腑心腸肝膽等。而關係全身之緊要器官者,則氣是也。詩有古體云者,而古體中有五古、七古及長短句等。有近體云者,而近體中有五七絶、五七律等。至關係全詩之緊要器官者,則韵是也。無氣則身死,無韵則詩亡。

人宜獨立,倚賴他人,終非長策。世間狼紳蠹吏,爾衣爾食,民脂民膏。未始非安樂窩也,一旦失所憑依,市井哀哀,至求一飯不可得。倚賴他人,往往如此。莊子云"有濡需者豕蝨",是也。乳間股脚,自以爲廣宫大囿,安室利處,一旦屠者鼓刀,布草,操烟火,而已與豕俱焦也。唐人詩云:"烈風拔大樹,未拔根已露。上有寄生草,依依猶未悟。"是亦倚賴之妙語。吴掃東《咏菊》云:"任人愛惡任人憐,身世悠悠九月天。受盡風霜嘗盡苦,寄人籬下自年年。"徐冠群《咏松》云:"凡材愧煞後凋身,獨抱空山萬古春。直上雲霄緣自立,笑他藤蔓慣依人。"可知"倚賴"兩字,直世界上無盡藏之愁城恨海。"獨立"兩字,直世界上無量數不可思議之黄金。奴之顏耶,婢之膝耶,奮袂起耶,安故巢耶。嗚呼! 萬山落日,黄奴之面目堪憐。一夕西風,黑獄之冤魂呼救。霾霧陰陰,鬼火熒熒。大千世界,黑暗已極。建一間獨立廳,敲一聲自由鐘,爲問秉倚賴性質者,其終身食息於奴隸製造廠乎? 抑將拔劍而起,做一箇驚天動地好身手之男兒乎?

有偶然俗語而自成妙句者。中秋夜與内子及小女阿銀倚窗看月,内子凝眸良久,笑曰:"天上月笑我。"余驚爲妙句,看月多時,似覺明月有笑意。余欲續之,未片晌,忽天風浪浪起,庭梧間袖薄衣單,不禁料峭。小女呼曰:"窗前風打人,阿爺阿娘盍入室乎!"余因高吟曰:"天上月笑我,窗前風打人。"天然妙句,不謀而合。一"打"字恰是小兒女思想,雖詩家如韓歐恐一時亦想不到此者。

飲酒,樂境也。而美酒飲教微醉後。看花,樂事也。而好花看到半開時。詩云:"綿蠻黄鳥,止於丘隅。"我願普天下無量數衆生時,時誦"知止"兩字,便一生吃著不盡。

世界中有奴隸,詩文中亦有奴隸。世之作詩文者,動曰漢魏,動曰唐宋,不知學漢魏者漢魏之奴隸,學唐宋者唐宋之奴隸。杜工部、李青蓮,一詩家主人翁也。後之摹李仿杜而斤斤以一得自喜者,皆李杜之門下走狗,伺顰笑、供奔走者也。雖然,詩文奴隸與衣食奴隸似略有别。

無論詩文以意爲主。至用僻字僻典而無意義,則下乘者也,不過十年雪案下一番摘録死工夫耳。世人往往借此吓人,以爲博雅。尋其究竟,又復毫無意義。譬如土木偶着錦綉衣裳,外觀有耀,而内容實不堪過問。又如醜婦面目黧黑,腰腹十圍,自慚形穢,知不能立天地間,乃傅粉於面,塗脂於唇,蔽細葛香羅於體,口故作嬌聲,眉故作顰意,面故作憨態。自以爲絶代佳人,不知欲蓋彌彰,適形其醜耳。反不如小家碧玉,不施妝飾,而自饒一種風韵。詩界醜婦正復不少。吾願正告之曰:願卿卿改弦易轍,還此本來面目。幸勿以庸脂劣粉而欺少年買笑郎也。人可欺乎?自欺甚矣。

暮春三月,泛舟河中。兩岸桃花,零落如雨。遠望白雲,影與樹齊。方解張霸英"零落春花三月暮,蒼茫雲樹一般齊"之句之佳。

作詩有三病:一、先有詩後有題目,一、絶句先有收筆後有起筆,一、律句先有中間後有首尾。凡此之病,每有補綴痕迹,一見便知。

作詩有三畏:畏忙,畏無好韵、苦吟詩,畏人問話。

作韵有三戒:凑韵,一也。打油腔,二也。門户之見,三也。

昔人有言曰:世上有三無耻:謀館如鼠,得館如虎,鄙主人而薄子弟者,塾師之無耻也。賣藥如仙,用藥如顛,賊人命而諉天數者,醫師之無耻也。覓地如瞽,談地如舞,矜异傳而謗同道者,地師之無耻也。執三者而觀之,三無耻中以地師爲最。堪輿之説,本屬子虚,稍有知識者可以直斷之曰無。而世俗深信不疑者,大抵吉凶禍福之説交戰於胸,故爲所惑耳。今之堪輿家往往鼓如簧之舌,博主人翁千萬金錢,主人翁亦泰然安之,以爲子孫萬萬世人富貴亦壽考無疑也。曾幾何時,富貴未嘗來,而貧賤已交迫矣。有笑堪輿家詩曰:"地理先生慣説空,指南指北指西東。人間果有封侯地,何不先謀葬乃翁。"駁者絶倒,答者奈何?我請代答之曰:"地理原來總是空,甚麽南北甚西東。教儂何處尋衣食,去騙痴聾富貴翁。"

在報紙中見有别署沁香閣主者,不詳其姓氏,口誦其詩,輒心儀其人。《贈丁石庵别》云:"宵來中酒不曾醒,曉色隨風上畫屏。

睡眼纔揩公已去,離懷生怕我難禁。清淮水作有情緑,荆楚山横無限青。一路搜羅入詩稿,再來好説與儂聽。""客中人送客還家,争怪尊前淚似麻。此去好憑雙槳活,再來容易一帆斜。妻孥遥妒燈前話,道路翻憐夢裏差。會起秋風須整轡,故人有個在天涯。"又《咏懷》五古三首,其一云:"炎風爍流雲,樹影圓新緑。睡起苦煩熱,汲泉漱寒玉。縱横二十步,斗室偪如獄。憶我舊庭除,惜我新花木。團扇讓誰人,卧月聽風竹。"其二云:"楚語不可學,舌滯聲復粗。偶爾出門行,失路難問途。比鄰有婦女,妝束與人殊。脚秃緊束帛,乳大垂胸脯。因之憶吾鄉,嫋嫋酒家胡。調笑嬌不拒,十三纔當壚。六月荷花時,秋風瘦西湖。"其三云:"心冷燈自熱,夢多宵轉忙。不臣更何待,齒花香在床。有詩且消遣,詩成增惋傷。少無别離思,出語多悲凉。今日一展讀,涕淚空琅琅。客中自珍惜,毋爲摧肝腸。"詩境淡遠,有五柳先生遺意。

和韻詩有不用典而頗覺新穎。那白天和金平季天韵云:"書生壯志終當逐,莫怨蒼天負白天",以已之名和人之韵,天然妙句,信手拈來。李可亭亦有和人韵云:"爾來攬鏡朱顔改,非復當年舊可亭。"余亦和許伏民"年"韵云:"慚愧伏民能愛我,新詩徵和到麟年。"三和人韵异曲同工,和韵中特開生面者。

白天有《冶游吟》曰:"白日杲杲蒼穹渾,岫雲冉冉裏嵐陰。青天碧海兩不盡,酒樽詩卷開胸襟。窮崖絶壑渡弱水,愕然倒走三千里。胡爲而言行路難,舟不利檝車停軌。嗟嗟悲哉悲矣哉,迷離曲徑生莓苔。前途荆棘刺我足,炯炯白眼空徘徊。有人招我來蓬萊,暢飲美酒三百杯。春華弃我太忽促,今夕何夕何哀哀。哀哀古人不可見,哀哀今人何爲遣。呼天吐氣氣成城,飄入九天如閃電。君不見李太白,騎鯨捉月稱詩伯。又不見三閭大夫楚屈平,汨羅水作不平鳴。仙乎仙乎去何處,吟魂幸結山爲侣。偶思小飲開清樽,邀來明月與予語。"白天姓那,又號拾生,好種芭蕉,别號曰分緑館主。

嘯琴外史,不知何人。《西湖竹枝詞》云:"郎住湖邊銷金窩,妾住山前瑪瑙坡。郎情莫似金銷盡,妾意坡前石不磨。""裏湖水連外湖水,南高峰望北高峰。水連不斷似儂意,望郎不見愁殺儂。"二詩頗有樂府遺意。

慶筠仙女史以詩鳴於時。有《白蓮》五律一首,上四句頗有唐音,下四句太弱,如初學詩者然。詩曰:“生來冰作骨,不解有炎凉。殘月欲墮水,野風何處香。一枝擎翠蓋,大土駕慈舫。漁唱驚鷗起,田田滿野塘。”

咏物詩宜題外寓意,若平鋪直叙,便同嚼蠟。友人許仲瑚《咏雪》云:“一時塵障空天地,萬里光明慶國家。怪煞彼蒼緣底事,却將粉飾作生涯。”徐淡廬《咏鶴》云:“矯矯鷄群拜倒君,空山無語立斜曛。此禽不比凡毛骨,脱却攀籠便入雲。”黄根石《柳絮》云:“柳絮無端入幕來,隨風隨雨化萍胎。漫言不受污泥染,畢竟飄零是弃才。”三君子詩同一借題抒寫,然三君懷抱各自不同。仲瑚有憂國意,淡廬有獨立意,根石則安命主義,不怨天、不尤人,不自高其身分而身分愈高。根石又述志句云:“草草雕蟲些小技,但求覆瓿莫籠紗”,亦極有身分之語。“丈夫不能流芳百世,亦當遺臭萬年”,桓温有知,定呼知己。

黄山雲海,天下之大觀也。根石嘗縱觀焉。根石云:“吾登黄山嘗飽覽雲海之變態,初則雲也,繼則海矣,終則蒼蒼莽莽,不知爲雲,不知爲海,但覺浩浩蕩蕩,百千萬里,一白無際,此我生平第一快事。”有詩紀之。詩曰:“天風浩浩水茫茫,似借蛟龍作勢狂。滄海變田田變海,誰知變幻比雲忙。卅六峰頭雲涌時,較他世態更離奇。錯疑别有一天地,不到黄山總不知。”快哉游乎,妙哉詩乎,余聞其言,爲之三夜未寢,神往黄山。雲耶,海耶?真耶,幻耶?不到黄山,總不知也。

《雙星》1915 年第 3 期

王潛叟诗

詩有正言之而不覺其美,反言之而反覺其佳。婦女而無驕氣,此快心事。兒孫不能讀書,此痛心事。而王潛叟先生則反其意云:“痛心婦女無驕氣,快事兒孫不讀書”,十四字頗耐吟咏。若易“快心婦女無驕氣，痛事兒孫不讀書”，便爲乳臭語矣。又有《感懷》律句云：“早死安知非幸事，來生誓不作詩人”，亦一反言之句。若易“不死安知非幸事”，便覺塵羹土飯，人云亦云。又五絶云：“輕身試風濤，失意渉群盜。出入干戈間，平安亦可吊。”若易“可吊”爲“可慶，”便一文不值。先生名瓊澤，號拾珊，所著詩集名《痛定草》，多悲憤之作，非無病呻吟也。蓋先生爲菽園方伯令嗣，方伯既歿，先生所歷之境，有筆不忍述口不忍言者，遂一一形之於詩。詩有奇氣，悉知其人。《舟中》云“身閑去岸忙，腹飢風帆飽。”《答人》云“入山患不深，入林患不密。那知山林中，又有豺虎迹。”《悼亡》兩律云：“結髮於今十四年，中間憂患兩潸然。偶因不睡同看月，每到無聊各問天。死後可還成眷屬，生前當不是姻缘。破巢畢竟難完卵，形影虚存轉自憐。”其二云：“滄海桑田境不同，守成創業法俱窮。淚枯國難還家難，心碎愁中更病中。縱到神仙猶有刧，既無盧扁又何功。苦言且慰泉臺恨，天道而今曲似弓。”挽馬勿庵翰苑聯云：“從無庸福到奇才。君竟死，我猶生。踽踽凉凉，負從前一諾初心，相期成白首。縱有狂名留俗耳。天不憐，人又妒。蒼蒼莽莽，問此後幾莖傲骨，何處覓青山。”如何如何？問諸普天下萬萬世讀我詩話者。

《雙星》1915 年第 4 期

易實甫，名順鼎，不知何許人。或曰高官，或曰隱士。余野人也，閉關獨處，除一卷書外，世人名字久不挂於懷。唯世間真詩人、真文人，其姓名入吾腦中，則萬古留之不能去。今試論易公之詩。其詩也，行神如空，行氣如虹，嘗私議之，可稱李白第二。《登飛雲峰絶頂作歌》云：“一界一界又一界，乃至三千大千界。乃至無有三千大千界，此身已在紅塵外。一峰一峰又一峰，乃至四百三十峰。乃至不見四百三十峰，此身已在白雲中。一丈一丈又一丈，乃至三千六百丈。乃至高出三千六百丈，此身已在青天上。羅浮絶頂飛雲稱，飛雲之峰何人登。同游皆謝曰不能，而我好勇復好奇，便携道侶同擔簦。連朝皆晴夜忽雨，敗葉已料難飛騰。清晨日出復晴霽,信知天意猶相矜。褁糧直上如飢鷹,攀蘿附葛抉枯藤。撥雲寺廢無一僧,古瑶臺高十二層。我歌且嘯無人譍,便從白日來飛升。天公似怕游人罵,雲容容兮而不下。先請雨師回車兮,復請日兄緩其駕。只留風伯習習吹,不許仙山有炎夏。風更勸我不必歸,徑吹之去墮嵩鏬。昌黎開雲何足道,東坡見日何堪詫。居然身到飛雲巔,飛雲頂上來飛仙。仰天大叫心茫然,我不知何地爲齊魯秦晋燕,何地爲吴越楚蜀閩黔滇。但見萬叠之青山,九點之蒼烟。蓊蓊鬱鬱,青青蒼蒼如蟬聯。我亦不知何世爲巢燧羲農軒,何世爲虞夏商周漢唐宋金元。眼光直到溟海邊,心光直到鴻蒙前。蒼梧雲去叫虞舜,鼎湖龍去愁軒轅。仙踪泄羊石,伯業消龍川。囂佗龔倀俱,可憐昨日之華屋,已爲今日之山邱。今日之滄海,安知不爲明日之桑田。但見飛來一雙兩雙白胡蝶,可惜開過千樹萬樹紅杜鵑。我昔曾與于兄江弟予季游峨嵋,大金頂上看雲山。早隨先君登岱岳,侍觀日出窮瀛壖。中年又與王兄陳兄范兄梁弟羅弟游匡盧,五老絶頂尋青蓮。後來又與曾君袁君顧弟游終南,樊山詩老知我雲海探瀰漫。青城南嶽皆獨游,人誰知我登其巔。先君羽化今兩年,曾君十載又沈泉。安得于樊王江陳梁范羅顧袁,與予季兮,一一到眼前。我有塊壘亦可成一嶽,嗟爾共工不能觸。我有涕淚亦可成一海,嗟爾精衛不能填。安得捧日出虞淵,安得錬石補青天。獨吟范兄之好句,斜陽一去無人傳。粤嶽荒祠冷片雲,旁有太古之三墳。我欲大呼羅浮君與幽獨君,不知兩君聞不聞。安得山靈選巨石,爲我大書復深刻。此是三十六洞天之第七,此是四百三十峰之第一。光緒戊申五月初一日,匡廬行脚有髪僧哭庵所題識。"

丁未正月八日,接一函,函中詩不下數十首,皆請入詩話者。其詩如何,打油腔耳。略一過目,即已置之高閣。不料此君頗有自知之明,知余必不入詩話,乃卑辭甘語,屢函催之。催之不應,因而惱羞成怒。余函答之曰:"催者自摧,怒者自怒。筆在我手,我手不動,奈之何哉。"此君爲誰,我不忍道其名。我又不忍不道其名,吴馨其大名,一山其雅篆也。其詩維何,我不忍道其詩。我又不忍不道其詩。《感懷》云:"萬方多難又千方,我亦中原老大狂。世事紛紛都可怕,夜來惟有淚汪汪。”此等好詩,可怕可怕。我又聞犬吠聲矣,汪汪汪汪。

《文星雜誌》1915 年第 1 期

古風詩以行氣爲主,如彩綫穿珠,一綫到底。寫景寫情,宜有步驟。譬之入室者,先入門,後升堂,後入室,再後始旁及於園林亭榭。余最愛淡廬《答程陶庵》七古一章,洋洋數百言,若擴充之,可成一部言情小説。詩云:“北風颼颼撼林木,蘭釭明滅紅半粟。推卷不語思泬寥,擁衾僵卧溪南屋。倏聞剥啄聲如雷,呼童强起雙扉開。不問名姓辨聲氣,知是陶庵程秀才。入門握手還疑夢,睡眼朦朧笑無縫。袖出百篇絶妙詞,煞費苦心幾入瓮。一詩變幻一詩真,一義故屈一義伸。行空天馬脱羈勒,舞劍公孫不見人。畢誦喉枯呼起起,蹉跎我亦書生耳。抄書不過十萬紙,行路不過三千里。交友不過百餘人,眼孔胸襟只如此。眼孔胸襟只如此,如何挾策長安市。長安市上多人豪,高車大馬宫錦袍。侏儒幾輩氣爲憹,何殊滄海之一粟,九牛之一毛。朅來卧病春申浦,申浦潮聲夜如雨。賞音差遇蔡中郎,論詩欣逢何水部。鳩江一棹又秋風,唾壺擊碎哭英雄。君年三十我二十,浪游皖北而揚東。既不作晋裴楷,知名吏部稱清通。又不作宋宗慤,乘風破浪開心胸。於世無補身無益,雕蟲小技奚爲功。滿擬驅車入荒谷,與木石居游麋鹿。寧使將軍嘆數奇,毋令山靈笑人俗。昨夢吟飛龍上天,阿嬛招手會群仙。天狗閶闔重樓啓,神龍牙牙曲房連。座中一老曾相識,虬髯鶴髮仿彿李青蓮。飲我紅香之花露,坐我紫茸之毛氈。授以雕瓊之斑管,裹以軟玉之油箋。道我與君本其侍,明明十戒犯生前。罰謫紅塵受煩惱,歸班尚欠一萬五千年。”

余曩者游白門,偕朋輩訪明孝陵。滿目凄凉,不可言狀。但見苔封石馬,樹泣殘鴉,碑繫羊群,堂拋蝠糞。白雲迷於三徑,黄葉堆於滿階。莽莽蒼蒼,一我輩灑淚場也。有守陵嫗,白髮飄飄,導余升殿。登高一呼,萬山響應。壁上詩不可勝紀,有二絶曰:“戰血餘腥染故城,中原失鹿待誰争。可憐月黑雲横夜,荒野遥聞鬼哭聲。”

"俯仰殘碑事事哀,歐人飛騎入門來。擲鞭拍手向天笑,道是前朝舊舞臺。"未署"東亞阿龍"四字。

友人廬又春云,選詩之道,在精不在多。真名言也。又春以其父春卿斷句示我,劚笋一聯云:"培養兒孫無俗骨,剪除風雨減秋心。"《奎樓晚渡》云:"指點山城起暮鴉,江山門外夕陽斜。畫橈幾處笙歌散,閑煞一池紅藕花。"好個"閑煞",飄飄欲仙。

《文星雜誌》1915 年第 3 期

友人薛蘅,以名教廉隻騎入都召試銜廷,行將春風得意矣。有《寄内》詩云:"輕裝匹馬帝都來,自笑名心尚未灰。枝上鶯兒啼不住,夢魂已自故鄉回。""兒夫夙有封侯志,孤負江南三月春。怕見燕臺緑楊柳,春愁閑煞倚樓人。""游子思鄉淚未乾,無端憔悴怯風寒。自憐消瘦書生貌,寄與閨中子細看。(自注云:有相片寄歸。)""一紙家書抵萬金,况經纖手倍關情。疑卿藏得僧繇筆,只畫神龍不點睛。(自注云:内子寄書於余,偶有缺筆。)"

同里詩友習位思孝廉,名艮樞,别號憶東生。家居不慣,就學東洋。常藉雙鯉魚遞一個消息。寄來《除夕雜感》詩兩律,其一云:"一年今夕太怱怱,况是三年在客中。已去光陰争鹿夢,未來憂患創鴻蒙。揮戈只覺天如醉,拔燭難邀月到空。杯酒不須供祀報,神明於我略無功。"其二云:"未灰爐火徹心丹,奈是窮陰歲已闌。黑夜只宜忙富貴,黄金誰復問飢寒。君王避債登臺易,文字無靈送鬼難。寄語閨中休鏡聽,兒夫事事鏡中看。"韓國金滄江嘆曰:"全是眼淚。"

位思在日本聞余與詩妓錢素秋談詩甚愜,愛而慕之。寄手帕一方,令我轉送素秋。帕上題云:"歌泣已窮男子淚,憂傷又在女兒心。媧皇一去天難補,萬古淋浪直到今。"下書云:"遥度春芳,忽成秋思。捧心作怨,未免唐突西施。掬淚成珠,直欲填平東海。雲破月來以後,張三影以爲如何。淺斟低唱之時,袁寶兒料應念我。"

有别署曰"江南落花生"者,自安慶寄詩於余,多可傳之句。《春晚》云:"幾日已春晚,幽居深閉門。殘花如有病,淡月不留痕。

雨過空庭悄,風來短燭昏。小窗栽遍竹,凉影悦詩魂。"又《雜感》兩律,第一律第三、四云:"傲骨終難同俗轉,窮愁祇爲讀書來。"文人落拓,讀之泫然。然讀書雖有窮愁,幸傲骨未隨俗轉。衾影有知,差堪自慰耳。第二律第三、四云:"築成債壘錢爲敵,攻破愁城酒作兵。"亦我輩酸心語也。第五六云:"有劍不妨添僕隸,無才何必傲公卿。"則又平心静氣,真讀書養氣之言。又贈余二絶云:"近今詩律只求工,字字推敲合格中。我愛君才無管束,忽然兒女忽英雄。""吟就天然絶妙詞,雄才磊磊壓當時。邇來怪底常辭客,日日關門著好詩。"落花生姓李,名人達,甫警晨,武進縣人。

不見詩人劉染香五六年矣。一日有客自外來,出而見之,染香也。寒暄數語,出袖中詩投余懷中曰:"知君有詩話之作,山鷄舞鏡,敢自惜其羽耶?君其爲我圖之。"《結客行》云:"陰風蕭蕭朱亥里,屠鄙爲狗報知己。當時艷稱四公子,碌碌食客哺啜耳。生不願六國相印金千斤,死不願素車白馬會葬紛如雲。但須猪奴駔儈、賣漿販繪,邂逅各大笑,相與古今上下、縱横揮霍、張口聊云云。雕龍鼓瑟談天口,三千珠履平原酒。憐才不若一漂母。"是詩也,一段悲歌,吾讀之餘音繞梁,三日不絶。又有《俠客行》云:"三河少年腰吴鈎,毒龍逃匿妖魅愁。半空擲下仇人頭。黄金燦燦前致酒,弃之不顧唾而走。聳身一躍髮上衡,去如匹練來如虹。千秋想煞虬髯公。荆卿匕首漸離筑,生受主恩死主辱。紛紛白衣兒女哭。"《買菊》一律,第三四云:"絶無人處淡彌永,知有我來開較先。"二句亦淡而彌永,不負吾黄花矣。第五、六云:"白蝶一雙衰草路,青蚨三百買花錢。"對仗非不工也,惜與上二句不相稱耳。上二句如世外高人,布衣葛巾,有自然氣象。下二句如閨中婦女,金釵寶髻,有妝點形容。染香其以我言爲山膏乎,抑以我言爲玉工乎?其起筆兩句云:"矮矮籬笆削竹編,秋光領略夕陽天。"好景致,好景致。竹籬茅舍,如歷其境。其收筆兩句云:"苦吟骨與經霜骨,同是天生不受憐。"好男兒,好男兒,剛腸俠骨,如見其人。

"女子無才便是德",生平最厭聞此語。男女同是人也,天生男女,一陰一陽,之謂道也。男女一般平等,何才於男而不才於女耶?

世俗狃於惡説,生女每不令識字,以爲傷造物之和。於是世界閨秀,冥冥瞢瞢,欲求一二能詩者,幾如鳳毛麟角。頃從破簏中檢出陶竹筠女史詩一册,斷簡殘編,半是蜿蜒蠹迹。《消夏》詞云:"翛翛竹影繞空庭,啼鳥驚回午夢醒。侍女添香簾不捲,玉鈎閑立一蜻蜓。薄羅衫子晚風多,荷芰池邊幾度過。漫道小鬟不解事,背人偷唱采菱歌。"《咏新月》云:"印波魚怯釣,挂樹鳥疑弓。"《秋柳》云:"黄葉紛紛點水濱,他鄉離别莫傷神。來年春至舒青眼,依舊濃陰遍覆人。"女史名安生,南沙人,生於咸豐時代,適章韞卿部郎。

又有湯紫筠女史者,古朐人,生於道光時代。其父名國泰,號仁山,亦一知名士。紫筠十三歲即解詩,二十歲而死矣。《咏蠶》云:"促織非真,蛛絲亦僞。三起三眠,萬家衣被。"《咏衣》曰:"新不可輕,舊不可賤。須念女紅,千針萬綫。"《咏西瓜》云:"性不趨炎,味入佳境。多少熱中,一時冰冷。"《咏筆》云:"揮不願掃軍,吟不願泣鬼。願隨曹大家,作史附驥尾。"讀此可知紫筠之心胸矣。惜哉其早死耳。又《咏窗》云:"雨來看山沈,雨過看山聳。啓閉任從心,顯晦象萬種。"二十字大有寓意。《祀蠶神》兩絶云:"打鼓拈香卜瓦忙,神祠再拜馬頭娘。當年若使無蠶教,萬古號寒大可傷(其一)。蠶眠時節愁陰雨,夜半添桑聞杜宇。閨中女兒休怨苦,絲成好把龍衮補(其二)。"此則有關世道人心之作矣。一則曰"號寒",再則曰"補衮",其所以爲億萬世勸蠶者,何大且深哉!《端午病中吟》收筆云:"弟不至,爺不來。愁對萱花生悲哀。他家兒女不傷别,蒲觴言笑歡佳節。"因自家之病苦,而想及他家團聚之樂,真無可奈何時節矣。又《絶命詞》一首,哀痛迫切,不忍卒讀,惜篇長不能備録。中有極哀痛句云:"祖母龍鍾七十九,慟極時時握儂手。哭我全無涕淚零,唯看霍霍空張口。"霍霍張口,的是老年人哭時景象,何哀痛乃爾。又七絶云:"傷心將到泉臺路,驚聽爺娘唤女聲。"一"將"字,一"驚"字,萬淚俱下。天乎天乎!茫茫四大,何多薄命之花。杳杳十洲,難覓返魂之樹。灑薛姬之紅淚,問屈子之青天。胡爲深目無鹽,未聞短命。乃使掃眉才子,不許長生。天乎天乎,是誠何心!

《文星雜誌》1916 年第 4 期

古樂府淪亡久矣。代遠年湮,音節每多舛誤。吾鄉李漁衫先生有《扶海樓詩集》行世,樂府居全卷之半。《補短簫鐃歌》云:"熊之戰,威以燀。兵蚩尤兮凶殘殄(一解)。羆之奮,威以赫。陳涿鹿兮四海懌(二解)。"《登山操》云:"君石其腸,妾石其骨。千塵萬劫石不没(一解)。君石其心,妾石其身。天崩地摧存石人(二解)。"《行路難》云:"趙璧不如燕石,周鼎不如康瓠。黄鐘不如瓦缶,奇士不如庸夫。駕言出游,荆棘塞途。道旁有鬼,見而揶揄。行路之難難何如。出門十步一回車(一解)。我欲昇天謁帝排九閽,仙犬雲中忽吠人。又欲渡海騎鯨尋魯叟,海底長鯨作雷吼。拔劍起舞看四方,渡海無桂楫,昇天無虹梁。摧頹掩抑,六翮不張。四海雖大,未得翱翔(二解)。"《飲馬長城窟》云:"長城窟中泉,乃是征人血。征人骸骨都灰塵,戰血涓涓長不滅。君不見冷月横空白於雪,羌笛一聲鬼膽裂。"

漁衫先生又有效温飛卿體四首。録其一云:"陂池颸吹漪,隨時嬉其湄。窺籬而枝攲,詩奇思之遲。"二十字專用一韵,殊非易事。又《題姚雪坡聽琴小照》云:"君復山中有子,淵明膝上無弦。但覺緑陰如水,不知紅塵漲天。"是詩是畫,飄飄然神仙中人。《狼香進香曲》云:"不願郎乘白鼻騧,不思儂坐六萌車。低頭膜拜暗相祝,但願滿塍紅稻花。""炷罷擅香炷降香,薔簪仍自理新妝。笑和女伴下階去,人影一雙穿夕陽。""行到半山山路平,何時更向此山行。小姑携手再相約,三月初三天氣晴。"三絶寫情寫景,宛然一幅畫圖。吾通狼山,每當二三月之交,紅男緑女,如水如雲,頗極一時之勝。先生傳之於詩,真寫生妙手哉。先生名懿曾,咸豐年人。吾家枕紅亭落成時,先生曾跋之。鎸石墻凹,至今尚在。跋云:"軒名積翠,亭是枕紅。琱珉作碣,結綺爲叢。苔綉三徑,石支一峰。緑烟畫涌,紅雨晨濛。檐牙飛月,簾眉抗風。卐字欄亞,波紋簟溶。梁宿社燕,席延賓鴻。彩箋河北,銀管湘東。杯聚金蟻,燈挑玉蟲。鑰魚午夜,鐵馬丁冬。誰與締構,賦海張融。草書長史,花影郎中。"

古來神童載之史册者不少。如孔融"了了"之對,黄琬"日蝕"之言。他如黄鎰"池上"之聯,楊億"樓頭"之句,皆神童佳話,千古流傳。吾鄉周某,小時有神童之目。六歲時侍長者側觀弈。一長者出對曰:"棋争先後手。"周應聲答曰:"詩辨正邪心。"長者大嘆服。於是神童名譽噪於一時。今周年已半百矣,窮途落魄,一事無成。神童神童,汝何神於少而不神於老耶?

吾鄉前輩汪紫軒,名綸章。九歲既工吟咏,著有《稚吟集》一册,皆八九歲時作。《黄鶴樓題壁》云:"青蓮不敢題詩處,笑我公然踏月來。且向仙人借黄鶴,乘風從此到蓬萊。"《梨花曲》云:"西溪渡口女兒家,三株五株白梨花。梨花深處小紅樓,女子纖纖捲簾鈎。梨花開,女兒笑。梨花謝,女兒愁。女兒愁,恐負紅顔到白頭。"《五人墓》云:"縲絏翻推市井尊,三吴賴有五人存。當初多少公卿輩,何處茫茫是墓門。"《懷吴曼伯》云:"長相思,在歸安。歸安詞客隔雲端。相思不已空長嘆,昔日識君如識韓,紅豆館中同盤桓。今欲買舟衝雪寒。鄰鷄又唱行路難。吁嗟乎!人生聚少别離多,天長地遠嗟如何。長相思,長相思。一夜迢迢愁不眠。千里鴻鱗兩茫然。忽夢芒鞋踏門前,開門但見月滿天。"收筆二句,何餘音之嫋嫋也。"曲終人不見,江上數峰青",詩境殆似之。《采蓮歌》云:"儂住蓮花浦,紅妝多媚嫵。情比藕絲長,命比蓮心苦。采蓮到波中,纖手摇畫櫓。公子摇鞭來,馬蹄踏芳渚。避郎向蘋洲,郎過畫橋頭。避郎入蓼岸,郎乘木蘭舟。一避一相見,蓮花紅上面。葉東采花郎,葉西浣花娘。采芰作郎衣,采葛作郎裳。誰知輕薄兒,胡麻夢不長。公子飛如雨,不作蓮花主。好鳥唤不來,魚書寄無補。郎心如浮萍,吹散不能聚。儂淚如桃花,低頭墮紅雨。蓮花復蓮花,蓮花根依土。妒煞西鄰女,雙雙采芳杜。"

吾鄉朱石甫先生,諱瑋。書法絶佳,與陶觀國、李芳梅、白懋初齊名,一時有"陶朱李白"之稱。先生且能詩。《除夕坐雨》云:"濕烟轉臘入東風,草草辛盤歲又終。百念熱生爐火上,一年忙盡雨聲中。無多竹葉斟新緑,有朵梅花破小紅。不若兒時嚴父側,壓襟私揀好青銅。”《題溪山垂釣圖》云:“隱世不弃世,種水不種山。投竿忘所得,與魚同一閑。問之不復答,浩歌蘆花間。”《冬日律句》云:“腸枯酒壯詩人膽,冬暖天加隱士恩。”《春陰律句》云:“鼠移危穴塵留迹,蟻劫殘羹砌鬥兵。”

借書不如偷書。借書之心浮,偷書之心切。借書一看便已,偷書則千方百計。一旦入手,如獲重寶。余小時即愛詩,而誦詩甚少。除塾師所授之《千家詩》、《唐詩三百首》外,未嘗見一字焉。偶從先嚴書架中見《東坡集》,心酷愛之,而不敢取携任我也。乘無人時偷出一看,竭十日夜力,讀之而盡。厥後先嚴檢書,不見此集,問何往,余直任不諱。嚴笑曰:“偷書是雅賊,姑恕汝。”

天下第一種可憐人,孤兒寡婦。天下第一件可憐事,苦咏哀吟。

吃百種殘肴,不如吃一味新饌。説百句費話,不如説一句要言。惟詩亦然。意貴新,言貴簡。在乎少少勝人,不在多多益善。是故“楓落吴江冷”不過五字,竟成千古絶唱。

有人卒然問於余曰:“人作送春詩,送到何處去?”余曰:“送到東方。”“何以知之?”曰:“昔人詩云:‘春色從東來。’”又問曰:“送秋詩,送到何處去?”余曰:“送到西方。”“何以知之?”曰:“昔人詩云:‘秋色從西來。’”

《滄浪詩話》云:“學詩先除五俗:俗體、俗意、俗句、俗字、俗韵。”

作詩有三戒:凑韵一也,打油腔二也,門户之見三也。

春明詩話

綿　甫撰

載於《小説新報》一九一六年第二卷第一一期，第二五—三一頁。《小説新報》介紹見《緑野亭邊一草廬詩話》。

作者署名綿甫，號曼陀室主，生平不詳。與孫谷紉、徐吁公等人在北京組織燕社。

本篇詩話主要選録作者自己及好友詩作，孫谷紉、徐吁公等人俱爲青年詩人，旅居北平，常有感慨寄之於詩。作者自叙好黄仲則《兩當軒集》，以爲“温柔芊鬱，真詩人之詩也”。篇中選録集兩當軒詩之作。又收徐吁公《都門雜咏》十首，其中記民初北平各種現象，繪聲繪色，描摹入神。如“學子莘莘叩九閽，舶來品物細評論。何如重把經綸展，龐統榮膺百里尊”一詩，反映當時政府考試，“留學生僅得學習員之頭銜，而當年舉人出身之老官僚，快意得百里之侯，新不如舊，可慨也夫”。徐氏關心時事，譏刺辛辣。如寫日本下最後通牒時，北平人仍在“歌翻白苧按紅牙”；又感慨東長安門外使臣入貢之所淪爲列强使館，“重譯更無越裳氏，夕陽斜照玉河橋”。讀此詩話，可了解燕社同仁之創作，亦可一睹民初青年舊體詩人之心緒懷抱。

《小説新報》1916 年第 2 卷，第 11 期

余前客都門，得見江南孫谷紉所作《都門秋思》四律，余時方致力於兩當軒，讀之幾疑仲則復生。後因吁公得識谷紉，則谷紉與余固同事也。谷紉秋思四律,和者如雲,風傳都下。吁公已采入《京洛浪游詩話》中。余步其韵,有"雁聲如喚征人去,秋色偏隨逐客來","市中那有荆卿氣,臺上空餘郭隗魂"數聯。谷紉頗以清勁拔俗相許。酬唱無許日。今年秋,余自滬北上,甫抵津門,聞谷紉殁於京師,并不知其時日。身後蕭條,招魂萬里,豈詩人末路,大都如斯耶。每睹往日酬唱之作,正不知涕泗何從。

《都門秋思》和作不下百餘篇。谷紉因繪《秋思圖》,欲有《秋思集》之刊。余有《題秋思集》數絶云:"一卷秋思話刼灰,江南庾信不勝哀。(谷紉有《哀江南賦》)長安多少飄零客,誰是梁園作賦才。""仲則悲歌彼一時,(黄仲則賦《都門秋思》,有"全家都在風聲裏,九月衣裳未剪裁"之句。時畢秋帆制軍,立遣人馳五百金與之,傳爲佳話。)百年心事有誰知。於今重唱都門調,水色風聲有所思。""飄泊無端易感秋,黄金臺上使人愁。不須更説傷心話,岸畔蘆化幾白頭。"其後谷紉以無力剞劂,事不果行。今則短簡殘篇,亦不知流落人間否。

余前作《感懷》詩,都下和者極多,尤以谷紉二律爲最。詩云:"江關同此滯蘭成,棋爲彈秋不肯平。落日蒼茫容獨立,前途迢遞仗長纓。三生芳草無多酒,一卷名山未了情。與子欲將身世較,壁間雙劍作鯨聲。""綺歲思君我更傷,漢廷無地着張蒼。升沈人有千秋感,敕勒天低四野茫。欲以文章論事業,未妨身世托清狂。願删十丈風塵句,領略昌黎吟履霜。"鍊字鍊句,着力非凡。且步韵不落俗意,尤爲難得。

谷紉又有《喜曼陀自塞上來》二律云(時余號曼陀室主):"一笑重逢古薊城,故人豪氣尚平生。且收别雨分雲感,各證歌離吊夢情。襟上痕留無恙酒,匣中劍有不凡聲。何時躍馬居庸路(時余在塞上喜馳馬),共子高吟出塞行。""飄零燕市感經時,滿目江關剩所思。哀樂每因同輩觸,行藏羞與古人期。荆高交誼三生筑,蘇李河梁五字詩。此意飛揚何處蕩,宣南城外草離離。"

崇明徐吁公或署小素,或署東海詞人,皆其别號也。三年之秋,識於都門,唱和過從無虚日。其時谷紉作《都門秋思》,和者數百篇。吁公有《感懷》詩,余亦有《感懷》詩。酬唱之什,積至盈寸焉。吁公工駢體,而七言及小詞尤清艷可誦。嘗檢舊篋,得《自懺詩》四首,爲得意之作,讀之亦可見其抱懷矣。《懺慧》云:"舊是梁園作賦才,長門心血幾經陪。聰明未必將人誤,文字由來此鴆媒。燕子空梁遭忌妒,鸚哥弄舌費疑猜。從今抛却從前習,半學癡頑半學獃。"《懺情》云:"檢來紅豆最相思,太息詩人自古痴。情網從無三面破,信香那許兩心知。當初悔讀鴛鴦譜,此後應燒豈蔻詞。願與大千諸女士,消除綺習洗胭脂。"《懺狂》云:"生平從不解虚謙,一肚牢騷酒後添。有限胸襟藏塊壘,無聊文字托香奩。論兵杜牧言多罪,慢世稽康我自嫌。故態莫教依舊發,駡人劉四苦針砭。"《懺豪》云:"經緯縱横藴萬千,丈夫意氣本無邊。揮將故國河山淚,付與新詩錦綉篇。剩有文章藏壁裏,不標姓氏到人前。江郎一管生花筆,葬諸崑崙最上巔。"吁公又有《都門雜咏》十絶,描寫人海時事,而感慨嗟吁,情見乎辭,今并注録之。其詩云:"碣石空留郭隗臺,英雄多半没蒿萊。西風十里招賢館,笑問何人市骨來。(政府日以求賢爲急務,深以不得賢者爲憾。賢固不易求,求賢亦未易也。)""學子莘莘叩九閽,舶來品物細評論。何如重把經綸展,龐統榮膺百里尊。(考試縣知事,考試留學生。紅綾餅熟,飛馬狀元。一般新貴,喜可知已。然留學生入及第,僅得學習員之頭銜。而當年舉人出身之老官僚,快意得百里之侯。新不如舊,可慨也夫。)""贏得河山涕淚陪,中華文獻儘低徊。清流競唱蓮花落,燕子空梁話劫灰。(易哭庵先生組織蓮社,同時余輩亦有燕社之合。王夷甫清談誤國,余輩恐不得辭其咎也。)""歌翻白苧按紅牙,大栅欄邊夕照斜。剩有伶官生活在,禍人家國後庭花。(大栅欄一帶戲園林立,每至夕陽西下,寶馬香車,路爲之塞。乃顧曲諸公興闌歸去時也。當日本遽送哀的美敦書之日,而歌臺舞榭,仍復坐無隙地。人非叔寶,何無心肝。)""黄金輦路長秋蒿,太息中原伯氣消,重譯更無越裳氏,夕陽斜照玉河橋。(東長安門外,玉河橋邊,當日安南琉球等使臣入貢之招待所也。今則列强使館,高聳雲霄。鷹瞵虎視,饞沫怒噴。感念疇昔,涕泗何從。)""薰醉游人紫陌風,韓家潭口路西東。何郎粉黛無顔色，姊妹花開朵朵紅。（十年前士大夫以挾妓爲耻，日争逐於韓家潭一帶，玩弄嬌童。乃自光緒晚年，禁止像姑之令下，達官顯宦，恣情於姊妹花間。香國迷津，亦添世事滄桑之感。）""一自春宫禁令開，傾城士女看花回。笑君侈説民心熱，幾爲儲金救國來。（自社稷壇改作中央公園後，紅男緑女，耳鬢撕磨。某日不取游資，開救國儲金大會，士女來者幾十萬人。熱心儲金者，幾人耶？）""輕裝窄袖鬥時新，髻挽巫雲手搯巾。也是内家諸眷屬，等閑争逐七香塵。（京師婦女近亦競效南裝，日逛於望園勸業場等處。）""始信長安不易居，對人彈鋏苦無魚。懷中刺滅三年字，悔不當初讀异書。（各地士生來京謀事者，數逹十萬。裘敝囊空，欲歸不得。客舍凄凉，大有人在。某君語余曰："吾若早得一紙法政文憑，亦已怒馬長安。"其言至堪發噱。）""陌上花開緩緩歸，男兒壯志已全違。杜陵書記毛錐秃，誰識江南有陸機。（余來京已一年餘矣，秃筆生涯，味同鷄肋。拉雜咏此，聊作閑愁之托，自知壯志已灰。）"按此詩作於三年初夏，余在塞上，於《國華報》中見之。今則長安棋局，又翻新樣，吁公其又有所感否。

黄仲則先生《兩當軒詩集》，爲清初名家，余最愛誦之。蓋其温柔芊鬱，真詩人之詩也。余嘗集其尤者爲八絶句，而谷紉集爲四律，亦佳。燕社既成，有京地董眉叔君大年，投詩二十首，集兩當軒句也。誦讀一過，不覺擊節嘆賞。蓋不但對偶工整，而其意味音調，并無牽强。集句至此，亦難能而可貴者矣。題爲《題周旡覺先生歸鴻圖》，注云："旡覺在濟南眷一妓，名鴻寶。後適人，因取目送歸鴻句意，作圖徵題。集句皆指本事。友人力勸逐首加注，余嫌過繁，擇數處注之。究之身世滄桑，百端交集。説人説我，言事言情。亦無從辨已。"詩云："目斷孤鴻下晚汀，平沙無際暮雲停。舊諳門徑詢鄰里，小住征橈醉旅亭。陌路久看人眼白，市燈猶照故衫青。匆匆覺得揚州夢（先生家在揚州），顧曲周郎鬢已星。""風情無際擅年華，大道青樓望不遮。才到帝京方可賦，人居燕趙慣如花。青山未買元暉宅，畫舫春尋小杜家。記得酒闌人散後，臨歧絮語暗咨嗟。""聚本無端别可驚，别筵珍重贈歌聲。銀燈紅燭三更話，碧海青天萬古情。已是舊游如夢境，不妨明日有狂名。仙山九曲經過處（鴻寶時移居九曲巷），更共何人緩緩行。”“夢裏漁歌半隔津，一年已過雁秋晨。誰從貧女求新錦，豈視蕭郎作路人。昨夜狂吟渾未寐，此時意態只宜顰。珠簾十二斜陽下，不到登樓也愴神。”“此生無分比文簫，銀漢紅墻入望遥。薄負才名合憔悴，誰知蹤迹亦飄飖。早無能事諧流輩，剩有狂奴占寂寥。瞑色上衣揮不得，荒城風日晚蕭蕭。”“山色將秋繞廓來，悲秋斜日上層臺。薄醪如水愁無敵，倦夢如塵掃不開。乍見還驚却回顧，可憐欲別更徘徊。人間無數閑哀樂，不是同心莫浪猜。”“莫是飛花上客舟，一分春是一分愁。天涯幾輩同飄泊，明日浮雲有去留。寄意愧無青玉案，歸來笑脱紫貂裘。啼鶯枉自思公子，緑葉成陰萬事休。”“從此塵音各悄然，江湖秋枕當游仙。歌殘白紵辭官閣，肯向朱門理舊弦。問水尋山都草草，懷人中酒是年年。今年准擬捐花事，那得花開不可憐。”“待要尋君何處尋，滴殘虬水思愔愔。怕歌團扇難終曲，敢托微波寄賞音。不特才豪亦情種，無端被酒復沾襟。樓臺易地人非昔，舊地重過感不禁。”“顧罷胭脂一部空，美人心事怕秋風。故家楊柳依依緑（鴻寶舊居多柳），阿母桃花度度紅（鴻寶母當時有外遇）。肯把顰波通貴戚，間經坊曲避豪驄。天涯飛絮歸何處，聚散渾疑一醉中。”“難換羅敷未嫁身，江南詞客更傷神。雲階月地依然在，藥裏吟囊强自親（先生時病目）。終日看山如不見，一宵借榻亦前因（先生山居，鴻寶往視，因晚留宿）。劇憐對酒聽歌夜，可憶同游飄泊人。”“倏忽年華吹劍過，經秋誰念瘦維摩。且傾燕市飄零酒，莫作伊涼變徵歌。萬事不如知己樂，一生但覺負恩多。我來惆悵斜陽裏，半爲懷人感逝波。”“似此凄凉得未曾，分明呵筆欲成冰。莫愁白璧投無計，但脱青衣便上昇。自古同心終不改，昨宵寒思已難勝。平生學道無堅意，一間輸他退院僧（先生另有當意者）。”“惜别匆匆悔見遲，而今潘鬢漸成絲。風塵久已輕詞客，涕淚何曾滿漏卮。天意有如憎合并，人間何處不相思。臨流無限瑶華憶，若問春風總得知。”“緩緩歌還淺淺斟，竟床冰簟薄凉侵。誰知覆雨翻雲恨，自分天長地久心。悵好年華此愁度，等閑身世任浮沈。春風未醒紅顔夢，豈意曹騰便到今。""莫説飄零怕減歡，明珠雖去海尤寬，冶游何處青驄騎，題句空留碧玉欄。我有新詩珍重久，如君無意得來難。酒痕檢點春衫在，半爲昏盹不忍看。""不到中年已暗驚，西園桃梗托浮生。雲山平變將行色，泥絮沾來薄倖名。幸有故人能置酒，非關才士易言情。如何辛苦爲詩後，更值秋來百感并。""雁來澤國水迢迢，兩地同爲斷梗飄。羨爾女牛逢隔歲(先生去秋七夕在鴻寶宅招飲)，爲誰風露立中宵。偶看芳草思名馬，尚有垂楊映畫橈(同游馬君已去，楊君尚時致殷勤)。汝輩何思吾自悔，鬢絲禪榻太無聊。""前輩風流酒作池，肯容疏放即吾師。禰生謾篤奚生傲，南部烟花水部詩。牽袂幾曾終絮語，撫柯底苦破交枝。茫茫來日愁如海，不贈當歸贈可離。""夾鏡虹橋碧似油，此心如水只東流(家住第二虹巷名東流水)。舉頭秋月悲前度，滿眼雲山感舊游。好景笑人常寂寂，半生行道苦悠悠。征鴻歸盡書難寄，多病詞人莫倚樓。"以上集詩二十律，每一諷咏，輒覺愛不釋手。語云："佳句天成，妙手偶得。"此詩有矣。

湖海詩話

佚　名撰

載於《民國日報》一九一六年十二月十一、廿二日，作者佚名。

《民國日報》，一九一六年一月廿二日創辦於上海，由中華革命黨人陳其美、葉楚傖等人創辦，是中華革命黨主要輿論陣地。以擁護共和爲宗旨，初期宣傳護法運動，隨後反對北洋軍閥。一九二四年中國國民黨第一次大表大會後，成爲國民黨機關報。主編先後爲葉楚傖、邵力子、胡樸安等，一九三二年停刊，一九三二—一九三七年十一月間曾改組出版《民報》。抗戰勝利後復刊，一九四七年終刊。

本篇詩話刊登於"藝文部"版面。其中收録潘飛聲、吕眉生、沈南雅等名人詩作，篇幅不長，但都洵稱佳作。沈南雅的《題高麗閔王妃像》七言長古，記叙朝鮮閔妃（明成皇后）力抗日本、身死殉難事迹，贊頌其愛國精神，足爲詩史。作者還討論了時人關注的"新詞新字入詩"問題，總結當時的兩種觀點，一種認爲此舉不雅，另一種則認爲唐人用"花"、"茶"等也是用新字，故用新字不以爲病。作者認爲"字無新舊雅俗之分，要在用之者爲何如耳"，持比較開明的態度。

《民國日報》1916 年 12 月 11 日

時彦喜爲綺語，然多未能脱俗艷惡習。昨得潘蘭史先生近作，憶寄四絶，風流温雅，洵稱佳作，亟爲録之於此。詩云："鑿地蓮花去杳然，瓊樓望月淡如烟。不煩青鳥殷勤報，夢裏尋卿已隔年。”“紈扇凝香不自持，偶然小極怯腰支。那知人世團圞節，却是花飛月黑時。”“問影沉香謝玉尊，翠禽□下舊冰魂。梅妻孥只合林逋唤，雪滿孤山自閉門。”“青天碧海路漫漫，錦瑟華年莫再禪。翻得樊南腸斷句，見時猶易别時難。”

近日有以新詞新字入時文者，或則譏其不雅，此一説也；或又曰：“此言非也。警如‘花’字、‘茶’字，在今爲古字，在唐爲新字。（古無‘花’字，‘花’作‘華’）。然唐詩中用之不以爲病。”此又一説也。二説均通，大抵字無新舊雅俗之分，要在用之者爲何如耳。

女子之詩，通病在弱。當世作者旌德諸吕，却能脱尋常脂粉之氣。惠如、碧城詩所見不多，眉生嘗刻《遼東小草》一卷，五古出入六朝、三唐之間。如寄《金曇如女士》云：“白日去以遠，歲月增離憂。采杞自盈掬，贈君置遠郵。餐之勉菜味，境苦志自道。吾身歷艱險，身世上峽卅。所向雖多阻，詎甘退中流。努力强不息，毋爲百年羞。此意自珍重，道遠致綢繆。芙蓉渺天末，辛苦搴芳洲。”《夜坐》云：“榻下納凉陰，枝疏見星漢。明月還未來，清光一何黯。低枝雀夢驚，小窗風葉亂。習習羅袂輕，不用摇葵扇。孤螢欲上衣，熠熠情何戀。忽穿花外去，還來繞曲檻。抑知愛宵景，來作幽人伴。低吟已忘寢，城頭更漏换。宵凉豈不知，爲汝坐夜半。”《夜吟》云：“伏讀苦神倦，出户步中庭。明月照蟲語，嚶嚶草内聲。俯視人影瘦，仰看星漢横。桂陰遥貯立，一吸□氣清。凉風何處來，吹我羅衣輕。浩然風露冷，夜已近三更。歸寢還小坐，哦詩句忽成。孤燈耿欲滅，留光似有情。虚室自生白，豈借爾爲明。”

《民國日報》1916年12月22日

番禺沈南雅先生，驚才絶艷，尤善爲七言長古。如《題高麗閔王妃》像一章，不特言語字凄馨哀艷，即以事論亦足稱詩史也。詩云：“妖星夜犯鸞儀殿，玉階血濺桃花片。釀酒難招海國魂，披圖喜識春風面。本是優曇歷劫身，華鬟妙麗似天人。修眉月掃唐宫儀，寶髻雲堆漢苑春。坤靈人正中宫位，禕褕玉册君王賜。火齊珠懸玳瑁床,水沈香爇鴛鴦被。雉尾雲移宫扇開,班行命婦咸驚异。婉愉能得太妃憐,英察偏遭院君忌。外家貴勢倚椒房,竇氏驕奢霍氏張。晋室大權歸庾亮,漢庭清議怨王商。爲籌國計裁供銜,每念時艱却靚妝。盡日深宫眉不展,傷心君主是孱王。太息遭家偏不造,頻年血染宫門草。冏倫難作悵無依,灌汜兵來愁不保。逆首方懸獨柳前,蒼頭特起全羅道。兵火倉皇淚滿衣,鏡中自惜紅顔老。從此君王在豆田,金甌殘破已年年。和戎且喜烽烟息,改朔方期國脉延。漢陽一夕罡風惡,欃槍未掃軒轅落。奪門徐石妄邀功,留戍花門偏助虐。宫甲驀興五鳳樓,禁門已奪雙魚鑰。元妃聞變起從容,手擲菱花罷梳掠。一自黄塵起闕庭,久拚王骨埋溝壑。好將一死答君恩,今日人天脱羈縛。可惜素絲六尺長,階前牽挽遭鋒鍔。伏后身殲長樂宫,麗華夢斷臨春閣。一樹穠花到地消,昨宵春夢海棠嬌。彩雲影散璇宫冷,夜月魂歸碧海遼。木葉山頭起烟霧,鬼車夜叫宫中樹。失母悲啼青雀兒,伏尸凄絶黄牛嫗。一代紅顔國史光,千秋碧血寒泉沍。此際韓王慘不舒,性情顛倒枉欷歔。感甄未見傳篇什,廢郭先聞降詔書。驪龍睡熟蛟虬舞,宗祊不絶垂如縷。扶輪還賴友邦賢,朝綱重整差安堵。先拜瑶華復故妃,更向沙邱囚主父。罪已千言詔令頒,藁街駢首到群姦。可憐食盡鴟梟肉,難贖青蛾一命還。珠襦玉匣喪儀整,撥盡荆榛見智井。星眸斜睇尚如生,嬌紅浴血芙蓉頸。螓首蛾眉絶代人,一棺繐帳秋風冷。士女齊簪白奈花,誄詞製出紅薇省。話到昭儀舊日恩,六宫嬪銜添悲哽。禁川橋下水常流,可憐曾照驚鴻影。蘭摧玉折劇堪傷,小影流傳姓氏香。家國愁多蟬鬢亂,江山秀聚翠眉長。帷房逸豫懲褒妲,宫壺清嚴陋漢唐。千載明夷有家法,艱貞蒙難到紅妝。九歌我欲重編次,直把湘君并國殤。”

蕉園詩話

王縮天 撰

載於《小説叢報》一九一七年第四卷第二期、一九一八年第四卷第七期。第七期末尾標注“未完”,然未見續作。

作者署名縮天,即王縮天,原名王鳴、王昌明,安徽旌德人,三溪著名鄉紳。一九二七年曾任旌德縣長,但被當地農民自衛軍趕走。著有叙述榆關抗日戰史的長篇章回小説《榆關喋血記》。在《民權素》、《小説叢報》等刊物上發表了許多舊體詩作。

本篇詩話主要録作者親友及見聞之詩。收録的詩人有旌德同鄉吕雲仙、朱少白、朱潄芹等,友人崔肇駟、湯兆璵等,其詩頗多可采。有些詩反映了晚清社會現象,如吴雲滄《咏廩生》詩,記録廩生種種可笑行爲,窮形盡相。又記歌咏馬素珍等女伶之詩,也描繪細緻,讀之可想當時女伶風華。還記録石圃撰《雙星會》戲曲本事,感慨“天下有情人,往往以家范而失其自由”。作者也從自己的作詩經驗出發,提出了一些詩歌創作理論。如“惟嵌字體最易見斧鑿痕,若不出之自然,則牽强配搭,殊無意味”;“集句忌斷續,又忌板滯”;“以隱僻不經之典,徒求工對,適成呆悶”等論,皆有一定道理。

《小説叢報》1917後第4卷,第2期

吾邑吕雲仙,予詩壇女弟子也,著有《梅竹軒詩稿》,付梓行世,予曾爲之序。稿中最可誦者,如《餞春行》,有“滿筵薄命是春花,花自含愁人自嗟。花愁春盡人嗟老，花能再發人難少”之句，確有瀟湘館主《桃花行》之韵調。又有“人倚欄杆月暗時，杜鵑冷血灑空枝。緑雲萬樹鳥聲碎，紅雨千家蝶夢痴”之句。其凄惋動人，雖秦少游“可堪孤館閉春寒，杜鵑聲裏斜陽暮”亦不是過也。

崔寅伯肇駰，操申韓業。丙辰膺吾邑孫知事聘，與予頗相得。兼善篆書，曾書琴條四幅見贈，係録夙作二律云：“十年車馬敝征衣，偶檢詩囊得句稀。山似多情留客往，雨真無賴送春歸。驚人豈有文章在，憂國徒嗟願力微。何事書生空嘯傲，江風怒掣海雲飛。”“紛紜時事費疑猜，壯歲功名念已灰。天上星辰皆北拱，海邊風雨自西來。清平山縣歌盈野，岑寂羈窗酒滿杯。千里辭家歸未得，且携吟屐暫徘徊。”頗有唐韵。

庚戌北上，汽車中遇一江蘇人許買雲者，談次之間，吐屬風雅，知其爲詩人。因索全稿，讀之，均斐然可誦。惜風塵倉猝間，不能録存。惟記其《暮春即事》一律云：“小雨纔過樹色新，殘紅片片委香塵。身依骨肉忘爲客，囊有琴書不算貧。詩債催同租吏急，病魔來比故人親。春光老去渾無着，鶯燕何須惱比鄰。”又《朝考失利》一律云：“逍遥慣覓醉鄉眠，裘馬都輸貰酒錢。阮藉前途仍白眼，王家舊物但青氈。幾人抱璞醉三刖，遲我看花又一年。衹是仙幃憶游子，倚閭空望錦衣旋。”

吾邑朱少白，初爲嗜好所困，而吟興頗豪，惟不喜作時藝。時予設館於樹園山房，相距至近，不時過從，拈韵聯句頗相得。嘗忠告之曰：“作詩我不如君，而作文則君不如我。請力斷嗜好，復從事於時藝章句。雖稱末學，學不如此不足爲讀書人吐氣。如不見弃，僕當爲君切磋之。”彼欣然從命，年餘果博一衿。尋以病卒。殊爲惜之。曾憶其《春日山居》四律云：“何必垣墉深幾重，一椽安穩膝能容。門因慣閉庭皆草，屋喜新修瓦不松。有好自知身是累，無求不礙性多慵。年來試拔青萍看，猶是兒時未挫鋒。”“二月春陰晝漏長，懷人有夢到蒙莊。風團花片紅沾硯，雨過苔紋緑上墻。大好林泉忘歲月，何須稼穡問牛羊。笑儂生性真痴絶，今日纔知飯味香。”“讀律深時束愈嚴，此身真覺百憂兼。病雖有藥苦難吃，酒縱澆愁債已添。人太多情天亦妒，士如落魄鬼都嫌。雅堪自賞清高品，四壁圖書花一簾。”“文不驚人志不低，比年心事不堪提。也知白髮終將及，未必青雲靳與齊。摺紙抄書憐稺弟，折花供笑賴山妻。年來習氣除難盡，美養何時到木鷄。”頗無俗韵。

古有所謂詩丐者，不徒於今見之。丁酉館潭溪，來一丐者，自稱皖北人，向予乞筆紙書律詩一章以進云：“蹉跎五十尚儒冠，失路依人處世難。縱有文章誇白鳳，偏教枳棘困青鸞。江南水遠雙魚杳（江南有親故，苦無川資往訪），塞北風高一雁寒（眷口仍羈塞外）。錯節盤根終有待，不須惆悵且盤桓。”韵頗工穩，而書法亦秀麗，予厚給以去。

予在友人處見有《咏紅蘭社》四律，效香奩體，嵌用“紅”字：“幻出紅塵緑萼華，春風初放小紅芽。低垂玉釧紅生肉，笑搵香腮紅暈霞。紅袖筵前歌進酒，紅絲硯畔學簪花。芳羅一夜紅梨雨，紅杏樹邊又采茶。”“藤壁松扉紅芍軒，紅燈緑酒爲招魂。紅垂籬豆皆情種，紅破櫻桃是淚痕。紅葉愛題才子句，紅蓮多種美人村。小紅貽我雙彤管，偷寫紅箋子細論。”“修禊紅橋碧水流，緑肥紅瘦怕回頭，紅鵝館接荼蘼架，紅稻村連杜若洲。草長紅心埋玉冢，花飛紅雨抹香樓。西堂深處紅毹展，宴罷紅綾秉燭游。”“落紅成陣點蒼苔，千古紅顔一劫哀。枉煞紅兒真薄倖，私奔紅拂本奇才。春深别院紅綃住，夜度重關紅綫來。對客揮毫紅燭下，紅蘭小社已新開。”惜不知何人所作，予曾吟閨愁五章，以紅黄青白黑五采分章嵌句，另載吟草。惟嵌字體最易見斧鑿痕，若不出之自然，則牽强配搭，毫無意味。

集句忌斷續，又忌板滯，隨園謂“集句不自然，猶各公館辦差”，旨哉斯言。予友少白有悼亡集句，合上下韵三十章，間有可誦者：“折盡青青賞盡紅，桃花依舊笑春風。誰言春色朝朝好，人去人存自不同。”“雲想衣裳花想容，月斜樓上五更鍾。春風滿目還惆悵，别有深情一萬重。”“殘燈無焰影幢幢，人世心情兩自降。倚枕夢魂何處去，隔溪烟雨吠村尨。”“年來如夢復如痴，入骨相思知不知。正是客心孤迥處，斷腸烟柳一絲絲。”“捲簾巢燕羡雙飛，不見人歸見燕歸。驀上心來消未得,眼前珠翠與心違。""月移花影過庭除,芳沼徒游比目魚。别恨轉深何處寫,應教愁煞馬相如。""春到梨花日又晡,黄鶯百舌竟相呼。離腸恐逐金刀斷,試割相思斷得無。""流鶯已向樹邊啼,花外烟濛月漸低。月不常圓花易落,錦幃羅帳夜凄凄。""夜來春病不勝懷,雨散雲飛自此乖。香火一爐燈一盞,自修自了自安排。""第二房門手自開,曾聞仙子住天台。不眠特地還相憶,誤到蓬山頂上來。""幾許悲歡并在身,看花自感一枝春。可憐月好風凉夜,石上青苔愁煞人。""枉抛心力畫朝雲,憔悴支離爲憶君。此夜分明來入夢,窄羅衫子薄羅裙。""此心難捨意難論,深院無人獨閉門。春色惱人眠不得,空留鶯語向黄昏。""孤吟獨寢意千般,蕙帳香消燭影殘。人面不知何處去,若非魂夢到應難。""碧桃紅杏水潺潺,綉幔銀屏香靄間。仙路迷人應有術,願隨鸞鶴到三山。""多情信有短姻緣,舊事思量在眼前。只自教人添怨憾,江雲斷續草連綿。""應非脉脉與迢迢,腸斷春風爲玉簫。自是夙緣應有累,却教江上客魂消。""頻來語燕定新巢,翻向天涯困繫匏。應是離魂雙不得,無人解合續弦膠。""獨夜相思空自勞,乍疑因夢到仙曹。春蠶到死絲方盡,須借春妃玉剪刀。""簾外芭蕉三兩窠,一生惆悵爲誰多。綺琴白雪無心弄,香炧燈昏奈爾何。""深掩明窗卧碧紗,柳塘烟起日西斜。因嗟往事抛心力,才見花開又落花。""百花狼藉柳披狂,三月春風最斷腸。翠帳緑窗寒寂寂,霜如輕雨月如霜。""樓外春晴百鳥鳴,一場春夢不分明。須知入骨難消處,悔不天生解薄情。""真是當時夢裏聽,便教鶯語太叮嚀。不勝惆悵還惆悵,况遇天孫隔錦屏。""曲欄愁絶每長憑,夜色樓臺月數層。若個最爲相望處,茶鐺影裏煮孤燈。""夜來携手夢同游,活色生香第一流。覺後始知身是夢,碧天如鏡月如鈎。""長夜孤眠卷枕衾,瑶臺無路可追尋。天荒地老時相憶,一度相思一度吟。""恩思往事却成憨,世上風流笑苦諳。拂水柳花千萬點,斷腸春色在江南。""燈盡沉檀手自添,彩毫何必夢江淹。愁來欲奏相思曲,絮撲紗窗燕拂檐。晴烟漠漠柳毶毵,錦字愁教青鳥銜。筆拙紙窮情未盡,把詩吟出入嵌岩。"

吾邑朱潄芹君,聰穎過人。年未冠,以院首入泮。後惑於色,未三十而卒。其《感懷》有句云:“烈士生涯三尺劍,詩人魂魄半窗梅。”不愧爲名句。其《贈别》有句云:“别緒猶知明月共,痴魂應逐曉雲飛。心如蕉葉愁難展,身似楊花舞不歸。”皆可誦。

古人有詩讖之説,予誠信然。癸卯赴歲試,與王君竹庵、吴君亦坡、汪君紫暉同游鰲峰,相約聯句,以留韵事。予隨口先發句云:“鰲頭占第一,”竹庵聯云:“詩興共飄揚。雨後山猶潤,”予不待他人出句復云:“風來樹亦狂。半蹊荒草軟,”紫暉聯云:“一路野花香。”衆不待其吟畢,相與狂笑。謂君所愛者野花,無怪同寓多人,獨君常常犯夜耳。言次,天忽雨,阻興而返。是夜發經古案,予列首,後正場亦取第一。聯吟之首句,似有應驗矣。試畢返,先父尋逝。益恍然於“風來樹亦狂”之句爲不祥也。

予弱冠時即食餼,每逢考試,生涯頗不惡。予雖不慣作廪生習氣,而一般童生對於吾輩,一若有聖神不可犯之狀態。曾識吴雲滄先生《咏廪生》竹枝詞四首云:“歲科兩試姓名香,一等皇皇貼照墻。中式何人先出缺,文書頂補已通詳。居然平地陞三級,專待來人捌一鎗。府學挑增多幾個,笑他雌廪也排場。”“過犯刑喪冒頂名,今朝保結要關僻静。黌宫環坐皆前輩,名紙紛投盡晚生。押尚五花誰有樣,贄封二百太相輕。匆匆歸寓斜陽裏,金頂烏衣逐隊行。”“轟隆三炮響中宵,廪保生員氣漸騒。提督之前先請進,教官以外比同寮。分行鵠立疑臚唱,破曉鷄鳴想早朝。公事畢時齊退出,酒樓鍋麵費錢鈔。”“招覆童生案已看,紛紛認派共彈冠。同袍議起新規矩,合夜商量大結單。門斗業師連席坐,燈籠筆硯滿檯攤。堂前忽聽兵兵響,紅紙包來二十番。”形容畢肖,對仗亦工。予本箇中人,讀之愈覺發噱。今則科舉已停將逾十載,白頭宫女,重説開元,亦是趣事。

先父素以道學稱,而謙讓之風,尤爲人人所争道。其詩草雖多,半屬莊嚴典雅,及近於格言一派。其座右一絶云:“待人忠厚讓人横,謹小慎微過半生。但願兒曹能學我,吃虧多處有天平。”他如“撫躬時凛春秋筆,課子常尊《感應篇》”之句,皆長者口吻。其生平大概如此。惟其《題萬芷村少尹黄魚美人小照》一絶,上二句不復記憶,東聯云:"寄語風流垂釣者,着些些醋莫嫌酸。"俏然有味。又《吊魏弼卿爲妻妾争寵冒色身亡》一律云:"别却陽臺化羽行,巫山雲雨兩傷情。風流有債還應了,慾海無邊填未平。春好難留争夜飲,花香如許向誰生。羡他梅鶴西湖客,長伴良緣骨韵清。"爲先父詩囊中僅見之作。

《小説叢報》1918 年第 4 卷,第 7 期

唐人張打油《吟雪》云:"江上一籠統,井上黑窟窿。黄狗身上白,白狗身上腫。"又謂明胡大海咏雪云:"大雪紛紛下,下得滿瓦壠。黑狗身上白,白狗身上腫。過邱一古堆,遇井一窟窿。天公先兆瑞,大明歸一統。"與此意同而詞异。按其所以成爲一家體格者,以其得自天籟也,予友某戲吟雪云:"窮鬼滿中國,天天衹叫貧。苦衷天已鑒,遍落雪花銀。"語亦淺而謔矣。

京都坤伶馬素珍,色藝俱絶,名震京師,與吾邑江參政是坪締爲膩友。江君與予同譜,亦一時知名士也。記其《雪夜騎馬記馬紀事》五古云:"燕趙多佳人,誰如馬素珍。不知風雪冷,深夜自尋春。入門問嬌娥,歌師正教歌。柔聲輕按板,學唱武家坡。唱罷入簾來,嫣然先一笑。累郎此久坐,奴心早相照。比較諸伶美,形容頗入微。自憎頭角窄,襯得兩腮肥。獻藝廣興園,園在崇文門。嘉平初七日,奴演杏花村。與郎携手坐,含笑復含羞。忽驚小妹來,無語自低頭。喜奎最相愛(中和花衫),玉環最相妒(天樂花衫)。花好不勝風,况復生花蠹。香口受郎親,怕有人窺視。無計避燈光,雙影射窗紙。"可謂形容入妙。

都門著名坤伶如劉喜奎、馬素珍、金鋼鑽、鮮靈芝等稱爲四大臺柱。江是坪君撰有《竹枝詞》四章云:"喜奎色藝冠京津,宜嗔宜笑更宜顰。蛾眉鳳眼鸚哥鼻,大似西洋白美人。""坤伶重色不重藝,艷絶當推馬素珍。一顧傾城再傾國,世間竟有此仙人。""秦腔一金鋼鑽,臉子平常做派工。不唱皮黄唱梆子,可憐辜負好喉嚨。""鮮靈芝嫁丁靈芝,兩美均如絶世姿。撲朔迷離傍地走,誰能辨爾是雄雌。”寥寥淺語,頗覺描繪盡致。

作文不可無書,作詩又最忌用典。故予友某孝廉工於作文,莊嚴典雅,頗稱名貴。不料以作文之法而用之於詩,如七言云:“月下多情聽白傅,燈前無賴伴青奴。”五言云:“一枝枯不律,幾卷破伊優。”按“白傅”,琴名。“伊優”,讀書之聲也。以隱僻不經之典,徒求工對,適成呆悶,殊非詩家上乘。隨園叟謂作詩之法,用筆如美人之髮膚巧笑,先天也。用典如美人之衣裳首飾,後天也。至於腔調塗澤,則又是美人之裹足穿耳,其功更後矣。斯言誠醰乎有味。

《雙星會》曲本,乃白下司馬石圃所撰。司馬年少多情,風神瀟灑,與周校書有三生之約,而格於家範,作此以寫蘊結。《倉山集》曾載入之。填有《南柯子》詞云:“渡口傳桃葉,溪頭説范雲。笑他街市語紛紛,都把文郎情事作新聞。心結愁千縷,人歸瘦幾分。内人不解問殷勤,今日眉頭真個爲誰顰。”天下有情人,往往以家範而失其自由者,豈獨白下司馬爲然。予今秋病中有句云:“有藥難醫心裏病,無人能解暗中潮。”亦有寄托。

毛俟園先生贈隨園有句云:“水惟善下有成海,山不矜高自極天。”誠稱名句。予齋居有云:“量納百川方是海,功虧一簣不成山。”亦竊取此意。

贛人湯兆璵,字蓉峰,以孝廉而曾留學東瀛者。辛亥宰吾邑,與予酬和之作甚多。録其《過三溪》七律云:“三溪題咏證前賢,往事今情付海田。造士誠期開廣厦,驚人猛共著先鞭。河山亦有瞻雲淚,草木群思得露妍。試顧南河橋畔水,雙清心迹比流泉。”“雲黯眉頭皺不開,驀然風雨撲簾來。山坳石壁形偏峭,河峽銀濤怒欲回。容我驅車皆曲徑,何有沽酒試新醅。名流碑泐南灣道,小駐摩挲拂草萊。”《見贈》五言兩首云:“昔著三槐盛,今猶見二難。眉端皆羡白,胸次欲吞丹。半榻聯情話,群言結古歡。門墻桃李蔭,花事憶長安。”“欲譜甘棠咏,其如薄植何。茎材疏製錦,秕政拙催科。自乏匡時術,人賡樂歲歌。悠悠雲樹意,佳興托吟哦。”

有汪某咏蚊云:“乍停紈扇便成團,隱隱雷聲夜未闌。漫道紗厨凉似水,明中易避暗中難。”予曾反其意云:“殺人不肯暗施計,口口聲明却在先。”又憶幼年咏蚊云:“數萬生靈環我側,都因待哺始呼號。”其時予友某氏見而戲之曰:“得毋有宰相器度乎?”爲之一笑。

湘鄉毛雲泉先生(熙淦),前宰懷寧時曾識一面,後因公過旌,復聚會於縣署。予歸三溪,由郵寄贈律詩數章。旋蒙覆函云:“郵詩見贈,情文兼至。恕不敢當,依韵奉答。以誌欽仰,兼訂後期。録塵槃政,吟壇健將。得毋哂爲續貂耶?”其詩云:“珍重郵筒一夕傳,醇醪醉我倍陶然。生花久識江郎筆,擊楫誰思祖逖鞭。匹馬秋風成獨往,名山事業若爲仙。何當把酒重相見,菊正黄時月正圓。”

吾鄉許醒丁先生時年七十,頗喜吟咏。彼此相距六十餘里。予適任視學職務,道出伊處,盤桓盡夕。鷄黍留賓,主人情厚。予曾贈之以詩,後三月復蒙見答一律云:“引玉拋磚未敢先,珠璣滿幅惠詩箋。醇醪味若周公瑾,清雅名齊魯仲連。更羨雄才能輔世,不嫌老友訂忘年。盤桓一夕别三月,雲樓懷思仰縮天。”咏者句極自然,而受者未免赧然矣。

乙卯秋與涇人胡息求同游皖省大觀亭,曾録其《吊古》二律云:“放開眼界望蒼茫,猶憶當年舊戰場。霸國河山嗟破碎,男兒城郭共存亡。長天有色連秋水,荒草無言對夕陽。多少前車傾覆去,一憑吊處一神傷。”“到此消愁更惹愁,世間無地可埋憂。千年人物餘墳在,一代興亡逐水流。檻外怒濤喧日夜,墓前衰草自春秋。江山如此真形勝,憑眺徘徊獨倚樓。”悲歌慷慨,無限欷歔。倘余公有知,當爲之放聲一嘆。

芸窗詩話

嘯　儔撰

載於《叒社叢刊》一九一七年第四期。作者署名嘯儔，生平不詳。

《叒社叢刊》，爲紹興叒社的社刊，主要刊登社員發表的文章，内容涵蓋論文、詩詞、小説、少量科技小品文等。

本篇詩話善於探詢詩之脱化。如分析陸游“山從飛鳥行邊出，天向平蕪盡處低”本自錢起“山從建業千峰出，江至潯陽九派分”；黄景仁“雲影自來還自去，最高山閣未眠人”與唐人“明月自來還自去，更無人倚玉欄干”相似；海州李棣“怪道詩人容易老，送春纔過又悲秋”本自華亭王九齡“世間何物催人老，半是鷄聲半馬蹄”。作者認爲“詩之爲道，用筆忌直貴曲。人人意中所有，筆下所無，而我能一一寫出，如‘秋水’、‘落霞’之句，耐人尋味，方是神品”。篇中選有紹興鄉賢蔣鏡涵《春藹樓詩鈔》詩多首。

《叒社叢刊》1917 年第 4 期

放翁《游修覺寺》有句云：“由從飛鳥行邊出，天向平蕪盡處低。”予雅樂誦之。蓋其句法雄偉，出人意表。而又將眼前之景描寫無遺。及讀錢起《送李録事赴饒州》詩有曰“山從建業千峰出，江至潯陽九派分”，乃知放翁亦有所本。

勝清黄景仁先生有句云“雲影自來還自去，最高山閣未眠人。”頗與唐人“明月自來還自去，更無人倚玉闌干”相似。

袁子才先生爲有清一代詩豪，不特文人墨客奉爲詩宗，即名媛閨秀亦莫不師事之。席佩蘭女史及孫春岩觀察姬人王氏玉如皆其高足也。佩蘭女史《咏春夜月》云："小鬟夜半推窗看，報道中庭積雪盈。""曉起更無餘屑在，始知殘月昨宵明。"造語新穎可喜。王玉如《咏弟自滇至》云："既見翻疑誤，凝眸各審詳。九年雲出岫，一夕雁成行。别後滄桑换，途中歲月長。舊容驚半改，鄉語嘆全忘。對月秋重淚，聽猿夜斷腸。途人問消息，覓便寄衣裳。剪燭心方慰，回頭意轉傷。自余離故土，賴爾奉高堂。感逝餐應減，思兒鬢恐傷。弟能支菽水，妹可致温凉。聞已調琴瑟，曾無弄瓦璋。當年送我處，今日逢君場。彼此真如夢，依依兩渺茫。"則駸駸入古矣。

華亭王侍御九齡有句云："世间何物摧人老，半是鷄聲半馬蹄。"海州李茂才棣有句云："怪道詩人容易老，送春纔過又悲秋。"雖葫蘆依樣，然非精于脱化者不能道其隻字。

居嘗與同輩閑談。徐君壬壽曾言其家大人伯麟公咏饅首皮袍子有"大肚包容嘗世味，一身凉暖看人情"。筆意雙關，頗極帷燈匣劍之妙。

嘗謂詩之爲道，用筆忌直貴曲，人人意中所有，筆下所無，而我能一一寫出，如"秋水"、"落霞"之句，耐人尋味，方是神品。否則便落下乘。因憶佩蘭女史《咏舟中即目》有云："天意似憐人寂寞，青山移近畫船來。"珠圓玉潤，詩境何等瀟灑。不説畫船前進，偏説青山移近。按之物理，似有不符。以之入詩，轉覺意在言外，令人把玩不盡。

紹興先正蔣鏡涵先生，平生工詩文，倜儻自喜。著有《春靄樓詩鈔》。五言如《秋夜》云："寂寞空齋裏，遥聞擊柝聲。月明千里白，風散萬家清。向暖虫鳴户，驚寒雁報更。几番眠不得，花影戀人情。"《焚香夜坐》云："最愛焚香夜，欣當静坐時。緣窗風動竹，紅燭雨催詩。爐燼一更火，燈閑一局棋。來朝無箇事，待咏日遲遲。"《鑑湖秋泛》云："湖草秋更青，湖水秋更緑。買舟到鑑湖，雙槳摇初旭。掠過梅尉祠，虹橋低欲東。一聲欸乃來，□驚沙鷗浴。浮萍雜落花，叠作鴛鴦褥。嵐光一抹無，掩映湖光續。聲聲歌采菱，翻盡采蓮曲。”七言如《白梅》云:“孤芳掩映壓繁葩,桃李紛紛未足誇。雪裏模糊尋不出,問他何處是梅花。”《秋艇》云:“孤篷摇入曲江頭,舟子演歌競唱秋。有水有山惟自樂,無風無雨不知愁。”《咏陳孺子》云:“一代功高社稷臣,相傳奇計妙如神。安劉天不生周勃,未必軍多左袒人。”《菱角》云:“菱花掃盡寂無塵,幾曲烟波許結鄰。雨過緑摇千點黛,風來紅露一江春。愛看人試纖纖手,愁碍雨飛片片鱗。唱出新歌翻舊譜,舟歸明月照前津。”《秋砧》云:“枕燦衾寒月影低,聲聲催促夜烏啼。一番刀尺驚燈火,萬里關山憶鼓鼙。不得郎書來塞北,空教妾夢到遼西。金錢卜盡無消息,倦聽鄰家唱曉鷄。”《書齋偶咏》云:“山勢盤旋水曲斜,讀書聲裏有人家。春風自緑門前柳,夕照偏紅屋角花。老去才名慚綉虎,閑來字迹笑塗鴉。少年心緒都抛却,轉眼星星兩鬢華。”皆斐然可誦,因録之以公同好。

藤花館詩話

吴酉雲 撰

載於《小説月報》一九一七年第八卷第三、九、一〇、一一、一二期，一九一八年第九卷第七、九期。

作者吴酉雲，傳統派小説家，生平不詳。著有小説《朱家翠袖》，筆記《藤花館掌故筆記》。

《小説月報》，一九一〇年七月創刊於上海，商務印書館出版，月刊。一九三二年停刊。該刊是近現代重要刊物。前期由王蘊章等編輯，主要刊登傳統的小説。自一九二一年第一二卷第一號起由沈雁冰主編，成爲文學研究會代用機關刊物，撰稿人有魯迅、鄭振鐸、周作人、葉聖陶、冰心、朱自清等名家。在新文學運動中佔有重要一席。

本篇詩話多選晚清詩人之作，尤以湖南人氏及湘軍人物爲多。如記湘軍水師創始人彭玉麟與梅姑的愛情本事，頗有趣味。又記楊載福、毛西垣之詩及軼事。還有部分内容涉及晚清近代諸多重大時事。如記詩人蔣少鶴於庚子賠款後立志報國，投長沙新軍營，作《游圓明園》、《與高麗人夜談甲午事感賦》等詩，感慨時事，壯懷激烈。又由李恩綬《續王漁洋秦淮雜詩》，可見南京洪楊亂後復興景象。又録臺灣巡撫唐景崧之詩數首，涉及日據臺灣一事。亦收前代詩人，如明遺民汪之順(梅湖)詩，對之推崇備至。另有一些與鄉土風物相關之詩，如黄君鉅游雲南時所作詩，以及北京吏部官署藤花詩、北京井水詩等。内容豐富多彩，又有鮮明時代性，足可作一幅近代風情畫卷觀。然作者對詩論著墨不多，主要以録詩、叙本事爲務。

《小説月報(上海 1910)》1917 年第 8 卷,第 3 期

嘉定張東墅觀察,少負雋才,英年入詞垣,聲華藉甚。詩宗温李,而風骨遒勁。性孤傲,忤權貴人,出爲湖南永順太守。意鞅鞅不樂,日以詩酒自娱。所作《永順竹枝詞》,久膾炙人口。其最佳者曰:"桃花慣取女兒名,兒是桃花生日生。嫁得天台山畔婿,年年花下伴春耕。""玉屏山上月如鈎,鈎取春閨夢遠游。苦羨田家耦耕婦,一生從不識離愁。""蟠龍山上豆盈坡,飛鳳山前小麥多。每到春耕齊擊鼓,纏綿最是望郎歌。(永順在昔爲土司地,土人春耕,男女排列,歌者二人,擊鉦鼓於前,衆和之,使作苦者忘勞云。)""楊花落盡桐花開,一曲苗歌花下來。願作桐花同結子,楊花飛去不復回。""鄉邨争唱插秧歌,秧馬隨人水上拖。後漢前朝多故事,同聲一笑一搥鑼。""姊飼春蠶妹飼鷄,换來財物盡歸私。得錢不供阿爺用,打算將來出嫁時。""紅裙緑襖髮絲絲,花帕纏頭絶世姿。相約新年同擺手,春風先在土王祠。(上元節,男女入祠祭神,相嚮立。垂手而舞,以歌爲節,故云'擺手'。)"誦其詩,於其地風土習俗,如在目前,得古歌謡遺意。録此以備輶軒之采焉。

壽陽祁文端公寯藻,道光中督學湖南,按試永順府。舟至鳳灘驛,有馬王廟,前臨酉水(與辰州府接界)。公以爲祀伏波馬援也。及見會溪銅柱銘序,始知爲五代馬希範征苗時所立。而馬王廟所祀,即希範,非馬援。回舟時駐節廟中,賦詩二章紀其事。詩曰:"伏波祠廟鳳灘頭(馬希範,亦封伏波將軍),祠下灘聲三叠流。剩有誓蠻銅柱在,勒銘不是漢家侯。""茨灘之水似游龍,一綫銀濤萬弩衝。最是山僧能愛客,夕波紅處寺樓鐘。"此詩係公親書,筆勢圓勁,僧人珍藏之。嗣餘杭張子翼太史,按試過此,和云:"鳳尾灘聲接鳳頭(灘名有頭鳳、二鳳、三鳳,故云),褷褵素羽散飄流。灘前蠻女能騎鳳,踏浪行歌拜故侯。""南來一馬欲爲龍,落手溪山此要衝。惆悵宜春園裏月,昭靈遺恨付晨鐘。"光緒中江右朱純卿觀察,爲永順縣令時,亦步原韵云:"矍鑠將軍已白頭,南征淚落五溪流。王孫補得當年恨,銅柱依然新息侯。""敗壁烟塵餘畫龍,門前滚滚浪花

衝。山僧不識誰今古,晝夜六時來擊鐘。”予甲辰過此,見三公詩,皆用紗籠懸壁間,詩與書法,均工絶。不惟藝林韵事,且爲蠻疆增輝矣。

湘中陳筱芾大令,弱冠能詩,多性靈語。愛讀白傅、楊誠齋兩家詩,其宗派可知。所著詩稿盈篋,晚年造詣益深。兹録其《桃花源晚泊》云:“清溪一棹水瀠洄,峭壁臨江洞口開。欲向仙源問鷄犬,雲中須待鐵船來。”《湘江舟中》云:“半江風浪雨冥冥,紅杜芳時白芷馨。笑我生涯太無賴,八年三度吊湘靈。”《即事》云:“鳳頭鞋子踏青游,驀地相逢一笑休。我願化爲雙蛺蝶,隨風飛上玉人頭。”清新婉麗,不拾古人牙慧。清季官江右石城縣,國變後,歸里,充縣議會會長。癸丑解散,益放浪詩酒,以抒其湮鬱侘傺之懷。蓋亦古人發憤著書之意云。

桃源縣,在桃花源北三十里,屬常德府治,縣城中有陶靖節祠。癸卯秋,阻風馬湫灘,因步行往游。見題壁詩甚夥,惟郭孝廉七律一首絶佳。詩曰:“此去潯陽千里道,武陵春色未曾來。秫從沮溺心頭種,花向羲皇夢裏開。半壁江山憖一老,六朝人物患多才。獨憐萬古天然句,不上彭城戲馬臺。”出祠後,復謁伏波廟,祀漢馬援。蓋征五溪蠻時,曾駐軍於此。東壁嵌石刻詩文數方,有某君詩曰:“報道蠻天堠火荒,金戈鐵馬下沅湘。乘龍日月終難蔽,畫虎功名總自傷。銅鼓聲沈交趾雨,椒房夢冷茂陵霜。楚南桂醑忠魂醉,空逐鑾輿過洛陽。”悲壯蒼凉,饒有唐音。餘少佳者。惟中有一首結句云:“將軍鬚眉原如畫,繪上雲臺列將羞。”用典確切,惜通首不稱,蓋詩境未臻火候故也。陸劍南云:“詩雖苦學未名家。”古人作詩,能卓然開一代生面者,雖由天姿穎异,亦其學力深純,故聲光歷久而益爛焉。

大庸蔣少鶴,奇傑士也。弱冠補學官弟子,旋食廩餼。詩才清妙,見者驚爲長吉後身,然其意殊不屑也。嘗慕終軍請纓事,每謂人曰:“上馬殺賊,下馬作露布,吾輩男兒事也。楊大年爲西崑體鉅子,契丹入寇河北,詎能賦詩退敵耶?”庚子創後,當道亟練陸軍,蔣即投筆應募,入長沙新軍營。時於月下彈劍而歌,聲淵淵如出金石。閫帥某聞而召之，仗劍入謁，慷慨陳兵事要略。某大悦，延爲記室。繇是湘中書生，隸尺籍者甚衆。人競尚武，風氣一變，由蔣爲之倡也。在軍中暇輒以吟咏自娱。兹録其《長沙城南漫興》曰："年年泥雪印飛鴻，匣裏龍泉氣貫虹。湘水蘆花含夜雨，麓山楓葉泣秋風。深林古寺停雲白，野渡孤帆落日紅。回首可憐家萬里，也將詩句付郵筒。"乙巳，至保定，參觀陸軍大操，因入都門。有《游圓明園》詩二首曰："故宫禾黍盡荒凉，燕麥青青菜葉黄。三十六灣春水緑，晚風吹送稻花香（昔時宫殿，環以池沼。今則彌望皆稻田矣）。""四春館外草芊芊（文宗選漢女四人置館中，即牡丹春、海棠春、杏花春、武陵春是），福海瀛洲隔暮烟（當園中西南隅）。話到興亡一灑淚，六朝宫殿五銖錢（康熙中，賜此園爲世宗藩邸。至咸豐季年，爲英法聯軍所燬。游園者，與老監銀幣一圓，則爲言列朝事甚悉）。"又《與高麗人夜譚甲午事感賦》曰："深宫春宴撤椒盤，無復珠囊禮漢宫。凄絶迎恩門外月，清光依舊照長安（甲午前，中國使臣駐韓京，凡春節賜宴宫中。例賜珠囊，他國使臣不得與。迎恩門，清太宗征韓，受降於此，韓王建此紀恩者）。""樓船橫海舊威聲（指甲申擒大院君事），射日翻悲霣將星（甲午丁汝昌自盡於威海），三百年來琛貢絶，英風獨憶大刀名（謂劉綎救韓事）。"感時咏懷，寄托遥深，雖名場耆舊，不能過也。

同光間，京朝官有所謂清流黨，張文襄、潘文勤爲之魁。唐春卿尚書景崇與其胞兄景崧，亦其中錚錚者。景崧官臺灣巡撫，甲午臺人拒日謀獨立，舉爲總統。事敗歸里，以詩酒自娱。春卿尚書，爲予座師。見其注《唐書》二百卷，考證賅博，惜未刊行。詩才清婉，與兄皆墨守其父懋功先生家法。專主舒攄胸臆，不拾古人牙慧。先生著有《得一山房詩集》，尚書曾視予，其瓊詞璚句，美不勝收。兹録其《春宫怨》曰："禁樹依依弄晚寒，長門春月夜深看。紫雲隱約飄仙曲，知是承恩宴未闌。""春宵俱是可憐宵，不近龍顔奉早朝。寶扇日華舒雉尾，有人衣惹銜香飄。""重樓複閣杏園西，殿近披香路未迷。無奈迭遭團扇恨，紅墻隔斷舊鶯啼。""畫闌鸚鵡語玲瓏，長信春愁暗欲通。惟望相憐莫相妒，細搓紅豆飼金籠。""三月韶光欲暮時，碧桃落盡上陽枝。無金難繪傾城色，莫向春風怨畫師。""料峭風消玉殿和，驪宫翹首望嵯峨。合歡無枕難成睡，蓮漏催人曉漏多。"又《秋宫怨》詩曰："禁門深鎖翠華空，昨夜凉飈轉蕙叢。鳳輦不來秋色到，報人一葉下梧桐。""長生殿裏話因緣，夜半無人許并肩。何物玉環能媚主，誓同牛女兩纏綿。""丁東弦索鼓新凉，歌舞無緣侍建章。懶向曲中彈舊譜，霓裳拋擲在空箱。""宫樹飛霜葉葉紅，題詩遲付御溝中。恐教流水傳情去，情海情天路誤通。""永巷年年積蘚痕，自安薄命淹重門。冰心洗鍊同秋月，不敢承恩敢負恩。""吴綿薄薄挽羅衣，翦翦輕寒近瑣闈。聞道承歡諸女伴，錦袍紅燭夜忘歸。"詩意饒有寄托。公以孝廉屢上春官，不第。及其兩子，皆入詞苑。公年六旬有一，猶橐筆從少年後，應試禮闈。此詩蓋其發憤而作也。然讀其詩，詞旨和婉，怨而不怒，深得風人温柔敦厚之教，而亦足見先生學養深醇，故吐屬華貴，無誹謗之辭。鳳石相國，嘗謂先生詩專主性靈，用筆委婉紆曲，能達難宣之隱，可謂知言。

衡陽彭剛直公玉麟，嚴毅狷介，疾惡如讎。光緒中巡閲長江水師，政尚威猛。東南婦孺，莫不知其名者。然其題所畫梅花絶句十餘首，纏綿馨逸，風情獨絶。且玩其詞旨，似有所指，世頗疑之。衡湘間耆舊，相傳公微時，與鄰女方美人有情愫。齧臂締盟，因世亂散去，事不克諧。逮洪楊戡定後，衣錦還鄉。而美人已歸沙吒利，緑葉成陰子滿枝矣。方之小名梅姑，故公專畫梅花。殆所謂睹物懷人，借題寫意者歟！題梅絶句中有云："分明索笑緑窗下，不是羅浮夢裏身。"又云："師雄尚有因緣在，重向羅浮夢裏來。"語意甚明顯。大抵英雄率真，情見乎辭。綺懷未滅，忍後不禁也。至如"羌笛年年吹塞上，滯人歸夢到瀟湘"，則公自從軍後，轉戰吴楚，相思相望，路遠如何，蓋不勝會少離多之感也。公在曾文正公祁門軍中時，曾公因羽書旁午，疲憊殊甚。且夙患癬疾，值此心血枯耗，益奇癢，夜不能寐。五弟國華，陰屬諸將進二女以侍。夜則爲曾公爬搔，始得帖席。公聞之，大憤曰："誰爲此者！"急起仗劍入謁，立請驅二女出，戮以徇。曾公曰："雪琴何至是？彼自賊中逸出者，亦殊可憫。遣人護之歸可也,殺之,彼有何辜?"公即拔劍入室,厲聲逐二女出營去。旋入謝曰:"恐爲吾師盛德之累。"曾公與幕僚譚及,捋髭微笑曰:"方美人之事何如者?"蓋其心不能無芥蒂也。先是公領水師,克復小孤山。山與江南岸彭郎磯相對。俗諺有"小姑嫁彭郎"之語。公戲賦詩曰:"十萬貔貅齊鼓掌,彭郎奪得小姑回。"復濡毫畫梅,并詩鎸小孤山石壁間。曾公微聞之。公故與國華爲莫逆交,習知梅姑事,是以小孤山摹崖隱寓梅姑二字,湘軍傳爲美談。曾公對幕僚云云,蓋聞之久矣。同治三年,金陵克復,公率水師泊秦淮河,賦詩曰:"燕子箋翻萬古愁,忍教人唤媚香樓。祇今惟有秦淮水,猶繞南朝舊院流。"霏金戛玉,音調旖旎,與咏梅絶句相類。雖善作香奩體者,恐不能如此芊綿。余嘗謂志士仁人,節婦貞女,皆天下最多情者。詩三百篇,亦忠臣孝子勞人思婦之作,爲多其情摯故也。彭公生長美人香草之邦,稟敦厚悱惻之性,掞藻摛艷,觸手芬芳,蓋沾溉先賢澧蘭沅芷之膏馥者深矣。

楊勇慤公載福,因其名犯穆宗廟諱,更名岳斌,蓋欲敩岳武穆兼資文武。且於吟咏,頻露其意。公本緑營守備,曾文正公奇其才,拔爲水師統將。與彭剛直公齊名,時號彭楊。少好讀書,通文義。禮重師儒,延致幕府。日夕切劘,學繇是益進。初從曾公東征,剿賊洞庭,預計蕩平之期,如岳武穆破楊么故事。果符其言。故公登君山賦詩曰:"戰罷登臨倦眼開,湖山佳處且徘徊。自從武穆留題後,七百年餘我又來。"直抒胸臆,一氣呵成,雖容嫺雅,頗似中唐人吐屬。曾憶岳侯《游翠微山》詩曰:"年來塵土滿征衣,得得閑吟上翠微。好水好山看不盡,馬蹄催趁月明歸。"綜觀二人詩,功力悉敵。亦閫帥中錚錚者。勇慤由武將擢授陜甘制軍,曾入京陛見。與都下諸名士觴咏無虛日,衆皆禮之。一日集某寺,衆指石榴謂公曰:"能咏此物乎?"公應聲曰:"礌硾復礌硾。"衆皆笑。寺僧私語曰:"誰謂此獠能詩?"公續曰:"礌硾千萬枝。莫言皮相醜,腹内有珠璣。"衆始服其敏捷若此。後乞病歸,卒於長沙。詩文均刊行於世。

《小説月報(上海1910)》1917年第8卷,第9期

林藻軒京卿,工詩詞,篤守其鄉先輩半塘才人嫡派,構思甚苦,推敲音節,稿數易始就,惟不輕示人。己酉,予寓都門,溽暑移居上斜街,與座師于晦若侍郎爲鄰。一夕,晤京卿於侍郎邸中,談甚驩。其扇頭録春柳詩,典麗風華,書法亦工絶。問君:"近作耶?"笑曰:"得自海王邨(即琉璃廠)肆中者,有意逃名,故未署姓字。此人頗有高世之志,今之詩行於世者,固不工也。"相與粲然。予終疑京卿所作。其詩曰:"(暗咏宫禁柳)南朝金粉付流波,春到長門惹恨多。碧輦不曾來上苑,青旗猶自擁靈和。可憐墮淚銷紅炬,也解工愁斂翠蛾。試向永豐坊畔問,龍池雨露近如何。"其次曰:"(暗咏邊塞柳)玉門一夜度春風,吹斷羌奴笛未工。遠道柔條堪繫馬,胡天泥絮任飛鴻。燕鶯自向龍城老,粉黛偏從雁塞充。漫譜陽關三疊曲,興亡飄泊古今同。"音調旖旎,是善學温、李者。較宋初西崑體,促聲繁節,過之遠矣。

明遺老汪梅湖先生,多技能,尤工詩。順治中隱居懷寧西北鄉,築室梅湖畔,因以自號。同時皖中詩人,如蔣素書瑶光、范小又蠡、許幼仲賁,造詣皆不逮先生遠甚。而交游多貴顯,因得傳於世。先生獨謝絶酬酢,故埋没二百餘年,世莫舉其姓氏。惟所箸詩稿,裔孫庋藏之,以爲誦法。其幽光潛德,必不終閟而勿顯也。庚戌,予識汪礪庵於京師,先生族人也。出所鈔梅湖詩二卷視予,且曰:"先生名之順,字禹行,崇禎時諸生。鼎革後耻食清粟,藉吟咏自適。學養境遇,與淵明相類。時文網嚴密,慮以詩文賈禍,雖感時述懷,間及世事,而故爲庾詞隱語,寄其哀怨。亦與淵明"述酒"、"荆軻"等篇同旨。桐城姚惜抱先生愛其詩,鈔一册置笥中。族人汪鋭齋儀部,欲刻其詩行世,惜抱爲作序,謂與其鄉錢田間埒。田間廣交權要,爲世盛稱。而梅湖伏處草澤,僅南昌陳伯璣知之。而復不盡。其後遂聲華寂寞,凡諸家選明詩者,裒録遺老甚備,而梅湖終不與焉。余讀其詩,清韵悠邈,如輕霞薄雲,依空映日,不必廣博,而塵壒濁翳,無纖毫可入也。惜抱推許如此,而鋭齋卒因事未及刊行。道光中,邑人陳雪廬復醵資以付欹劂。遭髮撚之亂,版燬無存者。印本亦稀。吾家幸能保守此稾,世世勿失,恨無力鋟之俾傳於後世,中心不無耿耿耳。”予因從礪庵借鈔,約旬日始竣,日夕諷咏不忍釋。先生嬰亡國之痛,值危疑之時,得危行言遜之指,故其詩意境若兩漢歌謡,音節則取諸魏晋樂府,而舂容綿邈,倏然自適,實與陶詩相近。古體詩甚多,美不勝收,近體亦擅勝場。兹録其尤佳者。如《述史》云:“陸沈黄海遂如斯,荆棘銅駝事早知。劍客潛過丞相府,石工痛哭黨人碑。封樁庫滿還籌餉,納款書通始出師。徒使至今思望帝,蜀山萬點月明時。”“高門甲第勢連雲,列戟簪纓舊戚勛。屢世遠蒙金券約,六師親典羽林軍。自從出郭投降表,誰見沿途揭祭文。爲喜西川綿竹戰,死綏端不愧庭聞。”“龍種王孫泣路隅,盤根仙李日荒蕪。玉魚何幸埋幽骨,泥馬安能渡險途。永巷久傳非病已,中山又説是狂夫。天涯游遍無芳草,細雨桄榔叫鷓鴣。(按福王建國南都時,有僞太子王之明、僞后童氏事。馬、阮力言其僞,交法司研鞫。史忠正、左寧南及中外諸臣,皆以爲真。左更藉以舉兵,黄梨洲亦信之。且言福王已前死,宏光帝冒稱福王,非朱氏子也。論者又疑梨洲身罹黨禍,故有此怨望語。然争論未定,而清兵渡淮薄廣陵矣。)”《過鷄鳴寺登古臺城》云:“十廟紅墻繞徑回,橋門斜對寺門開。丁公自怕歸華表,魯殿誰知化劫灰。幾輛牛車官路過,一行樵豎孝陵來。尋秋大悔真多事,誤上蕭梁武帝臺。”《郡夜》云:“自離城郭遠躬耕,作客重來百感生。萬里秋風吹畫角,一天霜氣下殘更。荒臺似見山魈火,古廟時聞夜鸛鳴。漸覺騶呼喧擁道,將軍出獵晚歸營。”《郡邸》云:“殘年逝水已滔滔,郡邸羈栖倍鬱陶。小閣寒生天柱雨,孤城夜打海門潮。誰從酒肆聽燕筑,且就書燈讀楚騷。却憶東關舊池館,不堪瓦礫長蓬蒿。”《飲亳洲旅舍》云:“旅舍張燈夜氣清,勞勞如夢却分明。壁間姓字天涯客,樓上琵琶塞外聲。酒到异鄉偏易醉,心多舊恨總難平。當壚一闋淋鈴曲,欲濕青衫淚不成。”《邯鄲道上讀平陽烈婦題壁詩》云:“烽烟鐵騎捲黄塵,志在冰天黛不顰。縱使鴻濛無宇宙,也須巾幗有君臣。連枝共命他生願,明月清池此日身。笑殺邯鄲厮養婦,至今猶喚是才人。"《天雄署中寄竹嵜沁州》云:"老作萍蹤亦偶然,羞稱書記尚翩翩。信陵去後朱門閉,遼海歸來皂帽穿。鄉夢迷離秋草路,羈心歷亂曉鐘天。太行西望雲千里,緬渺音塵十九年。""古寺殘燈夜雨時,糟糠茶苦兩心知。生平一劍酬何事,夢裏三刀報阿誰。沙麓披帷人共影,銅鞮吹角鬢成絲。數行頻寄西風淚,砧杵關山那不悲。"《夢闈試有感》云:"少年幽燕一健兒,毬場走馬衆争奇。虎頭老愧通侯相,鳶跕深憐下澤知。妙手射生閑捕鼠,陰符勝敵且圍棋。何來更有天山夢,月落鐘鳴出塞時。"此數詩悲壯蒼涼,感慨遥深。其有清婉芊綿者,如《七月十六閑題》云:"蟲鳴廣野思無邊,北斗闌干碧海天。砧擣千聲閨怨裏,月圓三度客窗前。滿瓶琥珀洛河酒,隔院笙歌太守筵。一榻爐香良夜坐,書生消受是年年。"《重九日》云:"秋塘門掩竹穿沙,爲客鄰酤未易賒。閑裏壯年漸白首,愁中佳節負黄花。漁村藹藹緣江露,農徑蕭蕭入圃斜。荒俗相輕吾敢怨,魯人猶自笑東家。"《送秋》云:"如烟衰草亂朝昏,葉脱林疏石勢尊。老鸛叫霜栖白塔,遠帆帶日過黄溢。閑因養病妨來客,懶畏添愁特閉門。幾度送秋秋始去,山僧不信與誰論。"《自述》云:"白頭居士似山僧,小几烏皮鎮日凭。充隱儘教多謝朓,養生但恐愧孫登。鹿裘帶索安貧賤,馬隊讎書讓友朋。數畝竹園三徑草,滿湖風雨一宵燈。"

《小説月報》1917 年第 8 卷,第 10 期

巴陵毛西垣先生,負异才,博學工詩。與吴南屏同里同學,交最篤。少時有神童之目。顧以孝廉,屢上春官,不第。薄游燕齊,西入秦,南至黔蜀,足迹半天下,一寄於詩。南屏謂其以聰明妙解綺艷雄宕之才,而發於羈旅顛頷蕭索之餘,故詩雖無多,而皆可傳。王益吾祭酒刊其詩行世,板燬於兵燹。余於南屏外甥劉君處見先生詩稿一册,爲曾文正親加丹鉛者。於古體詩多所商榷。蓋先生與江忠烈公忠源爲拔貢同年,入都時,同謁文正,獻詩爲贄故也。其詩近體最工,古體則由南屏先生遵文正評論之意,爲之筆削者,什之三四。兹録其《咏吴梅村遺集》云:"冷艷濃香善唱酬,鶯花南頓足風流。中年絲竹餘哀緒，故國河山感舊游。燕市夢回三月雨，秣陵詩换六朝秋。銷魂無限興亡事，燕子重來已白頭。"《豐潤還鄉河》云："（宋徽宗北狩至此，有還鄉之歎，故名。）汴水河頭王氣窮，還鄉遺恨亦成空。千年花石留殘魄，一笛牛羊歸晚風。纔解望天悲薊北，可能揮涕憶陳東。家山念盡南冠客，五國城中斷塞鴻。"《黨峪投宿》云："泉聲繞澗碧潺潺，地在尖風夕照間。倦共歸禽投小集，快經驅馬度重關。萬家黃葉浭陽樹，一劍青天党峪山。風景燕東猶有此，不妨沽酒一酡顔。"《永平道中》云："浭陽游寓已天涯，況復奔忙走凍車。客裏關河元不惜，邊頭道里又添賒。塵兼水氣蒸黃霧，風作潮聲捲白沙。到此始知窮塞惡，男兒何事要離家。""野店村莊似去波，長途短夢苦銷磨。令支遠接祁連塞，斛律愁爲敕勒歌。日色祇如層紙薄，車聲還比亂鴉多。凄涼滿目增惆悵，又是停鞭唤渡河。""南國詩人面目黧，勁風吹得到遼西。掉頭已覺東關近，舉首真看北斗低。大澤呼鷹寒雨落，高臺檑鼓陣雲迷。古來不盡紅羊劫，付與荒鷄自在嘶。""平原何處哭英雄，策策寒生萬馬風。故壘可憐飛白雁，孤城無恙抱盧龍。慕容死戰威名在，蹋頓成擒霸業空。防海祇今須將略，三屯誰是戚元戎。"《寒食》云："二月城坳雪未消，冷風吹送賣餳簫。空愁盡日無憑據，好事頻年太寂寥。淺草一條寒食路，春流三折望鄉橋（橋在浭水側）。趁墟也共行人醉，自逐飛鴉過麗譙。"《自澠池至硤石驛》云："石壕村路接崤澠，愁絶誰知杜少陵。生事即看憑破硯，浪游回想似孤僧。遠村日落銜紅樹，峭壁風寒坐黑鷹。已分長途任摇兀，不妨短髮更鬅鬙。""叱馭王尊未是豪，峽卬九折尚平皋。人穿半嶺龍蛇動，天壓孤村虎豹號。亂草帶花迷古寨，斷雲拖雨下空壕。崎嶇歷盡兵戈地，欲拭霜華看寶刀。""九塞蒼茫黽隘横，二陵犖确鬼門撑。軺車豈料逃張禄，磷火如聞怨孟明。日暮客還吟楚些，地高詩早變秦聲。故人儻問關中信，爲道艱難有此行。"《至閿鄉》云："閿鄉沙路軟如綿，細草蒙茸欲化烟。馬首破寒迎遠照，枕頭摇夢入平川。稠桑驛古人家密，盤豆山横酒市偏。待向泉鳩訪遺迹，暮雲深處咽哀蟬。"《月夜池上獨酌》云："小船漾漾受風微，疏竹泠泠墜露稀。人影倒池魚駭逝,月光穿樹鳥翾飛。异鄉秋老頻中酒,永夜寒深數换衣。已忍伶俜强高興,年來祇道不思歸。"《甲辰九月九日偕南屏由庵鹿角將臺山登高》云:"洞庭浩浩流千古,九日高歌上將臺。山色漸隨秋葉改,風聲遥捲暮濤來。無端感慨知何謂,如此襟懷得好開。我欲凌空問真宰,白雲飛盡首重回。""曠代誰當作達名,浮雲離合感平生。白頭對酒客俱老,黄菊開花天又晴。畫鎮日説愁原有味,隔年戀别亦多情。燕山楚水茫茫裏,如此相思畫得成。"《得鄂生京邸書却寄》云:"道州已破永興殘,驚絶長沙地一丸。兒女亂離知在否,關山重阻欲歸難。荒城雨過黄雲暗,大海潮來白日寒。慚愧煩君問消息,天涯流落尚平安。"五律學少陵,氣骨蒼峻。如《和秋白薊門秋感》云:"凉雨過關去,城西落早秋。空庭下黄葉,獨客在高樓。感喟辭長劍,凋零惜敝裘。百年拌浪擲,知己更誰投。""側聞馳羽檄,閩越未休兵。扼要資奇策,留屯漫撤營。海雲懸客淚,邊馬助秋聲。諸將争麟閣,英名慎一生。""紙上談三策,黄河類轉蓬。雪浮高浪外,天汨大粱中。坝埽吁何用,民魚瞥已空。嗷嗷憂郡國,憑吊禹王宫。""書聲不可聽,落日上高臺。浩浩悲千載,茫茫望八垓。風雲無快事,屠鈞有奇才。太息求騏驥,黄金奉郭隗。""作計迂儒左,京華住四年。好人紛已去,歸夢不成圓。賈誼空流涕,劉琨懶著鞭。秋心小摇落,何處可留連。""深杯斟急酒,入腦已蓬蓬。處世吾誠拙,言愁汝最工。□騰晴雨隔,羈滯弟兄同。那更聞吹笛,疏林生暮風。""出户見秋色,良宵空復情。亂雲原上落,孤月雁邊生。猛覺寒聲促,還聞畫角鳴。自憐到燕薊,詩句倍凄清。"《開平出郭夜歸枕上口占》云:"城勢壓高寒,茫茫大地覺。眼空仍獨立,秋老正愁看。馬踏河橋熱,鳥嚦夜月乾。漁陽書未寄,歸路思無端。""取醉竟無益,鰥魚徹夜醒。寺鐘敲冷月,戍鼓落流星。出世心難定,還鄉夢不靈。雷聲走車轍,枕上更愁聽。"《得吴南屏退庵二子書》云:"鯉魚不到處,忽得一雙書。未暇看封面,知皆苦憶余。意中言語在,别後夢魂虚。坐久方欣慰,無端淚滿裾。"《同鄭硯溪北岡小眺歸途遇雨》云:"暮鴉將雨色,一并落平蕪。歸近還餘興,寒生只半途。山隨雲起斷,天共樹低無。今夜齋頭卧,蕭蕭聽轉孤。"《夷齊故里》云："(永平)北海偕兄弟,西山采蕨薇。蕨薇今尚有,兄弟古猶稀。地僻群山静,天寒兩鳥飛。清風向夕起,行客企斜暉。"《溱頭河》(道旁有碑云:郭林宗遇黄叔度處):"故鄉千里外,莽莽亂雲生。不見黄叔度,驅車且北征。大風溱水渡,斜日汝陽城。莫更論今古,平原未易行。"《崤陵》云:"峻坂無風雨,崤函又夕曛。馬蹄敲石火,人影亂山雲。久困才難盡,空愁酒易醺。二陵今恍惚,嘑鳩不堪聞。"《滴水鋪》云:"驛路將通蜀,人烟尚帶秦。峰高猿抱子,樹密鳥呼鄰。貰酒新醅貴,編茅小户貧。崎嶇吾不恨,塵世等勞薪。"《自草凉驛至鳳縣》云:"鳥道争先後,危峰露犬牙。天邊懸草樹,井底出人家。邸閣三山合,陳倉一徑斜。漢家豪傑盡,立馬獨長嗟。"《青羊鋪》云:"褒口灣環水,奔流到眼前。陰崖垂黑樹,危磴礙青天。寺僻僧沽酒,村荒馬種田。武關消息近,前路更茫然。"《自遵化却還開平》云:"客子畏行役,開平到是家。北風寒馬骨,大雪落檐牙。賃保四年久,離鄉一著差。故人猶念我,悔不住金華。"《八里莊》云:"平沙開夕照,村地遍桑麻。一縣隱山際,雙帘摇水涯。酒清初竹葉,烟淡欲梨花。吟到衙齋裏,鐙前笑語譁。"《水口寺秋望》云:"凉入寺門秋,風光豁遠眸。漁翁招白獺,苗女跨黄牛。雨氣將沈樹,河聲欲上樓。异鄉獨留滯,愁思浩難收。"

《小説月報》1917 年第 8 卷,第 11 期

清初吴漢槎、王漁洋,主持風雅,海内壇坫,奉爲哲匠。然兩公詩思遲鈍。吴漢槎曾以一甲第一名及第,時同舉者頗通關節,爲臺諫所劾。仁廟乃臨軒親策之,漢槎欲竭其能事,爲翰苑吐氣,顧恐不當上意,受嚴譴,屢易稿,皆不愜心。晷影西移,猶伏案苦思。日晡,竟交白卷而出。上怒,謫戍黑龍江。納蘭成德爲言於其父太傅明珠,乃援例赦漢槎還。漢槎自塞外歸,詩境益高。氣骨蒼勁,虬枝百尺。然竟以坎壈終。王文簡公士禎,康熙中浮沈粉署。張文端公英值南齋,代爲延譽。仁廟亦素聞漁洋山人名,召入面試。文簡以部曹末秩,乍睹天顔,戰栗不能成一字。文端懼被訶責,代作詩草,撮爲丸,置案側,文簡得以完卷。上閲之,笑曰:"人言王某詩多丰神,何整潔殊類卿筆。”文端公謝曰:“王某才人之筆,定當勝臣多許。”上命改官詞林,因得躋高位。文簡感激終身,曰:“是日微張公,余幾曳白矣。”兩公詩名重當時,而其遇乃相懸若此。星家言命運,其信然耶！雖馬工枚速,各有所長。而陳思七步,飛卿八叉,才思敏捷,亦爲詩人所貴。人之賦稟,縱有不齊。然積理厚,讀書多,自有倚馬萬言之樂。青蓮云:“詞源倒瀉三峽水。”少陵云:“讀書破萬卷,下筆如有神。”作詩者,不可不下帷勵學矣。

清宮多沿明制,歷朝皆恪守家法。大内殿宇,改建者綦鮮。承光殿南,乾隆十年建石亭,置元代玉瓮。按《輟耕録》,黑玉酒瓮,玉有白章,隨其形,刻爲魚龍出没波濤狀,大可盛酒三十餘石,徑四尺五寸,高二尺,圍圓一丈五尺,至元二年告成,敕置廣寒殿。後屢易代,廢置某道院中,爲醬瓿。工部侍郎三和善,博古物,於道院見之,賤價購歸,進上,仍置故處。純廟銜製《玉瓮歌》紀其事,命廷臣序和,以鄭虎文詩爲最工。其詞曰:“天啓聖瑞玉瓮出,惟聖克受昭聲歌。臣愚未睹法宫寶,伏讀睿藻心爲摩。瓮廣三尺容五石,隨形窅突浮圓荷。刻劃類鑄象鼎物,長風蹴踏萬里波。腥涎怪物走蛟蜃,呀呻睒瞲騰鼋鼍。陽冰不冶陰火閟,怪變滅没吞江河。伊誰剷削運鬼斧,或巨靈掌吴剛柯。吾思此玉當在璞,磈然萬古森嵯峨。百靈孕含胚太極,潤及草木輝岩阿。原爲良工剖鑿出,宛轉人世襲臼窠。那知德薄不能有,供玩耳目羞婞婀。如延津劍泗水鼎,神物終化理不訛。於時恭承陛下聖,萬方貢獻聲猗那。人無遺賢物鮮弃,希世寶肯終烟蘿。熊羆龍氣光燭夜,乃迹而得歸搜羅。轉敕内府輸朽貫,千金易致駟馬馱。陳之廣廷重圖形,奠如金甌無傾陂。龍翔鳳翥發天唱,四十八人鳴相和。鳴呼隱見會有遇,委弃道院歲已多。冬菹實腹泥没足,學士憑吊資吟哦。拂拭及時光萬國,經天不掩同羲娥。甄幽拔隱寄深慨,誰其會者空摩挲。异物且貴况奇瑋,努力明盛無蹉跎。”

宜城潘慎生先生,負奇任氣,弛跅不羈,爲文踔厲雄渾,才思横溢。得名甚早,尤工詩,胎息漢魏,托體盛唐。而天賦超詣,造語多奇崛。挽近詩人,無此才華。咸豐初,以孝廉就試春官,爲長洲陶凫香宗伯所器賞。任邱邊袖石方伯尤重之，延置蓮幕中，結昆弟驩。所著《徵息齋詩草》，殁後遺佚者什之伍。方伯公子卓存太守，汪秋珊太史，各有存藁。雖非全豹，然零縑片玉，光氣自不可掩也。兹録其《白門小住怨懷詩》云："香草靈均淚，朱門燕子家。塵生金屈戌，花落玉鈎斜。碧海新填石，銀河舊浣紗。秦樓今夜月，何事向天涯。"其二："夜雨吴娘曲，朝雲倩女魂。多時歌玉樹，何日見桃根。璧月空傳怨，紅梨自掩門。祇應雙海燕，寂寞憶王孫。"其三："淚濕回文錦，詩題薄命圖。東風懷豆蔻，青冢怨蘼蕪。神女終難見，羅敷自有夫。湘靈何處是，夢雨正糢糊。"其四："省識休文瘦，生憐叔寶愁。香燈曾綉佛，紅豆怨揚州。鸚鵡泣青瑣，鴛鴦自白頭。江關蕭瑟意，禪榻秣陵秋。"《雨中安慶南門鎮海樓望遠》云："玉笛滿滄洲，天風鎮海樓。蕭蕭荆楚雨，紅樹一江秋。千里沙棠楫，凌雲好卧游。高陽尋舊侣，散髮待浮邱。"《曉發蕪湖》云："殘笛鳩兹路，銀河耿未收。江帆涼近月，夜水白沈樓。樹出天門曉，潮生海國秋。鄉園西望渺，歸夢滿吴頭。"《觀音門渡江舟中遇雨》云："燕子磯邊路，春帆別建康。江雲垂浪黑，海樹入天長。風雨寒山鬼，蛟龍出大荒。誰知天塹險，飛渡亦尋常。"《都門客感》云："負負無終色，栖栖有道名。高天最多恨，尤物少長生。汾酒逃仙味，井樓納塞聲。金房長夜語，漂泊竟何成。""荆高出門去，古道至今寒。燕草凄凄長，吴鈎鬱鬱香。桑田行樂易，風漢入山難。何處圖鯨飲，夫君北海端。""蒼梧不葬淚，染緑遍南中。露蓋荆揚水，秋山洗不空。我尋燕趙俠，九月太行東。半壁幽井鐵，多如土骨雄。"又《都門述懷》詩云："炎朔天王地，開心萬里行。陳安知養士，祖逖愛譚兵。議定珠崖棄，恩留鐵券盟。當年諸葛菜，原易療蒼生（謂林文忠公）。""紅淚多如霰，星星綉寶刀。卅年張鎬賤，九死季心豪。笳起城烏落，燈寒仗馬高。空留貧女綫，長夜縫宫袍。""足繭荆高市，天南信不傳。雪風淘二月，山氣灌三邊。汗減黄金色，筋消赤驥年。早成醫國論，虚擲杜樊川。""燕入銅駝陌，吹簫獨斷腸。競呼狂阮籍，不見老田光。酒後生芒角，花前著裲襠。一彈懷古淚，情重爲昭王。""老失鉗奴意，嬌回養卒腸。名高真累福，恩盡轉貽殃。學劍屠龍客,磨磚伏虎堂。氈裘還戀戀,粘遍薊門霜。”其筆勢遒健,不事對仗者,如《塞下曲》云:“鳥道長城外,黄河入塞斜。天風吹海月,萬里度龍沙。玉笛寒聲滿,嫖姚出漢家。刀環今夜夢,腸斷落梅花。”《采石舟中見月》云:“萬里碧雲流,飄然江海秋。江風吹海月,同上謫仙樓。一笑長歌發,三霄浩氣收。天漿傾不盡,應許玉京游。”其鍊句奇警,發抒牢愁者,如《前史嘅》云:“滚滚一江淚,航航五嶽胸。嗚嗚來趙北,夢夢死陳東。豫讓真人厲,燕丹是祖風。不侯蒙已定,公乃問盧龍。”“鹿手如何敵,魚腸太不祥。高光無白骨,荆聶有紅妝。石虎心終死,銅駝目早盲。麻姑三見海,嗚咽鬢成霜。”“百寶隨龍徙,三圖抱犢開。犒兵十年食,大俠五金來。華習齊梁粉,荒寒管葛灰。空悲高馬骨,龍鳳兩莓苔。”“忌我生無法,謀人死亦機。一雌嬰項籍,萬鷙母韓非。鸞翮催君鎩,虬髯挈婦飛。空求徐匕首,天地苦精微。”七律《博山》云:“博山烟罩玉衆罳,儂汝雙呼匿笑時。輕拭碧華移廣袖,暗猜紅豆褭單絲。勾魂酒伴逢歡易,插脚花場悟道遲。六角畫驚秦女扇,可憐書遍定情詩。”《寄懷朱伯韓侍衔桂林》云:“雪後尖風翦敝裘,衝寒獨望潞河舟。將詩更惹唐衢哭,每飯難消杜甫愁。國士聲從名宦重,諫臣書待史官收。中年好種山田豆,人近蒼梧易白頭。”《安慶城西大觀亭謁忠宣公余闕墓》云:“書生肉竟苦如斯,清水塘中斷臂尸。援絶寇兵空國日,義伸英主遣官時。田横客在争穿冢,許遠魂歸待合祠。養士報難追宋末,見公毛髮不勝悲。”《外大父鄧完白先生,工書法,性孤傲,憤俗學尚南帖,迺獨宗北碑,李申耆前輩寄賞之,遂訂交。李告歸後,主講暨陽書院。舅氏少白,從問學。追維疇昔,思之惘然。賦此誌感》云:“文獻毘陵夙世師,哲人今喪李申耆。龍門一代歸宗匠,鳳德千秋感耄期。交溯白頭垂老事,道存青眼望人時。天涯磨鏡知何日,灑淚從刊第二碑。”

《小説月報》1917 年第 8 卷第 12 期

咸豐己未,珥筆春官,報罷出都。飛蓬不賓,枯生瓢寄。江桑斷碧,古海空田。泣寒衣於山阿,感春蠶之同命。河冰帶嶽,冬留濟南。酒悲登樓，玉舃烟霧。飄摇乞食，僳然無歸。庚申秋，謁東洲先生於濼源。《書懷奉贈》云："大道龍蛇患有身，狗屠時命劇酸辛。張星墮地偏無子（石洲大令），朱鳥朝天更不辰（伯韓侍衛）。劍術通神重失路，陰符嘔血幾傳人。多公自辦長沙酒，惜取靈均怨後春。""不望神州望祖州，葬花天氣獨登樓。鳳詞就聖蒼梧晚，龍性全真白草秋。雪裏江昏風漢夢，月中波小露仙愁。青山似惜燕丹客，送過蘆溝又白溝。"七言絶句最難工，集中此體獨多，美不勝收。兹録其《金陵雜感》云："漁洋司李題詩處，雲徑苔深鬧晚蛩。天帝要除風景盡，不留一樹六朝松。""舟到秦淮過夕陽，花魂紅倚月魂香。年年玉笛清宵怨，吹盡鴛鴦瓦上霜。""干卿何事最關情，畫舫烟波夜火明。酒醒今宵凉意重，莫愁湖上月初生。"又《金陵懷古》云："飄零龍種竟無家，落月香燈祀麗華。尚有春魂歌玉樹，更誰生女似瓊花。""五陵春盡玉魚來，風雨寒磷滿緑苔。金粟堆南松柏路，龍媒音斷暮天哀。"《莫愁湖》云："玉顏埋骨恨如何，勛業中山亦逝波。兒女英雄黄土劫，杜鵑心事問誰多。""芙蓉城主風流甚，花史瑶宫早斷魂。天上人間尋笑石，慧心到處種情根。""一别玉人無消息，起居渾在奈何天。秋來更識相思苦，湘簟新凉獨夜眠。""春回芳草又前汀，望裏長亭更短亭。聽罷杜鵑人獨立，斜陽一片亂山青。"《秦淮絶句》云："故老南冠望落暉，岐王賓散舊人稀。凄凉白髮談天寶，水榭花開淚滿衣。""入市吴姬勸酒醺，柳花香裏趁斜曛。髑髏帶草新泥緑，行盡青山六代墳。""清凉山下繫扁舟，貰酒閑尋古寺秋。一路南朝枯樹響，鼯鼯銜葉過城頭。"《江行絶句》云："北兵飛渡浪無花，天塹長留廢壘斜。難變桑田當變淚，一江曾誤幾官家。"《夜至皖城》云："一帆風飽人初醒，景物依稀認故園。千尺潮頭千里客，五更齊到盛唐門。"《溧水縣西望石臼湖》云："水天漁舍夕陽斜，緑樹圍湖影半遮。欲起詩人同荷鍤（謂邢孟貞），酒香青箬問誰家。"《皖江望樅陽青山》云："數峰清遠夕陽稀，願得移家住翠微。茅屋沙田紅樹路，生涯何似謝元暉。"《宿州道中即事》云："匝地黄沙暮氣昏，川原遼闊易消魂。一片孤城天萬里，西風落日下柴門。"《春日偶成》云："紅梨深鏁苧蘿春，羅袜知生去日塵。

燕子不歸香夢寂,新詩誰寄浣紗人。"《晚過采石》云:"樓閣參差隱暮鴉,秋江瀲練散餘霞。消魂斜日青山裏,畫裏新詩屬謝家。"《江晚舟中即事》云:"宜城春盡客魂銷,三載黄壚夢寂寥。贏得新年詩興減,落花寒食雨瀟瀟。""春魂何處唱楊花,烟柳隋堤感舊家。别有蕪城春裏事,西風流水玉鈎斜。""瀟湘鷗雪散新凉,緑滿沙堤草色長。一片生綃誰翦就,春陰如水畫江鄉。"《春陰》云:"春陰如水夢如潮,尋過烏衣路幾條。何處珠簾人第一,蘼蕪風雨近花朝。"《都門感春》云:"新詩題遍砑紅箋,小住春明近一年。花落鵑啼愁幾度,尊前猶唱鷓鴣天。"《金陵廢苑行》云:"石頭城敝黄雲突,大江怒漂興亡窟。可憐烟黛好鍾山,送與英雄埋白骨。六朝宫寢早荒邱,更有春江十四樓。玉樹紅羅歡不足,年年花月有鶯愁。一自長江開鐵鎖,那聞霜葉銜溝流。東風好夢猶芳草,南國香魂早玉鈎。古木尚餘龍虎氣,高臺不見鳳凰游。臨春結綺繁華竭,故址蟾鳴空激越。黄葉堆中得玉魚,白楊冢畔尋羅襪。亂鴉廢堞寒蕪没,秋來到處生菁蕨。君不見夜凉風静鵑聲歇,照千古興亡淚痕者臺城西畔月。"先生尤工倚聲,所撰有《緑笙囊詞》,袖石方伯與何子貞編修最愛其"一片南湖春影,問夕陽何處紅多"之句,謂佳處可方駕南宋諸家。兹録其《浪淘沙·咏宫怨》云:"香草怨情賒,燕子誰家。落紅流水又天涯。欲問傾城憐夢短,玉骨瓊花。顣頞損宫髽,芳樹啼鴉。流螢風雨玉鈎斜。空賦長門秋夜月,惆悵年華。"《金陵感懷調寄虞美人》云:"年來誰念休文瘦。香冷閑羅袖。梨花金屋舊消魂,又向白門烟雨問桃源。緑陰省識樊川怨,愁見珠簾燕。雪鴻春夢憶何戡。幾度落花飛絮在江南。"其拈韵填詞,頗近自然,無蹇澀佶曲之病。惜所箸多散佚,袖石方伯之公子卓存太守、邑人郝伸賡樞部各有存藁,幸得留傳於世。文人纂述,没世得稱名與否雖未可知,然其菁英焕發,終莫得而閟焉。

《小説月報》1918 年第 9 卷第 7 期

滇洱僻處西南,而風俗醇厚,物産豐饒,與中土無殊。粤西武緣黄君鉅曾游滇中,習其風土,有《雲南竹枝詞》數章,兹録之。其詞曰:“白槿花開嫩曉初,枇杷深巷對門居。家家迷惑輪回説,朔望清齊叩木魚。”“天氣陰晴半熟梅,六城輕煖把門開。古棕健婦兜裙屐,上市傳呼餌餽來。”“午亭列坐品新茶,普洱毛尖勝磅嘉。消受柳風吹滿袖,分餐松子聽琵琶。”“雅素裙腰少婦多,城隍廟哭漲秋波。冥王殿下金銀庫,積錁高於十丈坡。”“滿山樗櫟棘叢生,陡絶人從樹杪行。斥鹵沮洳歸曲澗,落花流水帶猿聲。”“女紅同肆各謀生,問字何妨載酒行。下帳夜深風露冷,書聲纔斷又機聲。”“枇杷半熟雨沾衣,白鷺翩翩傍水飛。少婦漫休蠶事去,踏秧歌裏暮忘歸。”

《小説月報》1918 年第 9 卷第 9 期

金陵繁華甲天下,咸同間洪楊浩劫,金粉飄零。昔人有《白門衰柳記》紀其事。光緒以後,湖山歌舞,漸復其舊。丹徒李恩綬先生,有《續王漁洋秦淮雜詩》述其盛概。詩云:“當年南曲已烟消,今傍淮青築綺寮。仿佛琵琶門巷好,張魁官度舊時簫。”“事在繁華感慨中,秦淮衰柳耐西風。重編南部烟花録,别傳仍題湯小聰。”“此間終古是情波,釀作隋家十斛螺。好是夕陽西卸候,棗花簾外畫船多。”“湘水澤同淮水流,曾侯像在勝棋樓。老臣謀國愁難了,底事圖形伴莫愁。”“射虎將軍罷戰場,飛樓齊跨兩河旁。君王湯沐何曾賜,且占秦淮作醉鄉。”

“臨河樂籍盡軒楹,此是湖山合有情。不識陳儀還在否,蛾眉防有練瓊瓊(瓊瓊,子寧女)。”“淮上今祠黄侍中,一門綽楔尚穹窿。清流能照貞娥影,劫火獨餘血石紅(祠有翁夫人血影石)。”“重問南朝舊夕陽,賺人清夢落横塘。桃花扇底盈盈淚,贏得當筵説李香。”“風流子敬至今誇,烟柳湖旁半酒家。忙殺詩人鍾伯敬,也曾渡口種桃花(桃葉渡本名烟柳湖)。”“名士秦淮賭酒場,那知過眼便凄凉。虞山怕斷烟花種,翻愛瓜州蕭伯梁。”“蝦蟆天子怪無愁,夫婿東林列上頭。不若眉樓樓上住,捲簾貪看蔣山秋。”“尋幽好是嫩晴時,長板橋邊笛幾枝。間向藥王祠下過,青苔綉滿教坊碑。”“翠袖朱家馬月嬌(湘蘭字月嬌),銷愁曾説個時銷(湘蘭詩:酒是銷愁物,能銷幾個時)。至今孔雀庵前水,空繞低低玩月橋(庵爲湘蘭故宅,門前玩月橋今尚存。黄俞邰詩:馬湘蘭宅作招提)。""臨春結綺化寒雲,曾向中橋吊夕曛(即今四象橋)。半樹棠梨水嗚咽,有誰酹酒麗華墳。""鷲峰原是梵王家,南苑芳鄰撥琵琶。底事雛鬟還佞佛,小名香艷綉袈裟(鷲峰寺僧達宗,法帔上綉諸妓姓名)。""板橋雜記閒情賦,逸事難詢丁繼之。儂有羈懷浪消遣,樽前不作斷腸詩。"此詩原二十首,與漁洋詩同,兹選録十六首。漁洋詩載其詩話中,而徐釚本事詩作十首(本報從《菁華録》選本録十首,見八卷十號)。多咏古蹟暨明季軼聞。此詩雖間及名勝,而於同光間時事,亦略紀其梗概。自粤寇蕩平,曾文正公籌辦善後,噓枯蘇瘠,百廢俱興。復招集舊時樂籍,重開女間。而淮軍諸將,大起樓臺,夾秦淮而居。英雄兒女,春江花月,復睹昇平景象。此詩"臨河樂籍盡軒楹","射虎將軍罷戰場","當年南曲已烟銷"諸首,即咏其事。其餘尚不勝枚舉。昔孟棨本事,少陵詩史,皆有興亡感。誦此詩有同慨焉。前詩原有小序,嫌其冗長,編詩話時,削去未載。惟其詞絶瑰麗,不忍割愛,兹删節補録於後,可作秦淮小史讀也。序曰(節録):"新城王尚書作《秦淮雜咏》詩,皆掇拾碎事,馨逸成文。經南曲以腸回,語東風而心醉。答溪湍之嗚咽,娟月還愁。寫金粉之飄零,斜陽亦老。故其詩多綉諸裙邊袖角,酒肆歌樓。雖紀阿男入詩,未免少年之綺語。而宋荔裳解事,獨推阮亭爲銷魂也。自赭寇氛噩,青谿恨長。凡屬春花舞燕之場,又爲流水栖鴉之地。卯官笛破,丁字簾荒。而敗瓦頹墻,齊長瓢兒之菜。哀弦急管,仍聯盒子之歡。鰂生舊稿手胝,苦吟腰弱。不敢問衰柳新柳,何妨賦前游後游。用是仿金陵士女之表,補冶春詩社之篇。藉慰羈孤,不辭爛漫。詞填曲海,依然水軟山温。雪灑旗亭,管甚冬肥年瘦。"

吏部署在闕東户部之北(户部,後改稱度支部,今稱財政部)。棟宇崇閎,明永樂時建。後堂有明碑二。穿堂之右,有藤花廳屋三楹,吏部長官治事之所。院中藤花二株,爲明吏部尚書吴寬所植,大數圍,護以雕闌。枝幹夭嬌,盤空蜿蜒而上,作虬螭攫拏之狀。揞以木架,緑葉葱蘢,濃陰如幕。花時纍纍下垂若絡纓。蓋數百年物也。明清兩朝詩人，咏藤花者甚夥，有石刻嵌廳前壁間，兹録其佳者。明吴寬詩云："手種朱藤已七年，長條緑架每相纏。祇看葉密清陰覆，勿報花多紫粉懸。風下掉頭嫌一老，雨餘舒眼眄三賢。從今推字詩還和，寫入當時草木篇。"清吏部尚書王漁洋云："日斜人吏散，雜坐古藤陰。時有涼風至，冷然開我襟。周行聊寄迹，邱壑共論心。尚憶延陵叟，清徽感至今。"湯石會《藤花廳花時偶作》云："文書堆案眼從遮，不記藤陰日又斜。滿架蒙茸綴纓絡，兩株詰曲走龍蛇。似聞西省新栽竹(劉貢父事)，空憶東堂舊種花(東坡詩)。六七年來幾閑日，泥爐雪乳一甌茶。"宣統辛亥夏，吏部裁撤，所轄事務改隸内閣暨民政部。滄桑變後，署移他用，特録此詩，爲异日考獻者之一助。舊兵部署在闕東宗人府後，東公生門直街(街在吏部後東北，今爲各國使署界)西嚮。其北逼近皇城，與東長安門相望。庚子爲聯軍所踞，遂并入美國使署租地。署已撤廢，遺址今約略可尋(今兵部署在内城東北隅鐵獅子胡同)。故老相傳，署中大堂扁額曰"整肅中樞"，清世宗銜書也。二堂照壁，嵌明代石碣，上鎸《周禮·大司馬》法一則。武選司有明楊椒山先生祠。康熙中新城王漁洋尚書官兵部時，賦《拜椒山先生祠》詩五律一首，刻石祠壁。詩云："祖德靈長日，孤臣報國年。九原終不死，兩疏到今傳。异代還祠廟，明神儼豆籩。關西二夫子，家學仰前賢。"今舊署既廢，石刻詩章暨明碣亦久佚矣。

北方土厚泉甘，惟京師市廛櫛比，泉源鹵濁。鑿井汲水，色深碧而味苦。故都人呼井水曰"苦水"。生斯土者甘之。相傳有苦井在東城蘇州胡同。明弘治間正月朔日晨，有術士汲其水，往甜井中易水而來，嚮井說詛而下之，此井遂變爲甜水。都人争效其所爲，復以甜水名其所掘井(甜水井，内外城各有數處)。謂有神佑，飲之無害。宣統初，自來水工竣。引東城外玉河水注管中，水色瑩潔如著粉，與苦水异。都人驟睹此，群相駭疑，訛言水管購自外人，預貯毒其中，不可飲。適有飲於地安門茶寮者，歸患腹瀉。群疑益甚。相戒勿飲自來水，仍汲苦泉。當軸開自來水游覽會於玉河，任人縱觀，訛言漸息。後偵知係販鬻苦水商人所煽惑，蓋慮失業後無所依。而都人又汲飲苦水久,一旦驟易之以非所習,故譁然駭怪。而忌者之謡諑易入也。俗尚之難革如此。按術士易水之苦井今尚在三元庵前,南爲蘇州胡同。清初查嗣瑮《京都雜咏》有《苦井詩》,兹録之。詩云:"枘鑿流傳事不侔,誰分涇渭定千秋。移將苦水成甜水,唤作蘇州是薊州。"

天壇周十里,繚以垣墻。在正陽門外永定門之東。明永樂十八年建爲祀天之所,清室因之。民國初元,農林部總長宋漁父先生鈍初,創設林業試驗場於此。其中蒼松翠柏,蔽翳天日,皆明代所植。井泉甚多,味芳洌,都人潛踰垣汲之。王漁洋《竹枝詞》云:"京師土液少甘泉,顧渚春芽枉費煎。幸有天壇石瓷好,清波一勺買千錢。"蓋清室尚爲禁地,故偷汲者居爲奇貨焉。民國三年甲寅,修祀天典禮。乙卯,帝制議起,復葺天壇,禁人游觀。旋弛之。綆汲者稱便焉。

崇文門税務署,在崇文門外大街,清室所設。徵榷九門商税,納諸宫禁。税務署直隸内務府,其邏騎游巡郊甸,任意留難,爲行旅患。光緒季年,鎮國公載澤領度支部尚書,始請歸部轄。今仍其制,而積弊已豁除矣。按清初查嗣瑮《雜咏》詩云:"九門征課一門專,馬迹車塵斷復連。内使自收花擔税,朝朝押鬢掠雙錢。"據此,知所税盡供大内,不歸户部之會計。而清室諸帝每自詡宫中費用儉約,嘗詆明代宫庭之奢靡。豈意其正供之外,尚有封椿瓊林之貯也。其言詎可信歟?

春縠鄧陵西先生,詩才清妙,著有《唾香室吟草》,多香匳體,是善學温李者。中有《楊花曲》數首,予尤愛誦之。乙卯冬,先生持其友人某和楊花詩視予,饒有寄托。予亟録之。詩云:"供奉頭籌不敢争,楊家恩寵更無倫。長生殿約分明在,那料君王負舊盟。""苦把梅妃誤一生,昭陽日日譜清平。誰知大羅霓裳曲,盡化漁陽鼙鼓聲。""野老早知有今日,馬前遜位莫蹉跎。宫中不放禄兒出,那得邊軍盡倒戈。""天厩飛龍事已非,鄴臺汾水雁南歸。始知李嶠真才子,滿目山川淚滿衣。"

抱一廬詩話

覺　公撰

載於《正誼》一九一八年第一卷第一、二期。

作者署名覺公，真名不詳。自稱爲桐城派吴汝綸弟子。

《正誼》，月刊，一九一八年創刊於上海，由泰東圖書局發行。是一種綜合性刊物，主要刊登政治、軍事、經濟、文化、教育方面的論文及文學作品。

本詩話分兩篇連載，第一篇主要收録吴汝綸在甲午戰争之後感慨時事的詩作，以及陳三立用"之"字韵詩。第二篇録雲南楊瓊被選參議院議員，入都途中所作即事詩二十五首，及其《尊孔詩》七古長篇一首。作者無甚評論闡發，録詩亦不多。但所收詩人皆晚清、民初名人，或有補遺價值。

《正誼》1918年第1卷第1期

先師桐城吴摯甫先生，爲一代儒宗。所著詩文，皆高渾而古茂舉，爲後學師法。已刻有全書行世。詩集中如《送李傅相出聘海外五國三津》，余尤服膺不忘。蓋甲午朝鮮之役，李文忠原力持不可輕開戰釁，朝議囂然，譴文忠。卒遭敗衄，仍促文忠出而媾和，後又使之出聘。是詩蓋有慨乎言之。其詞曰：

少時敏手事澄清，老作中朝萬里城。三紀景鐘功狀在，一朝巾篋謗書盈。吾君自欲優元老，外國争邀枉旆旌。却笑班生多枉節，暮年徒鬱玉關情。

昨歲軍謀取上裁，似聞時論惜康哉。兵家勝負原常事，天下安危仗异才。趙國衹傳吾將怯,平城終見虜圍開。即今盛軌何人繼,七十乘槎貫月回。

歸朝寢處同彌勒,便擬懸車返舊林。漢王渾忘充國老,桓伊却識謝安深。長風巨浪平生興,白日浮雲萬里心。環海名王挹風采,更無冰炭點清襟。

先生游日本時成詩甚多。其《過朝鮮王京》及《過馬關》二詩,皆有甲午之感。

過朝鮮王京

攘臂言兵議已疏,鋭身字小却良圖。分民本計適己事,竊帝一時聊自娱。千載箕封遺俗在,九州禹蹟遠鄰無。鯫生目睫疑空論,魴鱮枯魚勢故殊。

過馬關

願君在莒幸無忘,法國摧殘畫滿墻。聞道和親有深刻,欲移此碣豎遼陽。

先生之日本後,傾動全國文人學士,倒屣歡迎者日不絶。森槐南,日本著名之詩家也,索唱和不已。今録其函《依韵和森槐南之長篇》如左:

往昔王會氾濡涵,寰區大夏朝所函。舟車人力限瀛海,羨門高誓流荒談。秦漢踵起仙天子,遣使入海恣窮探。黠者得地止不返,挾童男女行蹔蹔。樓居仙人渺何許,芝英瓊華空咀啗。西征博望始鑿空,定遠繼起俗惗諳。後内多變罷遠涉,西海絶域無由參。先文墜緒成後野,一女持刀敵百男。怪鯨未掣群洶洶,窮虎就縛猶耽耽。負山一隅死冰雪,入海千尺仇蚌蚶。龍變爲魚競權啖,雉鳴求牡或心婪。獨立千載唯禹域,右文弛武樂且妉。我朝騎射改故俗,箭鏃遠過戟鏦鍖。百年無事民安堵,高厦大屋居耽耽。崇極而圯古固有,威靈一歇垢屢含。此時殊鄰化日進,奇材奥學來參譚。雄邦孟晋廣忠益,取長補短宅心醰。生徒滿街學成市,聲績所樹芝蘭馠。自初興革迄兹盛,年以十數者才三。近聞物競天演學,吾君劼毖才憂倓。人才衰王繫國脉,欲培杞梓收梗楠。佔畢小夫承乏使,敢云盛美歸囊龕。文明大化本公物,所希遠耀光延覃。此來結納盡名彦,所到妙法聞瞿曇。皆云兩國輔車勢,相從無异靳與驂。乘車游野迷七聖,面墻正立求二南。精能要眇非口説,海波晶晶山嵁嵁。但冀壅培得管葛,那用沈隱追彭聃。學舍朝游問師法,酒樓夜宴歡朋簪。夜宴朝游日不給,時復抽暇尋山嵐。好雨酥潤苗冉冉,名園緑净花醃醃。選勝追歡不絶息,却望故國中懷慚。失禮尚可求之野,聞官何幸聞諸郯。努力變化不沿襲,至言藥石如飴甘。精衙填海有冤憤,魯陽回日非痴憨。威梭食與更遠讐,完鄰走敵收贖倓。風雷變化人不測,龍象蹴踏驢豈堪。鷄壅桔梗時爲帝,甘遂葶藶能逐痰。鳳池夔龍濟時尚,衰朽行歸謀石儋。

先生在日本西京時,有《游本願寺》十咏,尤膾炙人口。

一燈傳過海,祖印提來未。低頭拜空王,乞與轉輪慧。(如來像)

大木作高棟,一國不能兩。若無百圍柱,頹壞欲誰仰。(祖師堂)

舊日園林勝,三年問劫灰。臨流驚結構,疑是釣魚臺。(漱枕居)

天上止一月,自可印千池。那用鑿鄰壁,光輝共有之。(印月譚)

舟勢已欲轉,扶危杖柁工。紫藤在彼岸,衹借一帆風。(回棹廊)

本性自山野,安能供娛娭。樊籠有拘檢,羽毛空自奇。(孔雀)

脛長爾何爲,局促難遠翥。養汝費俸料,怕汝不能舞。(鶴)

水面恣游行,信有濠梁樂。未是貪香餌,深潛時一躍。(金鯽)

雅俗何須問,生新目未窺。故蹊猶自詡,异種已潛移。(西國花)

清境一過眼,顛狂興欲飛。娛游樂終極,整駕已催歸。(傍花閣)

陳伯嚴散原精舍詩,導源於山谷,而清雋之氣,卓然名家。又喜用“之”韵,爲其詩中之特點。如《和孟樂城北道中感垂楊》之作:“門前貓犬都相識,海内風塵問所之。”《徐先生宗亮葛先生穆偕過寓廬作》:“桐城二老古須眉,安步扶鳩任所之。”《壬寅長至抵崝廬謁墓》:“貧是吾家物,甯敢失墜之。”《喜鄭蘇龕遷四品卿沈愛滄除順天府尹遂有此句》:“酒邊餘二子,江海震驚之。”《送日本泰西留學生聯舟并發悵望有作》:“游隊分明雜兩兒,扶桑初日照臨之。”《讀侯官嚴氏所譯社會通詮訖聊書其後》“蜕形笵影視爐捶,持向神州呼籲之。”皆是。

《正誼》1918 年第 1 卷第 2 期

雲南鄧川楊柿平先生瓊,以七十老翁,被選爲參議院議員。國會開幕,衆戴爲主席。至議長選出之日始止。其學行矜式一世,尤長於詩,著有《寄蒼樓集》。凡古今體詩四百九十八首,皆可傳頌。兹録其被選議員後入都留别戚友及道途感觸之作,并議院即事二十五首列左。迄今國會已消滅於無何有之鄉,追維往事,誠不免有今昔之感也。

被選參議員入都留别潘甥季文

今世肇共和,從古所未有。立國别有方,經籍嗟敝帚。老成蒙誚譏,謂是物腐朽。腐朽本可嗤,内心貞且厚。吾甥重意氣,落落殊抱負。幽燕叩軍略,一舉蕩戎醜。解紛昆海頭,定亂洪河口。駿馬不受羈,萬里頻昂首。暮看揚州花,朝折章臺柳。黄金何足論,雅意摯交友。悠然思故山,作書規白叟。敢云獨賢勞,建設方著手。何可便頽廢,遂欲栖畎畝。國家召議士,老年願奔走。臨歧贈此言,有孚期盈缶。

二月朔六日携次兒葆昌自省入都登汽車別季文甥及王生與可劉生錫三

一聲汽笛别昆池,相送車場握手時。眼底千山忽奔去,怎禁垂柳碧如絲。

宿阿迷州

畇町千里古山川，絶迹飛行一日便。夜色蒼茫促停軌，阿迷城外萬燈懸。

蒙自道中

山勢崎嶇鳥道盤，那堪上下學飛翰。洞穿山腹千尋裏，白晝時爲黑夜看。

次日宿河口

睹咒河邊怕問津，河橋過去即强秦。休驚悍吏搜行篋，鐵路原來屬外人。

越南道中作三首

芭蕉擎緑遍山邱，霜雪無侵氣自由。聞説當年栖瘴母，經春不敢過河頭。

平原千里稼雲黄，隔隴青青又插秧。如此河山競無賴，只爲敵國作金湯。

越裳白雉貢中朝，快駕南針譯使軺。真臘占城仍古俗，那堪王氣一時銷。

朔八日午次於河内

東瀛歸國日，曾向越南過。往事忽如夢，閑愁深欲魔。道途青鐵賤，霄漢黑雲多。不忍看亡國，憑欄獨咏歌。

海防三首

設險防人已失防，洪河盡處海波揚。輪車聲止又輪舶，窮溯東瀛水一方。

東南地角七洲洋，閩粤岩封此最彊。豈料腥羶競趨逐，蜃樓高占水雲鄉。

艙舍儼分上下床，深居高卧夢巫陽。飈馳雷輾王心蕩，自笑衰翁尚可當。

香港二首

盛時未許弃珠崖，南暨瓊州島海限。可嘆鴉烟啓奇禍，紛紛估舶駕潮來。

波光蕩漾萬燈明，繫纜中流暮色横。行李一肩争下載，不堪喧亂海濤聲。

上海二首

經過楚尾與吴頭，還訪春申勝蹟不。寂寞昔年江漲裹，而今繁盛甲神州。

珠宫貝闕接天高，白石黄金甃地牢。假使神州無艷福，蓬來那得數逍遥。

二十三日晚十鐘發上海曉抵金陵

滬上登車擁睡魔，金陵城闕曉嵯峨。杏花村雨深宵度，辜負江南景色多。

雨中渡江至浦口火車

金陵關外乍徘徊，行李淹遲驛吏催。江畔曉風吹雨急，倉皇攀杙渡江來。

早過徐州

岱宗表海阻淮陽，南北當衝古戰場。瞬息車驅便千里，只憐山色莽蒼蒼。

夜經齊岱

齊岱名邦表海雄，况鄰洙泗蔚儒宗。平生仰止低徊意，只付横陳一夜中。

二十五日早道天津

天上星纏析木津，莊衢近接帝城闉。半生幾度燕關走，極目滄桑一老人。

午後抵京都

廿年久矣别燕都，城闕依然世事殊。却有黨人相接待，翹翹車旆塞街衢。

寓於校場頭條雲南北館

半世蹉跎四入都，珠巢旅館迹全蕪。此番别下南州榻，多感陳蕃爲埽除。（余四番至京，皆寓於珠巢街新館。此番改寓校場北館，李印泉先爲掃室置榻。）

三月三日（陽四日八日）國會開幕忝列主席

四方和會集群賢，八百人中序齒年。忝我龍鍾七十叟，席端竟讓祖生先。

議院即事示趙樾邨王豹君嚴仲良趙漢池諸同院

捷轉尻輪赴會朝，槐陰深度象坊橋。雲排警衛槍刀肅，風颭旌旗院闕高。舉國安危資贊畫，盈廷言論析毫毛。予懷切痛音聲苦，也共鳴鸎試叫嚻。

民國二年秋冬之交，定孔教爲國教之説大盛。然或塗附矯飾，藉以自炫，非真知尊孔也。先生乃以至誠之意，作《尊孔歌》警告天下，固非時流所能貌襲者矣。歌曰：

民國二年歲癸丑，仲秋上丁祀尼叟。同人喟念國俗衰，約我將事駿奔走。於論城闕開上京，於樂辟雍凌北斗。先期習禮曾致齋，臨晨命駕復抖擻。旭日晃晃踰宫槐，凉風颸颸度街柳。遂循義路入禮門，岌岌高冠集諸友。仰瞻檽星殊崔巍，俯視圜水更碧黝。列廡豐碑鎸石經，紛履龜趺承龍紐。上堂每事試諮詢，濟濟職司摩肩肘。牛羊碩大豕腯肥，三俎分陳豆籩右。豆籩何有有黍稷，芹藻蘋蘩盈瓿甀。禮器古樸固不新，椎輪實爲大輅母。堂下笋虡縣鐘鏞，羽籥笙簫抗在手。於東降陰陳燎血，於西升陽設鬯卣。須臾相者初傳聲，長官士夫立百耦。琴瑟以咏清而諧，翟干之容穆且久。三獻乃終滋益虔，既灌而往未或苟。乃知治象在廟中，所貴和樂戒褻狃。至誠之道妙感通，鳳且儀庭麟在藪。而况圓頂方趾者，豈虞扞格不容受。我昔四番馳京師，運蹇未瞻韓祭酒。乃退寄居蒼洱間，廿年棫樸賦薪槱。稔知世事都滄桑，獨有彝倫壽岡阜。彝倫何物乃天貽，端資聖哲發扃牖。孔子微言在六經，天使爲鐸代天口。噫嘻禮經及春秋，洞見千秋萬歲後。禮運小康躋大同，二治分明互樞紐。春秋據亂升太平，三世之張不相偶。此道位爲萬國宗，將使寰球崩角首。近時耶教閧流傳，西來有似獅子吼。彼其旁佈恃國力，焉能貞固歷陽九。蘇拉康德亦聖人，偏至但如夷惠醜。豈若孔聖稱時中，生民以來信未有。矧歷我國五千年，魯壁秦坑幸保守。胡乃共和肇初基，竟敢弃之等敝帚。嗚呼娶妻必媒告，先王禮始謹夫婦。民生於三事如一，君父與師焉可負。一方但謂矯專制，樂勝乎禮庸免咎。何當一擊大昕鼓，遍警天下瘖聾瞍。杮平老人試作歌，未審能壓衆聽否。

心陶閣詩話

黄沛功 撰

載於《詩聲》一九一八年第三卷第五——二期、一九一九年第四卷第一——五、九期，共連載十四期。

作者黄沛功，署名沛功。號奉宣，又號心陶閣主，岐石釣徒。清末優增生。世居中山石岐，中年後寓居澳門，任翰華學校校長。他是蘇曼殊的朋友，曾作《燕子龕詩序》。與梁彦明、馮秋雪等創辦了澳門第一個詩社：雪社。抗戰爆發前，與中山人李洪標、張丕基等在中山組織汐聲詩社。著有《心陶詩鈔》。

《詩聲》，月刊，一九一六年創刊於澳門，發行至一九二〇年。主要刊發澳門舊體詩人的作品。内容有詩論、詞論、筆記、詞譜、歌譜、野史、詩話。所載詩話頗豐。

本詩話多録香山（中山）、澳門詩人之作，如鄭佩丹、鄭健廬、賀無庵、黄萬青等詩。兼采嶺南詩人、閨秀詩。對考證香山、澳門詩人交游、作品有一定價值。亦對歷朝名家、晚清名人有所點評。重詩之立意，好托物言志、寄托遥深之作。如選歐陽修酒詩，觀其愛酒之意，稱“自號曰醉翁，豈虚也哉”；評晏殊咏雪詩，觀其愛民之意，謂之“寓意深厚”；選番禺崔鼎萊咏豆腐詩，示其清高志節。亦好善於言情狀物之作、擬古之作。總之選詩多而評論少，於詩藝發揮不甚多。

《詩聲》1918 年第 3 卷，第 5 期

五律最難一氣揮灑，全首渾成。蔡春帆太史《登黄鶴樓》云：

"所過無非客,能閑便是仙。盡收三楚勝,豈藉一詩傳。覓句何難事,留題亦偶然。是誰云閣筆,誣煞李青蓮。"此詩固佳,并可掃崔顥題詩太白歛手之謬説。譚康侯主政《伏波銅柱》云:"飛將下天來,横戈瘴霧開。南交見銅柱,東漢失雲臺。裹革平生志,攀鱗不世才。如何傷薏苡,千載使人哀。"字字戛玉鏘金,不獨渾成而已也。

高要彭東郊(輅)《咏嚴子陵釣臺》云:"東京名節迥誰倫,齊與先生作後塵。一代竟無官可屈,千秋惟爾足能伸。星於天上還稱客,人出寰中詎得臣。莫怪西臺尋丈地,瓣香猶有宋遺民。"張南山前題云:"紛紛鄙夫戀利禄,炙手權門頸先縮。多少男兒七尺身,不及先生一雙足。"與彭公第二聯同一用意。

《詩聲》1918 年第 3 卷,第 6 期

唐尚隆之吴永素,一日,值群公在座,方大雪隆隆,吟曰:"麪堆金井,誰調湯餅。"永素應聲曰:"玉滿天山,難刻珮環。"謝道韞咏雪後,又添一韵事。

鄭君佩丹,亦余戚好中之可與言詩者。佩丹曾署滇省知縣,壬子春,解組歸里。余去歲在香城回澳,寄贈《金縷曲》一闋,并序云:"閏二月杪,由香返鏡湖,佩丹臨歧話别。是日舟中無聊,憮然身世。走筆倚此,風與俱駛,若有神助。翌晨郵寄佩丹,當亦同慨也。詞云:同翦西窗燭。悵今朝岐江春雨,一泓波緑。容與中流放歸櫂,歸去鏡湖之曲。多少事心頭棖觸。往日七榕豪宕甚(先祖田門公自號七榕居士),問風流文采誰能續。或者我,繼芳躅。先生宦海收帆速。縱先生平生多恨,未多於僕。兩袖清風成底事,依舊栖遲盤谷。閑與話艱危時局。怕再出山爲小草,笑何時纔遂予初服。不遇賦,聽予讀(佩丹前宦滇十餘載,有古廉吏風。擬再出,未果)。"

《詩聲》1918 年第 3 卷,第 7 期

歐陽六一以酒全其天,隨處寄意。其詞有云:"好酒能消光景,春風不染髭鬚。爲公一醉花前倒,紅袖莫來扶。"又云:"畫船撑入花深處。香泛金卮,烟雨霏微。一片笙歌醉裹歸。”又云:“文章太守,揮毫萬字,一飲千鍾。行樂直須年少,樽前看取衰翁。”又云:“戴花持酒祝東風,千萬莫匆匆。”又云:“千金莫惜買香醪,且陶陶。”又云:“常憶洛陽風景媚,烟暖風和添酒味。”又云:“更待高秋天氣爽,菊花香裏開新釀。”然則自號曰醉翁,豈虚也哉。

女子詩有一種閑静意致乃佳。鄧大林室林氏《閨中詞》云:“媚緑陰濃蔭畫廊,蝦鬚簾薄午風凉。欲知何以消長晝,半部南華一炷香。”邱掌珠《山家》云:“風裏垂楊緑拂墻,坐中時透野花香。静如太古無餘事,與客談詩到夕陽。”二詩皆出自嶺南女子,尤可愛也。

羅昭諫《咏松》云:“陵遷谷變湏高節,莫向人間作大夫。”張船山《咏梅》云:“從來不識司香尉,只仗東皇雨露恩。”兩公詩各占身分,其節操可想見矣。

《詩聲》1918 年第 3 卷第 8 期

吾香鄭健廬,少年英俊,富於學識。長桂山學校多年,成績卓著,爲城鄉所器重。天性孝友,伉儷尤篤。送其夫人陳秀華赴滬歸寧一律云:“驪歌遽唱惜匆匆,滬上歸寧别意濃。握手莫忘丁囑語,比肩空悵遠行蹤。葛覃欲咏無師氏,檜楫從游有丱童。黄浦相逢如問訊,爲言夫婿少餘功。”余題二絶於詩後云:“咏到周南第二章,鴛鴦何事不同行。劉樊原有雙修福,會見來騎白鳳皇。”“越水吴山次第經,丁寧歸日説歸寧。秋閨花月多倡和,留伴書燈一點青。”一時名流,題跋頗多,亦韵事也。

宋紹與始立香山縣,自來宰斯邑者,才德邁衆,亦不乏人。遠者勿論,論近代,以余所聞,如楊公先榮、張公璟槩、蕭公炳堃、蔣公鳴慶,或以强項稱,或以遺愛著,皆無待鯫生爲之表彰,而千百世下我士民自當謳思勿替者也。去年但公植芝□補香山知事,下車伊始,百廢具興,尤關心邑中學校。解任時,留别邑人一書,懇切詳至,指陳利弊,洋洋數千言。洵新官僚中所僅見者。鄭健廬贈别詩云:“翠微舊紀但公碑(明萬歷間但公啓元宰吾香,多惠政,别除鹽竈舊丁額,歲免輸銀,民慶更生,建祠翠微鄉祀之),名宦重逢姓氏奇。在昔流風傳史乘,而今善政繫民思。來惟一鶴下車日,去正群鴻安宅時。留别有書鐫縣志,馨香當與萬年垂。”

賀無庵寓澳十餘載,去臘因丁内艱,挈眷返羊城,澳中又少一詞客矣。數年以來,余偕無庵荻漁觸咏於南樓,往往闖韵聯句,至於夜分。當時不覺其樂,及今思之,始知其不易得也。無庵近與楊匏庵時有倡和。其和楊《秋夜閑步》云:“柳堤風過酒初蘇,芒□翛然野興孤。一夕秋聲驚木葉,百年心事狎鷗鳧。老看霜鬢憐詩骨,瘦把黄花擬病軀。却憶南灣今夜月,可能真似故鄉無。”楊作云:“拂面西風病乍蘇,柳堤行盡屐聲孤。大江潮涌初圓月,淺渚秋驚熟睡鳧。欲借清霜堅傲骨,拚將濁酒鬥孱軀。多時不作還鄉夢,舊種黄花尚有無。”兩詩并佳,録之。

《詩聲》1918 年第 3 卷,第 9 期

虞仲翔與弟書曰:“長子容,當爲求婦。遠求小姓,足使生子。天之福人不在貴族。芝草無根,醴泉無源”云云,真可爲後世求婚之式矣。此書當作於貶謫嶺南時。羊城光孝寺,舊名虞苑。寺内有虞仲翔祠,當年仲翔讀易處也。龕前一聯,不知何人題云:“謫宦紀游蹤,浩劫空餘訶子蔭。翻經存故苑,幽居還證木樨禪。”光孝寺又名訶林殿之左旁有風旛堂,堂下有六祖時菩提樹。陳元孝題一聯云:“風動也,旛動也,清池碧水湛然。東土耶,西土耶,古木靈根不二。”

明宣宗閲内庫書畫,得趙孟頫所畫《豳風圖》,賦詩一章,命侍臣畫於圖右,而揭諸便殿之壁。當夏日午朝,退語侍臣曰:“天氣炎熱,正農夫耕耘時也。”因咏聶夷中“鋤禾日當午”之句曰:“吾每誦此,未嘗不念農人。”宣宗可謂知民疾苦矣。陸放翁詩云:“民間斗米兩三錢,萬里耕桑罷戍邊。常使屏風寫《無逸》,應無烽火照甘泉。”爲民上者,尤當三復此詩。

晏元獻咏雪詩云:“衣上六花非所好,畝間盈尺是吾心。何由更得齊民煖,恨不偏於宿麥深。”王伯厚《困學紀聞》采之。《隨園詩話》所録咏雪詩,如“填平世上嶔寄路,冷到人間富貴家”二句,亦可云寓意深厚者。

余十世祖忠烈公，諱綸，明成化進士。官至廣西按察使。嘗乞假歸里，道經江門，主陳白沙先生家。先生贈别詩云："市遠家貧歲又荒，無魚無肉只家常。青絲藤菜羹猶滑，赤米花粘飯頗香。幾句殘詩明月下，三杯旨酒短籬旁。明朝睡起江潮長，恰送君歸順水航。"白沙詩純是天籟自鳴，此詩附刻忠烈公集中。

《詩聲》1918 年第 3 卷，第 10 期

忠烈祖詩亦白沙一派，有《香山主人遺草》刊行。其《江門曉起留别白沙》云："多少紅塵夢未醒，晨雞頻喚一聲聲。窗開東閣天將曉，簾捲西廊月尚明。酒味更澆書味醉，詩心同洽道心生。陽春不盡鳶魚妙，誰領孤山款客情。"自注云："白沙當築陽春臺，謂道不離日用，而見鳶飛魚躍之妙。又白沙詩'孤山鶴啄孤山月'。"《至梅嶺》云："引領梅關望廣州，香山猶在碧雲頭。東籬有菊思陶令，北闕無人薦馬周。松柏後凋知耐雪，芙蓉初出尚驚秋。行藏在我誰拘管，爲愛虚名博遠游。"《廣西臬篆卸任舟中寄别僚友》云："一發湘江問水神，臣心如水假耶真。風波不阻船歸路，鷗鷺相忘吏隱身。平地已非前日險，宦囊仍是舊時貧。殷勤寄語霜臺月，毋惜清光照故人。"田門祖謂其字字本於性情，不矜才氣。隨録數首，可見一斑。海内詩人當有以評定之。

田門祖詩自題曰《剩稿》，不過數百首而已。家香石稱其偶然涉筆，自有真致。倪雲臞《桐陰清話》間有采録。《荔山書懷》云："峰回鳥通海無邊，林轉溪橋路杳然。白髮多情人是佛，青山不老地行仙。一家燈火千秋業，十畝桑麻萬井烟。流水桃花洵是樂，升沈何必計生天。"讀此詩可想見其胸次灑然。又如"三面雲山晴讀書，一江烟雨晚登樓"，"傾覆有人有，風波無處無"，"瀑布飄成練，松鍼綉作霓"，亦皆好句。

竹垞壽劉某詞，有全用劉姓故實者。余亦仿其例，倚《浣溪紗》二闋，多用李姓事，送李十三姨鶴雲于歸榮陽。其一云："梅雪香縈繫臂紗，娟娟清照恁聽華。催妝親到玉溪家。彩筆雙題如意字，牙籤遍插合歡花。小同識面面休遮。”其二云:“桃李芳園宴列仙,送行詩有女青蓮。香匳真個滿平泉。好倩錦囊韜鳳約,合從書帶寫鸞箋。排行笑指十三弦。”

《詩聲》1918 年第 3 卷,第 11 期

吴漢槎,名兆騫,因事謫戍寧古塔。顧華峰言於納蘭太傅,力爲申救,乃得生還。顧寄吴《金縷曲》一闋有云:“廿載包胥曾一諾,盼烏頭馬角終相救。”又云:“歸日急翻行戍稿,把空名料理傳身後。言不盡,觀頓首。”顧素工詞。粤人梁梅《論詞絶句》咏顧云:“南北兼宗具各家,忽然檀板忽霜笳。憐渠筆落驚風雨,和淚緘書寄漢槎。”合觀之,令人增友生之重。

余《無題》詩有云:“葱尖指爪荑柔手,教畫鴛鴦定不差。”不若何春巢《秦淮竹枝詞》云:“尋常一柄芭蕉扇,摇動春葱便有情。”神韵更佳。楊夔生詞云:“欲折一枝來夢草,葱尖微露麻姑爪。”亦佳。

余嘗館於家仙裴太史家。一日,與太史同賦《采菊》。太史有句云:“百折依然霜可傲,孤芳莫謂世無知。”余有句云:“晚節好從荒徑認,幽芳肯被俗人知。”説詩者謂寫采字,皆能不脱不粘。

《詩聲》1918 年第 3 卷,第 12 期

宋王士敏,當德祐末,北軍至境,題其裾云:“此生無復望生還,一死都歸談笑間。大地盡爲腥血染,好收吾骨首陽山。”末句與陸放翁“死當穿塚近要離”同一用意。

湖南張坊,曾宰桂平與曲沃,厥後其子九錡亦宰桂平,孫世浣亦宰曲沃,一時傳爲美談。我粤張祥瀛繼其尊人南山先生宰湖北黄梅,下車觀風,以《黄梅竹枝詞》命題。中一生有句云:“贏得兒童齊拍掌,好官還有子孫來”,亦佳話也。

潛山丁秀才鵬年詩有云:“如何夢亦相違少,怕我傷心未肯來。”《飲水詞鈔》有云:“曾是向他春夢裏,瞥遇回廊。”又云:“莫笑生涯渾似夢,好夢原難。”各有風致,耐人十日思。

“有月多同賞,無杯不共持。”白樂天寄元微之詩也。“事事相同古所難,如鶼如鰈在長安。"龔瑟人懷吴虹生詩也。瑟人又與秦敦夫最投契,自言無三日不相見。贈鏡與熏鑪,各繫以詩,尤足傳誦。聲相應、氣相求,信哉。

《詩聲》1919 年第 4 卷,第 1 期

《大潛山房稿》,合肥劉公省三詩也。其《廬江道中一絶》云:"馬前父老拜紛紛,争把壺漿供大軍。昔日江湖曾落魄,吹簫時節幾人聞。"廿八字耳,自寫出處顯晦,悲壯淋漓,忽由宫變徵。能令古今胯下英雄,一齊吐氣。

曾文正謂劉省三用兵横厲捷出,不主故常。二十從戎,三十而擁疆寄,聲施爛然,爲時名將。又稱其詩往往以單行之氣運於偶句中,差於牧之爲近。五律如《贈蒯蔗農觀察》云:"流俗好逢迎,斯人直道行。純真爲世重,坦易見心平。朋輩皆親厚,語言總至誠。此身無嗜好,依舊老書生。"其二云:"戎馬倥傯際,勞人敢宴安。別君情悵悵,揮手淚漫漫。千里關河隔,一行書信難。臨行無所贈,寒日勉加餐。"《除夕馬鄉寺題壁》云:"古寺逢除歲,勞人正遠行。一年僅此日,萬里是前程。題壁留鴻爪,呼僧問法名。鄉村兵燹後,爆竹尚聲聲。"七律如《寄賀振軒到淮徐遒篆》云:"書生佩印擁金羈,脱去戎衣着錦衣。兄弟一門分節鉞,淮徐百姓望旌旗。榮名厚禄何爲重,解甲投戈實慰思。明日官僚迎道左,問民疾苦下車時。"《偶作》云:"三十人爲一品官,多人憎忌少人歡。舊交朋友親疏見,新結鄰對應答難。好管是非生性直,不憂得失此心寬。風塵勞苦無休息,憔悴形容羞自看。"七絶如《無錫道中》云:"滿地烽烟百戰收,輕舟來往任情游。青鞋布襪無官氣,一樣同人上酒樓。"五古如《出門》云:"久客得歸家,山居樂鷄黍。忽傳羽檄來,催促出門去。臨行別妻拏,相看無一語。稚兒放聲哭,牽衣問行所。昔歲征吴越,今當入秦楚。壯士既從軍,此身長羈旅。別離情實傷,軍檄書難拒。願汝早長成,一劍付與汝。"皆有天仙化人之筆,可傳之久遠。

《詩聲》1919 年第 4 卷,第 2 期

家漱莽叔,淵源家學,蘊藉風流。善丹青,工篆刻,皆其餘藝也。偶有所觸,輒寄吟咏。余當題其蘭蒲仙館,叔步余原韵云:"虚度卅餘春,世路嗟萬殊。斗室長裹足,消遣藉蘭蒲。蘭秀我則喜,蒲壽我則愉。世事都不知,守我舊形模。有時西園去,耘藥學鋤夫。有時鄰翁至,談罷戲樗蒱。今歲喜君來,授徒於七區(梁簡文帝《奉阿育王寺錢啓》有"七區皆蘊,八國同新"之句,今借用之)。課餘來訪我,綢繆小庵居。揮塵坐南窗,論遍百家書。益我果良多,愧我總弗如。小技奚足言,雖有亦若無。閑來偶一作,不過聊自娱。祇願蘭蒲盛,共題看花圖。大匠當我前,能勿笑胡盧。賞花莫盡興,還當釣池魚。"此詩幾於擊鉢催成,不假雕飾,可謂清而韵悠,淡而旨永。

劉湘舲女史,順德梁夔譜室也。淹通文史,相夫訓子,俾兩成令名,洵吾香巾幗之光。爲余外姑同族,情誼亦相愜。曾信宿李氏南園,題咏不少。著有《曇花館詩鈔》。《姑蘇臺懷古》云:"夕汐朝潮繞故都,高臺寂寞夜啼烏。響廊人去餘芳草,香徑春深長緑蕪。月冷麋城銷霸業,風吹鶴市散雄圖。浣紗溪上芳蹤杳,剩有斜陽照五湖。"氣息雄厚,不減前人名作。《病中口占》云:"看今世事升沈易,讀古人書感慨多。"《花村》云:"緑楊陰裏藏漁艇,紅杏帘邊認酒家",亦琅琅可誦。

番禺崔鼎來,工詩,有《珍帚編詩集》。家酷貧,賣文以活。曾賓谷方伯涖粤,禮隆下交。時枉駕造其廬,復亟賙以粟帛。其《七十述懷》詩云:"雉介鶏廉分所宜,蠅營狗苟欲奚爲",則自守可知矣。余最愛其《咏豆腐》一首云:"藉此淮南術,儒餐伴菜羹。釜炊白石爛,盤點雪泥輕。每飯真同命,無鹽恐不情。淡交吾與汝,終勝五侯鯖。"

《詩聲》1919 年第 4 卷,第 3 期

洪北江《咏杏花》云:"倚墻臨水只疑仙,艷絶東風二月天。要

與春人門標格，有花枝處有秋千。”郭頻伽《小秦淮泛舟至平山堂》云：“笙歌畫舫客開筵，爲泊平山盡占先。到底美人能解事，有垂楊處便停船。”可謂异曲同工。

香山黄萬青，道咸間官部郎，著有《宦游詩草》問世。嘗有句云：“可恨無情是流水，兩舟相近又飄開”，别饒風趣。其《過沛懷漢高祖》一律，可稱佳製，詩云：“誰同逐鹿費經營，帝業原難以力争。五色雲隨天子氣，一歌風起故鄉情。龍飛有志蛇先斬，兔死無憂狗盡烹。當日王居何處訪，已無遺老話生平。”又閩中孫蘭陔咏漢高云：“醉酣大澤斬蛇餘，氣壓中原逐鹿初。一代英雄歸駕馭，三秦父老望旌旗。太牢過魯獨先祀，苛政入關能首除。可惜蕭何真計吏，只收圖籍不收書。”二詩洵一時瑜亮也。

南海勞謌士，清嘉道時人。屢試不遇，乃弃業貿遷，周游江浙楚豫燕晋蒙古各地，亦一奇士也。歲歷萬里，每寓意咏歌，獨抒胸臆。《塞下思歸》云：“邊馬入夜鳴，關山共鳴咽。巉然沙磧内，太古有遺雪。陰盛無多陽，長夏不見熱。朔氣被四時，白草捲地折。粤中有一士，十年抱窮節。委身萬里外，悲惋難具説。天涯一失所，遂用久離别。輾轉枕衾間，殷憂從此結。”《北風行》云：“摇山風倒號，斷送南來雁。孤覊有旅客，低首獨顧盼。顧盼淚暗流，風捲舌入喉。酌酒命儔侣，絶域慰殷憂。虜酒不可傾，胡歌愴旅情。負劍適萬里，漂泊亦無成。連天粘衰草，倦客怯秋聲。浮雲將落日，變態在俄頃。撫膺長感嘆，感嘆悲夜永。”兩詩胎息格調均入古，置之漢魏詩中，幾不能辨。

《詩聲》1919 年，第 4 卷，第 4 期

吴梅村七古，自成一體。宜嘗仿其體。《寄賀史潤甫師守惠州》云：“羅浮彩蝶舞翩躚，宛迎太守來龍川。沛然甘雨隨車至，兒童竹馬紛駢闐。使君自昔稱神父，來暮定應歌叔度。廉德惟懸羊續魚，險途曾叱王尊馭。妙年文譽播岩廓，賜啖紅綾口頰香。鳧舄旋看飛葉令，花封且喜住河陽。宓子彈琴治譜明，褚珍笠繖一般清。甯讓穎川推四長，蚤聞蒲邑艷三稱。客歲羅陽膺刺史，撫字催科觀政美。孔戣早罷菜蚶供,劉寬但示蒲鞭耻。神鳥庭前感下翔,嘉禾畦畔生連理。今茲綰綬涖循州,一琴一鶴此間游。南陽杜母謳歌洽,西蜀文翁愷悌流。蘇公堤上游都遍,姚孃廟古欣留戀。活人林積莫頻遷,平寇韓京今再見。荔支手植比甘棠,堯佐循聲誦海疆。司馬何慚生佛號,鮮于常照福星光。名山屐到同康樂,合浦珠還媲孟嘗。此邦伏莽多梟獍,威名萬福兵戈净。霜雪陽和重吕公,斗糧半卒懷陳敬。兩河巨盗夙披猖,借得寇恂威不令。畢竟儒生本色真,仁風從此慰吾民。行看嶺海蝗蟲化,豈僅中牟桑雉馴。百尺江樓增帳望,萬石名坊屹相向。繞郭雲車沈鳳陽,故居喬木留丞相。此行杖履未叨陪,小草當年帶露栽。絲竹春風紗帳捲,梅花夜月錦幢開。一年堪應黄龍望,五馬新迎白鹿來。無數珊枝舊網羅,好從珠海聽與歌。鶴峰風雪鷺潭月,兩地還思載酒過。"

戊子歲,家屺鄉先生主講豐山。課古賦,以《荷花生日》命題。余賦起結皆用詩。起云:"扁舟曾過荷花蕩,荷花片片隨風漾。年年香國紀游蹤,稱觥來和田田唱。"結云:"越女兮吴娃,不再兮年華。何如生玉沼,歲歲放荷花。"先生激賞之,拔爲壓卷。戊戌六月,僑居羊城。適遇荷花生日,偕林君敏才往長壽寺觀荷。余口占一絶云:"此花出土自何年,清净根留清净緣。願折碧筩千萬億,花前一一醉群仙。"林君謂此詩更勝前作,遂兩録之。

《詩聲》1919 年第 4 卷,第 5 期

心餘以七古長篇爲《小倉山房詩集》弁言,句句用韵,一韵到底,雖非創格,亦推絶唱。余少年時,有醉歌長篇,即學此體。詩云:"此君意態何翩翩,氣横長虹貫萬川。有時揮毫霞錦鮮,有時著鞭争人先。忽爲志士方妙年,忽爲宏才腹便便。忽爲劍俠之飛仙,讀書要讀漢晋前。舊簡蟲魚苦雕鐫,新理窾竅徒鑽研。此君一笑憖置焉,游蹤踏遍海外天。看花散盡緾頭錢,此心不被塵慮牽。此身不受常人憐,擬借雷公一條鞭。誅擊奸邪甚鷹□,又借東王驍百千。博得玉女笑嫣然,生來與世有因緣。願力與世俱無邊,萬億衆生解倒懸。性禾善米情爲田,造衆生福無毗偏。此君何時息仔肩,金錢勢力嫌腥羶。清香自在生妙蓮，灌以醍醐瀉如鉛。慈航渡出出山泉，世間恩仇常鈎連。恒河沙數記不全，固結難解堅冰堅。此君有力能轉旋，倏忽消散如雲烟。是無我相參言詮，宛然行滿之高禪。於時歸卧崑崙巔，酒杯在手琴無弦。長生妙訣金字編，蘧蘧栩栩，莊周蝴蝶時醒眠。一任情天恨海，萬古無人爲補填。"今偶檢舊稿，覺狂態猶是，故我依然。悵然久之，姑録之以博有識一噱。

余前十年在岐江，賦《河上晚步》十絶，劉小浦謂有竹枝風味。兹隨意録四首云："背水人家闢小門，樵青汲水水聲喧。河流清濁無人管，認取朝潮夕汐痕。""燈棚傍晚坐稠人，地僅三弓在水濱。閑聽幾人評物價，曾無米貴似今春。""彎環臨水啓柴扉，衣袴竿頭趁落暉。一片光瑩河岸石，記儂幾載擣征衣。""雨餘石磴凉於水，飯後鄰翁醉似泥。墟艇歸時迷遠近，水窗開處有高低。"余謂此種風味，雖似竹枝，而格調實不似也。

小浦有慧根，能詩，亦貴胄中之特出者。今春怛花，余挽詩二律云："劉綱仙去也，今我淚潸然。聯句三生夢，談空十載緣。鴛江留影事，驥櫪感華顛。生挽一時盛，回頭信可憐。"（乙卯秋，戚友在香城無量寺宏建壇場齋醮，爲君開生挽會，贈詩詞聯者千數，我邑所創見也。）"當時生挽會，我亦寄詞箋。并以長聯媵，都將韵事傳。噩音咽岐海，壯志紆雲烟。濁世翩翩甚，蹉跎五十年。"小浦有知，讀余詩當爲淚下。

《詩聲》1919 年第 4 卷，第 9 期

歲晚務閑，飲酒爲樂，已見於風詩。世人歲事絆身，不能自由，雖賢者難免。惟胸次灑脱，自能人忙我暇，我輩尚未到此境界。然連年殘臘，與三五同志，相羊歌咏於湖水之湄，亦頗不俗。余嘗賦《歲晚即事》云："蠅營爾輩竟何爲，歲事紛紛我不知。臘酒香分春尚早，梅花句好和應遲（秋雪和余梅花詩甚佳）。閑情偶寄淵明賦，綺語同携仲則詩。却愛芳園留半晌，長哦短咏日斜時。"（秋雪携仲則詩同游，每隨意作小勾留簿，暮時復在南環公園與之問朗誦。）噫嘻！視定庵之三年除夕，讀《漢書》竟夜，又當何如耶？

以酒報詩,以詩報酒,皆韵事也。張南山《聽松廬詩話》,區偉川嘗語余曰:“吾家酒店,始自前明,君盍爲詩以徵之。”余即席賦云:“萬瓦鱗鱗雉堞遮,小東門外一帘斜。永安橋畔行人識,三百年前舊酒家(羊城永安橋區永利酒店)。”偉川喜,越日以舊酒爲報云云。客歲陳純甫饋余旨酒,余報之以詩云:“太邱道廣艷稱陳,十日平原悦古魂。臘瓮儼同分歲飲,醉鄉應是再來人。清談雪屋詩籠袖,相對酡顔角墊巾。寄語青州六從事,梅花添領一枝春。”同時鄺之問亦謝以詩,有句云:“舉目己無紅綫俠,催詩翻有白衣人。”寄托遥深,二語抵人千百,可稱名句。

余前十年,撰女子拜年詩多首。中有一首云:“春服翩翩色不濃,櫻脣一點獨深紅。道旁風起衣襟曳,易惹輕塵綫仔絨。”遠公謂能寫出女子嬌柔態度。隨録其近作《山行紀事》見示,詩云:“毵毵覆額髮初齊,碧玉年華未及笄。輕踏綉鞋防峭石,故裁短袖露柔荑。如雲膩鬢辮新組,讓路羞容首半低。堪羨彼姝知愛國,白油竹織各親携。”風趣突過余作,洵善於言情狀物者。

遠廬詩話

莫遠公 撰

載於《詩聲》一九一九年第四卷第一、二、四、五、六、七、八、九,一九二〇年第四卷第一〇期,共連載九期。

作者莫遠公,署名遠公,廣東高要人。爲澳門雪社、廣東互助社成員。生平不詳。與馮秋雪、黄沛功、楊章甫等珠澳人士爲文字交。

本詩話多録作者本人及其詩友作品,紀游懷舊,感慨身世。點評韓愈、蘇軾詩作較多,對韓愈詩尤有深究。如稱贊韓詩"孤立特峙,迥异常音,且篇中恒有對仗工整之句,尤不易及",詩用叠句,"光怪陸離,不可迫視";但又指出韓詩或多用虚字,"殊覺率直無味";多重叠用韵,"余則期期以爲不可"。還録有一些明清詩本事,如史可法妾空雲生平、明末秦淮名妓董年之事、明末詩人汪价遇虎詩,新穎有趣。作者認爲"詩以言情,尤貴紀實",提倡作詩要態度審慎;亦不可只以綺靡爲工,以辭害意,而要注意格調。對當時的一些不良詩風提出了批評。

《詩聲》1919 年第 4 卷,第 1 期

余家三代能詩,先高祖善齋有《柏香書屋詩鈔》,先曾祖瑾圃有《紅棉山館詩鈔》,先祖心盦有《心迹雙清詩草》,均刊行於世。善齋公與嶺南詩人張南山、宋芷灣、劉樸石同時,詩宗陶韋,沖淡而不枯寂。偶憶其《咏楊玉環》云:"霓裳一曲舞遲徊,姊妹仝時笑靨開。

争得世憐生女好，豈知兵爲洗兒來。漁陽鼙鼓千軍助，仙海金細幾日回。南内月明情不盡，茫茫何處是蓬萊。"又《咏李廣》云："匹馬沙場短後衣，丁年猿臂使君稀。那堪天子都言數，誰信將軍果是飛。醉尉有權呵亦得，封侯無計願終違。英雄潦倒從來慣，王朔當年事恐非。"嘉善黄霽青太守稱爲新穎名貴，可與隨園頡頏，亦非過情之譽也。

余不能詩。於詩道如瞽者擿埴索途，冥行無睹。然偶有所觸，亦發爲吟咏，以宣其意。去歲除夕，得識詩人秋雪、印雪諸子，始悉其設詩社於鏡湖，日與諸名士相唱和。雅人深致，别有會心。秋雪君屢索詩，因録舊作數章，以就正有道。意局詞野，知不免耳。《仲夏村居》："天涯感舊知無俚，斗室誰憐我索居。失意偏教爲客苦，慰情幸有故人書。羊亡歧路臧膺牧，蠖屈荒陬孰起余。五内憛悇愁不寐，月凉如水夜窗虚。""雨浥輕塵衆緑滋，凉生筦簟晝眠宜。離懷鎮日從何遣，綺夢如雲不自持。失路慣搗傷世泪，僻村聊作訓蒙師。休嘲但索長安米，囊小難充曼倩飢。"《小園晚眺》："課餘休暇作場師，壤有肥磽辨土宜。圃闢三弓儇狹迫，雨生衆緑漸蕃滋。露扶幽菊舒叢瓣，鮮籜新篁壓短籬。樹木樹人原一例，十年培養莫教遲。"《孟冬夜雨》："興索腸枯得句遲，遣懷聊誦玉谿詩。獨居深念稀儕偶，卅載浮生歷險夷。脱葉嘶風秋去後，小樓聽雨恨來時。倦游我亦思高蹈，何日禪林乞住持。"

《詩聲》1919 年第 4 卷，第 2 期

鐵城黄沛功先生，蓄道德，能文章，詩尤藴藉深純，無粗獷氣。生平著述甚富，有《芬雅堂文鈔》、《詩鈔》、《詞鈔》、《古今詞選》、《清代閨秀詩分體評選》、《心陶閣詩話》、《詞話》、《陔餘隨筆》等書，均未刊行。嘗以《自懺詩》見示，自注云："丙辰九秋，病劇，自度不起，作自懺詩六首。"詞曰："未持尺寸展經綸，終負雙闈屬望殷。馬上功名休浪説，人間游戲亦前因。懶求勾漏燒丹術，耻作中郎諛墓文。塊壘填胸澆不盡，早知涵養欠深純。""半生宏願幾曾償，越石聞鷄益慨慷。文酒乍聯真率會，綺羅還逐少年場。情耽風月多題咏，手付妻兒富縹湘。惟有左分尚嬌小，縈爺心上未能忘。”“春夢如雲却易尋，看花每至燭痕深。倚聲可似蘇辛體，寓意甯非屈宋心。恨乏兼長琴與畫，衹求自適醉還吟。一編芬雅存遺稿，難必他年照藝林。”“讀禮時當不惑年，風塵回首十年前。雲龍角逐驚文陣，歲月消磨老硯田。道韞近來親絳帳，夏侯何意困青氈。性成忤俗非忘世，斫地高歌鏡海邊（自注：曩者授經香城，近年移硯濠鏡，因卜居焉）。”“同懷可惜雁行孤，剩有滎陽兩女嬃。歐九瀧阡留表碣（自注：先祖考，先考行狀撰成留稿），西堂雜俎待成書。當年伯樂恩猶在，身後桓譚謗豈無。差幸此生心計拙，未曾横被馬牛呼。”“修短窮通兩不知，都無遺囑到房帷。淵明自挽偏多感，庾信平生最可悲。達者此時同痛飲，仙鄉何日是歸期。嗟余懺罪應非晚，聊當賓筵悔過詩。”讀此詩，則先生風流文采，可略見一斑矣。

《詩聲》1919 年第 4 卷，第 4 期

韓昌黎詩，孤立特峙，迥异常音。且篇中恒有對仗甚工之句，尤不易及。如“悠悠偃宵寂，亹亹抱秋月”，“鵬騫墮長翮，魚戲側修鱗”，“蕭條捐末事，邂逅得初心”，“詩成有共賦，酒熟無孤斟”，“風雲入壯懷，泉石别幽耳”，此見於古體者也。“束枯樵指秃，刈熟擔肩赬”，“順居無鬼瞰，抑横免官評”，“窮天貢賝异，市海賜酺醵”，此見於聯句者也。“奔流疑激電，驚浪似浮霜”，“盈車欺故事，飼犬驗今朝”，“拂花輕尚起，落地煖初銷”，“入鏡鸞窺沼，行天馬度橋”，“帶澀先迎氣，侵寒已報人”，“多情懷酒伴，餘事作詩人”，“筤蕾競長纖纖笋，躑躅閑開艷艷花”，“鵷鷺欲邊仙仗裏，熊羆還入禁營中”，“金爐香動螭頭暗，玉佩聲來雉尾高”，此見於律詩者也。“旗穿曉日雲霞雜，山倚秋空劍戟明”，“中郎有女能傳業，伯道無兒可保家”，“爲文無出相如右，謀帥難居郤縠先”，此見於絶詩者也。豪放而寓嚴整，斯爲可貴。昔人謂膽欲大而心欲小，作事然，作詩何獨不然。

又嘲少年云：“直把春償酒，都將命乞花。衹知閑信馬，不覺誤隨車。”寥寥二十字,可謂窮形盡相。

屠維協洽之祀,余復就席雲衢。校旁有園,别饒幽趣。課餘涉足,倚樹孤吟,亦自鳴天籟,不擇好音云爾。《雨後即事》:“乍晴天氣尚清和,繞舍谿湍雨後多。嵐翠似將嵒際渲,炊烟裊向屋檐拕。嘐嘐鳥語喧喬木,閣閣蛙聲聒淺莎。傍晚遥聞村鼓伐,田夫野老共行儺。”《榕陰夜坐》:“榕下盤桓兩袖輕,溶溶光瀉月初明。禪機喜藉孤唫悟,詩思還於静坐清。雲態蕩空如作畫,溪流積雨竟成聲。何勞遠策尋幽仗,此際偏多物外情。”

《詩聲》1919 年第 4 卷,第 5 期

蘇黄州賦《水車》云:“翻翻聯聯銜尾鴉,犖犖确确蜕骨蛇。分疇翠浪走雲陣,刺水緑鍼抽稻芽。洞庭五月欲飛沙,鼉鳴窟中如打衙。天工不見老翁泣,唤取阿香推雷車。”起二句狀水車維肖維妙,借物作譬,匪夷所思。

五言詩,如出句五字皆仄,則對句第三字必平,此乃詩律定格。子瞻《初發嘉州》有句云:“錦水細不見,蠻江清可憐。”因舉以爲例,學詩者不可不知。

子瞻有句云:“人生識字憂患始,姓名麤記可以休。”余亦有句云:“燔書莫怪嬴秦火,文字從來不療飢。”可謂仝一感慨。

子瞻和陶《影答形》云:“丹青寫君容,常恐畫師拙。我依月燈出,相肖兩奇絶。妍媸本在君,我豈相媚悦。君如火上烟,火盡君乃别。我如鏡中像,像壞我不滅。雖云附陰晴,了不受寒熱。無心但因物,萬變豈有竭。醉醒皆夢耳,未用議優劣。”此詩饒有禪理,乃晚年悟道之言。

昌黎和侯協律《咏笋》,起四句云:“竹亭人不到,新笋滿前軒。乍出真堪賞,初多未覺煩。”用“乍”、“出”、“初”、“多”等字,殊覺率直無味。可見古人全集之詩,未必盡佳,學者當取其精英,弃其糟粕可也。

昌黎《此日足可惜》多重疊用韵。如“共分一日光”,“魚鼈驚夜光”。“聞子適及城”,“東去趨彭城”。“浩浩觀湖江”,“李翱觀濤江”。“忽忽心如狂”,“百歲如風狂”。雖創自古人,余則期期以爲不可。昌黎有知,得無笑余爲坐井觀天耶。

昌黎《苦寒詩》云:“肌膚生鱗甲,衣被如刀鐮。氣寒鼻莫齅,血凍指不拈。濁醪沸入喉,口角如銜箝。將持七箸食,觸指如排籤。”措詞新穎,摹寫冱寒天氣亦情景逼真。

明末汪价,豪放不羈,文如其人。性嗜酒,與沛國朱掄生對飲,終夕不言散。時有“朱鷄啼”、“汪天亮”之目。贈《邗水桂姬》有句云:“休將大量欺紅袖,但得情痴恕白頭。”可謂老而多情。生平著述等身,有《儂雅》四卷,《火山客譙》十五卷,《廣禪喜》一卷,《風吓》五卷,《中州雜俎》二十四卷,《千里面目》六卷,《化化書》十二卷,《人林題目》八卷,《蟹春秋》一卷。惜未之見。

遇虎唫詩,本嘲迂士之言。乃古人竟有其事。汪价三儂《贅人廣自序》云:“甲辰游富春山,登子陵釣臺,因訪桐君。見山門絶巘,一白額虎坐瞷溪流。余與客方側行岩下,虎張爪竪尾,欲來撲人。衆客噤轉俯地,余拱手語之曰:‘山君山君,聞聲久矣,今日得瞻神采,幸無妨我去路。僕所携三寸弱管耳,當搗斥成長律奉獻。’虎點首者三,一嘯跳入叢莽。與衆客越宿樵子之廬,燃燈疾書五排六十韵。天方曙,以詩焚故處,祝之曰:‘一言相贈,余不爽約。君有英神,能無印可乎。’是夕,夢虎頭人來謝教,持鹿酒共酌。興正酣,爲役夫催起,乃驚失之。”此事甚奇,豈誠能動物耶?抑無妎傷之心,物不與爲敵耶?抑三儂寓言,故弄游戲文章耶?不敢强解。

《詩聲》1919 年第 4 卷,第 6 期

先高祖善齋公《登閱江樓》云:“臨江高樓高百尺,我來樓上吹銕笛。二三童子與之游,江風飄飄墮輕幘。笛聲吹出人不聞,倚檻高歌四山碧。”曲終人静,江上峰青,此景似之。又有句云:“疏星漁浦動,新月柳梢凉。山明塔影瘦,灘急水光碎。”嘉善黄霽青曾録入《詩娱室詩話》,以吐詞新穎,不食人間烟火稱之。

歲次□逢攝提格,余膺香山雲衢學校講席。越二年復至,始識彼都詩人嚴意樵，與余一見如舊交。論詩尤具卓識，贈余以詩，詞曰："鉅鹿之野間氣厚，奇英鬱鬱人才藪。卓哉遠公來吾都，都人仰之若泰斗。昔日泰斗韓昌黎，遠公名與昌黎齊。昌黎爲文余酷嗜，汪洋灝瀚如奔蹄。一見遠公輒心許，遠公爲詩昌黎似。所倡主義尤瑰奇，高譚動驚座客起。席間爲我談文苑，因知家學淵源遠。三代詩帙燦琳瑯，分題牙籤富藁本。講學循循無倦容，煦煦如坐春風中。小扣大扣盡其妙，瓣香人祝曾南豐。人之水鏡瑩然光，誰不願登樂公堂。元禮龍門聲價重，一朝附驥名益彰。我公才雄學且博，自任先知與先覺。況是兩廣高等生，賴公再振雲衢鐸。明年雲衢望公臨，我公去矣誰嗣音。公與雲衢徒數十，感情比之岐海深。"湫湙奔赴，如黄河一瀉千里。惟獎許過當，愧弗克承耳。

禺山彭伯吉先生以《雨後》詩見示，中有句云："疏林漬雨因風落，濕瓦浮烟映日生。"雨後確有此景，可稱雅切。

《詩聲》1919 年第 4 卷，第 7 期

友人梁中同，倜儻自喜，好是非法政。清季德宗時，曾上萬言書於劉忠誠、張文襄。劉極賞識，留贊戎幕。從劉游萬里長城，出居庸關，渡大戈壁，紀游之作甚多。曾憶其一絶云："苜蓿花開戰馬肥，北征豪傑未南邊。秋風何處吹蘆管，十萬鄉心一夜飛。"又云："風天沙氣征袍白，雪窖雲陰戰馬青。"塞上風景，非身歷者不能道。

南海詩人潘蘭史，性和易可親。生平所爲詩，深婉而不谿刻。見其贈人一絶，末句云："斷無文字墮飢寒"，怠惰者讀之，可使及時勉學。

南海范尹略先生，精醫術，嗜吟咏，道貌藹然，與人無忤。詩如其人，時有佳句，亟録之。《汾江舟中宴會》云："句因得意先求和，酒帶微醺願乞盟。"又云："我縱龍鍾霜兩鬢，風流肯盡讓髫年。"《寄懷》云："人世早知難遁世，多情終遜總無情。"《春夜即事》云："東風料峭漏沈沈，夜氣侵人冷不禁。解意侍兒情款款，替儂輕覆合歡衾。"《新柳》云："慣臨水鏡照新妆，悄悄愁眉畫未長。底事浪花摇翠影，抽條打煞浴鴛鴦。"緣情綺靡，輕倩可誦。《登石狗山》云："石狗山何矗,攀躋憩幾回。蕩胸雲叠起,觸目石成堆。樹古訝人立,林深疑夜來。扶筇陵絶頂,眼界豁然開。”則駸駸入古矣。

己未暑假,李耀屏、陳德華、盧百駢諸子邀作荔支灣之游,歸賦一律,因録之:“紅荔灣頭作水嬉,雅游消夏事偏宜。半甌佳茗供清話,一葉輕盪任所之。夾岸鐙光纔暝後,臨流鬢影納凉時。小娃盪盪槳多憨態,爲傍鄰舟故故遲。”亦紀實也。

《詩聲》1919 年第 4 卷,第 8 期

《霜猿集》卷首一叙,其自述云:“傃深閨弱質,相府小星。際此天傾地陷,赤伏無再驗之符。遽爾家破人離,素鏡斷重圓之照。樓名燕子,與燕俱栖。院鎖梨花,比花更悴。爰乃黄絁入道,素簡朝真。方將長謝紅塵,安神雲岫。何意親承紫氣,獲睹瑶篇。本以忘身忘世之心,又生悲國悲君之念。”頑艷哀感,淒楚動人。考傃爲史閣部侍姬,字空雲,才貌雙絶。本金陵都司之女,母爲廣陵名妓。傃年十六,適史閣部。迨遭國變,閣部殉難。傃誓不再嫁,出家爲女道士。貞烈自矢,持戒甚嚴。嗚呼,可謂不負史公矣。以視眉樓、香君,可同日而語耶。

王漁洋《秦淮雜詩》云:“栖鴉流水空蕭瑟,不見詩人紀阿男。”按阿男,詩人紀伯紫之妹。幼時作《秦淮柳枝》詩,有“栖鴉流水點秋光”之句。漁洋詩意,蓋指此也。

秦淮名妓董年,與小宛爲姊妹行,艷名亦相伯仲。張紫淀悼小宛詩曾道及之。詩云:“美人在南國,合見兩雙成。春與年仝艷,花推月主盟。蛾眉無後輩,蝶夢是前生。寂寂皆黄土,香風付管城。”小宛適冒巢民,故名噪一時。年則泯泯無稱。可見美人名士,相得乃益彰耳。

郭頻伽《中秋日細娘招集秦淮水榭》云:“當筵索賦定情詩,金縷鞋杯纖手持。正是秋風多病日,最難人月并圓時。瓊樓玉宇寒如此,翠被香衾或未知。勝事秦淮應説遍,一宵清坐共楊枝。”尤西堂《泛舟秦淮感舊》云:“一篙春水緑平橋,蘭艇相將逐暮潮。河畔柳枝新繫馬,渡頭桃葉舊吹簫。六朝金粉愁烟没,二月鶯花苦雨銷。憑仗酒樽能送客,未容問答老漁樵。"周櫟園《与友人話秦淮盛事》云:"紅兒家近古青溪,作意相尋路已迷。渡口桃花新燕語,門前楊柳舊烏啼。畫船人過湘簾緩,翠幕歌聲紈扇低。明月欲隨流水去,洞簫猶在板橋西。""曲曲銀河蕩晚霞,蘭叢玉色間琵琶。暗潮夜逕依闌石,細雨朝開隔岸花。菡萏無心臨翠蓋,芙蓉有意映窗紗。雲鬟月底分明畫,妒殺垂楊一半遮。""誰識合歡夜不開,吹笙無力自裵裒。鐘聲漸遠隨波去,花氣將眠過渡來。曲曲鴛鴦流艷夢,垂垂楊柳綣深杯。一生明月秦淮好,到眼雲烟第幾回。""拂水殘鴉弱自持,輕寒簾外影離離。風吹香動花無骨,露逼歌聲月有絲。漁笛暗隨紅雨落,酒爐閑受緑陰支。鍾山松老雲霞漫,近日金陵客不宜。"數詩均風流旖旎,逸而不纖,亦足徵前哲之風流,紀一時之韵事。今則秦淮艷迹,蕩然無存。選色徵歌,群趨滬瀆。俯仰之間,已成陳迹。讀《板橋雜誌》者,其亦發思古之幽情否也。

《詩聲》1919 年第 4 卷,第 9 期

昌黎行文,善用叠句。如《畫記》連叠二十"者"字,不覺繁冗,可謂難能。詩亦有用叠句者。《南山》詩云"或連若相從,或蹙若相鬥。或妥若弭伏,或竦若驚雊。或散若瓦解,或赴若輻湊。或翩若船游,或决若馬驟。或背若相惡,或向若相佑。或亂若抽笋,或嵲若注灸。或錯若繪畫,或繚若篆籀。或羅若星離,或蓊若雲逗。或浮若波濤,或碎石耡耨。或如賁育倫,賭勝勇前購。先强勢已出,後鈍嗔逗譳。或如帝王尊,叢集朝賤幼。雖親不褻狎,雖遠不悖謬。或如臨食案,肴核紛飣餖。又如游九原,墳墓包槨柩。或纍若盆甖,或揭若甑桓。或覆若曝鼈,或頹若寢獸。或宛若藏龍,或翼若搏鷲。或齊若朋友,或隨若先後。或迸若流落,或顧若宿留。或戾若仇讎,或密若婚媾。或儼若峨冠,或愁若舞袖。或屹若戰陣,或圍若蒐狩。或靡然東注,或偃然北首。或如火熺焰,或若气饙餾。或行而不輟,或遺而不收。或斜而不倚,或弛而不彀。或赤若禿鬜,或燻若柴槱。或如龜坼兆,或若卦分繇。或前橫若剥,或後斷若姤。"連叠五十或字,光怪陸離,不可迫視,尤爲創格。

先曾祖瑾圃公有句云:“可憐兒女痴於我,夜夜鐙花卜遠人。”描寄思婦衷情,躍然紙上。

唐人有句云:“美人多作妾,名士不宜官。”今則名士每好作官,勉奴下循不肖,以稱媚取進。淬厲風節,窮不離義者,求什一於千百,亦未之見。而附庸風雅,謬充名士者,觸目皆是,復施施然以驕人。過江之輩,人多於鯽,吾不欲觀之矣。

《詩聲》1920 年第 4 卷,第 10 期

詩以言情,尤貴紀實。滿紙風雲月露,非詩也。洪亮吉《懷陸祁生》詩云:“仝居冷巷聽嚴更,細草春來欲上城。絶憶緑暉橋畔路,兩株松下一書生。”陸生家有古柏三株,末句誤作兩株,以紀事失實,故此詩不載《卷葹閣集》中。前輩作詩,其審慎如此。乃晚近麟楥之士,妄學爲詩,得句則抃手摇頭,自鳴得意,急欲録以示人。余每見此輩醜態,幾欲作三日嘔。

昔人作詩,有以人名代物名者。如曹孟德“無以解憂,惟有杜康”,子瞻“獨看紅蕖傾白墮”,山谷“春綱薦琴高”,縱創自前賢,實不可學。

陳龍川云:“亮年十八九時,與年輩相若者,相與上下其論。晚乃與一時後生,相從講晝。雖才俊比肩,可喜可愕,至於動心怵目,無所不有,然其厚德偉度,要不復前人比。”余論學取友,亦喜交前輩。鋏城黄沛功先生,學優德懋,前輩之傑然者。己未暑假,小住鏡湖。晨夕過從,析義賞奇,獲益匪鮮。臨别贈余以詩,風月平章,足徵韵事,因録之。“談詩漉酒足風流,讀戲看花任去留。自是吾儕消夏事,此生不負鏡湖游。”“爲談金石到前山(自注:訪香畦),爲叩禪機過下環(自注:訪章甫)。更向雨中尋二雪(自注:訪霏雪秋雪),日長無事儘消閑。”“不解何因墮劫塵,最無聊賴是閑人。衹應更盡尊中酒,醉眼仝看湖上雲。”“日日南灣雨又風,無端分手各西東。濠江大有鴻泥迹,一角湖山兩寓公。”嗟乎,嗟乎!人生行樂耳,須富貴何時。斜陽苒苒,逝者如斯。余與沛功,亦垂垂老矣。而余之狂態如故,跅弛如故,修名不立,故我依然。困踣無憀,因人衣食。讀沛功詩,感慨系之矣。

陸士衡云:"詩緣情而綺靡。"詩以言志,非綺靡二字所能盡。世人不察,誤以綺靡爲工,香艷之作,幾成風尚。而詩格日趨卑下,不善説詩,致以詞害意,又豈士衡所及料哉?

滑稽詩話

李定夷 撰

收録於《定夷叢刊》一九一九年第二集。

作者李定夷(一八八九—一九六三),江蘇武進人。字健卿,一字健青,别署墨隱廬主。定夷是其筆名。曾爲《民權報》、《中華民報》、《小説新報》等刊物編輯,小説家。著述有長篇小説集《李著十種》、短篇小説集《定夷叢刊》、《定夷説集》等。

《定夷叢刊》,分爲初集、二集,分别爲上海國華書局於一九一五年三月、一九一九年七月發行,刊載小説、名人艷史、游記、雜話等内容。

本詩話收録滑稽詩,諷刺社會各色人物,如嘲主編、妓女、窮漢、小偷、不學無術之詩人等。其中狎妓詩較多,格調低下,趣味低級。但亦選有一些"滑稽中兼寓深意"的詩。關注社會現象,有可取之處。如記載報館主編相互抄襲之現象、上海詩人泛濫成災、"材頭親"之陋俗、民國初政府用人之亂象、南京市政之破敗,可爲一部生動之社會資料。

《定夷叢刊》1919 年第二集

昔有以"煮鱉"二字,嘲謔報館主筆者,一時傳爲笑談。有某報館主筆某氏,曾作小詩以解之。其一曰:"主筆何能煮鱉來,墨花渾不似鹽梅。可憐紙上空談客,却有調和鼎鼐才。"其二云:"毛椎未許霎時投,鼎俎安排我欲愁。世味酸鹹殊未辨,目中遮莫有全牛。"

其三云:"酸丁何事學庖丁,説與諸君仔細聽。想是求材來爨下,中郎一顧覲垂青。"

某報常剽竊他報新聞據爲己有,蓋即裁剪他報,付之手民,未嘗易一字也。他報見而譏之,謂其主筆人爲"主刀人",并言此輩記者,雖成衣匠亦優爲之。改《神童詩》以嘲之曰:"别人懷寶劍,我有刀如筆。"一時聞者譁然,以他報行爲亦失之尖利,又改詩以贈其主筆曰:"别人懷寶劍,我有筆如鎗。"輾轉相嘲。前則一字不易,後則僅易一字,讀之當啞然失笑。

曲院中人稱妓女謂先生,有大先生、小先生之别。大先生以稱夜度娘,小先生則稱清倌人也。顧往往諱大爲小,以愚問津者。人以其亦小亦大,因名之謂尖先生。且妓女多半尖利,一意實當兩用。凡以此名稱箇中人者,無不遭彼白眼。蓋稱之謂半大半小,猶能忍而不言。今乃上小下大,則謔而近虐矣。有某君者,采花健將也。曾咏尖先生二律云:"會向章臺走馬回,麻姑恍似下蓬萊。齒牙伶俐風生座,指爪纖長影落杯。背客偷將羅襪裹,慰郎摧把綺筵開。拍肩戲問瓜誰破,低壓眉梢任亂猜。""逢迎心計箇中高,小大由之勝算操。色字當頭刀削頂,花叢掉尾刺鑽毛。笑藏機械同蜂□,巧試鋒芒甚蟹螯。莫問囊錐長與短,狷狷此豸啄吾曹。"又某君一律云:"笑拈尖字戲嬋娟,上下居然小大全。鸞袖輕盈籠玉笋,鳳鞋瘦削蹴金蓮。入時眉樣痕遍細,到耳歌聲喉未圓。報道先生歸去也,平頭奴子聳雙肩。"意在弦外,足與前二律頡頏。

偶翻古紙堆中,得友人書一,述蘇臺花事者也。倉橋浜裏,騷客聯吟,兹述之。書云:"日前西湖漁隱招飲倉橋浜金玉琴家,同席爲醉香仙史、會稽吏隱、鑄錯生、惜紅生、聽鼓閑人、百花同日生、挹翠軒主、吴門獨釣客等。紅箋飛去,翠袖偕來。即席聯吟,以贈諸妓。醉香首唱,贈葉小蘭云"靈秀虞山憶舊居",會稽續云"小喬顔色更何如",鑄錯結尾云:"直教暴客傾心甚,身歷車輪百戰餘。"小蘭默然,怒之以目。蓋小蘭曾遇盗受創者。嗣百花首唱,贈周寶玉云"華年三五月盈盈",釣客續云"貌賽花妍舌囀鶯",鑄錯結尾云:"吃過東西原不少,至今猶唤小先生。"寶玉紅漲於頰,駡云:"熱耐格昏，瞎三話四，像煞有介事，阿要難爲情，撥兩個耳光耐吃吃。”合坐粲然。次挹翠音唱，贈金玉琴云“纔過芳年二八交”，惜紅續云“倉橋浜裹築香巢”，鑄錯結尾云：“當年悔煞程麻子，四百番錢開假苞。”玉琴羞急云：“耐阿是看見過？”鑄錯云：“看到勿曾看見，程麻子是我好朋友，阿有勿告訴我個。”次聽鼓首唱，贈王雪琴云“解語名花溜烟波”，醉香續云“酡顔最好暈雙渦”，漁隱結尾云：“縱非口闊幽門大，畢竟眉濃騷水多。”衆皆鼓掌。雪琴大駡“殺千刀”不置。以上各句，雖極粗鄙，然欲使諸會意，不得不爾。今屈指計之，事已在十五年前。不知倉橋浜畔，猶有各妓之鬢影衣香否？

有窮漢某僅一破帽。一日，在上海外白渡橋乘凉，被風吹入河中。路人改唐詩嘲之曰：“帽子已隨大風去，此地空餘和尚頭。帽子一去不復返，此頭千載光悠悠。”

吴研人先生，别署我佛山人，爲近年文學鉅子，著作宏富，藝林宗之。惜年未半百，即赴玉樓之召。生平長於滑稽。有某君者，先生之友也。嘗游西湖，展蘇小墓，就墓前攝一小影。先生爲題句其上云：“多情尚友到千秋，無奈埋香剩一邱。得與美人作翁仲，縱儕頑石也風流。”末二語慨乎言之，於滑稽中兼寓深意也。

横沔鎮東某氏子，富有文才。貌似迂謹，性實風流。與鄰居某氏婦有染，踰墻鑽穴，外人莫之知也。然婦固極蕩，床第面首，不僅某氏子一人。一日，某與婦正歡會，鴛鴦被底，恰到好處。爲他姦夫所撞見，其事遂播於外。某有友人馮生，戲占一詩以贈之曰：“月映弓鞋步曲廊，鋤來芳草比梅香。玉人無恙甘同夢，蘭澤旁流异味嘗。”詩成，并署款於其後曰：“敬賀某某先生巫山之喜，東海鰥魚就正草。”閱之頗堪一噱。

有富家子席父遺産，嫖賭吃着，無所不爲。不十年，傾家蕩産，無立錐地。親友均加白眼，遂下與偷兒爲伍。久之，自怨自艾。顧粗知文字，一日改唐詩自嘲曰：“不寢盗金鑰，因風掩玉珂。明朝有官事，敢説夜如何。”遂披髮爲僧，不知所終。

昔有四人咏城頭詩。一人曰“遠看似牙齒”，一人曰“近看亦牙齒”，一人曰“越看越牙齒”，一人曰“不看不牙齒”。各人套第一句之意，而絶不相犯。不意無獨有偶，今春天氣寒緩時變，有傖父數輩在上海四馬路某酒肆叙飲。忽動詩興，即景聯句。一人曰“昨日今朝大不同”，一人曰“今朝昨日不相同”，一人曰“今朝昨日原難比”，一人曰“昨日今朝本不同”。吟成，相與贊許，以爲李杜復生不過爾爾。

有人謂上海詩人多於四馬路之雉妓。其言雖刻，其意確然。曩有某居士屢以詩見貺，所作多七律。琢詞命意，俱極深奥。非細玩之，殆不易解。最奇者，七律第五句無不押韵，實爲創格。揣摩良久，方始恍然。蓋居士曾聞談詩者言，絶詩乃律詩之半。而未知截法，并不知有平起法，以爲兩首絶詩即可合成一首律詩，故第五句俱押韵也。

粤人某，木工也。嘗建某廟神龕。所雕山水人物，五光十色，璀璨陸離。中有一尊，畫三駝背老人，一住，一來，一旁立作合掌狀。題詩其旁云：“老駝有事往尋親，二駝相遇問原因。三駝拍手呵呵笑，世上難逢直道人。”詞固鄙俚，然形容世態極爲神似。

黄氏《香屑集》，恍如無縫天衣，不見針綫。香艷穠郁，猶其餘事。有某君深惡集句，目之爲偷詩賊，豈不冤煞。矧集中標明誰人之句，是何詩題，顯與抄襲者不同。或以此言詰某，某曰：“明火執仗，坐擁巨贓，是爲大盗。黄之行爲何异於盗？謂爲偷詩賊，是猶减等科罪也。”聞者知其固執，笑而不辯。雖然，世人如藏有《香屑集》者當防告發時以賊贓論也。

嘗見鬘華仙館主人《雉場竹枝詞》十首，頗多佳句。如云“如肯纏頭輕擲去，任郎真個便銷魂”，又云“可憐嚼蠟横陳態，不顧旁人冷眼看”，又云“相逢一度春風去，不暇人前問姓名。”描摹盡致，語語逼真。又某君有句云“幾曾獨宿憐夫婿，一夜無郎惱小姑”，更勝一籌矣。

上海某詩社社課，詩鐘題曰“素娥木樨球”，投卷頗多，中有兩卷殊堪噱。一云：“綉幃深鎖怕人弄，嫖院高懸請客聞。”又一云：“心隨小兔搗藥碎，香想美人乾屎間。”不知所云，讀之令人掩鼻。既不能詩，何苦如此。

上海繁華，甲於中國。奢靡成習，淫佚相尚。然外强中乾之荷花大少，正亦不少。迷津釣客曾詩嘲之曰："多少空心大老官，外强可奈已中乾。野鷄團子都無着，還要逢人説大餐。""鍍金約指嵌玻璃，親手拉繮馬似飛。不道英雄遍氣短，家中昨日泣牛衣。""名花列座吃雙檯，下脚都從借箸來。轎飯錢須除局帳，托言朋友不消開。""短衣窄袖氣豪華，今日租來脚踏車。一失足成千古恨，可憐磕破大西瓜。"謔不傷雅，爲荷花大少之棒喝。

袁子才詩話載題春册句云："一陽一陰之爲道，此時此景難爲情。"寥寥十四字，包括靡遺，且無纖佻之致，固宜膾炙人口。近人襲其用意，亦有二十字題句曰："陰陽之謂道，并行始玄妙。以其多者多，補其少者少。"傳神之筆，栩栩欲活。

某翁年逾知命，因少年縱慾過度，已得痿症。乃春蠶到死，猶不自悟。近溺清和坊某妓，不惜重資賂其老鴇，以冀真個銷魂。妓意雖勿願，然迫於假母之命，酒闌燈灺，不能不送客留髡。當其解羅襦，親香澤，衣裳顛倒，意態如何，局外人固不得而知。翌日，翁出訪友。友詢以宵來事。翁與一詩曰："五度春風四十抽，鴛衾一夜記綢繆。諸君莫笑衰翁懦，壓倒人間未入流。"

閩人田某，頗有文名。性極浮躁，好狹狎游。酒地花天，無日不然。偶偕友人往南臺妓院阿梅家飲，各召所歡侑酒。阿梅年將及笄，瓜猶未破。當歡宴之際，田坐擁群姬，意頗自豪。客問田曰："爾好作探花郎，今日座中交好者誰乎？"田遽指梅以答，梅紅潮暈頰，羞態横生。遽將香柴扇柄向田輕擊，且薄怒曰："胡説！"一時坐客譁然曰："此一下俏打，想骨節當麻木三日。不織梅姐能令人真箇銷魂否？"田聞言，忽大怒，竟將梅屋内器件搗毁一空。阿梅魂不附體，逃竄不知去向。鴇母聞信，出以好言勸解，田始悻悻而去。言將具稟鳴官，以爲侮辱斯文者戒。鴇深長怖，即澆孔方兄爲魯仲連，再三調停，其事始寢。遠近聞之，傳爲笑柄。有好事者嘗作詩以譏之曰："梅卿憨態尚雛年，薄怒神情劇可憐。太息秀才終鹵漢，妝臺還要買花錢。"

吾國陋俗，凡婚期將至而忽遭大故者，可於喪次行婚禮。禮畢,舉哀,謂之材頭親。不知始自何時。如此習俗,亦各國所僅見也。有某滑稽子戲以詩曰:"樹燈花燭兩煇煌,月老無常共舉觴。哭笑居然成一氣,滿堂吊客賀新郎。"滿清律例,有喪人生子之罪。此三年內之夫婦亦云苦矣。

諸生黄某,素負文才,爲人倜儻不羈,尤長於詼諧。有人寄以函簡,誤黄爲王。黄報以詩曰:"江夏瑯琊未結盟,廿頭三畫最分明。他家自結周吴鄭,敝姓曾連顧孟平。須向九秋尋鞠有,莫從四月問瓜生。右軍若把涪翁换,辜負籠鵝道士情。"趣語横生,言皆有物,真才人之手筆也。

杭垣某妓,丰神楚楚。遥而望之,固亭亭玉立之美人也。所不滿人意者,紅桃頰上受麻姑之傳染,臉色縱白,綉花難掩。特以應酬周到,故溺之者頗不乏人。嘗尼所歡某甲贈詩,甲固刻薄者流,即予以七絶一首曰:"公主明妝額點梅,芙蓉人面綉成堆。贈卿一鏡臨窗照,蘸着些兒麻上來。"可謂刻薄之至。

某甲因事渡江,中途陡遇颶風,舟覆身溺,幸遇救援,得慶更生。時當嚴冬,甲固富者,所衣皆煌煌狐裘,着水盡濕,皮板爲硬,即俗所謂走硝也。有好事者戲以詩嘲之,中有句曰:"太息皮衣都姓趙。"聞者莫明其意,好事者曰:"趙字者,走肖所拼成,走肖走硝,諧聲差同,故借用之也。"

海上妓界人物,固不乏美貌者。然而品類極雜,無鹽嫫母,未始不混迹其間。某君有《滬上看花詩》五絶,其一咏麻皮妓曰:"不信麻姑一樣姿,菱花相對尚心疑。知卿前世工妝點,故剩珠痕滿臉皮。"其二咏黑臉妓曰:"北里騰聲黑牡丹,金爐依傍不知寒。售煤應挾卿卿去,聊借花容作樣看。"其三咏獨眼妓曰:"獨具秋波已不群,凝妝半面意何殷。花前拍照還藏拙,轉側花容剩五分。"其四咏秃髮妓曰:"歌舞常臨芍藥軒,髻兒種種自銷魂。若從香閣新妝去,細數青絲只數根。"其五咏大痣妓曰:"姿首離奇客久欽,廿年聲價播花林。倘教小痣能更變,變作明珠抵萬金。"

妓女之未及齡而操業者,俗稱小先生,又呼鼻烟瓶,鼻烟瓶三字,不知其何用意。以意度之,大抵以雖真色香尚未成熟,可以爲嗅,而不可以食也。有某生作詩咏之曰:“年華十五最娉婷,底事旁人喚作瓶。一語問卿卿莫惱,插花滋味可曾經。”語雖近虐,確實録也。

某翁以經商起家,人極刻嗇。錙銖必較,落落數十年,手頭頗有積蓄。人因其視錢如命,僉以守財虜呼之。翁怡然受之,不爲怪也。近年鬚髮已秃,攝得一影,耗費約一金有奇,自謂生平第一遭浪費也。影成,請某生爲之題句。某生人極滑稽,素不以翁爲然。借題發揮以嘲之曰:“光亮葫蘆頂,如何到此間。一毛無處拔,濯濯比牛山。”某翁本不通文義,欣然受之,見者莫不發噱。

偶檢破囊,得五絶五首,曩從他處抄録者也。其一曰:“與郎相遇時,妾年十有六。美景與良辰,與郎共榻宿。”其二曰:“妾既受郎恩,郎亦愛妾美。何意數月間,中道竟相弃。”其三曰:“妾原無异志,郎君自信讒。天涯任飄泊,隕涕濕羅衫。”其四曰:“與郎雖异姓,血肉已融和。何意黑白淆,前途盡倒戈。”其五曰:“聞道郎君病,瘦減妾腰圍。魚書頻問信,郎意竟如何。”深情邈綿,畢現乎詞。其標題曰《妾婦怨曲》,殆爲女子不得志於所天,發憤而作也。曩時抄録之意,蓋亦喜其有一往情深之致。近爲友人所見,友人曰:“子知此曲來歷乎?”余曰:“此已標明怨婦之辭,特不知爲誰家薄命花耳。”友人曰:“子大誤矣。此曲純爲寓言也。”余請其詳。友人曰:“此咏清光緒維新事也。第一首指康梁得志,破格擢用。第二首指戊戌政變,康梁被斥。第三首指逮捕詔下,倉皇出走。第四首指滿漢意見不能融和。第五首則指康梁抵東後猶電請聖安也。”余聞友言,的是不謬,爲之豁然貫通焉。

昔人有嘲貧兒暴富詩,其前半首曰:“一進門來油漆香,箱中絶少舊衣裳。墳前松柏株株短,房内蓮花瓣瓣長。”昔時大家閨秀多尚纏足,其膚圓六寸者,必爲貧家婦女,故第四句如此云云。今則天足盛行,凡時髦女郎,無不蓮船盈尺。彼暴富之家,於此一端可以不必顧慮矣。

江西信宜地方,土妓素多。無鹽嫫母,列屋而居。土銼繩床,不可置足。有某君戲賦二律,以識其事。其一曰:“善和坊裹舊知名,踪迹相聞意便驚。客至青唇吹火立,郎須亦跳踏冰行。深機短蜮含沙影,愛相靈狐嘯月聲。巫峽陰靈祆廟火,此中真個欠分明。"其二曰:"雲衫月扇總茫然,唤作迷樓亦可憐。狐鬼因人能變化,鳩盤人世忽神仙。蠻腰慣作天魔舞,袒臂喧争夜度錢。莫怪微詞閑作賦,登徒或借大夫傳。"讀之令人捧腹。

民國成立之初,破格用人。販夫走卒,亦有側足政界者。而有新學皮毛者,尤易破壁飛去。有人作詩嘲之曰:"鴉衣烏愛惡,哀卑西提意。東洋早稻田,北美卜忌利。昔掛翰林銜,今居師長位。英雄本多情,花下且沉醉。"噫!改革以後之氣象,如此如此。

南京市政,最不講究。馬路之壞,不啻堆疊亂石也。且車子常與猪狗混行,擁擠雜糅,行者苦之。讀某君《金陵竹枝詞》,中有一首曰:"七横八竪人車馬,驢子駝泥雜硬柴。間煞當街巡警棍,夕陽巷口看娃娃。"其言確紀實也。自癸丑而後,警察多調用北人,一番整頓,當不復如是矣。

某甲久居上海,爲射雉健將。曾本其生平所得,作《雉場竹枝詞》十絶。其一云:"西山日落電燈明,多少雲英結隊行。點盡胭脂塗盡粉,東游西蕩過三更。"其二云:"姗姗小步做風流,大脚娘姨押後頭。防有人嫌江北調,一聲來嘘學蘇州。"其三云:"不辨花香與茗香,青蓮閣上大開場。就中略有通文者,小倚闌干看報章。"其四云:"幾人勾結總成空,一笑相逢白髮翁。你自推來儂自就,鬍鬚拉得面通紅。"其五云:"不借琵琶一曲弦,勾人巧語軟綿綿。如何打定同心結,行近兒家不肯前。"其六云:"六寸弓鞋一束腰,交談片語亦魂消。兒家家住胡家宅,小弄彎西第幾條。"其七云:"一局牙牌共碰和,單嫖雙賭快如何。相逢姊妹生驕色,今日儂家接客多。"其八云:"紅橘黄柑瓜子仁,烟雲一榻夜沉沉。暗中怕惹楊梅毒,個個人來摸手心。"其九云:"開燈兩兩倚匡床,小度春風便勸郎。勸到夜深大减價,只須一只大英洋。"其十云:"生憎鴇母太無情,一夕無郎忿不平。雪虐風饕寒澈骨,四更猶向路旁行。"頗能游出個中情景。

小瘦紅閣詩話

孫臞蝯 撰

散見多種刊物,今存《憂樂雜誌》一九二一年第一、二、五期,《消閑月刊》一九二一年第六期,《小説新報》一九二一年第七卷第一一、一二期,及《心聲·婦女文苑》一九二四年第三卷第八期。

作者孫臞蝯,江蘇高郵人,生平不詳。有小説譯著《薄命紅顔》。

《憂樂雜誌》,旬刊,一九二一年一月創刊於北京,是一種綜合性刊物。《消閑月刊》是鄭逸梅主編的一種通俗文學刊物,刊登小説、詩詞、雜話、筆記、傳記、劇談等,一九二一年五月創刊於蘇州,同年一〇月出至第六期停刊。《小説新報》介紹見前《緑野亭邊一草廬詩話》。《心聲·婦女文苑》,半月刊,一九二二年創刊於上海,爲《心聲》半月刊的刊中刊,所載文章大多爲婦女所作。

文中重點記録了幾位詩人:清末詩僧八指頭陀,作者稱其於詩"實無所不能者也";辛亥革命烈士韓著伯,與作者爲文字交,其詩"無一字一句墮入俗韵";王闓運,作者認爲其晚年所爲古詩"一種蒼秀之氣,時來撲人,乃覺玩之而彌永",所録之詩,《湘綺樓詩文集》多未載,可爲補遺。另選清初詩人翁照、明遺民王于一、杜濬之詩。又考證納蘭性德與《紅樓夢》中賈寶玉之聯繫。記録投靠日本人之滿清宗室之善爲詩者。還録有朝鮮烈士詩、石達開詩、甲午海戰感時詩等。又不滿時人"假新學新政之名以塗飾天下之耳目,而陰實以自便其私圖",可見對政治之關切。

《憂樂雜誌》1921 年第 1 期

清季詩僧,以八指頭陀爲巨擘,世多知之。頭陀名敬安,字寄禪,其詩已有刊本,余求之數歲,未果得也。晚年所作,未刊入集中者,頭陀示寂後,爲其鄉人楊晢子持去,謂將謀付剞劂,然竟遲遲未果,談者憾焉。或謂晢子亦閑爲詩,殆將掠此以爲已有,其説未免巉刻,恐晢子亦不任受也。今人談頭陀詩者,咸盛稱其五影之作,因以五影和尚呼之,與八指頭陀四字適成對偶,亦一佳話。所謂"五影"者其一曰:"夕陽在寒山,馬蹄踏人影。"爲卓錫育王寺時,代續某武官紀游之作。其二曰:"垂釣板橋東,雪壓蓑衣冷。江寒水不流,魚嚼梅花影。"則爲人題寒江釣雪圖作也。其三,則與人游嶽麓山,分韵爲詩,頭陀得"領""影"二字,詩曰:"意行隨所適,佳處輒心領。林深闃無人,清谿鑒孤影。"其四,爲《麓山看紅葉》詩云:"日暮蒼翠飛,霜楓紅轉浄。夕陽如畫工,畫出秋山影。"其五,則與易實甫(順鼎)同宿山寺,實甫有句曰:"山鬼聽談詩,窺窗微有影。"頭陀笑曰君寫鬼影未工,請爲易之。其句曰:"孤鐙生緑影。"實甫歎服曰:"摩詰詩中有畫,君則詩中有鬼矣。"又有人謂《麓山看紅葉》詩,實甫極愛之,願以百金易爲己有。頭陀不許,曰:"吾頭可斷,吾詩不可奪也。"其以詩爲命若此,宜其傳矣。又聞頭陀與實甫嘗爲《僧道鬭影》絶句百餘首,合裝爲一卷子。江建霞、黄公度輩,皆有題咏。顧余未獲見,詩亦無從鈔録,惜哉。

八指頭陀集外詩,曩從亡友李曉暾(世由)許,録存十數首。今檢敝匧得之,以五律爲較多。如《烏龍潭贈白道人》云:"石城殘照裏,楊柳碧餘春。獨放青天鶴,來尋白道人。溪雲凉入夢,潭水近爲鄰。坐覺滄洲晚,微風動葛巾。《江南重晤李梅庵學使二首,并約九日掃葉樓登高》云:"秋風吹桂棹,重到石頭城。坐對黄花晚,微看白髮生。幽情閑自適,宦味薄彌清。喜近重陽節,高樓掃葉迎。""相交二十載,結契亦云深。自適孤雲意,聊存出世心。債多惟典帖,静極不鳴琴。應愛枯禪至,清言愜素襟。"《俞園觀李提學書楹聯有贈》云:"吾憐李翰林,一字抵千金。看寫澄心紙,如聞焦尾琴。清風滌殘暑，落日動微吟。坐覺楓林晚，蕭森秋氣深。”《九日懷王益吾祭酒》云：“今日重陽節，遥知載酒游。菊花還自插，霜鬢祇吟秋。謗與名俱遠，官隨病早休。浮雲身外事，一笑且登栖。”《訪洪復齋居士》云：“幽居在人境，車馬日閑閑。遠返天邊棹，仍歸甬上山。孤雲飛已倦，獨鶴喜初還。歲暮來相訪，蒼松識古顔。”《陳師曾自日本歸，遇於金陵，感而有作》云：“昔日陳童子，重逢鬢已蒼。萬千餘里别，十四度重陽。有口真難説，無言轉自傷。人間何限事，歷歷在滄桑。”《自題冷香塔》云：“佛壽本無量，吾生詎有涯。傳心一明月，埋骨萬梅花。丹嶂栖靈窟，青山過客家。未來留此塔，長與伴烟霞。”《讀〈萊園詩稿〉，有與亡友陳仲鹿洞庭舟中唱和之作，慨然有感再題五律一章》云：“却憐陳仲鹿，同泛洞庭舟。贈子詩猶在，聞名淚即流。既來新雨好，復動故人愁。未證真空理，青山愧白頭。”俱極淡遠有致。七律，如《金陵重贈陳伯嚴》云：“一别長沙碧浪湖，西風兩鬢各蕭疏。江山所遇非故物，歲月相争成老夫。天際白雲隨杖遠，樽前明月照心孤。他年肯入蓮花社，不待攢眉酒可沽。”《述懷一看呈張蹇翁》云：“滿眼黄埃焉足云，古懷鬱鬱試告君。山林有時得壯士，岩壑無底眠孤雲。嶽靈朝亡谷神醉，秋鬼夜哭春人聞。欲驅雷火掃荆棘，使我蘭桂長清芬。”絶句如《感事三首》云：“海上滄桑忽變更，河山北望不勝情。秋風祇乘蘆溝水，猶自潺湲繞帝城。”“遥哭西山王氣終，無邊木落墜西風。凄凉最是梅山月，兩爲前朝照故宫。”“壞衲蒙頭萬念澄，胸中無愛亦無憎。忽驚淚滴袈裟濕，老作人間亡國僧。”《梅花嶺謁史閣部墓》云：“荒草萋萋掩墓門，杜鵑啼斷月黄昏。欲知亡國當年恨，萬樹梅花是淚痕。”《余既晤陳師曾感贈以詩，師曾亦爲余寫茅庵入定圖，以爲紀念，題二絶句於上》云：“一瞬滄桑换劫塵，茅庵猶剩苦吟身。當時餓虎銜將去，那得爲看畫裏人。”“念子東瀛學力增，歸來道骨鬱崚嶒。風濤看盡魚龍舞，猶憶蒲團一個僧。”又題云：“紅塵不到白雲層，竹樹蕭寒水不澄。一個蒲團忘甲子，被人唤作六朝僧。”則又皆於静穆中，寓無窮感慨之意。可知《頭陀》於詩，實無所不能者也。

《憂樂雜誌》1921年第2期

丹徒韓蓍伯(衍),與余未謀一面,而文學相知之感極深。辛亥秋,蓍伯在皖,規畫革命善後事,頗中肯綮。顧爲强者所忌,竟被狙擊以死。致可痛也。余嘗哭以兩詩,於蓍伯生平及其與余相得之雅,略已盡之。其一曰:"蓍伯才爲天下奇,爐灰畫遍更吟詩。乾坤多事英雄死,滿地霜花濺血時。"注云:"明季五公山人王餘佑所著《乾坤大略》一書,蓍伯最耆讀之。辛亥冬校印出版,即承寄贈一部。乃未匝月,蓍伯死耗至矣。""滴殘腔血緣何事,畫遍爐灰是此書。"爲五公山人自題《乾坤大略》詩句,今覆誦之,不禁泣然。其二曰:"海若帶之真入地,孤雲去此或生天。人間至竟成何世,老友臞蝯獨淚漣。"注云:"蓍伯死前數日,以詩見懷。有'老友臞蝯今在否,料應含淚説孤雲'句。又嘗寄牋札曰:"吾友海若四字,終不忍忘,帶之入地矣。"語出無心,竟成奇讖。孤雲、海若,皆蓍伯别號也。"吾友海若"四字爲余在某報中稱海若者云云。今蓍伯墓草宿矣,追念舊事,輒爲涕零。蓍伯詩奇氣横益,幽光偪人,直奪羽琌之席,而所爲絶句尤工。今檢行縢得二十餘首,録之以存其人。《雨後登安慶城》云:"雨後蛟龍入水深,碧天盡處海沈沈。城頭又與黄昏近,一寸斜陽萬里心。"《吾鄉》云:"吾鄉江水岸花新,又繞人家三百春。一代興亡笳鼓裏,燈花緑盡祇三人。(自注謂:錢邦芑、冷士驎、士嵋兄弟。)"《夜登宜城野望》二首云:"一塔忽騎江水住,城陰凉月白紛紛。菱湖欲齧大龍尾,片片荷花夜入雲。(自注:大龍山,皖之封鎮也。)""大江東走緑茫茫,帶日來看水盡黄。漢武作歌吾不見,一燈今夕是樅陽。"《寄姜穎生素畫》云:"八千一紙典春衣,北雁三來畫不歸。爲汲大雄山下水,待看煮食首陽薇。"《感賦》云:"窗通一綫不周風,筆底人天月正中。夜夜酒瓶香欲死,燈死恒作太初紅。"《立公歸述衛燕平嗟念鄙人不置》云:"匆匆五月范陽城,一劍歸來匣有聲。置酒屈原祠下日,國門陰雨説鯫生。"《自題旅舍壁》云:"幾人堪作國人師,四億香爐出篆遲。巢許而今遺矩在,開山爲作布衣祠。"《感舊》二首云:"珊瑚碧水長成姿,憔悴人間第幾枝。知否黄金臺下客，夢回灰冷十年時。”“燈火凄凉舊事非，桃花如雪白鷗飛。一從淮泗匆匆去，淚滿關河不忍歸。”《偶作》云：“壞雲不去壓城寒，月冷風高大將壇。爲問一江秋水裏，有誰堪與破樓蘭。”《圖山》云：“大雷詩句入江聲，江到圖山海氣横。曾住十年聞野語，有龍吸水負山行。”《寄呈陳子鑄先生如皋》云：“水繪園荒人已老，平生師友問誰賢。故人馬矢高千尺，課罷歸來竃始烟。”《題金星歙石硯》云：“芍藥闌前市得之，爲祠倉頡祀先師。鱗鱗一寸池中水，流到乾坤欲毁時。”《友人以惲清於畫雙蝶屬題》云：“筆蘸天河入硯池，人間兒女夢依依。桃花一綫香如海，春水春風自在飛。”《逢廬江詩人陳子言》云：“四時霏雪六時冰，冷落諸侯唤未譍。國事傷心無可説，北風尺涕問延陵。”《丹徒宫吊劉寄如》云：“草冷泉荒人在否，曲阿奇氣不堪聞。可憐京峴山前水，一片蘆花似白雲。”《吊天民》云：“葛衣濕盡淚如銀，一月西郊四獲麟。開到荷花春去久，萬人回首吊天民。”《吊同安逆旅中人》云：“袖翻海水入羊城，千里東濠夜有聲。所欠故人唯一死，頭顱墮地作雷鳴。”《哭海門樊民》一云：“狼山東去海雲寒，萬樹枇杷擁一棺。從此枯琴收拾盡，未堪風雨向人彈。”《寄題衡州閲報社》云：“四時室貯一鐘春，窗下書來我夢頻。南嶽五峰青在眼，更添蒼海作瞳人。”《次通州口號》云：“紫氣浮山入海斜，十年紅色動袈裟。賣魚灣裏鹽花白，爲憶文山再到家。（自注：賣魚灣距通州石港十餘里，文文山嘗寓此。）”《宜城第四之六月》云：“風動萍花作作香，街投一履四山凉。歸來簾底無多事，茶沸紅爐看劍忙。”《蓑衣》云：“桃花流水無人着，此是嚴陵大澤裘。二百年前翁子静，能吟風雨一身秋。”余每諷看遺詩，恒至愛不忍釋，以其無一字一句墮入俗韵故也。又其斷句，如《獨居》云：“户外天如墨，一燈慘作花。”如《病中》作云：“國既斜陽人夢寐，我如處女敵縱横。”又云：“剪斷文山詞句好，雁和明月宿蘆花。”又云：“饑來一勺長江水，煮到南華爛熟時。”如《舟近大沽口號》云：“此去大沽應不遠，船頭水色似黄河。”惜皆未得見其全詩。又聞人誦其《銘硯》詩句云：“破山得龍腹出肝，置之沸鼎生微寒。”則幾疑歌爲長吉詩中語，夐非近代詩人所嘗夢見矣。

小瘦紅闇胜録一　有浣春女史者,於邯鄲道上得五絶一首,末二句曰:"多少未了緣,昏昏不敢醒。"一"敢"字極耐尋味。蓋浮生若夢,夫人知之,然終戀戀不舍,正復不知何謂,姑從而爲之解,則曰未了緣耳。一嘆。

小瘦紅闇胜録二　又彭湘南先生《將至邯鄲》一首云:"十里垂楊映水流,行人畫裏出磁州。我生未了天涯夢,來抱黄粱舊枕頭。"亦佳。(臞蝯)

《憂樂雜誌》1921 年第 5 期[①]

其晚年所爲古詩,初不復事雕鏤,蓋已入高老之境矣,而一種蒼秀之氣,時來撲人,乃覺玩之而彌永。五古如《悲憤詩》二首,壬子春作,其一云:"誰謂賢豪多,共逐輕塵散。一身不自謀,焉能任楨幹。曰余隨頫仰,爲欲游汗漫。方駕溯清湘,時序閲回换。春寒忽中人,長夜不能旦。朔風驚改律,千里吹繁霰。行行且旋舟,回望成一嘆。何以慰我情,夢接英與彦。"其二云:"昔年與張李,行國至海隅。乃悟戮飛廉,實以和戰驅。(自注:余建議凡言夷務者,均令出關聽其所策行,入關者誅。)紛紜五十年,國是淆中樞。并心論外交,禹甸日榛蕪。邦諜啓戎心,華風遂淪鋪。無禮何以立,亡秦信非胡。從來失神器,未若此摧枯。余逢廣厦傾,豈得槍枌榆。毋忘啁啾義,感此獨嗟吁。"《舊歷七月朔日議院獨坐》云:"廣庭百人静,秋雨四筵清。昌言萬邦乂,築室道謀成。如蜩昔嫌沸,寒蟬今愧聲。構厦信無補,吹竽徒自驚。時艱信偪促,政失乃驕盈。奇計實所好,横流良未寧。聊從庶人謗,知余日暮情。"《晚出石頭城贈别湯裕》云:"汀洲多凉風,客路悲已引。蘭樓昨夜宿,明燭有餘燼。良友歡舊好,臨歧思紆軫。空城無尊酒,霜氣轉凄緊。携手西城闉,落日復欲盡。浮舟從急瀾,但愧我情忍。人生善交難,新故若松菌。至人患多情,斯語豈不紾。嘉年無蹉跎,在遠德彌縝。"《月夜渡江》云:"自從錢塘來,永絶浩渺觀。今爲揚子渡,曠若溟渤寬。

① 此篇叙王闓運詩。前篇佚。所選詩,《湘綺樓詩文集》多不載。

挂帆便輕風，鼓枻凌遠天。蒼茫烟波際，仰見孤月圓。回望已悲壯，安用憑波瀾。空明千餘里，始覺天地寒。靈境不可居，静夜想無端。太息濯塵纓，歸與殊未閑。"《從潭柘東澗至山亭》云："幽柏閑半青，芳艸徑初碧。參差重閣外，峭蒨山四壁。入門松風起，偶坐溪亭夕。靈泉度烟響，歸人共鴉息。暫聞清梵落，始覺心未寂。螟色春濛濛，孤此雲外石。"《從戒壇下可羅村》云："壇空松陰陰，仙色春更静。風移龍蜿蜿，雲散日靚靚。飛襟一里翠，度石雙屐冷。娟花不出谷，獨對山露醒。芳吉路之半，遠近自春影。日落逢歸樵，相看在人境。"《上元夜歸和樊山作》云："毓燈遠近光，廣場夜逾空。雖非九衢游，嘉此清境同。長良宴盛文娱，歸途騁華驄。通逵散馬蹏，轂擊迅飛鴻。列樹未垂蔭，交枝月明中。垂光靄陰陰，引望春曨曨。幽人喜宵步，地寂意彌沖。迎門兒女嬉，始悟佳節逢。"《晋義熙後二十五己酉九月九日麓山登高儗陶作》云："秋霖忽逾旬，風起湘波高。輕舟渡麓洲，緣徑陟烟霄。楓林有餘青，芳桂猶未凋。禮殿啓宏規，改作亦已勞。别來曾幾年，文宴復今朝。淵明愛九日，時菊契貧交。余懷在澗阿，游賞倦金焦。晤言且永夕，誰能空鬱陶。"七古如《縣人招飲嶽雲别墅焕彬吏部作歌見示奉和》云："張侯昔寓南横街，我時過訪徒步來。風塵澒洞四十載，又見新張門館開。兩張儒生耻儒術，頗與康生相蹋跐。改更祖法師吕王，誤道讀書宜讀律。六臣駢死九夷來，李相乘時然死灰。和人奇策在興學，明詔始徵天下材。先從首善立模楷，不比燕昭延郭隗。二張并命立學制，誰道求才先費財。改院爲堂一反手，獨飭船山可仍舊。不知新舊何异同，但怪梁嚴效奔走。我時作奏欲言事，請言敵利非吾利。趙公笑我同葵園，阻遏封章不郵遞。二張同時得發舒，學費泥沙取錙銖。舟車榷算無不有，騷然煩費如軍需。學子翻然思革命，一時鼎同梟獍。廿二名城枯朽摧，軹道無由依晋鄭。兩臣先死不從亡，翻得嘉謚名達襄。共欲鑄金思范蠡，居然鳴玉步文昌。前時臺榭皆依舊，今我重來酹杯酒。因君感慨一長吟，北江南海空回首。南洼蘆葦故依依，飛絮漫天春影稀。沈吟對此不能醉，華屋山邱多是非。"《龍生行送皡臣往南昌兼呈李簧宣》云："龍生别我當爲客,清波平挂章江席。春時李生亦遠游,書劍蒼茫無所適。良夜迢迢接深語,此時愁坐揚雲宅。兩君三十同不官,大壑梗楠天所惜。東南民氣復蕭瑟,慘淡空懷濟時策。高名落拓難弃置,猶與諸侯掌書記。洞庭有客方歸來,顑頷青衫不如意。槭槭芳洲吊禰衡,長江浪急空山平。夏日蕭條托黄祖,庸才敢與孫郎争。書生傲睨當時事,塞默無言有深意。衹將詞賦掩奇才,肯向荆州出奇計。文章得禍非所料,孔公嘆息曹公笑。蹭蹬於今又一時,掉頭誓擬終屠釣。彭蠡湖外鼓聲死,狂風夜起黄州水。堅壁同時走督帥,旌節相望二千里。君今投分向人間,挾策何曾敢一言。衣冠南渡荆揚遠,鼓角西來江漢翻。黄昏塵滿别雲暗,送子歸來方閉門。”《題漢甎》云:“漢皇海上求仙闕,那知自有蒼龍褐。銅盤不肯出宫門,渭城露冷千年月。神魚却渡東溟波,魏宫唐殿空嵯峨。土燒作瓦甎作硯,鴛鴦化作雙蒼鵝。徐福文成空想像,此甎無翼來天上。萬里蓬萊海氣青,排雲直入青綾障。苔紋剥駁花紋古,且向銀臺避風雨。若值神蛟破壁來,適君一片長安土。”《古别離》云:“宋家東鄰女,顔色如陽春。當時一顧本無意,誤爾三年下蔡人。東鄰胡蝶西鄰花,沉沉墻外疑天涯。春風一日不相待,碧窗咫尺烟如紗。當窗屈戍無時開,昔日一雙金雀釵。金釵墮絶不知處,網絲不斷年年灰。撥灰畫字言有情,字滅灰飛當復生。灰亦有時滅,相思二字何由明。”皆其集外之佳付,卓然可傳者也。蒙按先生詩中,往往有力詆新學新政者,則由其素所服習,皆疇昔閉關時代之學説與政論,與最近世界思潮之涂徑,大都不能脗合,誠無可爲諱言。顧今之人假新學政之名以塗飾天下之耳目,而陰實以自便其私圖者,又皆先生之罪人也。此先生之所繇恫也。噫!(本節已完)

《消閑月刊》1921年第6期

世謂《紅樓夢》中之賈寶玉,爲清初納蘭容若之影子。雖無碻實之掌故可以證明,然在吾國小説史中,未始非一段佳話也。容若爲清相明珠之子,初名成德,嗣以避清太子嫌名,易名性德。年未冠,即成進士。旋乃改官侍衛。才調高絶,所箸《通志堂集》,傳本已鮮，吾人所獲見者，祇《飲水》、《側帽》二詞集耳。詞律精細，間嘗爲自度曲，其聲尤凄惋動聽。陳迦陵、顧梁汾輩，皆爲評跋，推許甚至。其詩集亦名《飲水》，今頗不易物色，一二零篇斷什，散見諸家稱述者，此筆記之，亦足知一臠之味也。《秣陵懷古》云："山色江聲共寂寥，十三陵樹晚蕭蕭。中原事業如江左，芳草何須怨六朝。"《別意》六首之一云："獨擁餘香冷不勝，殘更數盡思騰騰。今宵便有隨風夢，知在紅樓第幾層。"又《絶句》云："緣槐陰轉小闌干，八尺龍鬚玉簟寒。自把紅窗開一扇，放他明月枕邊看。"又五古一首云："幽谷有美人，無言若有思。含颦但斜睇，吁嗟憐者誰。予本多情人，寸心聊自持。私心托遠夢，初日照簾帷。"其斷句有云："一片潮聲飛白燕，斜風細雨岳陽樓。"皆於清雋婉約之中，别寓無窮之感慨。蓋納蘭爲扈倫四部之一，爲朱明捍衛北邊，頗能忠於厥事。後爲覺羅所滅，銜怨至深。其族遺民，每届歲時伏臘，祭其先祖，輒以一鹿爲犧，衣以清製冠服，至今不改，示毋忘厥仇也。容若生順、康之際，去族滅匪遠，宜其茹痛未已。哀感悲咽，發爲文章(其詞集中類是之作亦不少)。其志亦可憫矣。然滿清之宗社，卒喪於西后那拉氏之手(那拉即納蘭，蓋一聲之轉也)，倘亦天之所以報歟。至謂賈寶玉即容若者，則舉容若詩詞中屢用"紅樓"字樣以爲證。如"知在紅樓第幾層"句，即其一也。又其詞中，如《減木蘭花調》云："此夜紅樓，天上人間一樣愁。"於《中好調》云："因聽紫塞三更雨，却憶紅樓半夜燈。"皆甚巧合。又其《無題》詩起句有云："同我惜花同我病。"其亡婦忌日作《金縷曲》一闋，起三句云："此恨何時已，滴空階樂更雨歇，葬花天氣。"則又似暗含一黛玉也者。此雖文人詞客穿鑿傅會之談，然既姑妄言之，即亦不妨姑妄聽之。蓋即令《紅樓》一書信爲容若而作，風流綺麗，亦自可傳，初無損其人毫末也。

清季親貴人物，驕奢淫佚，人盡知之。然亦間有能爲詞翰者。恭王溥偉，於覺羅退位後遊迹青島。居海濱一洋樓。與榑桑政客浪人輩，往來甚稔，間以詩歌相唱和。日本某報嘗載其《望海》一詩云："白雲不在天，青山不在地。中有神龍游，蕩漾起空際。"又有舊作一律云："隕籜驚心十月交，天風吹月海初潮。瑶池有信傳青鳥，新室無人着黑貂。大地烟雲疑是畫,重樓風雨可憐宵。故園霜後餘松竹,莫向林亭嘆寂寥。”人謂其人志不在小,觀此已略可見。即以詩論,亦滿族文人之佼佼者矣。鎮國將軍溥侗,字厚齋。即今北京票友界中所共推爲祭涵之紅豆館主也,亦能詩。嘗從日本報紙中獲見其《東游》小詩二首。其一《由下關之東京道中口占》云:“曾聞海客説瀛洲,春日張帆赤岸游。古樹參差寫島曲,好雲斷續富山頭。壯年髮白非關老,四月江寒未是秋。裊裊路旁新色柳,千條難繫我心愁。”其二《渡邊風關席上得句示余,適日間游上野,瞻觀古刹,欲系小詩而未能,因用韵足成之》云:“夢中良是覺難酬,抱愧平生與世浮。佛説我法尚應舍,於意云何如是不。”日人頗感稱之,目爲紅蘭主人之亞,亦未免過譽矣。肅王善耆,自署偶遂亭主。教與廉南湖輩唱和,詩亦可觀。《緣豆》云:“百八牟尼顆顆圓,和盤托出翠樓前。願持一粒相思子,重結三生未了緣。金谷緣珠原有態,江南紅豆最堪憐。拈花我佛應微笑,何日同登清净天。”《禽言》云:“行不得哥哥,泥深可奈何。區區一勺水,風過也生波。”《夏日》云:“鎮日苦炎熱,重門未教開。夕陽關不住,又遇短墻來。”數詩亦載日本報中。日人於此輩失意之滿人,大都極致推崇,曲意延納,一似有所厚望於其人者。則又不知其意之何屬矣。

《小説新報》1921 年第 7 卷第 11 期

“友如作畫須求淡,山似論文不喜平”,兒時見家塾楹聯書此二語,絶喜誦之。初未審爲誰某之作,及稍瀏覽清代詩人遺集,乃知爲江陰翁朗夫徵君(照)句。朗夫初名玉行,字子静,又號霽堂。少嘗奉教於毛西河、朱竹垞,西河序其詩集曰“意亢而舒,度遠而不拘於隅。其才思縱發,所至開適,質無不足,而文又見其有餘。”推挹可謂至矣。稽文敏以鴻博薦,高文定以經學薦,皆不售。遂久爲涕上寓公,又嘗游幕浙中,所至皆以詩鳴。有咏簑衣句云:“烟波雙鬢老,風雨一身秋”,其始得名以此。著《賜書堂集》四卷。王述庵(昶)嘗録數首入《湖海詩傳》,顧其佳章,實不止此。兹録其古體《春朝曲》云:“珠簾玲瓏漏初旭,燕語喃喃盡驚宿。博山火死猶微温，一縷虚烟斷還續。美人宴起不下床，枕邊閑覔金鳳凰。手拾遺釵綰殘髻，玉纖春暖紅酥香。扶來臺側試梳洗，默對青銅頻徒倚。小鬟知愛宜男花，先在枝頭摘連理。”律體《□上訪焦廣期徵君》云：“緑荄蒼葭望渺然，知君猶在釣磯邊。三秋酒熟雲生瓮，半夜詩成月到船。吟眺肯抛真勝地，招尋須趁小凉天。相逢應道垂綸好，雪樣鱸魚味正鮮。”《旅夜喜顧俠君太史至》云：“灑背新寒驟不同，挾衣未授感飄蓬。殘花泣夜枝枝雨，老樹呼秋葉葉風。把臂客來鐙影裏，斷腸人在漏聲中。何嘗共奮題詩筆，海樣深愁盡掃空。”《茅城寒食和張匠門太史韵》云：“獨坐停杯忽自嗟，年年令節在天涯。往來有數愁中路，遠近無憑夢裏家。南國三春逢燕子，東風一夜老梨花。轉頭又説清明至，那得行人鬢不華。”絶句《海棠軒病起》云：“偶緣行藥過東欄，初試生衣尚覺單。自笑新來偏善病，與花一晝怕春寒。”《秋曉》云：“隔塢烟鐘破曉清，山房秋意晝難成。時當酒醒眼初豁，蕉影一窗殘月明。”《冷香亭夜步》云：“夜深小步曲廊東，疏箔層層望若空。一樹梅花半輪月，與人俱在寂寥中。”至其摘句之佳者，爲“春水亂帆黄歇浦，夕陽疏樹陸機山”，“絳帳笙歌春問字，緑窗鐙火夜分題”，“暝色已籠千嶺暗，夕陽猶戀一峰明”，皆爲《湖海詩傳》甄采所未及。其已録詩傳之佳句，則爲“一抹夕陽連漢苑，二分春色在蕪城”，“小樓夜半朦朧月，深院秋千澹宕風”，“青拂何橋風乍轉，緑昏江寺雨初來”，“春寺烟深聞粥鼓，午塘風暖度餳簫”，“一聲啼鳥破春寂，數點落花生暮寒”，“夾岸緑陰垂柳渡，滿篷紅雨落花天”，亦皆可誦也。

南昌王于一（猷定），别號曰軫石子，亦明遺民之一也。遭亂後，僑寓廣陵，與杜茶村爲性命交，後又徒至吾郵，居最久。其《清明後一日登文游臺雨眺》及《秦郵漫興》二律，皆居郵時作也。《秦郵漫興》句曰：“三十六湖鉦鼓多，湖中人唱打魚歌。春風禾黍神農郡，夜月骷髏城子河。”自注曰：“郵人以鉦鼓取魚。”又曰：“州有佳禾，一名神農郡。”皆足供吾里乘之參考。所著《四照堂集》，周櫟園爲之刊行。《感舊》、《篋衍》二集中，皆僅録其詩二三首，且不盡爲最佳者。予求《四照堂集》久，比乃展轉得之。因録茶村詩，連類而及,爲記數首於次。《軍山看日出》云:"天鷄叫罷海水黑,萬里扶桑絶消息。長鯨鼓浪吼天門,北斗蔽垣辨不得。有客通宵坐石林,寒風二月吹人心。以袖蒙頭臨絶壁,樹外倒看天沈沈。須臾東際生微白,碎剪波光亂天碧。丹霞氣蠹尚氤氲,已有金蛇兼電掣。可憐久雨廢耕種,萬户愁雲方入夢。頭白書生愁更深,眼見陽回心轉動。那知聖人出深宫,九霄步步光玲瓏。横空作勢屢興没,羲和攬轡何從容。劃然半壁紅輪起,砍斷蛟龍四海水。三涌飛光上碧空,回看一寺桃花裏。"《亂石灘看落日》云:"秦皇渡海觀日出,何神能驅下海石。海日可似秦皇時,此石今猶著鞭迹。小石纍纍到海沈,大石不動守高岑。我愛此石坐石脊,以手撫之聽海音。海音颯颯從東起,浪涌孤光勢不止。半天紅紫落千林,轉盼扶桑已西徙。"《客燕偕内僧話》云:"且置威音事,閑談天寶年。乾坤吹野馬,雲水黯山鵑。世换人多默,語低心可憐。深宫長繞夢,劫老一鐘傳。"《立秋口占》云:"□□聲成後,明明百草頭。紛紜何日夢,斟酌此時愁。樹外風難定,門前水不休。道人鬚鬢上,新着幾莖秋。"《返揚州喜晤孫無言》云:"却訝秋□在,蕭條滿目非。江山千騎暗,城郭一人歸。見子南冠淚,猶驚楚客衣。庭花何爛慢,寂寂伴伊威。"《同杜于皇因圃抵足聞嘆》云:"一嘆白人頭,肝腸事事休。縈愁須有地。于世總無謀。夜静星辰苦,霜嚴鼓角遒。老夫裝被薄,寒重爲君留。"《送梁仲木之揚州,余亦移家高郵》云:"携累同孤影,寒江奈此行。獨憐髀肉在,相視古刀鳴。乞食窮心路,驅愁借酒兵。茫茫春氣内,不辨鳥禽聲。"《螺川早發》云:"月落秋山曉,城頭鼓角停。長江流遠夢,短棹撥殘星。露濕鷗衣白,天光雁字青。蒼茫回首望,海嶽一孤亭。"《阻雨望真州不得到》云:"口外黄天蕩,人家太子洲。只飛千騎甲,不渡一人舟。戰地江門苦,游魂荻岸愁。斜陽兼雨看,親切此山浮。"《宿白雲庵》云:"寒燈寂照夢難成,但覺逢僧尚有情。關外客船喧野岸,枕邊官馬踏殘更。兩淮烽火人初静,千里星霜雁獨征。爲吊漢家辛苦月,夜深猶傍釣臺明。"《重陽》云:"十載重陽兩白門,同君舊話黯銷魂。卧龍岡上秋千里,戲馬臺前酒一樽。作宦幾人尋草逕,論詩深處有苔痕。橋西不減南郊興,日暮蕭蕭楊柳樹。”蓋軫石自避地以後，所至顛沛，厥狀良苦，而又重以滄桑之感慨，宜其詩之多哀音也。

軫石集中有《看月》五古一首云：“日見海天低，夜見海風苦。海水浴天時，星辰皆作雨。惟月下海中，百道金光聚。波響月可聽，波來月可取。試問山中人，月來幾寒暑。”按漁洋《感舊集》亦録是詩，而題爲《單山看月》。前四句一仍其舊，後六句則已改爲四句。曰“孤月下海中，清光散諸嶼。閱盡山中人，月明自終古。”與集中所載夐异。其爲軫石晚年自定稿，抑爲阮亭之所竄易，皆未可知。要之後勝於前，實爲有目所共睹也。

《小説新報》1921年第7卷第12期

黄岡杜于皇（濬）即世所稱爲茶村先生者，明亡後，嘗游吾郡，與王阮亭最相得。其送阮亭詩有曰：“官廉忍分俸，自笑余何求。干請誠則拙，談藝固其優。感君適野性，飲啄勤相周。送酒必醇醪，推食必精饈。勝境必我招，佳句必我投。燠時貽我葛，寒時貽我裘。記逢人日雪，造我吟窮愁。豈獨弃案牘，居然忘貴游。”亦可見其相與之厚矣。按：漁洋《感舊集》亦録是詩，特其中字句小有异處。《漁洋詩話》則曰“杜茶村僑居金陵，貧甚。屢客廣陵。甲辰人日大雪時，鎖印無事，予造訪之，清言竟日。乙巳七夕，予北上京師，諸人祖於禪智寺，即席賦五言。茶村有句”云云，蓋即指是詩也。茶村生平論詩極嚴，於時人多所詆訶。有富於財者重價購其集焚之。鄉人某搜得遺稿，梓以行世，即今所傳《變雅堂集》。蓋已不及十之三矣。變雅堂詩録入漁洋《感舊集》者凡二十一首。陳其年《篋衍集》亦録數首。外此佳作尚多。古體如《捷兒從江陰歸金陵》云：“今秋喪汝兄，悲緒非一端。出淚防眼枯，忍淚傷心肝。八月望汝來，直至十月殘。來時已絶望，徒然劇辛酸。繞膝一月餘，共苦非承歡。旱冬水道絶，意外謀歸鞍。誰無歲暮心，汝父歸獨難。節序久不知，世事吾何嘆。老骨挫霜雪，復念稚子寒。孤孫尚乳臭，哀慕豈足歡。天涯十八口，寄書誡加餐。宛轉過梁谿，從此路漫漫。旅卦慎童僕，今又危弗安。奔迫爲先人，遥恤衣裳單。汝歸念汝父,何以對椒盤。"《樵青歌爲黄仙裳作》云:"當時同學十數人,兩人引頸先朝露。一人萬里足重繭,一人入海隨烟霧。三人滅迹逃空門,四人墻東長閉户。一人賣藥不二價,一人佯狂以自污。黄生計盡無復之,門前便是青山路。昆吾寶劍千金直,改鑄腰鐮應有數。黄生終日無踪迹,上山清晨下山暮。有時昏黑猶在山,痛哭身當猛虎步。不知爲樵定何意,黄生安肯言其故。但聞有一海陵樵,時時偷訪鍾山樹。"《關山月》云:"上有關山月,下有隴頭水。月照行人不記年,流水無情流不已。月凄清,水嗚咽。非秦非漢腸斷絶。"近體如《寺樓雨中同亦史翼微來鶴桐初作》云:"與客上高樓,蕭蕭海雨愁。甲兵全未洗,行李又須留。烟合疑無樹,山空但有秋。此時同抱恨,不待話離憂。"《落木庵同蒲道人啜茗》云:"苦茗平生好,逢師此共斟。緑江無盡意,白首有同心。山月照逾澹,松風吹使深。黄鸝知飲愜,枝上送佳音。"《十二月十五夜至瓜渚宿魏氏榮露堂與其喬梓即席共賦》云:"獨樹今爲客,來敲月下門。寒天猶逆旅,落葉不歸根。冰雪春時盡,江山戰後存。銜杯慚已老,未敢議酬恩。"《蘇嶺書齊逢陳北固表弟即送還里》云:"闊别忘年代,相逢道姓名。一時中表會,三紀故鄉情。晚節存高滔,歸帆過舊京。後期方袞袞,春酒話長生。"《送友》云:"天末衰遲眼,十年望故人。相逢不長聚,後會復何辰。獨困方知拙,難言始是貧。良時多好語,忍淚盼行塵。"《前民生日》云:"三十今過幾,詩名孟浩然。道甯同我拙,顔肯向誰低。白髮循資到,青錢取次携。飲場行處好,二月草萋萋。"《贈友》二首之一云:"分袂從隋苑,尋盟到武塘。如何江上客,不返漢之陽。計拙違知已,途窮入大荒。故人憐屈宋,此地即三湘。"吊曹秋岳二首題曰《挽嘉禾友人》云:"君才丁丑盛文章,壬午論君在帝鄉。一别再期祇涕淚,兩登八座亦凄凉。隴頭水咽疑人語,粤嶠猿啼斷客腸。指點昔年游宦地,不知何處不沾裳。""日日論文意未宣,還從别後寄長箋。請纓策黜餘何用,諛墓金多但可憐。紅板橋頭重握手,南倉渡口幾回船。元文罷刻關天意,猶感忠言到九泉。"(自注:謂公欲刻元文,因余言而止。)《送王孫茂(于一子)之廣陵》云:"爍石燎原劫火屯,何人剥啄響柴門。殷勤唤我聲猶昔,卧起看兒眼倍昏。故里有樓歌帝子,殊方無地飯王孫。橫經家學傳三百,只恐蒿莪漬淚痕。"《壬戌初春訪朱林修偶成》云:"春風扶杖遠相存,新柳絲多罩一村。前有梅花後流水,淹留容易到黄昏。"《今夜》云:"蕭寺孤燈雨滴苔,老夫一出旋歸來。呼兒且莫忙沽酒,今夜懷人不舉杯。"《梅花》云:"數尺霜根幾載移,一樽深賞向南枝。平生只是知慚愧,逢著梅花不作詩。"《題朱林修塵外樓圖》云:"芳草無邊似緑江,高樓臨眺客愁降。向東一面尤奇絶,盡放鍾山入小窗。"蓋視漁洋、迦陵兩家所甄取者有過之無不及也。茶村初名詔先,一名茶星,又號西止。没後,葬金陵燕子磯東麓,其地名梅花村。遼陽楊鍾羲守江甯時嘗爲修葺,補種梅桃三百株,亦可謂韵事矣在。

《心聲·婦女文苑》1924 年第 3 卷第 8 期

鄭所南善畫蘭,嘗自寫一幅,長丈餘,高五尺許,題句曰:"純是君子,絶無小人。深山之中,以天爲春。"邑宰某嘗來乞畫,所南不應。脅之再,則怒曰:"頭可斫,蘭不可畫也。"其高傲如此。

清順治間,鄒平張延登刻朝鮮使臣金叔度(尚憲)《朝天録》一卷,詩多佳句。《初至登州》云:"南商北客簇沙頭,畫鷁青簾幾處舟。齊唱竹枝聯袂過,滿城明月似揚州。"又《早春》二首云:"水際城邊野馬飛,漸聞宫漏晝間稀。東風日日蘼蕪緑,塞上江南總憶歸。""王灘流水繞江涯,江上松林是我家。昨夜夢尋烏石路,山前山後早梅花。"皆極秀雅可誦。

康熙間,孫致彌輯《朝鮮采風録》,所録詩篇多近體。其最佳者,如金净《江南春思》云:"江南殘日夢懨懨,愁逐年華日日添。雙燕來時春欲暮,杏花微雨下重簾。"鄭知常《醉後詩》云:"桃花紅雨夢呢喃,繞屋春山間翠嵐。一頂烏紗墉不整,醉眠花塢夢江南。"是書傳本已不多,予偶見之,故爲録存一二於此。

蒼梧名士許粵樵,所爲小詩極工。予尤愛其《舟中望炮臺》一首云:"連營無復建旌旄,血戰餘聲捲怒濤。留與牧童吹笛上,將臺秋草没人高。"使韓彭衛霍一流人見之,興趣亦當灰冷。甚矣,戰爭之無謂也。

戰場詩最淒苦者,趙玉甫句云:“日臨戰地晴無色,鬼戀殘齒夜有聲。”張蕉雪句云:“白草春肥人種血,青磷夜冷鬼尋頭。”皆爲洪楊之亂作也。

《緑波草堂詩》八卷,都昌徐燮亭(灼)著。驚才絶艷,不同凡響。其最奇快者爲《塞上凱歌》二首云:“壁壘森嚴夜紀功,大旗風捲舞蛇龍。氈廬痛飲燒椽燭,一顆人頭飲一鍾。”“綉鞍銀甲炫華裝,絶色胡姬捧玉觴。馬後笙歌馬前鼓,將軍還是少年郎。”興會淋漓,一時無兩。彼好言從軍苦者,讀此又當爲一振矣。

“白日吞聲江水逝,青天咽淚雨絲飛”,韓國義兵首領全海山絶命句也。全爲倭軍所執,臨鞫時,神色不改。第慨然曰:“予舉義兵,欲復國也。今若此,有死而已,何事多言!”嗚呼,亦壯矣哉。

朝鮮狼山上有石碣一,題曰“甲午戰役之紀念”,蓋日人誇耀其武功而作也。繞狼山而東,有一廢寺。壁上題詩兩首,談者僅記其一云:“大國艱辛小國酸,海波東望月光寒。千秋禾黍悲殷社,一代威儀想漢官。似此割烹能有幾,替人歌哭豈無端。狼山上有新碑碣,剔却苔痕子細看。”其下署名曰哀江,蓋亦今之傷心人也。

世傳洪大全一絶云:“雙髻山前樹似麻,曉鵑啼血客思家。圍場散後連營静,捲起春旗看落花。”風致絶佳,詩才出石達開、李秀成諸人上矣。顧或謂洪大全本無其人,乃官書中僞托爲之耳。然則是詩又伊誰手筆者?奇哉。

石達開詩,傳者亦有數首。其最可誦者爲《入川題壁》一首,予絶嗜之。詩曰:“大盜亦有道,詩書所不屑。黄金若糞土,肝膽硬如鐵。策馬渡懸厓,彎弓射明月。人頭作酒杯,飲盡仇讎血。”語語不脱强盗本色,讀其詩即可想見其人矣。

中國神話,謂秋海棠爲淚所化,詩人因奉以爲典實。銅陵章完白獨反其意云:“紅粉妝成對夕曛,半偎籬落半墻根。娟娟笑靨西風裏,不見當年舊淚痕。”古今咏秋海棠者,爲之一齊斂手矣。

滄海劉秋舫有《咏老少年》詩云:“年華逝水悵如斯,老大焉能勝少時。縱使紅顔真箇好,旁人也説是胭脂。”遲暮美人、坎軻名士，當爲同聲一哭矣。

番禺馮子良《望月》詩云："水驛山程處處圓，圓時偏覺別愁牽。故鄉久已無明月，與我追隨二十年。"詩有愈作駭語而愈妙者，此類是已。

有餅師某，工詩，談者失其名氏，但傳其最佳一絶句云："荻花楓葉滿江村，一夕孤舟欲斷魂。正是客愁無看處，烟波萬頃月黄昏。"惜年僅廿三而卒，不得竟其所業，哀哉。

粤東楊謙山（大琛）咏秦宫詩云："五丈旗飄複道寬，曉妝人試緑雲盤。虚懸照膽秦宫鏡，不見長城白骨寒。"讀竟爲之悚然。

桐城吴秀圃，少有雋才，長於詩賦，顧以屢試不售，坎軻憔悴以老。著有《秀草齋詩鈔》。《寄俞生香儼》云："漂零萍梗又經秋，此夕思君獨倚樓。寒雁一行何處去，白雲天遠大江流。"風韵佳絶。又其斷句如："樓頭細雨三更笛，江上寒潮一夜舟。小溪疏柳誰家閣，極浦斜陽獨客舟。"亦皆清逸可誦。

黔西史荻洲（勝書），饒有詩才，惜年甫三十而逝。著有《秋燈畫荻草堂詩鈔》。予最愛誦其《過重安江》一絶云："凍雲黯黯雨疏疏，黄葉聲中策蹇驢。記得前年風雪裏，一江寒碧賣鰷魚。"雖從漁洋"半江紅樹賣鱸魚"句脱胎，然要别有風致，不以落入窠臼爲嫌也。

廬陵胡馨谷（友蘭）初爲木工，後乃折節讀書，有聲庠序。所著詩集曰《蓼蟲吟》。其絶句最可誦。如《山行》云："隔嶺不知何處寺，西風送出數聲鐘。"《尋寺》云："雲山萬叠尋僧寺，衹向疏鐘響處行。"《春暮》云："流鶯怕見飛花面，藏在緑楊深處啼。"《送春》云："兒童不識春將去，笑問林花何事飛。"皆能以天趣自鳴者。

會稽王笠舫（衍梅）雄於詩，有《三月五日寄家人》句云："與月樂天花樂地，將詩驚鬼酒驚人"，筆意奇崛可愛，惜未多見其所作。

"死方擲筆還天地，狂欲焚書哭古今"，爲近人詩句之絶佳者。惜不能舉作者姓名。

半蘭詩話

胡石予 撰

載於《小説新報》一九二一年第七卷第三、四期。

作者署名石予。胡石予(一八六八—一九三九),名蘊,昆山蓬閬人,字介生,號石予,别署半蘭、石翁、萱百、瘦鶴、丹礫、老跛、胡布衣、閑主人等。爲南社著名詩人。曾任蘇州草橋中學國文教師,授業弟子中有葉聖陶、顧頡剛、蔣吟秋、鄭逸梅等人。有《半蘭舊廬詩》存世。另輯有少年時代與昆山諸友唱和的《蓬溪詩存》一册。辛亥革命期間著有爲革命振臂高呼的《秋風詩》六十六首。其詩清淡閑適。亦雅好書畫,有小説、散文之作。散文中有《詩學大義》一篇,多獨到見解。林香伶《南社詩話考述》載其《梅花詩話》、《海棠詩話》兩篇,未録此篇《半蘭詩話》,以及發表於《金剛鉆》的《炙砚诗话》(一九三三)與《涤砚诗话》(一九三三)。

本篇詩話,第一則記何韋人《稪山草堂續稿》中一詩,寫乙亥年冬冰阻蘇州城外。并由此聯繫到丙辰年冬蘇州到常熟水路結冰四十餘日之反常現象。第二則稱贊何韋人醫術高明,記其告人養生術之詩,及《論醫》五古其一。以警示世之不良醫生。第三則録與友人悼念總角之交張啓泰(字孝臣)之詩,沉痛哀婉。本篇雖短,但對了解胡石予交游亦有一定價值。

《小説新報》1921 年第 7 卷第 3 期

何韋人,余嘗見其《稪山草堂續稿》。《乙亥季冬十日,大風嚴寒，冰阻姑蘇城外者七八日，悶甚。偶書》云："去年守凍蓮湖邊，三日醉酒篷窗眠。水程中隔莫可越，恨不如鳥歸飛遄。今年阻風婁門口，百里冰凝尺餘厚。幾回東望九峰雲，足蹇途遥不能走。不能走，舟子喜。日索客錢市薪米。索錢不得笑且譁，荒村糧盡何處賒。君不見，輕車肥馬飛馳過，一日還家擁爐卧。底向江頭忍凍餓。"（原注：時有迫欲歸家者，每百里輿金百兩，馬半之。）按最近丙辰冬十二月十日起，冰凍至丁巳正月十九日始開。四十日中，傾弃之水，無夕不冰。航路不通者亦半月。自蘇州至常熟，必不得已而往返者，多雇肩輿，價日增高。嚴寒連續之久，不常見也。

《小説新報》1921 年第 7 卷第 4 期

韋人善醫，有客無甚疾苦，而好服藥，求示養生之術。一笑答之云："一身痛癢自家知，莫漫求人藥餌施。古有神農多上壽，世無扁鵲用中醫。宫筵酒食休酣恣，涉路風霜善護持。悟得衛生真妙訣，菜羹疏食勝葠芪。"今之醫生，常慫恿人服藥。讀此詩，能勿滋愧。韋人又有《論醫》五古四首，録第一首云："作醫必有恒，服藥必三世。古語人習聞，此義當深味。操術關死生，貺没實重寄。空誦軒岐書，安得倉扁祕。神明在三子，安危争一劑。虚實少混淆，人命等兒戲。所以慎身者，勿就瞽醫試。"《自序》謂自丙寅繼世業爲醫，迄今癸未，已十有八年。所經診，無慮數萬人。技非十全，而謬負時譽，可懼也。書此以示及門諸子云。

《小説新報》1921 年第 7 卷第 4 期

余以挽病苽詩寄景雲，既而接到和章。末書數行云："孝臣中疫而亡，隔日庸尚見之。河窗小坐，獨拳拳申離索之感。并約明日共品墨帖。及明日聞病。又明日，吊客滿堂矣。人死如是之易，可勝痛嘆。和詩不盡，余懷十一也。"詩云："滿眼河山一愴懷，茫茫此日哭公來。元龍卅載飛揚氣，籠罩東南百輩才。""玉梅花下夜沾春，花似輕烟月似塵。醉裏戲呼黄面佛，三生定有舊根因。""丁丁漏水滿銅壺，病卧東厢夢影孤。絀雨籠燈親問訊，三年前事記還無。""剪紙難招酒客魂,同年老友幾人存。悠悠送汝邙山去,挂起烏篷又出門。"《意有未盡再用前韵哭孝公》云:"短棹河干淚滿懷,阮公亡日我歸來。一彈指頃知聞斷,痛此風流大雅才。""病首支離四十春,長髯烏帽古仙人。一生愛老知何意,難問前因與後因。""無復高齊酒百壺,冬郎已逝此心孤。同年剩有張平子,再到江南得見無。""年年江海黯離魂,斷素零縑半不存。何限故人生死感,一緘淚墨寄吴門。"時惟一適往如皋,道南通晤景雲,亦和四章云:"舊夢如烟苦繫懷,望仙橋下我曾來。瓦盆沽酒詩人屋。誰識荒江絶代才。""愛子能爲秦漢春,餘才雕篆亦天人。衹憐一片桃花石,萬古春風未了因。"(原注以印石乞鐫,故云。)"破帽蒙頭隱一壺,詞人老去白雲孤。可堪寂寞河山感,九日陶家斗酒無。""淚眼才招老荻魂(原注謂荻川),頑鷗又死百無存。荒荒夢到江天外,萬樹梅花雨墓門。"

梅花詩話

胡石予 撰

載於《消閑月刊》一九二一年第二期。作者胡石予,介紹見前《半蘭詩話》。

胡石予擅長畫梅,深愛梅之高潔。此篇詩話圍繞各種與梅花相關的地名,既介紹地名由來、掌故名人、沿革興廢,也收録諸多咏梅之詩。篇首叙嘉興一帶梅花里、梅花涇、梅花庵、梅花渡,録平湖詩人沈實甫題咏多首。其後録平湖詩人張海門用王士禛《秋柳》韵咏梅花詩。又記録杭州孤山梅花塢、西溪花海;蘇南的梅花堂、鶴梅仙館;金華洞山老梅岩;湖南益陽梅子潭等景,旁征博引,饒有趣味。歷代文人好種梅、好咏梅之習,可謂盛矣。本篇詩話,足爲傳統賞梅文化之一瞥。又,胡石予另有《海棠詩話》之作,專選海棠詩,和此篇俱選材獨特,可見民國詩話題材之專門化。

《消閑月刊》1921 年第 2 期

梅花里,在嘉興縣治南四十里。溪□村落多樹梅,故名。《吴志》:“梅會里,石晋時鎮遏使王逵之居也。植梅百畝,聚貨市場,今稱梅溪,亦曰王店。”《静志居詩話》:“洪武舉人王鏞,及弟鈞,居梅會里。水曰梅溪。鏞爲朱克恭賦《水竹居》詩云:‘吾家舊在梅溪上’,是也。”梁孟敬《石門集》。有《題嘉興王氏梅花莊》詩,未知即是二王所居否也。平湖沈實甫筠《梅花里》詩云:“春色無遠近,炫眼盡香雪。環水自成村,芳鄰幾家結。負暄野老閑,故事指花説。

在昔三槐裔，石晋著勛閥。榮辭北闕歸，興托南枝發。地僻聚花市，天荒闢詩窟。流觴泛酒波，揮麈霏玉屑。風流五百年，古香猶未歇。巢仍翠羽栖，枝餘美人折。更訪孝廉莊，疏影繪殘月。”

梅花涇，在濮川女兒橋外，湮没已久。元濮氏復之。夾岸植梅成林，花開如雪。人稱“小羅浮”。明宋濂讀書臺在焉。實甫詩云：“芳涇渺渺長，新漲縠紋輭。水木湛清華，得名實不忝。好事溯濮家，如畫更濡染。手植羅浮種，香風遂流轉。波光鏡一匳，瑶林雪千點。侍聞宋文獻，會此安吟簟。是時元鼎沸，桑梓苦兵燹。紅巾禍滋蔓，白版忽深掩。和羹時易遭，巡檐願未踐。流水江南春，頹曦忽西□。”

梅花庵，即梅道人之慕。元吴鎮，字仲圭，號梅花道人。善畫。元末隱居不仕，自題石曰“梅花和尚之塔”，縣丞倪璣作亭覆之。後吴令道昌修其墓，築僧舍於旁，以司香火。董文敏題其榜曰“梅花庵”。有石刻梅道人畫竹八幅。實甫詩云：“詩仙不燒丹，畫禪不摩頂。濁世著清狂，風流莫與并。橡林築一椽，嘉禾圖八景。景中人即我，題石發深省。生曠王官谷，芳躅梅仙嶺。寒香飛入夢，一卧不能醒。巍然死士壠，化作招提境。花和貝葉香，壁幻湘雲冷。千秋逸氣留，鶴唳湖天回。瘦立長身樹，疑是高人影。”梅道人題胥山句有云“山前萬個長身樹，下有高人琴劍墓”，見詩注。

梅花渡，在嘉善西郊。明刑部支如玉，與有元素、允堅著書處。廣五十畝，流水環之，藝梅千樹，點綴亭臺。今廢爲壠畝，訪古者每流連焉。實甫詩云：“高僧愛神駿，禪林畜良馬。高士戀寒香，瑶華藝芳野。同此姓支人，儒墨各瀟灑。隱居武塘北，文水繞其下。枕流計終老，著書謝游冶。春從几席生，墨花一鏡寫。自題王冕屋，閑結遠公社。時譜陽春曲，不愁真賞寡。鶴鳴子在陰，林下知音者。借問桃花源，何如此幽雅。”沈實甫道咸時人，著有《守經堂詩彙》。四處事迹，均見題下自注。

漁洋《秋柳》韵，和者千家。後人有用其韵以賦他題者。平湖張海門《咏梅花》四首亦用其韵。詩曰：“珠蕾千點返冰魂，古石蒼苔畫掩門。流水二分參月色，寒山一路有烟痕。故人消息江邊樹，清夢家園竹外村。只與貞松結儔侣,尊前同對阮生論。""暗香細細和清霜,水碧沙寒半畝塘。屈子文章遺緑萼,范家手澤青箱。鐵琴古屋傳孤弄,石磬中峰禮法王。雪裏蹇驢行得得,酒旗前路認幽坊。""藐姑仙子五銖衣,翩滮驚鴻是也非。貴主妝梳時世少,山人眷屬古今稀。慢詞白石雙聲引,畫稿元章萬玉飛。瘦竦吟肩身似鶴,歲闌相守莫相違。""玉笛聲聲似解憐,曉寒高館燭銷烟。霞光絢彩穠於綺,雲影籠香輭若綿。索句尚餘丹白想,逢春都在别離年。興來欲跨玉龍背,吟到遥臺縹緲邊。"

元好問詩"梅花嬌小杏花憨",以"憨"字狀杏花,殊妙。若"嬌小"二字,未免唐突癯仙矣。

梅花塢,賈似道所營,亦近孤山。孤山上有梅亭,乃後人爲林處士築也。震澤張鱸江士元《孤山》詩曰:"孤山下有梅花塢,孤山上有梅花亭。兩處梅花各有主,孤山只爲一人青。"張,乾嘉時人,著有《嘉樹山房集》。

讀南匯張孟彪文虎《舒藝室詩存》,有張氏《梅林訪十女殉節處》七絶二首,詩云:"剩粉零脂委劫塵,玉梅千樹表貞珉。月明環佩歸來後,仍爲癯仙作主人。""靈芬何處薦疏麻,樹古池平舊迹賒。猶有存亡家國恨,夜深彈淚與梅花。"

梅花堂祀蘇文忠公,堂額即公手題。在香山又馬嘶鎮蘇墅。明時鋤得古碑,亦有"東坡田舍"四字。江陰繆布廬徵甲暨陽懷古,有《梅花堂》一首云:"陽羨田,常州宅。表乞居,計亦得。未幾乘風歸玉樓,田宅雲烟盡陳迹。何時自昆陵,移來江上屐。田舍留殘碑,壁窠存手澤。我折古梅花,爲公作生日。"

婁東南園鶴梅仙館,以老梅形似鶴得名,相傳王相國手植。三百年故物,經兵燹,付劫灰矣。余曩有詩云:"鶴梅仙館訪南園,曾把婁東軼事傳。不謂當年詩酒地,於今十畝盡桑田。蓋其地今多植桑也。近閲太倉趙子履室武倩霞淑儀《海棠春曉樓吟草》,有《追憶南園鶴梅》七古一首云:"君不見南山虬松二千尺,天矯拏空攫怪石。萬千百劫古鴻濛,半天雲作鷗鵬翼。南園老梅三百年,相國手植滄江烟。一朝幻作縞衣鶴,長頸下啄青芝田。滮滮欲破江城笛,亭亭獨立羅浮仙。人民城郭變今古,滄桑半改園林主。修廊踏遍青莓苔,夜深素影翩然來。風聲草木警清夢,令威一去空亭臺。是梅是鶴在何處,偶墮人閑原小住。我恐園中百樹梅,一齊代鶴横空去。"

老梅岩,爲洞山十景之一。金仁山先生有《洞山十咏》,其序略謂:"金華爲東南佳山,而洞山最奇勝。清賞之士,固嘗憩椒庭,航雙龍,探冰壺,窺朝真,而此山之勝,所遺尚多焉。思誠子張君,少游金華,攬奇選勝,晚好逾極。丁丑、戊寅之間,避地是山,有桃源之心焉。朝夕游處其中,始盡其美。嘗謂洞山之勝,有十景焉。暇日邀余,相與觀之。按十影爲高石岩、朝真洞、冰壺洞、雙龍洞、椒庭、中澗、小龍門、五叠泉、老梅岩、中峰。老梅岩在中澗之濱,石岩崎嶔,可芘十人。石際有古梅,老幹嫩條,澗水濺濺繞其旁。故名之曰'老梅岩'。"先生詩云:"片石崎嶔斜插澗,横枝愁絶净無塵。誰從石上栽冰玉,寒谷年年遞早春。"

潘焕龍讀書處有梅四株,因繢《四梅花屋圖》。其同年蘄水陳秋舫沆題云:"吾鄉有奇士,性情妙於仙。萬花不在眼,獨與梅有緣。手種四株樹,樹樹皆華妍。偶然山月到,清影墮嬋娟。詩人當此時,徘徊思渺然。兩心結深契,人花俱不眠。我欲訪佳景,開樽待何年。"

西溪在西湖北峰之陰,山水幽勝,梅花數十萬樹,白霞仙子可之。錢唐陳退庵文述有《西溪水仙祠詩》云:"雛鬟調乳鶴,溪上是兒家。澹冶春烟影,真如萼緑華。明璫翠羽□,管領萬梅花。"

西溪居民,種梅爲業,花時不減鄧尉香雪海,故其地名花海。退庵詩云:"香雪春無岸,烟波汗漫游。松壺老居士,爲我寫扁舟。美人横笛去,花滿翠雲裘。"

太僕山梅花三十里,四面臨水,亦名大雄山。退庵亦有詩云:"桐廬九里洲,洲在梅花裏。約略十萬株,花開滿江水。何如太僕山,梅花三十里。"(均見《西溪雜咏》)

梅子潭,在湖南益陽。善化賀蔗農侍銜熙齡詩云:"十里梅花十萬枝,花時可惜我來遲。多情仙子猶留影,照我寒江拂帽絲。"賀著有《寒香館詩鈔》四卷。

秀水王仲瞿有《聘梅除夕示内子》詩,序云:"湖墅梅花,以皋亭爲最盛。先一年,余種稺挑三千本。忽鄉老人年八十者,以小除夕至。叩門大言曰:'君種桃耶? 桃十八年爾。盍種梅,小壽亦五百歲。'以問雲門,曰:'我意也。'盍種之。欣然往,於皋亭間得百本。皋亭之人云:'我將爲君致千本。'作《聘梅詩》云:"花韝一扇花氣暢,皋亭十里梅花瘴。吴鹽聘虎金一蹄,十里美人笑相向。明珠一斛一緑珠,秋胡見金花躊躕。黄金好買花無價,説起林逋不會嫁。冰下人傳冰上言,嫣然一笑搴帷下。月老紅絲一百株,一株一錦一珠襦。一聘九華帳,梅花意惆悵。再聘金錯刀,梅花珠步摇。三聘清冷泉,梅花小壽一千年。四聘金玉缸,梅花淡淡月雙雙。五聘雕文臺,梅花沐浴來。六聘花千綹,梅花晝手榻無咎。七聘一笛曲,暗香疏影雲中宿。八聘醇漿九聘詩,梅花綃帳月遲遲。聘罷梅花花艷艷,香魂自上移春檻。一檻移春直到門,金燈華燭滿門春。居然不是梅花夢,盡是梅妝黠額人。紅羅亭子障銀紗,錦洞天中夜欲譁。占得馬塍西畔月,明朝妒煞萬桃花。"先生自注:"九聘各句,用羅虬花九錫語。"

仲瞿又有《媵桃詩》,叙曰:"正月十日,内子命十橐駝種梅,誌生日也。余復遺橐駝輩,以夭桃千本補未種地,作《媵桃詩》云。""梅花帳外花初孕,九錫瑶姬一茶定。聘得江妃盡姓梅,更教南内紅桃媵。桃花紅作三歸臺,梅妃侍女來天台。自説桃花身命薄,年輕最怕風姨惡。乞得金鈴護不飛,花開又恐東方朔。崔娘靧面作華容,十萬珠幡不怕風。一媵花一命,花醫會治桃花病。再媵八品纔,門中人面劉郎來。三媵花三命,承華顔色容華□。四媵六品官,瑶池宫殿廣寒寒。五媵五命嬌,花名一客妖。六媵媵花神,夭桃四品婕好身。七八雙雙媵,紅顔封得鬟侯命。九媵入瑶臺,一品夫人婢作來。媵罷桃花向花叫,助嬌妃子簪花笑。雙女峰頭感夙因,會仙石上可憐春。從今一子千年熟,長與胡麻作主人。武陵源裏不須譁,好避人時且做家。分得散花灘上月,年年紅雨護梅花。"自注云:"九媵詩句,用張翊《花經》'九品'、'九命'語。"

秋詩話

朱鴛雛 撰

載於《半月》一九二一年第一卷,第四、五、七期。

作者朱鴛雛(一八九四—一九二一),名璽,字爾王,號孽兒,筆名銀簫舊主,别署鴛雛。松江人。曾加入南社,後因唐宋詩之争,與柳亞子發生矛盾,被柳逐出南社。他常參與新劇演出,飾演旦角,廣受歡迎。著有詩集《斷腸草》、《銀簫集》、《銀簫遺韵》等,詞集《鳳子詞》;雜文《瀛談脞録》及《上海閑話》等、小説《簾外桃花記》,又與姚鵷雛合刊《二雛遺墨》。殁後,時希聖爲其刊《朱鴛雛遺著》,其中無本篇詩話。林香伶《南社詩話考述》有本篇詩話之提要,然多訛誤。

《半月》,一九二一年創刊於上海,文學半月刊。由周瘦鵑編輯,主要刊登小説。本篇詩話是朱鴛雛去世後刊登在《半月》上的,標題前有"亡友遺墨"四字。作者纏綿病榻,念吾國文人自昔有秋士多悲之習,欲"假其杯酒,澆吾病懷",故選近人及友朋悲秋之詩,集爲詩話。開篇即録同光派代表人物鄭孝胥秋詩數句,認爲其詩"深得於秋氣",稱贊其"非他人能企及也"。其後又録與鄭孝胥相交的諸宗元(亦爲南社社友)詩,稱其"於海藏有青出於藍處"。又選南社社友潘飛聲(老蘭)因秋感事七絶四首。第二部分,收録袁克文(寒云)之弟,袁世凱第五子袁克權(百衲)七夕、中秋詩,稱贊袁氏兄弟"陳思多才,黄鬚亦復不弱"。後録作者友人姚鵷雛等人詩作,懷念昔日與友人相聚之樂。又録南社龐樹柏、聞野鶴詞作。最後録自已《故居》詩一首,其中有"去國身如夢,未秋心已凉"兩句,身世飄零,猶感悵惘。讀此詩話,可見朱鴛雛與南社、同光派詩人的聯繫,也能了解這一英年早逝、多愁善感的青年詩人之心境。

《半月》1921 年第 1 卷第 4 期

秋窗病起，菊上盆矣。藥裹餘閑，若不禁欲作聲吐其積臆者。然余知五七言之無謂，戒之已久。即短長句新體，恐其畫虎不成，亦憚嘗試。伏念吾國文人，自昔有秋士多悲之習，呻吟感喟，耗精力於其中者，不知幾許。撫彼遺篇，每用嘆恤。然假其杯酒，澆吾病懷，亦無益以遣有涯之法也。兹最録近人及友朋所撰若干篇爲《秋詩話》，自知迂拙可笑，聊備愛嚼蔗汁者一噱而已。

凡人見鄭海藏先生書者，覺滿壁縱横皆秋氣。至其詩亦深得於秋氣者也。《九日獨登清涼山》一首，傳誦已久。碻有開徑獨行之槩。原詩云："科頭直上翠微亭，吴甸諸峰向我青。新霽雲歸江浦暗，曉風浪入石頭腥。忍飢方朔非真隱，避地梁鴻自客星。意氣頻年收拾盡，登高何事叩蒼冥。"其餘斷句爲秋鳴者如"月影漸寒秋浩洞，柝聲彌厲夜嵯峨"，"生計坐憐秋一葉，歸程冥想浪千層"，"佳日天公妒，黄花异國香"，"天際雲濤秋益壯，樓頭風雨晝初凉"，"不覺肺肝生白露，空憐河漢失流暉"，"飯後常教移竹扇，秋來最愛住江鄉"，"淞江幾曲潮皆滿，好日連宵睡較遲"，"一醉不辭中酒病，九秋還闢百年身"，"殘秋去國人如醉，晚照横窗雀自喧"，"故人吟楚調，秋氣滿高齋"，"一年又覺凉風起，萬里空憐楚水流"，"魯山卷口秋風碧，襄水城頭晚照凉"，"滄江勢爲高樓曲，楚客愁因落日多"，"雲樹蒼蒼收百里，洞天鬱鬱起孤臺"等，皆在之湖山，數百年作清響者，非他人能企及也。

沈子倍先生中秋前二夕檢書，得甲午中秋年詩，作詩云："依然圖滿冰輪夜，多事山河大地依。十五年來天不駿，百千劫去淚長揮。當時棘爲銅駝嘆，後夜潮隨白馬歸。卷髮鬅鬙憑闌影，衹憐朝露未能晞。"遺山《中州集》中故國之哀不過如是。至其志趣，吾儕未敢窺矣。

吾友野鶴,盛稱諸貞長先生之於海藏,有青出於藍處。《九月一夜大雷雨作》云:"又是關門聽雨聲,飛蚊繞鬢一燈明。何能持此除殘暑,豈便相忘有早晴。□杆鄰家多不寐,星廬閑地亦無情。去年空費秋霖什,急電奔雷任自驚。"數十字間,有不衫不履,非佛非仙之妙。

因秋感事,不同無病呻吟者。如潘老蘭先生四首云:"海上遲回滯去程,入秋風物倍淒清,也同杜老雲門寺,布襪青鞋自在行。""何處聞歌欲采薇,故園松菊不成歸。故人報我匡君信,打叠天池一衲衣。""遲暮仍爲梁父吟,二桃三士費沉吟。紛紛南北争鈎黨,孤負風雲廣武心。""步兵歌哭亦徒然,中酒能狂便學仙。一笑陳摶墮驢背,何時重睹太平年。"

《半月》1921 年第 1 卷第 5 期

袁寒雲先生令弟百衲,爲詩絶類樊南。《七夕坐吟》云:"一螢穿徑知秋近,泫泫清光結五衢。靈匹應難今後别,天香猶是故年株。白榆送影愁青女,寶婺鳴環動内厨。但使人人工乞巧,世間安得北山愚。"《丁巳中秋感事》:"載舟幾見覆舟時,萬户樽歌了不悲。玉露金風空此夜,分釵劈盒表相思。月中曾識鴻都客,地下安逢李意期。寄語宓羲煉石女,爲回淫雨到滄池。"讀此,齒頰間异芬如水。而故家喬木之悲,可探索而得也。藉知陳思多才,黄鬚亦復不弱。

記甲寅歲,與了公先生、鵷雛、遇春輩時爲文□。至風瀟雨晦,燈火虚堂,相與晤言,寫以喁于。當時以爲樂,今思之亦以爲樂也。乃曾幾何時,而不可團聚。秋色重經計爲七度矣。鵷雛《咏懷》四首即作於彼時。愛其冲澹雅豫如庾鮑,全録如次:"忍寒先鳥起,負手恣行散。經霜葉稍脱,槭槭響枯籟。急景易蕭瑟,長咏得慷慨。欲和蟋蟀吟,徒深廣武嘆。""霜氣侵微襟,袖手味獨適。向來抱散性,甘自即冲寂。朱樓聞銀筝,掩抑三太息。輟斤亦何竟,感此念臣質。""露冷下江城,曉角静無聲。摇落一以至,積悴不復榮。荒庭來悲飆,高堂含崢嶸。奮衣起低昂,新情非故情。""枯枝太凌亂,納我隔窗影。空庭浮夜色，微月畫虚景。短世接殘夢，積意何用騁。榮公豈不賢，帶索歌自永。”余每念此詩，余友故居幽庭之景，如在眉睫。爲問余友混石城冠蓋間更有物外情耶。

遇春《秋曉野眺》有句云：“微霜飄曉角，群雁正南翔。嗷嗷若待哺，四海多逋亡。高樓一憑眺，不見白日光。浮雲蔽曠野，江水鬱蒼蒼。”噫！何其哀以思耶。

了公先生詩幾爲放翁萬首，一時不盡憶。記《秋日過蓮花庵》有云：“漾碧樓臺千柳雨，嫩紅菱芡一湖香。”即此二語，已寫盡秋艷矣。令人誦之，如身在蓮花庵水邊，聞菱歌嫋嫋時也。

龐君檗子逝後，宿草三秋矣。而其所爲詞常爲藝林稱道，《霜花腴晚秋，泛擢楓橋，和夢窗自度曲韵》一闋，寫楓橋秋景，雖畫亦無以過之。詞則碻乎夢窗之遺。詞云：“鏡波暈碧，愛載秋重來。自照釵冠，擢爲山移，笛因花駐，年芳解惜猶難。五湖路寬，莫翠眉顰斷尊前。又斜陽散了歌塵，隔溪遥度晚鐘寒。　　應憶聽鶯尋柳，早銷魂换得，病葉凉蟬。畫燭留香，題裙分淚，閑情且記雲牋。漫催返船，待唤將凉月娟娟。有鷗邊數點，漁燈掛篷同倚看。”

《半月》1921 年第 1 卷第 7 期

野鶴故居在泗涇，與余處隔一衣帶水，朝夕可往返。記去秋買舟視之，極愛川河秋色之美。至則野鶴寢饋於詞，自謂入北宋之堂奥。出示《滿庭芳》用片玉韵一首，效片玉者，而即在泗涇水旁作也。詞云：“近郭青山，繞堤密樹，十分清蔭和圓。暮帆風起，衝散半湖烟。却動漁家短笛，小橋轉、流水濺濺。凝望久，叢蘆雁散，相顧逐行船。登樓，如夢寐。斜陽悶損，又照高椽。算别離心事，多半花前。冶葉倡條盡嫁，無聊裏、還理哀弦。黄昏近，早拚獨醉，穩占一宵眠。”彼時野鶴自云治詞覺境界漸异，落墨漸高，特如學晋人草書，不能筆筆圓耳。今吾友力求哲學，弃置勿復道矣。

晋之在故里時，游必與余俱。時喜作小詩相示，檢其斷句如“一猿一鶴差爲伴，無水無風聽最佳”，“合眼縱横繁慮迫，桃衾轉側夜凉來”，“人病人喧三日雨，秋高風曳一聲蟬”，“藏機大巧真成拙，過眼流九未有端”，“息影鳥枝機括閉，漫天秋雨夢魂冤”，“舉足宵寒薄，聽風暝思渾”，“急漏成秋響，游鴻動曉霜”等，均作商音而與秋争鳴者。吾兩人聽雨灤城之景，如在昨日。而君與微波夫人賃廡滬壖，每余相過，猶促膝共談樂志簃中舊事也。

余戊午七月將之星洲，作《故居》一首云：“故居元自静，七載不飛翔。去國身如夢，未秋心已凉。籬柴生勃窣，簾額積悲傷。爲有含情别，無由羡永藏。”是時逢秋去國，不禁有投荒去夷之嘆。野鶴謂三四兩句略似柳州之“去國日已遠，懷人淚空垂”，然適合也。今燈前重檢，感吾生之靡定，悵惘自至。其他金泥簇蝶之詞，落葉回風之曲，不忍重提，亦不欲以舊式文人自薄矣。

（終）

個影廬詩話

徐夢鷗 撰

載於《消閑月刊》一九二一年第五期、《新聲》一九二二年第八期。

作者署名夢鷗,即徐夢鷗,名思瀛,齋名個影廬,德清人,南社成員。曾力主將孔教作爲國教,爲柳亞子所批評。有詩集《個影廬吟草》。

本篇詩話分兩部分,第一部分發表於《消閑月刊》(介紹見前《小瘦紅闇詩話》),主要評選當時著名詩人之作。作者評樊增祥"不愧當代名手";又稱自己深愛南社詩人胡石予詩,"句皆清逸";稱范君博"風流跌宕"。亦提及自己的《個影廬吟草》被人謂"有閨閣氣"。第二部分刊載於《新聲》。此刊一九二一年創刊於上海,文藝月刊,創刊人爲施濟群,匯集了一群有名的傳統通俗小説家。這一部分收録寶山錢酉巖所著《敦厚堂詩》、上海詩人楊振録詩、吴中曲學大師吴梅(瞿安)斷句一句。稱吴梅之詩"詩酷似仲則"。本詩話篇幅雖短,但所涉及詩人皆一時名流,體現出作者的品味。

《消閑月刊》1921 年第 5 期

《個影廬吟草》中有"風帆飄作裳旌影,雨杏嬌同綉譜花"句。人謂余詩有閨閣氣,遂稱余吟草爲《閨媛集》。

樊樊山增祥不愧當代名手,其詩集中兩見"鍍"字,實爲古今人所從未用過者。兹録於下:"釵頭不鍍俸餘金",此《春日贈内》句也。“山川全鍍紫磨金”,此《八月十六夜城上望月》句也。

杭州太常卿陳星齋孫女名長生者,七律中有“風軟閑花自在飛”,又“隔簾花氣欲生雲”,的是佳句。

胡石予爲南社中人,余深愛其詩。略録數首。如《曉行》云:“曉行徒步出南鄉,臘尾春頭景色荒。寒筱一叢村落遠,隔溪漁艇滿篷霜。”《相逢》云:“客子遄征踏曉霜,村農入市手提筐。相逢半是曾相識,多道先生早异常。”《次金鶴望餞春韵》云:“青陽一瞬去吾曹,借餞春名快飲豪。緑酒紅燈相映艷,嫩黄燕笋紫櫻桃。”《閑愁》云:“一枕輕寒破夢時,曉風吹送角聲悲。偶因春尾一宵雨,又損桃花百媚姿。寂寞湖山須友共,依違仙佛耐人思。游雲莽莽自來去,剩把閑愁入小詩。”《一雨》云:“一雨便淹久,人愁天亦悶。滿地落梅花,點點殘香褪。”句皆清逸。

余偶記某君詩集中有“漁家新雨半篷烟”,妙絶如畫。

范君博,吴縣人。曾見戚飯牛有《少年行贈君博》云:“一鞭得得大堤前,王謝風流美少年。笑入吴姬春酒店,桃花馬繫緣楊烟。”讀此詩可想見君博之風流跌宕矣。

《新聲》1922 年,第 8 期

《敦厚堂詩》,爲寶山錢西岩所著。西岩詩頗富,遭兵燹散佚,裔孫蘧石搜羅遺稿,僅得十一頁。如《留别補庵主人》云:“關山魂夢裏,兒女死喪餘”,字字有力。又“白雪我殘鬢,青雲君遠程”,用字勁練不苟。又《送友歸吴門》云:“客路草非來日緑,故園花是舊年黄”,其意與陳后山所用“黄”字韵同。又《挹翠軒賞水芙蓉》云:“客鬢花身秋共老,明燈緑酒夜追歡”,句甚可愛。又《送陳明府歸杭寄别原韵》云:“故園歸去陶彭澤,新句傳來李謫仙”,風致洒然。

有十歲學詩之振録,姓楊,字味吟,上海人。學詩後一年,師出聯囑對,振録以“風定落花遲”對師所出之“簾深上燈早”句,師已激賞。後又以“深樹雲來鳥不知”囑對,振録偶以“空園露滴蟬先覺”,師歡賞不已。至十九歲時入邑庠,登鄉薦。明年,應禮部試,不售。第二次復試,闈後得教職。未及銓選,而已政變。及就館徐匯公學，其所作詩如《三月上已後九日散步堂後園林》云："蕭疏竹葉青條細，穠艷荆花紫蕋繁"，非名手不辦。又《無題》詩云："菡萏南樓涼露夜，梅花東閣早春宵"，雖無玉溪所咏之妙，然已窺其奧矣。又《春日雜慟》云："細雨千絲春歌暮，東風一枕夢初回"，神韵佳絶。《追悼》云："卅年塵三生債，一夕歡娱萬古愁"，穩不可輕視，豈能以唐詩中追悼詩比？又《同追悼題所咏之詩》云："阮咸姑母繁華歇，元相夫妻貧賤哀"。余竟百讀不厭。餘如《夜感》云："飽嘗燕子空樓味，寒學虫兒特地吟"，與《雨辰無題》中之"燕泥零落簾垂地，魚鑰萎蕤晝掩門"异曲同工。振録遺稿名《古梅書屋》，鹽城印韵雪先生校刊。

吴中梅癯吴先生，詩酷似仲則、蓮裳。余最愛其《無題》中之"晴日秋蘇蝴蝶病"一句。年來吴醉心崑曲，比多填詞，詩則久不見矣。

戀愛詩話

鄭逸梅 撰

載於《半月》一九二二年第二卷第六期。作者爲鄭逸梅。

鄭逸梅(一八九五—一九九二),生於江蘇蘇州,祖籍安徽歙縣。本姓鞠,名願宗。少失怙,依外祖父,改姓鄭,名際雲,號逸梅,别署冷香、一湄、疏景等。在民國時期爲多家報刊撰稿,著述頗豐,因擅長撰寫文史掌故文章,被譽爲"補白大王"。一九八五年,加入中國作家協會。其著作《民國舊派文藝刊叢話》、《南社叢談》、《書報話舊》等,是研究民國舊派文人及報刊文學的重要參考書。

鄭逸梅著有《詩話片錦》(一九一九)、《滑稽詩話》(一九二一)、《戀愛詩話》(一九二二)、《七夕詩話》(一九二二)、《紙帳銅瓶室詩話》(一九二二)、《諧詩話》(一九二二)、《游戲詩話》(一九二三)、《銷魂詩話》(一九二四)、《食品詩話》(一九三三)、《梅花詩話》(一九三四)、《服御詩話》(一九四七)共十一種通俗詩話,有意識地開創各種題材,并廣泛總結前代文獻。可謂致力於寫作通俗詩話的大師。

《半月》,一九二一年創刊於上海,文學半月刊。由周瘦鵑編輯,主要刊登傳統通俗小説家的小説。

本篇詩話雖名曰"戀愛",實則與新式戀愛無關,主要收録文人狎妓韵事及妓女詩作,與傳統香奩詩、艷體詩差别不大,但題目新穎而已。選詩格調較高,頗有情韵。其中如"依稀似夢無人見,仿佛聞香只自知";"登門有我誰題鳳,降世無卿孰號仙"等句,皆清雅可誦。作者對墮落風塵的女子多有同情,如評論才妓陳玉鳳之詩,云"情多才富,墮落可憐。此海鳴先生所以悲天憫人,以淚和血,有寫倡門疾苦之作也”。篇中既有才子佳人戀愛成功的風流韵事,也有“戀愛失敗詩史”,選材較爲豐富。

《半月》1922 年第 2 卷第 6 期

雉皋才妓陳玉鳳,與章星園有齧臂盟。別後玉鳳致書星園云:“唱罷陽關,流光易駛。撫玆佳夕,離恨同長。不徒一見情深,相逢恨晚。更怨三生福薄,知已長睽。心如蕉細,常懷卷雨之情。迹慨萍飄,怕唱隨風之曲。倘獲重來雉水,尚希再顧鳳樓。念前度之桃花,折章臺之楊柳。行見錦帆三尺,破浪而來。早教紅粉兩行,掃塵以待。”附詩二首云:“裙圍瘦盡楚宮腰,舊恨新愁兩黯銷。蠶爲牽絲偏自縛,鶯如解語慢相嘲。鵲巢借木栖難穩,蛛網憐花□不牢。浪裏孤萍風裏絮,一般輕薄自家招。”“清歌變□更□□,弦□聲中小鳳翔。瘦煞芙蓉秋未老,折□楊柳恨難償。鴛鴦淺注三生譜,翡翠濃留百和香。莫對月明思往事,樽前一曲斷人腸。”情多才富,墮落可憐,此海鳴先生所以悲天憫人,以淚和血,有寫倡門疾苦之作也。

《韵麇词》,半圖詞人作。多深情密愛之艷句。如“邀歡玉體偏微病,倦綉金鍼却倒拈。”又“歡味何嘗甜似蜜,別筵那得醉如泥。”又“療我難求鞋上土,照卿願化帳中珠。”又“依稀似夢無人見,仿佛聞香只自知。”又“金仙微妙眠爲食,玉女窗扉嗽代敲。”又“小憩可能通夢去,今生不合帶愁來。”又“經月痕留衣上粉,六時紅泛鏡中潮。”又“未必才人皆不偶,從來知己是傾城。”又“情太纏綿緣太短,五更殘夢落花中。”又“雙臉斷紅眉蹙翠,美人端合一生愁。”栩園前輩稱之爲妙造自然,不加斧鑿,信然。

某名流贈玉紅眉史一聯云:“月夜玉屏巢翡翠,東風紅豆誤鸚哥。”蘊藉風流,一時傳誦。

錢唐李蘭郕有《臨江仙》一闋云:“記得蘭期初七夜,秋窗會約春人。痴雲圍住閣三層,下梯□剗□,選影巧遮□。軟絮一團飛入抱,輕盈碧玉腰身。訴來別恨太零星,薄羅衫一角,曾爲拭紅冰。"又有斷句云:"不應裙帶上,雙寫合歡詩。"洵足銷魂蕩魄。

有清謝珊珊者,吴姓也,不幸墮平康,由歇浦而抵春明。貝子載振,風流跌宕,聲色素耽。聞珊珊妙人兒名,召至桐華莊。一見傾心,戀愛備至。艷事傳揚,爲張衔史所彈劾。良緣受挫,燕子分飛。太湖袁小倜有《珊珊曲》云:"五尺罘罳緑樹遮,小桃紅處是兒家。燕臺幾許閑釵釧,争及蘇門姊妹花。妝束鮮明□翠□,群花齊讓謝娘嬌。春風纔上靈和柳,便許輕盈舞細腰。三郎得意大羅天,一曲霓裳會衆仙。愛聽吴歌成痼癖,開場不召李龜年。封章竟許劾蛾眉,誰遣分司衔史知。第一維新稱盛事,樊樓先謫李師師。春殿從容笑語和,黑罡風惡捕嫦娥。賜銀賜餅尋常事,偏是兒家罪孽多。一霎飛英□□忙,梨花門閑月昏黄。司秋信有新編律,不試奸囚試教坊。更番劫運遇昆侖,冤重無由叩九閽。便有金鈴勞護惜,殘英只□一絲魂。舊壁頹垣蠣粉明,馬纓花底亂□鶯。不應重怨東風惡,老伴奏宫過一生。"是一段戀愛失敗詩史也。

有顧某贈廣陵校書陸鳳山聯山:"登門有我誰題鳳,降世無卿孰號仙。"聞竟因此而戀愛成耦,艷聯綺緣,洵風流佳話也。

周子无住曾示其所見題壁憶舊詩,摘其佳句如"風裹楊花春一面,琴邊鬢影話三生",又"情深難免啼珠怨,夢醒猶留枕臂香",又"錦瑟年華勞護惜,銀屏聲影怯思量。"此中有人,呼之欲出。

百衲主人曾示其無題詩若干首。嚼蕊吹花,十分情韵。"當筵舞轉玉玲玎,百折張開孔雀屏。絲管琵琶等閒事,嬌聲總愛醉中聽。""病起臨妝懶畫眉,抽毫無意得新詩。除非洗净芙蓉蒂,怎比蕭娘綽約姿。""秋波乍轉亦前緣,奈此非晴非雨天。我道崔娘情太薄,却無人處贈花鈿。""心似芭蕉展未能,朱弦索索意難勝。一雙踏月弓鞋樣,巧作時花畫索綾。""紫騮华鞚跨宫□,一字彎眉點石螺。刹那逐風歸去也,不堪回首唤哥哥。""越女歌裳秦女筝,阿紅最小慣吹笙。禁宫日落陰如許,亦爲梨香放晚晴。""半醒半醉倚熏籠,月下瑶臺不易逢。好待侍兒持長燭,昆明池畔照芙蓉。"

壬戌詩話

朱心木 撰

載於《游戲世界》一九二二年第九期。

作者署名心木，即朱心木，《游戲世界》主要撰稿人。生平不詳。

本篇詩話選題新穎。因一九二二年爲壬戌年，作者專録古人壬戌所作之詩以饗讀者。首先選宋代蘇軾、黄庭堅、王安石集中壬戌年詩，間作考證，如認爲蘇軾集中“以編詩次第考之，則《正月二十日與潘郭兩生出郊尋春》以下十餘首，皆壬戌之作也”。録宋人詩後，又選清初錢謙益、王士禛、朱彝尊詩。作者讀詩的愛好顯然偏向宗宋。此篇於詩無甚評論，僅作一詩選，爲迎新應景之文。然可見詩話之體，至此已包羅萬象，無所不寫矣。

《游戲世界》1922年第9期

開歲太歲爲壬戌，因憶古來詩人，身逢壬戌者不數數覯。身逢壬戌，而有詩者，又不數數覯。身逢壬戌有詩，而可指爲壬戌之作者，更不數數覯。若是則《壬戌詩話》之作，其可少乎？爰就案頭所有各集，鈎稽年月，略存數首。惟古今詩集，浩如烟海，掛一漏萬，自知不免。尚希讀者諒之。

東坡以元豐二年已未謫官黄州。三年庚申，自京赴黄，四年己酉，五年壬戌，皆在黄州。文中前後《赤壁賦》，即在壬戌年作。詩中雖無明指壬戌之作,然以編詩次第考之,則《正月二十日與潘郭兩生出郊尋春》以下十餘首,皆壬戌之作也。玆録數首於此。若夫全豹,有原集在。《正月二十日,與潘郭兩生出郊尋春,忽記去年是日,同至女王城作詩。乃和前韵》云:"東風未肯入東門,走馬還尋去歲春。人似秋鴻來有信,事如春夢了無痕。江城白酒三杯釅,野老蒼顔一笑温。已約年年爲此會,故人不用賦招魂。"《是日偶至野人汪氏之居,有神降於其室,自稱天人李全,字德通,善篆字,用筆奇妙,而字不可識,云天篆也。與余言有所會,復作一篇,仍用前韵》云:"酒渴思茶漫叩門,那知竹裹是仙邨。已聞龜策通神語,更看龍蛇落筆痕。色瘁形枯應笑屈,道存目擊豈非温。歸來獨掃空齋卧,猶恐微言入夢魂。"《紅梅》三首云:"怕愁貪睡獨開遲,自恐冰容不入時。故作小紅桃杏色,尚餘孤瘦雪霜姿。寒心未肯隨春態,酒暈無端上玉肌。詩老不知梅格在,更看緑葉與青枝。"又:"雪裹開花却是遲,何如獨占上春時。也知造物含深意,故與施朱發妙姿。細雨裛殘千顆淚,輕寒瘦損一分肌。不應便雜夭桃杏,數點微酸已著枝。"又:"幽人自恨探春遲,不見檀心未吐時。丹鼎奪胎那是寶,玉人□頰更多姿。抱鬱暗蘂初含子,落盞穠香已透肌。乞與徐熙新畫樣,竹間璀璨出斜枝。"《陳季常見過》三首云:"仁宦常畏人,退居還喜客。君來輒館我,未覺雞黍窄。東坡有奇事,已種十畝麥。但得君眼青,不辭奴飯白。"又:"送君四十里,只使一帆風。江邊千樹柳,落我酒杯中。此行非遠別,此樂固無窮。但願長如此,來往一生同。"又:"聞君開龜軒,東檻俯喬木。人言君畏事,欲作龜頭縮。我知君不然,朝飯仰暘谷。餘光幸分我,不死安可獨。"《寒食雨》二首云:"自我來黄州,已過三寒食。年年欲惜春,春去不容惜。今年又苦雨,兩月秋蕭瑟。卧聞海棠花,泥污燕脂雪。暗中偷負去,夜半真有力。何殊病少年,病起頭已白。"又:"春江欲入户,雨勢來不已。小屋如漁舟,濛濛水雲裏。空庖煮寒菜,破竈燒濕葦。那知是寒食,但感烏銜紙。君門深九重,墳墓在萬里。也擬哭途窮,死灰吹不起。"

山谷别集壬戌年詩,有《二月二日曉夢會於廬陵西齋,作寄陳適用》，又《長句謝陳適用惠送吴南雄所贈紙》，又《寄陳適用》三首。適用名汝器，是年方知廬陵縣也。兹録其詩如下：《二月二日曉夢會於廬陵西齋，作寄陳適用》云："燕寢著爐香，愔愔閑窗闥。夢到郡城東，談笑西齋月。行樂未渠央，苦遭晴鳩聒。江郡梅李白，士女嬉城闕。聞道潘河陽，滿城花秀發。頗留載酒車，共醉生塵袜。想見舞餘姿，風姿斜亸髪。鄙夫不舉酒，春事亦可悦。雨足肥菌枝，沙喧饒笋蕨。海牛壓風簾，野飯薰僧鉢。飽食愧公家，曾無助毫末。勸鹽惟新令，王欲惸獨活。此邦淡食傖，儉陋深刺骨。公困積邱山，賈竪但主撮。縣官恩乳哺，下吏用鞭撻。政恐利一源，未塞兔三窟。寄聲賢令尹，何道補黥刖。從來無研桑，顧影愧簪笏。何顔課殿上，解受行采葛。"《長句謝陳適用惠送吴南雄所贈紙》云："廬陵政事無全牛，恐是漢時陳太丘。書記姓名不肯學，得紙無异夏得裘。琢詩包紙送贈我，自狀明月非暗投。詩句縱横剪宫錦，惜無阿買書銀鈎。蠻溪切藤卷盈百，側厘羞滑繭羞白。想當鳴杵砧面平，桄榔葉風溪水碧。千里鵝毛意不輕，瘴衣腥膩北歸客。君侯謙虚不自供，胡不贈與文章伯。一涔之水容牛蹄，識字有數我自知。小時雙鈎學楷法，至今兒子憎家鷄。雖然嘉惠敢虚辱，煮泥續尾成大軸。寫心與君心莫傳，平生落魄不問天。樽前花底幸好戲，爲君絶筆謝風烟。已無商頌猗那手，請續南筆内外篇。"《寄陳適》云："日月如驚鴻，歸燕不及社。清風氣妍暖，亹亹向朱夏。輕衣頗宜人，裘褐就椸架。已非紅紫時，春事歸桑柘。空餘東馬迹，顛倒桃李下。新晴百鳥語，各自有匹亞。林中樸姑歸，苦遭拙婦駡。氣候使之然，光陰促晨夜。解甲號清風，即有幽蟲化。朱墨本非工，王事少閑暇。幸蒙餘波及，治郡得黄霸。邑鄰陳太丘，威德可資借。决事不遲疑，敏乎擘泰華。頗復集紅衣，呼瞭飲休假。歌梁韵金石，舞地委蘭麝。寄我五字詩，句法窺鮑謝。亦欲薄領勞，行欲問田舍。相期黄公壚，不异秦人炙。我初無廊廟，身願執耕稼。今將荷鋤歸，區芋畦甘蔗。觀君氣如虹，千輩可陵跨。自當出懷璧，往取連城價。賜地買歌僮，珠翠羅廣厦。富貴不相忘，寄聲相慰藉。"

别集又有《寄答廖袁州》二首，亦壬戌年作也。并録於此："春去懷賢感物多，飛花高下罥絲窠。傳聞治境無戾虎，更道豐年鳴白鼉。史筆縱横窺寶鉉，詩才清壯近陰何。寄聲千萬相勞苦，如倚胡床得按摩。"又："詩題怨鶴與驚猿，一幅藤溪照麝烟。聞道省郎方結綬，可容名士乞歸田。嚴安召見天嗟晚，賈誼歸來席更前。何况班家有超固，應封定遠勒燕然。"

荆公壬戌年爲會靈觀使，居蔣山。是年凡四游齊安，皆有詩紀事。壬戌正月《再游齊安》云："招提詩壁漫黄埃，忽忽籠紗兩過梅。老值白鷄能不死，復隨春色破寒來。"又《壬戌正月晦與仲元自淮上復至齊安》云："風暖柴荆處處開，雪乾沙净水洄洄。意行却得前年路，看盡梅花看竹來。"又《壬戌五月與和叔同游齊安》云："繅成白雪桑重緑，割盡黄雲稻正青。他日玉堂揮翰手，芳時同此賦林坰。"又《成字説後與曲江譚君丹陽蔡君同游齊安》云："據梧枝策事如毛，久苦諸君共此勞。遥望南山堪散釋，故尋西路一登高。"又《題齊安寺山亭及題齊安壁》二首，未注年月，度亦是年之作也，附録於此。題《齊安寺山亭》云："北山無躑躅，故國有楊梅。悵望心常折，慇懃手自栽。暮年逢大改，晴日對花開。萬里烏塘路，春風自往來。"《題齊安壁》云："日净山如染，風暄草欲薰。梅殘數點雪，麥漲一溪雲。"

又公是年進《字説》二十四卷，集中有《進字説》二首云："正名百物自軒轅，野老何知强討論。但可與人覆醬瓿，豈能令鬼哭黄昏。"又："鼎湖龍去字書存，開闢神機有聖孫。湖海老臣無四目，謾將糟粕污修門。"

牧齋還朝詩，有《春日過易水》一律，當爲天啓二年壬戌之作。詩云："驅車信宿驛程間，雙髩蕭騷春又還。易水到來偏易感，酒人别去更相關。暮雲宫闕愁心繞，落日衣冠古道閑。老大不堪論劍術，要離墳畔有青山。"

漁洋續集壬戌年詩，有《送蕭井叔歸楚》云："落燈風急寒吹衣，寒溪先生昨憶歸。青門祖帳太蕭瑟，白社故人今是非。漢上題襟情不極，郢中懷古和真稀。碧雲無際楚天闊，目送瀟湘春雁飛。"

又《寄汪曰緝侍御》云:“與君契闊十載餘,聞君却掃身岩居。中年頗學慈氏法,邇來兼來長桑書。梅開臘月一杯酒,冰泮黄河雙鯉魚。擬向老禪分半席,狸奴白牯意何如。”又《贈蔣京少》云:“靈潭名玉女,窈窕富仙踪。蔣子讀書處,雲嵐深幾重。曾過洞庭野,長嘯祝融峰。他日期相訪,潭烟吟夜龍。”又《答沈客子示洞庭新詩》云:“吴越具區藪,中浮兩洞庭。逸情逐花水,長嘯獨揚舲。靈笈傳神禹,丹砂訪蔡經。抽帆吾計得,同看莫釐青。”又《題錢選折枝牡丹》二首云:“三尺霜縑寫鼠姑,檀心倒筆貌來殊。如今疑夢還非夢,曾向南泉見一株。”又:“驛騎�籠進折枝,洛陽金粉入宫時。永嘉水際知多少,謝客會無五字詩。”又:《朱浙清明上河圖》二首云:“金明池上柳吹綿,仕女紅妝照水鮮。學取鵝黄宫樣窄,一雙新畫孟家蟬。”又:“夢華仿佛奪東京,瞥見丹青眼暫明。忽忽停杯緣底事,西風殘照近青城。”又《和陳子文入蜀詩》二首,《鳳縣金絲柳》云:“鳳州三絶無纖手,又少旗亭酒共傾。惟有金絲幾株柳,臨江映驛拂人行。”《蜀薑》云:“乍食西川諸葛蕁,重誇揚樸紫芽辛。柳家新樣君從擅,多少薑芽斂手人。”漁洋是年又有《戴氏鼎》、《多父敦摩崖碑》、《元祐黨籍碑》、《滇南凱歌》、《上陵歌》等篇,皆巨手筆也。

竹垞曝書亭詩,壬戌年所作殊少。兹録《送徐果亭假還崑山》六首云:“紫陌春晴匹馬歸,清江南下一帆飛。人生半百且適意,未見朝衫勝芰衣。”又“經義紛綸致异同,誰能閉户軟塵中。著書終讓名山好,輪與周南太史公。”“舊侣荆高對酒頻,香螺畫榼五冬春。獨醒客去無堅坐,卧瓮憑誰捉醉人。”“石湖居士范成大,金粟山人顧阿瑛。歸向東吴無一事,留賓題遍草堂名。”“爛熳厨烟煮野蔬,菘根秋末韭春初。到家一事差堪惜,不食松江巨口魚。”“緑波碧草望中遥,劉井柯亭轉寂寥。他日歸帆下吴苑,先携竹杖訪平橋。”又《李澄中紺園雜咏》六首,《荷陂》云:“風過蓮葉香,日出釣船去。不聞鶏犬聲,但有鵁鶄語。”《柳浪》云:“斷岸緑楊齊,濃陰覆水低。東風吹太急,扶起過橋西。”《緑水軒》云:“軒中獨木几,檻外獨木橋。際夜沙月明,蘆荻風蕭蕭。”《會中亭》云:“雜卉秋尚開,淺莎晴可坐。於此獨寤言,浮榮等糠莝。”《鏡香樓》云:“吾里鏡香亭,君家鏡香樓。滿池鴛鴦浴,四面芙蓉秋。"《松風臺》云:"山月無片雲,夜半長松起。欲寫入瑶琴,風聲吹不已。"

稼堂有《壬戌重陽後三日同竹坨飲限燈字詩》云:"西峰鎮口翠崚嶒,傫值無因得共登。九陌年華銀箭水,千秋心事玉壺冰。惟因緑酒親元亮,莫遣黄花笑季鷹。却憶昇平多故事,醉騎官馬簇紅燈。"

詩學述臆

葉楚傖 撰

載於《國學周刊》一九二三年第三、四、六期。又由《國學彙編》彙編出版(上海:國光書局,一九二三年)。兩種版本内容相同。

作者葉楚傖(一八八七—一九四六),原名宗源,字楚傖,以字行。號卓書,别署葉葉、小鳳。江蘇吴縣人。一九〇九年加入同盟會,一九一〇年加入南社。又曾參加國學商兑會、鷗社、春音社,爲《中華新報》、《民立報》主筆,後擔任《民國日報》負責人。一九三〇年,授意創辦《文藝月刊》。歷任國民黨中央宣傳部長、江蘇省建設廳長、江蘇省政府秘書長、建設委員會委員、江蘇省主席等職,一九三五年任國民政府立法院副院長。著有《世徽堂詩稿》、《楚傖文存》等。

一九二三年,學者胡樸安在上海成立了國學研究社,出版《國學周刊》,"從事國學之研究"。有于右任、胡漢民、柳亞子等人撰稿。而《國學彙編》是《國學周刊》每半年的彙編本。

本篇詩話分爲三小節。第一節標題爲《辨體》,反對當時學人"喜以體裁,比拊時代",認爲五言詩未必從建安以後始作,舉出了《詩經》的《盧令》、《伐檀》及三代《擊壤歌》、《南風歌》等爲例。又提出詞是詩的變格,如《鷓鴣天》爲七律之變格、《浣溪沙》爲七絶之變格等。作者反對拘於體格,認爲"自詩人之詩作,而詩格以嚴。自諧格之詩作,而詩道以衰",又説"語無短長,時無今古,苟能被以音聲,資爲歌嘯,則皆得謂詩"。第二節《闢律》,認爲"自律詩作而詩衰","以少陵之雄邁,尚見詆於李白,矧其他耶"。後舉古詩以駢偶成章者、律詩不以頸聯駢偶成章者、律詩不拘平仄律者，以證明“聲音發乎人心，駢偶宜任自然”。第三節《述意》，反對局限於傳統的“温柔敦厚”，“和平中正”，認爲“詩發於情，而情非一例”，“謂爲詩必和平中正而後可，必和平中正而無違於古人，古人何嘗如此哉”。總之，本篇體現出了詩學史的意識及一些新的詩學觀念。

一、辨體

詩言志，歌永言。六字心傳，百代莫踰。自時流繼作，群言飆發，入門聚訟，罔識所歸。上稽古人，遠徵初旨，當不如是。蓋自割裂迹見，刻盡功深。純樸不完，白璧乃毀。尋及晚近，鮮可稱述，此學者之過。可得而舉也。今之言詩，喜以體裁比拊時代。稱劉漢以前，畫於四言。建安之後，五言始作。至謂李陵諸什，出於僞托。然考諸毛詩，特例正多，拾其二三，足徵大概。《盧令》、《伐檀》，其尤者也。

毛詩盧令篇

盧令令，其人美且仁。盧重環，其人美且鬈。盧重鋂，其人美且偲。

毛詩伐檀篇

坎坎伐檀兮，寘之河之干兮。不稼不穡，胡取禾三百廛兮。不狩不獵，胡瞻爾庭有玄貆兮。彼君子兮，不素餐兮。

更溯諸上，則《擊壤》之謡：“日出而作，日入而息。鑿并而飲，耕田而食。帝力於我何有哉？”《南風》之曲：“南風之薰兮，可以解吾民之慍兮。南風之時兮，可以阜吾之財兮。”

修短無衡，至德以著。而屈宋之作，尤爲風雅繼起。是故遞嬗變化，一依人心。限以規範，何异桎梏。自詩人之詩作，而詩格以嚴。自諧格之詩作，而詩道以衰。李唐一代，世稱極盛。功名之下，何求弗得。乃以拘率體裁，屏斥雜作。偶逾矩矱，謂之爲詞。其實旗亭絶句，何异美成之章。體用既狹，矯揉益多。以《鷓鴣天》、《瑞鷓鴣》爲七律之變格。

枕上流鶯和淚聞，新啼痕間舊啼痕。一春魚鳥無消息，千里關山勞夢魂。

無一語，對芳樽，安排腸斷到黄昏。甫能炙得燈兒了，雨打梨花深閉門。

遥天柏比共空明，玉鏡開奩特地晴。極目秋容無限好，舉頭醉眼暫須醒。

白眉公子催行急，碧落仙人著句清。後夜蕭蕭葭葦岸，一樽獨酌見離情。

《浣溪紗》爲七絶之變格。

枕障重羅冷綉帷，二年終日苦相思。杏花明月爾應知。

天上人間何處去，舊歡新夢覺來時。黄昏微雨畫簾垂。

《生查子》之爲五絶變格。

烟雨晚晴天，零落花無語。難話此時情，梁燕雙來去。

琴韵對熏風，有限和情撫。腸斷斷弦頻，淚滴黄金縷。

《紇那曲》、《羅嗊曲》之爲五絶。

踏曲興無窮，調同語不同。願郎千萬壽，長作主人翁。

借問東園柳，枯來得幾年。自無枝葉分，莫怨太陽偏。

《浪淘沙》之爲七絶。

蠻歌豆蔻北人愁，浦雨杉風夜艇秋。浪起鵁鶄眠不得，寒沙細細入江流。

今乃舉謚以詩餘，則割裂裁縫之患，而亦古人之過也。愚謂語無短長，時無今古。苟能被以音聲，資爲歌嘯，則皆得謂詩。彼捋撦細末，削足就屨者，不足道也。

二、闢律

自律詩作而詩衰。蓋聲音之道，發於人心，哀者不能使笑，樂者不能使號。意發於内，聲應乎外，不求和協，自成節奏，初無待乎樂工也。樂工就已成之聲，以製歌曲。乃移樂之就聲，非屈聲以應樂。古者采問國俗，及於民謳。百里不同，音節各异。而登諸廟堂，可歌可咏。則拘守平仄爲後人之俑可知矣。至於務爲駢偶，尤徵卑格。原夫文章之有駢偶，如天之有日月，地之有山川，自然爲偶者不能强分，非自然者不能强合。築壞塿以偶泰山，舉銅盤以偶皜日，形體雖似，神情弗通。此而可以爲則，世有君子，啞其笑矣。是故詩之有偶，可拾地而得，不可刻壁以求。必偶而後詩，毛詩楚騷將何以稱？此又治詩者所不可不知也。總之聲音發乎人心，駢偶宜任自然。苟背此旨，而規規於繩墨，則鏤金錯玉，徒足取憎。擁鼻撚鬚，都無是處。以少陵之雄邁，尚見詆於李白，矧其他耶？下所陳述，倘足徵吾言之非虛。

㈠ 古詩亦有以駢偶成章者

晋張季鷹《雜詩》十首之一

大火流坤維，白日馳西陸。浮陽映翠林，回飈扇緑竹。飛雨灑朝蘭，輕露栖叢菊。龍蟄暄氣凝，天高萬物肅。弱條不重結，芳蕤豈再馥。人生瀛海内，忽如鳥過目。川上之嘆逝，前修以自勖。

㈡ 律詩亦有不以頸聯駢偶成章者(頸聯用駢偶爲律詩慣例)

唐崔灝《黄鶴樓》詩

昔人已乘黄鶴去,此地空餘黄鶴樓。黄鶴一去不復返,白雲千載空悠悠。晴川歷歷漢陽樹,芳草萋萋鸚鵡洲。日暮鄉關何處是,烟波江上使人愁。

李白《牛渚懷古》

牛渚西江夜,青天無片雲。登舟望秋月,空憶謝將軍。余亦能高咏,斯人不可聞。明朝掛帆去,楓葉落紛紛。

㈢ 律詩亦有不拘平仄律者

唐王維《積雨輞川莊作》

積雨空林烟火遲,蒸藜炊黍向東菑。漠漠水田飛白鷺,陰陰夏木囀黄鸝。山中習静觀朝槿,松下清齋折露葵。野老與人争席罷,海鷗何事更相疑。

劉眘虚闕題

道由白雲盡,春與青溪長。時有落花至,遠隨流水香。閑門向山路,深柳讀書堂。幽映每白日,清渾照衣裳。

其他如絶句之出入駢散,進退聲律,則尤不勝舉矣。

三、述意

詩人忠厚,盡人能言。然此爲管窺之一班,未足定言詩之志趣。蓋詩發於情,而情非一例。和平中正,固爲抒情之當度。而深刺淺諷,觸發不同。譬諸音聲,淒怨高亢。各由自然,哀之至者,不能屈就和諧。樂之極者,不能禁其舞蹈。一人之心,哀樂之感不同。一詩之旨,激隨之節難制。謂爲詩必和平中正而後可,必和平中正而無違於古人,古人何嘗如此哉。

《祈招》之詩

祈招之愔愔,式昭德音。思我王度,式如玉,式如金。形民之力,而無醉飽之心。

是真所謂和平中正之至者。以之諷及時流,時流且欣然視爲譽己之詩。然周穆王竟因是以息游踪,楚靈王竟因是以廢寢食,是何刺擊之深,而使兩君驚怵若是。吾嘗以爲當時非特諷人者有忠厚之筆,即受諷者亦未盡泯忠厚之心。故感應之間,如影隨形。若在今日,則提耳之怒駡,尚不足動冥頑之視聽,諷咏曷足爲力哉?自三代以下,人心麻痺,日以益甚。非筋張骨露,不足以感人。而古人之詩,遂得忠厚之譽。其實生今人於二千年以上,又焉知不如周穆、楚靈之驚怵失常哉?於此,似可以徵古人忠厚之處,與詩意沿革之迹矣。然而亦有不盡然者。如"南山崔崔,雄狐綏綏。魯道有蕩,齊子由歸。既曰歸止,曷又懷止?""新臺有泚,河水瀰瀰。燕婉之求,籧篨不鮮。"可爲醜詆之至矣。然亦三代之詩也。於此可知詩人之詩,固無定衡。愛之深則其發也婉,惡之極則其發也激。猶夫之情,古人曾未嘗忠厚於今人也。

新詩話

周瘦鵑 撰

載於《紫蘭花片》一九二三年第九期，八一—八八頁。

作者周瘦鵑(一八九五—一九六八)，原名國賢，字祖福，號瘦鵑，別署懷蘭室主、紫羅庵主人。蘇州人。通俗小説家，在二十年代與包天笑同負盛名。主編《紫羅蘭》、《紫蘭花片》和《紫羅蘭言情叢刊》等雜誌，是《禮拜六》的主筆之一，翻譯有《歐美名家短篇小説叢刊》，於一九二〇年四月到一九三二年十一月擔任《申報·自由談》主編。其小説中哀情小説最著名，有"哀情巨子"、"哀情大師"之稱。

《紫蘭花片》，一九二二年創刊於上海，文藝月刊，爲周瘦鵑個人創辦的小雜誌，主要刊登他自己創作的小説、雜文、散文等。

作者在文中説，"自從'新文學'三字在文學界上豎起了鮮明的旗幟，那新體詩也應運而起，風行全國。頓使李白失色，杜甫傷心。歷代的五七言詩，幾乎都要被那些新詩人拉雜摧燒了。我原是一個好好先生，覺得舊體詩很好，新體詩也不錯"。又説"新體詩未嘗不可做，做得好，自也可愛，仿佛一個天真爛漫的小女郎，一顰一笑，都很自然，毫無矯揉造作的樣子"。他還曾在某報連載《新體詩話》，可惜今不存。可見，周瘦鵑對新體詩基本采取支持的態度。文中選取了一則清新自然的《見一個車站送別人》，認爲可能是包天笑的作品。又録了作者自己的一首新體詩作《我倘是……》。點評胡適的《應該》，認爲其"可真做得不錯"。最後録葉楚傖(小鳳)支持五四運動的《國旗》一首。葉楚傖是著名舊體詩人，其詩文集中僅收其舊詩。從本篇詩話中可知他亦有新詩之作。

《紫蘭花片》1923 年第 9 期

新體詩未嘗不可做,做得好,自也可愛。仿佛一箇天真爛熳的小女郎,一顰一笑,都很自然,毫無矯揉造作的樣子。近來曾見一首可愛的新體詩,叫做《見一箇車站送别人》,我且把來録在下面。這樣的新體詩,我纔承認他有價值了。

(一)

雨絲風片的車亭,一對可憐的離人,憑著車窗,絮語丁寧;時間啊!你是箇殘酷之神!

(二)

汽笛是一聲雨聲,旅客是三群四群;牛腰般的巨大郵包,裝滿了離别後的書信;怎及得月臺上握手的温馨!

(三)

我也是箇愁人,恨人;我怎忍打破擾亂他們一分,半分,一秒,半秒的光陰。車兒蠕蠕動,慢慢行,只見伊的絳衫漸縮漸小,成一顆紅豆形;紅豆是相思啊!可不在情田愛圃中生了根?

(四)

是誰造了這車輪?輕輕的載送了離人。悄悄的風雨,黯黯的電燈,這小小的車厢,竟裝得下如許重重叠叠的離情?

作者署名游絲,不知道是誰。過了一天,忽又見《晶報》上載有一篇署名游絲的作品,那題目的字迹很像是天笑先生的手筆。如此,這一首新體詩不要也是天笑先生做的罷?

自從“新文學”三字在文學界上樹起了鮮明的旗幟，那新體詩也應運而起，風行全國。頓使李白失色，杜甫傷心。歷代的五七言詩，幾乎都要被那些新詩人拉雜摧燒了。我原是一箇好好先生，覺得舊體詩很好，新體詩也不錯。只苦的自己是箇雙料笨伯，新舊都不會做，只索瞧著人家眼熱罷了。去年在興頭上，居然也做了兩首新體詩。且老臉寫出來，請詩人指教指教。

我倘是……

(一)

我倘是一朵玫瑰，我就做這玫瑰。我願偎上伊雪白的粉項，和伊作伴。我但願消受伊吹氣如蘭，我的性命就不妨化作塵埃。

(二)

我倘是一顆星，我就做這星。我願照在伊一人的頭上，同起同行。我更願飛進伊的眶子，做伊眼睛，我便像那中天的月兒一樣通明。

(三)

我倘是一疋錦，我就做這錦。我願做一件衣裳，穿上伊身。我更願貼住伊的酥胸，看伊芳心，我便能知道伊心中有情没情。

我的心已化了石塊

(一)

我的心已化了石塊，靈魂兒也變做沙漠。但剩着這軀殼往來,直好似行尸;走肉。

(二)

我的心已化了石塊,早不知喜怒哀樂。便進了繁華富麗的王宫,也到處凄凉;寂寞。

(三)

我的心已化了石塊,情苗兒不再生長。任伊們是愛我是恨我,我甚麽都不關痛癢。

(四)

愛情有死的日子,快葬在世界盡頭的荒谷。那愛情墳上的石碑,好把我的心取去雕琢。

往年我曾做過一種新體詩話,署名蘭簃,刊在某日報上。預備的材料很不少,衹是做了十多則就不曾續做下去。内中有兩則道:胡適之是新文學的開山鼻祖,也是新體詩的常勝將軍。我曾見過他一首寫情的小詩叫做《應該》,可真做得不錯。那詩道:"他也許愛我,——也許還愛我,——但他總勸我莫再愛他。他常常怪我;這一天,他眼淚汪汪的望着我,説道:'你如何還想着我?想着我,又如何能對他?你要是當真愛我,你應該把愛我的心愛他,你應該把待我的情待他。'他的話句句都不錯!——上帝幫我!我'應該'這樣做。"細味這裏頭的意思,分明是一箇男子愛上了一箇女子,後來男子另外娶了妻。那女子心地很好,寧可犧牲了愛情和幸福,勸男子莫再愛自己,去愛他的妻。所以眼淚汪汪的望着那男子,説得非常懇切。那男子覺悟了,末尾便説:"我應該這樣做。"這箇箋注,不知道對也不對。要是對的,我可老實不客氣,就能算得新體詩中半箇沈歸愚了。

葉小鳳是舊詩的老作家。一部《詩韵》,給他老人家嚼也嚼碎了。誰知他做新體詩也是一等名工。這真合着"文人之筆,無所不能”那句老話咧。我最愛他《國旗》一首詩,教人念過一遍,任是鐵打了心腸,不愛國也不知不覺的要愛起國來。那詩道:“(一)飄—飄—飖—飖—寂—寂—惻—惻—握一半兒憂愁,一半兒希望,來見你顏色。(二)小小的一陣風,一陣雨,你便低頭無語。便低頭無語,也逃不了風和雨。(三)你且擡起頭來,看上天下地,有多少龍蛇鬼怪,可憐的你!嚓的一聲兒抓箇粉碎!(四)你是我的命根,我是你的靈魂。儘你飄飄飖飖寂寂惻惻,受盡風風雨雨。命根兒同靈魂,生生死死,還是在一處。”這一首詩,似乎是爲了當年五四風潮軍警扯碎學生手中的國旗而做的。所以做得又感慨又懇切。

李涵秋先生詩話

龔夔石 撰

載於《半月》一九二三年第二卷第二十一期。

作者龔夔石。一九三二年任國民黨江都縣執行委員會候補執委,抗戰勝利後任揚州《江都日報》副社長。爲著名小説家、維揚小説泰斗李涵秋的學生。

本篇詩話,是"仿紀曉嵐《李義山詩話》例"而作,專録一人之詩。李涵秋(一八七三—一九二三),名應漳,字涵秋,别署"沁香閣主人",著有《廣陵潮》等三十六部長篇小説,主編《小時報》,作品多發表於《小説時報》、《快活林》等報刊。亦工詩,有《沁香閣詩集》傳世。而本篇詩話中所收詩,有些不見收於《沁香閣詩集》,可作補遺。篇中録李涵秋哭徐念慈詩四首。徐念慈是《小説林》的創辦者,李涵秋的許多小説都是經徐氏之手而發行。這四首悼詩的自注中還附有徐念慈與李涵秋的信件,可以作爲了解兩位著名小説家交往的史料。作者還記載夏季乞李涵秋先生爲題扇詩,感慨炎夏又至,"何從再乞吾師爲予書扇頭者哉?念此不覺憮然"。文中多次表達對恩師的深切懷念,情真意摯。

《半月》1923年第2卷第21期

吾師李涵秋先生,以班馬之才華,作虞初之事業,聲名籍甚。所作盈篇累帙,披露報端,幾無日不與讀者相見。而爲詩特鮮。然苟有所作,亦皆清新俊逸,莫不嘆爲庾鮑之遺。所謂才人吐屬，不落凡庸者也。兹仿紀曉嵐《李義山詩話》例，作《李涵秋先生詩話》。

小説家徐念慈先生，與李師交最深。李師念年前所爲説部，皆由徐念慈先生所辦之《小説林》刊行之。念慈物化，李師哭之慟，蓋不禁有知遇之感也。其《哭念慈先生》詩共四律，寫記於次。其一云："十日前頭接素書，商量事業到樵漁。（自注：前致余書云："當夕陽西下，躑躅馬路中，覺此身如寄，百感交集。不知心緒悍恠，胡以如是也。行人忽促，摩肩往來，一似此片刻光陰，不容虚度。細觀彼輩，未必盡有恒業，而栗碌若是。孤身閑步，反若不繫之舟，無所容之匏，不亦爲造物所笑耶？想我公聞之，或將以厭世相規也。暇偶讀唐詩，覺古人皆先我大澈大悟，執筆欲效爲之。又若不似。"語語解脱，知其不祥。然不謂如是之遽也。）傷心文字皆成讖，撒手幽明便异居。濁世本無天可問，浮生覺比夢尤虚。申江樓上離筵酒，（自注：今歲孟春，一晤君於滬上。）猶説重來訪故廬。"其二云："感事都應血淚斑，（自注：又論某事云：'人情狡猾，反覆雨雲。甲固非矣，乙亦未嘗是也。大抵人群益多，則傾軋排擠之風益熾，而其手段亦如偵探家之不易捉摸。弟歲僅三十餘，涉世十年，而百念皆灰。恐此種前途，於文明發達，實南轅而北其轍耳。'）年來病骨已孱孱。（自注：又云：'胃病旬日一發，如潮汐之不爽。時中西藥俱服，毫無效驗。西醫勸以不用心、不動筆，是非窮措大所能享此福者。然則執筆以從役，又何异操刀以自殺哉。'）嫉人太甚寧爲鬼，人世嫌多肯出山。卌載終憐遺蜕疾，十年不爲著書閑。（自注：君所譯著之書甚夥。）鯫生筆墨今成帙，更向誰人乞手删。（自注：余有所撰著，皆由君所發起之《小説林》印行。）"其三云："江草江花路幾重，故人灑淚悵秋風。便抛妻子心難死（自注：君蘇人，挈眷來滬上），遠隔關河訃未通。把劍俠腸終寂寞，修文幻想總朦朧。無端報紙傳君耗，猶祝相如字偶同。"其四云："大水江南釀巨灾，萬家炊竈長青苔。百年不免老病死，一螟如歌歸去來。但有孤魂縈墓木，莫傳時事到泉臺。書齋我亦蕭條甚，如此吟詩事可哀。"今其詩猶在人耳目，詎意先生於今亦化爲异物，轉令人賦詩哭先生矣。哀哉！

咏物詩宜空靈而不宜放縱，宜刻畫而不宜鈍置。作詩者苦焉。惟吾師所爲《白桃花》詩，則兼空靈刻畫而有之矣。其小序云："大化迭運，萬事遷變。獨風雅一道，所以摇蕩性情，抒寫物理，可以亘千古而不滅。蓋比興非干禄之具，金石無媚世之術。古人陳迹，日月代謝，吾徒咏歌，幽居靡悶。詩未可遽廢而不作也。今年（戊申）春，旅居岑寂，風雨累日。偶得白桃花題，用以求益當世。素淚失艶，寫春士之羈愁。香雲忽貞，懺美人之往事。藉兹體會，感蕩心靈。浹旬之間，盈櫝累百，佳篇什一。意者能詩者未嘗作，而作者又未嘗經意也乎。迢迢楚水，渺渺湘雲，是騷客之故居也，流風其庶幾未沫與？抑聖人在上，而美人香草之感未可形諸楮墨也。撫樹婆娑，斯咏斯嘆。同人見余如此，屬余執筆。然論人易工，待己遂恕。即用摹擬，豈復卓絶。亦引玉者不自知其爲磚，而攻錯者或相諒其爲石而已。戊申季春涵秋氏序。"時客武昌，詩凡四律。其一云："一曲歌殘燕子箋，媚香樓圮冷鞦韆。亭臺春淺重重雪，溪塢風回漠漠烟。才子文章慚少作，美人懺悔到中年。眼前洗盡繁華態，消受輕寒薄暖天。"其二云："珍珠簾外月痕低，鵾鴂声声不住啼。到此冷銷神女夢，是誰艶説武陵溪。緑雲照水堆成浪，紅雨前村濺作泥。獨倚峭寒抱瑶瑟，梁園燕子又雙栖。"其三云："春衫新試五銖輕，楚楚香雲畫裏行。黄月半鈎工渲染，紅樓一角更分明。示人香色原無味，謗汝輕狂覺不情。門巷重來太蕭瑟，萋萋芳草馬蹄平。"其四云："年年浪説嫁東風，顋暈於今已不同。思婦淚光珠宛轉，女兒身影玉玲瓏。勘空色相參禪偈，銷盡春痕仗化工。扇底桃花翻舊譜，莫啼鵑血故王宫。"

吾師小楷佳甚，每届夏令，必乞其書扇頭。客歲，曾爲予書舊作於其上。題爲："朝起對鏡，見頰上已鬑鬑矣，書此志感。"詩曰："漸有鬚眉氣，能無歲月悲。嬌兒憎接吻，狡妾駡多髭。面目已如此，情懷更可知。脂香與粉澤，惆悵少年時。"流麗宛轉，風致嫣然，予絶愛誦之。今則家家雨意，處處蛙聲，炎夏又至矣。何從再乞吾師爲子書扇頭者哉？念此不覺憮然。

李師與鄉前輩丁石安（文塋）先生有舊。丁先生前被推爲參議會義員，臨行時，吾師贈以詩云："鄂城西峙水流東（自注：石安方自武昌歸），王粲登樓惱寓公。正抱杜陵寒食感，荆花補我一枝紅。（自注：石安臨行時，正丁寒食節。）"

李師所爲詩餘，主豪放不主纖巧。所爲《揚州慢》詞，大有坡老"銅琶鐵板，唱大江東去"之概。其上闋曰："平綉湖山，淺凹樓閣，宜春宜夏秋。宜冬來冒雪，微醉蕩孤舟。此福等閑不覺，才離眼底，重擱心頭。便翻然歸去，能饒幾日勾留。"其下闋云："白雲黄鶴，算如今剩座荒樓。儘海客帆檣，夷人臺榭，割據雄州。二十四橋何處，遥望天遠，撑煞雙眸。喜長江解意，迢迢只向東流。"

吾師所爲詩鐘亦佳。曾作琴北鳳頂格一聯云："琴心誘婦貧司馬，北面迎師病伯牛。"運典切而不膩，琢句工而不滯。琴北先生評之爲第一，非虚譽也。

余前與老友石楚青、俞牖雲、黄厚生等計劃一文藝刊物，定名《玲瓏》，請李師爲編輯主任，楊清磬先生爲繪畫主任。第一期封面畫，清磬先生業已繪就，而李師亦方欣然將以沁香閣未刊詩詞按期付梓。乃言猶在耳，而李師遽死矣。《玲瓏》報之發行，惟有俟諸异日而已。噫！

余近與石、俞、黄諸老友擬搜集李師舊著，刊《沁香閣遺集》，而以前登報所徵得之挽章殿焉。如斯宏願，甚望其早日成功也。

海棠軒詩話

海棠軒主人 撰

載於《復旦年刊》一九二四年第六期。

作者海棠軒主人，姓名、生平不詳。文中言"吾滇"，知作者應爲雲南人。又稱"吾師劉夢澤先生"，考劉夢澤即劉楚湘（一八八六—一九五二），字夢澤，號適齋，雲南騰冲人，嶺南大學畢業，一九一六年當選衆議院議員，抗戰期間任騰冲抗戰委員會主任，抗戰勝利後任騰冲縣長。文中還提及"吾友張昭麟"。張昭麟（一八九八—?），字圣知，白族，雲南大理劍川人。一九二一年入廣州金陵大學政治系，後從軍從政，著有《海天樓詩集》。

《復旦年刊》，爲復旦大學年刊，一九一九年創刊，一九二四年停刊，主要刊登復旦教職員及部門介紹，校史、級史，教學活動，畢業生簡歷等。

本則詩話部分評論古人之作，部分評選同時代或近人作品。録雲南詩人較多，其中有明代張含（禺山），近代陳榮昌（小圃）、趙藩（樾村）、袁嘉谷（樹五），及作者友人張昭麟。作者深爲雲南詩人自豪，稱"滇南山水奇秀，自昔多生詩人。"論及他詩，亦有識見。

《復旦年刊》1924 年第 6 期

送春詩古今不知多少，余最愛蘇東坡之"夢裏青春可得追，欲將詩句伴餘暉。酒闌病客惟思睡，蜜熟黄蜂亦懶飛。芍藥櫻桃俱掃地,鬢絲禪榻兩忘機。憑君借取法界觀,一洗人間萬事非”一首,蓋其語意間有道氣。又愛鄭孝胥之“正是春歸却送歸,斜街長日見花飛。茶能破睡人終倦,詩與排愁事已微。三十不官寧有道,一生負氣恐全非。昨宵索共紅裙醉,酒淚無端欲滿衣”一首,蓋其語意間有俠氣。

詩有興到語,每在可解與不可解之間。戴喻讓有句云:“夜氣壓山低一尺。”周蓉裳有句云:“山影壓船春夢重。”温飛卿有句云:“雨後牡丹春睡濃。”

哀艷之句,不可多得。譚瀏陽有句云:“桐花院落烏頭白,芳草汀洲雁淚紅。”

洪北江謂古今牡丹花詩,罕作正面文字者。趙甌北輒賦八首,明年又作如前詩之數。北江稱譽至再。而樊雲門讀之,謂適成爲甌北體,遂成詩如趙之數,以與趙角。即今觀之,則樊山之詩,亦只爲樊山體,無甚超過甌北之處。蓋牡丹花詩,實難工也。吾友張昭麟君去歲在金大時,有六朝亭牡丹叠韵四首,繁華富麗,獨具匠心。是人是花,殊難分辨。甌北歟,雲門歟,有過之無不及也。其詩曰:“何日移來屋角栽,連襟姊妹十枝開。衆香國裏留春住,色界天中有客來。艷甚元明千部曲,富於唐宋八家才。人間别具藏嬌處,不在尋常白玉臺。”“稱王不向洛陽栽,春到江南次第開。蝴蝶夢中香睡覺,胭脂畫裏色餐來。人間畢竟憐卿貴,世上何曾弃麗才。十萬金鈴須護惜,痴懷幾度夢陽臺。”“魏紫姚黄那得栽,六朝亭畔幾叢開。能移一世人心去,壓得群芳艷色來。樓閣文章争入妙,珠璣詩句競稱才。金花箋面宜宫體,别奏鈞天廣樂臺。”“剩有閑情小苑栽,娉婷偏又及時開。花光欲共春光遍,麗色隨同月色來。嫵媚那知丞相事,嬌痴不羡狀元才。爲王爲后膺真誥,廿四番風拜下臺。”

自少陵有《漫興》九首,及《江畔獨步尋花》之作,以拙句入詩,愈拙愈妙,使人有“其智可及,其拙不可及”之嘆。後人多有擬其體,以寄其憂國憂民之念者。梁任公《游春雜感》云:“故鄉今日春若何,佳人天末怨微波。洛橋灞橋楊柳死,江户長條空復多。”“繁鶯壓城花亂飛,妬風剷地蠻雪霏。東園一夜顔色盡,無復倭娘鬥舞衣。出郛凌雨馬無力，睹墅看花人未歸。一春流潦苦妨轂，自由車含秋扇悲。”“雨餘塍塍薺麥滋，上有三五黄栗離。飛飛慎勿啄金屋，吾與爾曹俱苦飢。”

温飛卿天才清妙，晚唐中之李白也。然其律句中多有上句襯不住下句者。如“雨後牡丹春睡濃”，自然語也，其上句“窗間桃蕊宿裝在”，則苦吟語也。“萬頃江田一鷺飛”，自然語也；其上句“數叢沙草群鷗散”，則苦吟語也。他如此類者，不一而足。然則八叉手亦有時見屈耶。

有明二百餘年，吾滇以詩名者當推永昌張禺山侍郎爲第一。其詩淋漓頓挫，殆專學杜甫者也。張氏與楊升庵以下五才子，號滇中七子，極一時酬唱之盛。其詩最多，不勝記。惟記其《即景》六絶句云：“幽亭獨坐未明天，喈喈閑讀古苔篇。南塘荷花太稀少，北塘蓮葉特新鮮。”“新笋纔生百尺長，不似去年高出墻。朝朝浴土亦不歇，遲女長成栖鳳凰。”“今年荷花開太稀，池内金鱗亦不肥。何處鸕鷀惱殺我，只要飛來立釣磯。”“昨宵驟雨來何急，水長池塘不可當。翻飛翡翠波心浴，故故銜魚上石梁。”“萱草葵花媚小園，石榴金竹護幽軒。斑鳩白鷺頻來坐，垂柳牽風細細翻。”“樹杪泉聲屋上山，五株垂柳竹千竿。坐來六月全無熱，細雨才過便覺寒。”六詩俱古節古音，試問利欲薰心，學無根柢之人，克臻此否。

禺山又有句云“江上雲飛樹欲浮”，可謂奇絶。

張昭麟君集中，美不勝收。其牡丹詩已如前述。餘則奇峭，如《咏六朝松》云：“似松非松一古松，形如翠蓋身則龍。清風細細時一下，碎雨濛濛常千重。歷唐宋明清浩劫，受東西南北雲封。即今直幹猶遮日，愧桃李杏與江楓。”高古，如《西湖北高峰》云：“久分看山力不疲，更教峰勢突淋漓。通天一望蒼松昇，拔地千株翠柏奇。竅石雷開顛倒閣，高花風墮斷殘碑。一聲玉磬當空響，已隔人間炎暑吹。”整鍊，如《紫雲洞》云：“女媧鍊石補天處，石破天驚洞口開。□贔幾層嵐翠落，虚懸萬竅治青來。籠烟蔓綉蒼龍骨，墮地花香碧玉杯。我幸得游須記取，題詩横掃萬年苔。”孤憤，如《寒食夜雨不寐書事》云：“人生何處足逍遥，萬斛塵懷不易消。一枕夢魂飛蛺蝶，三更風雨送芭蕉。青春脉脉過寒食，長夜漫漫讀大招。破碎山河羞祖國，愁心欲變伍胥潮。”感慨，如《蹉跎》云：“蹉跎去國已三年，書劍無成百感牽。幾度魂飛蝴蝶夢，數聲春滿鷓鴣天。南都粉黛臺城柳，北地鶯花玉樹烟。欲賦登樓偏未遂，相思應老畫橋邊。”雄渾，如《三月三日書句》云：“身世飄蓬似劍南，旅懷苦盡恨無甘。愁城百戰終難破，妙句千思竟不酣。春色真憐曲江曲，離魂應動三月三。花開花落倍增感，年去年來百不堪。”名貴，如《消夏雜咏》八首之一云：“桐陰書屋竹陰床，石枕生風細細長。蝴蝶夢魂原活潑，芭蕉身世本清凉。幾枝昨夜添紅豆，滿地今朝落海棠。賦就美人還自寫，手薰茉莉有餘香。”

滇南山水奇秀，自昔多生詩人。近世則陳小圃榮昌、趙樾村藩、袁樹五嘉穀，皆其選也。陳、袁之詩，余不多見。趙樾村先生《向湖村詩舍集》曾誦讀一過，中有句云：“墻腰石綉苔花古，屋頂田堆菜甲肥。”頗近山谷。然“瘦羊博士君休笑，鬥鴨先生故不痴”等句，則又未免墮入魔障。

舊歲賄選告成，穢聲播宇内。吾師劉夢澤先生備職衆院，首聲大義於天下，尋偕同志菘滬，力圖護法。惜乎國人之良心死盡，以致所謀不集。今年春，先生孤憤回滇。張昭麟君送之云：“東川西川響杜鵑，紅花白花吐青烟。人皆欲殺六百士，公獨不受五千圓。青春歷歷舉黄鶴，赤日昏昏飲貪泉。古滇萬里歸來路，知有桃花淚馬前。”淋漓喟慨，一往情深，領聯振筆直書，殆世所謂詩史也歟。

舊詩話

劉永濟 撰

載於《學衡》一九二五年第四十六期。

劉永濟(一八八七—一九六六),字弘度,别號誦帚,齋名易簡,湖南新寧人。曾就讀復旦公學、清華留美預備學校。辛亥革命時,受民主思想影響較深。民國成立,就學於況周頤、朱祖謀。後歷任東北大學中文系教授、武漢大學教授兼文學院長。新中國成立後,被選爲武漢市政協常委、湖北省文聯副主席。著有《十四朝文學要略》、《文學論》、《屈賦通箋》等。

《學衡》,學術刊物。一九二二年一月創刊於南京,一九三三年七月終刊。刊登吴宓、胡先驌、柳詒徵、陳寅恪等學者論文,亦刊登舊體詩詞文賦、外國文學作品的文言譯文。其宗旨是"昌明國粹,融化新知",對新文化運動常持不同主張。

本詩話開篇即聲明,詩無分新舊,只是人皆名傳統詩歌爲"舊",姑妄從之。文中點評歷代名家之詩,其論不脱古人常談。兼引古今詩論,予以評析。如引孔穎達《詩正義》名論,認爲是"學者所當熟讀而深思者也";引況周頤以"拙、大、重"三字論詞,謂"實此道之金針也";對章太炎論我國史詩不昌之故,則有不同看法。文中亦有對新詩之批評,云"元輕白俗"并非今之"淺學者"藉口,諷刺胡適所作新詩"徒逞口角,毫無蕴藉"。與《學衡》一貫立場一致。

《學衡》1925 年第 46 期

詩無新舊，惟其是。今人從而新之舊之，妄也。余既妄作詩話，則姑妄名之曰舊。今人見余所作輒舊之，余亦不得不從而舊之。呼我牛而牛應，呼我馬而馬應，名之新舊，何與於詩。新之舊之者固妄，必不新之舊之者，庸詎免於不妄邪。知妄與不妄之出於妄也，而後可與言詩。

讀古人詩最要能著眼後人褒貶，往往有用意，或出一時興會，不必適與古人意合，此雖同時之人亦有之。如《六一詩話》載晏元獻公極愛梅聖俞"寒魚猶著底，白鷺已飛前"，又"絮暖鮆魚繁，豉添蓴菜紫"兩聯。歐公以問聖俞，此非我之極致。豈公偶自得意於其間乎。又有後人往往借古人以自抒懷抱，於古人加以抑揚，正欲以見其所懷耳。如不解此，則是痴人前説不得夢也。少陵有"陶潛避俗翁，未必能達道。觀其著詩篇，頗亦恨枯槁。達生豈是足，默識蓋不早。有子賢與愚，何其掛懷抱"之句，後人便以譏淵明，要之老杜譽兒，陶公責子，各自有其趣，非可語俗人也。

詩之工拙原不在一字一句，然一字一句欠工，亦足以損全句。但不可專在此等處見長耳。杜集傳世，字句多异，比勘最得鍊字句之法。如《春水》詩結句"已添無數鳥，争浴故相喧"，《英華》作"不知無數鳥，何意更相喧"，大足損其自然之趣。亦如陶詩"悠然見南山"，俗本作"望"，頓覺有造作之態。又如"夜闌更秉燭，相對如夢寐"，本極自然之情事，後人解爲"更互相照"之義，便見此老作態可笑。大抵古來好詩，皆極自然，此屬性情亦有學問。俗人物累未盡，處處拖沓，處處底滯，遂出語便見矯飾。若反以此揣度古人，正如小人以機械變詐之心妄臆君子亦必如此。遂令天然好句，因而改觀，圓潤明珠，亦覺晦昧而有棱角，亦可嘆也。

老杜詩篇有須統觀前後更見精彩者。如不讀《秦州雜詩》、《咏懷》、《述征》諸作，不知其跋涉兵間之艱難。不讀《兵車行》、《三吏》、《三别》各篇，不知其時生民之痛苦，則不知《聞收兩京》詩悲喜交集之故。此古人詩文宜讀全集之理也。今人非但無此勇氣讀其全集,且有不及讀其全首而妄下譏評者,又非可以蚍蜉撼樹喻之矣。

往時與碧柳論老杜"紅豆啄餘鸚鵡粒,碧梧栖老鳳凰枝"一聯,以爲一則追憶亂前之富庶,一則回想當日之承平。用意顯然,本無可疑。今人讀書魯莽,詆爲不通,不知苟就原句加數字而句意自見。如"紅豆啄餘,無非鸚鵡之粒;碧梧栖老,皆是鳳凰之枝",尚可謂其不通邪。今讀《憶昔》詩有可爲此聯注脚者。《憶昔》詩次首曰:"昔憶開元全盛日,小邑猶藏萬家室。稻米流脂粟米白,公私倉廩俱豐實。"此"紅豆啄餘鸚鵡粒"之説也。"九州道路無豺虎,遠行不勞吉日出。齊紈魯縞車班班,男耕女桑不相失。"此"碧梧栖老鳳凰枝"之説也。然則欲知古人一句二句之意,不但宜細會全章,且當遍讀全集之理,於此益信。

昔人謂白傅淺露,東坡亦有"元輕白俗"之語。語然當知白傅淺露之作亦非如時下纖人所爲,特詩中之志較顯然耳。王昌齡《宫怨》曰:"奉帚平明金殿開,暫將紈扇共徘徊。玉顔不及寒鴉色,猶帶昭陽日影來。"白傅則曰:"淚滿羅襟夢不成,夜深前殿按歌聲。紅顔未老恩先斷,斜倚薰籠坐到明。"詞意淺露,於此可見。豈同近人"誰躲?誰躲?那是去年的我!"之徒逞口角,毫無藴藉邪。故知陶朱、猗頓之家,即令儉素,遠非瓮牖繩樞之酸寒也。自古名家,何嘗無病,但終不許淺學者藉口耳。

或問唐人詩景中有情,於何見之?曰:如杜工部《獨酌》詩曰"步屧深林晚,開尊獨酌遲。仰蜂粘落絮,行蟻上枯梨",《徐步》詩曰"整履步青蕪,荒庭日欲晡。芹泥隨燕嘴,花蕊上蜂鬚",所寫皆微細物景,然即此可見此老閑逸幽静之情。此等物景何時不可得,獨惜人皆鬧中忽過耳。東坡記承天夜游之事,乃絶妙詩境,特以散文寫之耳。其言曰:"何夜無月,何處無竹柏,但少閑人如吾兩人耳。"王晋卿詞曰:"忙處人多閑處少,閑處光陰,幾箇人知道。"試問常人所忙者何事,此人更是何等襟懷,然後知詩人閑逸幽静之情可貴也。又如工部"落花游絲白日静,鳴鳩乳燕青春深"二語,"梨花院落溶溶月,柳絮池塘淡淡風"一聯,句中落花、游絲、鳴鳩、乳燕,皆青春白日之景，獨一“静”字、一“深”字，寫出詩人之情。梨花院落之月，柳絮池塘之風，皆春夜春日所常見。而“溶溶”、“淡淡”則非詩人不得知，非詩人不能道。能知之、能道之者，胸中自有一種天機，常人作詩不佳，即在少此一種天機耳。

工部寫物極工。湍流則曰“青惜峰巒過，黄知橘柚來”，讀之便有應接不暇之勢。平波則曰“稍知花改岸，始驗鳥隨舟”，又覺有輕舟穩放之樂。此聖俞所謂“寫難狀之景如在目前”者也。

昔人稱“鷄聲茅店月，人迹板橋霜”極天寒行旅之狀，是矣。然老杜《敝廬遣興》發端曰“野水平橋路，春沙映竹村”，寫村落晴明、人物瀟灑之趣，何減前二語。而用在首聯，尤見魄力。又《旅夜書懷》一詩，首聯曰“細草微風岸，危檣獨夜舟”，已覺羈旅寂之情難堪。而項聯“星垂平野闊，月涌大江流”二句，又見雄傑渾厚。大家矩矱，固自不同。要是此老胸次高曠，纔覺蹙迫，頓爾豁然，誰云詩文無關學養。

或問比興之義，曰張籍《節婦吟》，比也。李商隱《樂游原》，興也。《節婦吟》以男女愛慕之情比擬朋友相知。《樂游原》以原上殘陽興起晚唐衰運。一明，一暗。一有心，一無意。後人喜以成心論古人無意之作，自覺古人出語便帶譏諷，不知古人實出於不得已發於不自知，所謂温柔敦厚之旨，如是也。後人未明比興之義，故有此失。老杜之詩，最易爲此輩所誤。後來且有一意學此爲高者，口吻輕薄，習成風氣，而詩教墮地矣。曰：“《孔雀東南飛》亦興體，何以與《樂游原》之興不同？”曰：“此亦是興之一法，《國風》多用之。”

東坡次韵黄正輔《同游白水山》詩“細劚黄土栽三椏”句，自注云：“正輔分人參一苗，歸種韶陽。來詩本用‘硜’字，惠州無書，不見此字所出，故且從木奉知。”今按：“硜”爲石名，又“硜碨”，地不平也。郭璞《江賦》“玄礪硊礫而碨硜”，東坡蓋偶忘之，故不和此字。然如此可見古人用字不苟，又可見東坡爲人真誠處。

胡曾咏史，僅有名論，雖理足意正，而乏神韵，自非佳什。若義山咏北齊詩，則神理具足者矣。第二首曰：“巧笑知堪敵萬幾，傾城最在著戎衣。晋陽已陷休回顧，更請君王獵一圍。”案而不斷，使人吟諷間悠然自得,乃是咏史詩而非史論。

詩人命意,往往動中見静,静中見動。樂中見憂,憂中見樂。以及時之先後,事之顛末,能以一二語包括無遺,尤見奇妙。如"蟬噪林逾静",動中見静也。"風定花猶落",静中見動也。"夕陽無限好,只是近黄昏",樂中見憂也。"散關三尺雪,回夢舊鴛機",憂中見樂也。而時之先後,於此二句中并見之矣。東坡《南園》詩曰:"春疇雨過羅紈膩,夏隴風來餅餌香。"則事之顛末同寫之矣。又有寫彼即此之法,如"青女素娥俱耐冷,月中霜裏鬬嬋娟",又"兔寒蟾冷桂花白,此夜姮娥應斷腸"是也。

文與可性敦厚而詩語矯健,其《咏病牛》、《悼猿》、《哀馬》等詩,雖小小物類,讀之令今動惻隱之心。寫山水諸作尤妙,蓋其心手有神也。其《嘲中條》一詩,寫静物有動意,而神趣自足,宜東坡亟稱之也。詩曰:"荆山赴太華,百萬如走騀。嘴尾不相殊,前後翻海波。既至擁而蹲,仰首争列羅。太華勢愈尊,引手欲下摩。中條從北來,亦願依巍峨。豈知隊伍弱,只來馬與贏。奔騰氣力盡,群伏飲大河。飲已只南望,岌然將奈何。"其《問景遜借梅聖俞詩卷》曰:"子乃不自高,尚爾尊聖俞。爲我誦佳句,實亦郊島徒。"然則與可蓋以郊島目梅矣,殆未盡見梅詩之語。或景遜所舉佳句偶似郊島,而未及其他篇邪。

往讀夢窗翁詞"應物無心,與閑同趣"八字,覺其獨簡遠沖澹,與霜腴詞卷他語迥异。今讀東坡跋與可《論草書》後曰:"留意與物,往往成趣。"語與前异而皆有妙理。與可《論草書》云:"余學書凡十年,終未得古人用筆相傳之法。後因見道上鬬蛇,遂得其妙。乃知顛素之爲,各有所悟,然後至於如此耳。"此東坡語意也。夢窗之語,則漆園所謂"樞始得其環中,以應無窮"也。

《學衡》1925 年第 48 期

孔穎達《詩正義》頗多名論,學者所當熟讀而深思者也。其論詩名所起曰:"名爲'詩'者,《内則》説負子之禮云'詩負之',注云:'詩之言承也。'《春秋説題辭》云'在事爲詩,未發爲謀,恬澹爲心,思慮爲志。詩之爲言，志也。'《詩緯含神霧》云：'詩者，持也。'然則詩有三訓：承也、志也、持也。作者承君政之善惡，述已志而作詩。爲詩所以持人之行，使不失墜。故一名而三訓也。"此古代詩之定義也。而後世説詩者，莫能外焉。所謂承君政之善惡者，一時一國之詩，可以見一時一國政之治得失也。所謂述已志而作詩者，作者之思情由之以發泄也。所謂持人之行，使不失墜者，詩有感化人生之力，使其不失於温柔敦厚之境也。但謀篇安章，宅句位字，以及音節格律，一失其當，則不足以感人。故持人之行一語，已包舉文學技藝之事矣。

又論詩人救世之情曰："典型未亡，覬可追改，則箴規之意切。鶴鳴沔水，殷勤而責王也。淫風大行，莫之能救，則匡諫之志微。溱洧桑中，所以咨嗟嘆息而閔世。陳鄭之俗，亡形已成，詩人度已箴規，必不變改，且復賦已之志，哀嘆而已，不敢望其存。是謂匡諫之志微，故季札見歌陳曰：'國無主，其能久乎。'見歌鄭曰：'美哉，其細已甚，民弗堪也，是其先亡乎。'美者，美詩人之情。言不有先王之訓，孰能若此。先亡者，見匡諫意微，知其國將亡滅也。"此論最得詩人之苦心。嘗怪江左詩人，世極迍邅，而辭意夷泰。豈當時詩人，獨於一代興亡及民生疾苦，漠然無動於中耶？及讀老杜天寶亂後諸作，憂時愍亂，詞迫意深。而晚唐以逮五代，作者每多放情風月，極意花草，豈老杜多愁而悲愍獨至耶？大抵天寶之亂，唐室猶有可爲。齊梁五代，國事已無可救。此正詩人苦志所存，未可淺測也。然則孔氏此言，可以爲齊梁五代詩人，一洗千古奇冤矣。

昔讀李易安《聲聲慢》"尋尋覓覓"四字，覺其中有一段不可言説之情，欲不言而不可，終至不得不言。萬想千思，乃得此四字，而後不可言説之情，無不盡達，故最爲高妙。偶誦《古詩十九首》末章曰："明月何皎皎，照我羅床幃。憂愁不能寐，攬衣起徘徊。客行雖云樂，不如早旋歸。出户獨彷徨，愁思當告誰。引領還入房，淚下沾裳衣。"自下床攬衣，出户入房，極盡愁人一夜無眠情況，正李詞首四字散釋也。但非身歷此境者，亦未易領略耳。

昔朱子據《箕子》、《荆軻》諸篇，謂淵明非沖澹人。濟陽譚壯飛復廣其説。余意淵明非沖澹人而多學,故其聲歌能以沖澹出之。太白非沖澹人而多才,故其聲歌能以慷慨出之。子美非沖澹人而多感,故其聲歌能以沈鬱出之。非沖澹也同,其用力也异,故其表見於外者因以分焉。千古高人,廻翔一世,而不得用,則出於聲歌,以寫其所懷,故能卓然自立,不相雷同,非可以强致。此後代詩人所以愈多而愈僞也。

讀太白《贈從弟南平》詩,見其於手足之間,極唱嘆世態炎涼之故,愈覺其沈痛。詩中如“前門長揖後門關,今日結交明日改”,尤慷慨言之,可以泣鬼神矣。

樂府雅詞漱玉轉調滿庭芳,原缺八字,况蕙風先生據舊鈔本,謂只前段缺六字,過拍歇字復以朱子鶴姬人許德蘋和詞作摩補之,則只缺五字矣。惟“摩”上一字極意懸擬,殊難吻合。頃閲《記事珠》載神女杜蘭香降張碩家,碩問禱何如,香曰:“消摩自可愈疾,淫祀無益。”“消摩”,藥也。此詞“摩”上一字或是“消”字,姑記之於此,以待他日質證焉。

戴文節公熙《習苦齋畫絮》,論畫精絶,而理皆可通之詩詞。如曰:“何子貞出楮索畫,楮甚澀,澀楮澀墨,澀墨澀筆,澀筆澀思。思不澀不奥,筆不澀不斂,墨不澀不惜。澀寡過,澀亦有功也。萬事澀勝滑,子貞其無訶。”知此可與讀夢窗詞矣。

又曰:“以目入心,以手出心,專寫胸中靈和之氣。不傍一人,不依一法,發揮天真,降伏外道。皆在於是。”“以目”八字,極藝術之能事矣。元好問《論詩絶句》“眼處心生句自神”七字,即此義也。東坡《與謝民師書》論辭達之理曰:“夫言止於達意,疑若不文,是大不然。求物之妙,如繫風捕影,能使是物了然於心者,蓋千萬人而不一遇也。而況能使了然於口與手者乎?是之謂辭達。辭至於能達,則文不可勝用矣。”古今作者夥矣,此境要非易到。然不可與淺人道也。

柳七《雨淋鈴》“今宵醒何處,楊柳岸、曉風殘月”,千古推爲名句。而讀者或指爲“梢公腹泄詞”,可發大噱。古今名作被辱於此輩讀者之手者何限。此知音之所以難遇,而作者之所以腐心也。

李長吉《過華清宫》詩“蜀王無近信，泉上有芹芽”，注家謂即“黍離稷苗”之意。此可悟作詩不必因襲古人，能者取之眼前，自能暗與古合。長吉當日自見泉上芹芽而言之耳。雲暗朱絡，石斷紫錢，玉椀露殘，銀鐙紗舊，何一非當前景物，豈必用“銅駝荆棘”，而後始能見興衰之情哉。

張戒《歲寒堂詩話》曰：“凡此事既明白，但直叙其事，是非自見，六義所謂賦也。”賀裳《詞筌》曰：“凡寫迷離之况者，止須述景。如‘小窗斜日到芭蕉’、‘半床斜月疏鐘後’，不言愁而愁自見，此賦之正法眼藏也。《三百篇》最多此法，如《芣苢》三章，但狀采掇之事，而一段春光駘蕩中，婦女樂游景象，如在目前，而政和民安之意自見。大抵賦事之作，以按而不斷爲妙。稍加指點，便墮議論矣。論詩者往往軒比興而輕賦，未可謂爲知言也。”詞由詩變，而詞語不同詩語。少游之“寒鴉萬點，流水繞孤村”，即隋煬帝之“寒鴉千萬點，流水繞孤村”也。張芸叟之“回首夕陽紅盡處，應是長安”，即樂天之“春岸緑時連夢澤，夕波紅處近長安”也。叔原之“今宵剩把銀釭照，猶恐相逢是夢中”，即少陵之“夜闌更秉燭，相對如夢寐”也。李後主之“綉床斜凭嬌無那、爛嚼紅絨、笑向檀郎唾”，即楊孟載之“閑情正在停針處，笑嚼紅絨唾碧窗”也。觀於此等處，可以知脱化之妙矣。

孔子舉“温柔敦厚”四字爲詩教，可謂聖於言情者矣。挽近人情澆薄，尤當以此四字爲苦口之良藥。所謂“温柔敦厚”者，當於《三百篇》中求之。如《柏舟》邶風之詩人，身被衆讒，無可告愬，沈憂深結，墜歡難忘。同流合污，既非所甘，改節易操，尤非所願。而奮飛不能，寤擗誰見。屈大夫之忠貞不渝，寧死弗變，殆無以過此。使今有斯人，有不譏其卑怯巽軟者哉。世亂詩亡，理虧情喪，可傷也已。

古人朋好之篤，有至於死生不忘者。杜工部懷李白之詩則云：“生别已吞聲，死别長惻惻。”《送鄭十八虔貶臺州》詩則云：“便與先生應永訣，九重泉路盡交期。”元微之《聞白樂天降江州》詩則云：“殘鐙無焰影幢幢，此夕聞君謫九江。垂死病中驚坐起，暗風吹雨入寒窗。”温柔敦厚,可以勵薄俗矣。若此等詩,可謂文不苟作。豈徒工對仗、和聲律,稱道倫比,標榜聲氣者可同日語哉。

《學衡》1926年第56期

鄭衛正淫,千古聚訟,要不出主理與主情二端。主理者志存詩教,故曰正。主情者思切人情,故曰淫。善讀詩者,合而觀之,從其是且安者可也。雖然,主淫之説,出於朱子大儒,尚無害也。出於隨園才子,則爲實齋所詬病矣。出於經師,則亦講學也。出於儇薄者流,則誨淫矣。世固有所言同而所以爲言者异也。今之人好反序説,輒津津道鄭衛風淫,幾如目睹。蓋桑中溱洧之習,大類今世浮薄之風。東門之游樂,非京滬之銅街乎。子衿之挑達,非南北之學潮乎。狂且狡童,本其自處。采蘭贈芍,本其自爲。俟巷同車,所常見也。鷄鳴昧旦,所常言也。或愛弛而情移,或久要而中悔。求之今日,靡不有焉。昔人謂不親游秦隴,身經離亂,不知老杜秦中篇什之妙。然則今人所以津津樂道淫風者,曷足怪哉。古人謂讀詩可以觀民風,余則曰説詩可以驗世運。

自歐陽永叔疑《小序》,至朱子一概廢之,而朱子復以意自爲之序,則未足以服古人矣。自毛西河尊《小序》,至陳、馬諸君一概曲爲之説,又不足以折朱子矣。大抵《小序》不可不信,亦不可盡信。不可不信者,序説傳授至古,故《孟子》論詩即多與序合。而《左傳》所記有足與詩相證明者,蓋古人口耳相傳,以爲刺某人、美某人,亦如“尺布斗粟”之謡,相傳爲刺文帝而作。今不此之信,而必一求之詩辭中,安可得哉。不可盡信者,正以口耳相傳,必有訛誤失記之處。若必篤信而墨守之,安得不如高叟之固哉。孟子説詩,以“知人論世”爲主。必其人可知,其世可論,而後可。今作者既不可知,詩世又特久遠。其間事迹,萬不識一,烏從而論之哉。此闕疑之義,所以不可不知也。(後見劉楚楨《愈愚録》,謂《詩小序》或是孟子所作,但别無證據,聊備一説而已。)

“燕燕于飛”,毛公訓“于”爲“往”,自是古義。近人有以今意解爲“焉”者,謂“往飛”於詞不順。“于”可訓“焉”,自是一義,然不可以説此詩。若曰“往飛”之言戾於今語,則適中曲園所謂不解古語之譏。蓋“往飛”與“歸飛”對文,故詩又有“弁彼鸒斯,歸飛提提”之語也。至《吕氏春秋》載有娀二女之歌,則明作“燕燕往飛”,足證古人原有此語例,未可以數千載下之語相比附也。鄭子尹康成《生日》詩曰“每惜極盛餘,標新轉增怪。”稽古之士不可不知矣。

言愁之作,不以質言爲貴,前已論之亦有質言而佳者。所謂愈樸愈深,愈真愈質也。然不易爲。必如李後主之“剪不斷、理還亂,是離愁。别是一般滋味在心頭”李易安之“到黄昏、點點滴滴。這次第怎一個愁字了得”方佳。至賀方回則必曰“借問閑愁都幾許,一川烟草,滿城風絮,梅子黄時雨”矣,必曰“欲知方寸,共有幾許清愁,芭蕉不展丁香結”矣。

沈伯時《樂府指迷》云:“癸卯識夢窗,暇日相與倡酬,率多填詞,因講作詞之法。然後知詞之作難於詩,蓋音律欲其協,不協則成長短之詩。下字欲其雅,不雅則近乎纏令之體。用字不可太露,露則直突而無深長之味。發意不可太高,高則狂怪而失柔婉之意。”思此,則知所以爲難。閲之可知宋人填詞,惟恐其近乎纏令。而夢窗用字不露,所以意味深長。後人或以晦澀少之,非可謂爲知言也。詞之爲道,有文采則貴,有氣骨以振起之。有氣骨而乏文采,其病則麤。有文采而無氣骨,其病則薄。氣盛則稼軒之詞也,文勝則草窗之作也。與其文勝,不如氣盛,此辛之高於周也。

漁洋論詩重“神韵”,自是高論,然不可過視爲秘奥。直不外道所欲道,言所能言,而有所不道不言者存而已。不言者能於所言者中想像得之,悠然而神適,翛然而意徂。如作字然,振筆而下,筆之落紙者皆中鋒一氣轉折,及其行分白布,波就點成,其或爲鍾王,或爲顔柳;或爲剛健,或爲婀娜;自在其中,而不可執行白波點以求之。斯得之矣。

齋永明間,沈隱侯輩以四聲爲新變,當時文人有薄之者。及唐之沈(佺期)宋(之問)復整齊而條理之,遂開唐律之宗。有唐一代,此體遂多傑作。蓋詩之爲道,以三事經緯之。一曰情,二曰辭,三曰聲。自樂府廢失,詩樂分鑣。詩聲之美,非人所重。縱有佳調,多由天籟。隱侯此説未始非因此而生。觀其所爲《謝靈運傳論》曰："夫五色相宣，八音協暢。由乎玄黄律吕，各適物宜。欲使宫羽相變，低昂互節。若前有浮聲，則後須切響。一簡之内，音韵盡殊。兩句之中，輕重悉异。妙達此旨，始可言文。"與近世文家所謂相間相重之美若合符契。然則隱侯亦豪傑矣哉，未可隨俗毁譽也。

詩人諷諭，義主微婉，所謂言之無罪，聞之足戒也。自宋賢以議論爲詩，辭旨激切，諷諭義衰，而詩之禍乃烈。崇寧以來，遂有詩禁之設。葉石林《避暑録話》論詩賦曰："政和中，大臣有不能爲詩者，因建言詩爲元祐學術，不可行。李彦章爲銜史，承望風旨，遂上章論陶淵明李杜而下皆貶之。因詆黄魯直、張文潜、晁無咎、秦少游等，請爲科禁。時何丞相伯通適領修敕令，因爲科云：諸士庶傳習詩賦者杖一百。"陳善《捫蝨新話》、周密《齊東野語》并載此事，亦文學史中一段奇聞也。

况蕙風(周頤)先生，當代詞宗神匠也。往歲相從問學，嘗以"拙大重"三字論詞。不但足以藥舉世輕佻之習，且實此道之金針也。偶誦東坡和章質夫柳詞，覺其氣體闊大，以原唱比觀尤顯。因悟學詩詞之法當取古人題同意别之作，比類而觀，久之不但自家下筆取法能高，而古人功候深淺與夫流别正僞亦能洞若觀火。師友古人，涵泳風雅，莫捷於此法矣，亦獨學者所當知也。

古今詩人，感嘆身世，發爲歌詩，要有一段至公之情，與滿腔不忍之意，而後可貴。所謂至公之情者，感嘆所發非關一己之榮枯得失也。所謂不忍之意者，雖不關一已，而恫瘝在抱，欲不言而不可忍也。如屈子之賦《離騷》，是何等心腸。老杜之歌茅屋秋風，是何等襟抱。安得復以"嘆老嗟卑"四字輕毁之哉。所可議者，無老杜之襟抱與屈子之心腸，而效其口吻，學其啼笑，如升庵所謂"本不用兵，而曰戎馬豺狼。本不年邁，而曰白髪衰遲"。斯爲可厭耳。孟子曰："有不忍人之心，而後有不忍人之政。"又曰："有伊尹之志則可，無伊尹之志則篡也。"此亦學術人心正僞之所關，要當嚴辨者也。

太炎先生嘗推尋我國史詩不昌之故，謂虞夏二代，散文記述之功已著，故詩歌退處抒情，此亦就其大較言之耳。究之《三百篇》中，早著賦體。古代樂府，率多記人。《孔雀東南飛》無論矣，他如《陌上桑》、《秋胡行》、《艷歌行》、《東門行》，以及《木蘭》《子夜》等曲，其間稱述語言，敷陳事蹟，紆餘妍美，大有可觀。是則當時歌詩要以記事爲其宗主，至於正始明道，詩雜仙心，風氣爲之一變。而元嘉諸賢，志樂山水，筆窮造化。而後詩家門户，乃始大開。亦如漢畫多圖繪古賢列女，迨唐之摩詰始開山水之宗。藝事變遷，大氐造端質實，而漸入空靈。托始致用，而歸宗怡志。雖其時限，不必齊同，而先後相規，如出一轍。此中消息，蓋有非人力所致，亦時會使然耳。

剪淞閣詩話

潘飛聲 撰

載於《中社雜誌》一九二五年第一期。

作者潘飛聲(一八五八—一九三四),字蘭史,號老蘭、劍士、老劍、論劍詞人等,室名水晶庵、剪淞閣、紫蘭精舍。廣東番禺人。南社成員。曾與傅屯良(君劍)、高天梅(鈍劍)、俞鍔(劍華)并稱"南社四劍"。善書畫,爲廣東著名書畫家。著有《説劍堂集》等。

《中社雜誌》,一九二五年創刊於上海,學術刊物,不定期出。以研究學術、發揚國粹、提倡儒學爲宗旨。

本篇詩話主要闡發作者對古人詩作的評價,和對詩歌創作的一些思考,有一定思想性。對李杜優劣之争,作者認爲兩人"各抒寫其性情,非後人泛泛摩擬者可比","强評兩家詩者,可以休矣"。又論曹操與陶淵明詩,認爲皆"當時直寫胸臆,不問傳世,而直接風詩之遺。至唐人有意求工,而意格低矣"。可見作者强調詩人的境界,認爲好詩是抒發性情的結果。作者論詩重"情",對於艷體詩,認爲"如無情韵,不能謂之詩"。貶低在民國時期風靡一時的明代香奩詩人王次回,推崇清代黄仲則(景仁)、樂蓮裳(鈞)、郭頻伽(磨)、黄莘田(任)四家。又録明遺民何鞏道、陳子升詩,及近代廣東詩人黎二樵詩。黎二樵詩皆其詩集所未載者,可作補佚。

《中社雜誌》1925 年第 1 期

昔人評李杜優劣，剌剌不休，其實均不知李杜詩境也。李一意復古，杜則造意開今，且李境處樂，杜境處憂。各抒寫其真姓情，非後人泛泛摹擬者可比。昌黎詩曰："李杜文章在，光焰萬丈長。"又曰："蜉蝣撼大樹，可笑不自量。"强評二家詩者，可以休矣。

太白一生低首宣城，子美愛讀《文選》。然李詩不規模宣城，杜亦於漢魏六朝外別闢一格，可知入古人堂奥而不出者，非英雄人也。

孟德詩沈雄蒼健，令人氣壯。元亮詩高澹清逸，令人意遠。當時直寫胸臆，不問傳世，而直接風詩之遺。至唐人有意求工，意格低矣。

天生名山大川，必仗文人始著。詩如二謝，文如柳州，始爲不負。余游域外，爲古人足迹所無，恨乏謝筆以寫之耳。

詩有爲人思擬所不到者，如費此度"大江流漢水，孤艇接殘春"，陳獨漉"積雨江漢緑，歸心楊柳初"，是也。

有情二字，始於《陳風》。（子之蕩兮，宛邱之上兮。洵有情兮，而無望兮。）詩至齊梁，別爲艷體，如無情韵，即不能謂之詩。然善言情者，以李義山爲最。昔人目白樂天爲廣大教主，余目李義山爲情天教主。其次則劉夢得、韓冬郎。至明之王次回，千篇一律，猥褻雜出，有"伊其相謔"之風，而無"寤寐求之"之雅矣。有清一代，善言情者不少。以黄仲則、樂蓮裳、郭頻伽、黄莘田四家最擅長。悱惻芬芳，尋味無盡。仲則、莘田兩家詩集，人人皆讀。蓮裳、頻伽，則刊本不易覓也。因從選本摘録，以餉同愛蓮裳、頻伽者。蓮裳初名宫譜，更名鈞。有《青芝山館集》。《緑春》六十首，一時無兩，録其四云："丹臺翠水隔西東，同墮情天浩劫中。游戲散仙能作霧，夭斜少女亦爲風。高低楊柳傷心緑，深淺桃花薄命紅。知是因緣知是夢，三生消息最難通。""曲闌花影浸人寒，明月同心怕獨看。促織凄迷和趙瑟，流螢宛轉近齊紈。腰圍似柳先秋瘦，淚點如星向曉殘。記得芳姿仍仿佛，綉来猶易畫來難。""銀漢西流不向東，女牛雙影水光中。年年洒淚成秋雨，夜夜分愁寄曉風。少日過同飛電疾，情天剩有夕陽紅。何須更覓游仙枕，夢醒僧樓鼓一通。”“搏桑東樹有西枝，一霎晨光判早遲。至死難忘抛去事，相思已負過來時。中山酒爲澆愁買，北里笙常帶恨吹。杜牧温岐都老大，更無人唱惜春詞。”其他佳句，如“解事更無秦吉了，贈行空有蜀當歸”，“誰知倩女離魂日，即是江郎賦别初”，“織女星沈秋漏短，美人雲散暮寒多”，“琴於夜鼓聲逾遠，酒以春名味更濃”，“桂樹滿時纔算月，桃花開後更無春”，“小徑隔花成絶塞，疏簾蔽月抵長門”，“棋因一劫全翻局，塔要三生始合尖”，“花神不肯分明見，只爲諸姨總性封。”頻伽名麐，有《靈芬山館集》，絶句尤多佳者。兹録其一云：“一笑投壺製電同，阿香車轂走隆隆。天公事事煩兒女，青女飛霜少女風。”其他佳句，如“詩思逢秋容易瘦，美人如月本來孤”，“遠道人來烟雨外，傷心事在别離前”，“明知相見難於别，便恐重來不是春”，“容易相逢如夢寐，不多時節又黄昏”，“已悟散花餘結習，可能嚼蠟視横陳”，“粉黛獨饒名士氣，畫圖還是女兒身”，“身能自主除非夢，事本難言賴有詩”，“定爲情死爲愁死，是不能尋不忍尋”，“有生合與情俱盡，已死難言色是空”，“自笑别人憐不受，爲卿甘作可憐蟲”，“此生若再來人世，又是垂髫上學時”，“韓偓香奩義山格，一般凄絶與誰倫”。

趙秋谷痛詆王漁洋，而謁馮定遠墓，則稱私淑弟子。其實定遠之詩，烏能比漁洋？然亦足見人苟有可傳，不患後世無知己耳。鮑覺生侍郎桂星《讀孟東野集》云：“我爲定詩品，五子壓四唐。杜李孟韓白，泰華恒嵩衡。”昔昌黎低頭拜東野，《薦士》一篇，力爲推重。而東坡顧不喜孟詩，乃云“何苦將兩耳，聽此寒蟲號”。張南山則謂覺生尊孟於杜李韓白之間，比五公於五嶽。平心而論，東野實不及四家之大。然亦可見自闢町畦，獨開生面，後世必有欣賞者等語。余按韓孟聯句，功力悉敵。東野“南山塞天地，日月石上生”十字，可括昌黎《南山》詩全篇。惟惜東野專集罕見，祇於《全唐詩鈔》見所選録耳。

袁子才詩云：“英雄與文人，往往托佛老。匪自矜清超，即是貪壽考。”英雄文人,晚年多談禪悦。自謂悟徹,然總不出子才二語。蓋子才天分極高,所論多發人所未經道者。至曾賓谷《題金陵報恩寺》塔云:“自昔大奸雄,君親有不顧。惟與説因果,貪嗔變恐怖。”論甚警切。自古大奸大惡,惟畏鬼神。又每欲借佛力爲之解罪消灾。如梁武帝之捨身同泰寺,魏忠賢營葬地,而供巨金以建禪林。耿精忠、尚可喜在粵,施多金捐助古刹,是以佛氏因果報應之説,於世道人心不爲無補也。

《檝巢集》一卷,前明大學士何吾騶子皇圖先生鞏道著也。先生生當喪亂,徜徉自廢。而故國之思,時時發露於吟咏之間。有七律一首云:“日日悲笳海上來,蕭條風景暗相催。驚潮打鴨尤閑立,深雨迷花尚鬭開。曉花出不知心所往,夜吟惟有影相陪。天涯縱得投閑地,庾信江南未免哀。”此詩三語,見李成棟輕騎襲廣州,蘇觀生不知設備。四語見永歷、紹武,自尋干戈,昏而不悟。末則自傷其遇也。憂思淒抑,感憤蒼凉。當時去國騷吟,惟陳獨漉與先生可抵沈鬱二字。其他警句,如“積水化雲天路白,斷虹收雨海門深。”“酒曾西蜀爐邊醉,簫亦東吴市上吹。”“百戰江山如昨日,獨行蹤迹似孤僧。”皆稱可傳。而“别非垂老偏多淚,歸已無家復送行”二語,則如同變徵之音矣。(《檝巢集》二卷在清初爲禁書,曾見香山甘氏有鈔本,惜無人爲之剞劂耳。)

吾縣陳喬生先生子升,文忠公子壯弟也。鼎革後,文忠公起兵謀恢復,銜鬚授命,大節凛然。先生草野隱居,作前朝之遺老。康熙間猶與陳元孝梁藥亭唱和。所著《中洲集》,與文忠遺稿同刊《粤十三家集》中。沈歸愚《别裁》集謂喬生詩麗而有骨,原本義山,則以其有“坐久月光動,歌停花氣來”,“香須薰宋玉,絲欲綉平原”等句。其實《中洲集》傷懷故國,感憤時事,篇中有血,自不可磨滅。如五言古摘句:“子羽不由徑,渡江能刺蛟。子房若婦人,椎秦翊漢朝。不爲方有爲,闇闇成昭昭。”七言律,如《蜀中》云:“當關一士可勝萬,分鼎中原翻在邊。”《元日》云:“米汁從今齋綉佛,露盤依舊捧銅仙。”《寄澹歸》云:“何能容易談天下,衹學阿難白世尊。”《寄陳子明》云:“水國有蘆遮伍相,閶門何廡寄梁鴻。”《哭雲淙兄》云:“一生心事萇宏碧，百粤經營伍子濤。”《喜翁山歸》云：“十年喪亂同王粲，萬里歸來獨子卿。”皆寓沈鬱悲憤之意。又句云：“萬里聲名千古業，只應相愛寂寥身。”“寄語離居數君子，道心隨處恐消磨。”清初時，吾粤遺老多以事异姓爲耻。如陳元孝、何皇圖，遭亂避地。屈翁山、韓宗騋，削髮爲僧，老作逸民，澹泊明志。然亦有晚節不堅者。喬生先生特作此規諷之。蓋利名稍動，道義即離。而“相愛寂寥身”五字尤可味。不獨錢牧齋、龔芝麓輩，聲名墮落。即吴梅村一代美才，若使因母不死，（梅村病革詞“當初有母不敢死，豈料如今至於此”，人多悲之，余獨惜之。）著書不出，今日聲名，豈非陶靖節、楊鐵厓一流人物。蓋亦是不耐寂寥耳。

近代詩家以單行集本風馳各省者，惟袁子才、厲樊榭、黄仲則、龔定庵，及吾粤黎二樵，外此不多見。緣作者之詩，自成一家面目，故能受四海之歡迎。若二樵真髓，則造意造境，合昌黎、東野、昌谷鎔爲一鑪，早見稱於《洪北江詩話》。然二樵刻意鑿險，少年所作，多所删裁。又每將極好之詩，改至辛澀，以防流入甜熟一派。故生平題畫書扇之作，多不載集中也。二樵以三絶稱於時，自負詩一、畫二、字三。書仿晋人，畫入清湘神境。余見佳構，必手録其詩跋，今彙載於此，以誌夙好。龍山温氏藏兩巨軸，自題云：“二樵居士天與閑，終歲弄筆鎸雲嵐。江村薄暮動紫翠，波上遠山如亂帆。霧汀烟渚百之折，時放扁舟深出没。江心夜半萬丈天，世外胸中一輪月。平岡如切陡壁紅，得無裴迪隨詰翁。波瀾翻覆入衣帶，溟渤摇漾招天風。長堤行吟者誰子，夕露沾衣影寒水。意中似唤山上人，畹晚林光可歸矣。”“己酉閏月生日，天氣微凉，坐竹影中，摇弄光景。茉莉花開，繁白如雪，濃香如雲。作此正自欣然，題誌之懸諸五百四峰之堂以爲長物。其一爲大鳥峰圖，題云：‘娟娟江上露烟鬟，叆叆春愁怨女顔。最憶大鳥深作態，竹梢烟烘一痕彎。’‘大鳥峰頂月輪高，水面村春静不勞。一雙白鳥動烟海，千里碧天明雪毛。’右二絶，余客中憶大鳥峰之作，今日寫此紙頗似之，故書以題其上。前時作畫自怡者，皆已被巧奪者得之。庚戌四月，遭大故後，不復北行，得閑家居。日過慈度僧舍，作此藏之五百四峰之堂。

子孫能保則寶之，不能，則須持此易擔石之米，不三日餓，仍須留也。二樵翁并記。”又楊丈椒坪，藏墨梅便面，題云：“居士湛然如鏡明，梅花映空如水清。就中非一亦非二，無以琉璃同水晶。”二樵寫花卉，僅見此一扇耳。以上數詩，皆《五百四峰堂集》所未載。今雲烟過眼，藏者已易滄桑。幸此叢編貯余行篋，山水奇光，仍發現於世界也。（“琉璃水晶”一語見《楞嚴經》，二樵博極群書，隨手拈來，即成妙諦。）

渭廬詩話

楚　聲撰

載於《錢業月報》一九二六年第六卷第一一期，一九二七年第六卷第一二期，一九二七年第七卷第五、六、九期，一九二八年第八卷第二期。

作者署名楚聲，本名不詳，姓王，應爲海寧人士。在《錢業月報》上以"渭廬"和"楚聲"的筆名發表經濟評論、文學作品多篇。

《錢業月報》，由錢業公會發行，一九二一年創刊於上海，經濟類月刊。是民國金融舊刊"四大花旦"之一。

本篇詩話收録海寧當地詩人較多。如録求是詩社、高筱珊《挹爽齋遺稿》、徐蝶莊《疏影山莊吟稿》、潘喜陶《梅花盦詩集》等，可作海寧地方詩人考證、補遺之材料。篇中還記録《浙報》主編許行彬因批評時政而被孫傳芳逮捕入獄之事，并録許氏《獄中感賦》及時人和詩。其中王廷楊"功名事業皆塵網，節義文章總禍胎"，及許"東南名士銷亡盡，如我猶難善自全"等句，可見民國報人被迫害之情形。

《錢業月報》1926年第6卷第11期

海甯之長安鎮有求是吟社，爲盛恭甫、徐紫翔等發起。社員現達五六十人之多。月舉文會兩次。三載於兹，會藝盈尺。近請張步青太史鵬翔編選付梓，大有可觀。社員有高柳懷者，又號瘦石，别字菊磵後人。常咏瘦梅云："一枝乍破雪初融，縷縷春魂冷淡中。

鐵幹横斜香斷續,玉鱗瑣屑影玲瓏。亭亭秀骨偏宜月,皎皎清姿不耐風。撇盡繁華標别類,衝寒獨立小樓東。"《咏蟬》云:"孤標傲世可憐生,底事哀鳴訴不平。斷續腔隨朝露滑,悠揚唱徹晚風輕。池塘柳密聲都逸,庭院槐高韵轉清。衹爲喜晴暄不住,草堂午夢幾回驚。"形容盡緻,風韵妍然。又《咏七夕夜雨》云:"脉脉情牽一載過,者翻風雨渡銀河。鵲橋新漲三篙水,未抵離愁萬斛多。"語多雙關,情溢紙外。餘如《水榭納凉》云:"當風翠竹輕摇影,經雨新荷暗送香。"《旅懷》云:"聽雨愁牽游子夢,惜春嬾讀落花吟。"《秋閨》云:"織成錦字漏催月,敲斷寒碪冷怯霜。"名句聯珠,一時傳誦。聞高爲筱珊先生之文孫,繼香先生之哲嗣。宜其聲之振振,不同凡響也。

筱珊先生《挹爽齋遺稿》,《游桃花港口占》有"三篙野緑輕波裏,半壁螺青細雨中",又叠韵"詩興夕陽青草外,酒情春雨緑楊中",又"春水樓臺全入畫,夕陽城郭半依山",叠韵云"雙槳劃開波裏月,一篙點碎水中山",均能别開生面,□寫入畫。其《感懷》云:"初志莫償毛義檄,泛湖誰識范公螺。"又云:"兩厄紅羊人□賀,半經朱雀業無權。"對語工正,言有餘痛。《咏史閣部》云:"豺狼當道志難伸,縞素三千血染新。節操若非冰雪鍊,梅山萬萼爲誰春。"《咏梁紅玉》云:"二帝蒙塵怒氣含,親操桴鼓勝奇男。鎮江一戰中流砥,從此金人不復南。"立意超脱,確有見地。繼香先生《古香詩鈔》《西湖十景回文》:"岡聳塔巍巍,色分雅背輝。黄隨坂馬去,紫帶山樵歸。巧囀一聲鶯,明波快日晴。姣娃群結伴,柳岸自怡情。"大有滿盤珠玉,美不勝收之概。餘如《晚步錢塘門》:"地有湖山難粉飾,人無蘇白不風流。"又如《旅懷》云:"詩吟窮境工何有,酒抵愁城破得無。"皆名句有誦。

《疏影山莊吟稿》二卷,爲武原徐蝶莊明經遺作。明經以名諸生屢困場屋,晚歲絶意進取,就邑西小墅闢園林藝蘭蒔菊。暇輒吟咏其間,隨意著筆,不假修飾。没後,其文孫師謙前輩集其遺稿,得百餘首,因亟付梓。亦海鹽藝文之一也。余最愛其《和金又村美人四咏》云:"裙拖八幅繞雲霞,婉約輕裝出内家。步處恍摇揚柳影,蹴來可損牡丹芽。滿堤芳草憐鈎印，一路春風擁活花。游興乍闌嬌不定，倩人扶上七香車。”(右《咏行》)“細骨輕軀每自憐，亭亭玉立綉簾前。不愁花妒身全露，似怕人窺影半偏。待月有情思悄悄，臨風無語態娟娟。要知淚滴相思處，衹在朱欄十二邊。”(右《咏立》)“深深庭院掩朱櫳，凝坐神傳阿堵中。半榻緑陰侵曉黛，一簾瘦影怯東風。閑題桐葉秋心淡，嬌背銀燈酒暈紅。水思雲情流隔座，最銷魂處夢難通。”(右《咏坐》)“聊把芳心托睡鄉，嬌慵無那褪殘妝。海棠神倦燈前影，蝴蝶魂銷夢裏香。鬢壓落花春思重，枕欹頳玉楚雲荒。紅梅點暈尋常事，豈必風流屬壽陽。”(右《咏卧》)蓋四詩簡錬一氣，情傳神傳，意到筆到。方之李青蓮《清平調》，亦難分其軒輊。此外斷句，如《傷女》云：“死無難色知爺達，病不多時累母輕。”《題憶香詞》云：“聰明枉費憐才意，憔悴偏多絶代人。芳草緑縈千里夢，海棠紅謝一枝春。”《病起》云：“無求未見人情薄，有伴常嫌世故深。”《自分》云：“貧無憤懣仙應忌，老尚風流佛亦嗔。”《暮歸》云：“滿樹西風餘落照，動人秋思半蘆花。”《讀史》云：“一隅承正朔，草竊亂神州。史筆徒尊魏，人心却爲劉。偏安規蜀計，大錯伐吴謀。太息雄心死，蕭蕭白帝秋。”流風餘韵，發爲詞章，觀其咏懷諸作，絶無感憤不平之語。愈以知明經性情之正，而養之有素也。

《錢業月報》1927 年第 6 卷第 12 期

《梅花盦詩集》四卷，爲潘燕池前輩遺稿。潘諱喜陶，爲吾邑名儒，善書畫，享大年。世居紫硤，時人方之以廣文博士。其文孫應升，亦負學界盛名，是誠能繩其祖武者也。詩集已付梓行世。居海甯藝文之一。余頗愛其《除夕祭詩》之一律云：“勞我精神又一年，清蔬濁酒祭詩篇。一枝官燭明於晝，數點梅花淡欲仙。爲惜流光宵不寐，難忘歸思夢常圓。故園兒女知今夜，應憶征人未肯眠。”《咏白秋海棠》云：“西風瑟瑟掩重門，素艷亭亭護玉盆。冶態阿那輸蜀鏡，靚妝澹沱寫花魂。露凝石砌香無迹，秋印苔階月有痕。記取緑章深夜奏，輕□暈碧恰初昏。”又叠韵云：“晶簾如水月當門，花艸清光浸瓦盆。乞借春陰扶玉質，淡涵秋影瀉冰魂。檀心浥露餘香暈，素靨臨風漬粉痕。西府鉛華羞不銜，一枝低亞伴黄昏。”嵌字限韵云：“百六韶光十景溪，龍鬚八尺九華西。書傳七發雙緘鯉，情感三秋五夜鷄。一字織成千里恨，四弦彈出兩心齊。二分明月春分半，萬丈柔絲淚暗啼。”《新燕》云：“梨雲澹澹月沈沈，紫燕歸來畫閣深。思婦簾櫳開半面，故家池館可重尋。呢喃花底情如訴，穿掠庭前弱不禁。幾度銜香修廢壘，防他風雨暗相侵。”風情逸致，視唐人諸作不讓焉。集中更有《望月》四言句云：“明月在堂，照我衣裳。季子居鄉，同此和光。明月在扉，照我裳衣。季子居闈，同此清輝。東方月出，照我絺葛。季子居室，和光如一。”殊有《小雅》之風。其他如《咏菊》云：“不信高人遍冷淡，一叢清艷傲繁霜。”《客中聽雨》云：“雲氣逼燈昏有暈，烟痕上幕夜無聊。梅花開落虚延賞，客夢惺忪太寂寥。”《七夕》云：“鳩鵲不來誰作渡，雙星終古恨河梁。”《泛舟》云：“月明山愈静，春到柳先知。”《題畫桃花立幅》云：“昨夜溪頭漲碧痕，岩前紅雨碾香塵。記從劉阮歸來後，寂寞仙山不當春。”《中秋蓉湖夜泛》五律云：“放櫂蓉湖裏，澄波一鑑清。樹頭明月上，山下遠烟平。水色涵秋影，霞光罩晚晴。市喧塘北岸，燈火萬家明。”《春夜泛蓉湖》云：“鏡懸篷背月，星閃市塘燈。”皆能即景生情。《春閨》云：“東風裊裊柳依依，寂寞春閨晝掩扉。悄倚闌干索梅影，冷香吹上薄綿衣。”《秋柳用漁洋山人韵》云：“青林紅樹總銷魂，出郭人家晝掩門。一抹斜陽猶有韵，半珪澹月欲無痕。春風故故樓頭夢，秋影依依水外村。孰是開心重離别，黯然相對與誰論。（其一）”“記得春來點客衣，漫空絮影覺全非。白頭送别情無□，青眼懷人信已稀。何處荒堤凉月落，不堪驛路早霜飛。長條拂地收難起，欲綰相思素願違。（其二）”“西風昨夜著輕霜，紅板平橋緑野塘。臨鏡暗抛懷遠淚，熨衣懶啓舊時箱。關河牧馬人悲李，門巷啼烏姓記王。回首繁華真一瞬，新豐空羨故家坊。（其三）”“已去韶華洵可憐，尚餘眉黛鎖輕烟。疏林漠漠秋平遠，古戍迢迢思邈綿。摇落江潭傷此日，婆娑漢上想當年。何如再試鵝黄絹，好聽啼鶯春樹邊。（其四）”寄托悠深，無限凄凉。集末更附詞稿，長短調咸備。古人稱鄭虔爲三絶，若燕年者，可謂四絶矣。

漁洋詩詞本多豪放,惟晚年所撰《雍益集》詩不過百餘首,類皆寥寥短章,無復當年雄逸。可見人入邁老,筆亦隨之枯索矣。《秋柳》四首,最爲士林傳誦。會見邵公次珊和韵云:"秋光處處斷人魂,羌笛時聞怨玉門。夢裏關山春有色,愁邊風雨酒無痕。曾看驛路青絲騎,又到江南黄葉村。自古芳菲容易歇,衹今回首不堪論。(其一)""良宵三五月如霜,衰草凄凄又滿塘。醉後乍忘寒玉枕,嫁時猶記縷金箱。宅邊年代疑存晋,巷口人家憶姓王。故國風花如問訊,休提碎錦幾重坊。(其二)""幾家刀尺織寒衣,上巳清明事已非。灞岸送行空涕淚,斷橋吊夢總依稀。哀蟬有曲三更歇,社燕無情一樣飛。多少畫船門外過,攀留無計與心違。(其三)""依依秋色慣堪憐,幾處樓臺宕晚烟。天上小星猶耿耿,人間長恨自綿綿。浮萍身世嗟他日,慘緑風流悔少年。試向吴江問楓葉,怕教摇落到君邊。(其四)"真個銷魂,那堪回首,令人不忍卒讀。按次公與餘杭王漱岩、海鹽張樹屏齊名。余更見其《瓜山詞》十首,調古而雅,詞正而麗,迥异尋常游戲之作。斷句如"西湖可有横塘好,只載鴛鴦不載愁",又"半夜輕雷門外過,有人冠上挂遺釵",又"瓜山三月無紅豆,手贈離離瓜子多","拱宸橋似泰娘橋,兒女多情魂總銷","衹恐橋頭嗚咽水,不通消息不生潮",又"酒痕欲褪砑羅裙,一笑相同夜漏分","手剔銀釭談往事,有人雪涕吊湘雲",所謂意在言外者非耶。

《錢業月報》1927 年第 7 卷第 5 期

《藝苑叢話》,爲同里陳立炎前輩所輯。共采録某宦家女新婚竹枝詞二十四首,熨貼旖旎,刻畫盡緻,使杜工部不能專美於前。王次回尤應瞠目於後。立炎謂其移置温李集中,亦爲無上上品,洵妙評也。其詩云:"(1) 金花帖子寫鸞牋,暗識佳期訂隔年。却怪日長清漏永,蘭閨猶是暮春天。(2) 紗似輕霜錦似霞,綉工多處倩鄰家。關心最是雙鴛枕,閉户親描并蒂花。(3) 青瑣窗前正午風,聘衣私試綉幃中。無端小妹偷窺見,惹得芙蓉透頰紅。(4) 牙床錦帳合歡衾,針黹般般見匠心。博得大家都贊好,紅窗不負用功深。(5) 含顰人爲理蛾眉，妝罷齊誇絶世姿。試向鏡中重一看，果然容貌勝平時。(6) 牽衣阿母整花鈿，親迎來時動管弦。聽得人稱夫婿美，香車知已到門前。(7) 華堂洒淚别雙親，鼓樂聲中擁畫輪。一點靈犀還自問，悲啼終假喜終真。(8) 綵輿扶出綺羅香，鼎沸笙歌入洞房。敷粉施朱剛一會，寶奩開處又添妝。(9) 金鼎香濃寶炬明，雙雙成禮各含情。姑嫜拜罷何曾識，耳畔微聞吉語聲。(10) 并坐微沾合巹杯，羅幃輕掩復輕開。阿郎豐度依稀認，曾向屏間偷覷來。(11) 矜嚴終怯啓星眸，纓絡重重代掩羞。最是綵巾初揭候，儘人圍看只低頭。(12) 百兩何須賦鵲巢，蓮燈蘭燭影深交。惱他女伴知嬌怯，偏向筵前勸酒肴。(13) 席散新房客并臨，詼諧談笑到宵深。自憐端坐時雖暫，費盡矜持一寸心。(14) 花燭筵開賀玉郎，并肩人坐暗聞香。勸酬深處憐微醉，不信銅壺夜未央。(15) 花冠卸去態娉婷，賓静華筵樂乍停。又是問安時節届，更籠紅燭向親庭。(16) 歸房良夜正迢迢，人静檀郎戲語調。笑説幼時曾一見，阿奴年紀正垂髫。(17) 流蘇寶帳掩雕床，無限温柔領睡鄉。窗外也知人竊聽，不將鶯語漏春光。(18) 驚聞曉箭起徘徊，正是銀河乍曉時。欲去畫堂羞益甚，新妝顧影總遲遲。(19) 花枝掩映出房初，無語深深歛翠裾。料得兒家郎早去，比儂羞澀更何如。(20) 翠翹鬆後意嬌慵，绣被春深叠幾重。不是薰籠香氣暖，今宵情比昨宵濃。(21) 待到三朝又看親，入厨纔罷共登輪。閨中相聚頻嘲謔，故問同歸是甚人。(22) 轉脚歸來换绣襦，燈前含笑語檀奴。儂家姊妹都清秀，昨日簾前得見無。(23) 替畫修蛾曉鏡前，郎心痛惜更相憐。腰肢困倦防人覺，不向羅衾覓午眠。(24) 楊花點點撲簾鈎，鎮日歡如倚翠樓。一樣困人春去日，同心結得便無愁。”作者更有《閨中四時雜詩》六十絶，有句皆香，無詞不艷，而又深得言情之正。如“剗襪初提下玉階，春眠幾度墮金釵。花前忽戒黎花釀，記得今朝是佛齋。”及“曾把嫦娥當小名，同衾人好是同庚。由來明月應呼姊，却早檀郎四月生”。又斷句如“吩咐呢喃雙燕子，替儂千萬駡東風”，“最是曉窗鴛枕畔，紅腮無計避郎看”，“一笑帳中先祝嘏，記儂生日是明朝”，“貪看紗厨凉月影，語郎今夜且分眠”,“同是一灣新月樣,一經郎畫便無愁”,“小姑嫁後工回謔,不似當初暈臉時”,“枕邊細數團圓夜,除却離家總并頭”等,軟語温存,自是得意人口吻。真令人百讀不厭也。

扶鸞之説,儒者不談,以其近於左道也。然雅人逸士,借此以談風月。有時感應所及,亦得妙詞。如本報前刊《張中丞殺妾餉士》一賦,文筆雋妙,絶非淺識寡學之輩所能僞托。語溪洗心壇,成立五十餘年。曩歲客洛溪,得見其《鸞論詩稿》,類多佳句。如蘭若道人迴文七律云:“紋迴織錦叠羅輕,好句詩求刻意精。雲閣草催寒雀噪,雨窗蕉濕曉鷄鳴。昏黄泣感人情動,鬓白悲憐客夢驚。勤儉克須常守業,魂消暗夜月分明。”玄下張子和云:“紋羅織縷細絲輕,絶妙詩成煉句精。雲樹野飄殘葉落,渚江寒塞遠笳鳴。昏臨月印波濤涌,曉報鷄愁羈旅驚。勤勉克修功鋭進,魂消夜盡剔燈明。”反覆吟誦,頗饒趣味,而尤以倒讀爲貫氣,允稱佳搆。其餘雜詩如:“(1) 秋老蘋花貼水開,南飛征雁幾時回。一輪明月中天掛,玉潔冰清映水隈。(2) 一斟酒熟杏花天,人醉何知袖裏緣。來到玉門春已老,滿堤楊柳冷殘烟。(3) 白雨跳珠入釣船,半帆風滿渡前川。可憐柳絮輕無力,點點飛來撲暮烟。(4) 新燕銜泥築壘忙,春風淡蕩菜花黄。小舟不繫堤邊柳,帆影歸來背夕陽。(5) 斜陽半角映書堂,倦卧昏沉午夢長。有客訪游來不速,相隨杖履樂徜徉。(6) 十二樓頭任醉吟,隨風瀟洒白雲岑。秋江寂寞秋山秀,閑把琵琶細審音。(7) 百尺高樓勝景開,此中的是小蓬萊。新詩欲寫枯腸澀,且向秋風舉玉杯。(8) 晚霞一片夕陽紅,林樹蒼茫樵路通。曲曲羊腸高下處,負薪歸唱緑陰中。(9) 極目秋山妝宛似,描成一幅淡濃裝。青林紅樹回環繞,無限詩情仔細商。(10) 一樹梅花留鶴守,一聲鐵笛有誰知。一天晴日當窗照,一陣清風滿地吹。”等句,頗有飄然欲仙之致。律詩《七夕》云:“秋凉賞處坐高樓,好句成吟欲暢游。舟映月光波淡淡,壁穿燈影夜悠悠。愁添客路悲鴻雁,遠望天河渡女牛。流水碧溪晴破浪,幽幽樂道世沉浮。”其寄情高雅,《清平調》差足比擬。以談風月,誰曰不宜。

孝若公子有哭父詩,時人非之。某女士有哭母詩,隨園訕之。

良以吟咏,乃文人怡情之事,既遭丁憂丁艱之痛,更何心有此逸興乎!然余以爲詩本乎性,父子母女,天性也。天性所感,發爲意音,雖不能與名作同尊,要亦未可厚非也。鬘因女史有《哭母詩》八絶,情詞慘惻,倍極纏綿,今介紹於閱者:(1)“記得兒時母獨憐,春風絳帳訓長篇。故園回首都成夢,偷度餘生二十年。”(2)“一世徒勞願未成,空餘遺恨泣吞聲。進思兒病垂危日,全賴慈親得再生。”(3)“臨風含淚展遺圖,怕見空幃枕席孤。昨夜慈顔來夢裏,離情欲訴總糢糊。”(4)“歷盡滄桑受盡磨,茫茫塵海嘆蹉跎。劬勞未報親先逝,風木終天抱恨多。”(5)“剔盡銀釭夜未眠,傷心往事已成烟。空將薄酒靈前奠,一滴何曾到九泉。”(6)“淅淅凄風透碧欄,堂前萱艸忽摧殘。一從永訣辭塵世,清夜縈思淚未乾。”(7)“中心鬱鬱意如痴,一日思親十二時。囑咐遺言猶在耳,如何一旦忍拋兒。”(8)“愁雲慘淡漸黄昏,冷雨瀟瀟静掩門。血淚已枯腸已斷,教兒何處覓幽魂。”

《錢業月報》1927 年第 7 卷第 6 期

鄉前輩許行彬先生祖謙,文章道德爲士林冠,顧性戇直。辛亥以來,屢遭文字之禍。曾在杭垣辦《浙報》、《良言》等日刊,余爲之担任義務撰述。蓋余雖非其至交,雅慕其爲人也。民十以來,余謀食春申,已與杭垣報界隔絶。去春,鄉友爲述許所辦《杭報》,常以直言見忌于孫馨遠氏。因嘆曰:“亂世文章,無本是非。飛蛾撲焰,禍不遠矣。”而許則鼓勇前進不稍息。常語人曰:“李佳白下筆,勇於銜命赴敵之軍人,予自問可以無愧。且本浙人愛浙之心以立論,但盡吾之天職,不問事之成敗”云云。至三月間,許氏果以莫須有之埋冤,入陸軍監獄。其判决刑期爲十四年有六月,由當地政商各界營救,得免執行。其詳情已見許自撰《丙寅獄中記》。兹録其《獄中感賦》七律云:“(1) 身世如予亦可哀,鐵窗風味此三回。膝前兒女都陳迹,腕下文章盡禍胎。聞道將軍關喜怒,相傳老父極徘徊。獄中度日長於歲,强作禪房養性來。(2) 戇直由來是性成,讀書積習傲公卿。灌夫喜駡原非福,坡老微詞豈爲名。但願他人無後起,不妨以我作先生。文豪兩字談何易，多謝將軍笑語聲。（3）讞吏威尊至可驚，畸輕畸重未憑情。争看新客如新婦，遑論罪期與罪名。儘有嘆聲希善視，還聞賀語慶偷生。古來囹圄渾閑事，且聽江潮訴不平。（4）此有遠因與近因，東南時事太詳陳。酈商自昔曾分席，鄭產而今已絶塵。痛惜青年囚裏老，怕看白髮鏡中新。兩軍威武雄吴越，未許優谷一士人。（5）多少健兒困此中，那堪文弱亦相從。揶揄儘讓庭前鬼，寂寞還贏閣上雄。嗟我故人皆隔絶，累他老客不通融。傷心一事難回首，卧榻今無任子同。（6）我本西湖狂者儔，一枝秃筆鬼神愁。幾回禍患從天降，五載艱辛付水流。下石有人輸柳子，免囚奚日告祁侯。邇來半月閑無事，總算南冠是息休。（7）音信今朝自外來，又驚又喜又疑猜。滿城如許相營救，當道何因肯挽回。操筆念年心未死，還家百里夢頻催。他時幸得離羈絆，好把田桃園李栽。"全詩自注頗多，冗長不備録。其第五首"任子"云云，蓋癸丑一役，有任茂梧君在獄同榻，而今則任君已亡，觸景懷友，無限感慨。詩成，和作甚多。而以王廷楊灰韵之"功名事業皆塵綱，節義文章總禍胎"，東韵之"死灰燃後還當溺，俠骨枯時也自雄"，尤韵之"魯連已分投滄海，名士寧當付濁流"及"智井虚中憑下石，羿弓巧彀不懸侯"，灰韵之"愁中歲月春將暮，雲外家山夢未回"及"屬望蒼生如有意，欺人白髮漫相催"諸聯爲最。蓋和韵而不爲韵所拘，又切合原詩本意，爲難能也。且許君辛亥癸丑諸役均記以詩。辛亥之詩，余未及見。癸亥諸作，略能億及。今背録之，未識能免誤字否。"（其一）疇昔名場馳遂雄，今朝幽縶柳營東。心同鹿撞驚難定，夢到雞鳴喜是空。無復文章論海内，只餘涕淚寄家中。書生末路竟如此，悔不希踪田舍翁。""（其二）本是上賓忽作囚，一場浩劫向誰尤。得兵如僕聯分苦，與盗爲鄰更覺愁。紅粉有情樓獨倚，白頭余語淚頻流。傷心時下求人筆，追念平生馬少游。""詩中紅粉"云云，蓋許時眷妓曰金瓶蘭，來書有"樓頭獨倚"等句，故云然。許寄金詩，有"博得紅顔數行淚，贏他薄倖杜揚州"，及"我亦桃花扇裏人，侯家公子是前身"，"聯床縱有良朋在，話到香君涕淚頻"等句，良朋亦指茂梧也。又《有感》云："杜牧揚州夢十年，無端文字禍株連。始知獄吏尊周勃,敢道將軍識史遷。戇直由來遭物忌,艱危衹好受人憐。東南名士銷亡盡,如我猶難善自全。”是亦無可奈何之牢騷語也。

《錢業月報》1927 年第 7 卷第 9 期

金山錢雙呆詩人,視我以周子天凈遺稿。披覽之餘,不禁欷歔曰:“天既予彼以才,何竟靳彼以壽。致使長吉早世(天凈存年廿七),遺恨終古耶!”了公評天凈詩,謂其近似龔瑟人先生,簫心劍氣,法乳遥承。余以爲“今朝送别愁多少,昨夜相逢詩有無”及“芳草天涯原有夢,夕陽柳岸淡無烟”之句,置諸劍南集中,幾不能辨其孰是。宜乎雙呆之聞笛山陽,不勝嗚咽矣。集中更附其夫人金蝶痕女士《哭外詩》三十首,依上下平韵而作,詞意凄惻,不忍卒讀。今并録之,以實詩話。“(1) 手調薑橘酹西風,無限懷思涕淚中。忍憶平生梁孟志,頓令舉案事成空。(2) 黯然回首舊音容,不信天年竟夭龔。人静冷齋燈半緑,衹餘哀怨和寒蛩。(3) 比肩閑輒坐紗窗,細語噥噥興不降。偶爾拈毫鬥新句,吟成韵叠復聲雙。(4) 三五盈盈荏弱姿,憑將祖硯繫紅絲。自從十七爲君婦,貧賤歡娱曾幾時。(5) 枉抛心力事原非,悔不當初勸息機。敢比黔婁定私謚,早知才與命相違。(6) 黽勉糟糠十載餘,忽驚鵩鳥止荒廬。雙雛昕夕殷勤護,要使他年讀父書。(7) 清明時節雨模糊,雨後聲聲唤鷓鴣。人聽鷓鴣感春暮,儂携麥飯祭亡夫。(8) 五茸北望草萋萋,滄海揚塵世夢迷。咫尺孤墳疑鬼唱,不辭風露到深閨。(9) 投筆從戎願未諧,封侯無分命途乖。獨憐不向沙場死,只共飛花一例埋。(10) 河山歷劫剩殘灰,憂患紛紛撥不開。血淚奠君聊當酒,安能香爇返魂來。(11) 檢出遺容付寫真,依然眉宇玉精神。纏綿當日情多少,畫稿終嫌未得申。(12) 幼承家學誦先芬,更喜相從問字勤。偕老百年成恨事,鴛鴦兩字竟中分。(13) 故物惟留書劍存,茫茫天道欲何論。宵來獨擁孤衾坐,明滅燈光夢不温。(14) 寂寂靈帷惻惻寒,幾筵强復勸加餐。明知生死關頭隔,也作如賓敬意看。(15) 相思叠叠渺如山,累汝泉臺獨守鰥。一事思量最凄苦,兒啼不見阿爺還。(16) 翁悲命短君同命,兩代生存長吉年。今日爲君理殘篋,孤魂繞否薛濤牋。(17) 最無情緒最無聊,兒尚憨痴女尚嬌。斟酌自家功課外,督兒肯使誤春韶。(18) 尚有綢繆患難交,關懷手澤慮輕拋。縱教倡和今無望,蒐集遺篇反覆鈔。(19) 憶否裁量把剪刀,開箱剩有舊時袍。幾番摺叠珍藏好,留待兒曹認一遭。(20) 從來好事易消磨,百歲堂堂一剎那。親寫黄庭經卷在,更無道士問籠鵝。(21) 添得愁思似亂麻,秋英又化斷腸花。君雖略減孤零苦,我乏如珠掌上詩。(君死後,長女菊人隨歿。)(22) 扶病挑燈賦悼亡,思前想後總堪傷。晶瑩淚墨渾難辨,夜漏沈沈未覺長。(23) 生事艱難世態輕,眼前何物足關情。蓮花依舊人何在,蘊結衷懷指女貞。(24) 月夜招魂幾度經,悲秋一望入蒼冥。雙修福慧原非易,枉向青囊效乞靈。(25) 大化悠悠本莫憑,幸無吊客集青蠅。未亡人暫支門户,堂構終須新復興。(謂啓興、啓新兩兒。)(26) 梁栖燕子語聲柔,動我凄凉益我愁。愁緒萬端揮不斷,凌虚盤綰上簾鈎。(27) 自從髽髻插蓍簪,余首飛蓬直到今。不僅米鹽凌雜地,圖書觸目愴人琴。(28) 達生齊物兩相參,争奈心情百不堪。劫後餘生定何似,自知已類再眠蠶。(29) 幾多酸苦一身兼,怕對菱花影欲潛。切念孤衰兒太小,從今損悶不開匳。(30) 挽君無計阻歸帆,仙路迢迢已隔凡。且待向平婚嫁了,再從地下倚青衫。"

《錢業月報》1928 年第 8 卷第 2 期

武原某女士能詩,許配胡氏子,未歸而没。紅顏天妒,千古同傷。憶其《送别》云:"儂今欲問秦溪水,可是離人淚化成。"《懷人》云:"何當共泛鴛湖棹,一洗塵襟話素卿。"而尤以《春日偶成》聯珠體一律,最爲士林傳誦。其句云:"香簾半捲懶梳妝,妝閣春寒日正長。長恨新愁魂夢斷,斷腸妒事淚痕藏。藏身金屋無人見,見蝶南園只自狂。狂醉詩人歸月夜,夜來室篆怕添香。"其詩可作套環式,迴文織錦,殆亦類此。

自來豪傑之士,其吐屬自是不凡。曾見某軍長有句云:"龍蟠虎踞石頭城，日照關河萬里深。如此乾坤收一戰，依然還我漢家營。"何等雄壯。于右任近作《尚父湖邊》，句云："窮羞白髮爲文士，老羨黄泉作國殤。落葉層層迷去路，横舟緩緩適何方。桂枝如雪楓如血，猛憶關西舊戰場。"感慨沉痛，兼而有之。

近見故鄉報紙刊載苦茶詩甚多。苦茶，吾不知其何人也。第覺其詩筆，絶與沈丈山壽相似。然乎否乎。録其《雜作絶句》云："(1) 感慨山河擾攘時，天涯能有幾人知。水光遥接雲邊月，多少秋懷誰與思。(2) 燈火樓臺佛影斜，高風吹亂樹頭鴉。聲聲暮鼓人何處，荒蒼烟雲似九華。(3) 雲淡風清小徑幽，題詩人過寺鐘樓。一回話别一回老，但使離人心上秋。(4) 寒江平影雁横天，燈火舟人夜未眠。休道風清明月好，離思黯黯又經年。"

唐孟啓《本事詩》載顧況在洛陽東門與詩友三人游苑中，坐流水上，得大梧葉。上題詩曰："一入深宫裏，年年不見春。聊題一片葉，寄與有情人。"況明日於上游亦題一葉放於波中，詩曰："花落深宫鶯亦悲，上陽宫女斷腸時。帝城不禁流水去，葉上題詩欲寄誰。"後數日，有客來苑中尋春，又於葉上得詩以示況。詩曰："一暑題詩出禁城，誰人酬和獨含情。自嗟不及波中葉，蕩漾乘春取次行。"觀此，則紅葉題詩，不過一種文人韵事而已。乃史載韓夫人翠蘋在宫中時，題詩紅葉上，從銜溝流出云："流水何太急，深宫盡日閑。殷勤謝紅葉，好去到人間。"爲羊祜所得，亦題一葉云："曾聞葉上題紅怨，葉上題詩寄阿誰。"上流宫中，爲翠蘋所得，後爲夫婦，遂有紅葉爲媒之美談。二事似相符契，或爲後人所附會，亦未可知。

一葉詩話

胡懷琛 撰

載於《小説世界》附刊《民衆文學》一九二七年第十五卷，第二十期，第一至六頁。

作者署名"螺屋主人"，即胡懷琛的筆名。胡懷琛(一八八六—一九三八)，原名有懷，字季仁，號寄塵，安徽涇縣人，胡樸安之弟。一九〇九年任《神州日報》編輯，一九一一年加入南社，曾任《太平洋報》、《中華小説界》等報刊編輯。著有《海天詩話》、《寄塵學詩記》、《波羅奢館詩話》、《新派詩話》、《福履理路詩話》等詩話，提倡"新派詩"，與胡適就《嘗試集》進行過一系列討論。其白話詩論於一九二一年以《白話詩文談》一書結集出版。

《小説世界》是由商務印書館發行的月刊，一九二三年創刊，先後由葉勁風、胡懷琛編輯。《民衆文學》爲《小説世界》附刊，主要刊登童話、詩歌、小説、笑話等。

本篇詩話體現了胡懷琛的一貫詩學主張，即新舊融合，傳承舊詩，亦不貶低新詩。第一則即感嘆"前清光宣時，中國初廢科舉，争言西學。於是一般學者，視中國舊學如敝屣，以爲略不足惜"，以至於有日本教授聲稱"十年而後，中國當聘日本人教漢文"，又引述一日本女子所言，説將來中國當派留學生到日本學習舊法畫、圍棋、漢詩。作者不同意此種説法，認爲"十餘年來，舊學不特不曾滅亡，而研究方法大有進步"，"不信新詩出舊詩即消滅無遺。"後文録作者自己紀事詩幾首，如《買菜》:"清初瓢兒菜，一餐三個錢。可笑石濤貧，猶待畫中看……"，《買書》:"集書八千卷，能集不能讀。夫豈不欲讀，所苦日不足……"不拘格律，通俗淺顯。又有記録民國十六年上海時事一詩，可謂"以旧格式，运新精神"(《新派詩説》)，正是作者本人所提倡的"新派詩"。又録虞山山歌一首，也是通俗自由的詩歌。本詩話各家目録未收，可作爲研究胡懷琛詩論之補充材料。

《小説世界・民衆文學》1927年第15卷第20期

日本女子談漢詩

前清光宣時，中國初廢科舉，争言西學。於是一般學者，視中國舊學如敝屣，以爲略不足惜。其時有充京師大學教授之日本人作大言曰："十年而後，中國當聘日本人教漢文。"按此言實未免過甚。當時中國人雖不重視漢文，然十餘年來，舊學不特不曾滅亡，而研究方法大有進步，又何須請日本人教漢文哉？頃閲柴小梵君所著《梵天廬叢》録有一則，謂有日本女子善爲漢詩，嘗自誇曰："中國自新詩盛行，詩學破産，將來中國當派留學生至日本學三件事。一舊法畫、一圍棋、一即漢詩也。"余按此言正與前清時某教授之言相同。除圍棋一事，中國確不及日本而外，舊法畫及漢詩，日本終不能與中國頡頏。余不信西洋畫能奪中國畫之席，亦不信新詩出舊詩即消滅無遺。然西洋畫與新詩自有其價值，不能不承認也。

日本首相清浦子爵詩

去年日本首相清浦子爵游歷中國，抵大連。中國人王建堂、黄越川、楊鳳鳴、畢大拙諸文人以清浦善爲漢詩，開會歡迎。而日本詩人原田恕堂、立川卓堂、福田象外諸君亦在座。清浦年已七十七，而吟興未衰。即席分韻成詩，精神焕發。其詩云："客自龍沙萬里來，休嗤衣上帶塵埃。今宵舊雨與新雨，肝膽相披酒幾杯。"按此詩確佳，其豪放之慨，亦正稱其爲人。然改"酒幾杯"爲"酒一杯"則更好。何也?此詩既以豪放見長,則“一”字比“幾”字爲更爽快。如“一見如故”、“一諾千金”等成語,其重要處只在“一”字,改易不得。今“肝膽相披”句之一字,正與此相同。用“幾”字遜色多矣。然清浦此詩,究不愧爲佳作。如范仲淹《嚴先生祠堂記》“先生之風,山高水長”,“風”字初爲“德”字,他人改爲“風”字,然未嘗以一個字而弃其全文也。

橋本關雪詩

日本名畫家橋本關雪來游中國,爲滬上某名妓畫一大幅馬,并題詩云:“汗血馳驅幾戰場,英雄一去夢茫茫。朱門不市千金骨,殘草秋風嘶夕陽。”此詩絶佳,勝於清浦子爵多矣。

紀事詩一

余近作紀事詩若干首,詩雖不工,然語語皆紀實事,樸質不華,近於寫實,讀之可見吾生活之一斑也。《買菜》云:“清初瓢兒菜,一餐三個錢。可笑石濤貧,猶待畫中看。嘆我口福薄,遲生三百年。百倍當時價,買菜何其艱。春笋玉箭秀,秋豆珍珠圓。只愁無菜賣,購者皆争先。我疑賣菜叟,定當面團團。誰知彼老圃,吁嗟爲我言。歲饉世且亂,種菜良復難。久雨則苦濕,多晴乃苦乾。幸而風雨調,又復患烽烟。羸弱皆避匿,壯丁多徙遷。老夫死不去,種此半畝田。傭工出重價,入市納苛捐。賣菜以謀衣,一身衣不完。賣菜以謀食,缶空如磬懸。嗟我賣菜者,生涯亦可憐。我聞老圃語,不禁發長嘆。菜亦不易咬,何况是肥鮮。空讀石濤詩,爲之流饞涎。”《賣書》云:“集書八千卷,能集不能讀。夫豈不欲讀,所苦日不足。如富翁買田,倉中有餘粟。究竟一餐飯,能須米幾掬。徒供鼠雀飽,剩得滿倉殼。如武人擁兵,益多則益黷。明知供給難,名額那肯縮。一旦忽譁變,不能自約束。可笑黄蕘圃,買書不惜錢。書亦與錢同,不能帶入棺。奇絶朱承爵,美姬换漢書。不知班孟堅,甘作玩物無。我有八千卷,本來不算多。争奈一椽屋,其小僅如螺。書將奪人居,人其奈書何。欲將吾所有,公之於當世。良田尚不惜,何況是故紙。其如吾所有,不過八千卷。豈敢自誇張,號曰圖書館。公開既不足,私蓄又有餘。欲插苦無架,每遷必借車。外物皆爲累,此語真不虚。卷帙亦如是,豈必是寶珠。不若作達觀,視之敝屣如。付諸舊貨攤,微有利可圖。待價此賤賣,此後皆聽渠。瓿亦任其覆,窗亦任其糊。交割既已畢,地廣吾心愉。轉笑珍藏者,所見何太拘。"

紀事詩二

頃復成紀事詩一首,所言亦皆實事。乃民國十六年作於上海寓所也。因并存於此。詩云:"夜半正好睡,忽然聞鎗聲。此聲已聽慣,安睡不復驚。但使國有利,甯復慮犧牲。是故蒙首卧,静以待天明。飛彈聲颼飗,巨炮響訇砰。墻泥多剥落,屋瓦亦驚鳴。恰如在壁上,默觀楚漢争。須臾天漸曉,鎗聲亦暫停。一息尚存在,飲食須經營。披衣下床走,鹽米難忘情。釜中雖乏粟,幸有水可烹。急覓晨報讀,警信分縱横。市民多避地,競向鄉鎮行。滬市本囂雜,久已忠人盈。所冀逃者多,物價當减輕。利害本難言,聊復安吾生。"

蓮葉何田田

漢樂府"江南可采蓮,蓮葉何田田。"按以"田田"二字形容荷葉,或云謂其多也。余竊以爲是利用像形,蓋田字篆文作⊕,恰如出水之荷葉。亦猶"十字街"、"之字路"、"丁字水"之類也。

虞山山歌

虞山有山歌云:"吃吃粥,喝喝湯,看看情哥看看郎。情哥似正月裏梅花、二月裏杏花、三月裏桃花、紅裏泛白、白裏泛紅、怎樣個好。吾郎似四月裏菜花漸漸的黄。"按此歌甚佳,而尤妙在第三句雖長而不覺其冗。此歌本亦可改爲整齊之七言絶詩,如云:"吃吃粥來喝喝湯,看看情哥看看郎。哥似桃花怎樣好,郎似菜花漸漸黄。"整齊固整齊矣,然遠不及原文之活潑,且亦不便於曼聲長歌。

故知原文欲便於唱,不得不於第三句加長也。吾人苟再爲加長,亦無不可。如云:"情歌似正月裏梅花、二月裏杏花、三月裏桃花、四月裏薔薇、五月裏榴花、六月裏荷花、七月裏鳳仙、紅裏泛白、白裏泛紅、怎樣個好。吾郎似八月裏桂花漸漸的黄。"使於第三句能作一氣唱,亦無不可。則此歌長短亦無一定格局,在唱者隨意增減可也。

通俗詩文選本妄改成文

通俗詩文選本,妄改前人成文,可惡已極。如劉基《司馬季主論卜》一文,中有數句云:"露蛬風蟬,昔日之鳳笙龍笛也。鬼磷螢火,昔日之金釭華燭也。""蛬"字不常見,通行本《古文觀止》改作"蚕"字。蠶不鳴,與下文笙笛何涉?許指嚴選《國文讀本》,於此字作"蛩"字,比較的已好,然仍非原文也。又此篇復有數句云:"是故一晝一夜,華開者謝。一秋一春,物故者新。"按"夜"字、"謝"字爲韵,"春"字、"新"字爲韵,通行本《古文觀止》改爲"一春一秋",亦大誤也。宋人詩"芭蕉分緑與窗紗","與"字猶言給與也、贈與也。而俗人不解,改爲"芭蕉分緑上窗沙",雖亦可通,然不及原文之佳。蓋原文"分"字、"與"字,相聯絡也。

沉心室詩話

胡寄梅 撰

載於《錢業月報》一九二八年第八卷第一期，一九二九年第九卷第八期。《錢業月報》介紹見前《渭廬詩話》。

作者胡寄梅，嘉善魏塘人，生平不詳。與《錢業月報》編輯王楚聲爲文友。以“醉天”之名在《錢業月報》上發表對嘉興錢業的評論文章若干。

本篇詩話第一部分主要記録一些趣味性較强的詩，如古人讓地詩、嘲生女詩、嘲狼吞虎嚥者詩，以及大量古今飲酒詩。作者在選飲酒詩之時，還考證了“雅量”一詞的來源。第二部分録自己的詩作及詩鐘，因作者新婚，還録有許多友人所作新婚詩和喜聯。胡宛春“儂似地球郎似月，卿爲寶輦我爲輪”一聯，新穎可愛。作者在外經商，寫自己心境云“三年异地謀生活，盈尺前階爲客留。一席商場非夙願，幾多萍水結新儔”，頗有真情實感。篇中又有一些頗具時代氣息的記録，如説古人重男輕女，每作嘲生女詩，而“邇以歐風東漸，男女平權，巾幗風流，群公倒屣。遂使遂使天下父母心，不重生男重生女。一反數千年來之積習，且爲生女者之吐氣不少矣”。又記路政局禁止在街上曬褲子一事，頗爲有趣。作者愛好文藝，却只能從商爲生計謀，業餘仍不忘吟詩酬唱，認爲“言爲心聲，詩文更能達意”。可見舊體詩的愛好者遍佈各行各業，舊詩始終是人們表達心聲的形式，從未衰微。

《錢業月報》1928 年第 8 卷第 1 期

宋楊公玢致仕後,子弟告以舊宅爲鄰里侵佔。公於牋尾附以一詩云:"四鄰侵我我從伊,畢竟須思未有時。試上含光殿上望,秋風衰艸正離離。"子弟遂不復言。又楊公翥住宅旁地爲人所占一二尺。人或告之,公曰:"餘地無多莫較量,一條分作兩家墻。普天之下皆王土,再過些兒也不妨。"後有某顯者亦以鄰人置屋,侵及旁地,子弟欲興訟,某止之曰:"涉訟傷和爲一墻,讓他數尺也無妨。長城萬里今猶在,不見當年秦始皇。"佳話爭傳,前後類似。視今之一般營營爲利,斤斤於錙銖者,則人之度量相越,固甚遠矣。

重男輕女,自古皆然,凡不生子而多生女者,咸引爲奇耻。有好事者,且嘲以詩云:"不生兒子面無光,冷冷清清瓦在床。尊閫年年坐褥子,爲他人養好婆娘。"又有陳某者,生女七,鄰里引爲笑柄。陳乃自吟一絶以解嘲云:"五女之家盜不過,我生七個便如何。可憐一對愚夫婦,慣替人家養老婆。"終朝隱恨,啼笑皆難。邇以歐風東漸,男女平權。巾幗風流,群公倒屣。遂使天下父母心,不重生男重生女,一反數千年來之積習,且爲生女者之吐氣不少矣。

《破涕録》載有老饕陳二者,虎噬狼吞,滴露不留。某日,席次有嘲以一詩云:"好吃無如陳二爺,未曾入席手先爬。能將一箸扛三塊,慣把雙肱壓兩家。嚼破舌尖流紫血,舔光碗底見青花。細看桌上無餘菜,閑倚欄干剔臭牙。"吾讀此詩竟,又憶《滑稽詩選》載錫山華六麻善搶食,其兄嘲之曰:"搶食無過華六麻,未嘗坐席手先撾。横拖倒夾披坡捲,帶汁連漿蹋秃划。嚼快口邊流白沫,吃光盆底露青花。隔盤骨骼多叉盡,閑坐無聊挖嘴丫。"此首與前作字句异别,而意趣雷同。但未知孰先孰後,恐係影襲無疑。

街頭巷尾,每見小家婦女,曬袴作人字形,既礙觀瞻,且瀆行人。故路政當局,早經明令取締。里有某婦家,魚竿高繫,未改舊觀。因之一般行人,時作申申毒語。一日,有好事者粘紅紙一方於其門,上書七絶云:"青褌高曬掩蓬門,雲雨連宵有濕痕。醉客不知疑酒旆,依稀猶認杏花村。"游戲筆墨,謔亦虐矣。

作詩得每求新异，某有句云："芍藥花開菩薩面，棕櫚葉散夜叉頭。"又如"金欲二千酬漂母，鞭須六百撻平王"，奇峰突兀。又如"數點青燈移近岸，夜深蘇小踏春歸"，又如"莫教小紅歌短曲，漫邀太白醉高樓"，冷艷豪情，各擅妙筆。

壺中日月，醉裏烟霞，古今來風流人才，每醉於天地間，量文斗，盛智囊，增才思，溉筆花，豈擬於博徒賣漿之流，沈湎於瓮頭爐畔者乎！昔李白號醉仙，劉伶號醉顛，阮藉號醉狂，蔡邕號醉龍，謝元號醉虎，日休號醉士，劉元石號醉生，白樂天號醉尹，歐陽子號醉翁。他如"五斗亦醉，一石亦醉"，皆醉其形。而未醉其心也。梁晋竹孝廉曰："任城太白酒樓之詩多矣。余最愛大興舒鐵雲先生七古一篇云：'結客須結賀知章，相士須相郭汾陽。此時當浮三大白，天地中間一酒國。公不必飲酒樓上眠，樓不必因公被酒傳。但道公曾飲此地，至今往往有酒氣。七尺之軀百尺樓，出亦愁，入亦愁。作詩尚有杜工部，上書安得韓荆州。除非天津橋南董糟邱，屈注廬山瀑，横卷滄海流。漢江三百緑鴨頭，黄河之水天上不再收。感公痛飲日，惜公狂吟身。讀公古樂府，知公謫仙人。一斗亦醉一石醉，萬古長愁無價賣。海上鈎鰲鰲無竿，江上騎鯨鯨無鞍。身不願封萬户侯，但願一脱千金裘。飛上鳳凰臺，踢翻鸚鵡洲。沈香亭，花見羞。夜郎國，鬼與謀。須臾湯泉火城貉一邱，惟有青蓮花開千秋。我欲醉折花枝當酒籌，而乃眼前突兀見此樓。'"奇氣鬱勃，讀之可下酒一斗。

余友咏酒一字明暗格詩鐘，得蟄盦君一聯云："勸君更盡一杯酒，與爾同消萬古愁。"信手拈來，天衣無縫。又如南陽君之"吴姬壓酒慇懃勸，魏武臨江慷慨歌"，焦琴君之"花前醉酒千杯舉，月下飛觴四座觀"，子石君之"村指杏花飄酒旆，杯浮竹葉門詩牌"，諸聯均鎸玉雕瓊，戛戛獨造。酒家聯有"入座三杯醉者也，出門一抹嘴之乎"，余曾爲撰一聯云："傾壺有酒容留醉，入肆無錢且莫沽。"自信不弱。

沈菘町先生詩文逸盎，四壁蕭條，然好飲，窘於杖頭。黄小松司馬自洛甯歸訪之，贈以酒資。沈即賦詩一首云："故人歸訪故山栖,怪我葫蘆久不提。笑贈青蚨三百片,晚來依舊醉如泥。"周以豐茂才有句云:"曉風吹雨百花殘,不典綈袍買醉難。還是去衣還去酒,費人斟酌是春寒。"二公詩意,异曲同工。

行酒之器,以碧筩爲最雅,鞋杯則近俗。曩閱報載某巨室之酒器,製以磁質裸體美人,四肢畢具,下承以盤,盤作槽形。法以酒自美人口中灌入而由陰道下注,於盤凡受罰者,就盤淺飲。玉液瓊漿,涓涓入口。法雖新奇,似嫌褻陋。余曾咏一絶以誌之云:"笑看鳥道浹流丹,細酌漿瓊興未闌。道是蘭陵旨酒味,幾人醉倒美人盤。"

《典論》曰,漢季靈末年,有司湎酒一斗值千文。唐酒價則斗十千。如白居易詩"共把十千沽斗酒",王摩詰詩"新豐美酒斗十千",李白詩"金尊斗酒沽十千",許渾詩"一斗酒賣十千錢"。惟杜少陵詩則"速令相就一斗酒,恰有三百青銅錢",然十千與三百相去懸殊,按德宗建中三年,禁民沽以佐軍費,置肆釀酒,斛收價三千,故云。

唐武則天時,外有童子謡云:"張公喫酒李公醉。"按張公斥易之兄弟,李公即指李唐也。

阮咸宗以巨盆置酒,群豕來飲,咸异共醉。石曼卿與客痛飲,以藁束酒,引首啜之。魏文帝《典論》:劉表子弟好飲,爲三爵,曰伯雅、仲雅、季雅。吴均詩有"聊傾三雅卮",王元美詩有"杯行三雅知從伯"句,故今人稱善飲者曰"雅量"。余一署"醉天",惟不善飲。友儕皆謂:"不善飲,何以醉名?"余笑曰:"酸翁之意不在酒。"或曰:"不醉酒當在醉色,其惟'玉樓人醉杏花天'之意乎?"余謂:"不不,桑間濮上良非意,醒眼留看未醉天。十年僕僕,舉世滔滔。人生朝露,醉夢終天。安得一片桃源,作避秦之想。手卷黄庭,林泉招隱。抱琴卧月,沈醉天心。"友聞之而杯浮大白。

《錢業月報》1929年第9卷,第8期

言爲心聲,詩文更能達意。兒女含情,騷人寄慨。情之所至,躍然紙上。余於丙寅初始解音律,日久寖淫,漸抒鬱抱。偶檢舊篋，得丙寅、丁卯、戊辰《感懷》數首，因并録之：（丙寅）"歲月愁余任轉遷，功名未就誤華年。詩書不載療貧術，運命如何可問天。風送滕王曾入賞，雷轟荐福孰爲憐。窮堅毋墜陵雲志，合向前賢學後賢。""濁酒澆殘未禁愁，何時運會識荆州。三年异地謀生活，盈尺前階爲客留。一席商場非夙願，幾多萍水結新儔。中宵牢落心餘恨，太息明珠怎暗投。""憔悴天心年復年，征衣淚落百憂煎。賈生多恨憑誰訴，阮氏窮途有孰憐。世道沈淪悲國運，文章彪炳羡青蓮。雕虫薄技君休笑，會看鵬飛到九天。""飲罷狂吟四座驚，唾壺擊碎恨難平。因循往事悲惆悵，努力前程倍踪横。儘有文名垂一世，總無仙術學長生。新愁更遂蠶絲裹，如繭新愁理不清。"（丁卯）"高歌吟興漸消磨，流水琴音付逝波。亂世獨悲燕士少，騷心空惜楚材多。客舟倍歷風濤險，人事其如轗軻何。李白死來才氣盡，有誰放眼復高歌。""春殘緑鬌鏡中看，笑臉迎人强作歡。十載風華留眼界，一腔心事見眉端。身如病鶴飛難舉，栖歸昏鴉止未安。嚼破梅房酸味透，味酸和淚送春殘。"（戊辰）"天涯悵惘欲何之，書劍飄零笑我痴。塵海頻年催客老，焦琴十載賞音遲。才因詩顯憑誰識，名少人知豈自卑。但惜風光隨處盡，恨無紅袖判秋思。""西風愁白少年頭，滿目韶華景已秋。誰自有情窺宋玉，心隨明月映朱樓。綵箋詩寄宵來夢，芳信音稀意未酬。最是江南相思地，幾回白傅感風流。""佳節重陽繫客情，秋窗風雨一燈明。身同繭縛愁難寫，劍在床頭憤欲鳴。彈鋏每聞賓客笑，奉親慚未板輿迎。折腰陶令思歸去，惟有黄花訂舊盟。"余客居鵡水，溷迹文壇。沽名乏術，逐利無緣。邇乃長鋏空彈，每增悵觸。閑歌短什，多半窮愁。人方青年，心如槁木。蒲柳庸姿，望秋先萎。展鏡華顔，驚添白髮。已矣哉！秋風起首春花落，春月皎芍傷客懷。俚句吟成，聊抒積鬱云爾。

曩有署名慕梅女史者，投詩於余。綺語纏綿，其傾仰之心，似愛才而并鍾情。讀馬雲題致張船山詩，前輩風流，正復相似。恐係友朋調侃，逗我痴情，戲成二絶，聊以申謝："我是工愁善病人，放懷詩酒寄吟呻。落花有意偎流水，紅葉題詩到玉津。""綺語飛來妙入神,迷離撲朔女兒身。君家願作梅花侶,一段風流認未真。”原作使散不録。

婉如女史以待字芳年,朱門初嫁,翁姑暴厲,夫婿痴獃。惆悵玉臺之鏡,凄凉室瑟之音。淚如大江,空嗟東去。愁如春水,不解西流。僕以飄零華髮,落拓湖濱。曩者三生慧業,一見傾心。私傳豆蔻之牋,互贈珊瑚之筆。月老無情,誰解籠中之鸚鵡。青衫有恨,可憐花底之鴛央。儘有量珠之聘,奈無并蒂之緣。遂致侯門深入,吴會難期。身無彩鳳雙飛翼,心有靈犀一點通。丁卯初秋,女史以書來,我問近况,兼及婚姻。箋尾附閨怨一律,用隨圍階乖骸埋韵,并屬步和。讀女史詩,情真調苦。爲之月黯神移,感吟一律,獨報閨中之知遇。淚洒雙行,聊抒客裏之凄清。“一夜寒風吹木葉,滿庭秋色映苔階。感時宋玉愁無限,書上荆州事半乖。作賦栽詩過歲月,評花賭酒忘形骸。天涯芳草知何處,心如浮雲志已埋。”(附原韵)“羅袂輕寒憐瘦骨,緑蕉低舞上瑶階。枝頭好鳥聲如囀,簾裏佳人命已乖。香夢綺思虚夜月,工愁多病此身骸。韶華易盡朱顔老,直令名花糞土埋。”芳草多情,野花含笑。荐枕留香,永訣天台之路。飄萍飛絮,已傷客子之心。迺者懸崖勒馬,苦海回頭,因成《懺情詩》三律以自誌慨。“春花秋月自年年,被角熏香卧玉顔。杜牧情懷愁宛轉,洛神感賦意纏綿。緑珠多恨辭金谷,蘇小憐才贈翠鈿。莫使碧桃悲亂落,風零綺夢誤嬋娟。”“酒迹香痕取次消,金爐烟篝夜迢迢。滴殘蓮炬三更淚,愁擘詩牋萬里橋。衛玠駐車留韵事,宓妃荐枕度良宵。空將一片憐春意,清减音容瘦損腰。”“自信元郎太薄情,朱樓遥想月空明。蕭吹引鳳音難和,曲譜求凰調已更。縱是有情憐小玉,其如無意學長卿。從今莫問蓬山路,若到蓬山誤此生。”

今歲仲春,小病經旬,愁緒環生。伏枕苦吟,得《感懷》一律云:“春寒料峭病來磨,莫遣愁心唤奈何。白髮高堂憐晚景,玉人咫尺隔天河。新詩欲寄知音少,舊雨空嗟失意多。帳望前程一酒淚,愴懷身世起狂歌。”

季春良辰,余奉嚴命完婚。内子殳翼君女士,小家碧玉,不事浮華。僻壤安居，粗知文字。顧襟懷豁達，無時下習。去春邂后湖濱，互通款曲。言詞吐囑，不類村姝。余以家無恒産，欲問字而恐力不逮。兼之素性疏狂，誰呈青眼。迺女士不以位貌爲嫌，靈犀互印。後經親朋修蹇，遂訂朱陳。余曾作《定情》一詩云："謝家生小女，待字選東床。爲愛王昌少，轉憐杜牧狂。有情戀弱質，屬意卜紅妝。緣福前生訂，焚香禱彼蒼。"女士細咏，余爲剖解，相與爲之莞爾。

婚期吟朋各有惠句，詞不盡録。聯如胡宛春君云："儂似地球郎似月，卿爲寶輦我爲輪。"詞新可愛。又朱際唐君有"寄客雅懷滋圃秀，梅花春意護雲英"，最以"寄梅"，殿以"秀英"（翼君又名秀英），措詞典雅，仗對工切，又不落他人窠臼，洵佳什也。惠畫者如葛景伊丈繪《赤壁夜游圖》，綴以小語云："前坡老作赤壁游，風流韵事，千古争傳。寄梅吟臺以蟾園三五夜，有寶扇之迎。月白風清，當不減良宵雅興。戲作此圖以博一笑。"此老墨戲，謔而不俗，搆思新穎，莫不爲之拊掌。他如潘小雅先生繢《紅袖添香夜讀書圖》，題《南歌子》詞云："今古憐紅袖，文章伴白頭。爐香篆篆髩邊浮。愛道佳人才子、幾生修。"潘琅圃先生繪《京兆畫看圖》，題一絶云："獨擅臨川筆，風流羡古今。捲簾春自在，坐擁洞房深。"兩君係秀水畫師潘雅聲先生子侄，家學淵源，詩畫均佳，堪稱雙絶（余亦有《自題畫眉圖》句已刊四卷本欄）。

書此，余憶及舊作有《贈友人新婚詩》二律云："霞裾初着嫁時衣，寶馬香車故故遲。珠絡半遮人似玉，華堂交禮拜如儀。紅絲綰就同心結，旨酒頻傾合巹卮。羡煞鴛鴦成侣偶，醉來煖閣快題詩。""郎才女貌兩相誇，絢爛春雲護月華。畫燭熒熒開寶鏡，錦幃靄靄露銀霞。紅綃綺枕雙鴛話，杏臉霓裳半面遮。從此男兒應美滿，樓臺居住有仙家。"敝帚自珍，不當雅意。又戲賀徐君與戴女士新婚一聯云："談心剪燭留徐榻，明月清宵訪戴舟。"僭用典句，未識能符合否。

方今科學昌明，鬼神不道。然扶乩一事，靈驗殊多。江浙交鬨時，風雲擾擾，一夕數驚。鵡湖邑士有乩社之設，值壇者爲郭去深真人,或以叩問時事,謂旬日可解,所示不爽。一日,真人臨壇,與諸子聯吟唱和,得《游弄珠樓》五律一首云:"静坐春風裏,凌虚直欲仙。九龍分水活(鸚鵡洲、鸚鵡湖、九派環流,名九龍江。樓築洲畔,故曰弄珠),一塔映窗前(塔名報本塔)。愛道持高節,禪心絶世緣。湖山招客隱,詩境共流連。"

咏岳王詩,類皆表彰之作,傳誦頗多。乃鵡湖范雲鄂先生有句云:"後相揣成三字獄,孱王陰忌二宫還。"又若某生詩云:"臣飛死,臣佼喜。臣浚無言世忠靡。臣檜夜報四太子,臣構稱臣自此始。"用筆嚴冷,直寒小人之膽。或詩云:"宰相若逢韓侂胄,將軍已作郭汾陽。"痛定思痛,聊以寬慰,武穆心事,豈謂然哉。

故鄉黄霽青太守工詩,文善詼諧。同僚中有投函,誤書"黄"爲"王"姓,因作詩以調之云:"江夏瑯琊未結盟,草頭三畫最分明。他家自接周吴鄭,敞姓曾聯顧孟平。須向九秋尋鞠有,莫從四月問瓜生。右軍若把涪翁唤,辜負籠鵝道士情。"滑稽雅擅,風趣尤佳。乃弟子未先生,耑事吟咏,不求聞達。與郭頻伽先生友善,著有《百藥山房詩集》。《夏日遣興》云:"新僮馴習如調鶴,舊稿安排似補琴。"《夏夜逭暑》云:"桃笙久卧如冰滑,紈扇新題有墨香。"《信江書院題壁》云:"雨足一江春水碧,風甜十里菜花黄。"《湖樓招友小飲》云:"一塔斜陽頹老宿,半堤疏柳畫秋孃。"諸聯戛戛獨造,皆精鍊可法也。

詩鐘,聯句之流亞。解七律者,頗善爲之。余於此道不通,信口漫吟而已。曩有《嚶鳴集》,刊諸本欄。兹應楚兄之徵,倖列前茅。清和月去申晤楚兄,謬承嘉獎,感愧何如。兹復寄録數聯,以供同好。(英雄公墓分咏)功名事業稽千載,貴賤智愚附一邱。(皇帝吊分咏)萬里湖山誰作主,一燈風雨賦招魂。(乞磨鳧脛)失路淮陰悲乞食,吹簫吴市病磨人。(九梅雁足)筵開煖閣消寒九,筆寫幽姿對素梅。(玻璃棺材米分咏)晶瑩不朽英雄骨,書畫争傳學士船。(入場券十七分咏)一紙花紋臨盛會,數行草帖學名家。(乳母雁字)提携襁褓三年育,錯落雲霄一色秋。(也莫鳳頂)也將客裏悲惆悵,莫向生前怨别離。(嚼白蛆關店招牌分咏)問來漫説詼諧語,歇後空留字號懸。(金陵魁斗)金身丈六留瓊刹,烈士千秋吊古陵。(情書老奴分咏)一天風月相思寄,萬里星霜躑躅隨。(墓多鳳頂)墓銘細誌忠臣蹟,多寶常留佛子經。(捉魚二月分咏)桃葉渡頭渙艇放,杏花村店酒帘飄。(幕府癖分咏)當年有客常彈鋏,此日無人復嗜痂。下俚巴音,貽笑方家,幸見教之。

美伶詩話

張慶霖 撰

載於《戲劇月刊》一九二九年第二卷第一期。

作者張慶霖，生平不詳。在《消閑月刊》、《快活》、《十日》、《天韵》等刊物上有大量作品發表。著有長篇筆記《紫藤花庵雜綴》《十年塵影憶遼東》、小説《一個殺父的女兒》等。

《戲劇月刊》，一九二八年創刊於上海，專門宣傳、研究、評論舊戲，廣受歡迎，發行量巨大。

本篇詩話專記文人捧伶之詩。作者認爲伶人每因文人佳篇而大增身價，"孰謂伶人之紅，而不借重文士之筆尖哉?"然而寫捧伶詩文很難，"若一味謾詈，或極力頌揚，對其身份、藝術下筆無一是處，所謂'論不得當，等於狗屁'者，斯言信不我欺"。他批評樊樊山、易實甫此類詩雖好，但缺乏事實，"空泛而寡味"。而對於南社諸人捧伶詩，則稱贊其"無空泛之弊"。文中重點記録了南社捧改良新戲演員馮春航之詩。當時柳亞子極力推崇馮春航，結社爲之捧場，并刊印《春航集》，録衆社友捧春航之詩。作者還記録南社詩人攻訐樊山、實甫捧場賈璧雲，有"笑他楚客工狐媚，强説蓮花似六郎"之詩以諷之，"見當時捧角黨争之烈"。文中還討論了新劇衰落的原因，認爲是因爲演新劇者"人品龐雜"。本篇詩話是一種專題詩話，題材新穎。而其叙軼事、評詩文，與傳統詩話體式一致。對於了解南社的"捧角黨争"，很有價值。

《戲劇月刊》1929 年第 2 卷第 1 期

著評劇之文章難，著捧伶之文章尤難。蓋輕則未能到題，重又嫌其過諛。益以其人其事得當與否，千里毫釐，未可失差。若一味謾詈，或極力頌揚，對其身分、藝術下筆無一是處，所謂“論不得當，等於狗屁”者，斯言信不我欺。曩者樊山、實甫，春明詩酒，論交伶官，所爲詩歌，珠玉琳瑯，美不勝收。然類多頌揚獎掖之作。設無一二事實介乎其中，則“姹女能歌我善哀，綽約天仙今化人。酡顔一笑波微動，萬衆低頭拜艷神”等等佳什，但换一題目，無論贈送誰何，均皆可用。實空泛而寡味。想當日諸老之有此類吟咏，亦必非其初衷也。

民元二間，小字和(即馮春航)演改良新戲于新舞臺，所排脚本多哀情。梨里柳亞子善之，因結社爲之捧揚。時亞子爲南社長，故馮黨盡爲南社騷壇健將。同時又有捧賈碧雲者，結社與抗。詩文交鬨頗烈，遂爾哄動一時。柳刊有《春航集》，其中詩文盡屬名士手筆，佳什頗多。且對于馮之身分、藝術，立論發言，無空泛之弊。憶有集外诸作，頗覺流利香艷。縱非百讀不厭，然亦可以傳矣。兹默録其記憶清楚者如下。《諸暨陳微廬君贈春航七律》云：“欲憑柔翰寫相思，慚愧曹娥幼婦詞。巧笑自應迷下蔡，美顰未許效東施。海棠困睡嬌無力，杜宇啼紅劇可悲。最是令人惆悵處，峰青江上曲終時。”《和越流觀春航〈血淚碑〉》云：“紫玉春魂欲化烟，一碑爲補有情天。桃花短命生難折，梔子同心死尚鎸。東去大江流淚目，南飛孔雀斷腸篇。一斑儂亦曾窺豹，濕盡青衫憶往年。”《題〈春航集〉寄亞子》云：“江南詞客愛新聲，一卷香籢集已成。并世風流推教主，少年時輩讓才名。哀時且擬蘭成賦，好色深知宋玉情。便欲騎驢來過訪，白雲留我餉春耕。”《叠前韵再寄亞子》云：“解唱霓裳第一聲，欣逢天女董雙成。歲寒松柏紛姱節，初日芙蓉艷小名。春到人間都寫意，天教我輩獨鍾情。榛山苓隰堪偕隱，隴上何須嘆輟耕。”“歲寒松柏”，蓋謂馮拒西婦事。“初日芙蓉”，以馮名旭初也。又《和亞子夢春航之作》云：“汝南鷄唱五更籌，有客魂銷百尺樓。淡墨題襟數行淚,寒蟲吊月一床秋。紅牙按拍江南憶,白紵聞歌子夜愁。想是梅花知感激,故教清夢入羅浮。”數詩均極婉麗,此一律尤著也。

七盞燈即毛韵珂,時亦以演《茶花女》劇名于時。微廬有《觀毛韵珂劇五首同梨夢作》,其寫英雄兒女纏綿熨貼之情,均溢于韵語外。《咏大英傑》云:“弓衣添壓女兒箱,雀弁鸞釵各擅場。居近長陵曾倚市,行逢大澤便稱王。上頭猶識鬑鬑婿,妙手誰如素素娘。却笑邯鄲賈人子,勞卿天壤唤王郎。”(自注云:余素不喜吕月樵,是日吕恰去劇中王某。)《咏血手印》云:“琴心一闋寫相思,此際風雲想見之。連理未開花夜合,斷腸先贈草將離。可妻公冶原無罪,有叔中郎得盡辭。(劇中女郎有叔,律師也。)儂意堅如金約指,九京猶冀阿爺知。”《咏汴梁圖》云:“誰家天子太無愁,真把杭州作汴州(時毛演于杭州第一臺)。但向微時求故劍,何妨敵國起同舟。雲深陣上看擐甲,星小宫中失抱裯。此夜阿嬌含薄怒,不風流處也風流。”《咏新茶花》云:“當筵定子臉如霞,清辯滔滔衆不譁。人願東方生倮麥,我教北里種茶花。功名莫笑槐安夢,巾幗能乘博望槎。手挈彩鸞辭國去,紛紛風絮滿天涯。”《咏新安驛》云:“新詞换唱大江東,幻出蘭陵面具銅。紅燭羞籠三女粲,錦衾冷透五更風。一番春夢圓刀下,千里良緣在錯中。同是登場傀儡舞,笑啼偏教别人工。”

又諸暨陳樗越流君有《馮郎曲》長句,亦《春航集》所未刊者,句香而麗。在當時子和得此佳什爲之捧場,未嘗不因之大增聲價。孰謂伶人之紅,而不借重文士之筆尖哉?其曲云:“瑶池熟蟠桃,騕駣來嘉賓。翠羽青鳥使,往返已苦頻。中道罹矰繳,流轉落春申。春申少年場,珠履列兩行。主人大張宴,絲竹陳滿堂。滿堂皆美人,就中獨出倫。四顧光徘徊,玉佩而珠纓。發聲更嘹亮,出谷啼新鶯。一唱起暄風,再唱落梁塵。三唱入雲去,四座皆春生。借問誰家子,生小闔閭門。姓氏落人間,姣都是前身。步尋響屧廊,棹入采蓮涇。自憐影亦好,擲下果常盈。衰門苦無依,三叠學新聲。一出驚長老,皆言雛鳳清。周郎眸未回,善才心欲傾。纏頭百萬倍,聲價雙鬟增。時俗習輕薄,毀譽不可憑。揚之升天上,抑之入淵深。崑崙善琵琶,不若空山琴。茫茫天壤間,何處覓知音。知音未敢附,僕也淪落人。相逢不相識,天下同苦辛。爲君歌一闋,爲我舞長裙。人生會有期,同返太虚真。”是曲除文情并茂外,并以氣勝。非老手不辦。誠佳構也。

越流君《送春航之漢》一絶云:“非花非霧去來頻,楚苑吴宫萬里春。莫待桃花三月暮,依流愁煞問津人。”《觀春航孟姜女即以贈别》云:“江郎才盡筆花紅,未抵蕉心一卷中。南浦春愁分芍藥,小園秋興掩芙蓉。斷魂已判隨流水,殘夢何禁落曉風。飲馬長城人萬里,高樓此曲爲誰工。”又《甲寅夏重來滬上觀春航劇有贈》:“時歐戰方劇,亞子社長輯同人評鷺題贈春航之言爲春航刊集行世。其實斯人技藝,固不待文字而後顯也。然亞子多情,余能無感?詩云:相看青青又一春,長條依舊慰羈屯。風塵我自飄零慣,莫遣靈和殿裏人。側身西望劇鯨波,駐足重聽海上歌。此日鼓吹猶未起,南風不競奈君何。美人香草楚騷魂,又見中原日欲曛。慣聽啼鵑三月裏,梨花樹畔柳郎君。”

新劇盛興時代,個中傑出人才,縱不車載斗量,然亦指不勝屈。如陳大悲、汪優游、徐卓呆、鄭鷓鴣、鄭正秋諸君,均文學家登臺説法者,是不可與完全藝人相提并論。比來新劇落伍,良由人品龐雜之故。束身自好之士,相率退席。而女新劇家亦曾轟動一時,近今乃不爲人所重視,與男演員趨於同等地位。朱赤而墨黑,惜哉惜哉!有謝桐影者,好女子也。善演新戲,且具辯才。登臺時,口若懸河。其聰明與學力,實爲一般演員所不及。越流有《桐影詞》三首,五絶一,七絶二。小序云:“余始見桐影于歌帳舞茵間,心焉賞之。他日邂逅,顧盼而去。題此寄慨云爾。”五絶云:“嶧陽百尺幹,特立幾千年。但教心不死,不愁欲化烟。”七絶云:“蕭瑟西風吹衛鬢,水晶簾外露腾文。空階一夜瀟瀟雨,做盡秋聲郎不聞。行看海水揚塵日,却遇天花落坐時。要乞辯才無礙解,青綾障外小郎圍。”弦外若有餘音,陳郎殆拜倒石榴裙下之尤者也。

本刊一卷第十號刊有賴波民君《集次回句贈雲郎詩兼柬吁公》

共十四絶。余因憶徐吁公君亦有《集定公句》五絶贈尚綺霞。時小雲方出演于上海丹桂園也。詩曰:“小别河山劫後天,江南重遇李龜年。樽前第一傾心聽,小語精微瀝耳圓。”“少年奇氣稱才華,化作春泥更護花。原是狂生漫題贈,麗情還比牡丹奢。”“不是雲屏夢裏人,只容心裏貯穠春,六朝文體閑徵遍,合配琳瑯萬軸身。(徐曾作駢儷小啓,爲尚徵求詩文。)”“品題仙女本來難,消息閑憑曲藝看。别有狂言謝時望,華年心力九分殫。”“乾清門外露痕多,紅豆年年擲逝波。撑住東南金粉氣,風雲才略已無多。”集句難于造句。賴徐二君之詩,俱見工整,天衣無縫,洵集句之能手。然無雲郎才貌,不能當此好詩也。

“笑他楚客工狐媚,强説蓮花似六郎”,此彷彿是南社某詩人攻訐樊山、實甫諸老捧揚賈璧雲之句。又“天涯何處無芳草,鄮下誰教重璧雲”,此已顯明抑賈,亦見當時捧角黨争之烈也。

丹徒葉玉森中泠,有《題陸子美小影》五律六首,集義山句,亦甚佳妙。子美爲新劇旦角巨擘,某君之入室弟子,亦當時南社所捧之人也。詩曰:“如有瑶臺客,何時粉署仙。并應傷皎潔,只是逞嬋娟。矮墮緑雲髻,凄凉寶劍篇。夭桃花正發,强笑欲風天。”(自注:第一幅子美、亞子合影。)“彼美回清鏡,身閑念歲華。只因知宋玉,偏擬映廬家。歌好惟愁和,腰清莫自斜。紫鸞不肯舞,爲濕最高花。”(自注:第二幅子美長衫窄袖,背鏡屏而坐,宛然鏡中人也。)“眉細恨分明,溪邊坐石平。春風雖自好,一樹碧無情。鏡檻芙蓉入,釵茸翡翠輕。舍書惟是見,烟月兩心傾。”(第三幅飾女學生,手卷臨流坐石上。)“腰細不勝舞,烟態不勝裾。曉出揲雲髮,玉房梳捲餘。金星壓芑角,霧夕咏芙蕖。怨目明秋水,翻嫌脉脉疏。”(第四幅作西女散髮裝,兩肱曲合向後。嬾倦惺忪,婀娜動人。)“身世玉琴張,蕭蕭髮彩凉。有風傳雅韵,容易即回腸。謂是丹穴物,叨來絳帳旁。緑窗聞妙旨,歌鳳更佯狂。”(第五幅長裙委地,坐弄洋琴。)“解得相思苦,心酸子夜歌。波痕空映襪,海上得綃多。假寐憑書簏,依稀解醉羅。回腸九回後,不奈斷腸何。”(第六幅飾西裝女子,依榻朦朧作卧態。)

徐樹錚以考察專使回國後，道出南通州張季直，張筵款之。時梅蘭芳演于更俗劇場，是日亦在坐中。酒酣，徐述在巴黎公宴席上講演中國崑曲史，頗動法人聽聞。梅郎因爲歌一折，徐亦按拍歌《驚夢》一折，謝南通，兼以答梅郎。實則驕傲萬狀，當筵狂歌，欲抑梅耳。果也歌畢，主賓均恭維曰："專使善歌，雄沉超過梅郎也。"徐意大得。時在夏日，手中有扇，乃乞梅爲畫鷄，并由南通爲寫詩一絶曰："將軍高唱大江東，氣與梅郎角兩雄。識得剛柔離合用，平章休向老村翁。"嗚呼，名士名伶，萃于一時，想見當時華燈初張，酒酣耳熱，紅牙鐵笛，興致淋漓也。曾幾何時，徐已死于非命，南通亦作古人，所存者僅梅之玉貌珠喉耳。雖然，徐之扇、梅之鷄、張之詩，未知流落何所。吾於此物實深系念。倘未殉其主人，而被捐弃，則千載後扇當仍存于人間也。

法蘭西詩話

王維克 撰

載於《小説月報》一九三一年第一期。

王維克(一九〇〇—一九五二),原名王兆祥、王和,王維克爲其筆名。江蘇金壇人。曾留學法國,修數學、物理,是居里夫人的學生。歸國後,歷任上海中國公學數理教授、金壇縣立初級中學校長、湖南大學數理教授。一九三三年起,先後在上海世界書局、北京商務印書館從事編譯工作。一生譯著有數百萬字。最著名的譯著爲但丁《神曲》。

本篇詩話以白話文寫成,風格通俗風趣,介紹法國著名詩人雨果、拉馬丁等人軼事,選録很多譯詩,再加以作者的點評。如寫拉馬丁第一部詩集《沉思集》受到出版商諷刺,引用司湯達"要著作銷路大,第一需須有動人的書名,第二内容須關於時下流行的問題,第三須言論平庸,一般人看得懂",作者評論説:"我希望真正的著作家勿要專顧眼前的壽命!"評論雨果(囂俄),説:"我想大作家終是多方面的,欣賞者各得其一面,此所以各人的批評不會同的。"作者尤其喜歡波德萊爾,説一提到他"我昏睡的眼睛裹也發出亮光了","波氏從一切之中發見了'魔鬼'",又認爲"波氏爲老年詩人,我們要活得長久,思想得長久,多多的思想,才可以了解他呢"。篇中一些掌故,如巴黎墳地中的詩人之墓、墓碑之詩,爲作者親見。寫自己買到阿爾弗雷·德·維尼之書,見"怯獸結隊行,雄獅獨步荒郊"一句,以爲可以形容"詩人氣概"。融合作者在巴黎留學時的親身經歷,生動有趣。本詩話雖使用白話文,内容是批評外國詩,但體式上不脱離傳統詩話述本事、論高下、辨句法、録异事的寫法。

《小説月報(上海 1910)》1931 年第 22 卷,第 1 期

拉馬丁初出茅廬

拉馬丁拿他的名著《沉思集》(*Méditations*)交給帝篤書店(Didot)請求出版,書店主人寫了下面一封信給他:

"我已讀了你的詩集,不能説你没有天才,但是你學無深造;我們詩人向來研究有得的好詩,你的詩一點都不像他們,我不知你從何處學了你的語言文字,也不知你從何處得來這些詩的印象。請放弃你的新奇罷,這種新奇要把法蘭西的天才弄得迷路呢,請你學我們的大詩家:特利(Delille),巴呢(Parny),密削(Michaud),乃路阿(Raynouard),郎西伐(Luce de Lancival),風答耐(Fontanes)。這些是民衆寶貴的詩人,你只要像其中的一位,人家就會稱贊你,就讀你的詩了。我雖答允你印這本詩集,我不得不貢獻你一個劣的忠告;拿我的錢來發行這種著作,終算我倒霉。"

讀者諸君!一個有創造本領的詩人怎樣被人家忽視呀!但是時間來批判了,現在拉馬丁是無人不曉,但那些當代的大詩家呢?就是翻《人名大字典》也不容易找出來,他的著作不知在古董圖書館是否還保存着一二種。

因爲拉馬丁,我又想起了初出茅蘆的斯丹大爾(Stendhal,1783—1842),他雖非詩人,但不妨附在這裹談談。

斯氏現在是無人不知的法國文學家了。他的小説名著有《紅與黑》(*Le Rouge et le Noir*)及《巴爾美之修道院》(*La Chartrense de Parme*),其批評有《拉辛與莎士比亞》(*Racine et Shakespeare*),其雜著有任白濤所譯的《戀愛心理研究》(*L' Amour*)等等。但在其生時,他的作品消路殊不廣。某書局曾出版斯氏的著作,年餘就不給版税半文,斯氏乃致函老板,詢其著作消路狀況,老板覆信説:

"先生大作,誠所謂神怪不可侵犯者也!過客未嘗敢觸之以手。"

老板賺不著錢而作此乾笑,又可憐又可惡,但不知斯氏接到此信後爲哭爲笑,爲怒爲恨!

但是斯氏并非著作家中一個笨漢。他説:"要著作消路大,第一須有動人的書名,第二内容須關於時下流行的問題,第三須言論平庸,一般人看得懂。"

我希望正真的著作家勿要專顧目前的壽命!

一個夢

臺蘇利愛夫人(Madame Deshoulières, 1638—1694)有一首詩,名叫《一個夢》,今以散文譯之如下:

> ……我恍惚在一個森林中間,那裏的黄鶯似乎對我唱道:"你終拒絶不了愛神的魔力,遲早愛神終要幫我們的,請你早些選擇罷!"……有一隻最美麗的,他唱得尤其好聽,我是被他所吸引了,他的歌聲真優美柔和呀!我在其中取得無窮的愉快。我要長聽他的歌聲;我接近這可愛的鳥了,他不避我,我的手將捉著他了。那時忽有不知何來的聲浪,把我們吓壞了,他也逃去了。我在森林中間,没命地把他追趕,走了許多小路;我雖軟弱無能,但已走得很遠!最後,我是没氣力了,他也不跑了,我捉住他了,這真如我的意呀!我是發狂了,我怕他還要逃走,我把他關閉在我的懷裏。……但是,這惡意的鳥,他外貌雖美,忽然變形了,他變爲一條可怕的蛇,他的毒汁不斷地向我的心中噴來。……

這詩的寓意是很顯明的,用不着我發表意見來注釋罷。

七盞燈

我讀梅協林克(Maeterlinck)諸劇本,每別有會心,惟於其哲學論文及詩歌終不能了解。按梅氏詩歌并不多,於一八八九年出《暖房》(*Serres chaudes*),於一八九六年出《十二曲》(*Les douze chansons*)，皆爲象徵詩，頗難猜中其所含真義。今於《十二歌》中譯其第六首《華拉蒙之七女》如下，聊示一例：

華拉蒙之七女，當妖婦之終，
華拉蒙之七女，覓門皆欲出。

既點七盞燈，又開諸堡門，
開遍四百室，而不見天日。

後乃至響窟，降入響窟内，
窟内有門閉，門上有金鑰。

門隙窺大海，人人皆畏死，
敲門復敲門，膽小不敢啓。

按此詩於其《亞令娜與藍鬍子》(*Ariane et Barbe-bleue*)一劇中用爲歌辭。其意似指吾人習慣於種種成見及種種舊信仰，雖機會來時，也不能把他打破，而重建新觀念及新生活。

大作家是多方面的

囂俄終算偉大的詩人了，但是他生平著作很多，劇本、詩歌、小説都有。有人計算他的一生平均每天要寫二千多字呢！但是他那一門是拿手呢？人家批評説："與其説他是劇本作家，不如説他是詩家；與其説他是詩家，不如説他是散文作家。"但是，斯丹大爾説："不在其散文中，而在其詩句中，我找着囂俄的真才能。"

我想大作家終是多方面的，欣賞者各得其一面，此所以各人的批評不會同的。

惡魔詩人波特萊爾

説到這位詩人，我昏睡的眼睛裏也發出亮光了，我讀其他詩人的詩，每每覺得："爲什麼詩人也如此平庸！"惟有對於他我的感覺就不同了，正如囂俄批評他説："你創造了一個新的戰栗(Vous avez créé un frisson nouveau)。”

波氏於一八五七年出版一本詩集,名叫《惡之花》(*Les Fleurs du mal*);奇香怪味,隨風四散,法官聞得不耐煩了,把他捉到官裏,定了一個“有傷風化”的罪名,罰金二百法郎,集中須削去六篇,這是法官以爲不堪入目的幾篇了。然而到現在此詩集已成了人人可讀的“名著”,而“惡魔詩人”被人稱爲“象徵派先驅”,甚至稱爲“道德家”(Moraliste,此字又譯爲批評世風之著作家),甚至《惡之花》與但德的《神曲》相比。

自盧騷以後,浪漫派詩人皆爲“樂觀派”,但波氏爲“悲觀派”。波氏於一切之中發見了“魔鬼”。拉馬丁到處發見了“天使”,囂俄亦倡言“善之勝利”。波氏尤與繆塞相反。蓋繆塞爲青年詩人,而波氏爲老年詩人,我們要活得長久,思想得長久,多多的思想,纔可以了解他呢。

詩人的墳墓

我在法國巴黎有幾塊最得意的玩處,就是公立墳地。這裏的墳墓不是可悲哀的,是花園一樣。那些鬼之中自然有不死的,比活人還要活。我隨意舉幾個活鬼罷:

詩人與楊柳

詩人繆塞坐在楊柳樹下想他的情人喬治桑(*G. Sand*),偏偏只有這個詩人墓上有楊柳,爲什麽呢?因爲他有一首長詩,篇名《楊柳》(*Le Saule*);還有一首短詩,篇名《露茜》(*Lucie*)(是挽歌),在此詩前後有下面六行詩:

愛友們,當我死了的時候,
請栽一株楊柳在我的墓旁。
我愛他枝葉垂垂而發張,
暗淡的光於我是甜美而可愛,
他的影子輕輕的

射在我安眠的地上。

那末詩人安眠之後,那一個不願意服從他魂靈的要求呢?

要從棺材裏擡頭,勿從棺材裏伸手

有一位詩人,我記不清楚了,因爲舊日記簿不在手頭,大概不是莫乃阿(Moréas,生於希臘而入法籍,一九一〇年死於巴黎),便是羅頓巴吓(Rodenbach,比國詩人,一八九八年死於巴黎)。他的墳上做了一一個水門汀的棺材;棺材裏的人坐起來了,一手撑住棺材蓋,張着口叫喊……這不是比活人還活麼?我立在他的前面,倒覺得我是死人呢!

王爾德的陽具

還有王爾德(英國小説家,劇本作家,散文詩人,也是死於巴黎的),他的墳上豎着一塊高大的石碑,碑頂爲裸體男子像,張着兩翼平卧在上,最希奇的是一個大生殖器。我在旁注視時,正有兩個婦人走過,那年紀較輕的站下來看了,那年紀較長的却説:“快走!可怕!!”(Allons! Horrible!!)你看王爾德雖死了,還把婦人吓走呢!

玫瑰一般的生活

墳墓裏也有小人物。一塊小碑上題着:

這裏睏着我的小女兒,
她的生活和玫瑰一般,
早晨還是鮮艷,
晚上就謝落了!

讀者諸君,你們有機會到巴黎時,勿要專向咖啡店走,那裏都是腐肉污血呀!

唯美派的標語和口號

美是有絶對價值的,固不問其善惡也。那末極不名譽,極不道德的美女子我們應當稱贊她麽?是的,我們且聽波特萊爾(Baud-delaire, 1821—1867)極沉痛(對於人生之煩悶)的二段詩罷:

美呀!你是巨大的,可怕的,粗野的魔怪!假使你的眼睛,你的微笑,你的脚趾,爲我開了"無盡"之門,到我所愛的,我從來不知道的地方;那末你從天上來,或從地獄來,有什麽要緊?

仙女呀!你的眼睛是天鵝絨,音律,芳香,光芒做成的,我唯一的王后呀!假使你使世界減醜惡些,時間減煩重些;那末你從魔鬼來,或從上帝來,是什麽要緊?天使或妖精有什麽要緊?

——《美頌》

這種詩真是唯美派的"標語"和"口號"了。

詩人氣概

有一天,我散步聖蜜香街上,看見一本舊書,書名《詩人日記》(*Jounal d'un poète*),原來是維尼(Vigny,1797—1863)的手筆,後人集刻的。這樣一本破書,也要賣半塊錢,於是我掉頭而去。但是,這是詩人的日記呀!於是又回頭來,把這本書攤開來看一看。這也是湊巧,忽然看見一句詩料(詩料者,尚未成詩,但是詩人已捉着那篇詩的精髓,只待有時間去發揮鋪張就是了),就是:

怯獸結隊行,
雄獅獨步荒郊!

這是用來形容"詩人氣概"的。我想,有此一句,難道半塊錢都不值麼？於是立即把這本破書賣來。

詩人的謙遜

法國浪漫派詩人，除維尼哲學的色彩較濃外，有三個最著名的，可在下面一段故事裏把他們説出來(見《巴黎星期畫報》)：

有一天，嚚俄(V. Hugo 1802—1885)收到一封信，信面上寫着“當代第一詩人收”。照例此種信件是“無法投遞”的，可是郵局職員的意見以爲應將此信送給嚚俄先生的。

嚚俄接到此信，正想拆看，忽然想道：“此信應讓給前輩詩人拉馬丁(Lamartine 1790—1869)先生呢！我不該如此自大。”於是差人將此信送到拉馬丁家裏；可是拉馬丁也是很謙遜的，又把此信送到嚚俄家裏，此信被這二位詩人推來推去要推破了！

後來他們同意會合在一處來共同拆看，詎料那信裏的稱呼是：“我親愛的亞夫雷德，”原來這是青年詩人亞夫雷德·繆塞(Alfred de Musset, 1810—1857)。當時拉馬丁倒是態度從容，可是嚚俄却氣得半息説不出話。據後來的調查，這個玩意兒是小説家大仲馬(A. Dumas Père，1803—1870)做的。

過了一些時候，有人問嚚俄道：“那末當代第一詩人究竟是誰呢？”嚚俄不快意的答道：“第二是拉馬丁先生，第三是繆塞先生！”

海濱獨坐

風吹嗚嗚，夜色沉沉，
海濱岩上獨坐，
只聽得濤聲獅吼，
再不聞我心微顫；
海乎！
勿以飛末空相戲，
請揚十丈之波，將吾捲去，
好安睡汝懷中，千秋萬世。

年來教讀海濱,有暇每獨自散步,常望洋發奇想,忽讀到莫乃阿(Moréas)的《詩句集》(*Les Stances*)中這一首,不异發於我的心中,而莫氏代我寫出了。因此譯如上面的樣子。

莫氏爲希臘人,因寄寓巴黎,遂捲入法國文學潮流之中,爲"自由詩"(Vers libre)大師,著作很多,《詩句集》最爲有名。

莫氏晚年,頗不以文學形式及系統爲然。臨死時并對巴列(M. Barrès)説:"既没有古典派,也没有浪漫派。這些都是愚人的争執。"

有此母有此子

拉馬丁之母,於一八二八年寫道:"亞風使把他所作的詩寄給我,我讀了很感動;我所想的確確是他寫出來的;他就是我的聲音;我也感覺得到許多美妙的事物,然而我要把他們説出來時,我便是啞子開不出口。我沉思的時候,我心中就是大火爐一般熱烈,可是一股火焰透不出來;但是上帝是聽得懂的,用不着我説話;我真感謝上帝,他把我的話給了我的兒子了。"亞風使(Alphonse)是拉馬丁的名字。試問有這樣母親,她的兒子能夠不是詩人麼?

伏爾太自比於蛇

佛萊龍(Freron,1718—1776)爲著名批評家,與伏爾太(Voltaire)反對。伏爾太作小詩譏其批評之刻毒,詩曰:

前日山谷中,
蛇咬佛萊龍。
結果誰能料?
蛇腹裂長縫!

那末伏爾太至少也自比於蛇了。

姑惡詩話

周作人 撰

載於《鞭策》周刊一九三二年第一卷第五期。作者署名豈明，即周作人。

周作人（一八八五—一九六七），原名櫆壽，後改名作人，字星杓，又名起孟、啓明，號知堂，筆名遐壽、豈明。浙江紹興人。魯迅之弟。現代著名散文家、翻譯家、學者。一九〇六年赴日本留學，一九一七年任北京大學教授。參加編輯《新青年》，發起成立文學研究會，爲五四新文化運動代表人物之一。與魯迅、林語堂等一起創辦《語絲》周刊，并任主編。著有《中國新文學的源流》、《知堂回想録》、《自己的園地》、《談龍集》、《談虎集》，詩集《過去的生命》等。

《鞭策》周刊，一九三二年創刊於北平，由北平女子文理學院的幾個教授主編。主張不偏不黨，刊載文藝作品、社會評論等。周作人在此刊物上發表過一些小品文，梁實秋就説"《鞭策》中最有價值的文字，是豈明先生的幾篇小品"。

本篇《姑惡詩話》，雖名爲詩話，其實也接近於一篇小品文。作者從聽見姑惡鳥叫聲產生聯想，先徵引古代筆記，介紹姑惡鳥和相關傳説。然後將"姑惡"之意引申至受虐待媳婦的惡姑，引述歷代"姑惡詩"。先録蘇軾、范成大、陸游等宋人之詩，順帶感嘆陸游、唐婉之事，然後指出"東坡、石湖能體察人情，一面却也不敢衝撞禮教，所以有那一套敦厚温柔的氣味"；而明清的作者，甚至不如宋人，"簡直有點不行"，道學氣太重。引李夢陽、查慎行等人之詩，都不同情受虐的媳婦，説姑并不惡，以至於如李聯琇寫出"母氏聖善，我無令人。臣罪當誅，天王聖明"一類的奇文。周作人總結歷代姑惡詩,説"姑惡題目牽涉到倫常,無論如何作法總不能不説到這上頭去,這就給了詩人們一個難題,不但要考文章的優劣,而且也考出他們思想的明暗,性情的厚薄來"。總體而言,本篇詩話文辭雋永,旁徵博引,是一篇可讀性很强的散文。

《鞭策周刊》1932 年第 1 卷第 5 期

小時候常聽見姑惡叫聲,大抵在黄昏陰雨時,聲甚淒苦,却總不知道她是什麼形狀。近日閲《西青散記》卷二有這樣的一節文章:

> 段玉函自横山喚渡,過樊川,聞姑惡聲。入破庵,無僧,累磚坐佛龕前,俯首枕雙膝聽之,天且晚,題詩龕壁而去。姑惡者,野鳥也,色純黑,似鴉而小,長頸短尾,足高,巢水旁密篠間,三月末始鳴,鳴自呼,淒急。俗言此鳥不孝婦所化,天使乏食,哀鳴見血,乃得曲蟺水蟲食之。鳴常徹夜,烟雨中聲尤慘也。詩云:"樊川塘外一溪烟,姑惡新聲最可憐。客裏任他春自去,陰晴休問落花天。"

本草綱目中説:"今之苦鳥大如鳩,黑色,以四月鳴,其鳴曰苦苦,又名姑惡,人多惡之,俗以爲婦被其姑苦死所化,頗與伯奇之説相近。"在《鳥的故事》中有一篇湖南傳説,説童養媳爲姑所苦,"跑入塘内,變了一種黑色水鳧般的小鳥,我們叫她苦娃子。"又江西稱苦哇鳥,據説有不孝婦以大蚯蚓代鰍魚給盲目的老姑吃,被丈夫覆在空禾桶裏,過了七日變成一雙禾鷄飛去,啼曰苦哇。"以後她祇在半夜三更的水田裏淒聲哀號,直到她眼上叫出血來,才有一條蚯蚓出來給她果腹。"這樣看來,姑惡的形狀大概已可知道,是一種黑色似鳩的水鳥,雖然是否即是伯勞還是疑問。普通説這是婦被姑虐死，但也説是不孝婦，據《西青散記》及《鳥的故事》所説，可知江蘇、江西即係同一傳説也。

光緒戊寅侯官觀頮道人集録禽言爲《小演雅》三卷，姑惡項下録詩十數首。其最早者爲蘇軾《五禽言》云：

姑惡，姑惡。
姑不惡，妾命薄。
君不見，東海孝婦死作三年乾，
不如廣漢龐姑去却還。

原注："姑惡，水鳥也，俗云婦以姑虐死，故其聲云。"次爲范成大《姑惡》詩，序曰：

姑惡，水禽，以其聲得名，世傳姑虐其婦，婦死所化。東坡詩云：姑惡，姑惡。姑不惡，妾命薄。此句可以泣鬼神。余行苕、霅，始聞其聲，晝夜哀厲不絶。客有惡之以爲此必子婦之不孝者，余爲後姑惡詩曰：

姑惡婦所云，恐是婦偏辭。
姑言婦惡定有之，婦言姑惡未可知。
姑不惡，婦不死。
與人作婦亦大難，已死人言尚如此。

陸游夜聞姑惡詩，雖非禽言而意特悲涼，其詞曰：

湖橋東西斜月明，高城漏鼓傳三更。
釣船夜過掠沙際，蒲葦蕭蕭姑惡聲。
湖橋南北烟雨昏，兩岸人家早閉門。
不知姑惡何所恨，時時一聲能斷魂。
天地大矣汝至微，滄波本自無危機。
秋菰有米亦可飽，哀哀如此將安歸。

提到放翁，總容易叫人想起沈園的事情來。毛晉題所刻《放翁題跋》後云：

余於渭南縣伯諸書，已七跋矣，又復何言，但其咏《釵頭鳳》一事，孝義兼摯，更有一種啼笑不敢之情，溢於筆墨之外，故并記之。案放翁初娶唐氏，閎之女也，伉儷相得，弗得於姑，出之。未忍絶，爲别館往焉，姑知而掩之，遂絶。後改適同郡宗子士程，嘗於春日出游，相遇禹蹟寺南之沈氏園，放翁悵然賦一調云："紅酥手，黄縢酒，滿城春色宫墻柳。東風惡，歡情薄。一懷愁緒，幾年離索，錯錯錯。春如舊，人空瘦，淚痕紅浥鮫綃透。桃花落，閑池閣。山盟雖在，錦書難托，莫莫莫。令人不能讀竟。

據《齊東野語》卷一所記，這是在紹興乙亥(一一五五)，放翁三十二歲，到了慶元已未(一一九九)，那時放翁已經七十六歲了，又有題沈園的兩絶句：

城上斜陽畫角哀，沈園非復舊池臺。
傷心橋下春波緑，曾是驚鴻照影來。

夢斷香消四十年，沈園柳老不飛綿。
此身行作稽山土，猶吊遺蹤一泫然。

這兩首詩收在曾國藩的《十八家詩鈔》裹，雖然五十六個字没有得到一個圈，我却以爲這可以見放翁的真性情，很使人感動。清道光時周晋鑅著《越中懷古》百咏，其《沈園》一律末聯云："寺橋春水流如故，我亦踟躕立晚風。"沈園不知早到那里去了，現在只剩了一片菜園，禹迹寺還留下一塊大匾，題曰"古禹蹟寺"，裹邊只有瓦礫草萊，兩株大樹。但是橋還存在，雖是四十年前新修的圓洞石橋，大約還是舊址，題曰"春波橋"，即用放翁詩句的典故，民間通稱

"羅漢橋",是時常上下的船步,船"頭腦"湯小毛氏即住在橋側北岸,正與沈園相對。越城東南一隅原也不少古迹,怪山、唐玉潛、季彭山故里,王玄趾投水的柳橋,但最令人惆悵者莫過於沈園遺址,因爲有些事情或是悲苦或是壯烈,還不十分難過,唯獨這種啼笑不敢之情,深微幽鬱,好像有虫在心裏蛀似的,最難爲懷。數百年後,登石橋,坐石闌上,倚天燈柱,望沈園墻北臨河的蘆荻蕭蕭,猶爲悵然,——是的,這里"悵然"二字用得正好,我們平常大約有點濫用,多没有那樣的切貼了。

照我們看來,宋詩人對於姑惡的話都説得不壞。東坡、石湖能體察人情,一面却也不敢衝撞禮教,所以有那一套敦厚温柔的氣味;放翁恐怕因爲有沈園的事,故不好來做正面的文章,然而那樣地做却似乎更有幽怨之意了。明清以來作者,據《小演雅》所録,就有七八個,可是不知怎的簡直有點不行,他們仿佛比宋人還要是宋朝的,這就是説道學氣之重。如李夢陽詩云:

姑惡,姑惡,
小姑刺齇姑不樂。
新婦早煮餔,
低聲奉小姑。

又張瑄詩云:

姑惡,姑惡,
新婦何曾自認錯,
人家有姑無此惡。
姑生女,作人婦,
姑不惡,婦則樂。

又梁佩蘭詩云:

姑惡,姑惡,
新婦不得姑樂。
姑惡猶可,
小姑訴我。

觀頮道人詩云:

苦苦苦,
堂上姑,吃婦乳,
小姑終日聲如虎。

查慎行詩云:

野有慈姑,其葉沃若。
孝婦之口,忍云姑惡。

劉逢升詩云:

姑惡,姑惡,
姑有何惡兒婦薄。
婦之惡兮姑忘却,
姑之惡兮婦言作。
東鄰乳姑暮復朝,
西家灶熱婆餅焦。
反汝長舌稱姑賢,
子爲父隱理當然。

李聯琇詩云:

姑惡姑惡,姑蒙惡名。

匪姑虐婦，自戕厥生。
母氏聖善，我無令人。
臣罪當誅，天王聖明。

這頭幾個人都説姑并不惡，或者只是小姑不好罷。到了末後兩位則大放厥辭，簡直不知説的什麽了。本來禽言之類是做不好的，要切定題字，上焉者只是借題發揮，否則賦得枯窘題罷了。姑惡題目牽涉到倫常，無論如何做法總不能不説到這上頭去，這就給了詩人們一個難題，不但要考文章的優劣，而且也考出他們思想的明暗，性情的厚薄來。在這里，明清的考生似乎都難免考了丁戊：這雖然是句游戲話，但想起來却也是很有意義的一件事。

二十一年三月十五日

不失先生來索稿，别無可貢獻，只得以此塞責。

正閲陶及《申筠庵文選》，《題五陵氏游記》中云，五陵"好聽禽，爲禽言多至八十首"，惜在康熙時已經"會稽人多不識"。予生也晚，更無從得見此禽言大全了，想起來實在可惜。

二十七日附記

不失學生讀後，寫了一篇《姑惡人話》。本期稿件擁擠，暫緩刊載。

廿八日，不失附記

静觀樓詩話

周競雄 撰

載於《廣州公教青年月報》一九三二年第八、十、十二期，一九三三年第十三至十八、二十期，共十二期。

作者署名競雄，即周競雄，本刊主要撰稿人之一。生平不詳。

《廣州公教青年月報》，月刊，一九三二年創刊於廣州，由廣州中華公教青年會發行，屬宣揚天主教的宗教刊物，停刊日期不詳。

本詩話與宗教無關，是一篇愛國詩話。其中收録了北伐戰争中無名烈士遺詩、清初吴三桂亂長沙時一烈女絶命詩、辛亥革命志士感懷詩、反清革命烈士熊成基紀功歌、朝鮮殉國忠臣詩、太平天國紀亂詩、日據臺灣時期臺灣人民愛國詩等，滿篇忠烈之氣，涵蓋了清末至民國許多重大歷史事件。當時國勢日下，作者欲以此激勵民氣。如記某友人辛亥從軍者，録其《剪髮感懷詩》及《從軍曲》，慷慨激昂，作者評曰："讀此，可見民國武功之盛，而是時軍國民之資格亦可見矣。請竟爲之浮一大白。"又記臺灣割弃之情形，云"亡國之民，欲寄悲憤於詩歌，亦不可得，洵堪哀已"，可爲一則生動之史料。

1932 年第 8 期

當南北未統一前，諸烈士濺血郊原，軍人之敗殘落荒者，實繁有徒。有某君亦軍界中人，爲北兵所逐，夜遁至附近鄉村，彈發輒轉就斃,以鉛筆自書其姓名籍貫,懷之而死。鄉人殯之,而呈其遺物於官。其日記部中有詩四首,讀之,皆憂國語也,詩録如下:“數椽歌哭酒爲年,醉指頭顱絶可憐。水沸魚龍游大澤,風高鴻鵠擊寥天。淮陰跨下無雙士,長樂人間第一仙。恨殺雕蟲錐故紙,談兵請讀十三篇。”“草草帡蒙比屋封,中興光復運難逢。百年夜祭娑娑髮,諸列撐天耿耿空。充敵人奴甘犬馬,非池中物豢蛟龍。漢奸萬死頭空戴,一劍青霜百鍊鋒。”“燕雲十六壯心違,刀筆猶堪效一揮。入世相羊分老派,履霜占象失先機。摘瓜抱蔓傷零落,彈雀捕蟬渺是非。蜀道崎嶇行不得,聲聲杜宇似催歸。”“艱難締造瘡痍痛,皇祖聲靈徹九山。倉皇去國人思蜀,多少參軍語學蠻。一策治安憂賈誼,挑燈夜讀淚潸潸。”噫,壯士志酬,必不生返。其人可敬,其事亦可悲已。

1932 年第 9 期

吴三桂亂長沙時,有朱氏女,爲營所掠。舟行至小孤山下,女奮身投江,其尸逆流上,浮於故居水濱,爲鄰居發覺,報於其父母,遂命人舁女尸歸。而玉顔如生,衣密縫無隙,懷間藏一油紙封,針裹甚密,字不沾濡。剖而視之,則絶命詩十首也。詩述如下,其一云:“家鄉一别已遭兵,此日含羞到漢城。忽聽將軍搜括令,從容江上畢餘生。”其二云:“厭聽鶯兒事笑歌,幾回腸斷嶺猿多。青鸞有意隨王母,只教人間設網羅。”其三云:“骨肉輕拋弟與兄,依人千里夢長驚。歸魂若返家園去,報説雙親已不生。”其四云:“照影江干只自悲,永辭鸞鏡歛雙眉。朱門空許諧秦晋,死後相逢也不知。”其五云:“遮身猶是舊羅衣,夢到瀟湘何日歸。遠涉風濤誰作伴,深深遥祝兩靈妃。”其六云:“當時閨閣惜如珍,何事牽裙逐水濱。寄語雙親休悵恨,入江猶是女兒身。”其七云:“少女叮嚀畫閣時,詩書曾記母兄師。濤聲夜夜悲何極,猶記挑燈讀楚辭。”其八云:“征帆又説過雙孤,掩淚深深怕夜烏。寧葬江魚波底没,不留青冢在丹於。”其九云:“生平曾許未簪笄,深入狂瀾嘆不齊。河伯有心憐薄命,東流直繞洞庭西。”其十云:“圖史當年講解真,殺身自古欲成仁。簪纓雖愧奇男子，猶勝王朝共事臣。”語語悲哀，纏綿悱惻，此十首詩詞，不啻一篇斷腸文字也。

1932 年第 10 期

辛亥之秋，武昌起義，諸豪傑之乘時奮興建功立業者，所在皆是。友人某君，嘗從民國盡力，逮反正而後，從軍鄂省，迭著戰功。曩在漢陽，常寓書於余，備述當日征戰情形，讀之令人眉飛色舞。末附《剪髮感懷詩》二首，及《從軍曲》四章，拔劍斫地，把酒問天，揮片紙之狂言，灑一胸之熱血，洵警句也。詩云：“此日自髡仍有恨，當年不剃即無頭。雖然一髮興亡在，繫得千鈞是國仇。”又云：“追思二百餘年痛，應爲三千萬種愁。一怒衝冠齊反正，快心復見漢官儀。”其《從軍曲》云：“寒砧敲脱三秋木，紫劍衝飛十月霜。戰鼓一聲酒一斗，琵琶馬上出遼陽。”其二云：“鐵騎銜枚入不毛，兵威到處劍光豪。明朝要飲單于血，夜會營門落月高。”其三云：“笳角聲中一戰收，旗飄落日晚風遒。沙場露宿將軍醉，卧飲葡萄看斗牛。”其四云：“控弦環甲敢云勞，無那歸期阻大刀。殺賊頭顱三十萬，不教點血上征袍。”讀此可見民國武功之盛，而是時軍國民之資格，亦可見矣。快人快語，讀竟爲之浮一大白。

1933 年第 11 期

熊成基烈士憤滿清專橫，投入革命軍中，起義於東三省，爲清廷所殺。英風壯志，海内同欽。迨後東省人士開追悼會於吉林，并爲之鐫碑紀功，以垂不朽。有某君曾爲之作紀功歌，使樂工奏之。歌曰：“瑟瑟大風寒，凄凄芳草愁。魂魄歸來兮無語，松江日夜涓涓流。在昔滿清之末造，先生憂國心懆懆。血灌自由花，機謀一會差。海國遼陽權托足，間關不免身爲戮。嗟乎長白今誰在，皖公山色年年緑。”其二云：“中原大事□茫茫，惟公歷史光。創革命，救同群，浩氣存天壤。事機取，鼎鑊甘，詞何悲壯。而今而後，千秋萬載，姓字永留芳。”句奇語重，慷慨淋漓，奮乎百世之上。百世之下，聞者莫不興起也。

1933 年第 12 期 28 頁。

高麗自見并於日後，孤臣烈士，相繼殉國。凛然與日月争光者，殊不乏人。前駐俄國之高麗公使李範晋，亦因是自刎畢命。臨死時電奏其廢皇，自言國亡君失，屢圖報讎興復，志不果遂。苟生不如義死，故今日自刎死云。當臨絶時，乃口呼二絶句，兹紀録其詩如下。其一："國亡君失我何歸，支厦擎天事事非。萬里孤臣忠膽裂，悲風淅瀝雨霏霏。"其二："歐美栖遲十六年，忍看宗社破無全。國讎未報生何益，□劍横胸亦快然。"嗚呼，李氏信愛國英雄哉。以視反顔事仇者，固大有别。昔陳幹《咏史詩》云："包胥哭秦庭，伍員鞭楚墓。男兒行所事，不必問今古。"嗟我國民，三復此詩，可以興矣。

1933 年第 13 期

"君王城上竪降旗，妾在深宫那得知。十二萬人齊解甲，更無一個是男兒。"此花蕊夫人答宋太祖詩也。"甘心异族欺凌慣，可有男兒憤不平。"此某文集載旅邸間題壁詩也。滿腹牢騷，同一口吻，讀之令人悲憤也。若丘逢甲先生之"四萬萬人同一哭，去年今日割臺灣"句，其命意雖同，沉痛則更甚矣。

舊傳秋瑾女士乞字於湘綺老人，曾上句云："殷雷久耳右軍名，問字無由到講庭。□乞□□輝素壁，閨中曾讀换鵝經。"不圖如此弱質清才，竟遭不□，惜哉。

太平天國□氏諸王，以翼王石達關爲最義勇明决。馭兵以律，衆所知之。獨其能詩，則知者絶少。兹録其三首於後，其一云："曾采芹香入泮宫，又攀往蕊趁秋風。少年□拓雲中鶴，壯志飄零雪裏鴻。聲介敢云空冀北，文章今已偏江東。後人异代誰知我，衹合名山一卷中。"

1933 年第 14 期

其二云："揚鞭慷慨涖中原，不爲仇讎不爲恩。衹覺蒼天方聵瞶,莫憑赤手拯元元。三年攬轡悲羸馬,萬衆梯山似病猿。我志未酬人亦苦,東南到處有啼痕。”其三云:“大業勛華多頌美,皇王家世盡鴻濛。賈人居貨移□鼎,亭長還鄉唱大風。起自匹夫方見异,遇非天子未爲隆。醴泉芝草無根脉,劉裕當年田舍翁。”相傳曾國藩曾遣人説降,石賦此與之,皆磊落丈夫語也。

詩有規諷一格,所謂言之者無罪,聞之者足以戒,故曰風。蓋借題發抒,“善戲謔兮,不爲謔兮”者也。宋理宗朝,欲舉推掛田畝之令,有言未行。至賈似道當朝,卒行之。時人有詩咏云:“三分天下二分亡,猶把山河寸寸量。縱使一邱添一畝,也應不似舊封彊。”又賈常販鹽百船,至京師賣之。時有咏云:“昨夜江頭漲碧波,滿船多載□□鹾。雖然要作調羹用,未必調羹用許多。”

成化初,那宥爲蘇州郡守,以郡中久荒,陂蕩起税,民心頗怨。有投詩戒之者,詩云:“量盡沙田與水田,只留滄海共青天。漁州若過閑洲渚,爲報沙鷗莫浪眠。”海陵陳玉父《題賈似道湖山圖》云:“山上樓臺湖上船,平章醉後去朝天。羽書莫報樊城急,新得蛾眉正少年。”

文溪壁,文山之弟也,仕宋爲惠州守,宋亡入仕金。時有投以詩云:“江南見説好溪山,兄也難時弟也難。可惜梅花各心事,南枝向暖北枝寒。”

以上諸作,皆詼諧入妙,殊足令人解頤也。

1933 年第 15 期

清咸同間,洪楊之亂,兵至揚州。有嚴某者,徵保全城内生民,獻百萬犒師,相約弗擾,賊帥兑之。因開城納粤兵,及兵入城,見廛市之繁華,利其財帛,因背約大肆屠戮,城上之民十無一生,誠數百年來未有之慘劫也。徐竹江作《《蕪城謡》哀之曰:“蕪城閉,三千□騎如猿縶。蕪城開,百萬金錢賈禍胎。撞鐘伐鼓宴豺狼,倉庫雲連齎盗糧。極意求生翻蹈死,鑄成大錯真愚狂。可憐一片烟花地,腥風血染屠家肆。城上居民厭炮聲,酣歌狂舞真無忌。斷將髀骨當琵琶,砍去蓮趺作慘死。委巷遺骸積似邱,連衢宿火燒成燧。索室刀鋒并犬誅，毒人酖酒和蛇製。城中九死無一生，城外空聞撕馬聲。白榻飛馳親剿賊，碧紗高卧夢談兵。借兵已事懲前轍，晚蓋猶需建大名。幾度詔書催克復，縣知青旰慰君情，壞雲慘澹明妖彗，夜色荒凉隕將星。行營刁斗聲俱碎，戎卒蘆笳淚暗傾。綉陌香阶今若此，鮑照空爲賦蕪城。"

1933 年第 16 期

臺灣之割弃，在光緒十三年，距今已三十餘年矣。當被割後之一年，有一遺老秀才，作《感懷詩》一首。其詩云："春愁難遣强看山，往事心驚淚欲潸。三百萬人齊痛矣，去年今日割臺灣。"凄愴情調，亡國鳴哀，雖寥寥數語，真有令人不堪卒讀者。

當《馬關條約》成，臺人大憤。日七親王戰死於臺，爾時臺人民氣之盛，實足令日人驚駭也。顧以賣國賊辜顯榮爲日兵嚮導，始破臺兵。臺民憤辜之賣國求榮，當時曾有歌以詬詈之者。其歌云："辜辜辜，辜負我同胞。顯顯顯，顯得你之不肖。榮榮榮，榮是你萬世臭名。"此歌至今仍遺傳臺民間，惟臺人如有寫此歌者，則日人必置之於法。亡國之民，欲思寄悲憤於詩歌，亦不可得，洵堪哀已。

《樾巢集》一卷，爲前明大學士何吾騶子皇圖先生鞏道所著也。先生生當喪亂之世，倘佯自廢。而故國之思，時□發露于吟咏之間。曾見其篇中載有七律一首，詩云："日日悲笳海上來，蕭條風景暗相催。驚湖打鴨猶閑立，深雨迷花尚門開。曉出不知心所往，夜吟惟有影相陪。天涯縱得投閑地，庾信江南未免哀。"此詩前半見李成棟輕騎襲廣州，蘇觀生不知設備。後半見永歷、紹武，自尋干戈，昏而不悟。末則自傷其遇也。憂思凄抑，感憤蒼凉，當時去國騷吟，惟陳獨漉與先生可抵沉鬱二字。其他警句，如"積水化雲天路白，斷江收雨海門深。酒曾西蜀爐邊醉，簫亦東吴市上吹。百戰江山如昨日，獨行踪迹伴狐争。"皆稱可傳。而"别非垂老偏多淚，歸已無家復送行。"此二語，則如聞徵變之音矣。

1933年第17期

鄭板橋老人，工詩善畫，稟性倜儻不羈。世人傳其遺聞軼事甚衆。金子石有詩咏之云："擁綠園中杯酒瓢，亂頭羸服老風騷。二百年來人事改，不改昭陽舊板橋。半生摩榻守窮牖，鐘鼎碑銘爛入肘。龍誠虎卧不受羈，古趣横生骨力厚。興來放筆作直幹，鐵畫銀鉤枝葉貫。晴稍拂雲妒春雨，勁節凌霜抱秋漢。竹有筠，蘭有芳，垂露倒薤菅下雙。垂露露不晞，倒薤風離披。秀可奪山綠，芳乃墨所爲。護蘭支竹石嶙峋，直鈎横抹無多皴。不使苔班污石身，獅子搏兔全精神。後人但□板橋怪，不識板橋有宗派。是真板橋不能壞，不信徵之九州外。嗚呼，板橋雖官不療貧，今日鷄林□聲價。古今得者無多人，我懷不見雲中君。洋洋灑灑擺俗氛，囊空酒貴文章賤。風雪揚州又細論。"其詩超脱，板橋之爲人□洵傑作也。

"處世若大夢，胡爲勞其生。"此唐李白閱歷有得之也。然民生在勤，若人人抱此種觀念，而自甘惰廢，則又不足以爲訓。蘇東坡詩云："蝸涎不滿殼，聊足以自濡。登高不知疲，貼作壁上枯。"乃真爲處世的本領。

1933年第18期

余曩過邯鄲，見題壁之詩甚夥。有謂富貴終歸一夢者，有謂富貴不妨一夢者。前是曠達，後是豪邁，然皆非中庸之道也。獨婉冰邯鄲道上，所作五絶一首，末一句云："多少未了緣，昏昏不敢醒。"此敢字極有意味，耐人尋嚼，蓋作者自言世故牽纏，勢難撒手，非不知醒也，亦非不欲醒也，特昏昏然不敢醒耳。未了之緣，如是其多，可勝慨嘆。

歸安楊拙園先生，知新績學能文，屢困闈試，讀書益力。好周恤貧乏，家以中落。後長子蕉雨觀察炳堃出宰中州，禄入梢裕，好施益甚。著有《夙好齋詩鈔》，句如《晚登南城》云："落日在高樹，平蕪生夕烟。"《初秋登望崧臺》云："江山留故蹟，天地入新秋。"《送姚十芝》云："桃花柳絮隨孤掉，流水青山入遠村。"《秋闈報罷》云："世事分明論成敗，人情頃刻變炎凉。”《春初由豫底家》云：“千里雲山遷客路，一天風雪送歸人。”皆嗣響唐人。

1933年第20期

當清室之季，外患日亟。愛國之士，不惜心血，奔走呼號，以期補救貧萬一。時有某君曾咏時事感懷四首郵示，句云：“莫道和平能永久，誰知禍亂始開源。天旋地轉山河倒，干嘯戈鳴血雨翻。五夜鵑魂泣周室，滿朝政客殺中原。犧牲忿鬥蕭墻日，直任强鄰竄入樊。”“家國垂亡欲救難，拼將項血濺峨冠。乞帥何補秦庭哭，拔劍先鋤漢室奸。士氣多隨民氣死，思潮已與淚潮乾。狂瀾傾□三千界，誰得中流砥急湍。”“兒號婦哭亂笳咽，翹首雲天未忍眠。曾見么麽皆媚外，難望奇士獨□天。瓜分邊土先憂煞，鼎奪中原已沸然。惟有背城拼一死，瓦終崩解不須全。”“傷時不恤干文網，莫作投江楚大夫。十斛怒潮心膽壯，四方流血室家無。閣中袍笏通倭寇，紙上英豪笑腐儒。可□燕京成盗窟，憑揮慧劍不勝誅。”

詩　話

潘伯鷹 撰

載於《天津半月刊》一九三三年第二至第五期。

作者署名凫公，即潘伯鷹（一九〇四—一九六六），安徽懷寧人，原名式，號凫公、有髮翁，書法家、詩人。一九四三年與沈尹默、沈子善等在重慶中央圖書館成立“中國書學研究會”。著作有《中國的書法》、《中國書法簡論》、《玄隱廬詩》等。

《天津半月刊》，一九三三年創刊於天津。一九三四年第二期起改名爲《天津雜誌》，共出七期。爲綜合性半月刊，發表小説、雜文、詩歌、譯文等。主要反映九一八事變後東北人民的悲慘生活，批判日本軍國主義及國民政府的無所作爲。

本篇詩話用白話文寫成。第一部分開篇説“我是一個不學的人，因爲性情喜歡讀一些詩，所以朋友談笑之時，也不自禁的瞎談詩”。全文風格隨意，娓娓道來。首先講自己對詩的最初印象來自於俞曲園的詩牙牌數。然後談到用典問題，記録了林庚白與趙叔雍關於時事詩中用典的一場争論。作者認爲詩歌雅俗的分别在體格而不在字面。又就“九一八”之變後的“國難文學”，提出“生命的波瀾和作者的學養二者凑在一齊才有真摯的作品産生”，認爲當世只有王汝棠的詩堪稱“偉大沉痛”。第二部分記録了潘伯鷹與章士釗關於柳宗元文章與詩歌的討論。又録賀松坡對韓愈文章的看法，認爲韓愈“要在散文的國土上另闢帝國，自己作皇帝”，作者認同這一觀點，并認爲杜甫也是如此，“他的確有意使他的全部生活皆爲詩生活，他的一切都是詩。詩就是他”。又記録對楊昀谷其人的印象。第三部分記載對鄭沅、陳衍、汪榮寶等名人的印象與其妙語。記録了葉恭綽對徐世昌《晚晴簃清詩選》的一些批評。第四部分記録魯迅悼丁玲（當時丁玲被捕，衆人以爲遇害）的詩，評價其"沉痛深摯抑且哀婉絶倫"，表現出作者對丁玲遭受迫害的憤慨。最後點評了近日詩人王調甫和嚴既澄的詩。作者交游甚廣，與衆多學界、詩壇名流有親身接觸。自己持論亦有創見。本篇詩話具有較高的學術價值。

《天津半月刊》1933 年第 2 期

我是一個不學的人。因爲性情喜歡讀一些詩，所以朋友談笑之時，也不自禁的瞎談詩。我的最初認識詩，説起來很可笑。當九歲時，我無意中看見一本書上面寫了許多"上上"，"上中"之類的字，裏面有一小段一小段的七字語，還有許多"顧况""劉禹錫"的名字。我就拿了胡讀。有不認識的字和不明白的意思也就滑口讀過去。到後來纔知道這本書是俞曲園的唐詩牙牌數。

詩中用典的問題，我以爲只是簡單的譬喻。爲的事多理繁，所以用譬以求易曉。這個和電報中的用符號只是程度上的不同，沒有根本的差异。曩年曾在《國聞周報》略論蘇詩時談過。我以爲要充類至盡的不用典，是件講不通的事。但有許多喜歡餖飣的人不能拿這話作護符。尤其不是説用了典就雅。

因爲談到此處，想起夏天一段故事。同學曾履川先生因爲王調甫、趙叔雍兩先生從北平回上海來，邀了幾個朋友在南京路冠生園爲他們洗塵。此外還有林庚白、劉豢龍、黄公渚三先生和我。叔雍拿了張便條寫了如下的一首絶句："□□靈和□□□，□□秘殿語酸辛。誰知曲突移薪客，還作焦頭爛額人！"（此詩記不清楚，當有錯誤。已經去信問作者。）他説在張作霖大元帥時代曾到北平中南海内和楊宇霆諸人談話，已經知道不妙。此次日軍壓境重到舊地，所以感而有作。庚白看了大聲道："叔雍哇，你這詩固然作得很好嘍，但你爲甚麽要用'靈和'，用'秘殿'？現在那是甚麽地方？"叔雍加以解釋,庚白仍然摇頭道:"你一定還是認爲'靈和'、'秘殿'雅,現在的名詞俗;所以你不行!"他這樣的堅持主義,使得老趙没有辦法了,只淡淡説道:"湯裏頭總要有一點東西,或者是乾貝,或者是雙脆,或者是口蘑。一碗白水毫無味道,趙叔雍不吃的。"這話很表現了古典派文學家的風度,但庚白并不折服。後來庚白先生自己説到題譚組安詩集的詩。其後二句:"身後應留佳傳永,詩中不見靖康年。"他説爲老譚没有碰到一二八是很幸運的。我於是放下酒杯問道:"請教'靖康'與'靈和'有甚麼分别?"合座大笑。黄公渚道:"現在是民國了,你没有認清時代呀。"結果,林先生承認這一首是他集中第二等的詩完事。平心論之,"靖康"用在此處,符號的功用很够的。"曲突""焦頭"用在塘沽協定之後,叔雍之身,當然非常恰當。若不用譬喻,直叙其事,恐怕麻煩得多。

庚白時常稱道李拔可"車行追落日,淮泗失回顧"二語,以爲的確是坐火車情形。這兩句簡鍊清雄,當然無愧於庚白的贊美。

詩中雅俗的分别當然在體格而不在字面。范肯堂詩云:"天仙化人妙飢膚,墮馬啼妝百不須。"豈特墮馬、啼妝用不着,有時故意穿件破衣服也是好看,或者更因强烈的對比,愈顯出天然的好看。前十年"白話詩"初起之時,有些少年詩人常時在他的詩尾寫一行"成於厠所"的字。其實厠所裏作文作詩也是自來文人常有的事。假使技術手段好,正可以化腐朽爲神奇。我平日最喜舉東坡"醉循牛矢覓歸路,家在牛欄西復西"兩句,以爲妙造自然。酒後也有些清楚的醉態和心境,以及鄉下的風景,無不溶化在這簡單的十四字中,成爲一幅絶妙的畫圖。這庶幾乎是藝術手腕的最高表現之一。我也曾以此告訴庚白。他是十分同意的。

庚白論詩的言語極爽快。他這個人談起話來雷厲風飛,一些遮蘭没有,許多講究世故的人不歡喜。這樣,庚白却説:"我非不知世故,而且閲世甚深;但我不爲世故。"他曾和我談起稱謂的問題。他説:"我最怕人稱我老,最喜歡人稱我先生。因爲先生既是普通的稱呼,且是從人格學識上出發的。不過若是女人,我又不歡喜她稱我先生了。我希望她叫我'哥哥'。但若遇見老醜的女人還是請她叫先生罷。”如這些地方,我很覺得此公可愛。

一二八,十九路軍抗日之戰,稍稍爲我國保些人格。當時一聲炮響,全世界爲之驚起改容,我們中國人的興奮更不用提。從來上海神州國光社在各報啓事願拿兩萬元爲壽,徵求以此次史實爲題材的著作。至今尚未聽出結果。天津大公報文學副刊曾載常燕生先生(乃悳)《翁將軍歌》一首,真是好詩。當時我讀至“袒衣白刃向前去,以血還血頭還頭”,不覺熱淚滿襟。杜公“子章髑髏血模糊,手提擲還崔大夫”可以治瘧疾。此二句亦可以增勇氣。此不過偶舉言之,不足以包全詩之美。若以二萬的數目打一折再打對折,常先生這首詩也應該值一千元。

九一八之變是民族最大的傷痛。北平晨報曾載有吴貫因先生的《國難文學》,其中所選多爲南宋殉難諸臣詩歌,用意當然在激厲國人。但區區之意以爲亡國之音與中興之作絶對不同。亡國之音只足令人短氣,不足令人興起。但這種選政操持也很難,因爲没有多少可選的東西。這種作品的産生要條件具備,安録山之亂,整個的唐朝人人受了荼毒,而能在這悲痛的生命過程裹凝固一切的感情和思想,表現之於詩歌的,只有杜工部一人。這證明生命的波瀾和作者的學養二者凑在一齊,纔有真摯的作品産生。以我所知,九一八之變,詩人躬遭禍亂,激起平日才學和情感的最高峰,而使詩篇一變而進於偉大沈痛的地步的當今之世只有王蔭南(汝棠)先生一人。他是奉天人。奉天的詩家也有一二,但皆浪得虚名。若比起王先生來都遠不及。他的《瀋變紀事詩》一卷,我曾向友人賀孔才先生借得。吴雨先生生爲刊布於《天津大公報・文学副刊》。我常時笑和人説,李義山的韓碑一首有“願書萬本誦萬遍,口角流沫右手胝”,不過是書生的大話。《大公報》每日銷數約七萬份。他的詩分四次纔刊完,應有二十八萬紙。我們藉機器之力,手口初不加勞,而功效如此之遠。這是可以傲義山的千古快事。

《天津半月刊》1933年第3期

章行嚴先生生平好柳子厚的文章。最近我曾經和他談起柳文。我以爲柳的規模萬萬不能及韓退之,退之揮斥游戲的狡猾皆爲柳文中所無。他説柳文的好處在潔,在謹嚴。柳之規模所以不及退之,乃是由於遭際的不好。終日有憂生之嗟,所以文字也自然鬱勃。他説退之用虚字有不妥當的地方。惜乎匆促没有請他舉例。他不甚以《原道》《原毁》爲然,説柳子厚不曾作出這樣的文字來。他除山水小記之外,又很推許子厚的論辯,書札,和碑版。我却以爲子厚的論辯,書札,小記都在一等,碑版不過妥當而已。像《段太尉逸事狀》纔是有血有骨的文章。總之行嚴先生所舉潔與謹嚴兩點是使人心服的。我又談到柳詩,以爲好處也在一潔字,他却説他看不出柳子厚詩的好處來。我因舉"蒹葭淅瀝含秋露,橘柚玲瓏透夕陽","驚風亂颭芙蓉水,密雨斜侵薜荔墻"兩聯道:"這樣幽潔的詩還不好麽?"他望着我笑了。

賀松坡先生曾有一篇論韓退之答劉秀才論史事的文章。大意説豪傑之士每人都有創業垂統之想,不甘於作第二人。退之并不是不能修史,但史的國士已經有遷固之流去作皇帝了。他要在散文的國土裏另闢帝國,自己作皇帝,所以不高興去修史。他答覆劉秀才的甚麽"人禍"、"天刑"全是一片鬼話,開開頑笑而已。柳子厚去和他抬槓,是很可笑的。賀先生這些話,表現了自己的偉度閎識,爲千古英雄吐氣。不但退之而已,我看杜工部的對於詩也是如此。老杜作詩决不和普通詩人取一樣的態度。他是一種更誠懇,更廣博的態度。他的確有意使他的全部生活皆爲詩生活,他的一切都是詩,詩就是他。這話不是没有證據的。試看老杜的一生,游山玩水,投贈朋友固然作詩;此外一切鉅細亦莫非詩。看見君臣的奢侈,士卒的驕横,官吏的殘酷,人民的流離死傷,他不上萬言書,不打通電,不在紀念周上演説,——作詩。觀察政治的本末、戰事的機宜,他要説治本,要指陳形勢,也不作社論,——作詩。騎馬吃了一跌,他不往日記裏寫,——作詩。餓得要死,老朋友請他吃一頓飯,——作詩。找人家要花樹果樹,盤子之類,他不寫信,——作詩。老□打蛇,鷄吃蟲子,鄰家窮女人討棗子,他不作短篇小説,記筆記,——作詩。僕人作事的勤和懶,修個鷄栅,——也是作詩。

諸如此類指不勝指。他的詩之一體幾乎可以代表任何文體。翻開一部杜集,則百代偉人的杜甫和窮酸的杜甫,悱惻忠厚的杜甫和風流跌宕的杜甫,樂的杜甫與悲的杜甫,無不呈露在我們的眼前。這是他想以詩爲生命,獨闢草萊的證據。以此之故,杜工部將詩平凡化了,廣大化了。徒以吟風弄月或攄寫懷抱爲詩的詩人,比起他將一切生活溶入詩的範圍而凝爲整個詩生命的詩人,不覺"渺乎小"了。雄奇與平凡都陶鑄在整個的詩裏,這纔成了老杜的偉大。這一種對詩如此誠懇如此廣博,使生命與之爲一的態度,爲自來詩人所未有;而是他有意以畢生之力赴之來成就一個完整的詩生命。

行嚴先生在前年(民二十)夏季辭去東北大學職務南下的時候,自己作了一首詩,我忘記了。那時東北大學風潮像是很嚴重。劉弘度、劉豢龍兩先生和我都有詩送他,都只記得兩句了。宏度云:"接席風塵同落落,分津烟水各茫茫。"豢龍云:"漫疑湘瑟成彈鋏;豈有文身解佩琚!"我的是:"雲霄悲看鶴孤往;風雨何時鷄一鳴?"彼時各人俱有家國身世的痛感,所以不覺言之如此。現在真是越發不堪回首了。

楊昀谷先生(增犖)的詩專帶禪意,自有一種蕭遠淡勁之風。住天津時曾在王揖唐先生家中見過他兩面。青鞋布襪,瘦瘦的面孔,一口江西話,是個便裝的老頭陀。後來聽到他的孫子遇害,還曾和郝夢侯先生一同去慰問他。他很澹然。對於生死得喪之際,如此不動心的,我還未見第二人。豢龍談到昀老的詩,因而談到詩的境界。他説佛家的許多微妙莊嚴境界,還從未歸化到詩國裏來。他説東坡詩中之禪,固然不算數,楊昀谷作了幾十年的禪詩,也只是苦行頭陀的面目。所以很願意看見有人向這一方打出天下來。我告訴他,我的同學李子建先生持論與他正同,子建説,詩中應該有"華嚴境界"。他并且舉王右丞"雲裏帝城雙鳳闕,雨中春樹萬人家"兩句,以爲庶幾近於華嚴境界。子建頗有志於此。和他數年不見,不知他近年的詩向這方面去了没有。

前所舉右丞詩,豢龍説,王湘綺生平教人作律詩必舉以爲例,以爲必如此纔是律詩。前輩片語,附記於此。

《天津半月刊》1933年第4期

鄭叔進先生(沅)一日偶談及唐人"姑蘇城外寒山寺,夜半鐘聲到客船"兩語。他説,這本是作者寫他自己的落拓。那個時候只有一個人孤另另的夜半到蘇州。除却鐘聲之外,别無一人來迎他。言外微意都在於此。這和杜工部"岸花飛送客,檣燕語留人"的句子是一樣的。我笑道:"可見得這和寒山寺的鐘不相干。惜乎先生不曾早一點將這話告訴日本人,也省得他們老遠的跑來要將廟裏的鐘盗運了。"(按此事各報曾載之。日人將鐘已運至岸旁即欲裝船,却被蘇州人發覺截留了。)

最近和履川談及徐菊人先生(世昌)所刻的《晚晴簃清詩選》。這是徐先生在作總統時發起的一個弘願。當時延請了極多的名士來共襄盛業。這部大工作歷了這些年居然告成,自是可欣幸的事。履川轉述葉譽虎先生(恭綽)對於這書的意見。葉先生説,他現在主持選清詞。以私人搜訪所及,有清詞人已得四五千家。以理推之,清代詩家至少要比詞家多出幾倍不止。而這部書内所列家數比起他們現在所已搜得的詞家并未多出一倍。所以搜訪的不周是這部書的短處之一。這書中對於王漁洋的詩選了十幾首。對於柯鳳孫先生(劭忞)太夫人的詩也選了十幾首。無論如何,漁洋總是一時詩壇的盟主,他的宗旨所影響於當時詩界的總比柯太夫人大些,入選的量總不能令其一樣。所以鑒裁的未允是短處之二。這書的體例以清代已逝詩人爲限,而其中竟選有汪兆鏞的詩。兆鏞先生是今行政院長汪兆銘先生的令兄,這個人還活着呢。所以考核的不精是短處之三。但這畢竟是一部大書。假使没有另一部好的能替代,這部書是不會被打倒的。

詩人的結社,最初總只是幾個朋友趣味合式凑起玩玩。漸漸擴張,便可以轉移風氣。從前北京梯園、蟄園皆是詩流競技場。後來政府在南,一班詩家多是官僚,所以也都南下,北方的社集遂不如以前那樣的風頭健了。梯園主人關穎人先生(賡麟)後來在南京又結有青溪詩社。其中作詩的方法,多是出一個咏物的題目,限韵作絶句。不但限定某一韵,并須將三個脚都限定。而且這三個韵脚的字都絶對和所咏之物不相干。這種纏足式的作詩方法,或者正和一部分"新詩家"所提倡的"帶有鐐銬跳舞"相同。無以名之,名之曰"妖孽"而已。所幸這班詩家在今日已毫無力量之可言。除却自己以纏足爲娱樂之外,絶無影響風氣的可能。所以社會對於他們也從不注意。

陳石遺先生(衍)是談詩的老前輩。他的著名弟子梁衆异、黄秋岳兩先生在今日都已成爲前輩了。今年夏際,我在上海康家橋夏劍丞先生(敬觀)家席上纔認識他。當時林庚白見梁衆手中持有黄秋岳自書詩扇。他批評其中"馳道雷車日夜聲"一句,罵爲"不通"。他説南京的馬路不能叫作馳道。汽車跑起來没有甚麽聲音,更不能叫作雷車。這樣談談,他又談起一個詩鐘來。上句咏夜壺,下句咏留聲機器:"放眼洞觀天下勢,知音難覓個中人。"因爲談到夜壺,所以引起許多好笑的話。例如"牛交"即爲其中之一。庚白自己談有"徐步閑看數犬交"之句。而"倚闌閑與看風牛"又爲坐中某公舉爲某人的詩。石遺先生雖然年紀老了,像個癯仙野鶴,但也恬然加入談笑,不以爲忤。因爲記之,以見老先生的風趣。

這一天席上還有一位林詒書先生(開謨),據説也能作詩。後來我聽説林先生愛吃魚翅。他用鷄湯燉魚翅是出了名的,所以人家説他平生第一本領在此。但我所見南方人説北京話而圓熟自然的很少。林先生那一天説得一口的好北京話。有許多細小的土語,不能在所謂"士大夫"的口中聽到的,林先生也一樣説得清吭百囀。可見他至少除吃魚翅之外,還有説北京話的絶技了。

最近逝世的汪衮甫先生(榮寶),我曾認識他兩面。一面是在今年北海畫舫齋禊集上。當時分韵,憶汪先生所拈乃是"芳"字。一面是在李釋堪先生席上。那一天汪先生戴瓜皮緞小帽,黑緞馬褂,藍緞長袍。腰上因爲繫了一條綢帶子,所以袍後身打了兩個襞折,"翼然而張"。走進來的時候,有非常合拍的"方步"。坐了一坐,他向溥叔明先生(僡)借《初學記》。溥先生説没有好版子,只是石印的。他説:"石印的也好。"他又向陳弢庵先生(寶琛)問好,稱之爲“太世叔”,這一幅人物畫,印在我的心目中,使我暗暗想:“這個人保留着承平時代世家公子的風度。今天的樣子比前些日子在報紙上看見的西服照片好看得多。”在席上因爲我説了一個和尚吃肉的笑話;他也説了一個和尚挨打的笑話。“芳”字韵詩,不知他作出否? 我南下不久即聽到汪先的噩耗了! 他的詩效法李義山,綿麗深婉。我們現在一班儉腹的人,恐怕不足以盡窺他的苦心組織之妙。曾見《大公報·文學副刊》曾有專文哀悼,説得很切實。我甚願汪先生的詩集早日可以刻成行世。若是有朋友,學問好又和他的往來密,替他箋注那就更好了。因爲汪先生這一派的詩,宜於有好注。而作注尤其不宜於延誤得太久。

《天津半月刊》1933年第5期

先外舅何字塵先生自謂生平不喜黄山谷詩。黄詩的好處在獨闢畦徑,不説一句隨便的話。所以方植之在《昭昧詹言》上説他如天仙化人,不食人間烟火。必要讀過這一種詩,纔知道良工經營的苦心。而黄詩又不僅獨闢而已。他實在能磨錬出自然的光采來。如“痴兒了却官家事”,如“我居北海君南海”,如“交蓋春風汝水邊”諸詩,没有一首不是風華絶世的。但如《徐孺子祠堂》一首後半云“白屋可能無孺子? 黄堂原不欠陳蕃。古人冷淡今人笑,湖水年年到舊痕。”則簡直不知他説的甚麽話。此詩吾師吴先生已經提出説過。外舅所不喜的詩,或即是此等。惜乎先生逝去忽忽九年,不能唤起一問了!

外舅詩集有中華書局仿宋字排印本。當時匆匆付印,有許多詩未及收入。五年前在安慶謝申伯先生家見他爲申伯寫的扇面,是兩首自己的詩。一首《題潛山太子閣》,自注:“昭明太子讀書處。”詩:“天柱山前尋舊館,白頭僧侣述遺聞。閑吟帝子驚花落,何處高樓帶日曛? 六代雲烟留片石,千秋心事在斯文。浮圖偏刻梁天監,誰識昭明更絶群!”一首《登灊嶽峰》:“拾級披榛來絶頂,蒼烟踏破動星辰。微聞仙樂開雙闕,欲傍晴空唤百神! 澗竹撑霄風在下,嶽雲如海玉無塵。群山傲岸齊低首,石骨森然氣未馴。”這兩首詩氣格騫舉，而却自有一種逸韵。録存於此，以待續刻。

最近在《濤聲周刊》中見到魯迅先生悼丁君的一首絶句："如磐夜氣壓重樓，剪柳春風導九秋；瑶瑟凝塵清怨絶，可憐無女耀高丘。"當然是爲丁玲女士而作。這詩沈痛深摯抑且哀婉絶倫。丁玲女士的文字，我讀得極少，僅在《小説月報》及《現代雜誌》上，偶見一二無首尾的小説，但其文名却已久悉。憶前年與廉南湖先生在陳通伯先生家見一影片册子。陳夫人凌叔華女士指一張山下的女子側影告我，"這是丁玲女士。"我纔第一次看見她的樣子。第二次是今年在上海《晶報》上看見她抱着小孩的一張影，則已轟傳"失踪"了！

近日詩人以靈思精語獨出衆流者，王調甫的《猛悔樓詩》與嚴既澄的《初日樓詩》可稱二妙。履川贈調甫詩，有"區區蕭寺秋泥句，散掃樊山一輩人"之語，足見傾倒。初日樓詩幽秀凄麗處與調甫同工。兩人又是同學，可云無獨有偶。既澄先生的古體詩尚無大過人處。近體幾乎篇篇都是慧業文人的玄思苦語，刻畫胸臆，爲他人所不能有。他愛龔定庵，筆意也不覺相近。又微取徑於陳散原。大概因爲他和散原先生的公子同學，曾拿詩請教散原，聰明人一學就會，不由有些像散原了。惟其如此，故能嘔心出奇。但却完全是凄麗孤清之姿。這是作者個性發露處，雖近定庵、散原而别有自家的精神而目。又因這學詩的本事多是大學生時期的"羅曼斯"，所以越發顯出美麗的背景。此類的詩正如明珠仙露，以少爲貴，且亦不得以境界狹隘爲責難。若以此責難，便是不知味。世間不可没有一種精美絶俗的珍品，這種珍品并不因其小而遂減低價值的。

《初日樓詩》中有最賞識的一個人，那就是女伶武小生盧月霞。作者於此，有他最真摯的同情，實在使人低徊悲感。如《被酒不出有所思作》一首，自注爲盧月霞："可憐寂寞人間世，俊意無端落酒杯。留得半醒搜衆象，却揮繁夢撲歌臺。磨牛身世知誰健？傀儡生涯政自哀。辛苦蘭膏明欲灺，問天何事更生才！"此詩讀之可以擊碎唾壺。當這時，我年約十四五。曾在廣德樓看見盧月霞演跌撲的戲,記得她微微有些對眼。同時還有一個小女伶名張蘭卿,常充當配角,與鮮靈芝、張小仙合演《一元錢》、《家庭禍水》等等新戲。她們都在鮮靈芝、張小仙極紅的旗幟之下,初登歌場并無聲譽。我那時年紀雖小,却頗賞識張蘭卿。不到兩三月,張蘭卿聲譽大起。我私下方自命知人,而她不久即爲人買去。不巧那人就在我家隔壁賃了屋爲藏嬌之所,我常碰見一個小鬍子帶着張蘭卿出門。現在事隔十餘年,鮮靈芝竟以年老色衰不堪虐待,和她的丈夫打官司離婚了。據《初日樓詩》注盧月霞在張家口跌撲傷重而死。張蘭卿不知如何了。

《初日樓詩》後自跋有云:"嘗謂人生作詩當在三十以前,五十而後。中間二十載攖心世業,不宜瘁志於詩。三十以前,鋒芒卒露,天骨開張。其所爲未必盡善,而感人特深。至於五十而後,則備嘗世味,躁釋矜平。是時爲詩每臻圓熟之境;而意氣光芒則稍遜矣。"這段見解很精。尤其是三十以前作詩的意見正獲我心。但既澄謂中間二十載不宜爲詩,我却以爲是"苛政"。人當"攖心世業",甚至衣食不繼之時,所以其勞苦怨呼,聊以自慰性靈者只此而已。而在這種疾痛慘怛中流出來的一兩首詩,也往往便是最警動的。悲哀固然不好受;然若能當下痛哭一場也是快事。如此,則又安見其不宜? 不知既澄先生何以進之。

水滸詩話

金　岳撰

載於《朔望半月刊》一九三三年第八期。作者署名金岳，其人不詳。

《朔望半月刊》，一九三三年創刊於上海，一九三四年停刊。綜合性刊物，兼具政治、國防、文藝類文章。

本篇詩話用白話文寫成。作者首先評價古典小説里常見的兩類詩歌，一是像《三國演義》那樣，引證他人的詩，有引得恰當的，也有勉强凑數的。二是才子佳人小説，常引作者自己的作品，作者斥之爲"把自己淺薄淫蕩的作品，去拆才子佳人的爛污"，《花月痕》已是"千篇一律的卑辭濫調"，《玉梨魂》則"愈趨愈下，把詩的意味，整個丢到垃圾堆裏去了"。然後，作者借金聖嘆之言，認爲《水滸》中的詩與前兩類不同，妙不可言。作者逐一分析了金聖嘆所提到的幾段好詩：鴛鴦樓下，白秀英唱的"新鳥啾啾舊鳥歸，老羊羸瘦小羊肥。人生衣食真難事，不及鴛鴦處處飛"，認爲這是"走到人生深處的詩"；魯智深在冬天喝酒，挑酒的唱"九里山前作戰場"，有肅殺悲壯之氣。而在黄泥崗的酷暑下，白勝唱"公子王孫把扇摇"，并由此走到了後來"酷吏贓官都殘盡"的地步。這些詩是"生硬的、粗魯的"，但表現出衣食艱難、"官逼民反"的主題，作者認爲，它們是"含著血和淚，在每個人心中顫抖著的啊"。可謂寄托遥深。

《朔望半月刊》1933 年第 8 期

在舊時的小説裏,總是雜著許多詩。有些是自己做的,有些是引證他人的。《三國演義》在每件可以注意的事件以後,總是"後人有詩贊曰"這麼一句話。至於他所引證的詩,當然有些是著名的作品,如武侯死後,他引着杜甫的"丞相祠堂"與李商穩的"籌筆驛",這有時是可增加描寫的力量的。但有時却引些極無謂的作品,勉强凑數,這就令人生厭了。

佳人才子的著述,時常以作者自己的作品,當做才子佳人的作品,把"肉麻當作有趣",這是不可勝數的。這大概源流於唐人小説,《會真記》有"爲郎憔悴却羞郎"之句,《步非烟》有"等閑花裏送郎歸"之作吧。然這是很難得的,後人不自量才力,東施效顰,把自己淺薄淫蕩的作品,去拆才子佳人的爛污,如《花月痕》的痴珠、韓荷生等千篇一律的卑詞爛調,降而至《玉梨魂》一類的作品,則簡直愈趨愈下,把詩的意味,整個丟到垃圾堆裏去了。

《水滸》自是偉大的作品,雖然他不描寫才子佳人,但他却有很好的詩。而且這些詩,既不如《三國演義》一類的引證他人的作品,其中除了林冲、宋江兩首是書中人的著作以外,其餘都是在所謂"閑雜人等"口中胡亂地唱出來的。但也就因爲胡亂地唱,却唱出不可磨滅的詩來了。

金聖嘆評《水滸》説:"此書每每横插詩歌,如五臺亭裏,瓦官寺前,黄泥崗上,鴛鴦樓下,皆妙不可言。"現在,我們也就説説這四處所横插的詩吧。

鴦鴦樓下玉蘭所唱的不是詩,乃是東坡的詞。這詞一般人都曉得,水滸作者,因爲那事的發生是在中秋,而且有女人,有酒,爲着要使"打虎殺人"的武松,溶化在一個"我欲乘風歸去也,又恐瓊樓玉宇,高處不勝寒"的詩的境界裏,所以也就引了這首詞來增加力量,這是水滸作者一種描寫的手段,我們姑且不談。我們所要説的,乃是書中"閑雜人等"口裏胡亂地唱出來的——同時,也是作者一時興到胡亂地寫出來的歌詞。這之中,當然是"插翅虎枷打白玉喬”裏那首白秀英唱出的四句七言詩最爲動人：

“新鳥啾啾舊鳥歸，老羊羸瘦小羊肥，人生衣食真難事，不及鴛鴦處處飛。”

聖嘆説：“第三句説盡世界。”這確是實在的話。初次入世的人，是不曉得衣食的艱難的，入世較深的，便曉得有點艱難了，及覺得這艱難是“真”艱難的時候，這個人已不知經過多少滄桑，多少苦恨了。

所謂鴛鴦處處飛者，也不過在風塵中，聊以自慰吧。連“鴛鴦處處飛”而不及，那真是《西厢記》所説的“可憐我隻身獨自”，鄭板板所説的“落魄人間，唱歌度日了”。

全詩四句，初者似不相連績，但當然第一次讀到時，你祇覺“新鳥啾啾”與“老羊羸瘦”的哀苦與“人生衣食真難事”是互相一致的。而且，在你感覺到四句不相連讀時，而第一次的一致，又凄苦地充滿你的心中了。

《水滸》的作者，當然是飽經世故的人吧。於是，他借着白秀英的口，唱出這四句走到人生的深處的詩來了。

惟其是唱出來的，所以是不連續的。但惟其不連續，也就愈感到他的一致了。

在這一點上，我們曉得詩是唱出來的，而不是做出來，甚至也不是寫出來的。

花和尚在冬天要酒喝。冬是凄冷的，嚴肅的，悲壯的，於是，挑酒的這樣唱着：

“九里山前作戰場，牧童收拾舊刀槍。順風吹起烏江浪。好似虞姬别霸王。”

至於黄泥岡上的六月時候，這情景便不同了。於是，被楊志在驅打的小軍想酒渴的時候，挑酒的白勝，便唱出不同樣的詩歌來了。

“赤日炎炎似火燒，野田禾稻半枯焦。農夫心内如湯煮，公子王孫把扇摇。”

由“人生衣食真難事”，而至於“公子王孫把扇摇”，這好似有一定的過程,於是,他走到"酷吏贓官都殘盡",與"禀性出來要殺人"的第三步的境界了。我們且看《水滸》的作者是怎樣借阮家三雄與李俊、張横們的口裏,唱他那"殺人放火"的詩句吧。

"打魚一世寥兒洼,不種青苗不種麻。酷吏贓官都殺盡,盡忠報答趙官家。"

"老爺生長石碣村,禀性生來要殺人。先斬何濤巡檢首,京帥獻與趙王君。"

——碣石村阮小二阮小五唱

"老爺生長在江邊,不愛交游衹愛錢。昨夜華光來趁我,臨行奪下一金磚。"

——潯陽江上張横唱

"英雄不會讀詩書,衹合梁山店裏居。准備窩弓收猛虎,安排香餌釣鰲魚。"

"雖然我是潑皮身,殺賊原來不殺人。手拍胸前青豹子,眼睃船裏玉麒麟。"

——阮小二阮小五提拿玉麒麟時唱

"上是青天,下是緑水。我生在潯陽江,來上梁山泊,三更不改名,四更不改姓,綽號混江龍,李俊的便是。"

——捉拿玉麒麟時李俊唱

所謂"怨毒之於人心",所謂"殺人好怨,天理難容",於是,百八條好漢,都闖上梁山泊,而去做他殺人放火的事業了。

一切都是"官迫民反",你能迫,我也就能幹,這是《水滸》作者的根本思想,但這些思想,却在這僅有的幾首詩裏表現無餘了。

這些詩是生硬的,是粗魯的,是不懂的做詩的法度與修辭的,是無心作詩而偶然唱出來的,但也正因爲如此,他却是自然的,忠實的,深刻而有力量的,他是含着血和淚,在每個人心中顫抖着的啊。

詩話的詩話

趙景深 撰

載於《現代》一九三五年第六卷第二期。

趙景深(一九〇二—一九八五),祖籍四川宜賓,出生於浙江蘭溪。昆曲專家。早年組織綠波社,一九三〇年起任復旦中文系教授。後致力於中國戲劇小説史和昆曲史的研究。曾任中國古代戲曲研究會會長,中國俗文學學會名譽主席等。著有《曲論初探》、《讀曲隨筆》、《讀曲小記》、《中國戲曲初考》、《中國戲曲叢談》、《中國小説叢考》等專著。

《現代》,一九三二年於上海創刊,文學月刊。第一二卷由施蟄存獨立編輯,第三卷起與杜衡合編。爲中國左翼作家聯盟的機關刊物,撰稿人有魯迅、瞿秋白、茅盾、郭沫若等,也有穆時英、老舍、巴金、郁達夫、戴望舒等。還有大量譯文。内容豐富多元,爲三十年代上海乃至全國最受關注的刊物之一。

本文是對古代詩話的批評,故名曰《詩話的詩話》。全篇以白話文寫成。第一則指出鍾嶸《詩品》將詩人分爲《國風》和《楚辭》兩大系統,只是"大致不差",其中甚至有自相矛盾之處。第二則説皎然《詩式》極力推崇謝靈運,是因爲"謝靈運也是一個不出家的和尚罷了",又指出《詩式》早已提到王梵志,并非胡適《白話文學史》的新發現。最後討論劉放《中山詩話》與歐陽修《六一詩話》及司馬光《續詩話》的關係,作者也提出了自己對其中所評詩作的一些看法。末尾自嘲,認爲詩話本已與詩隔了一層,轉談詩話,離題更遠,類似於"批評的批評的批評"。這顯示出民國時期學人在現代文學批評理論的衝擊之下,對詩話本身的反思。一九一七年王無爲《荒唐詩話》將近代詩話分類進行諷刺；一九一九年莊蔚心的《細雨梅花館談屑》對古代詩話進行了分類與總結；一九一九年《哲廬談詩》也對近人詩話創作進行了批評，這些都是前代詩話中罕見的現象。本文繼續了民初以來對詩話總結反思的探索，篇幅雖短，但也具有一定的學術意義。

《現代(上海 1932)》1935 年第 6 卷第 2 期

一

鍾嶸《詩品》，評隋梁以前已逝的詩人，分爲《國風》和《楚辭》兩個大系統，另標阮籍爲源於《小雅》。但他的分別也只是大致不差，是不能加以仔細研討的，甚至還有自相矛盾的地方。例如，潘岳究竟是源於《國風》還是源於《楚辭》的呢？據下面的證據，可知潘岳是源於《楚辭》的：

李陵詩："其源出於《楚辭》。"

王粲詩："其源出於李陵。"

潘岳詩："其源出於仲宣。"(王粲字)

但他在叙曹植詩時却把潘岳歸之於《國風》的系統之下：

"孔氏之門如用詩，則公幹升堂，思王入室，景陽潘陸，自可坐於廊廡之間矣。"

劉楨，曹植，陸機屬於《國風》是没有矛盾的。但説潘岳也源於《國風》，那就前言不對後語了。同樣，景陽(張協字)也不能坐於孔門的廊廡之間，吃冷猪肉；否則論張協詩的第一句："其源出於王粲"，便應改書。

二

《詩式》的作者，不看他的作者姓名，只看他所説的話，就知道是一個和尚，因爲他把謝靈運捧得那樣高。爲什麽呢？無非因爲謝靈運也是一個不出家的和尚罷了。你看他説:"康樂公早歲能文,性穎神澈。及通内典,心地更精,故所作詩,發皆造極,得非空王之道助耶?"换一句話説就是,謝靈運的詩雖好,如果不懂得點佛理,他的詩是做不好的。

有人説胡適在《白話文學史》中推崇王梵志的詩,是他的一個新發現。不知釋皎然《詩式》中已經談到這位詩人,給以第二品"駭俗"(第一品是"越俗")的位置了。他所舉的例是王梵志的《道情》詩:"昔我未生時,冥冥無所知。天公强生我,生我復何爲。無衣使我寒,無食使我飢。還你天公我,還你未生時!"

三

自歐陽修有《六一詩話》以來,司馬光便續作《續詩話》。後來又有劉攽的《中山詩話》。司馬光續歐陽修,即其書名亦已顯示了出來;不知劉攽之續歐陽修,和司馬光是尤爲針鋒相對的。

例如,惠崇偷詩的故事,《續詩話》云:

"惠崇詩有……'河分岡勢斷,春入燒痕青'。時人或有譏其犯古者嘲之:'河分岡勢司空曙,春入燒痕劉長卿。不是師兄多犯古,古人詩句犯師兄。'"

《中山詩話》照樣寫了進去,字句略有改動,另外再加了一節蘇舜欽偷杜詩的引證。又如:歐陽修的《六一詩話》云:"狀難寫之景,含不盡之意……亦可略道其仿佛。若嚴維'柳塘春水漫,花塢夕陽遲'則天容時態,融和駘蕩,豈不如在目前乎?"

《中山詩話》便説,這首詩固然很好;"細較之,夕陽遲則繫花,春水漫何須柳也?"

其實這話也不盡然;正惟柳是披拂的,春水漲漫,柳葉便可與春水相觸了,何以知其會没有關係呢?所以,夕陽遲則繫花,春水漫則沾柳;换以他树,便觉不当。

歐陽修説韓詩"隨車翻縞帶,逐馬散銀杯"爲不工,我却很喜歡這兩句纖巧的咏雪詩,雖然并無什麽立意,僅於是纖巧而已。同樣,劉攽以爲韓詩"'老公真個似童兒,汲水埋盆作小池'直諧戲語

耳!”我却以爲這兩句詩樸實自然,近於白話,使我憶起史蒂文生的《兒童的詩園》:

“我走下海灘,人家給我一把木鏟來掘沙岸。掘得洞兒像空碗,每個洞裏海水向上漫,直到海水把這洞漫滿。”(《海灘》)

讀詩貴在直接的欣賞,聽人説詩話已隔一層;詩話而專談詩話,離題益遠。赫□生曾□某種批評爲,“批評的批評的批評”,故我擬之,題本篇爲“詩話的詩話”,以自□焉。是爲跋。

大衆詩話

關　露撰

載於《生活知識》一九三五年第一卷第六期、一九三六年第一卷第七期。

關露(一九〇七——一九八二),“左聯”女作家。原名胡壽楣,原籍河北延慶,生於山西太原,一九二八年考入中央大學國文系,後轉哲學系。一九三二年加入中國共産黨和中國左翼作家聯盟。主要創作詩和小説,曾任《新詩歌》、《中華日報》詩副刊編輯,一九三六年出版詩集《太平洋上的歌聲》。在抗戰期間,關露接受黨組織安排,接近汪僞特工總部頭子李士群,從事情報工作,被稱爲“紅色女諜”。五六十年代兩度蒙冤入獄,一九八二年方獲平反。

本篇詩話第一部分討論“詩的起源和它在文學作品中的地位”,舉民謡、民歌之例,證明詩是“許多勞動的人們,在勞動以後,或勞動的當時,順着感情的驅使而歌唱出來的”,因此“詩是可以表現人們的生活和感情的一種文學作品”。然後分析了詩和小説、散文等其他文體的不同,認爲詩可以用最簡短的句子表現最具體的事物,徵引杜甫《兵車行》、德國詩人弗萊里希拉特詩爲證;又,詩可以吟誦,故可從感覺上去了解。最後得出結論:“詩是最大衆化最普遍化的文藝創作”。詩話第二部分討論“詩的表現方法”,認爲詩要把所描寫的東西形象化。關露將一些小説創作的理論運用到詩歌創作中,如引用高爾基所言“最難得的是開始,就是第一句”,而關露認爲在詩中亦然,且因爲詩的篇幅短,所以“寫詩的時候,從第一個字便是很要緊的”。關露對小説和新詩都很擅長,故能將創作經驗融會貫通。

《生活知識》1935年第1卷,第6期

一、詩的起源和它在文學作品中的地位

誰都知道,最早的詩,是由於許多勞動的人們,在勞動以後,或勞動的當時,順着感情的驅使而歌唱出來的。這許多人當他們感情噴發的時候,便歌唱出激昂的調子;哀悲的時候,便歌唱出沉鬱的調子;需要愛情的時候,便歌唱出舒緩而温和的調子。順着各種不同的,起伏的,感情的調子,在他們的聲音中形成了許多不同的自己的音節,把這種由感情表現出來的音節,融和在字句當中,便成了詩。因此詩是可以表現人們的生活和感情的一種文學作品。現在我們,可以看一點所謂歌謡的民間的詩:

捐稅又甚重,民債還不清!
官府不出錢,養起百萬兵。
一年打幾回,那得太平春!
江山打得稀巴濫,百姓振得光零零!

這是從一首四川的民歌中截下來的。人民苦于苛捐雜税和戰争,發出這樣的憤慨。從這詩裏我們可以了解他們是過着怎麽一種痛苦不堪的生活。

小姑小姑你莫嘘,做人媳婦不稀奇。
白天把你當牛馬,夜晚把你當母鷄。

這也是一首四川的民歌。這是由一個鄉村中的少婦唱出來的。她告訴我們:在封建的社會裏,婦人是過着什麽生活,被人看

作是一種什麽東西：白天爲人勞動，晚上給人作性的滿足的對象。

情妹膽大莫心荒，小郎自有好主張。
外面裝作假模樣，神仙也難知你我短長。

這是一節湖南民間的情歌。這詩裏對兩性的愛情説得很真實，當兩性發生了密切情感的時候，許多上層都市的青年男女都是愛裝模作樣，把男女的愛情藏在神龕子裏，但是一對樸質的鄉民却能赤裸裸地説出來，使别人了解。

當然，表現人們的生活和感情的文學作品不只是詩，一切的文學作品，如小説散文之類，都是表現人的生活和感情的。但是詩，這作品在它的形式的搆造上有幾個特質，這特質是在小説和散文上都不能做到的：

第一，詩可以用最簡單的字和簡短的句子搆成，在最簡短的句子裏可以表現最具體的事物，傳達最濃烈的感情。比方在杜甫的詩裏：

車轔轔，馬蕭蕭，
行人刀劍各在腰；
老少哭聲震天上，塵埃不見咸陽橋。

這極簡短的四五句詩便完全寫出了一個戰爭的場面。從"老少哭聲震天上"我們可以看見戰爭中的恐怖的屠殺。從"塵埃不見咸陽橋"我們可以看見兵馬之多，看見戰爭中驚人的耗費。

德意志詩人弗萊里希拉特的詩：

于是現在夜底闇黑到來了，
這以後，我們乘上馬出來了，
馬兒嘶着，雨流着——
那時我們想着死者的事，死者的事！

這是一首送給法蘭西戰場的無名死者的詩。“馬兒嘶着,雨流着”,説明了一個凄慘的死亡的場面。在這場面裏使人“想着死者的事”,使人發着對死者的無窮的惆悵,無邊無際的感情。只這重複的兩個短句中,説出了不能追索的一切。

第二,散文小説都是閱讀的,唯獨詩是可以吟誦,可以從聽覺上去了解。由於一個人的吟誦,可以獲得許多人的鑑賞。一個工作着的人,他不能去讀散文和小説的時候,他的口裏却可以吟誦詩歌,或聽别人的吟誦。由於上面的詩的特點看來,我們可以説:對於散文或小説,必需在一個人比較安静一點的時候才能去創作或鑑賞它。假如在一個人的精神和身體十分疲勞,或生活環境十分動蕩,擾攘的時候,是不容易去寫作,也不容易去用閱讀的方法來鑑賞的。而對於詩歌,一個人在安寧的生活環境裏當然可以去鑑賞和創作,即使在非常不安和疲勞的生活裏,也可吟誦和感受。

照這樣説法,并不是説在許多文學作品當中,特别抬高詩的價值,説詩比别的文學作品都值價。我們的説法是:如果許多文學作品都與現實的社會有積極的連系,文學作品是有推動社會和歷史進展的功能的話,詩是比較更便利的一種工具。這樣也可以説,不是比别的文學作品占了更高的地位,而是比别的作品占可以比較多一點的地位。因爲人們在任何生活環境中都可以隨時使用它,它確是最大衆化最普遍化的文藝創作。

《生活知識》1936 年第 1 卷,第 7 期

二、詩的表現方法

我們都知道寫詩要有音節,要讀起來好聽,能吟誦。可是詩的表現方法也是很要緊的。詩的表現也和小説一樣,要具體,要能把所描寫的東西形象化;换一句話説,就是把所寫的事物寫成立體的,不要平鋪直敘。

在具體化這一點上,詩比小説更要表現得緊急,但是也更困難。因爲小説長,字用得多,假如握住了一個題材的話,可以慢慢地去考據，去形容，和用很多的字句去表現。詩——叙事詩也有很長的。但是一般的詩總是短的——的篇幅是有限的，字句是簡短的，在簡短的字句裏要表現具體的事物，這唯一的辦法就是要不放鬆一個句子，在一句當中不放鬆一個字；要把表現事物的一切任務加在每一個句子和每一個字上，在這裏可以説詩的字句的負擔是很重的，在簡短的字句上，要表現出豐富的內容。記得高爾基在他的創作經驗裏説："最難得的是開始，就是第一句。如同在音樂上一樣，全曲的音調都是牠給與的……"

這是高爾基對於小説的創作經驗。每一篇的創作，對于開始的頭一句是很要緊的，因爲第一句可以影響全部作品。高爾基的這種創作經驗，寫詩的人便要注意。剛才説過，小説的篇幅長，對於事物的表現，是由很多的字句去負擔；詩的篇幅簡短，對於事物的表現，是由很少的字句去負擔。比方説，現在有兩箱同樣重的財寶，一箱是八個人抬，另一箱只有四個人抬，平均起來，四個人所用的力氣自然要比八個人多了。那麼，如果説寫小説的時候，從開頭的第一句就是很要緊的話；那麼寫詩的時候，從第一個字便是很要緊的，詩的組織是細膩而嚴密的。現在我們可以看一點例子：

早晨，黄金路上的丈長人影。

這首詩是朱湘的。牠的題目叫《早晨》，這一句便是這詩的全首。這一首可以對於早晨描寫得是充分而具體的，朱湘把握了一個清晨的情緒，而運用了這樣一個簡單的句子去表現了牠。唯有早上和下午的太陽才是金黄色的，也唯有在早晨和下午的人影子是長的。但是下午的馬路是繁雜的，在繁雜的路上，人是没有情緒去注意黄金色的陽光，丈長的人影子。使人能夠注意和欣賞金色的陽光和人影子的，唯有寂寞的清晨。清晨的路上是安静而岑寂的，除開陽光和人影子以外，幾乎不會使人感到别的什麼。"黄金路上的丈長人影"，從牠的字句上，是表現出了一幅清晨的路景，從牠的情緒上，表現出了一種清晨的感情。

沙皇曾銜着白象到這路上來，
駛往他流血的寶座。
王冠在他那空漠的
頭頂上摇幌，
像一個烏黑的燈籠。

——Gafun Galaun 作，譯自《國際文學》

這詩是寫曾經受着血腥的沙皇統制，現在被解放了的土克西伯路上。

這詩寫出了一位將要没落的專制君主，一面騎着白象，在他統治的區域裏示着威風，同時寶座裏有流着鮮血的利刃在等候着他。"空漠的頭頂"是没有力氣的了；"摇幌"是不穩固了。"烏黑的燈籠"，是王冠已經失去了王威，帝王的光彩没有了。這把一個即刻就要倒下去的君主描寫得淋漓盡致，使人立刻可以看見一個倒楣失勢的帝王，烏黑而可憐的坐在陰森森的寶座上，等待着死亡。

記得中國從前對於寫詩有這樣一句話，所謂是"詩中有畫"，這意思伸張開來便是"如見其人"，"如聞其聲"。就是説從詩裏我們可以看見一切，詩的表現，要仿佛一張畫一樣，把詩裏所説的東西，如圖畫一樣地表現在人們面前，使人們懂得。

説到詩的表現方法，我們必需要注意的，除開在簡單的字句上求形象化以外，更要緊的就是通俗神祕的詩是没有人懂得的，不管字句用得再美麗，對象表現得再真確，使人讀起來是虚言飄渺，不能得着一個明白而深刻的印象，不能如畫一樣地的使人懂得，感覺得實在。那麼詩的通俗是怎麼可以做到呢，是不是每一個詩人都可以寫出通俗的詩來呢？這個答案就是，詩人要有通俗的主張，能把握住大衆的感情，大衆熟習的事件，大衆便于了解的言語，然後把牠形象化的寫在詩裏，這詩才能達到牠表現的成功，詩裏表現的東西人們才能懂得。

舊詩新話

藤　齋撰

載於《澄光醫藥季刊》一九四一年第二卷，第一至第四期。作者署名藤齋，其人不詳。

《澄光醫藥季刊》，一九四〇年創刊於上海，爲醫藥類季刊，也刊載少量文藝作品。

本篇雖題爲"舊詩新話"，然并無甚"新"，大抵與舊時詩話相同。并非劉大白《舊詩新話》一類。其中載有黄楊樓主、檳榔下客、錢塘高厚、蘭陵吴亞犀、吴人蘇翰等詩人之作。也有反應時代新事物的詩，如録作者自己一首咏美國黑人婦女的七律。篇中較有價值的，是作者對林庚白《孑樓詩詞話》的評論。作者認爲林氏之作"所論頗當，有未經人道者"。舉一則民國元年用新官名入詩，而被人嘲爲"打油"之例，證明林氏所論"晚近伧夫"不知古人往往舉當代人名官職入詩。此時林庚白《孑樓詩詞話》發表已八年，可見其在當時之反響。

《澄光醫藥季刊》1941 年第 2 卷第 1 期

黄楊樓主與檳榔下客，均飽學士也，出其餘緒，發爲詩歌，天□清冷，不同凡響，十年前頗多往還之什，時樓主結廬湖上，而客則居滬瀆之檳榔草舍。樓主寄客書述過年詩曰："此時正深夜，而遠近爆竹聲續續，人家皆過年矣，念舊句：'爆竹驚心甚，盤椒空爾爲。'爲之慨然。工部守歲詩云：'四十明朝過，飛騰暮景斜，誰能更拘束，爛醉是生涯。'江弢叔改之云：'只今四十明朝近，愁看人間好少年。'公今猶是好少年,僕則已四十明朝近矣。高適詩云:'旅館寒燈獨不眠,客心何事轉凄然。故鄉今夜思千里,霜鬢明朝又一年。'我鬢久霜矣,公鬢如何?"期年後,樓主以事去北固,寄客二詩云:"湖曲栖遲忘歲年,并忘朋友與詩篇。忽傳麗藻欣相憶,輕弃幽居敢自憐。老去我懷原澹泊,興來人事便拘牽。但緣太嬾應勞役,那有雄才屬白顛。""何事蕭騷感索居,登場狐步儘堪娱。詩才字格看今進,酒量豪情似昔無?浩浩江風吹北固,亭亭山月照南徐。故人倘發金焦興,我自來迎與挈壺。"今則客已迎頭趕上,固亦霜鬢蕭疏,由好少年而轉爲老少年,抑且詩酒舞俱廢,頹唐欲暮,今客迴非故客,而豪情不復當初矣,何客之易衰也。客頗善藤齋,曾寄詩云:"陶然共醉菊花叢,秋士秋花氣自通。摘句尋章餘積習,當筵顧曲愧家風。柄移北斗漿如挹,興寄南華慮亦空。最是君詩清澈骨,冰心應在玉壺中。"

二禺詞人,傾折於《兩當軒》詩。往歲得遠游絶句,有云:"多謝良朋應我念,遥天冷月走車塵。從來自許知何等,故把艱危試此身。""先輩論交欲旦星,况曾問字到玄亭。又來橐筆師門近,感舊思親涕自零。""阿母于于入夢來,定緣客遠痛誰哀,宛然堂上丁甯日,推枕何言淚滿腮。""纔得艱難逢劫後,支離此别倍銷魂。回頭詎少關心事,賴爾交親若弟昆。"末首注云:"代簡一峰内弟。思親感舊,念友憂家,四詩盡之矣。丁丑歲暮,辟居他鄉,除夕詩曰:'變亟天胡恤,邦危道自孤。一家猶苟活,三徑恐式蕪。爛卷閑中契,高堂夢裏呼。窮鄉逢歲盡,仰屋獨嗚嗚。"

黄博士鳴龍客歲夏歸國,述及美之黑女,亦匀脂塗粉,競尚摩登。余戲咏之云:"休將色相費疑猜,學得摩登豈不該。捉鱉瓮中一團翠,抽薪釜底十分灰。鴻飛欲印泥融雪,月冷憑窺霜滿苔。總是此身能守黑,眼前漫説混淆來。"

《澄光醫藥季刊》1941 年第 2 卷第 2 期

錢塘高厚,好吟咏,而不屑與時人争詞藻格律。發興而得句,不作抹粉塗脂之態。嘗曰,吾乃天高地厚間之一常人,不知名,不知利，有其意焉而已。高亦檳榔草舍中之座上客，初識客時，贈詩四首，曰："豈分驚人還有句，交憑文字意堪豪。雲萍遇合原常事，玆是平生冠所遭。""英氣頽唐不自知，看花十載總嫌遲。何當一擲腰纏盡，鎮日隨君舞柘枝。""如何與俗异酸鹹，合老涳嵒作酒監，便爾逢迎宜白眼，詎關疏嬾薄青衫。""亦狂亦俠亦温文，更有高才迥出群。老我風塵寥落後，萬緣閱盡喜逢君。"亦可見其傾倒於客也。

蘭陵吴氏子亞犀，弱冠能詩善酒，往歲鄉亂，奉母走申，有七律一首曰："世路原多荆棘叢，人生何必計窮通。黄塵凄老迷斜日，白社蒼凉感古風。時難同嗟金葉貴，家貧將使玉杯空。客來道我狂猶昔，醉眼相看一笑中。"爾時金價初昂，黄酒亦漲至數角一瓶，故有五六一聯，然以今視昔，物價步騰，不知吴子更作何語。詩中雜以金葉貴語，似不無异味耳。

蘇翰，吴人，每以詩代簡，頗有清新可誦者，如答友曰："高懷静日幽居勝，雅集前宵佳釀開。有事遄行難自止，多情見約未能來。每因折柬感君子，更省停杯念不才。明晚笑言如許接，暫時詩酒欲相陪。"又曰："半宵風雨逗春寒，猶有餘情覓句殘，獨對孤燈愁細細，故人詩簡幾回看。"有時亦偶用詞，曾見其贈友夫婦糖果一盒，附以《眼兒媚》一章，記其前半闋曰："願將餹盒贈良儔，倩影笑凝眸，春回眼底，香留嘴角，甜入心頭。"

《澄光醫藥季刊》1941 年第 2 卷第 3 期

題畫詩最難工，往歲泉唐畫家庾仙曾爲人寫洛神圖，媵以五古一道曰："宓妃爲神女，飄飄凌波仙。珠襻與羅襪，清姿千古傳。上林比青琴，下袟退翠鈿。漫喻朝霞艷，未輸碧水妍。明珠疑解佩，玉衣斂濟川。餘情存想像，往事倍纏綿。感宋心焉托，思甄意不宣。文章多絶殊，丹青有後先。巫山迷雲雨，洛浦障風烟。濡毫輕染處，予懷獨惘然。"古氣磅礴，而情致纏綿，叙史設想，尤能獨到，洵不易之佳作也。庾仙曾向余索題，以七律應之，詩曰："宓妃靈迹足低回，寫出情思一片來。照眼精珠凝皓月，凌波羅襪絶纖埃。豈知明帝千秋意,空有陳王八斗才。洛水長流神女恨,漫將顔色費疑猜。”

庾仙又有觀音圖,觀音大士在滄儔之上,脚踏蓮華一瓣,飄飄欲舉,而神態靄然。余爲題曰:“宇宙垂尊號,菩提不可量。楊枝灑甘露,蓮瓣渡慈航。蒿目時多難,傷心世欲狂。萬人淆黑白,百戰莽玄黄。奔突身逢劫,流亡背有芒。飢寒誰解脱,疢疾復披猖。苦海胥淪溺,法輪待發揚。一心觀自在,稽首沐祥光。”

余有弟,以十二齡而夭折,聞者愴焉。其死後十年,余哭以二律。其一曰:“人間小謫悟優曇,修短如何未可參。不死十年逾弱冠,已成七尺是奇男。青春早逝天何酷,獨世能逃我亦甘。知否阿兄狂欲哭,維持生事百憂惔。”其二曰:“携書亦曉學宜耽,每共芸窗夜讀酣。不得孃歡憐汝戇,竟隨姊去倩誰探(大妹先余弟而亡)。青燈煮夢心原幻,黄土凝愁淚自湛。地下倘能逢阿父(余兄弟等均自幼失怙),爲言翻覆太難堪(時正以家事翻覆不甯,故云)。”

《澄光醫藥季刊》1941 年第 2 卷第 4 期

八年前,晨報載《子樓詩詞話》,所論頗當,有未經人道者。如:“古人於人名,地名,以迄事物,苟其爲前代所無者,往往舉其實以入詩詞。晚近傖夫,不解此意。……試以隅反:如陸放翁之‘公卿有黨排宗澤,帷幄無人用岳飛’,宗澤,岳飛,皆當時人名。劉後村之‘檀水歸來邊奏少,熙河捷戰功無’,檀水,熙河,皆當時地名。又後村詩,‘可憐白發宗留守,力請鑾輿幸舊京’,留守,亦當時官名。此在今人,倘或以部長,主席,委員等入詩者,且譁然以爲‘打油’矣,今人之‘食古不化’若此。”是真至理名言也。然今人亦有用之者矣,如民元某君入某督幕,以某督喜食油氽花生米而平時頗關心民瘼,同時某參謀則愛青蔗而喜與當地莠民爲伍,曾有句云:“都督却能懷赤子,參謀衹是愛青皮。”都督與參謀,均當時官名,不過世人終亦以爲打油詩耳。

詩以率性見真爲上。吾友蘭陵生與周奇玉君甚相得,周輒以詩代簡,乃亦答以六章曰:“雅人多逸興,無柬不成詩。笑我真樗櫟,效颦且獻辭。""中秋咏明月,一點透玲瓏。大有推敲處,還須待我公。""來時不相值,去後我方回。帶笑蒼頭道,明朝約再來。""昨晨興起後,敬謹候先生。入晚無消息,爰知不果行。""徒因解饞吻,乃又喫肥□。兩脚重新腫,醫調有問題。""有詩須共論,有酒不曾開。今晚能來否,相同醉一回。"斫句圓潤,述意清通,亦殊可誦。惟"有詩須共論"似與第二首意複耳。第三首"醫調有問題"其實不成問題,蓋脚腫特效藥,有"俾得命",且可與"先得命"同用。針藥、片劑、液質,無往不宜,苟如法施之,吾知其必有效也,問題云乎哉。

服御詩話

鄭逸梅 撰

載於《紡織染工程》一九四七年第八卷第七期。作者鄭逸梅。

本詩話别開生面，選取近現代詩人咏服飾之詩，可作爲研究近代服飾之史料。如録樊增祥"寬褪羅衣玉色鮮，蘭湯莫遣濕雙蓮"，可證舊時纏足女子沐浴時只澡體，不及足。對當時名人的衣著亦有提及，如寫胡石予好穿布衣，"蓋世風侈糜，亡師欲以挽正之也"。又記蘇曼殊寫袈裟句，作者評曰："實則上人常銜西裝，罕穿袈裟，詩中云云，無非聊以點綴耳。"皆可作掌故觀。文中還對一些服飾予以考證。如引古人詩，舉出古代種種"巾"之制，有葛巾、蓮花巾、獨幅巾等；記録旗袍的來源及其在民國時的盛行。鄭逸梅學識淵博，博通掌故，所作詩話知識性、趣味性俱全，本篇即爲佳作之一。

《紡織染工程》1947 年第 8 卷，第 7 期，3、26 頁。

古今詩話夥矣，而於服御却未之及，不妨由予創始。蓋衣被蒼生，關係棋大，而咏嘆出之，寓提倡於風雅之中，或不致爲賢達所嗤斥歟。

彭羨門有《金粟閨詞》，紅閨服御，入之韵語中，誦之令人作遐想，殊可喜也。如云："納凉晚坐小庭隅，寒玉清冰暑漸蘇。换得羅衣青翠色，怕他霧縠見肌膚。""少年情景費尋思，容易銷魂只此時。月下定情花下語，羅衣欲解故矜持。""生綃如雪自無塵，實襪深藏一段春。妝束紅羅欲禁裏，人前仍以女兒身。""天然一色綉羅裳，姊妹齊肩并蒂芳。共脱紅鞋更换着，湘鈎看取是誰長。"綺麗風華，似展曉樓玉壺畫本。

雲門樊樊山，雅負其艷體之作，可方鴛冬郎，《疑雨集》不足道也。予愛誦其《十憶集》，爰摘録其有關服御者，如云："夏日初長自洗頭，紅裳半袒上廉鈎。郎來驚笑佯回避，欲着裙衫不自由。""寬褪羅衣玉色鮮，蘭湯莫遣濕雙蓮，那能不稱擅奴意，自撫凝脂亦可憐。""閑情無那上眉頭，桂葉雙描滿鏡秋。欲得郎憐嬌不語，手拈裙帶學春愁。"蓋數十年前，女子穿兩截衣，而大家閨秀必繫裙，且崇尚纖足，裹之以帛，浴時祇澡體，不及蓮趺，故詩中云云也。

王紫詮有長毛狀元之號，言其應試太平天國也，有艷詩一首，如云："願爲蝴蝶襦，勿作鴛鴦帶。襦貼郎身邊，帶繫郎腰外。"深情若揭，非錦心綉口不能道。又亡友汪率公有古意一首云："錦帶綰同心，儂瘦不可束。親手繫郎腰，繫入郎心曲。"有异曲同工之妙。

亡師胡石予先生，以儉自持，布衣不御帛，蓋世風侈靡，亡師欲以挽正之也，其詩中頗多涉及布衣。如云："布衣憂國知何補，橐筆傭書敢自寬。"又云："詩稿親鈔藏篋衍，布衣至樂返園田。"又云："夕膳宜蔬食，客游仍布衣。"又云："直以布蔬定初志，漫將湖海發余才。"又云："總角交今嘆零落，布衣人早絶聲華。"又云："養生聞説宜蔬食，居儉猶慚古布衣。"又云："麥飯還祁春熟好，布衣自種木棉來。"又云："還將韋布傲同輩，急以詩更詔後昆。"又云："荒江梅與爲知友，粗布衣原是野人。"又云："栗烈霜天夜嚮晨，曉風吹老布衣人。"又云："自笑爲傭年復年，布衣坐破幾青氈。"又云："相看韋布志猶昔，不負詩書念未差。"又云："江路野梅禿筆畫，山林詩句布衣人。"又云："欲籌歸計備書卷，未變家風惜布衣。"又云："老我布衣寒有骨，醉人醇酒死何心。"又云："年來禮教益衰微，閲世空憂老布衣。"師因鎸一印曰"胡布衣"，常鈐用之，其他尚有："萬家春酒桃花社，一襲征衣柳絮塵。"又："移花小圃遮蘆箔，鉏草閑庭解葛衣。"

又:“孤客衣裝薄,北域風雲寒。”又:“霜天衣薄樓頭冷,雨夜詩成枕上遲。”又:“舊俗留遺訪村野,故家零落惜衣冠。”又:“黄菊花求籬下種,白衣人學酒中仙。”又:“一叢修竹短籬園,早起迎凉稱葛衣。”又:“身安獻畝聞遺老,名動衣冠讓少年。”又:“數弓隙地荒家圃,十載塵衣敝客裝。”又:“世以綺羅貴,余惟布帛謀。”又:“積懣渾忘食,沉眠不解衣。”皆極可誦也。

亡友郁葆青先生有句云:“海上無山游屐冷,窗前戀日絮袍温。”亦有情致。

唐六如有咏帽詩云:“堪笑滿中皆白髮,不欺在上有青天。”妙具性靈,不可多得。

曼殊上人斷句:“隨緣消歲月,生計老袈裟。”又:“袈裟點點疑櫻瓣,半是脂痕半淚痕。”又:“極目神州餘子盡,袈裟和淚伏碑前。”實則上人常銜西裝,罕穿袈裟,詩中云云,無非聊以點綴耳,又上人最後作有《芳艸》一首云:“芳艸天涯人是夢,碧桃花下月如烟。可憐羅帶秋光薄,珍重蕭郎解玉紬。”又《東居雜詩》云:“鞦韆院落月如鈎,爲愛花陰嬾上樓。露濕紅蕖波底襪,自拈羅帶淡蛾羞。”兩羅帶,皆極嫵媚。

咏物詩以不脱不粘,最爲難能,予曾見咏腰巾云:“媚添舞態頻拖地,艷透啼痕欲妒霞。”袖籠云:“倚竹那嫌紅袖冷,兜羅勝似碧紗籠。”圍巾云:“機絲巧織千重素,粉領嬌纏一幅紅。”絨帽云:“有時覆額偏增媚,爲汝齊眉稱助妝。”手套云:“銀甲未籠雙指瘦,玉葱偏隔一層看。”

古時所謂巾,即今人之帽也。如葛巾,杜甫詩:“呼兒正葛巾。”蓮花巾,李白詩:“吴江女道士,頭戴蓮花巾。”獨幅巾,白居易詩:“烏紗獨幅巾。”五柳巾,程俱詩:“灑酒空巖五柳巾,一觴相屬念情親。”林宗巾,吴筠詩:“惟安萊蕪甑,兼慕林宗巾。”語兒巾,元稹詩:“俗重女兒巾。”蹋鴟巾,范成大詩:“重譯知書自貴珍,一身心愧蹋鴟巾。”不勝枚舉也。

長衫馬褂,胡服也,滿清入關,强迫漢人盡易胡服,女子不在此例,所謂男降女不降也。不意民國後,北里中人,以冬夜出應徵召之寒冷也，乃易御旗袍，相習成風，大家閨秀亦踵行之，甚至四時皆旗袍，不限於隆冬矣。當初行旗袍時，亡友畢倚虹有詩咏之云："皓腕搓酥潔似霜，北風一夜玉肌凉。盈盈十五江南女，競作胡姬塞上妝。"風調絶佳，今猶能背誦之。

古今詩話

史大木 撰

載於《勝流》一九四七年第五卷第七期;《四明周報》一九四七年第十四期。

作者署名大木,即史大木。於一九四〇年代活躍於《抗戰畫刊》、《民族陣綫半月刊》等抗戰刊物。他著述頗豐,是研究沈復《浮生六記》的專家,但記載他生平的史料非常之少,只有鄭逸梅《藝林散葉續編》提過一句"某出版社曾請嚴獨鶴作《白話西厢記》,未完成。史大木却有《白話琵琶記》,刊行問世"。根據史大木本人著作及其他零散資料,可推測他曾與鄭逸梅、郁達夫有來往,且應是寧波人。

本篇詩話刊於《勝流》之上的部分,末尾有"完"字,然在《四明周報》上另有一小段。《勝流》,一九四五年創刊於杭州,綜合性半月刊,陳光增主編。《四明周報》,一九四六年創刊於寧波,爲寧波綜合性地方刊物。

本詩話開篇録與象山相關之詩,考證宋高宗曾至象山避難,又引文天祥過象山詩。然後録南明忠臣寧波張煌言詩。篇中摘録前代詩話甚多。所録今人逸事及詩作,其作者有主辦《醒獅》周刊、成立青年黨之李璜,《浙江商報》社長許廑父,《續孽海花》作者張鴻(燕谷老人),《海上花列傳》作者韓邦慶,著名學人丁福保,小説家李涵秋、向愷然等。還涉及一些民國政要,如徐世昌、高友唐。其中關於張鴻的逸事數則,來自於作者從張鴻友人處得到的材料,可作研究此作家的資料。作者對當時的文學界也有關注,記録了范成大《四時田園雜興》譯爲英文,出版於劍橋大學一事,稱其是宋詩譯爲西文之創舉。又贊同胡適對唐代“白話詩人”王梵志的稱道,認爲“其詩語帶詼諧,大有近代‘幽默’作風”。本篇博采古今逸事、詩作,題曰“古今詩話”,可謂恰當。

《勝流》1947年第5卷第7期

宋高宗受金兵逼,嘗避之於四明,近讀《象山邑乘》,載有高宗之二詩,可知高宗一度曾至象山也。其詩皆爲丹桂圖,因有史本初獻是圖,高宗乃題詩以賜之。史爲象山人,至今尚有其後裔,詩云:“月宫移向日宫栽,染得嬌紅入面來,多謝秋風揚雨露,丹心一一爲君開。”又云:“秋入幽岩桂影團,深香粟粟照林丹,應隨王母瑶池曉,染得朝霞下廣寒。”

象山港外有亂礁洋,文天祥嘗過之,《象山邑乘》中,載於文之過亂礁洋一詩,詩前且有序,謂:“自北海渡揚之江至蘇州洋,其間最難得山,僅得蛇山、洋山、大小山等數山而已。自入浙東,山漸多,入亂礁洋,青翠萬叠,如畫圖中。在洋中者,或高或低,或小或大,與水相擊觸,奇怪不可名狀。其在兩旁者,如岸上山,實則皆在海中無有畔際。是日風小浪微,舟行石間,天巧叠出,令人應接不暇,殆神仙國也。孤憤愁絶中,爲之心曠目朗,堪稱是行爲不虚。”詩云:“海山仙子國,邂逅寄孤篷。萬象畫圖裏,千崖玉界中。風摇看浪軟,礁激暮潮雄。雲氣東南密,龍騰上碧空。”

張煌言字元箸,號蒼水,鄞縣人,崇禎十五年壬午舉人。乙酉與錢忠介肅樂同事,師潰泛海滃洲(即今之定海),依黄斌卿。旋監定西侯張名振之軍,入長江,遇颶風,舟幾覆,名振誅斌卿,乃奉魯王居滃洲。大兵破滃,煌言至閩復監定西軍,再入長江,登金山,遥祭孝陵而還。時閩事皆主延平,即鄭成功。而煌言與之抗禮。順治十六年,延平統舟師入長江,抵南京,煌言别軍徇甯國諸府縣,總兵梁化鳳等大破之。未幾,滇南潰,乃散兵歸象山之南田,結茅居焉。從者羅子木,王采薇,其僕則楊冠玉也。畜一猿猴以動静,船在十里外，則猿鳴樹杪得爲備。康熙甲辰七月十七日，孫維法等夜半緣藤穿後壁踰入，執煌言自石浦至象城，方巾葛衣，觀者如堵。至杭州，總督趙士麟勁降，當以原官大司馬起用，煌言搞節不從。九月七日，畢命於杭，從者羅子木、楊冠玉，俱從死，王采薇未被執，爲僧不知所終。今其墓在西湖岳墳、於墳之间，堪称湖上三忠。煌言且工诗，著有《奇零集》未梓。予記其絶命詩一絶云："我生適五九，更逢九月七。大厦已不支，成仁萬事畢。"

革命先烈温生才，手格廣東總督孚琦，在民國史中，固一偉丈夫也。温字練生，粵之梅縣人，家貧，父早殃，弟兄六人，依寡母而成長。少讀詩書，并得賢母薰陶，深明義利之辨。年弱冠，立志從軍，先到省城充步兵，旋入臺灣張其光部下，繼又投馮才材營，轉展於廣東、浙江、安徽、臺灣等處。因目擊政治腐敗，潔身引退，至香港改習機器，不久至南洋作苦工，繼而又赴吡叻錫鑛爲機器匠，識張子敬，乃加入同盟會，從此努力革命，刺孚琦而以身殉。近人何曉柳，嘗有古風咏温烈士云："巍巍五層樓，邊風天外颼。將軍寄心膂，雄鎮蠻荒州。蠻荒思革命，宵旰多煩憂。煩憂亦無益，循環理不休。則有征南客，辛苦如馬牛。牛馬有本性，思鄉淚交流。蕭疏榔枒樹，海燕鳴啾啾。我巢既被燬，樂土安足留。公等俱慷慨，子賤亦驚遒。鼠伏人不識，雷擊天爲愁。爪牙鳥獸散，旗鼓風雨收。點點匈奴血，是爲報國仇。國仇三百載，忠臣義士詞人學子盡皆爲髑髏。萁豆爇，頂誅求，大同説箴羞不羞？如何男兒好身手，壯烈歸山丘。軹深追聶政，博浪失留侯。旌旗建三月，俊傑多良謀。先登拔纛者，温姓足千秋。"

古語云："五獄歸來不看山，黄山歸來不看嶽。"是黄山高大磅礴，幽邃雄奇，有駕五嶽而上之。予嘗讀徐霞客黄山游記云："黄山天下無，吾觀止矣。"可知黄山之勝，自屬不凡。黄山地在安徽歙縣，有逍遥亭、硃砂泉、紫雲寺、天都峰、别有天、清凉臺、獅子林、九龍潭等勝迹。在逍遥亭有聯云："過此成仙侣，回來無俗人。"讀此聯而登黄山，大有飄飄欲仙之概。近見《士青集》中，於黄山諸勝均有題咏，兹録存數首，窺見一蠡，如《硃砂泉》云："下涌浪花如趵突，中涵温液似華清。滌除塵垢襟懷爽，勒石留題早著名。”《紫雲寺》云：“回環左右都修竹，此寺原來勝緑天。無數篔簹庵一座，最宜消夏翠篁還。”《天都峰》云：“嘉名何故錫天都，高矗雲霄氣象殊。玉宇瓊樓相尺五，扶摇我欲碧空趨。”《别有天》云：“叠嶂層巒四面環，别開生面畫圖間。岩題止觀傳千古，飛鳥浮雲自往還。”《清凉臺》云：“拾履扶筇終日忙，乘風到此覺清凉，談經喜有僧人伴，見葉花開四遠香。”又如《獅子林》云：“遺殿荒凉倚夕昏，數楹精舍白雲村。游人到此堪留駐，静聽歸巢鳥語喧。”

王文恪公濟之，年十二能詩，有吕祖渡海像求題，文恪援筆書云：“扇作帆兮劍作舟，飄然直渡海洋秋。饒他弱水三千里，終到蓬萊第一洲。”其大志已於幼年見之，事載《古松堂隨筆》。

明初詩僧德祥，《送僧東游》云：“與雲秋别寺，同月夜行船。”又《卜築》云：“草生橋斷處，花落燕來初。”誠佳句也，見《象山邑乘》。

宋有唐子方，謫官渡淮，至中流風作，舟欲覆，作詩曰：“聖宋非狂楚，靖淮异汨羅。平生伏忠信，今日任風波。”又《日暮泊舟》云：“舟楫顛危甚，黿鼉去没多。斜陽幸無事，沽酒聽海歌。”此詩讀之，可以格思。載《清波雜俎》。

近日畫家，木工出身者甚多，如齊白石、劉海粟、王濟遠等均是也。偶讀明人筆記，亦有木工能詩者，《輟耕續録》云：蕭詩，字中素，華亭人，隱於木工，博學善詩，嘗有度關句云：“遼海吞邊月，長城鎖亂山。”時從學者甚衆，而蕭執藝事如故。

“牙牌分膀牡丹名”，此馬臻之詩也。蓋以象牙製牌，爲標記事物等名稱之用者，宋時任宦，亦用以書履歷，《宋史·李立傳》：“吾官銜一個牙牌書不盡。”歐陽修詩：“牙牌當殿報班齊。”即指此也。既而以牙牌爲玩具，宋人有詩云：“牙牌今戲具，海内已風行。”後則且有骨牌竹牌，列爲賭具，又有假此爲占卜者，坊本有《牙牌神數》一書。

今人李璜，字幼春，早年留學法京，著有《法國文學史》等書，民國初年，曾與友人王光祈、宗白華、田壽昌等創少年中國學會，出有《少年中國》月刊多期，頗見風行。旋會内意見分裂，李與曾琦、左舜生輩另辦《醒獅》周刊，鼓吹國家主義，以内除國賊，外抗强權爲號召，即今之青年黨也。日前盛傳其失踪，不知何往？李爲蜀人，能詩，近在報端，見其所作一律云："漫説人間是與非，廿年回首寸心違。孔仁孟義韋三絶，翟繭田瓢願兩微。攀折詎憐看葉盡，播遷須憶失枝依。湖山雖好增惆悵，點點霜楓下夕暉。"

現任《浙江商報》社長許廑父，原爲民初海上名小説家，所作如《滬江風月傳》、《脂粉地獄》、《八仙得道傳》諸説部，頗見風行。戰時，嘗撰著《鏡花新緣》，亦甚得讀者稱道。許爲蕭山人，工古文，從幕多年，一度任教於粤之嶺南大學。猶憶二十年前，許在滬招收遥從弟子，一時門生滿天下，予亦得列門墻。許師亦擅詩，惟不多作，曩日見其《虞山訪古》絶句多首，兹録其《咏讀書臺》一絶云："寒泉古木有餘哀，似對興亡訴劫灰。霸業蕭梁成底事，千秋剩有讀書臺。"

吴中寒山寺，予前已記之，寺在楓橋鎮，距城約七里，今則只存破屋數椽，零落不堪。内有俞曲園補書張繼《楓橋夜泊》詩石碑尚完好，有云："唐張繼《楓橋夜泊》詩，膾炙人口，惟次句江楓漁火四字，頗有疑，宋龔明之《吴中紀聞》，作江村漁火，宋人舊籍可實也。此詩宋王郇公曾寫以刻石，今不可見，明文待詔所書，亦漫漶，江下一字不可辨，筱石中丞屬余補書，姑從今本，然江村古本，不可没也，因作詩附刻，以告觀者。"詩曰："郇公舊墨久無存，待詔殘碑不可捫。幸有吴中紀聞在，千金一字是江村。"近人錢文選，亦有詩咏寒山寺曰："夜半鐘聲永叔疑，身經吴下始能知。楓村一字碑文隱，賴有俞公記事詩。"

南卓，唐人，因言事出爲松滋，令作詩贈從事云："翱翱曾在玉京天，墮在江南地幾年，從事不須輕縣宰，滿身猶帶衙爐烟。"此與唐人"帝鄉明日到，猶是夢漁樵"句，適得其反。

元僧圓至，工古文，而詩尤清婉，《過西湖》云："水光山色四無人，清曉誰看第一春。紅日漸高管弦動，半湖烟霧是游塵。"見《茶餘客話》。

明人王十朋《閑情偶集》載：宛邱王氏，十五能詩。如《溪上》云："小雨匀溪縠，閑花落釣絲。"《圍城》云："已分殘軀同鼠雀，敢言大樹撼蜉蝣。”皆饒有思致。

吴東里先生，崇禎末，以諸生負重名，鼎革後，隱於醫，治傷寒有特效。有中秋家宴詩云：“大烹豆腐瓜茄菜，高會荆妻兒女孫。”句法極奇創。事載近人筆記《清稗類鈔》中。

《燕譽樓稿》，爲太倉王煒著。王字功史，能詩善畫。多名句，如：“開簾納新燕，移榻近高柯。月光臨水净，雲氣近山多。”皆可誦也。

徐世昌，字菊人，原爲遜清北洋大臣，曾任民國大總統，晚號水生村人，以揮毫吟詩自娱，草書有行雲流水之妙，詩亦勁健可誦。予嘗見其《觀劇有感》一絶云：“晚年絲竹謝東山，將謂偷閑并未閑。哀樂性情詩句發，每逢佳處一開顔。”

高友唐，曾任監察院委員，以質直敢言聞於世，有宋魯宗道之風，能詩，予嘗見其贈同窗友錢士青兩律，其一云：“廿年前已識荆州，湖上相逢各白頭。耐冷松筠宜永壽，在山泉水本清流。六橋風月恣吟眺，萬卷詩書富唱酬。我愧烏臺無建白，閑居輸子獨優游。”其二云：“詩名治譜兩堪傳，毫氣縱横六十年。吴越家聲綿世澤，浙滇政績著鹽泉。少微星耀瀛寰外，安樂窩成天竹前。一事羡君腰脚健，游山到處有吟箋。”

浙之天目山，即《山海經》所稱之浮玉山，爲浙西主脉，來自皖之黄山，西湖諸山，皆其餘脉。山有東西二主峰，曰東天目，曰西天目，海拔皆在一千五百公尺以上，挺秀特异。且氣候温和，堪稱浙中之佳游地。東天目屬臨安縣，西天目屬於潛縣，兩山相距可三十里，山之溪流因山曲折，東西各有巨源，若兩目，故曰天目。抗戰期中，賀揚靈氏曾在此設立天目書院，可與馬一浮主辦之復性書院互相輝映。山之名勝，東西各别，東天目有瀑布泉、將軍峰、萬松岩、大仙潭、雲海奇觀等勝，西天目有雙清莊、昭明峰、新婦石、獅子岩等勝，山之吟咏甚多，不可勝記，朱紫金咏天目之雲海奇觀一絶云：“雨後晴初蔚壯觀，萬千變態信無端，瀰漫一望雲成海，數點峰如列島看。”又如沈子陶咏西天目之昭明峰云：“昭明遺事考遺文，福慧雙修迴絶群。儒釋本來同一貫，眼前富貴等浮雲。”

南宋范成大，稱爲田園詩人，所作《四時田園雜興》六十首，最近由英人布勒特譯成英文，出版於劍橋大學，頗得彼邦人士之愛讀。中國詩流於海外者，前有某西人譯之《唐詩選集》，而宋詩譯爲西文，石湖尚爲創舉。范曾知明州(即今之鄞縣地)，頗有政聲，後賦歸去，隱居石湖，自稱石湖居士，田園即成於是時。予從《鄞縣志》中，得其《游天童寺》一詩，是詩爲石湖集中所未載，特録之，詩云："溪水清漣樹老蒼，行穿溪樹踏春陽。溪深樹密無尋處，惟有幽花渡水香。"

明代孟涵光，有文章志行。同學多爲大官，孟獨隱居不出。有故人自京師寄書，孟報以詩云："日日秋陰命笋輿，故人天上落雙魚。荷花安老新醪熟，爲道無閑作報書。"其簡傲如此。事見《桐蔭餘話》。

《閩小記》中，載明代有陳香初、陳竹逸、鄭蘭子，皆許生之青衣，并能詩。香初《送客》云："澄江楓葉老，斷岸菊花疏。"竹逸《村居》云："古墓梨花鵓鴣雨，荒原麥穗鷓鴣天。"蘭子《村居》云："月明黄葉路，花隱赤欄橋。"皆楚楚有致。予尤喜蘭子"曠地夕陽多"之句，謂壓倒二陳。

民初《孽海花》小説，胡適、魯迅輩均極爲推崇，惜作者曾孟樸，未終篇而輟筆，讀者無不引爲憾事，於是燕谷老人遂有《續孽海花》之作。老人張姓，名鴻，字隱南，工詩，予前已記之。近得鄭逸梅君告以張之生平逸事，又蒙陸星白録寄張之山居雜咏，云張與曾孟樸居同里閈，訂交極早，孟樸家之虚霩園，爲常熟名勝，老人嘗泛舟池中，舟覆墮水，孟樸拯之，握手狂笑，賦詩留念。又與孟樸入都，游江亭，各題小詩於壁，托名女子，後流傳爲江亭女兒詩，頗多和者。孟樸病困，心境殊惡，自知《孽海花》不能完成，乃以續撰委諸老人，老人自三十一回起，至六十回至，初載《中和月刊》，旋以真美善書店名義出版，所記皆清末民初之軼聞，於"頤和園垂簾訓政"之寫尹震生見王武揆一段，尤具繪聲繪影之妙。逸梅友葛士表與老人爲忘年交，謂老人爲唐張旭之嫡裔，知英法文，又諳日語，通佛學，嗜崑曲，善填詞，與沈北山、楊雲史常相唱和，作擘窠大字，魄力雄偉，洵多才多藝人也。曾創立中西學社於塔前别峰庵，又主邑中孝友中學，生徒對之，甚爲敬仰。老人家有燕園，小而精雅，可與曾之虚霩媲美，而叠石嶙峋，别饒丘壑，雪松高撑，蔭地畝許，騷人逸士，觴咏於其間，往往盡歡永日。其夫人某，績學稱不櫛進士，一度掌教滬江大學，與老人旨趣不合，遽賦仳離，娶櫻花娘爲妾媵，亦旋下堂。既而事變陡起，敵僞氣焰囂張，避居滬上拉都路，韜晦不聞世事，然處境綦窘，不得已斥所藏趙子昂《八駿圖》以易米，其操守殊可欽敬也。無子，愛其侄樹人，欲立爲嗣，未果。而老人於壬子一月病殁，年七十四。著有《燕園吟稿》，未梓。《山居雜咏》共四首，録之如後。其一云："鳥聲清遠竹陰凉，睡起看移四寸香。短策山亭挾書讀，聽又拂石爲床（原缺一字）。"其二云："東華塵土北窗風，苦樂因心有异同。我入山來身計熟，此心月印鏡潭空。"其三云："樵青解事拾松花，雲竇分泉與注茶，更作塼爐叢篠裏，畫成風格似山家。"其四云："螺青如沐澗流淙，瘦佛肥仙語笑雙。山下萬家知更樂，平添尺水助耕稷。"

丁福保，字仲祜，無錫人，近以醫名，初爲縣學生員，見南菁書院藏書甚富，欣羡不已，乃手鈔藏書目一册，而私自祝曰："他日果能家境稍裕，必照此書目盡購之。"既而東渡日本，盛宣懷頗加獎掖，助以巨資，爲購書游歷經費。既成名，處境較裕，乃買古書以償其願。且多善本，又編刊《説文解字詁林》爲許學空前之鉅觀。晚年好佛，并創醫學書局於滬上，能詩，予見其寄友一絶云："不居闤井不江湖，水竹依山典籍俱。傳語故人知此樂，見幾莫泥舊莼鱸。"

甘肅敦煌縣，有敦煌石室，民國七八年間，有一到曾發現六朝之物像及佛曲多種，惜多被法教士以低微代價購去，今藏法京巴黎圖書館，後中國政府知之，只取得零簡殘篇而已。當代詩人陳詩，有敦煌雜詩二首，誌其地古蹟，且有注解。其一云："天馬來西北，開邊説漢時。敦煌南郭外，猶有渥洼池。"（渥洼池今名月牙池，周一里外，水味甘美。）其二云："疏葦茁四周，碧泉寫人影。沙山不塞泉，千古稱神境。"（沙山一名鳴沙山，山枕月牙泉，天晴時有殷殷如雷聲，故曰鳴沙。）按陳詩字子言，號鶴柴，安徽廬江人，爲前上海道陳大化之五世孫,工詩,善駢散文,耽隱不仕,僑滬垂三十餘年,輯有《盧江詩雋》二卷、《廬州詩苑》八卷、《皖雅》初集四十卷。著有《尊瓠室詩話》、《静照軒筆記》、《江介雋談録》、《鳳臺山館詩稿》等,凡十餘種。

古來以酒入詩者甚夥,以菸入詩者却未之見。近人王源瀚,有咏雪茄菸一詩云:"生惟無他好,惟耽淡八菰。輕烟熏老眼,活火逼疏鬚。彈指雪頻落,仰天雲可呼。三條樺燭盡(古人以樺皮爲燭,借喻雪茄之形也),吾亦欲仙乎。"王源瀚字滌齋,安徽貴池人,清光緒己丑舉人,官度支部郎中,民國初年,選衆議院議員,北游遼瀋,南陟嶺嶠,晚年居滬,著有《湛廬詩存》,未梓。

清代李鴻章相國,有孫曰國楱,字曉耘,號遂庵,能詩,著有《遂庵詩稿》,未梓,記其游揚州絶句云:"寂寞清溪泛舸回,緑楊城郭野花開。當門叢竹青如畫,臨水秋砧響更哀。"

李伯元字寶嘉,以所著《官場現形記》説部見稱。民國初年,曾在滬創《繁華報》,是爲中國有小報之始。李著作甚富,旋又辦《采風報》及《月月小説》等報刊,晚年頗窮困,死後且無以爲殮,幸有伶人譚鑫培助之,始得安葬。李且工詩,予見其有咏李青蓮一絶云:"行樂清平草數章,未將大雅壓齊梁。後來百賦千篇手,争慕青蓮入醉鄉。"

雲間韓太仙,别署花也憐儂,作有《海上花列傳》説部,頗膾炙人口。是書記上海七十年前景象,歷歷如繪,書凡五十萬言,分六十回,書中趙某,係真姓名,據云其人爲無賴,中年後乃得志爲富人,方墮落時,作者嘗周濟之,迨後得富,而作者寓居困阨,向借不得,故舉其舊事以譏之,當時趙乃揮鉅金,盡購其書而焚之,惟不能全絶,外間仍有流傳,多易名爲《海上花叢艷史》、《上海新繁華夢》、《新上海》、《新華夢》等,不一而足。其書胡適頗爲稱道,言其不讓《紅樓夢》及《儒林外史》,特在亞東圖書館標點重印,即《海上花》是也。韓且工詩,惜未多見,予曩在前輩童愛樓處,得睹其題鍾馗圖一絶云:"聞道青溪有小姑,終南眷屬亦神夫。藍衫蓬髮鍾山路,一幅春宵透漏圖。"

張春帆，别署漱六山房主人，所著《九尾龜》説部，記涉定花叢之事，雜以吴語，爲國内地方言入小説者之創始。張得養生術，年九十七始卒。能詩，有贈歌者筱蘋一絶云："一曲崐山響遏雲，中人蘭氣酒微醺。時妝不避蛾眉妒，絳紗輕衫白練裙。"

江都李涵秋，以《廣陵潮》説部負盛名，是書初名《過渡鏡》，所記均爲爲其故鄉揚州事實。李著作甚夥，有《俠鳳奇緣》、《魅鏡》、《好青年》、《活現形》等不下二十餘種。一度在滬主編《快活》雜誌，盛行一時。生平且工詩，予前已記之，近見有《秋月》一作云："露冷瑶階夜色清，照人冰鑑水晶瑩。祗由皎潔高難及，每爲盈虧感易生。一片孤雲千里共，四時佳景此宵明。姮娥覿面休嘲笑，落魄中年已後情。"

平江向愷然，别署不肖生，早年留學東瀛，著有《留東外史》一書，後工武俠小説，著有《江湖奇俠傳》及《俠義英雄傳》等，向身矮類侏儒，惟工拳術，亦能詩，早年予見有《元旦》一詩云："亂折梅花插，隨人又過年。一身歸萬里，百事付諸天。陋巷車聲寂，鄰家春色偏。老妻共憂樂，筮春卜燈前。"

《四明周報》1947年第14期

白話詩并非始於近代，而唐代已有之。唐代以白話詩名□□得王梵志、寒山子二人。梵志之詩，初無傳本，前年伯希和，發現於敦煌石室，其詩多無題目，目□禪味，如："他，騎大馬，我獨跨驢子，回頭擔柴漢，心下較些子。"又如："世無百年人，强作千年調。打鉄作門限，鬼見拍手笑。"寒山子作有《寒山詩》，後附拾得及豐千之詩，胡適所著《中國白話文學史》中，類稱道之。幼年爲僧，居於天台寒岩中，其詩語帶詼諧，大有近代"幽默"作風！如："猪喫死人肉，人喫死猪腸。猪不嫌人臭，人反道猪香。猪死抛水内，人死掘土藏。彼此莫相啖，蓮花生沸湯。"又如："東家一老婆，富來三五年。昔日貧於我，今笑我無錢。渠笑我在後，我笑渠在前。相笑倘不止，東邊復西邊。"後太守知其名，大索其人不得。今所流傳之《寒山詩》，乃從岩石及屋壁間抄得而印成者。

陳其年詞爲清初大名家之一,與朱竹垞齊名。朱與妻妹壽□具有艷史,見其《静志居琴趣請詞》中。而陳居於如皋冒辟疆家,眷歌郎紫雲,即《烏□詞》中屢見之雲郎也。其《賀新凉》詞有調雲郎合□一闋,尤膾炙人口。予於迦陵之詞,平生最爲服膺,初學倚聲,即從兹入手,喜其才氣潢溢,上而經史百家,下至巷談俚語,皆可摭拾入詞,堪與蘇辛相頡頏,實詞壇之有霸氣者也。頃於張公寓鋒家,見有紫色端硯一方,諦視知爲陳迦陵遺物,硯昔有銘曰:"不見紫雲(謂冒氏之歌郎紫雲),復見紫雲(謂此硯也),摩挲久之、蘭馥氤氳,相逢□必石榴裙。"予夙□香迦陵,見而□之,頗欲效擄舷之故智,或如蕭翼之□蘭亭,惟以寓老賢達,未敢割其所愛耳。其年詩有義山風,以亂真。書法挺秀,有瀟灑不群之風。予□在友人於君家,見其所書《秋月》一詩云:"露冷瑶階夜色清,照人冰鑑水晶瑩。衹由□□高難及,每爲盈虧感易生。一片孤雲千里共,四時佳景□宵明。□娥□面休嘲笑,落魄中年以後情。"

鄞人高振霄,字雲麓,號閑雲,别署洞天真逸,爲清末光緒甲辰翰林,性耿介絶俗,書宗二王,參以南北,能作山水,尤精畫梅,詩骨雄健,絶句有明人風,如七言絶句云:"前身本是大羅仙,小謫紅塵五十年。夜夜月明珠有淚,不知滄濤變桑田。"

顧憲融,字佛影,别署大漠詩人,江蘇南匯人,任教正風文學院甚久,有隨園風,女弟子列門墻者頗衆,印有《紅梵精舍詩存》。顧蓋有《大漠詩人集》,已梓。兹録其近作《藴環見惠家釀》一詩云:"黄菊花開秋有魂,黄家女弟忽相存。大瓶小□在天上,錦纜牙檣出海門。潤我流沙何艷艷,報君長句亦温温。可能更挾秋同往,一醉君家金谷園。"

衛聚賢别署衛大法師,爲當代考古學專家,近年在重慶主持《説文社》,所著如《黨》、《幫》等,風行一時,其小説考徵印成單行本者有:《薛仁貴征東》、《封神榜》、《秦良玉》、《雷峰塔》等,見解亦頗有獨到之處。衛爲山西人,舊時遺詣亦深,近讀其《出都》兩絶云:"愁絶尊前懊惱歌,一年春事暗消磨。杏花細雨流簾隔,盡日微雲掩絳河。""顧影春波瘦欲仙,早知顔色誤嬋娟。明珠羞托良媒獻,不用箜篠感歲年。”

錢任遠，字小山，爲名山先生長子，著有《結綱吟》。予最愛其《秋風》一詩云：“秋風愁向夕，獵獵擾車塵。作客光陰賤，還家笑語真。兵戈殊未已，喪亂豈無因。來日誰能計，難爲隴畝民。”

森園小語/森園詩話

史大木 撰

載於《茶話》一九四七年第一六期,《永安月刊》一九四七年第一〇三期,《禮拜六(一九二三)》一九四七年第八五期,《中央周刊》一九四八年第一〇卷第一九、二〇期,《上海鴻聲》一九四八年第二卷第三期。作者史大木。

《茶話》,一九四六年創刊於上海,文化月刊。撰稿人有曹聚仁、趙景深等學人,包天笑、鄭逸梅、陳伯吹等通俗作家。《永安月刊》,一九三九年創刊於上海,爲娱樂消遣類月刊。《禮拜六(一九二三)》,綜合性刊物,本爲《工商新聞》之附刊,與一九一四年創刊的《禮拜六》并非同一雜誌,無絲毫關係。《中央周刊》,一九三八年創刊於南京,後遷至重慶出版,政治時事類刊物。《上海鴻聲》,一九四七年創刊於上海,是四十年代中國致公堂上海分堂創辦的政治刊物,介紹世界各地洪門團體的愛國活動,弘揚民族精神。

本篇詩話屬於時事詩話。多記當代政壇、文壇、學界著名人物軼事及相關詩歌。如記載陳獨秀之死,説當時因戰亂,東南五省人士多未悉凶耗。從文中的口吻來看,作者應是國民黨人,但他仍表達了對陳獨秀的深切同情,認爲"苟不以黨派廢人,則陳仲甫未嘗不爲人生藝場一'大力士',然而奇才憎命,終默默與草木同腐。千古以來,固不可以成敗論人也。"又記録共産黨人高語罕、畫家林風眠、建築學家梁思成,作家郁達夫、夏丏尊,學者劉大白、吴宓、錢鍾書、何炳松、李叔同等人舊體詩之作。還收石達開逸詩一首。值得一提的是,文中還特別提到以新詩著稱的徐志摩、冰心、康白情,亦在舊詩上造詣頗深，并選其舊詩作品。亦有少量其他議論，如作者認爲能代表民初流行文學的并非《禮拜六》，而應是刊載了魯迅第一篇小説的《小説月報》。總之，本篇詩話密切關注時人，搜羅廣泛，具有很高的史料價值。文字上采用白話文寫成，但僅評選舊體詩，實際仍屬於傳統的隨筆式詩話範疇。

作者另有《森園詩話》，載於《中央周刊》一九四八年第一〇卷第四四、四五期，篇幅較短，其中談及葉德輝、李瑞清、齊白石等人。

《茶話》1947 年第 16 期

中國共産黨前期人物中，李大釗與陳獨秀，并爲健者，得北李南陳之譽。自大釗受戮後，獨秀運亦漸晦，在同黨中，被認爲托落斯基派，爲新進所不容。抗戰時期，陳隱屈蜀之江津，老去英雄，即在潦倒凄苦中度盡歲月。陳於三十一年五月二十七日，病歿江津，一標附身，前塵都幻。時當浙東敵寇狂竄，後方消息梗澀，東南五省人士，類多未悉凶耗；報章多因遷避停版，故應景道陳之文字亦未見。吾輩澄念觀世，苟不以黨派廢人，則陳仲甫（仲甫乃獨秀之原名）未嘗不爲人生藝場一"大力士"，然而奇才憎命，終默默與草木同腐。千古以來，固不可以成敗論人也。時人吊陳之作，或諛辭捧作"骨董"，或憤語罵爲"叛徒"，不免各具成見，失之持平。予嘉朱大炎七絶一章，超然於畛域内外，爰録之："黨魁身世文章伯，一代潮流一巨人。寂寂彗星天末落，無邊風雨撲江津。"

高語罕，安徽人，與陳獨秀爲同里，亦稱共黨托派，曾留學德國，有才子之譽。抗戰期間，羈留蜀中，潦倒窮途，唯以文字自遣。時某西人欲聘之譯耶蘇《聖經》，高素價過昂未果。勝利後，燕居故里，嘗爲《新民報》撰長篇小説，頗得讀者受賞。高且工舊詩，《夜泊黄埔》一詩最傳誦人口，詩云："讀罷離騷聽悲笳，入夜江心走萬蛇。曾住此間三月暮，而今一水是天涯。"

去歲逝世之何炳松，爲國内著名史學家，長暨南大學達十二年之久。何係金華人，一度任浙江第一師範校長，時在民國十二年，一師適鬧飯中和毒案，當時死者計二十二人，可謂空前浩劫。後一師開追悼會，何曾親撰一聯云："人生惟有讀書樂，天下無如吃飯難。"造句渾成，頗得自然之妙。何又擅詞，予嘗見其調寄《西江月》云："世事渾同蟻鬥，人生幾似鷗閑。一層斜照一層山，山影滿江零亂。驚醒芭蕉緑夢，静參鸚鵡紅禪。綺霞銷盡晚凉天，心與白雲俱淡。"

郁達夫原名文，竟以文名於世，偶作小詩，頗有宋人風味。抗戰期中，郁在南洋遭日軍慘戮。其妻王映霞，早已嫁一商人鍾某。猶憶民二十二年，郁積資在杭築有小洋樓，名曰風雨茅廬，從日軍入杭，亦毁於火。郁初遷杭之日，作有七律一首，其詩多爲外間所未見，兹特録之，詩云："冷雨埋春四月初，歸來飽食故鄉魚。范睢書術成奇辱，王霸妻兒愛索居。傷亂久嫌文字獄，偷安新學武陵漁。商量柴米分排定，緩向湖塍試鹿車。"

賀揚靈，贛之永新人，曾任浙江省府委員，浙西行署主任。抗戰期中，與敵僞苦戰八年，厥功甚偉。賀生平擅長舊詩詞，昔年光華書局出有校點書甚夥。在浙西時，雖戎馬中亦不廢讀，創立天目書院，造就人才不少。勝利後，賀任憲政實施促進會委員，近因積勞成疾，歿於京寓，聞其年齡，僅四十有五。予於前歲，嘗見其《山中獨步》一詩云："地平無半里，獨步欲何之！日落高山早，林深出月遲。風云多變幻，歌哭有誰知？鐘鼓聲相續，禪房入定時。"

王新命，爲新文壇作家，曾在泰東主編《新的小説》，風行一時。潘公展在滬創《晨報》，邀爲副刊編輯。後王又在厦門創世界編譯社，出有新文藝書籍甚衆。王且工舊體詩，所作新穎可誦，前讀某報，有王之絶句云："素絲一縷值千錢，莫是又逢裙帶年。寄語投機囤積者，須知奇貨是春蠶。"

《禮拜六》1947 年第 85 期

當代畫家林文錚，字風眠，長西湖國立藝術院，爲時甚久。生平且工詩，著有《蒼茫樓詩稿》行世，其詩頗得渾成之喜，大有宋人風格！如《浮沉曲》云："浮沉何處不蒼茫？銀浦消聲弱水長。紅杏已隨人老去，白楊猶向月昏黄。鴻荒四顧三生寂，永夜千愁萬古忘。恨雨悲風靡大地，奈何波浪接天堂！"又如《回腸曲》云："回腸萬里牽無極，南國蛾眉長相憶，奈何紅葉正蕭蕭。廣寒齒冷平沙月。香海千秋一寸心，太息梨花逐殘雪！投鞭直斷銀河水，怒馬天山汗如血。"

已故作家夏丏尊，清末秀才出身，偶作絶句，清麗可誦。予嘗見其《元旦感懷》云："擊楫澄清志未伸，時艱依舊歲華新。聞鷄起舞莫長嘆，憂患還須惜好春。"

國内夫婦作家群中，有錢鍾書與楊絳，楊之所作小説，如野花鮮艷動人。錢有《人鬼獸》短篇集，風魔不少讀者。近作有長篇《圍城》，亦以描寫細膩見稱。錢且工舊體詩，惟不多作，予從友人唐君案頭，得睹其二詩，一爲《重陽口號》云："清明時節雨昏沉，名唤清明濫到今。也似重陽無實際，滿城風雨是重陰。"又有一首爲《中秋夜月》云："赢得兒童盡笑歡，盈盈露暖掛雲端。一生艶説當頭滿，四野哀嗷徹骨寒。樓宇難歸風執借，山河普照影差寬。舊時碧海青天月，觸緒年來未忍看！"哀感頑艷，可誦之作也。

近人蘆焚，嘗得《大公報》文學奬金，刻易名師陀，以寫短篇小説聞名於時。生平且工詩，有明末七子風。予曾見其《重游杭州》一詩云："湖光山色相映開，荒烟蔓草今重來。樓臺殿閣皆非昨，惟有杜鵑爛山隈。爲問當日杭城客，可曾壓鬢簪花回。遍尋九溪十八澗，不見戲水舊草鞋。"

憶癸未初春，余與婦姚穎，偕往鹿莎草堂尋梅，歸曾寫小詩四首，以紀一時歡娱之情，今日舊夢重温，猶有餘味。其詩云："冰肌玉骨見風情，爲夢羅浮繞郭行。我自笑卿卿笑我，丰神一片畫難成。""初日梅花踏雪看，偕將妻子問平安。西風昨夜園林緊，底事枝頭不怕寒。""霜雪連宵擁翠裘，同來題句儘風流。眼前一樹紅妝發，伴我深閨到白頭。""眉目輕盈住水邊，前身合是玉堂仙。試看點點天消息，佔領江南春最先。"

偶過舊書肆,得抄本一,名曰《閩小記》,顧名思義,必閩人所作,惜不知其姓名,内均爲詩話,録其一則云:“福唐林春元,七歲能詩,師試之,適有牧羊者過,遂指爲題,林即應聲曰——三百群中步獨先,有時高叫白雲天,曾從北海風霜裏,伴過蘇卿十九年。又試以對曰——風翻白浪舟難進,答曰——雪擁藍關馬不前。後舉於鄉,更名曰章,字初文。”

石達開詩頗豪放,予甚愛讀,今人廬冀野,編有《石達開詩鈔》(泰東書局出版),惟滄海遺珠,在所難免。下一絶爲盧編中所未收者,特録之,詩云:“吴山立馬十年豪,撑住青天一杵高。今日雄心銷欲盡,夕陽紅上赫連刀。”

《永安月刊》1947 年第 103 期

岳武穆詩如其人,英氣躍於紙上,焦弱俟所著《筆乘》,載有岳之佚詩一首,據云留題於鄱陽巍石山龍居寺内,爲全集中所未收,詩云:“巍石山前寺,林泉勝境幽。紫金諸佛想,白髪老僧頭。潭水寒生月,松風韵帶秋。我來屬龍語,爲雨濟民憂。”

石達開詩頗豪放,予甚愛讀,今人盧冀野,編有《石達開詩鈔》,有一絶爲盧編中所未收,特録之,詩云:“吴山立馬十年豪,撑住青天一杵高,今日雄心銷欲盡,夕陽紅上赫連刀。”

錢牧齋有弟曰牧庵,亦工詩,予得其手寫詩集,殊可珍也。兹録其《關山道中》一律云:“貧賤安知行路難,兼程莽莽過重關。鳥隨落葉下枯樹,人帶夕陽穿亂山。廢耒江淮愁木酪,荷殳秦楚盼刀環。季鷹豈有封侯骨,甘弃蓴鱸去不還。”

雲珊、逸珊二姊妹,屈姓,爲浙之太平才女,予曾得其所著《同根草》,并未梓行,所作絶句,頗清麗可誦,如雲珊《贈友》云:“臨行拂墨寫新詩,記否如儂握手時。宛轉清風生袖底,教卿好動故人思。”又如逸珊《題葬花圖》兩絶其一云:“收拾殘紅意自勤,携鋤替築百花墳。玉鈎斜畔隋家壕,一樣千秋冷夕曛。”其二云:“飄零何事怨春歸,九十韶光花自飛,寄語芳魂莫惆悵,美人香草好相依。”

革命先烈黄鍾傑在獄時,有絶命詩兩絶,悲壯淋漓,真可以驚天地，泣鬼神！詩云："無端風雨蕩殘舟，皇漢衣冠作楚囚。我欲雷鞭重起陸，好教割破一年秋。""久將身世村蟲沙，生死原來祇刹那。大好頭顱向天擲，血中湛出自由花。"

譚復生（嗣同）爲保皇黨健將，雖有志未成，然虎虎之氣，已足不朽。甯鄉程子大先生，少年負才名，聽鼓鄂垣，張南皮甚重之，目爲國器。復生翁爲鄂撫，聘主文牘，復生知程才，欲引爲已用，引入康南海之門，程輒故意延宕，及復生奉詔入都，乃引病不出，及祖席，程往送復生，已登輿將行，見程至，命降輿，與握手絮絮道別，并取㸒賦題中原横覽圖詩贈程云："家國兩愁絶，人天一粲然。祇餘心獨在，看汝更千年。世事幾痕夢，微塵萬座蓮。後來憑吊意，分付此山川。"程讀之大爲驚异。旋即有六君子之變，竟已成讖，言爲心聲，殆不誣也。按此詩蒼莽莽齋不載，子大先生之子演生，爲予言之。

陳更新號鑄三，黄花岡烈士之一也。予在李焰生先生處，得見其遺詩，當留學東京時有感懷云："落拓經年世味諳，茫茫塵海幾奇男。可憐病骨如柴瘦，尚聳雙肩代負擔。"

梁任公有子曰思成，能詩，任清華大學教授多年，印有《飲水室集》，妻爲林徽因，乃林長民之女，爲新詩壇之女詩人，亦有詩集行世。予在朱自清先生處，見梁有《天山積雪》一律云："横絶亞西東，山高雪不融。千峰照明月，萬仞接罡風。影落羌河外，光摇潮海中。征西誰立馬，寒色滿雕弓。"

徐志摩人皆知爲新詩能手，實則其舊詩亦頗有可觀。予曩在葉公超案頭，見徐《咏西施》詩云："進來浣女貌如花，妙計争將范蠡誇。假使夭殤同鄭旦，越王那得敗夫差。"

冰心女士舊詩造詣頗深，惟不多見。予從其知友林君處，得其《初秋偶成》一律，清麗委婉，頗似朱淑貞所作，詩云："閑階一葉落梧桐，幾處雕梁燕于空。荷蓋盡消當日翠，楓林微染曉霜紅。無多餘熱捐紈扇，漸覺輕寒怯晚風。最是蛩聲鳴斷續，有人驚起夢魂中。"

《中央周刊》1948 年第 10 卷第 20 期

弘一法師李叔同,號息庵,未出家前,藝名振一時,創"春柳劇社",出演《新茶花》(即茶花女劇本)。作中國白話劇一先驅者,當代藝術家豐子愷,即出其門下。法師已於前年圓寂,聞者惜之!憶法師昔居杭之定慧寺時,與甬之白衣寺住持安心頭陀,常有來往,予在安心頭陀處,曾見法師之二詩,其一云:"松風殿角起秋聲,山有窺窗不勝情。一卷法華清口誦,布衣菜飯了生平。"其二云:"生靈戕害孽如林,怕聽庖厨凄慘音。物我須知原不二,慈悲普濟治天心。"味其詩,可謂不脱禪家本色。

何香凝詩頗雄壯,不類女子手筆,如《有贈》云:"枉自稱男兒,甘受倭奴氣。不戰送山河,萬世同羞耻。吾儕婦女們,須往沙場死。將我巾幗裳,换你軍衣去。"

慈谿陳訓正,字屺懷,乃布雷先生之胞兄,曾爲杭州市長。陳擅古文,詩亦古樸可喜,刊有《天嬰室雜稿》,頗得讀者傳誦。前歲主輯《鄞縣通志》,未竟而殁,志内特爲顧清廉立傳(顧乃鄞之姜山下塘人,長於經學,曾爲蔣主席及其子經國之師),且贈之以詩云:"人情喜迫窄,我愛顧大袖。乾坤或可包,清風藏納久。明知時不合,見者輒爲詬。束縛既非習,裁製毋甯舊。攘臂一太息,此意人知否?"

奉化莊崧甫,年前已歸道山。莊從事革命頗早,爲浙江最先加入同盟會者。蔣主席以師事之,優禮有加。生平著作甚富,尤精於農業,出有《農業新書》、《水利實驗談》、《螟蟲防除法》等書。詩學香山,淺近易解,如《山居樂》云:"最是山居樂,隨時得性真。禦寒茅屋暖,消暑竹林深。好鳥皆朋友,清泉自古今。倘來一知己,更足暢幽情。"又如《游西湖偶成》云:"日朗風清九月天,偶然同友蕩湖船。波光濃潑六橋畔,山色淡妝三竺巔。澤被杭州懷白傅,風高孤□仰先賢。老人歲歲無安逸,差幸今秋得息肩。"

錢牧齋有弟曰牧庵,亦工詩,予得其手寫詩集,殊可珍也。兹録其《關山道中》一律云:"貧賤安知行路難,兼程莽莽過重關。鳥隨落葉下枯樹,人帶夕陽穿亂山。廢耒江淮愁木酪,荷殳秦楚盼刀環。季鷹豈有封侯骨,甘弃蓴鱸去不還。”

剽竊抄襲,文人通病,雖名家亦所不免,餘子碌碌,因無論矣。唐人詩云:“海色晴看雨,鐘聲夜聽潮。”而周以言詩則云:“海色晴看近,鐘聲夜聽長。”唐玄奘僧有詩云:“僧來白馬寺,僧到赤烏年。”而皇甫子循則云:“地是赤烏分教後,僧同白馬賜經時。”白樂天詩云:“無波古井水,有節秋竹竿。”而蘇東坡則云:“無波真古井,有節是秋筑。”諸如此類,實不勝列舉。

鄭板橋,名燮,字克柔,其先世爲江西人,至淮陽爲官,遂入興安籍,生於康熙三十年,死於乾隆二十九年,一生清介自守,惟以書畫自娱,爲縣令十載,依然兩袖清風。在范縣時,政簡刑清,訟庭冷落,無人過問,後因發公糧救荒事,上峰責爲擅主,罷鄭官,鄭乃飄然歸去,臨行别無長物,只携一竹竿,且作一詩,留贈紳民云:“烏紗擲去不爲官,囊槖蕭蕭兩袖寒。爲取一枝清瘦竹,秋風江上作漁竿。”其品節高超,堪作今日廉吏之表率。

清代紀曉嵐,性喜詼諧,佳話留傳,至今不衰,如嘗以“六味地黄丸”對“一疋天青緞”。又如集唐人句贈男妓云:“在天願爲比翼鳥,隔江猶唱後庭花。”紀作有《閲微草堂筆記》,頗膾炙人口。予近見《烟村偶言》中,載有紀之軼事一則,言紀曾奉命至江南,人見其貌不揚,又操北音,竊加誹笑,紀乃題詩一首,令南人某朗誦,其詩云:“館閣居官久寄京,朝臣承寵出重城。散游蕭寺尋僧叙,喜向花軒忘曉行。念切兹親摧寸草,平抛明輩譬飄萍。幸逢聖世詩書使,蠻陌蒙憫慕美名。”其人因詩中唇音齒音之字混雜,且集在一句,讀之吱吱喳喳,聞者大噱,可見此老,常喜作弄人也。

康白情,字洪章,爲五四時期之新詩人,作有《草兒在前》及《河上》等集行世。康爲用人,其舊詩亦頗多可誦,前年在湘,嘗寄予一律云:“久卧湘江夢未醒,秋風摇落正飄零。尋幽采菊投深院,攬石捫蘿坐小亭。萬木蹔留三月翠,千山遥送一峰青。雁來解報南中信,夜半支頤枕上聽。”

陳漢章爲象山人,幼從俞曲園之門,專研經史,與章太炎、馬其昶、姚永樸輩友善,後掌教北京大學,聲滿國内,晚年隱居故里,盡力於地方事業,一生自奉儉約,而酷嗜藏書,著述甚富,已刊行者有《後漢書補正》等十餘種,年七十五卒,其哲嗣慶祺亦有聲於史學界。陳且擅詩,予見有《游半山亭》一絶云:"勝境端宜緩緩游,攀援到此且休休。諸君莫訝峰奇絶,更有奇峰在上頭。"

張壽鏞,字咏霓,晚號約園,吾鄞人,遜清舉人出身,入民國歷任財政界要職,一生事業,如創立勸工銀行,主辦光華大學,刊行四明叢書等;此皆其犖犖大者。事變後,閉户著書,已梓付者有《中國詩史》、《諸子大綱》、《約園雜著》等數種,年七十卒於滬,國府有褒贈狀。張工詩,然未多見,兹從其族人處得其《觀海》一律云:"謾訝齊州九點烟,望洋纔覺嘆茫然。從今老眼難爲水,便欲浮槎竟上天。精衛果能填木石,徐生何計得樓船。時平孰是乘桴者,莫問三山若箇仙。"

薩鎮冰爲國内海軍耆宿,閩人,聞年臻大耋,精神猶是矍鑠。得暇以詩消遣,每多感時之作,往歲予見有《感懷》一律云:"從戎五十載,自愧乏微功。垂老偏憂國,論才每秉公。鄰兵猶壓境,邊吏鮮稱雄。争地何時已?沙場血淚紅。"

《中央周刊》1948 年第 10 卷,第 19 期

黄仲則之《兩當軒集》,人皆傳誦,殊不知黄尚有《悔存齋詩稿》,未刊。予見虞山女史邵秋士所著之《吟秋閣遺稿》中,附有黄之二詩,且注仲則先生,曾受業於其伯祖叔安處,邵在題《悔存齋詩稿》後,有:"吾家衣鉢相傳後,彩筆從今嘆逝波"之句。黄詩一爲咏秋海棠,一爲咏梅,邵皆有和韵。如秋海棠云:"閑房寂寂掩重門,相伴冰肌玉一盆。凉月西風成獨對,花光人影共消魂。頗多慘緑凄清態,絶去嫣紅點染痕。妝閣不須銀燭照,斜陽亭院未黄昏。"又有一詩題梅云:"幾被霜侵與雪侵,孤根留得到而今。誰於冷處垂青眼,只合空山抱素心。茆屋風高門正掩,板橋凍折路難尋。棱棱莫謂無相識,曾有何郎爲賞音。"

劉大白,原姓金,因情場失意,曾一度爲僧。著有《白屋説詩》、《舊詩新話》、《故事的罎子》等,頗見稱於讀書界。其所作舊詩,新穎可誦，如《湖上吊韓蘄王》云："君相籌邊只議和，北來鼙鼓震關河。小民已定紅羊劫，大將空悲白雁歌。三字獄成同調少，兩宮讎在痛心多。江山滿眼都殘雪，忍向西湖策蹇過。"

蘇曼殊在杭州時，喜食生炒鷄，每餐能盡一大盤，見者咋舌！是事，予聞之於許嘯天。蘇工詩，善繪，予曩在林君鐵尊處，曾見蘇手寫迴文詩二首，此二詩爲柳亞子所編《曼殊全集》中所未載，特録之。其一云："株株柳緑覆長堤，岸接斜橋横水低。沽客酒錢懸杖策，老農村雨帶鋤犁。孤帆遠映山頭樹，細草春環樓外溪。圖書看來如一一，蕪烟盡處到城西。"其二云："孤雲暮逐鳥飛低，望遠來兮西復西。湖水碧連青草岸，板橋紅到緑楊堤。蕪烟斷隴高迷路，細雨春花落滿溪。扶杖一人閑立久，株株樹盡看鴉栖。"

友人白蕉，擅金石，工詩，著有《白蕉詩集》，昔年寄予《短歌行》一首云："梅華莫笑何生瘦，世上於菟噬人肥。劃疆爲國多事始，何來志士哀式微？古今一部相斫史，聖人已死猶能欺。春秋而後幾篡弒，哀哉我民有是非！且銜杯，舒長眉，要知杯底乾坤大，莫説眼中人物希。我有酒言君不信，大同之世無仲尼！"

劉大杰，湘人，爲當代名作家，現任教職於暨南大學。所作小詩，亦頗可誦。予昔曾得其《坐飛機中》一絶云："層層雲浪真如海，點點青螺不似山。地渺天茫霧一片，此身早不在人間。"

林琴南爲福建閩侯人，聞與已故國府主席林森爲同宗，原名紓，别字畏廬，琴南其號也。著譯頗多，最著名者有《畏廬文集》、《京華碧血録》、《技擊餘聞》、《茶花女遺事》、《紅礁畫槳録》等。林不獨工詩文，所畫山水花卉，出筆簡而挺秀，予家藏有林所繪秋菊一幅，且有一律題其上云："姹紫嫣紅不耐霜，繁華一霎過韶光。生來未藉東皇力，老去能添晚節香。風裏柔條頻損緑，花中正色自含黄。莫言冷淡無知己，曾有淵明爲舉觴。"

林逋，宋代錢塘人，世稱和靖先生，隱居杭之孤山達二十年，妻梅子鶴，佳話流傳千古。有二詩不見先生集中，予從《洞霄詩集》抄得者，是集爲天柱山道士孟宗寶所編，專收唐宋及清諸人題咏山間名勝之作，原詩題爲《宿洞霄宫》，其一云："大滌山相向，華陽路暗通。風霜唐碣朽，草木漢祠空。劍石苔花碧，丹池水氣紅。幽人天柱側，茅屋灑松風。”其二云：“秋山不可畫，秋思亦無垠。碧澗流丹葉，青林點白雲。凉陰一鳥下，落日亂蟬分。此夜芭蕉雨，何人枕上聞？”

鄞縣有梁山伯廟，不知建於何時。考梁爲晋時人，曾爲鄞令，頗有政聲。坊本有梁山伯與祝英台一段佳話，亦未悉起於何時。定海王定洋有《咏梁山伯廟竹枝詞》云：“梁山伯廟去燒香，拜拜多情祝九娘。年少夫妻雙許願，不爲蝴蝶即鴛鴦。”

沈復，字三白，清乾隆時元和人，所作《浮生六記》一書，久已膾炙人口，惟全書已缺二記，不知天壤間尚存完璧否？沈善繪，而花卉爲尤工。從幕多年，足迹遍大江南北，一度爲酒商，折資而罷，曾隨趙文楷出使琉球，其名著於海外。沈且擅詩，惜絶少流傳，予在姚梅伯遺稿之《大某山房詩話》中，得有沈之催妝詩云：“妝閣將辭未肯辭，鐙前掩映故遲遲，明知堂上笙歌促，偏要新郎立幾時。”輕柔嫵媚，得未曾有。

吴昌碩號苦鐵，别署缶廬，爲國内著名畫家。初住蘇州，丁亥冬來上海，入題襟館，是時知者尚少。後由黄賓虹介紹，與日人落山氏訂立合同，落山花園作畫，落山氏爲吴在報上鼓吹，而吴所得潤資，須與日人落山氏共分之。當此時也，日人求其畫者甚衆，畫稿窮時，往往以黑汁醮紙上，依汁形而改作，此法我國自古有之，謂之化境。吴除畫外，且擅金石，尤工詩，今録數首於此，如題水仙云：“苦寒天氣一花開，讀罷離騷仔細猜。却似奇窮孟東野，低頭下拜有誰來？”又如題葡萄云：“葡萄釀酒碧如烟，味苦而今不值錢。悟出草書籐一束，人間何處問張顛？”更如題楓云：“一樹斜陽下，吟詩繫客舟，吴江久不到，因畫億前游。”

吴宓字雨僧，曩任清華大學教授多年，在“五四”時期，主辦《學衡雜誌》，大張旗幟，反抗白話文，其立論與胡適相對持。近年任教武漢大學，專講《紅樓夢》。吴擅舊詩，予得其《珍重》一作云：“珍重長能葆故真，一生寂寞歷艱辛。色如美酒恒思醉，靈比深山不染塵。人紀毁時天紀在，衆言淆後聖言混。從來篤信由知止，閲盡風花意更淳。”

《上海洪聲》1948年第2卷第3期

曹子建七步成詩，世傳爲美談，偶閲宋人《輟耕録》，亦有五步成詩者，言唐開元中，史青上書，自薦能詩，謂子建七步，臣於五步之内，可塞明詔。明皇令賦除夕詩，史口吟曰：“今歲今宵盡，明年明日來。寒隨一夜去，春逐五更回。氣色空中改，容顏暗裏催。風光人不覺，移入後園梅。”帝稱賞，授監門衛將軍。

予於酒類，獨嗜黄酒，以其冲澹清和，别有風味也。是固爲不善飲者之掩醜語，未必爲能飲者所首肯。今人飲酒輒重陳酒，必積十數年，數十年，以至百數年，愈久愈爲佳釀，若讀古人詩，似有不盡然者。杜工部詩云：“盤飧市遠無兼味，樽酒家貧只舊醅。”白樂天詩云：“緑螘新醅酒，紅泥小火爐。”周用詩云：“滿地黄花爲避俗，誰家白酒未嘗新。”趙孟類詩云：“想得江南猶未冷，嫩橙清酒正嘗新。”故知古人重新不重陳也。

蜀中有鷄毛店者，小客棧也，設備簡陋，骯髒不堪，門前多懸方形紙燈，上書“未晚先投宿，鷄鳴早看天”。洪琛有一劇本，即以《雞鳴早看天》爲名，外方人對之，頗有不明其所以然之概。嘗見張恨水有寫鷄毛店景况之試帖詩一首，形容畢肖，讀之如身歷其境，詩曰：“未晚先投宿，登樓桌椅顛。屋小難容足，扶梯不并肩。閉户奇臊襲，張燈鬼火遍。臭蟲操枕上，耗子舞窗前。深夜無奔處，鷄鳴早看天。”

清代鄭板橋，有詩書畫三絶之稱，而詩尤淺近如話，婦孺都解。近人陳東原，作有《鄭板橋評傳》，稱之爲近代第一平民詩人，實非過譽。傳鄭在維揚時，有人共結詩社，鄭一日過其社，數青年嬲之作詩，時室中正烹茶，壺中水已沸騰，青年即指水壺爲題，鄭不加思索吟成一絶云：“嘴尖肚大柄兒高，才免飢寒便自豪。量小不堪容大物，二三寸水起波濤。”數青年見之，均面有愧色。鄭一笑置之，拂袖而去。

太虚法師未出家前，原爲浙江崇德人，俗姓吕，父爲一儒士。

法師於戰前,蔣主席曾邀之主持雪竇寺。法師於參禪之暇,雅好吟咏,其有《題溪口藏書樓》一律,書乃蔣主席所藏,詩云:"清淺剡溪口,鬱然靈秀鐘。穩如鞍在馬,勢若首昂龍。獅頰青掩映,魚鱗翠叠重。藏書浚民智,層閣倚長虹。"典雅自然,可誦也。

要人中,夫婦能詩者有邵元冲與張默君,邵已於西安事變間遭難,張則變爲孤調獨唱矣。邵生前主持《建國月刊》多年,性好酒,有《春寒獨酌》一絶,最得人傳誦,詩云:"正是春風罨盡時,蕭蕭春雨繫人思。不知天意終何似?静對芳樽且咏詩。"張有哭夫一首,哀痛异常。詩云:"兩世風華一旦休,十分憔悴十分愁。假如化作子規鳥,叫到雲山天盡頭。"

今人通稱民國初年流行之文學,曰"禮拜六派",實則《禮拜六》周刊,未能爲當時刊物之代表。以予所知,是時刊物最負重望者,當推惲鐵樵主編之《小説月報》,魯迅之第一篇小説,亦用周逴名在該刊發表,人多不呼小説,而稱大説。後惲業醫,前數年始謝世。《小説月報》主編凡四易(此指商務出版之《小説月報》,非抗戰間顧冷觀主編之《小説月報》),除惲外則有王西神、沈雁冰、鄭振鐸等。《禮拜六》乃王鈍根所創,時王且主編申報之"自由談",百期後停刊,越二年周瘦鵑賡續之,出至年餘,亦以停刊聞。至於刻尚出版之《禮拜六》(非專載文藝作品刊物),初乃《工商新聞》之附刊,如《神州日報》附出《晶報》,後乃獨立出版。與王鈍根所創之《禮拜六》,并無絲毫瓜葛。

章太炎夫人湯國黎,亦能詩,嘗見其《閑游》一絶云:"采勝不辭遠,栖山莫嫌深。蒼茫松海裏,應有蟄龍吟。"讀之,頗覺雄壯!

《中央周刊》1948 年第 10 卷第 44 期

森園詩話

史大木

《楚漢春秋》載虞姬四語云:"漢兵已略地,四面楚歌聲。大王意氣盡,賤妾何聊生?"此乃五言詩之最古者。《史記》但云歌數闋,美人和之，和詞不載。長沙葉德輝，曾有咏虞姬絶句云：“英雄好色爲多情，四面重圍變楚聲。僅有美人同一死，八千子弟愧田横。”興亡盛衰，古今同□！

予嘗言劇中有三罪人，一斬妲己之姜子牙，一敗青白蛇之法海僧，一逼楊貴妃之陳元禮。子牙法海，以方外人與人家國，陳元禮以臣子逼縊君后，皆事之無禮者也。玉環死在馬嵬驛，今在陝西西安附近之興安縣西二十五里，其墓至今猶在。亡友何揆一，曾至其地，據云：只有土山一堆，破屋數椽而已。惟相傳楊妃墓上之土，可以療婦女面斑，不知究屬驗否？清人金檜門，有七絶咏馬嵬之事云：“一抔香土恨長眠，終古梨花似雪天。要仿岳墳镕鉄像，陳元禮跪馬嵬前。”

《三國演義》中有周倉之名，正史不載。閲《順德府志》云：“周倉守麥城，聞難與參軍王甫俱死，墓在霍莊東北，有題名石碑。”近見朱益濬有詩曰：“將軍名著晋貞碑，當日陳書尚見遺。凛凛寶刀有生氣，千秋猶護故侯祠。”

宋太祖微時咏日，有“趕却殘星趕却月”之句，雖粗豪有開國氣象。後史臣潤色之云：“未離海底千山黑，纔到中天萬國明。”詞近文而氣不雄矣。

今伶人梅畹華有《刺虎》一劇，演明末費宫人故事(友人徐訏。亦著有費宫人話劇)。考費宫人不知何許人？期末李闖陷京，費投智井，賊出之，以配羅部校，因詭稱長公主，夜懷利刃殺賊，自刎頸死，事見計六奇著之《北略》中。今云刺闖賊之弟虎，不知何本？羅振玉有詩咏費宫人，特爲録出：“弱齡宫女憤填□，勸進諸臣盡犬鷹。可惜賊頭分解後，不曾生祭烈皇陵。”

《中央周刊》1948 年第 10 卷第 45 期

森園詩話

史大木

浙江慈谿縣北鄉有達篷山，地處海濱，人迹罕至，昔日秦始皇曾駐其地,黄梨洲之《南雷文集》中記之甚詳。山上常幻境海市蜃樓,且多狐,友人張虬公,有四絶記其事,其一云:“雲霞五色幻樓臺,帝□仙宫次第開。傳説祖龍曾駐蹕,此山有路遠蓬萊。”其二云:“志載香山感舊塵(山有香山廟),東巡法駕紀先秦。二千年遠誰稽考,願把黎洲作證人。”其三云:“欲觀海市彩雲間,除却登州祇此山。安得良緣留攝影,遍傳仙蹟到人寰。”其四云:“聞道高人此卜居,紙將瑟劍斬妖狐。何時笠履重相訪,閑話□山茗一壺。”

清末民初之書家,當首推李瑞清,李字梅庵,别署清道人,筆者藏有其鬻書直例一組,後引有云:“瑞清三世爲官,今閑居,貧至不能給朝暮,家中老弱幾五十人,莫旨學辟穀者,盡仰清而食,故人或哀矜而存恤之,然亦何可長?又安可累友朋?欲爲賈,苦無貲;欲爲農,家無半畝地,力又不任也,不得已乃鬻書作業,然亦不能進時好以取世資,又不欲賦買以趨利,世有真愛瑞清書者,將不愛其金,請如其直以償”。李不僅工書法,且亦擅詩,偶有所作,古拙可喜,兹録□題吴昌碩以寫篆法畫蘭一絶云:“臨撫不鼓琅琊筆,戲爲幽蘭一寫真。中有離騷千古意,不須携去賽錢神。”

前歲嘗一度南下之齊白石畫家,已具八十八高齡,精神健旺,猶爲人作畫,中央要人張道藩且拜之爲師,執弟子禮甚恭,年來且已擺脱政治生涯,獻身文化藝術事業,他日必能□美齊志,以傳其學。齊翁於詩、書、畫、文、金石,堪稱五絶。原藉湖南湘潭,自幼豐姿絶美,鄉里有齊美人之譽。昔年竟以雕花匠受知於湘綺老人王壬秋,而拜門學習詩文,其天才在諸弟子之上,爲人風趣,常以俚語入詩,皆成妙用。印有《白石詩草》,人多傳誦。其在國畫界,與吴昌碩爲南北兩宗匠,自吴歸道山,齊氏魯殿靈元,巍然獨存,藝名遍及東西洋,所以□之者益衆,潤資高貴,名利雙收。但望重毁來,目前國内藝術界中作反齊論,亦深不乏人,蓋以齊氏繪畫,粗枝大葉,反誣不見高明,誰知畫家之畫,與畫匠之畫,功力之差,豈率爾操觚者所能成功。

革命詩話

史大木 撰

載於《春秋》一九四八年第五卷第三期。作者史大木。

《春秋》,一九四三年創刊於上海,月刊。陳蝶衣編輯。綜合性文藝刊物,以發表大後方、抗日根據地和各解放區新文藝家作品爲主。

本篇詩話主要選録清末民初革命烈士之詩,兼叙其人英雄事迹。其中收録黄鐘傑獄中絶命詩,黄花崗烈士陳更新、林尹民詩,及參與辛亥革命的温生才、林述慶、熊朝霖等人之詩。作者對革命先烈崇敬備至,稱贊黄鐘傑詩"悲壯淋漓,真可以驚天地,泣鬼神",亦愛秋瑾詩作。體現出崇高的愛國熱情及英雄主義情懷。

《春秋(上海 1943)》1948 年第 5 卷第 3 期

革命先烈黄鍾傑在獄時,有絶命詩兩絶,悲壯淋漓,真可以驚天地,泣鬼神!詩云:"無端風雨蕩殘舟,皇漢衣冠作楚囚。我欲雷鞭重起陸,好教劃破一年秋。""久將身世付蟲沙,生死由來祇剎那,大好頭顱向天擲,血中湛出自由花。"

陳更新號鑄三,黄花岡烈士之一也,予在馮君俠如處,得見其遺詩,題爲《留東感懷》,詩云:"落拓經年世味諳,茫茫塵海幾奇男。可憐病骨如柴瘦,尚聳雙肩代負擔。"

革命先烈温生才,手格廣東總督孚琦,在民國史中,固一偉丈夫也。温字練生,粤之梅縣人,家貧,父早歿,弟兄六人,依寡母而成長。少讀詩書,并得賢母薰陶,深明義利之辨,年弱冠,立志從軍,先到省城充步兵,旋入臺灣張其光部下,繼又投馮子材營,轉展於廣東、浙江、安徽、臺灣等處。因目擊政治腐敗,潔身引退,至香港改習機器,不久又至南洋作苦工,繼而又赴吡叻錫鑛爲機器匠,識張子敬,乃加入同盟會,從此努力革命,刺孚琦而以身殉。近人何曉柳,嘗有古風咏温烈士云:“巍巍五層樓,邊風天外颼。將軍寄心膂,雄鎮蠻荒州。蠻荒思革命,宵肝多煩憂。煩憂亦無益,循環理不休。則有征南客,辛苦如馬牛。牛馬有本性,思鄉淚交流。蕭疏椰枒樹,海燕鳴啾啾。我巢既被燬,樂土安足留。公等俱慷慨,子賤亦驚遒。鼠伏人不識,雷擊天爲愁。爪牙鳥獸散,旗鼓風雨收。點點匈奴血,是爲報國仇。國仇三百載,忠臣義士詞人學子盡皆爲髑髏。萁豆爇,頂誅求,大同説箴羞不羞?如何男兒好身手,壯烈歸山丘。軹深追聶政,博浪失留侯。旌旗建三月,俊傑多良謀。先登拔纛者,温始足千秋。”

林述慶,閩人,少有大志,辛亥武昌起義,林爲鎮江營官,即起響應,旋率部攻克南京。袁氏竊國,林解甲歸田,遭袁忌,以毒藥誘殺之。林能詩,記其攻陷南京時二絶云:“大好乾坤付戰塵,六朝風月伴吟身。依依無恙鍾山樹,應認江南舊主人。”“降旗高拂石頭城,日照雄關萬角聲。如此江山收一戰,居然還我漢家營。”

辛亥之役,死難者甚多。有一熊朝霖,湖南黔陽人,爲保定軍官學校入伍生。灤州舉義時,熊任决死隊隊長,每戰,必身先士卒。事敗後,遭王懷慶軍閥捕獲,與同志白毓崐等一同遇害。殉難前有絶命詩四首,悲壯凄凉,不忍卒讀。詩云:“極目中原久陸沉,天南痛史更傷心!我今欲向前朝問,劫海茫茫何處尋?”“夷禍紛紛愧伯才,天荒地老實堪哀。須知世界文明價,都是英雄血换來。”“男兒死耳更何悲,斷體焚身任所爲。寄語同胞須努力,燕然早建蕩夷碑。”“塵世何因定坦途,夜臺此去諒無殊。不然且化青磷血,風雨歸來認故吾。”

韓蓍伯爲江蘇海門人,清末參加革命,運動甚烈,與章士釗、陳獨秀輩友善,創青年軍於安徽,培植人才,亦革命大本營之一也。

其詩慷慨激昂，惜多散佚，今所存者，惟《緣雲樓詩稿》内所附十數首而已。今録其吊黄花崗烈士一絶云："袖翻海水入羊城，千里東濠夜有聲。所欠故人惟一死，頭顱墜地作雷鳴。"

宋教仁遭袁世凱之忌，被殺於海上，其刺客爲應貴興，乃鄞縣之鄞江橋人。宋能詩，有《出亡道中口占》云："滿地腥膻歲月過，百年胡運竟如何。我今欲展回天策，只奈漢兒不肖多。"當時懷抱之苦，於詩中可以概見。

女俠秋瑾，詩如其人，予以愛讀者，有："莽莽神州嘆陸沉，救時無計愧偷生。摶沙有願興亡楚，博浪無錐擊暴秦。國破方知人種賤，義高不礙客囊貧。經營恨未酬同志，把劍悲歌涕淚横。"又有："何人慷慨語同仇，誰識當年郭解流。時局如斯危已甚，閨裝願爾换吴鈎。"

林尹民，爲七十二烈士之一，長於詩律，然每成輒焚其稿，故傳者絶鮮，予前見徐天嘯（即《林尹民傳》作者，虞山人，乃徐枕亞之兄，長詞章，工鐵筆，曾任職監察院）録有五律數首，均悲壯可誦，兹猶記其一云："故國山河遠，秋風鼓角殘。登臨悲歲促，涕淚問人難。路盡天應盡，江寒月自寒。不辭隨落葉，分散去漫漫。"